中国神话百科全书

雷神

雷神居住在雷泽中，长着龙的身体和人的头，腹部时常鼓起，发出惊雷般的巨响。

女娲

盘古开天辟地后，世上虽有了日月星辰、山川草木，却还没有人类。女娲用泥土照着自己的样子捏出了“人”，人类就这样诞生了。

黄帝

又称轩辕氏，中华民族的“人文始祖”。传闻黄帝生下来就会说话，擅长驱使百鸟，成为部落联盟首领之后相继打败炎帝和蚩尤，统一各部族，为华夏民族勾勒出了雏形。

少昊

黄帝长子，母亲是嫘祖。传说中古代东夷部落的首领。相传少昊曾以鸟名为官名，东夷部落以鸟为图腾，所以少昊又被称为凤鸟氏。

帝喾

相传是黄帝的重孙，十多岁开始辅佐颛顼处理政事，颛顼死后继承了首领之位。帝喾以仁爱治国，深受百姓的爱戴，是三皇五帝之一。

羲和

生育太阳的女神，是人类光明的缔造者，也是太阳崇拜中至高无上的神。

大禹

禹是黄帝的玄孙，鲧的儿子，是中国远古神话传说中的治水英雄。因治水之功，舜将部落首领之位禅让给了禹。

祝融

帝喾时的火官，后尊为火神。祝融住在南方，善于用火，能征善战。曾帮颛顼打败水神共工，迫使共工头撞不周山。

英招

有着一副人的面孔，却长着马的身子，全身遍布虎纹，还有一对鸟的翅膀。英招住在槐江山上，看护着天帝的花园。

精卫

炎帝最小的女儿，在东海游玩时遇到狂风巨浪，丢失了性命。死后魂魄化作一只小鸟，誓要填平大海。

夸父

传说中的远古巨人，身材高大、奔跑如飞。夸父一心想追上太阳，一直追到日没的隅谷之处，精疲力竭而死，死后手杖化为一大片桃林。

应龙

传说中能呼风唤雨的龙神，如果某个地方出现旱灾，只要向应龙祈祷，就能求得雨水。

李超 曹刘霞 - 编著

中国神话百科全书

北京理工大学出版社
BEIJING INSTITUTE OF TECHNOLOGY PRESS

图书在版编目（CIP）数据

中国神话百科全书 / 李超, 曹刘霞编著. —北京：北京理工大学出版社, 2020.11

ISBN 978-7-5682-8965-8

Ⅰ. ①中… Ⅱ. ①李… ②曹… Ⅲ. ①神话–基本知识–中国 Ⅳ. ①I207.73

中国版本图书馆CIP数据核字（2020）第163552号

出版发行 / 北京理工大学出版社有限责任公司
社　　址 / 北京市海淀区中关村南大街 5 号
邮　　编 / 100081
电　　话 / （010）68914775（总编室）
（010）82562903（教材售后服务热线）
（010）68948351（其他图书服务热线）
网　　址 / http: //www.bitpress.com.cn
经　　销 / 全国各地新华书店
印　　刷 / 三河市金元印装有限公司
开　　本 / 700 毫米 × 1000 毫米　1/16
印　　张 / 36.5
字　　数 / 700千字
版　　次 / 2020 年 11 月第 1 版　2020 年 11 月第 1 次印刷
定　　价 / 168.00元

责任编辑 / 李慧智
文案编辑 / 李慧智
责任校对 / 刘亚男
责任印制 / 施胜娟

序言

什么是神话？在一般人的观念中，神话似乎是凭空想象的产物，十分荒诞不经，实际上这是一种非常错误的认识。神话虽然是原始人幻想的产物，却是人类企图征服世界和支配自然的开端，它作为一种文学体裁，记录了早期人类对自然、自身和宇宙万物的理解，以及在这一认识过程中所形成的独特思维方式。所以，神话中包含着我们的祖先对美好生活的向往和追求，也包含着一个民族在与自然的对抗中所形成的特有的精神内涵，想要了解一个民族，就要先了解它的神话传说。

关于神话的本质，易中天在其著作中的解释就更加浪漫一点："神话是世界范围的集体梦幻。"他的意思是说，世界上的各个民族都需要一种身份认同，这种认同表现在现实、历史和神话三个部分。其中的神话部分因其独特的想象力和生命力，为人类对自身民族的探索提供了一种梦幻般的开端。

由此可见，神话是文明的根，就如古爱琴海地区有希腊神话、古亚平宁地区有罗马神话、古欧洲北部有北欧神话、中亚有阿尔泰神话、南美有玛雅神话一样，我们古代华夏地区也有自己的神话。

从中国的神话中，我们能够看到三种本民族的性格特质：第一，神话中的英雄人物都是通过体力战胜自然，夸父追日要一步一步地走，精卫填海要用嘴叼着石子一颗一颗去填，这背后所反映的是艰苦奋斗的民族精神；第二，神祇

的地位并不仅仅是天生的，普通人也可以通过修行等方式实现“白日飞升”，位列仙班，这种对宿命论的驳斥，正是“王侯将相宁有种乎”的精神源泉；第三，神话中充满不屈不挠的反抗精神，比如，天上有十个太阳，那就射去九个，门前有山拦路，那就一点一点把山移开，这种不畏强权，勇于反抗的精神早已渗入了民族血液之中。

然而，遗憾的是，中国的神话没有建立起完整的体系，各类神话散乱地分布在各种典籍中，对于这个问题，鲁迅在《中国小说史略》中说：“中国神话之所以仅存零星者，说者谓有二故：一者华土之民，先居黄河流域，颇乏天惠，其生也勤，故重实际而黜玄想，不更能集古传以成大文。二者孔子出，以修身齐家治国平天下等实用为教，不欲言鬼神，太古荒唐之说，俱为儒者所不道，故又有散亡。”

正因如此，对神话的收集和整理显得尤为重要，本书从《山海经》《神异经》及《淮南子》等数十部古籍中汇总和搜集了近千个较为重要的神话传说，力图通过原始记载拨开历史的层层迷雾，还原神话最初的样貌。

尤为重要的是，书中还收录了百余张手绘图，与文字相互映衬，内容更加翔实，形式更加丰富，有助于读者更加深入和全面地了解中国神话。

目　录

contents

第一部分　中国神话简史

第二部分 中国神话“词典”

异事异闻 511

少数民族神话 535

其他 542

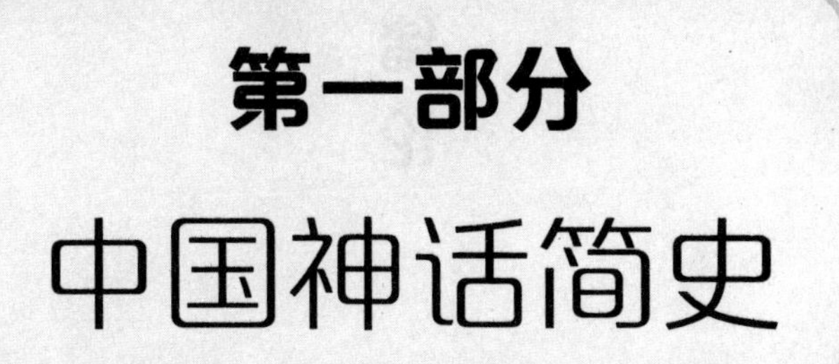

第一部分

中国神话简史

绪论

从类型上来说，中国神话可以分为创世神话、宗教神话、民间传说三大板块，其中创世神话有女娲造人、盘古开天等，宗教神话有老子得道、三清四御等，民间传说有孟姜女哭长城、天狗食月等。这些神话看似烦琐复杂，但如果对它们进行追根溯源，就会发现每个时代的神话都有各自的特点和时代烙印，而它们的背后也不仅仅是神仙志怪那么简单。

神话产生于原始社会，通过研究可以发现，这个时期的神话有明显的“泛灵论”特点，即所有的神话形象都是半人半兽，如伏羲和女娲均为人首蛇身，蚩尤则是“兽身人语，铜头铁额”，这是由于原始社会生产力低下，人们还没有从猛兽环伺的困境中杀出重围，所以也就还没有产生“万物之灵”的独立意识，所以这时候的人们认为自己和周围的动植物没有什么区别，在口头相传的神话故事中也会对自己惧怕的生物产生恐惧感，并将这份恐惧感添加在传说中。

到了先秦时期，随着人们对自然的认识更加清晰，也为了迎合统治阶级“天命所归”的需要，神话的形态渐渐变得丰富起来，出现了很多记录神话的典籍，这一时期的神话往往和历史夹杂在一起，大部分都是经由远古神话演变而来，如《诗经》中说的“天命玄鸟，降而生商”，周朝的始祖后稷则是母亲姜嫄踩天帝脚印所生，等等。这些神话的背后，反映的是王朝的正统和

"天命"。

汉代是各个宗教发迹的时期，每个宗教都"创造"了自己的"神话故事"，来达到发展和迎合统治者的目的。例如：董仲舒提出"天人感应"的理念，标志着儒家开始神化和宗教化；汉武帝在道士们的鼓动下，热衷于寻仙问药，客观上推动了道教的发展；东汉末年，黄巾起义的领袖张角打着"黄天替代苍天"的幌子，自称"天公将军"，创立了太平道。所以，这一阶段的神话带有很强的政治色彩。

魏晋南北朝是道教和佛教的大发展时期。道教继承了张角的"衣钵"，取得长足发展，完整的神仙体系得以建立，几大道派各自为政。同时，佛教也在这一时期开枝散叶，获得了统治者的大力支持，势力一度超过本土道教，引起佛道之间不断的冲突与融合。

至唐代，随着社会的趋于稳定和经济的发展，城市的市民阶级开始兴起，传奇这种艺术形式成为神话的主要载体，出现了很多文人创作的优秀作品。唐代之后，民间文学进一步发展，唐传奇演变为更加通俗的话本小说，文人们从各类古籍中取材加以改造，神话的形态更加丰富。

神话从原始社会起源，从史书中走出，经过一代又一代文人的改造，最后演变成小说进入民间，忠实地记录着中华民族的时代变迁。

一、原始神话

1. 万物有灵

在距今数百万年以前的远古时代，原始人认为自己和周围的动物、植物甚至山石并无区别，这一点可以从早期的神话记载中觉察出一些端倪，比如在《山海经》中，就出现了很多长着人脸的怪兽——“雷泽中有雷神，龙身人头，鼓其腹则雷”“北海之渚中，有神，人面鸟身，珥两青蛇践两赤蛇，名曰禺强”。那么，我们的先祖为什么会产生这样的错觉呢？这是因为在猛兽环伺、生存艰难的原始社会，人类在自然之中并没有什么突出优势，也很难产生自己是“万物之灵”的想法，所以顺理成章地把周围的一切看作和自己相同的生物。

原始人这种“看待世界”的眼光，事实上和幼儿时期的孩子非常相似。瑞士著名的心理学家皮亚杰认为，孩子在出生时是没有自我意识的，甚至不知道自己身体的存在，因此他们会把周围的一切看作与自己相同的存在，包括母亲、乳汁和摇篮，这是一种“泛灵论”的表现。

“泛灵论”，又称万物有灵论、物活论，是一种发源并盛行于十七世纪的西方哲学思想，这种思想认为，天地万物和人类一样，也有自己的灵魂与灵性。泛灵论抹杀了有机物和无机物之间的区别，站在客观唯物主义的立场来看它自然是错误的。列宁曾经说：“明显的感觉只和物质的高级形式有联系，而‘在物质大厦本身的基础中’只能假定有一种和感觉相似的能力。”

之所以用泛灵论来作为开篇，是为了纠正一个错误的传统观念。在大多数人的印象中，中国神话体系应该以盘古开天、女娲造人等创世神话为开端，似乎这才符合神话的浪漫主义色彩和英雄气概。可事实上，这并不是神话最初的样貌。

著名人类学家爱德华·伯内特·泰勒在《原始文化》一书中指出，“灵魂”的概念应该产生于旧石器时代的中期或者晚期，原始人把自己的一切推而广之，认为风、雨、雷、电等自然现象也有自己的意识，并给它们赋予人格，事实上这都是出于人类对自然无法控制的恐惧心理。这种对客观事物的“人格化”逐渐演变为“神格化”，进而导致原始的图腾崇拜和宗教的诞生。根据英国人类学家弗雷泽的“巫术论”观点，在原始人的眼中，几乎所有的自然现象都属于“超自然现象”。

这也就解释了为什么神话并不以“开天辟地”为开端。站在原始人的立场，他们根本不可能产生“世界”的概念，更不可能拥有探索世界起源这样的思想高度。在原始人的世界里，与他们接触最密切的是动物和植物，所以，原始神话的题材自然无法脱离这个范畴，这也是为什么这个阶段的神话中出现了很多“懂人语”的神兽，比如：《抱朴子》中生活在皇帝时代的神兽“白泽”——“昔黄帝生而能言，役使百灵，……审攻战则纳五音之策，穷神奸则记白泽之辞”；给少昊当历正官的神鸟——《左传・昭公十七年》：“我高祖少皞挚之立也，凤鸟适至，故纪于鸟，为鸟师而鸟名。凤鸟氏，历正也”；《诗经・商颂・玄鸟》：“天命玄鸟，降而生商。”类似的记载还有很多，这些神话虽然见于后世的典籍，但大部分都是原始时期流传下来的，足见当时的世界是泛灵论的世界，最早的神话也诞生于原始人的泛灵论。

2. 神话中的原始社会

原始社会的人们是怎样生活的，谁创造了房子，谁发明了“钻木取火”，原始人是如何一步一步走向阶级社会的？这些问题，在神话中都能找到答案。原始社会也叫“原始公社”“原始社会主义”，是人类文明的第一个社会形态，从“旧石器时代”开始，足足持续了一百多万年。处于原始社会的人类，其劳动工具以石器为主，生产力极为低下，劳动所得仅能满足日常所需，所有生活资料都是平均分配，没有阶级、没有国家，也没有贫富差距。

庄子在《盗跖》中有这样的描述：“上古之世，人民少而禽兽众，人民不胜禽兽虫蛇。有圣人作，构木为巢，以避群害，而民悦之，使王天下，号之曰有巢氏。”这是关于圣人“构木为巢”以防御猛兽的记载，也向我们展示了最早的房子的雏形。

有了房子，解决了“起居”问题，再来说说饮食。如《五蠹》记载：“民食果蓏蜯蛤，腥臊臭恶而伤害腹胃，民多疾病。有圣人作，钻燧取火以化腥臊，而民悦之，使王天下，号曰燧人氏。”即在远古时期，人们一直过着茹毛饮血的生活，住山洞，吃生肉，喝兽血，因而疾病多发，直到“燧人氏”发明钻木取火的方法之后，人类才吃上熟食，和动物有了真正的区别。

燧人氏是有巢氏的儿子，他的接班人是伏羲氏，正所谓“衣食足而知荣辱”，到伏羲即位后，原始氏族已经基本完成了“消灭饥饿”这一战略性目标，开始研究世界的起源，闲暇之余还能进行一些娱乐活动。因此，伏羲的主要功绩是创造结绳记事，推演先天八卦，教人们捕鱼打猎，还有发明最早的乐

器——瑟。

随着社会生产力的发展，到原始社会中晚期，出现了三个较大的部落，即炎黄部落、东夷部落和苗蛮部落，其中炎黄部落是以炎帝和黄帝为首的势力，不过，他们虽然是兄弟，一开始却分属两个部落，《国语·晋语》中有这样的记载："少典娶于有蟜氏女，生黄帝轩辕氏、炎帝"，也就是说，黄帝和炎帝是兄弟关系，都是少典的后人，被分封到了不同的地方："黄帝以姬水（陕西省武功县漆水河）成，炎帝以姜水（陕西省宝鸡市清姜河）成。成而异德，故黄帝为姬，炎帝为姜。"

后来，黄帝在阪泉之战中打败炎帝，炎黄部落实现初步融合，两位帝王又联合在涿鹿之战中打败蚩尤，华夏民族的融合初步形成。到了这一阶段，原始的国家已经初现端倪，部落之间频繁发生兼并战争，人们不再使用原始的石器，弓箭、陶器等武器和日用品开始出现，农作物的种植也开始被大面积推广。

这些远古圣人在后世经过不断美化和加工，外形上多成为"头戴华冠，身穿华服"的模样，与神话传说中最原始的样子相去甚远。从文献记载来看，伏羲和女娲的形象应该为"人首蛇身"，汉代的画像砖上也有此类形象，炎帝的形象应为"牛首人身"，黄帝更是有"四面"。

这也许正是远古神话中各位圣人的本来面目，也是远古人类"万物有灵"的佐证，不过，后世的人们还是为传说做了不少合理化加工，如《尸子》中记载："子贡云：'古者黄帝四面，信乎？'孔子曰：'黄帝取合己者四人，使治四方，不计而耦，不约而成，此之谓四面。'"孔子有没有解答过这个问题，如今已经无法考证，不过，按照这个观点，"黄帝四面"的意思只是"黄帝使治四方"而已。

3. 图腾崇拜

不管在哪个时代，掌握生产资料的人总能掌握绝对权力，尤其是在物资极其匮乏的原始社会。在旧石器时代晚期，以河套人、柳江人和山顶洞人为代表的原始人进入了母系氏族社会，这是一种按照母系来计算血统和财产继承的制度。由于生产工具落后，人们的日常饮食主要靠采集来获取，这种情况下，在采集活动中占据主导地位的女性，自然就成了部落中先进生产力的代表，从而成为部落的"话事人"。这一点从女娲的传说中就可以看出，《说文解字》中说："娲，古之神圣女，化万物者也。"郭璞在《山海经》的注解中说："女娲，古神女而帝者，人面蛇身，一日中七十变。"后来又衍生出著名的"女娲补天"的神话。

在母系社会，原始人们过着"不知有父"的生活，对于人类的生存和繁衍方式没有任何概念，并认为生育行为是一些动植物或非生物“钻”入了女性的腹中而造成的，它们才是自己的“祖先”。如伏羲的降生是因为母亲踩了雷神的脚印，周朝先祖后稷的降生方式也大同小异。久而久之，这些部落所信仰的动植物或非生物就成了公认的祖先，也就是所谓的图腾。如《诗经·商颂·玄鸟》中记载的“天命玄鸟，降而生商”，玄鸟就是商朝的图腾。

原始人正是出于对图腾的崇拜，制定了“禁止食用或者破坏图腾，定期对图腾进行祭祀”的规定，这也是后来“礼”的萌芽。图腾一词来源于印第安语“totem”，意为“他的亲属”或者“标记”，从这里可以看出，图腾最主要的作用是作为标志来区分不同的族群。《列子·黄帝篇》里说：“黄帝与炎帝战于阪泉之野，帅熊、罴、狼、豹、貙、虎，为前驱。雕、鹖、鹰、鸢，为旗帜。”这段话中的动物可能就是一些以动物为图腾的小部落，黄帝作为大首领率领他们一起与炎帝战斗。

图腾文化从产生到兴起经历了三种不同的形态：在初生阶段，图腾的样子和自然界中的动植物高度相似，在人们的观念中，那些动植物本身就是被崇拜的对象；经过一段漫长的历史时期后，随着生产工具的改进和生产力的发展，人们渐渐有了独立意识，将自己从周围的环境中抽离出来，并开始赋予崇拜对象以人的形象，变成了半人半兽的样子，如炎帝为“牛头人身”，蚩尤则是“人身牛蹄，四目六手”（《述异记》）；再到后来，人类开始进入父系氏族社会，图腾崇拜接近尾声，转为祖先崇拜——虽然形式不同，但本质上仍然是图腾崇拜的延续，当时的人们认为，家中或者氏族之内先辈的灵魂可以庇佑本族成员，于是兴起了祭拜亡灵的宗族活动，父权制社会和原始的家庭制度也在这一时期开始形成。

图腾崇拜影响非常深远，如果追根溯源，后世典籍中记载的各类感生神话都是源自于此；求子仪式源于图腾超人格化的自然能力可以使妇女受孕的特质；成人礼则源于人和图腾之间可以相互转化的理念；而作为历代皇权的代表，龙与凤是中华民族公认的图腾，闻一多先生曾经在文章中指出：“就最早的意义说，龙与凤代表着我们古代民族中最基本的两个单元——夏和殷，因为在‘鲧死，……化为黄龙，是用出禹’和‘天命玄鸟，降而生商’两个神话中，人们依稀看出，龙是原始夏部族的图腾，凤是原始殷部族的图腾，因之把龙凤当作我们民族发祥和文化肇端的象征，可说是再恰当没有了。”

4. 神话与宗教

宗教是人类社会发展到一定阶段出现的文化现象，以巫术和固定的仪式作为载体，代表着原始人类对宇宙中未知的探索和对生命不死不灭的追求。宗教可以被看作是图腾崇拜的延续，不过，虽然它们同样表达了对外部超自然力量

的敬畏，但图腾崇拜更多是出于恐惧，宗教则更多是出于对控制和改造自然的渴望。

古籍中有很多关于巫术的记载，比如：《山海经》中所述：黄帝与蚩尤在冀州之野展开大战，蚩尤找来了可以呼风唤雨的风伯和雨师，黄帝则找来了天女魃，“黄帝乃下天女曰魃，雨止，遂杀蚩尤”；另有一处叫作“巫咸国”的地方，住着十个大巫师，他们“右手操青蛇，左手操赤蛇”，通过“登葆山”往返于天界和人间。

原始社会发展到巫术盛行的阶段，证明随着生产力的发展，原始人的心中充满了战胜和改造自然的渴望，对生老病死的自然规律则充满恐惧。所以，能够通过仪式与上天“沟通”，占卜祸福，又能为人们治病的巫师也顺理成章地成为部落中最有话语权的人。古代的医字写作“毉”，下面是一个“巫”字。从殷墟出土的甲骨文资料来看，殷周时期的巫医治病，虽然在形式上采用巫术，实际上起作用的还是草药，《山海经·大荒西经》中就有关于巫师在山上采药的记载。能够治愈疾病，等于能够决定族人生死，所以，巫师成为部落中仅次于族长的存在，有的部落中两者的身份甚至合二为一，如神农既是族长，也曾经“尝百草”了解药理。

不过，从《山海经》的记载来看，巫师们并不是总受欢迎的。如《海外西经》中的记载：“女丑之尸，生而十日炙杀之。在丈夫北，以右手障其面。十日居上，女丑居山之上。”这位巫师就是被十个太阳“炙杀”的。当然，天上没有那么多太阳，这位名叫“女丑”的巫师很有可能是祈雨失败被杀的，在《大荒西经》的记载中，女丑之尸“衣青，以袂蔽面”，可见被晒得不轻。

中国的宗教和神话虽然都是建立在虚构和幻象的基础上的，且都基于对神的信仰，但它们之间仍有很大的区别。从形式上看，神话比较零散地分布在各类典籍和民间传说中，没有完整的体系，一部分属于目的性比较强的“造神”，比如三皇五帝的神话；一部分是文人的想象和创作，如《庄子》里的大鹏和鲲；还有一部分是在传播过程中产生。与神话不同的是，宗教有完整的神系，有固定的组织结构和典籍，以教化作为目的。比如中国的本土宗教——道教，就建立了以三清四御为首的神仙体系，奉《道藏》《道德经》《阴符经》等为圭臬，有专门的团体和神职人员。

从本质上来看，宗教是完全的形而上学，几乎全部建立在虚构的基础上，中国神话中的形象和情节却更加贴近生活，比如黄帝造车、神农尝百草、黄帝之孙发明弓箭等，就显得非常“接地气”，即使是一些极为夸大的传说，也遵循事物的基本规律，夸父追日要一步一步跑着去追，不能使用法术直接飞过去；精卫填海要叼着石子一块一块地填；女娲补天也要挑选三万六千块大青石，这些神话的背后蕴含的也正是中国人民艰苦卓绝地通过体力战胜自然的奋斗精神。

二、先秦神话

1.《山海经》中的神话

说神话必须从《山海经》说起，第一，因为书中的神话全都保留了最原始的面貌，极少篡改；第二，《山海经》里的神话十分集中，不像其他先秦典籍中分布的那样散乱。《山海经》是我国先秦时代的一部重要典籍，虽然只有三万两千多字，却记载了四十个国家和民族、三百条水系、五百五十座山、四百多种怪物异兽以及一百多位历史人物，包括各地的地理、物产、民族、药物等丰富内容，充满神话色彩，夸父追日、大禹治水、精卫填海等神话传说都是源于这本古籍。

关于《山海经》的作者，如今已经无法考证，古人认为是"大禹行而见之，伯益知而名之，夷坚闻而志之（《列子·汤问》）"，现代则普遍认为作者并非一人，而是由多人共同完成，时间跨度也比较大。这些内容后经西汉刘向、刘歆父子编校成书，才得以传世。

《山海经》刻本较多，最早以文字形式提到该书的是司马迁，他在《史记》中写道："至《禹本纪》《山海经》所有怪物，余不敢言也。"把《禹本纪》和《山海经》放在一起，可见两者是同类型的书籍，不过，《禹本纪》早已佚失，《山海经》十三篇则被班固收录在了《汉书·艺文志》中。

到魏晋时期，经学大家郭璞对《山海经》全文进行了注解，称为《山海经传》，这一版也是我们现在所能看到的最早的版本，卷首有西汉刘秀（即刘歆）的《上山海经表》，宋代、明代和清代均有刻本。全书共分为十八卷，分为《山经》和《海经》，其中《山经》五卷，包括《南山经》《西山经》《北山经》《东山经》和《中山经》，所以也叫作《五臧山经》。

《海经》分为《海外经》《海内经》和《大荒经》三个部分：《海外经》主要记载海外各国的风土和民族，分为《海外南经》《海外西经》《海外北经》和《海外东经》；《海内经》则记载海内事物，分为《海内南经》《海内西经》《海内北经》和《海内东经》；《大荒经》则主要记载重要的历史人物和事件，分为《大荒东经》《大荒南经》《大荒西经》《大荒北经》和《海

内经》。

郭璞在末尾写道“此《海内经》及《大荒经》本皆进（逸）在外”。这也是《山海经》的成书时间最有争议的地方，西汉刘氏父子在校书时只有十三篇，到了晋代却成了十八篇，所以，部分学者认为，《大荒经》五篇的成书时间应该在西汉末年到东汉以后。不过，袁珂先生在《中国神话通论》中认为这部分内容的成书时间甚至比其他部分还要早，只是由于记载过于散乱，所以不受重视，没有被编进《艺文志》中，郭璞“喜好”神怪之事，才搜集整理，重新收录进去。

除郭璞版之外，较为重要的古绘图版还有清代吴任臣的《山海经广注》、日本江户时代绘制的《怪奇鸟兽图卷》等。

《山海经》的性质历来也有很多争议，从书名和分卷来看，本应属于地理志，不过，书中只有部分山川和河流能在现实中找到，其余皆是虚构，包括山中的鸟兽和植物，都有很重的神话性质。《汉书・艺文志》中将其列入形法类（“形法者，大举九州之势以立城郭室舍形，人及六畜骨法之度数、器物之形容以求其声气贵贱吉凶”），为传统方术的一种；刘歆认为这是一本地理博物学著作；郭璞更甚，不仅认为这是一部地理学著作，并且认为《山海经》的可信度非常高；明代胡应麟则称《山海经》为“古今语怪之祖”；清代《四库全书》将其归入小说类；到近代，鲁迅先生则在《中国小说史略》中评鉴《山海经》是“古之巫书”。

当然，站在现代人的角度去看，《山海经》中的奇谈怪论自然无法让人信服，不过，我们却能够从这些虚构的事物中看到神话最原始的样子，并试图还原这些光怪陆离表象之下的真实历史。

远古五帝

《山海经》中记录着众多远古帝王，最重要的有五位，也就是我们所说的“五帝”，包括黄帝、少昊、颛顼、帝喾和帝尧。这些人物兼有人格与神格，既是人间的领袖，也是天界的神仙。

黄帝（公元前2717年—公元前2599年）被称为中华民族的“人文始祖”，本姓公孙，名轩辕，后改姓姬，居住在轩辕之丘，号轩辕氏，建都有熊，所以也称为有熊氏。据《史记・五帝本纪》记载，黄帝“生而神灵，弱而能言”，成为部落联盟首领之后相继打败炎帝和蚩尤，统一各部族，为华夏民族勾勒出了最初的雏形。

除了部落首领的身份之外，黄帝还是一位大发明家。传说他改进了木制房屋，采用石块建造房子，使之更加坚固；发明了衣服，他的妃子嫘祖是最早开始养蚕，并使用蚕丝制作衣服的；又发明了车船，从此华夏人结束了“十一路公交”时代；其他如阵法、音乐及各类生活用品，也都出自黄帝之手。除此之外，他还命仓颉创造了文字，《万姓统谱》中记载："上古仓颉，南乐吴村人，生而齐圣，有四目，观鸟迹虫文始制文字以代结绳之政，乃轩辕黄帝之史官也"，《淮南子》中说：仓颉造完文字之后，"天雨粟，鬼夜哭"。另外，《黄帝内经》相传也是黄帝所作。从这些发明可以看出，黄帝在传说中不仅是华夏民族的共主，也是文明的开创者和创造者。实际上，这些发明并非黄帝所为，广东英德青塘遗址发现的陶器碎片距今已经有两万余年，远比黄帝生活的时代要早，《黄帝内经》成书于西汉，也非黄帝所著，其他各项发明也并非黄帝所为，之所以将这些全都归功于黄帝，实际上是为了树立一个高大伟岸的先祖形象。如同高尔基所说："古代的著名人物，是制造神的原料。"

黄帝的神话传说背后，反映了生产工具的改进、生产力的发展和社会制度的变革。黄帝统一各部，制定规范的制度，要求所有人共同遵守，建立社会契约，如果有人不服从，黄帝则将"从而征之，平者去之"。可以看出，这个时期虽然社会组织制度仍然以部落的形式展现，却有了基本的社会制度和暴力机器，原始社会开始向奴隶制社会转型，跨入了阶级社会的门槛。

黄帝的长子为少昊，名玄嚣，又称白帝，史称青阳氏，母亲为嫘祖。少年时期的少昊便被黄帝送到东夷部落历练，后成为部落首领，以凤为图腾，以五鸟、五鸠、五雉、九扈，二十四种鸟命名氏官，将部落管理工作做得井井有条、有声有色。后来，他又找来侄子颛顼辅佐自己。夏禹破坏禅让制，将帝位传给儿子启之后，东夷部落与夏王朝开始了长期对立，商朝时，纣王欲完全吞并东夷，发动战争，被周王朝取而代之。周朝建立之后，经过几次大的战争，东夷族势力范围逐渐缩小，直到春秋时期两大集团才完成融合。

颛顼是黄帝之孙，昌意之子，姬姓，名乾荒，号高阳氏，因佐少昊有功，被封于高阳（今河南省开封市杞县高阳镇）。少昊死后，共工氏与颛顼争夺帝位，颛顼打败共工，继少昊主政，制定"颛顼历"，绝通天地。

颛顼之后继位的是帝喾，名俊，号高辛氏，少昊之孙，《山海经》中称为"帝俊"，是书中最显赫的上神，他做的最伟大的贡献就是生出了十个太阳："羲和者，帝俊之妻，生十日。"帝喾在五帝中起着最为重要的作用，上承炎黄，下启尧舜，奠定了华夏民族的根基。

帝喾崩后，其子尧继位，名放勋，十五岁被封于唐（今山西省临汾市），故又称唐尧。尧帝时代，洪水依然是自然界中对人类威胁最大的敌人，《山海经·海内经》中有这样的记载："洪水滔天，鲧窃帝之息壤以堙洪水，不待帝命。帝令祝融杀鲧于羽郊。鲧复生禹，帝乃命禹卒布土以定九州。"这里的鲧就是禹的父亲，因为偷盗神器"息壤"被帝尧诛杀，死于羽郊，后来变为"黄能"。有趣的是，尧将王位禅让给舜，舜禅让给禹，禹却把帝位传给了自己的儿子启，将共有财产据为己有，开启了"家天下"的政治模式。

自古以来，关于五帝的人选历来就有很多争议：《吕氏春秋》中记载为太昊、炎帝、黄帝、少昊、颛顼，《大戴礼记》《史记》中则记载为黄帝、颛

项、帝喾、尧、舜；《资治通鉴外纪》中又记载为黄帝、少昊、颛顼、帝喾、尧。神话中另有五方天帝的说法：东方青帝太昊（伏羲），南方赤帝神农（炎帝），中央黄帝轩辕，西方白帝少昊，北方黑帝颛顼，分别代表木、火、土、金、水这五种五行元素，则又与上面的说法不同。

绝通天地

"绝通天地"是中华文明史上一个意义非凡的标志性事件，甚至可以看作中华文明的开端。简单来讲，所谓的"绝通天地"就是切断人间与神界的联系，从此人是人，神是神，不过细究起来，这件事绝对没有那么简单。

在《山海经》的世界中，远古时期是一个混沌不明、天地不分的世界，众位帝王和巫师可以通过大地各处的"天梯"往返于天界和人间。《山海经·海外西经》中有这样的记载："巫咸国在女丑北，右手操青蛇，左手操赤蛇。在登葆山，群巫所从上下也。"这里的巫咸国就是一个由巫师组成的国家，双手持蛇则是巫师们的标准打扮，巫咸国内的登葆山就是巫师们往返天界与人间的桥梁。

《山海经·海内经》中还有另一段相关记载："建木，百仞无枝，有九欘，下有九枸，其实如麻，其叶如芒，大暤爰过，黄帝所为。"《淮南子·坠形训》也说："建木在都广，众帝所自上下。"从这些描述可以看出，"建木"是一种远古神树，为黄帝亲手栽下，被用作众位古帝上下的"天梯"。

好好的"天梯"为什么说断就断了呢？到底是谁破坏了大荒世界的"公有财产"？《山海经·海内西经》中这样说道："颛顼生老童，老童生重及黎，帝令重献上天，令黎邛下地。下地是生噎，处于西极，以行日月星辰之行次。"颛顼命令重将天不断向上举，命令黎将地不断往下按，天地从此分界，世界才有了现在的秩序。这件事在《尚书·吕刑》中也有记载："颛顼受之，乃命南正重司天以属神，命火正黎司地以属民，使复旧常，无相侵渎，是谓绝地天通。"也就是说，绝通天地是颛顼做的，目的是使人神有序，恢复"旧常"。颛顼为什么要这样做呢？《国语》中有更加详细的说明："及少皞之衰也，九黎乱德，民神杂糅，不可方物。夫人作享，家为巫史，无有要质。民匮于祀，而不知其福。"少昊晚年时，九黎（蚩尤部）作乱，民神杂糅，民众们不事生产，无论大小事都要通过祭祀和占卜来决定，从这里可以看出，所谓的"旧常"就是旧的制度。

这件事从表面看就是一段关于颛顼的神话传说，但是细究起来，其中至少有三个内涵：

天地绝通之后，普通人就无法与天界相通，只有帝王可以，这在无形中确立了帝王至高无上的统治地位。绝通天地，实际上是对阶级的划分，结合颛顼所处的时代，公元前2342年—公元前2245年正好是新石器时代末期，这一阶段，生产工具改进，经济不断发展，私有制开始产生，阶级分化出现，原始社会基本瓦解，开始向奴隶制过渡，颛顼的这一行为，是对这一制度在法律上的确立。

所谓的“旧制”，即黄帝时期建立的社会制度，黄帝打败蚩尤，征服三苗和九黎等夷族之后，建立起了一套比较完整的祭祀和社会管理制度。少昊晚期，九黎作乱，对“旧制”产生了很大的冲击，恢复了淫祀（非其所祭而祭之，名曰淫祀）制度，实际上是与“中央”离心离德的表现。颛顼打败共工，继承帝位之后，再次打败九黎，成为华夏共主，绝通天地实际上是统一社会制度。

神从人间独立出来，拥有了完整的神格，也为后世“君权神授”和“天人感应”的思想打下了基础，进一步确立了帝王统治的合法性。

综上，看似简单的绝通天地，实际上是为确立阶级划分，统一社会制度，为后世帝王合法性做背书。

2. 诸子神话

诸子指的是先秦时期各学派的代表人物或者典籍，也称诸子百家。虽然以百家相称，实际上诸子的数量却远超百位。据《汉书·艺文志》统计，仅数得上名字的就有一百八十九家，其著作共有四千三百二十四篇。而据《四库全书》记载，诸子百家的数量实际上有上千家，其中影响最大，发展为学派的有十二家，分别为法家、道家、墨家、儒家、阴阳家、名家、杂家、农家、小说家、纵横家、兵家和医家。

诸子百家中所记载的神话风格与《山海经》“伪写实”的地理志风格有本质区别，其大多是借神话喻理或者喻事，这些充满想象力的记述中以庄子的最为有趣。《庄子·逍遥游》中虚构了一个叫作“北冥”的地方，北冥有一种叫作鲲的鱼，“鲲之大，不知其几千里也”，变成鸟之后，叫作大鹏，“水击三千里，抟扶摇而上者九万里”。不过，这里的大鹏却是为了和麻雀对比，说明小和大的道理，后面出现的姑射山仙人（“肌肤若冰雪，绰约若处子；不食五谷，吸风饮露；乘云气，御飞龙，而游乎四海之外”）则是为了说明逍遥的真谛——至人无己，神人无功，圣人无名，归根结底还是要归到“无为”二字上。至于《庄子》中记载的黄帝遗玄珠、触蛮之争等事，亦是为了讲道理。

除了《庄子》之外，《墨子》中也有很多关于神话的记载：“昔者郑穆公，当昼日中处乎庙，有神入门而左，鸟身，素服三绝，面状正方”“古之今之为鬼，非他也，有天鬼，亦有山水鬼神者，亦有人死而为鬼者”。与《庄子》恣意狂澜、挥洒灵性的风格相比，《墨子》中的神话都有浓厚的因果和宗教色彩，目的是为了证明自己的理论——天命和鬼神在历史发展中占支配地

位，从而达到政治目的，兜售自己的政治主张。

即使在法家的代表作品《韩非子》中，也能看到神话的踪迹："昔者黄帝合鬼神于西泰山之上，驾象车而六蛟龙，毕方并辖，蚩尤居前，风伯进扫，雨师洒道，虎狼在前，鬼神在后，腾蛇伏地，凤凰覆上，大合鬼神，作为《清角》。"其他各家的典籍中也有很多神话的片段记载，大多不成体系。

诸子为什么要在文章中频繁引用神话呢？其实，这些记载的背后有深层的社会历史原因。在东周以前，想要获得知识只能"学在官府"，即只有贵族和王室才有这个资格。西周灭亡之后，王室逐渐衰微，近三百年的统治分崩离析，诸侯割据，开始招揽和搜罗人才，打破了"庶人不议"的观念，也打破了"天道"的观念，更多的人开始重新思考社会规则和制度。在"处士横议"的氛围中逐渐产生了各个学派，这些学派开始四处游说，推行自己的观念和主张，这时，远古时期流传下来的神话成为他们有力的武器，不管是喻理，还是明事，打上"三皇五帝"的旗号无疑能更加使人信服。

3. 史书中的神话

作为历史的载体，史书是文明史上最重要的组成部分，先秦时代的重要史书一共有七部，分别是：由孔子编纂，成书于春秋时期的《尚书》；由左丘明撰写，西周末年到春秋时期成书的《国语》；西汉刘向收集战国史料编订的《战国策》；孔子收集鲁国史料编写的《春秋》；左丘明所著，解释孔子《春秋》的《左氏春秋》；战国时期魏国史官所作的《竹书纪年》；刘向校订的《世本》。从夏代开始，政府就设立了相应的史官负责史料的收集和整理，所以官修史书的数量较多，内容也比较丰富，加上春秋战国时期出现的"百家争鸣"局面，民间的私修史书也比较多。

作为中国史学的开端，先秦时代的史书有一个很明显的特点——神话传说和历史事件结合，存在明显的虚构。例如，在《国语·晋语八》中有这样的记载："昔者鲧违帝命，殛之于羽山，化为黄能以入于羽渊。"这里说的是鲧盗走息壤，被杀后化为黄熊的事；《左传·昭公七年》中也有类似记载："昔尧殛鲧于羽山，其神化为黄能以入于羽渊。"世界上既没有息壤这样的宝物，人自然也是不能化为黄熊的，可见这些记载明显属于神话的范畴。

茅盾先生在《中国神话研究初探》中将史学家分为两种人，一种是原始的史学家，另一种为半开明的史学家，前者直接把神话中的内容写入史书，当作真实的历史来记录，后者在修史时，多半会把这类内容进行加工和改造，变成相对合理的历史事实。上文中记载鲧的史学家明显属于前者，而乐于加工神话的史官也绝不在少数。比如，在对待少昊的问题上，《山海经》中记载为："东海之外大壑，少昊之国""长留之山，其神白帝少昊居之。其兽皆文尾，其鸟皆文首”。另外，少昊的长子“重”长着人面鸟身。从这些资料可以看出，在神话中，少昊建立的应该是一个由鸟组成的国家，臣子也理所应当是鸟。不过，在《左传》中，却描述成了“故纪于鸟，为鸟师而鸟名”，也就是用鸟的名字来命名各官员，这就是对神话本来面目的修改。

先秦时代的修史者，既是神话的记录者，也是神话的改造者，对神话的保存做出了很大的贡献。站在现代人的立场和角度，这些违反自然规律的神话和传说自然没有立足之地，可是，如果站在当时史官们的立场上，他们很有可能从内心就坚定地相信：在天地初辟的远古时代，刑天这样的大反派必然是“以乳为目，以脐为口，操干戚以舞”，而黄帝这样的明君自然有应龙和魃助战。人无法超脱他所在的时代，因此，以后人的角度去苛责前人，既不公平，也不厚道。

4. 先秦诗歌中的神话

除了文人和史学家之外，先秦的诗人们也是神话的记录者和创造者。先秦诗歌是中国诗歌的开端，与西方的长篇叙事史诗不同，先秦的诗歌大多比较简短精悍，精巧而内蕴，主要由三个派系组成：以《诗经》为代表的现实主义流派诗歌；以楚辞为代表的浪漫主义流派诗歌；以《弹歌》《蜡辞》等为代表的远古社会诗歌。

《诗经》是我国的第一部诗歌总集，收录了从西周到春秋中叶的诗歌，分为《风》《雅》《颂》三个部分，其中，《风》为各地流传的歌谣，《雅》为正声雅乐，《颂》则是用于祭祀和宗庙活动的诗歌，神话传说主要集中在《颂》中，主要内容是赞颂本朝先祖，明确政权的正当性。

夏朝之后，商汤伐桀代之。在古人的观念里，普通人是不能做帝王的，必须受命于天。《诗经·商颂·玄鸟》中为商朝政权的正当性提供了依据：“天命玄鸟，降而生商，宅殷土芒芒。古帝命武汤，正域彼四方。”这段话的意思是，天帝派玄鸟下界，成为商朝的先祖契，契因辅佐大禹治水有功，被分封在殷地。在神话中，契的母亲是帝喾的次妃简狄，“吞（玄鸟）卵产子”。到商汤时，夏桀无道，天帝于是命他征伐四方，建立了商朝。

传到纣王时期，商朝已是穷途末路，于是武王伐纣，取而代之。在《周颂·昊天有成命》中，诗人写道“昊天有成命，二后受之”，这里的昊天就是天帝，二后就是周文王和周武王。周朝为什么会得到神灵的庇护呢？《周颂·思文》中记载了周朝先祖后稷的事迹：“思文后稷，克配彼天。”后稷是传说中的农神，姓姬名弃，母亲是帝喾的正妃姜嫄，和商朝先祖契为同父异母的兄弟。《诗经·大雅·生民》中记录了他奇特的出生方式：“厥初生民，时维姜嫄。生民如何？克禋克祀，以弗无子。履帝武敏歆，攸介攸止。载震载

夙，载生载育，时维后稷。”这段记载的意思是，后稷是姜嫄向神灵祷告之后，因为踩天帝的脚印所生，所以受到上天的庇护。

与《诗经》中政治色彩浓厚的“感生神话”不同，楚辞中的神话大多想象丰富，情思馥郁，写作对象以香草美人、山川河流为主。楚辞的开创者屈原，共有二十五篇作品传世，其中大部分作品都与神话密切相关：仅在《天问》中，就出现了巴蛇吞象、鲧禹治水、后羿射日、烛龙、虬龙、应龙、雄虺等七十多个神话故事或形象；《离骚》中有羲和浴日、月神望舒、风神飞廉、云神丰隆等；《九歌》中则有云中君、舜帝、娥皇女英、少司命、河伯、东君等。屈原让这些远古流传下来的神话以诗歌的形式重焕魅力，其作品充满了浓厚的浪漫主义色彩，运用“假象尽辞”的手法，将举贤授能的美政思想融入其中，最终要表达的是自己对真理的追求——“路漫漫其修远兮，吾将上下而求索”。

楚辞的另一个代表人物是战国末期的楚国辞赋家宋玉，他继承了屈原的衣钵，《汉书·艺文志》中录有他的十六篇赋作，可惜多数已经亡佚。宋玉的作品受道家文化影响很深，特别是庄子“恢诡谲怪”的风格，对男女之事进行了大胆的描写。在《神女赋》中，宋玉描写了楚襄王夜梦神女之事，“其象无双，其美无极”；在《高唐赋》中，则有楚王与神女“巫山云雨”之事；在《对楚王问》中，宋玉以凤鸟和鲲自比：“故鸟有凤而鱼有鲲。凤凰上击九千里。”宋玉开创了中国文学“伤春悲秋”的主题，也是第一个全方位描写女性形象的诗人。除了才学之外，宋玉还有一个驰名中外的特点，那就是帅，有好事者评选出了“中国十大美男”，宋玉就是其中一位，以至于他的“帅气”漂洋过海传到日本。日本作家鸟山石燕在《今昔百鬼拾遗》中虚构了一个叫作“倩兮女”的妖怪，文中说：“楚国宋玉东邻有美女，登墙窥宋玉，嫣然一笑，惑阳城。”

三、汉代神话

1. 天人感应

公元前134年，汉武帝召集天下贤士入长安问策，一个叫董仲舒的年轻人提出了著名的《举贤良对策》，史称“天人三册”，就是这篇策论，使儒家思想成为“正统”，统治中国一千多年。董仲舒认为，春秋时期的大一统才是“天地之常经，古今之通谊”，而对当时汉代出现的“师异道，人异论”现象，应该坚决予以取缔。为此，他表示，只有“诸不在六艺之科，孔子之术者，皆绝其道，勿使并进”，才符合大一统的要求，这便是史上著名的“罢黜百家，独尊儒术”。董仲舒的政治主张很快得到了汉武帝的赏识和推崇，让儒学打了个漂亮的翻身仗。

那么，儒学到底有什么魅力，竟然能深深地打动汉武帝呢？这就不得不提到董仲舒所提出的“天人感应”学说。他从儒学经典《春秋》着手，十数年如一日地在家中“两耳不闻窗外事，一心只读圣贤书”，只为创造一套前无古人的体系——通过虚构至高无上的天帝，对儒学进行宗教化改造，再通过“君权神授”，树立皇权的至高无上地位，将皇帝的统治神化为上天的旨意。对这样维护皇权的学说，哪个君主会不喜欢呢？

具体来讲，“天人感应”学说可以归纳为三个方面：

第一，气化说。董仲舒认为，世间的一切都是由上天创造的，也是按照上天的意愿来运行的，“天者，万物之祖，万物非天不生（《春秋繁露·顺命》）”，上天创造这一切的目的就是养人（“天之生物也，以养人”）。当然，人类也是由天仿造自己的形象创造的，如此一来，人在精神和道德品质上也就必须和上天的旨意保持一致，绝对不可以“逆天而行”。

灾异说。董仲舒认为，“凡灾异之本，尽生于国家之失”，即自然灾害与统治者的错误有必然的因果联系。灾异包括天灾和异象两个部分，“灾者，天之谴也；异者，天之威也”，皇帝如果违背了天意，上天就会降下灾异来进行谴责，这种理论对当时社会产生了很大的影响，《史记·天官书》和《汉书·五行志》中都有大量类似记载，如“汉之兴，五星聚于东井”“诸吕作

乱，日蚀，昼晦”等。

阴阳五行说。董仲舒认为，天与人一样，都有阴阳和五行，日月星辰、草木鸟兽、山川河流都被上天按照阴阳和五行生成和运行。五行包括木、火、土、金、水五种元素，每种元素之间存在相生相克的关系，木生火，火生土，土生金，金生水，水生木，五行的变化可以运用到所有自然现象和政治生活现象中。如果破坏这种规律，就会出现灾异。董仲舒在《春秋繁露·治乱五行》中专门对一些异象进行了记录：“火干木，蛰虫早出，雷早行；土干木，胎夭卵毈，鸟虫多伤；金干木，有兵；水干木，春下霜。”

不过，天人感应和阴阳五行学说都不是由董仲舒首创的，早在《尚书·洪范》中就出现了“曰谋，时寒若；曰圣，时风若”这样的描述，来形容君王统治对天气的影响。孔子在作《春秋》时也极其看重灾异：“邦大旱，毋乃失诸刑与德乎？”阴阳五行学说则起源于《易经》中的“阴阳”和《尚书》中的“五行”，战国时期齐国阴阳学派代表人物邹衍将其系统化，提出了完整理论，“深观阴阳消息而作怪迂之变”。直到汉代，董仲舒才将这些思想融为一体，建立起一套完整体系，使儒学有了神学和宗教的性质，也使众位儒生从被汉高祖轻视的传统泥潭中得以拔身而出，一跃成为后世王朝的“话事人”和管理人。

2. 画像石神话

所谓画像石，是指上面雕刻有图画的建筑构石，主要被使用于地下墓室、祠堂和宗庙等建筑中，是汉代人厚葬观念的一种具体体现。由于受到祖先崇拜（“万物本乎天，人本乎祖”）的影响，自古以来，中国人对墓葬和祭祀就非常重视，甚至作为生命中的头等大事，正如《礼记·祭统》中所说：“凡治人之道，莫急于礼；礼有五经，莫重于祭。”正因如此，“事死如事生，事亡如事存，孝之至也”（《中庸》）成为汉代丧葬的主流观念，画像石成为贵族阶级最普遍使用的丧葬用具。

汉代的画像石，其画面题材可以分为三种：第一为日常生活，如贵族出行图、宴饮图、狩猎图、飞剑跳丸图等，这些内容能够反映出墓主人生前的经济和生活状况，也是研究汉代日常生活的重要资料；第二为历史故事，这其中有虚构的，也有真实发生的，如泗水取鼎、仓颉造字、周公辅成王、孔子问礼、荆轲刺秦王等；第三为神话故事和神话形象，也是最常见的，这也使得画像石成为汉代神话流传的重要载体。

如《伏羲女娲图》（现藏于徐州汉画像石馆）中塑造了伏羲和女娲人首蛇身，尾部相缠的情景；

《伏羲女娲造人图》中，伏羲和女娲盘腿对坐在空中，有两人从伏羲和女娲的身上跳出，如同跳水一般，则与传说中的“女娲造人”有很大的不同；

《常羲捧月图》中记录了月亮之神常羲的故事，常羲为传说中帝俊的妻子，生下十二个月亮，故一年有十二个月，《山海经》中说：“有女和月母之国。……处东北隅以止日月，使无相间出没，司其短长。”

由于汉武帝追求长生不老，喜欢寻仙问药，加上人们对超脱生死的渴望，掌管不死药的西王母成为画像石中最常出现的形象之一。《西王母玉山图》中就详细记录了西王母在玉山掌药的盛况：

这幅图中，第一层为西王母端坐宝台，旁边有羽人献药，玉兔捣药和双龙交颈，中间两层为玉山中的珍禽异兽，第四层为天子求药图，其中有天子车驾与各随从人员，正浩浩荡荡地开往玉山，欲求长生不老。

在另一幅作品中则记录了周穆王见西王母的神话故事：

图的上半部分为西王母，下半部分为周穆王车驾，据《穆天子传》记载，周穆王曾在“吉日甲子”“宾于西王母”，“乙丑，天子觞西王母于瑶池之上”，西王母还给周穆王唱了一首歌：“白云在天，丘陵自出。道里悠远，山川间之。将子无死，尚能复来。”

受道教飞升观念影响，羽人也是画像石中的常客，他们背生双翅，是先民信仰中的仙人，可以超脱生死，长生不老，代表着生人对逝者“灵魂升天”的美好祝愿。另外，羽人也是不死药的传递者，如汉乐府民歌《长歌行》中所说：“仙人骑白鹿，发短耳何长！导我上太华，揽芝获赤幢。来到主人门，奉药一玉箱。主人服此药，身体日康强。发白复还黑，延年寿命长。”这里“发短耳长”的生物就是羽人。

3.《神异经》

《神异经》是汉代重要的志怪集，旧本题为东方朔所作，晋代张华注，为《山海经》的仿作。全书分为东荒经、东南荒经、南荒经、西南荒经、西荒经、西北荒经、北荒经、东北荒经、中荒经九章，与《山海经》的区别是，《神异经》的重点不在山川、河流上，而在神话与怪物异兽上。

《神异经》的作者和成书年代争议较多，第一种观点认为此书是东方朔所作，成书于西汉，从隋朝的《经籍志》到宋代，历代书目中大都持这一观点，另外，东汉末年服虔在其注释《左传》时曾经引用《神异经》，南北朝时期郦道元的《水经注》、裴松之注《三国志》时都曾经引用《神异经》内容。

第二种观点认为《神异经》并非东方朔所著，而是六朝文人假托东方朔之名所作。提出这一观点的是明代学者胡应麟：“《神异经》《十洲记》俱题东方朔撰，悉假托也。其事实诡诞亡论，即西汉人文章，有此类乎？《汉志》有《东方朔》二十篇，列《杂家》，今不传，而二书传，甚矣，世好奇者，众

也。”这一观点被四库馆臣采纳，在《四库全书总目提要》中说：“此书既刘向《七略》所不载，则其为依托，更无疑义。观其词华缛丽，格近齐、梁，当由六朝文士影撰而成。”不过，这些仅仅是怀疑，在没有充足证据之前，仍将《神异经》归于东方朔名下。

《神异经》对《山海经》既有继承也有发展。比如，《东荒经》中提到，东荒之中有一个大石室，里面住着东王公，他身高一丈，人形鸟面虎尾，这与《山海经》中西王母的形象“豹尾虎齿而善啸，蓬发戴胜”有明显相似之处。不过，《神异经》中的东王公更有人间烟火气，他经常和一名女子玩投壶的游戏，如果投中，天就为之噫嘘；假若未中，天就哈哈大笑，这里的“天”已经有了明显的人类感情，时而发笑，时而幸灾乐祸，则与《山海经》不同。

《中荒经》中，昆仑山有一只叫作希有的大鸟，“张左翼覆东王公，右翼覆西王母。背上小处无羽，一万九千里。西王母岁登翼，上之东王公也”，这便是东王公与西王母相会的场景。在道教神话中，东王公相当于天界的“HR”，一个人若是想要得道成仙，必先过东王公这一关，之后才能进入西王母的筛选程序，最终成为合格的仙人，位列仙班。

除了简单的记载之外，《神异经》中也包含着很多作者的讽刺和调侃，如《东荒经》中说，东荒之中有一个地方，那里的男人都穿着朱衣缟带，女人都穿着彩衣，男女皆正襟危坐，互不侵犯，相互夸奖，绝不诋毁，见人有难都会出手相助，这些人叫作“善人”；又如《西荒经》中有一种叫作“讹兽”的异兽，长着人脸，会说话，喜欢骗人，“言东而西，言恶而善”，吃了它的肉之后就不会说真话了。这里便是借“讹兽”讽刺那些欺诈之徒。“近小人，远君子”的穷奇、善恶不分的浑沌等都是《神异经》中讽刺现实的经典形象，流传甚广。

4.《十洲记》

《十洲记》又名《海内十洲记》，与《神异经》一样，旧题都为东方朔所作。不过，《十洲记》明显为他人假东方朔名义所写，如班固所说：“而后好事者因取奇言怪语附著之朔。”《四库全书总目提要》中也指出了书中很多谬误：“其言或称臣朔，似对君之词；或称武帝，又似追记之文。又盛称武帝不能尽朔之术，故不得长生，则似道家夸大之语。”加上书中对道教之事所言甚详，“好言神仙，字字脉望”，更像是“道家之小说”，作者应该是东汉或六朝道士。之所以假冒东方朔的名义，并不是为了上“畅销书排行榜”，而是狐假虎威，借东方朔“智圣”的名号为自己背书。

《十洲记》开篇非常有趣，汉武帝听说海外有十座仙岛，便召来东方朔，亲问此事，东方朔于是作此文以呈御览，十洲为祖洲、瀛洲、玄洲、炎洲、长洲、元洲、流洲、生洲、凤麟洲、聚窟洲，后附沧海岛、方丈洲、扶桑、蓬丘、昆仑五条，便是全书内容，以下对十五处仙境略作说明。

祖洲在东海之中，地方五百里，距离西岸七万里，岛上有不死草，高三四尺，样子和菰苗很像，人死三日，以该草覆之，当时便活，活人服之可以长生。昔日秦始皇曾派徐福带五百童男童女入海寻找，“遂不返”。文中还专门指出：“福，道士也，字君房，后亦得道也。”原来他没有回来，竟是找到不死药，得道飞升了。

瀛洲在东海中，地方四千里，距离西岸七十万里，岛上有仙草灵芝，又有高达千丈的玉石，还有可以涌出仙酒的玉醴泉，饮之可以长生。岛上还居住着很多仙人，风俗习惯类似于吴人，山川河流则与中国无异。

玄洲在北海之中，方七千二百里，距离南岸三十六万里，岛上有太玄都，是仙伯真公的治所。有一处叫作风山的地方，声响如同雷电。西北方对着天门的地方，那里有很多神仙居住的宫殿，各处皆有不同，金芝玉草长得十分茂盛，这里是三天君下的治所。

炎洲在南海中，地方二千里，距离北岸九万里，其上有风生兽，模样和豹子很像，青色，大小和狸猫差不多，张网捕之，用几车柴去烧它，烧完之后风生兽仍然立在火中，毛发不焦。若用刀剑去砍它，也没有任何作用，只有一种办法能够杀死风生兽——“以铁锤锻其头，数十下乃死”。不过，费尽九牛二虎之力杀死之后，一定要尽快食用，因为只要风一吹，它便能马上复活。“取其脑和菊花服之，尽十斤，得寿五百年”。

长洲又名青丘，在南海中，地方各五千里，离岸二十五万里。岛上多大树，可达两千围（双臂合抱为一围），又有仙草灵药，甘液玉英，有紫府宫，天真仙女游于此处。

元洲在北海中，地方三千里，距离南岸十万里，岛上有五芝（灵芝）玄涧，涧水如蜜浆，饮之长生，与天地同寿。如果有幸得到这些灵芝，也可以长生不死。

流洲在西海中，地方三千里，距离东岸十九万里。岛上多山川积石，名为昆吾。用这些石头锻造出来的宝剑，可削铁如泥。

生洲在东海中，接蓬莱十七万里，地方二千五百里，距离西岸二十三万里。上有仙家数万，长满灵芝仙草。地无寒暑，四季如春，安养万物。

凤麟洲在西海中央，地方一千五百里。洲四面有弱水环绕，连鸿毛都浮不起来，不可逾越。洲上多凤麟，数万各自为群。又有山川池泽，神药百种。

聚窟洲在西海中，地方三千里，北接昆仑二十六万里，距离东岸二十四万里。岛上有很多真仙灵官，宫第比门，不可胜数。又有宝物返生香，可以使死者复生。

沧海岛在北海中，地方三千里，离岸二十一万里。海四面绕岛，各广五千里。岛上多石脑、石桂、英流、丹黄子、石胆之类的仙药，服之可以长生。

方丈洲在东海中心，西南东北岸正等，上有群龙聚首，仙家数十万。这里的仙草灵芝就像凡间的稻子一样，“耕田种芝草，课计顷亩，如种稻状”。

扶桑在东海之东岸，陆行登岸一万里，为东王公治所，有椹（桑葚）树，大两千围，“食其椹而一体皆作金光色，飞翔空玄”。

蓬丘即蓬莱山是也，周围有冥海环绕，无风而洪波百丈，凡人无论如何是到不了的，上有九老丈人，九天真王宫，乃太上真人住所，只有飞仙有能到达那里。

昆仑又名昆崚，在西海之戌地，北海之亥地，离岸十三万里，四周有弱水环绕，无法到达，乃西王母住所，众仙聚集之地。

5.《淮南子》

《淮南子》又叫《淮南鸿烈》《刘安子》，是西汉淮南王刘安及其门客收集史料编写而成的一部著作。《汉书·艺文志》和《四库全书总目提要》都将其归入“杂家”。全书共三十三卷，分为：内篇二十一卷，主要内容为论道；中篇八卷，主要内容为养生；外篇三十三卷，主要内容为杂说，如今存世的只有内篇。书中内容以道家为主，兼容并包，对阴阳家、法家、墨家和儒家思想都有收录，故梁启超对它的评价极高：“《淮南鸿烈》为西汉道家言之渊府，其书博大而和有条贯，汉人著述中第一流也。”

《淮南子》中收录和保存了很多神话，其中最为重要的是中国四大神话，即女娲补天、嫦娥奔月、后羿射日、共工怒触不周山。

《淮南子·览冥训》中记载：“往古之时，四极废，九州裂；天不兼覆，地不周载；火爁炎而不灭，水浩洋而不息；猛兽食颛民，鸷鸟攫老弱。于是女娲炼五色石以补苍天，断鳌足以立四极，杀黑龙以济冀州，积芦灰以止淫水。”这段文字中不仅详细记录了女娲补天的经过，还歌颂了她“断鳌足”“杀黑龙”以除害，“积芦灰”以止洪水的功绩，由此来看，女娲不仅是人类的创造者，也是秩序的维护者，这是对女娲补天之事最早的记载。

后羿射日在先秦古籍中虽然也有记载，但大多只是只言片语，如《山海经》中记载的扶桑树上有十个太阳、屈原《招魂》中的羿射九日等。《淮南子·本经训》则对这个故事进行了详细描述，补充了大量细节：到帝尧继位之后，十个太阳同时出现在天上，“焦禾稼，杀草木，而民无所食”，同时，世上又有猰貐、凿齿、九婴、大风、封豨、修蛇等凶兽为害，尧便命令后羿“诛凿齿于畴华之野，杀九婴于凶水之上，缴大风于青邱之泽，上射十日而下杀猰貐，断修蛇于洞庭，擒封豨于桑林”，万民皆喜。

嫦娥奔月最早见于秦简《归藏》（1993年3月在湖北省江陵王家台15号秦墓中出土）中：“昔者恒我（姮娥，即嫦娥，西汉避文帝刘恒讳改）窃毋死之药于西王母，服之以（奔）月。”《淮南子》中则将嫦娥写成了后羿的妻子，丰富了故事的内容：“昔者，羿狩猎山中，遇姮娥于月桂树下。遂以月桂为证，成天作之合”，后来，羿从西王母那里得到不死药，被妻子嫦娥偷服。后世又根据《淮南子》的记载改造出了很多版本，如《墉城集仙录》中的“羿司射卫黄帝之宫，入宫得琼药之丹以与姮娥”。

共工怒触不周山也是首次出现于《淮南子》中的神话：“昔者，共工与颛顼争为帝，怒而触不周之山，天柱折，地维绝。天倾西北，故日月星辰移焉。”《淮南子·本经训》中又说“舜之时，共工振滔洪水”，可见，舜帝时代的大洪水是由共工造成的，干了这么多坏事，最后被诛杀自然也就顺理成章了。

除四大神话之外，《淮南子》中还记载了神农尝百草、炎黄之战、夸父追日、仓颉造字等故事，以及风雨雷电、日月山川等丰富多彩的神灵形象，为中国古代神话记录的集大成者。更为有趣的是，本书中还记载了很多自然科学现象，如《淮南子·完毕术》中说“艾火令鸡子飞”的现象，即以艾燃烧可令蛋壳浮升，与热气球原理相同。可惜的是，主导《淮南子》编著工作的淮南王刘安，最后却因起兵失败而自尽身亡，实在是文化史上一大憾事。

6. 汉武帝的寻仙之路

汉武帝是史上著名的“寻仙”皇帝，为了能够长生不老，这位拥有雄才大略的皇帝做过不少荒唐事，这部分事迹大多被记载于《史记·孝武本纪》中，需要说明的是，该文并非司马迁所作，而是后人抄录《封禅书》补缀而成。史学家最痛苦的事，就是和史书中出现的人处于同一时代，而且这个人还是自己的上司。司马迁撰写《史记》时，并无后代为前代修史的惯例，只能硬着头皮写完《今上本纪》，呈武帝御览，武帝看完后“怒而削之”，所以，我们现在看到的《孝武本纪》并非司马迁原著。

这篇文章中，作者塑造了一个被鬼神方术迷得神魂颠倒的皇帝形象，对以武帝为中心，连李少君、齐人少翁、栾大和公孙卿等方士在内的一众人等，极尽讽刺挖苦之能事，表达了作者心中的不满。在语言的运用上，本篇多用“盖”（大概）“云”（据说）等字，极为有趣，如“见其迹甚大，类禽兽云”“少翁以方术盖夜致王夫人及灶鬼之貌云”等，以表示怀疑和不确定，使汉武帝的愚昧形象跃然纸上。

文中说，武帝登基之初，就特别重视对鬼神的祭祀，后来，在一次祭祀活动中，武帝得到了一位“神君”，将其供奉在蹄氏观中。这“神君”本是一名女子，因其子夭折过度悲伤而死，显灵于其妯娌身上，战国时期的平原君就曾祭祀过她。这是武帝好鬼神的明证之一。

当时相传有个叫李少君的人，通晓使人长生不老的“秘术”。这位“大仙”隐瞒自己的生辰，自称已经七十多岁，就靠着这一手“秘术”坑蒙拐骗，得了很多金银财帛，又与他人伙同使用诈术深得武帝信任。他对武帝说：“祭祀灶神可以招来鬼神，鬼神可以使朱砂变作黄金，人如果使用这些黄金做成的器物饮食，就能够延年益寿，只要寿命足够长，就能去蓬莱岛见到仙人。”武帝竟对此深信不疑，亲自祭祀灶神，派人去海外寻找仙人，还用朱砂等物炼制黄金。后来，李少君病死，武帝仍坚信他没有死，只是得道成仙了。

过了几年，有个叫少翁的人来觐见武帝，自称能够招来鬼神。当时武帝极为宠爱的王夫人去世，据说少翁便用方术让王夫人的魂魄与武帝相见，武帝大喜，封少翁为文成将军，大行赏赐，以礼待之。过了一年多，少翁的“仙术”越来越不灵验了，便想了个馊主意，自己在帛上写了些字，让牛吞进肚子里，又让武帝杀牛得帛，称其为神仙显灵。武帝起了疑心，便让人核对笔迹，发现果然是他大胆造假，一怒之下将其诛之。

又过了几年，有个叫栾大的人求见，称自己见过海上的神仙，只是不敢泄露法术，怕自己像文成将军一样惨死。武帝对他说：“文成是吃了马肝死的，哪里是我杀的？你若是能找到神仙，我有什么舍不得的？”栾大于是说：“想要召来神仙，我的地位必须要显贵。”武帝立刻封栾大为五利将军，赐金印四枚，是为“天士将军、地士将军、大通将军、天道将军印”，栾大将军功德圆满，不久之后就出发去寻找神仙了，当然，他再也没有回来。

此类荒谬之事在《孝武本纪》中颇为常见，至于武帝求仙的效果，显而易见——公元前87年，武帝崩于五柞宫，终年七十岁。武帝寻仙之事，看似荒谬，却也有必然性，他和秦始皇一样，都是功盖千秋、青史留名的“千古一帝”，世上已无可求之事，只能去天上仙界找寻极乐，就连苏轼都写过“哀吾生之须臾，羡长江之无穷。挟飞仙以遨游，抱明月而长终”，何况是高高在上的皇帝呢？

四、魏晋南北朝神话

1. 道教神仙体系的建立

魏晋南北朝时期的神话开始由简单、零散转向连贯和完整。另外，由于社会的动荡、佛教的兴盛和玄学的兴起，神话又呈现出多样化和复杂性，最有代表性的事件就是道教神仙体系的建立和完善。

说到道教的产生，需追溯到春秋时期的老子，在《道德经》中，老子把“道”看作至高无上的存在，后来，庄子提出了见素抱朴、坐忘守一等修炼方式，道教开始有了最初的雏形；至战国时期，齐国兴起黄帝和老子的黄老之学；秦朝建立之后，始皇帝一心寻仙问药，进一步促进了方术和道教的发展，使方仙道得以发展；至汉代，文帝与景帝推崇道家学说，开创“文景之治”，武帝虽然“罢黜百家，独尊儒术”，但仍没有放弃“寻仙事业”，这也进一步促进了民间道教的发展，至武帝后期，道教开始由文化和政治信仰转变为宗教；至东汉时期，老子已经成为道教尊崇的最高神灵。

魏晋时期，道教开始分化为士族丹鼎派和民间符水派，前者由士族门阀组成，专一从事炼丹成仙事业，后者则由民间道士组成，专攻符咒与阴阳术等杂学。丹鼎派的代表人物为茅山道士葛洪，他将道教神仙与伦理纲常结合，创造了一套完整的道教神仙体系。符水派分支较多，包含上清派、灵宝派、五斗米教、天师道等几大派别。

道教为典型的多神教，神祇数量繁多，体系极为复杂，主要包含正统道教体系、民间信仰体系、远古神话体系和神魔小说体系，各道派又有各自独立的体系，下面以南朝陶弘景所作《真灵位业图》为准，将道教神仙略作梳理。

《真灵位业图》根据“朝班之品序”和“高卑”的原则，将五百多位神仙分为七个等级，每个等级中又设立中位、左位与右位，中位由一个神仙住持，左右位神仙数量则各有不同。

第一等：主神为元始天尊，全称“青玄祖炁玉清元始天尊妙无上帝”，道教至高神三清之一，也是“道”的实体化，道场位于昆仑山玉清境，为天界最高的地方。元始天尊左位有神灵二十九位，右位则为十九位。

第二等：主神为“万道之主”玄皇大道君，全称“上清高圣太上玉晨玄皇大道君”，左位有神灵三十位，右位则为三十八位，其中包含三十位女仙。这一等级的神仙中，既包含神话传说中的人物，也包含部分封神的凡人。

第三等：主神为太极金阙帝君，全称“皇天金阙后圣太平帝君”，俗名李弘元，据《上清后圣道君列纪》记载，他是“地皇之胄，玄帝（真武大帝）时人”“母先梦玄云日月缠女形，乃感而怀焉”，二十岁时离家出走，“潜室长斋”，后来得道飞升，登上清宫，“封掌兆民、山川、河海、八极、九该莫不尽”。金阙帝君左位为葛玄、孔子、颜回、黄帝、颛顼等五十多位神灵，右位为庄子、老子、秦佚、庚桑子等三十多位神灵，大多为真实的历史人物。

第四等：主神为太上老君，即老子，左位为鬼谷先生、张子房、赤松子、东方朔等六十余位仙人，右位为葛洪、栾巴、徐福、洪崖先生等一百余位仙人。在这一体系中，老子的地位下降到了历史最低点，后世普遍认为，老子为道教至高神，地位在所有神之上，称太上道祖。

第五等：主神为九宫尚书张奉，张奉即张激子，东汉时人，据陶弘景《真诰》记载，他曾经“遇山图公子，授以九云强梁炼桂法，修之得道”，治所在东华宫，左位有十九位神灵，右位亦为十九位。

第六等：主神为右禁郎定录真君中茅君，西汉人，传说曾在茅山修道，为茅山派创始人，左位有散仙四十九人，右位则有九十多人，这些人很多都是魏晋时代的道士。

第七等：主神为酆都北阴大帝，即地狱之主阎罗王，左位为周文王、周武王、秦始皇、汉高祖等五十多位帝王，右位为公孙度、王放、蒋济、赵简子等大将，统领地狱万千鬼兵。

《真灵位业图》虽然只是上清派一家之言，却建立了相对系统和完整的神仙谱系，其余各派神仙各有出入，如：灵宝派尊元始天尊和太上老君为至高神；天师道则尊老子为至高神。至南北朝末期，道教最高神终于有了统一的标准，即三清神——元始天尊盘古大帝、灵宝天尊玉宸道君和道德天尊太上老君，三清的出现，标志着道教神仙体系基本成型。

2. 佛道之争

东汉永平十年（67年），汉明帝派遣使者至西域取经，并邀请迦叶摩腾、竺法兰等高僧至洛阳讲经，后来又兴建中国第一座佛寺——白马寺，开启了汉传佛教的历史。至南北朝时期，由于统治者的支持和崇信，佛教取得了巨大发展，据统计，南朝的佛寺数量在梁朝时达到了两千八百多所，僧尼的数量则超过八万人。《洛阳伽蓝记》中记载，北魏时期，仅洛阳的寺庙便达到一千三百六十七所。伴随着佛教的发展与佛经的传入，佛教神话也随之传入，在民间不断下沉，影响极大，这也直接导致佛教与本土道教之间的对抗与融合。

西晋惠帝时期，天师道祭酒王浮经常与僧人帛远争邪正，于是作《老子化胡经》一卷，记录了老子西入天竺化为佛陀之事：老子出函谷关，留下《道德经》之后，便“即西度，经历流沙，至于阗国毗摩城所”，目的是“化作浮屠（佛祖），以传佛法”，其中更有“胡人不识法。放火烧我身。身亦不缺损。乃复沈深渊。龙王折水脉。复不复流行。愚人皆哀叹。枉此贤人身”等贬低佛教的话语，后来《老子化胡经》被当成道教徒攻击佛教徒的有力证据，使佛道之间的矛盾彻底激化，两教之间的斗争也趋于白热化。

不过，在长期的斗争中，佛教两家却有融合的趋势，到北魏太武帝时期，寇谦之受命改造上清派，他自称天上老君授予自己“天师”之位，又派老子玄孙李普文降世赐予《录图真经》，旨在“去除三张伪法”，取得了太武帝的支持和信任，成为当时道教的领军人物。有趣的是，寇谦之在《录图真经》中写道“佛者，昔于西胡得道，在三十二天，为延真宫主。勇猛苦教，故其弟子皆髡形染衣，断绝人道”，将佛祖释迦牟尼列入仙班，代表着佛道两家的融合趋势，后世“金仙”也成为亦道亦佛的称呼。

到陶弘景编著《真灵位业图》时则更加有趣，在魏晋以前，道教并没有解决人死之后的问题，佛教中则有六道轮回的说法，即——人道（人）、天人道（天人）、阿修罗道（魔）、地狱道、饿鬼道、畜牲道，所有生灵均在六道中不断轮回，陶弘景吸收了佛教这一理论，在《真灵位业图》中加入了酆都北阴大帝，称为“天下鬼神之宗”，道教也正式建立了天界、人界和冥界的三界体系。掌管酆都的阎罗王便是佛教中的概念，梵语为Yama-raja，译为夜摩耶摩。

另外，我国民间流传甚广的夜叉、金刚、鬼等形象也都来源于佛教，至于后世古典神话小说如《西游记》《镜花缘》等书中，佛道两教的神仙已经实现了较为完善的融合，很多佛教的神仙人物已经实现了“本土化”，如托塔李天王的形象，虽然是陈塘关总兵李靖，形象却来源于佛教的“毗沙门天王”。南北朝时期佛道的对抗和融合，进一步丰富了本土神话的广度和深度，促进了道教神仙体系的形成和确立，也不失为一件幸事。

3.《搜神记》

《搜神记》为晋代史学家干宝创作的志怪小说，据《隋书·经籍志》记载，本书原本共有三十卷，半数已经亡佚，现在流传的版本为后人缀辑增益而成，共分为二十卷，记录了四百五十四个故事，其中既有妖魔鬼怪，亦有仙人传说与民间故事，虽然篇幅大多比较短小，情节也相对简单，却充满了奇幻瑰

丽的色彩，是我国志怪小说的集大成者，亦是志怪小说的鼻祖，对后世影响极为深远，很多传奇、话本和戏剧作品从书中取材，如戏曲《天仙配》、蒲松龄的《聊斋志异》等。至于托名陶潜所著的《搜神后记》、章炳文所著的《搜神秘览》等文学作品则是《搜神记》的仿造品。

干宝并非单纯的小说家，而是史学家，除《搜神记》外，他还著有《周易注》《晋纪》《春秋序论》《百志诗》等作品。对于史学家来说，写这样一本“存而不论”的书，似乎有些匪夷所思。不过，《晋书·干宝传》中有这样的记载：“又宝兄尝病气绝，积（多）日不冷，后遂悟，云见天地间鬼神事，如梦觉，不自知死。宝以此遂撰集古今神祇灵异人物变化，名为《搜神记》。”从这一点看，干宝记录的这些神鬼之事并非捏造，而是有据可查，正如鲁迅先生在《中国小说的历史的变迁》一书中所说：“六朝人之志怪，却大抵一如今日之记新闻，在当时并非有意做小说。”

正是因为这个原因，干宝在编著《搜神记》时，态度极为严谨，他在自序中这样写道：“虽考先志于载籍，收遗逸于当时，盖非一耳一目之所亲闻睹也，亦安敢谓无失实者哉！”可见干宝是把这本书当作史书来创作的，这一点从书中的内容便能看出，如对远古帝王和贤臣的记载，“神农以赭鞭鞭百草”“赤松子者，神农时雨师也”“宁封子者，黄帝时人也”，这部分内容都有据可查，属于对远古神话的忠实记录。

在记录妖怪时，干宝在卷首加上了自己的看法：“妖怪者，盖精气之依物者也。气乱于中，物变于外，形神气质，表里之用也。”这段话则是他对妖怪产生原理的探究，也是对“天人感应”灾异原理的忠实反映。再如，《搜神记》中描述的“商纣之时，大龟生毛，兔生角”“周宣王三十三年，幽王生，是岁，有马化为狐”“周哀王八年，郑有一妇人，生四十子，其二十人为人，二十人死。其九年，晋有豕（猪）生人”等，这些异象都代表着昏君当道。

除对前代神话的传承和记录之外，《搜神记》中还记载了很多仙人和神奇的方术，如“寿光侯者，汉章帝时人也。能劾百鬼众魅，令自缚见形”“鞠道龙，善为幻术”“扶南王范寻养虎于山，有犯罪者，投与虎，不噬”，这部分内容大多来自民间搜集，其中董永与七仙女、周青蒙冤、河伯招婿等故事流传甚广，则是本书对神话故事的发展与补充，亦是全书精华所在。

4.《博物志》

《博物志》是西晋张华编著的神话志怪小说集，既有远古神话，也有历史人物传说，涵盖山川地理、珍禽异兽、草木鸟虫、神仙方术等多个领域，内容可说是包罗万象。东晋王嘉在《拾遗记》中称，《博物志》原有四百卷，晋武帝令张华删减为十卷，《隋书·经籍志》中所收录的也只有十卷，也已亡佚，现世流传的多为后人搜辑而成。

《博物志》开篇便说明了该书的写作目的："余视《山海经》及《禹贡》《尔雅》《说文》地志，虽曰悉备，各有所不载者，作略说。""春秋之后，并相侵伐。其土地不可具详，其山川地泽，略而言之，正国十二。博物之士，览而鉴焉。"从这段记载来看，张华作《博物志》，是为了对《山海经》等古籍做补充说明，正因如此，《博物志》在山川地理的记载上深受《山海经》的影响。

《博物志》卷一为地理志，从尧舜时代开始，说明中国的地理分布及面积大小："中国之城，左滨海，右通流沙，方而言之，万五千里。东至蓬莱，西至陇右，右跨京北，前及衡岳，尧舜土万里，时七千里。""尧别九州，舜为十二"，十二州为周、魏、赵、燕、齐、鲁、宋、楚、南越、吴、东越、卫。后面又细分为地、山、水、人民、物产等条目，其中记载了女娲炼石补天、共工怒触不周山等神话。

卷二为外国地理志，其中描述的轩辕国、白民国、君子国、三苗国、大人国等，皆为《山海经》中出现的异国，可看作对《山海经》的缩写与整理。除此之外，《博物志》中亦有新收录的部分，如异俗中的"越之东有骇沐之国，其长子生则解而食之，谓之宜弟""楚之南有炎人之国，其亲戚死，朽之肉而弃之，然后埋其骨，乃为孝也"。至于"秦之西有义渠国，其亲戚死，聚柴积而焚之熏之"则见于《墨子》，亦属对古籍的整理。

卷三的内容可分为异兽、异鸟、异虫、异鱼、异草木等类目，部分词条出自《山海经》，如吉良、比翼鸟、精卫等，还有一些为新收录的内容，如"汉武帝时，大苑之北胡人有献一物，大如狗，然声能惊人，鸡犬闻之皆走，名曰猛兽""昔日南贡四象，各有雌雄"等，"猩猩若黄狗，人面能言"则是对《山海经》的补充。

卷四的内容可分为物性、物理、物类、药物、药论、药术和戏术等类目，属于博物范畴，包含物理、生物、天文和药理知识，其中夹杂着很多神话，如"九窍者胎化，八窍者卵生""麒麟斗而日蚀，鲸鱼死则彗星出"，还有一些生活中常见的应用，如"胡粉、白石灰等以水和之，涂鬓须不白"，是对染发的记载，"削木令圆，举以向日，以艾于后成其影，则得火"，是对凸透镜取火的记载，十分生动有趣。

卷五是对方士和方术的记载，其中不乏奇诡之事，如"左慈能变形，幻人视听""河东有焦生者，裸而不衣，处火不燋，入水不冻"等，作者对这些人的态度也比较明确："《周礼》所谓怪民，《王制》称挟左道者也。"

卷六的内容可分为人名考、文籍考、地理考、典礼考、乐考、服饰考等类目，属于对古籍和传说的考据，其中有"文王四友""仲尼四友"等，也有"曹参字敬伯"这样的简单说明。

卷七为异闻部分，主要记载从大禹时代到南北朝时期的奇闻怪事，既有

“仙夷乘龙虎，水神乘鱼龙”这样的神话，也有“孝武建元四年，天雨粟”这样的怪谈。

卷八为对史书的补充，从“黄帝登仙”开始，到“汉武帝好仙道”为止。

卷九和卷十则为杂记部分，大多为作者收集的民间传闻，其中有生子的诀窍：“妇人妊娠未满三月，着婿衣冠，平旦左绕井三匝，映井水，详观影而去，勿反顾，勿令婿见，必生男。”也有古代圣贤的言行记录：“老子云：‘万民皆付西王母，唯王、圣人、真人、仙人、道人之命上属九天君耳。’”还有对古代传说的考证：“旧说云天河与海通。近世有人居海渚者，年年八月有浮槎去来，不失期。”

晋代王嘉在《拾遗记》中说：“（张华）好观秘异图纬之书，捃采天下遗逸，自书契之始，考验神怪，及世间闾里所说。”从《博物志》中也能看出张华的博学多才，其中的记载虽然多数荒诞不经，但书中原原本本地保留了很多古代神话的资料，“蜀南多山，猕猴盗妇人”的故事开创了猿猴类故事的先河。另外，其中关于道教神仙资料和丹药方术的记载亦为后世所重视，遂此书后发展为重要的道教典籍。

5.《水经注》

《水经注》是北魏郦道元为《水经》作注而撰写的一本地理学著作，故得其名。《水经》是我国第一部专门记述书系的著作，关于作者的争论较多，全文共一万多字，记述了全国一百三十七条河流的水道情况，记载相当简略，缺乏系统性和完整性。《水经注》名为作注，实际上是以《水经》为纲，记载了大小一千二百五十三条河流的情况，从发源到入海，对河床深度、水量和水位的季节变化等都有论述，更为难得的是，此书中还记载了不少历史典故、神话传说和渔歌民谣等内容，全书共分为四十卷，总计三十余万字，为郦道元行万里路，穷尽毕生心血所作。

郦道元在自序中说明了自己写《水经注》的目的：第一，“《大禹记》著山海，周而不备；《地理志》其所录，简而不周；《尚书》《本纪》与《职方》俱略，都赋所述，裁不宣意；《水经》虽粗缀津绪，又阙旁通”；第二，地理现象随时间推移有所变化，需要重新勘探考察；第三，“《经》有谬误者，考以附正”。

《水经注》对《山海经》《穆天子传》《淮南子》等古籍多有引用，使整本书充满了神话色彩，如在对昆仑山的考证中，郦道元写道：“昆仑之山三级：下曰樊桐，一名板桐；二曰玄圃，一名阆风；上曰层城，一名天庭；是为太帝之居。”这段记载是对昆仑仙境的描述，言其分为三层，是仙人居住的地方（《山海经》曰：“昆仑之丘，是实惟帝之下都。”）；在对“龙门”的考证中，作者写道“昔者大禹导河积石，疏决梁山，谓斯处也”“梁山北有龙门山，大禹所凿”，姜水一条则有“炎帝，神农氏，姜姓，母女登，游华阳，感神而生炎帝，长于姜水”。

除此之外，《水经注》中还记载了很多沿岸的神话故事，比如《水经注·渭水三》中写道，石柱桥中曾有忖留神，鲁班修好桥之后，他想和鲁班说话，又觉得自己奇丑无比，羞于见人，加上鲁班善于画像，便抵死不出。于是鲁班拱手对他说：“出头见我。”忖留神果然伸出头和鲁班说话，却被鲁班用脚在地上悄悄地画了一幅像，忖留神觉察之后便回到水中，再也没有出现，“故置其像于水”。《水经注》卷三十四中则有对巫山神女的记载：“巫山者……又帝女居焉，宋玉所谓天帝之季女，名曰瑶姬。”在《水经注·涯水》中，郦道元记载了一段民间传说：“山下际有石如人形，高七尺，状如女子，故名贞女峡。古来相传，有数女取螺于此，遇风雨昼晦，忽化为石。”

《水经注》不管从哪方面考量，都是一部堪称伟大的作品。可惜的是，郦道元穷尽一生撰写《水经注》，却因为做官“执法情刻”“素有严猛之称”得罪了不少豪强和贵族，最后在阴盘（今陕西省西安市临潼区东）驿亭连同两个儿子一同被杀害，魏收修《魏书》时甚至将他列入《酷吏传》。

6.“神话大师”郭璞

郭璞，别名郭宏农，晋代河东郡闻喜县（今山西省闻喜县）人，严格地讲，他并不是“神话大师”，而是文学家、训诂学家和风水学家，除此之外，他还是正一道教徒，两晋时代最为有名的方士之一，擅长“未卜先知”“起死回生”“降妖除魔”等仙术。

郭璞得到“神话大师”这个名号，与训诂这门学问有关。所谓的训诂，即解释和翻译古代典籍中的词义，同时对其语法和修辞手法等进行分析，郭璞作为“寻仙问药”的道士，最感兴趣的自然就是《山海经》《穆天子传》《尔雅》《葬经》等古籍，现在流传的《山海经》便多为郭璞注解版，也正是这个原因，在《山海经》的词条中经常出现郭璞的名字。

作为道士，郭璞对《山海经》中的奇闻怪谈和怪物异兽十分笃信，他在《山海经》序中写道，“世之览《山海经》者，皆以其闳诞迂夸，多奇怪俶傥之言，莫不疑焉”，即，世人所谓的怪异，是未知其所以然，世人所谓的不异，是因为知道了其中的道理，所以，“物不自异，待我而后异，异果在我，非物异也”。文中，郭璞还对司马迁“至《禹本纪》《山海经》所有怪物，余不敢言也”的态度提出了批评，称其“不亦悲乎”。而郭璞为《山海经》作注的目的，在于“令逸文不坠于世，奇言不绝于今”“八荒之事，有闻于后裔”。从这一点看，我们今天能够一睹《山海经》的奇幻瑰丽，皆要感谢

郭璞。

郭璞对《山海经》的注解，并非简单注释，而是引经据典，其中还夹杂着郭璞所作的赞诗，如“鬼草”一条中，郭璞写道：

焉得鬼草，是树是艺。
服之不忧，乐天傲世。
如彼浪舟，任波流滞。

“三足龟”中有：

造物维均，靡偏靡颇。
少不为短，长不为多。
贲能三足，何异鼋鼍。

“夔牛”中有：

西南巨牛，出自江岷。
体若垂云，肉盈千钧。
虽有逸力，难以挥轮。

“夸父”中则有：

神哉夸父，难以理寻。
倾河逐日，遁形邓林。
触类而化，应无常心。

郭璞的这些赞诗，不仅是对《山海经》的注释和补充，同时也具有极高的文学价值，他一生所作诗文著作达百卷以上，数十万言，《晋书·郭璞传》中评价他“词赋为中兴之冠”，《文心雕龙》也称他“景纯艳逸，足冠中兴”。

除了给《山海经》作注之外，郭璞还用了十八年时间为《尔雅》作注。《尔雅》为秦汉时期成书的辞书，也是辞书之祖，收录了四千三百多个词语，分为《释天》《释地》《释丘》《释山》《释水》《释鸟》《释兽》《释畜》《释虫》《释鱼》《释草》《释木》等，极富神话色彩。郭璞在《尔雅》的基础上，按照当时的语言标注读音，并详细解释了动植物的特点，如在“鲵鱼”一条中，郭璞写道：“今鲵鱼似鲇，四脚，前似猕猴，后似狗，声如小儿啼，大者长八九尺。”除此之外，多才多艺的郭璞还为很多动植物作了图。

他所创造的生物分类方法和专业术语，有的一直沿用至今，如植物类的

“丛生”“蔓生”，动物类的“胎生”“类属”等。

可惜的是，生逢乱世的郭璞最终命运与郦道元一样，死于叛军王敦之手。王敦造反之前让郭璞给他算命，郭璞说：“思向卦，明公起事，必祸不久。若住武昌，寿不可测。”王敦大怒问他：“卿寿几何？”郭璞对曰：“命尽今日日中。”于是，“敦怒，收璞，诣南冈斩之。时年四十九”。一代大家如此惨死，实在让人惋惜感伤。不过，对于郭璞来说，死亡或许并不可怖，正如他在《游仙诗》中所写：“京华游侠窟，山林隐遁栖。朱门何足荣，未若托蓬莱。”

7. 西王母的形象变迁

西王母又称王母娘娘，是神话中最为著名的形象之一，在民间传说中，她还是玉皇大帝的妻子，掌管不死药、蟠桃和人参果等仙药，肩负生育万物、调理阴阳的职责。在道家神话中，西王母为女仙之首，主宰天地间的阴气和修仙之事，亦是全真教祖师。不过，在神话的最初阶段，她不仅没有这些神通，反而是个妖怪。

西王母的形象变迁，经历了三个历史阶段，她的最初形象被记载于《山海经》中，是一个半人半兽的神灵，“其状如人，豹尾虎齿而善啸，蓬发戴胜”。她居住在昆仑山上，主要职责是掌管瘟疫及灾祸，身边有四只青鸟作为使者，负责狩猎和传达等工作。这一阶段的西王母形象为典型的“泛灵论”的产物，与伏羲、女娲人首蛇身的特点十分相似，极有可能产生于原始社会阶段。不过，西王母的这一形象并没有维持多久，到《穆天子传》时，她已经成为一国之主，周穆王“执白圭玄璧以见”，“西王母再拜受之”。

从这些记载来看，西王母的生活条件虽然仍然比较差，“比徂西土，爰居其野，虎豹为群，于鹊与处”，但已经有了人间帝王的形象，不仅完成了从兽到人的转变，还被赋予了一定的地位和职责，这也为后来封神提供了必要的条件。

到秦汉代时，秦始皇和汉武帝对长生不老进行狂热追求，所谓“上有所好，下必甚焉”，这一阶段的谶纬神学和道学方术也得到了极大的发展，传说中掌握不死药的西王母则成为人们竞相追捧的对象，汉代的古籍中就多次记载了西王母下凡显灵的神迹，如《贾子修政篇》中所记的“身涉流沙地，封独山，西见王母”，又如《神异经》中所记的“上有大鸟，名曰希有，南向，张左翼覆东王公，右翼覆西王母”等。到汉代时，西王母的形象已经完成了从人到神的转变，职能也从瘟疫和灾祸转变为“宜子孙”，掌管不死药和飞升等事，成为民间信仰的重要组成部分。

到两晋时期，上清道教兴起，掌管长生不老的西王母成为尊神的不二人

选，于是，道教吸收她为七圣之一，乃盘古之女，主管一切女仙，同时负责送子与治病，成为仁慈和吉祥的化身，这一时期的《汉武帝内传》中还记录了西王母与汉武帝相会之事，其中有大量对西王母外貌的描述："王母上殿，东向坐，著黄锦袷襡，文采鲜明，光仪淑穆""天姿掩蔼，容颜绝世，真灵人也"。最后，西王母还送给武帝几颗仙桃："以鎜盛桃七枚，大如鸭子，形圆，色青""母以四枚与帝，自食三桃"。从这些记载来看，西王母的形象在这一时期已经彻底完成转变，成为风姿绰约的女神。

西王母形象改变的背后，映射出的事实上是社会历史的变迁。从原始社会"泛灵论"影响下诞生的半人半兽，到后来的一国之君，再到后来的尊神，这一切发展伴随着国家的产生和宗教的繁荣，一切神话都来源于人类的自身需求，西王母亦不例外。

五、隋唐五代神话

1. 唐传奇的兴起与繁荣

唐代是中国古典文学发展的一个高峰时期，这一时期文学的体裁也不断推陈出新，除了我们耳熟能详的唐诗之外，还有唐代的传奇及其话本，即短篇文言小说，这些传奇话本中，有记人的，也有志怪的，既有反映上层生活的，亦有描写市井百态的，生活气息比较浓厚。

唐传奇从兴起到衰落经历了三个阶段，鲁迅先生在《中国小说史略》中说："小说亦如诗，至唐代而一变，虽尚不离于搜奇记逸，然叙述宛转，文辞华艳，与六朝之粗陈梗概者较，演进之迹甚明，而尤显者乃在是时则始有意为小说。"初唐和盛唐是唐传奇的发轫期，这个时期的作品继承了南北朝时期志怪的特点，数量较少，篇幅简短，艺术上也不够成熟，现仅存《古镜记》《补江总白猿传》《游仙窟》等。

至开元天宝（均为唐玄宗年号）之后，"作者蔚起"，唐传奇迎来了黄金时代。从内容上来看，这一阶段的唐传奇中绝大部分为反映现实生活的作品，但其中亦不乏志怪者，如：沈既济的《枕中记》记载了道士吕翁在邯郸授卢生"黄粱梦"之事，元代汤显祖又以此为原型创作《邯郸记》；《任氏传》记载妖狐幻化，终于守志殉人之事，实为讽刺实事；沈亚之的《湘中怨》中记载了郑生偶遇孤女，自云"蛟宫之娣"事。除了这些志怪小说外，《柳毅传》《霍小玉传》《李娃传》《莺莺传》等也创作于此阶段，这些传奇话本一直流传至今，被改编为各种戏曲和影视剧，代表了唐传奇的最高成就。

至晚唐时期，单篇传奇数量急剧减少，取而代之的是大量的传奇专集，如牛僧孺的《玄怪录》、牛肃的《纪闻》、李复言的《续玄怪录》、薛用弱的《集异记》、张读的《宣室志》、皇甫枚的《三水小牍》等。从内容上来看，这个时期的唐传奇更加倾向于搜奇猎异、记神志怪，现实主义内容开始减少，同时，武侠题材作品也开始丰富起来，如李功佐的《谢小娥传》、沈亚之的《冯燕传》等。总体来讲，晚唐时代的传奇话本虽然数量繁多，但篇幅大多比较短小，叙事简略，与六朝志怪小说比较接近，不管是质量和思想上来说，都

逊色于中唐时期同类作品。

唐传奇的出现和繁荣背后，折射的是唐代的兴盛。唐朝统一中国之后，开创了长期的盛世，农业和手工业取得较大发展，随之出现了很多规模较大的城市，市民阶层的兴起为传奇小说提供了广阔的市场，民间“说话”艺术的发展又进一步促进了唐传奇的繁荣。唐传奇的繁荣，标志着中国小说发展已经趋于成熟，成为一种独立的文学形式。

2.《广异记》

《广异记》是唐传奇中的代表作之一，作者为谯郡（今安徽省亳州市）人戴孚，其生平在史书中并无记载，略见于顾况所作《戴氏广异记序》中。《广异记》原本为二十卷，现仅存六卷，内容传承了六朝时期的志鬼志怪模式，但写作手法和整体技法都有不小的进步，表现为人物描写细致，情节曲折，已经有了小说的雏形。与唐代后期传奇不同，《广异记》的创作有一定的政治意义，正如《戴氏广异记序》中说的：“变化之兆，吉凶之源，圣有不知，神有不测……圣人所以示怪、力、乱、神，礼乐刑政，著明圣道以纠之。”

《广异记》中的词条，全都以人名命名，内容大致可以分为名人轶事、坊间传闻和神仙故事。名人轶事如“狄仁杰”一条中写道，武则天时期，狄仁杰为宁州刺史，他住的宅子是有名的凶宅，已经死了十几个刺史了。狄仁杰刚到时，就有下吏对他说：“官舍久凶，没有人敢住，且荒草丛生，大人不如去其他地方居住。”狄仁杰偏不信邪，后来果然出了很多奇诡之事，狄仁杰大怒，骂道：“我是刺史，这是我的宅子，小小鬼魅，也敢在这里撒野！任你千变万化，我都不怕你，不如出来相见。”话语刚落，果然有一人出现，自言是某朝官员，死后葬于树下，尸体被槐树根所穿，不得超生。狄仁杰便命人在树下挖掘，果然发现一具尸体，“乃为改葬，自此绝也”。书中提到的类似名人还有唐代兵部尚书李暠、幽州节度张守珪、洛阳令杨玚等。

坊间传闻如“崔敏壳”一条中写道，博陵有个叫崔敏壳的人，性耿直，不惧鬼神，十岁时曾经无缘无故地死去，十八年后复生，对人讲了他在阴间的遭遇。原来，崔敏壳见到阎罗王之后，称自己的魂魄被鬼卒误追，属于阴间官员失职，请求阎罗王放自己回去。阎王也挺讲道理，对他说：“我就是把你放回去，如今已物是人非，不如让你重新投胎，给你高官厚禄如何？”崔敏壳坚持自己的原则，阎王无奈，只能派人去西王母那里求来不死药，崔敏壳才得以复生。后来，他做了徐州刺史，据传言，这里的刺史府曾经是项羽故居，没人敢住，崔敏壳却不管这些，大摇大摆地住了进去。几天之后天空中突然传来一声断喝：“吾乃西楚霸王，何人敢占我府邸？”崔敏壳不以为然，讥讽道：“你算个什么东西，生不能与汉高祖西向争天下，死了还要和我抢个败屋子，你自刎乌江，头行万里，就算是有余灵，你以为我会怕吗？”那声音果然消失了。

神仙故事如“季广琛”一条中写道，有个叫季广琛的人，曾经在河西某旅店投宿，白天睡觉时梦到两位仙女带数十位从人从天而降，自云为姊妹二神，前来拜访。季广琛非常高兴，便与仙女在梦中幽会，等到醒来之后，感觉姐妹两人还在屋内，疑为鬼怪，拔剑便刺，这时便听那对姐妹说道：“我们本以为你是好人，想要和你做个朋友，没想到你这样歹毒。”季广琛便将这件事告诉了店主，店主对他说，此二人乃女郎神也。季广琛赶紧买了酒和肉，望空祭拜，请求女神原谅。第二天晚上，季广琛在梦中又见到了两位神女，女郎神怒气冲冲地对他说：“终身遣君不得封邑（引申为做官）也。”

《广异记》作为唐传奇的开山之作，笔法细腻，情节曲折，已经颇具小说之形神，反映出唐人的生活情致，对后来传奇的创作有深远的影响。

3.《任氏传》

《任氏传》是唐代中期非常有代表性的传奇作品，作者沈既济用细腻的笔触、巧妙的构思，一反往日狐妖鬼魅害人的形象，塑造了一个美丽贤淑、忠于爱情的狐妖形象，对后世的文学创作产生了深远影响，如蒲松龄《聊斋志异》中的女鬼聂小倩、狐妖小翠、辛十四娘等，都深受《任氏传》的影响，下面将本文内容略做说明。

唐代时，长安城有个叫韦崟的人，乃信安郡王李祎的外孙，是地地道道的官家子弟，年轻时放荡不羁，喜欢饮酒，常与一个叫郑六的亲戚一起游逛。郑六曾经学过武艺，好饮酒，家里十分落魄。

天宝九年夏天，两人一起走在街上，打算到酒馆喝酒，走到半路时，郑六自称有事，两人约定到酒馆会合，韦崟便一人骑马东去，郑六则骑着驴子往南走，路上碰到三个美妇，生得花容月貌、倾国倾城，便起了猎艳之心，“策其驴，忽先之，忽后之”，想要挑逗却又不敢。却见那妇人媚眼时时盼睐，郑六才鼓起勇气问：“美艳如此，为何步行？”那女子道：“你有坐骑也不知道给我，可不是只能步行吗？”郑六听了这话，知道美人有意，便解驴相赠，一路送到一处大宅，受到了热情款待。

两人一番云雨，妇人自称姓任，排行二十，家中有姊妹三十多人，全都受教坊管制，早晨便要出门，让他赶紧回去，约定日期再见。郑六虽然不甘心，也别无他法，出门之后走了一段，见有胡人卖饼，便与店主攀谈起来，那店主告诉他，他晚上住的地方乃是残垣断壁，根本就没有什么宅邸，那妇人乃是妖狐所化，多次引诱男子同眠，郑六心中暗惊，等到天亮一看，果然如店主所言。郑六虽然知道了任氏的身份，但一想起她的美貌，心里便如虫挠蚁咬，无法忘怀。

十几天后，郑六又在城里见到了任氏，想要上前搭话，却见她躲躲闪闪，郑六上前追问，任氏对他说："你如今已经知道了我的身份，我没脸再见你了。"郑六表达了自己的爱慕之情后，请她和自己叙旧同欢，任氏感动不已，说到："世人皆厌弃我们，只有公子不同，如果公子不嫌弃，愿意侍奉终身。"郑六听了这话，喜不自胜，一人一妖便开始了同居生活。

郑六家贫，一切吃穿用度都是从韦崟那里借来的，韦崟知道他得了美人，便让小厮悄悄跟去看，果然美艳非常。韦崟也是好色之徒，一日趁郑六出门，便火急火燎地跑到他家，想要轻薄任氏。任氏拼死抵抗，对他说："你过惯了荣华富贵的生活，想要什么样的女子得不到？郑六自幼家贫，唯一能相濡以沫的只有我而已，您忍心以有余夺朋友之不足吗？"韦崟听后羞愧不已，从此对任氏恭敬有加。

后来，有个叫张大的买卖人见了任氏，对郑六说："这样的女人不是世间能有的，你得赶紧把她送走，以免惹祸上身。"一年后，郑六做了果毅都尉，恰好又结了婚，长恨晚上不能和任氏同床共枕，将要上任时便邀请任氏一同前去，却被她以"巫师说西行不利"拒绝。郑六与韦崟再三劝说，任氏便说："倘若巫师所言为真，我这一去便是白白为你而死。"

几天后，两人结伴而行，至洛川时，任氏果然被猎犬咬死，"回睹其马，啮草于路隅，衣服悉委于鞍上，履袜犹悬于镫间，若蝉蜕然。唯首饰坠地，余无所见"。郑六伤心欲绝，倾尽所有将任氏尸身赎回埋葬，削木以为记。

作者在文末写道："嗟乎，异物之情也有人道！遇暴不失节，徇人以至死，虽今妇人，有不如者矣。"本文看似志怪，实为讽刺实事之作。

4.《酉阳杂俎》

笔记体小说与传奇不同，笔记体小说介于随笔和小说之间，多记叙人物轶事、民间传说等，叙事简略，篇幅短小，形式灵活，发端于南北朝，兴盛于唐代，《酉阳杂俎》便是其中的集大成者。此书分为前卷二十卷，续卷十卷，对妖魔鬼物、神仙精怪及动物植物等进行分门别类，分为忠志、礼异、天咫、玉格、壶史、贝编、境异、喜兆、祸兆、物革、诡习、怪术、艺绝、器奇等篇目，内容极其庞杂，可谓包罗万象，保留了大量民间传说和珍贵史料，上承南北朝志怪之风，下启明清鬼神小说，是唐代文学的瑰宝。

对于创作这本书的目的，段成式在自序中说得非常有趣，大意如下："《易经》中曾经记载，一个远游的人夜里看到猪拉着一车鬼，走近才知道是人，这种记载近乎怪异；《诗经》中用'瞻彼淇奥'起兴，这种话也近乎戏言。所以，穿着宽袍的儒者说一些古古怪怪的东西，想来也无伤大雅。有人说，读书就像吃饭，诗书像羹，史书像拆大骨，诸子则为酱醋，若是要烤小鳖来吃，便让人无法下筷了，这种小鳖，大概就是志怪小说之流。我段成式才疏学浅，自然不能像那些大人物一样去做正餐，只能在吃饱喝足之后烤些‘小鳖’，随便写点东西，不指望有人把我当什么大才，也没指望人们能把这本书当什么好东西。”

这段自序虽然谦虚，却不影响《酉阳杂俎》在后世获得了极高评价，如明代李云鹄说：“无所不有，无所不异，使读者忽而颐解，忽而发冲，忽而目眩神骇，愕眙而不能禁。”又有清代纪晓岚在《四库全书总目提要》中盛赞：“（《酉阳杂俎》）自唐以来，推为小说之翘楚。”一本书便可与同时代的一类书媲美，足见其成就之高，影响之深远。

从幻想文学创作的角度来看，《酉阳杂俎》中最有价值的就是“志怪异”的《诺皋记》与《支诺皋》，最有趣的要属其中的《叶限》一条。1914年，周作人曾发表《古童话释义》，文中指出：“中国虽古无童话之名，然实固有成文之童话见晋唐小说，特多归诸志怪之中，莫为辨别耳。”并且认为《酉阳杂俎·叶限》中记载的少女叶限之事，实际上与法国文学家贝洛尔作品《玻璃鞋》中“灰姑娘”的故事如出一辙，却要早上一千多年，只是中国自古便无“儿童文学”一词。

《叶限》出自《酉阳杂俎》续卷《支诺皋上》，讲述了秦汉时期百越族姑娘叶限的故事。“南人相传，秦汉前有洞主吴氏，土人呼为吴洞”，洞主有两位妻子，其中一位早逝，留下一个叫叶限的姑娘，聪明伶俐，十分能干，很受父亲喜爱。洞主去世后，他的另一位妻子及其女儿对叶限百般折磨，并吃了她精心喂养的金鱼。叶限十分伤心，便哭着四处寻找，于野外碰到一仙人，仙人告诉她，只需供奉鱼骨，便能事事如愿。叶限听从神人指点，在民族举行盛大典礼时，“衣翠纺上衣，蹑金履”前往。宴会上，叶限掉了一只金鞋子，被强国陀汗国主得知，于是，国主到处找人试穿金履，最后找到叶限，娶为“上妇”，“其母及女，即为飞石击死”。

类似的神话故事《酉阳杂俎》中还有很多，除了这类传闻外，书中还记载了李白让高力士脱靴、武则天看《讨武曌檄》等历史故事，为后世保留了丰富的史料。

5.《大慈恩寺三藏法师传》

《大慈恩寺三藏法师传》又名《三藏法师传》《慈恩传》等，全书共十卷，前五卷作者为玄奘弟子慧立（存疑），以《大唐西域记》（玄奘口述、辩机编的地理史籍）为蓝本，记叙玄奘出家及西行十九年到天竺求法经过；后五卷为玄奘弟子彦悰补著，记录了玄奘回到中国之后的译经与传法之事，录有不少玄奘与太宗、高宗之间的奏疏和书信等，内容极为丰富。从内容上来，《三

藏法师传》前五卷可看作地理志，后五卷可看作人物传记。

《三藏法师传》虽为传记，其中却有很多关于神话的描写：玄奘在长安时，曾有法师对他说："你此次西行需要一匹赤色老马，马上有漆鞍，鞍前有铁。"数日后果然应验，当然，这匹老马是有用处的。后来，玄奘在沙漠中迷路，干渴难耐，遂倒卧沙中，梦中见以凶神，手持干戈，怒目而视，责问他为何在此睡觉，玄奘惊醒，途中老马突然失控，撒蹄狂奔，不久之后居然奔到一泉水边，玄奘于是得救。

另一段记载则更加凶险：玄奘向那烂陀寺行进时，与八十多人结伴同坐一条船，行船途中，岸边芦苇丛中突然蹿出十几条小船，将玄奘所乘船只堵死，船上众人知是强盗，惊慌失措下纷纷跳船逃走，只有玄奘处变不惊。众匪人见他生得器宇轩昂，气度不凡，便起了杀他祭祀难近母（即杜尔迦，印度女神之一，尚武）的心。

众匪人把玄奘押解到祭坛，将要加害之时，玄奘请求强盗让自己坐化，匪人被他的气度折服，便答应了。众人退去之后，玄奘端坐祭坛，双手合十，口中默颂佛号，元神离开身体，飞入须弥山大自在天，见到了观世音菩萨。此时，玄奘的身边却是另外一副光景，忽然升起一阵狂风，直吹得沙飞石走，天地间一片昏暗。众匪人大惊，知道是菩萨显灵，纷纷跪地参拜，片刻之后，狂风平息，再看玄奘时，仍然端坐台上，懵然不知。之后，众强盗纷纷放下屠刀，皈依正道，此版本中的玄奘度化了强盗。

虽说出家人不打诳语，但这些记载带有明显的神话色彩，也为后世吴承恩创作《西游记》提供了大量可供参考的素材，至于后5卷所记宗教活动，内容也十分翔实，如"海内寺三千七百一十六所""计度僧尼一万八千五百余人"等，为后世研究唐代历史提供了丰富的依据。另外，《大唐西域记》中从高昌讲起，《三藏法师传》中则从长安讲起，记述了途中见闻及地理交通、边疆防御等状况，也是极为难得的历史资料。

六、宋元神话

1. 小说的繁荣

宋元时期的文学风格开始由“雅”转“俗”，即从原来流传于上层社会之中的诗、文等转向流传于民间的小说、词和戏曲等。之所以出现这种情况，是因为宋代商品经济的发展和城市的繁荣。如著名史学家陈寅恪所说：“华夏民族之文化，历数千载之演进，造极于赵宋之世。”据黄仁宇在《中国大历史》中的统计，当时中国的商品交换价值，相当于一千五百万至一千八百万盎司黄金，折合成现在的价值约合六十亿至七十亿美元，在当时的世界上是绝无仅有的。

经济的发展进一步促进了城市的繁荣，北宋都城汴梁的人口一度达到一百五十万，仅十万人口以上的城市就有洛阳、杭州、扬州、成都、广州、福州、应天府等，到了南宋，临安府的人口也一度突破一百二十四万，同时期的巴黎只有约四万人，而伦敦则只有约两万人。与从事自然经济的农业人口不同，市民阶级需要大量的文化娱乐活动来丰富业余生活，于是，这些大城市中出现了种类繁多的勾栏瓦肆，傀儡戏、小说、杂剧、说唱艺术也取得了空前发展，其中最有代表性的便是小说和杂剧。

小说的繁荣始于宋仁宗时代，明朝万历文人天都外臣在《水浒传叙》中说：“小说之兴，始于宋仁宗。于时天下小康，边衅未动，人主垂衣之暇，命教坊乐部纂取野记，按以歌词，与秘戏优工，相杂而奏。是后盛行，遍于朝野。盖虽不经，亦太平乐事。”看来，读小说这件事，不仅百姓们喜闻乐见，就连皇帝和大臣也不能免俗，以至于很多士子在科举考试中也开始使用小说语言，天圣七年（1029年），宋仁宗曾经颁布明诏，对这种现象明令禁止：“诏曰：‘朕试天下士，以言观其趣向。而比来流风之弊，至于会粹小说，磔裂前言，竞为浮夸靡曼之文，无益治道，非所以望于诸生也。’”由此可见当时小说之风已经流行到了何种程度。

宋代小说的繁荣，还体现在数量上，从北宋至南宋《夷坚志》编纂时，小说总数已经超过唐代；从文字语言上看，为了迎合市民阶层的需求，宋代的

小说已经逐渐偏向口语化，成为一种通俗的大众读物，即所谓的“平话”。从题材上看，宋代小说有的取材于历史，记载帝王生活，如《赵飞燕别传》《隋炀帝海山记》等，满足读者对帝王的猎奇心理；有的取材于民间，如《王幼玉记》《谭意歌传》等；还有一部分来源于神话和各类传说，如《江淮异闻录》《洞微志》等。

不过，宋代小说虽然数量繁多，但与前代相比并无实质性的进步与发展，如《中国小说史略》中所说：“宋一代文人之为志怪，既平实而乏文彩，其传奇，又多托往事而避近闻，拟古且远不逮，更无独创之可言矣。”其实，宋代小说乏善可陈是有原因的，并非文人本意。当时，宋朝统治者迷信方术，追求长生不老，对此类荒诞不经之事笃信不疑，文人在志怪时便只敢对事物本身进行忠实记录，不敢稍加渲染，唯恐触了“天字第一号”霉头。宋朝的文风，看似开明，实则忌讳颇多，尤其是程朱理学兴起之后，又无形中给文人们加上了一道理学的“枷锁”，小说中的人物形象必须符合礼教传统，这是宋代文学的一大败笔。

2.《太平广记》与道教兴盛

论起对宋代文学发展的贡献，除了文人自己的潜心创作，官方领导的大型编著活动也是功不可没。《太平御览》《太平广记》《册府元龟》《文苑英华》合称为“四大部书”，内容各有侧重，其中以《册府元龟》规模最为宏大，是其他类书的数倍。

太平兴国二年（977年），宋太祖命李昉、扈蒙、李穆、徐铉、赵邻几等十四人主持编纂《太平广记》，历经一年完成，收录了从汉代到宋代流传的神话故事及道家和释家经典，全书共五百卷，题材共九十二类，其中志神志怪的部分占了绝大多数，包括神仙五十五卷，女仙十五卷，报应三十三卷，神二十五卷，鬼四十卷，其他卷宗还涉及狐、蛇、龙、树木精怪等，可看作是一本中国古代神话百科全书。

唐代时期的绝大部分单篇小说，也被收录在《太平广记》中。所以，后世杂剧、话本等文学作品的创作，都要到其中寻找素材，如元代王实甫的《西厢记》便是取材自《太平广记》中收录的《莺莺传》；戏曲中“落难公子中状元”的套路，即滥觞于《太平广记》中收录的《李娃传》。

从《太平广记表》中，大致可以看出宋太宗对这本书的态度：“臣先奉敕撰集太平广记五百卷者，伏以六籍既分，九流并起。皆得圣人之道，以尽万物之情。足以启迪聪明，鉴照今古。”由此看来，在皇帝的眼里，这些志怪之说皆是“圣人之道”，读之可以“尽万物之情”，还能“启迪聪明，鉴照今古”，与后来程朱理学反对鬼神的态度截然不同。

从《太平广记》中记载的神仙来看，能够明显看出朝廷对道教的重视。如“老子”一条，便占据了卷一的大半篇幅，仅老子的出身，就有“或云，老子先天地生”“或云，天之精魄，盖神灵之属”“或云，母怀之七十二年乃生，生时，剖母左腋而出。生而白首，故谓之老子”“或云，其母无夫，老子是母家之姓”“或云，老子之母，适至李树下，而生老子”等，不一而足，后文中又有“孔子尝往问礼”“今见老子，其犹龙乎，使吾口张而不能翕，舌出而不能缩，神错而不知其所居也”等。

之所以出现这种情况，是因为宋太宗得位一事。宋太祖死后，其弟赵光义继位，为宋太宗，给历史上留下了一个“烛光斧影”的千古谜团，“兄终弟及”，自然难以服众。太祖时，有一个叫张守真的道士“横空出世”，自称玉皇大帝辅臣，号黑煞大将军，乃上天派来辅佐大宋皇帝之人。赵匡胤曾派人召张守真入宫，许诺为天神修建宫殿。后来，太祖暴死，于是，宋太宗登基当日，便在琼林苑作延祚保生坛，举行周天大醮，以取得“天神”承认，张守真也摇身一变，成为“国师”。正因此事关系到皇位的正当性问题，所以，宋太宗对道教笃信不疑。到真宗时更加有趣，签订“澶渊之盟”后，他不仅自导自演了一出“天书”大戏，还在京师和地方兴建了一大批宫观，甚至派官员前去任职。

至北宋最后一任皇帝徽宗时则更加离谱，如果说前面两位皇帝的作为还有一些政治目的的话，宋徽宗就纯属“恣意妄为”了，除了大兴土木、建造宫观之外，他还自称天神下凡，给自己起了个“教主道君皇帝”的名号，重用道士，经常在宫里举办各种荒诞不经的仪式和活动。各级官员看皇帝这样，纷纷上报祥瑞，弹冠相庆，到最后，连徽宗自己都相信自己是昊天上帝元子，实在荒谬之至，以至于《宋史》中记载：“羽卫多士，奉辇武夫，与陪祝官，顾瞻中天，有形有象，若人若鬼，持矛执戟，列于空际，见者骇愕。”至京都城破时，还有一位道士在城上“画符”。

宋代皇帝对道教的重视和推崇，使得整个宋代神话都偏于记载神仙和方术，也从侧面进一步促进了民间道教的发展，使各类神仙渐渐进入百姓的生活中，丰富了民俗内容，也不失为一件好事。

3.《太平御览》

《太平御览》为百科性质类书，宋初“四大部书”之一，与《太平广记》同时编纂，历时七年完成，原名《太平总类》，书成之后，宋太宗每日读三卷，一年读完，故更名《太平御览》。全书共分为五十五部、五百五十门，取《周易·辞》中“凡天地之五十有五”之义，合编为千卷，为中国类书之冠。本书以天、地、人、事、物为序，将内容分为五十五部，其中包罗万象，保存

了大量宋代以前的文献和资料，引用书籍及文章达两千五百七十九种，这些书籍和资料如今大部分已经亡佚，所以，《太平御览》对文献的保存起到了至关重要的作用。

《太平御览》虽为类书，其中也收录了很多神话。《天部》主要阐释天象和与之有关的人事，比如其中有关于天地起源极为详细的记载："未有天地之时，混沌状如鸡子，溟涬始牙，濛鸿滋萌，岁在摄提，元气肇始。"这里的元气就是所谓的先天之气，"清轻者上为天，浊重者下为地，冲和气者为人。故天地含精，万物化生"。"夫礼必本之太一，太一分为天地，转为阴阳，变为四时，列为鬼神"，这里的"太一"指的也是"元气"。也有部分感生神话，如："高祖梦天开数丈，有一人朱衣捧日，令帝张口纳之。及觉，犹热，后二百日为帝。"还有对基本名词的解释，如"天有阴阳，地有柔刚，人有仁义，是谓三才""天有六气，降生五味"等。

《地部》与《天部》类似，其中有关于概念和来源的记载，如"地，底也，言其底下载万物也。亦言谛也，五土所生，莫不审谛也""元气初分，重浊为地"等；也有关于领土方圆的记载，如"凡四海之内，断长补短，方三千里，为田八十万亿一万亿亩""方百里者，为田九十亿亩，山陵林麓川泽沟渎城郭宫室涂巷，三分去一，其余六十亿亩"等；还有部分远古神话的收录，如"桑之上，众帝所自上下，日中无景，呼而无响，盖天地之中也""弱水在东，建木在西，末有十日，其华照下地"等；也有关于地理山川河流的记载，如"淇水，出河内共北山，东入海""昆仑山，纵广万里，高万一千里，去嵩山五万里"等。

《人部》中，有关于概念的解释，如"帝者天号，王者人称。天有五帝以立名，人有三王以正度。天子，爵称也；皇者，煌煌也"；有关于治国之道的记载，如"帝王兴亡，必察八部""兴于仁，立于礼，毕于义，定于信，成于智"等；也有关于远古帝王的记载，如"五帝固相递兴矣""三皇，三才也；五帝，五常也""天地立，有天皇十二头，号曰天灵，治万八千岁，以木德王"等，多为远古时期流传的神话。

《事部》则主要记载礼仪制度的相关内容，分为人事、兵、宗亲、礼仪、封建、职官、刑法、道、释、方术等分目，内容更加庞杂。由于很多资料来源于先秦古籍，所以这部分内容也带有很浓厚的神话色彩，尤其以道释为甚，如"上帝真皇敕太一使者，下与北酆都伯使者同行天地，司察人神功过深浅，列言上官""太真丈人登白鸾之车，驾黑凤于九源，自天已下，莫不范德"等。

4.《梦溪笔谈》

《梦溪笔谈》是宋代沈括撰写的一本综合性笔记体著作，全书共分为三十卷，十七目，共六百零九条，内容涉及天文、数学、物理、生物和化学等学科，因作者在“梦溪园”写成而得名，是中国古代科技史上里程碑式的作品，在世界上亦有很大的影响力。《梦溪笔谈》虽然偏重于科学，其中亦不乏志神志怪的内容。

沈括在《自序》中说明了自己创作本书的动机和目的，因为“退处林下，深居绝过从”，想起曾经和宾客说的话，就随手记下，然而时深日久，并无朋客往来，“所与谈者，惟笔砚而已”，故命名《笔谈》。至于涉及国政的事，则“不敢私纪”，涉及官员毁誉的事，“虽善亦不欲书”，所记录之事，只有“山间木荫”、随意谈笑和民间传说而已。然而，沈括虽然这样说，但所记之事绝非闲谈而已。

沈括名义上虽然是退居山林，实际上是为了保护自己，他曾是王安石变法的忠实拥护者，王安石罢相之后他也遭到了排斥和打击，声明“莫谈国事”，也是不得已而为之。其实，从另一方面来看，得以脱离政治旋涡的沈括是幸运的，能够隐居山林，专心著述，虽官场失意，却有著作流传后世，很难说是不幸。正因如此，一千年后的我们才能在《梦溪笔谈》中看到那些光怪陆离的事物和场景。

与其他志怪类的书籍不同，《梦溪笔谈》中记载了很多怪病和治疗方法。《杂志二》中记载，曾经有一名吏员为毒虫所伤，全身溃烂，有一个医生自称能治愈这种疾病，看完之后说：“此为天蛇所螫，疾已深，不可为也。”遂以药覆患处，顷刻便有脓包肿起，“以钳拔之，有物如蛇”，拔出十余条后，病居然好了。钱塘西溪地区也发现过这种怪病，曾经有一个农夫忽然得了怪病，全身溃烂，一位僧人看过之后也说是天蛇所伤，“取木皮煮，饮一斗许，令其恣饮”，两三日便痊愈了，“验其木，乃今之秦皮也。然不知天蛇何物”。

在分卷《神奇》中，沈括也记载了很多异闻：越州应天寺中有一口鳗井，在一块大磐石上，石高数丈，井口只有几寸，只是一个窍穴而已，不知道有多深，唐代徐浩曾经写过“深泉鳗井开”，大概就是这个东西。时常有鳗鱼从中游出，人取之置怀袖间，鳗鱼也不感到害怕。当地人传说，黄巢曾经“以剑佛之”，只要这里有鳗鱼游出，越中必有水旱疫疠等灾害，所以乡里人经常在这里等候，观察异象。

《梦溪笔谈》中记载的奇闻和怪谈虽然在全书中占比不多，但多为作者亲见，描述时常用“余”来开头，如果是没有见过，则说“余未见也”。更为有趣的是，作者对这些道听途说的事都要亲自进行考证，比如他说自己曾经捡到一块镜子，一摸镜子的中心，就会发出炙烤龟甲的声音，十分神奇。有人对他说：“这东西是夹镜。”沈括便对这面镜子展开了细致的研究：夹镜不可能由单面铸造而成，必须是两面合起来，可这镜子完全没有焊接的痕迹；即使真的是两面焊接，那敲起来也应该是滞塞不通的，如今敲击声却十分悦耳。后来，他还造访了很多制作镜子的工匠，“皆罔然不测”。从这件事可以看出，沈括

有一种寻根问底的精神，这也使得《梦溪笔谈》与同时代的其他类书比起来显得更加可贵。

5.《夷坚志》

《夷坚志》是南宋洪迈编著的志怪小说集，也是宋代志怪小说发展到巅峰阶段的产物，书名出自《列子·汤问》中的句子“（《山海经》为）大禹行而见之，伯益知而名之，夷坚闻而志之”，意思是《山海经》里的故事是大禹看到，伯益命名，夷坚记载的，从这里可以看出，《夷坚志》的风格与内容和《山海经》十分相似。

但是，从内容的丰富程度来看，《山海经》显然要逊色不少。《夷坚志》全书共四百二十卷，只比《太平广记》少八十卷而已，除志怪外，其内容还包含医卜妖巫、风俗习惯、释道淫祀等，可谓“青出于蓝而胜于蓝”。有趣的是，《夷坚志》由洪迈一人编写，因急于成书，其中有部分剽窃《太平广记》和其他文人笔记的内容，对此，作者也直言不讳地说：“乡士吴潦伯秦出其公时轩居士昔年所著笔记，剽取三之一为三卷，以足此篇。”

洪迈虽然以剽窃自谦，世人却并不这样看，清代光绪五年的《重刻宋本夷坚志甲乙丙丁四集序》中将本书与其他类书比较，给予了极高的评价：“王嘉之拾遗，干宝之搜神，敬叔之异苑，徐铉之稽神，成式之杂俎，最行于时，然多者不过数百事，少者或仅十余事……（《夷坚志》）颇与传记相似，饰说剽窃，借为谈助……至于文思隽永，层出不穷，实非后人所及。”至于书中内容质量，陆游在《题夷坚志后》中曾经这样写道：“笔近反离骚，书非支诺皋（《酉阳杂俎》）。岂惟堪补史，端足擅文豪。”可见，《夷坚志》并非简单搜集而成的志怪“大杂烩”。

《夷坚志》在洪迈生前即有很多刻本流传于世，很受士大夫的欢迎，《夷坚乙志序》中说“夷坚初志成，士大夫或传之，今镂板于闽于蜀于婺于临安”，宋代之后，历代都有重刊版本，很受读者的欢迎，因此，本书也得以比较完整地保存下来。

《夷坚志》全书分为甲、乙、丙、丁四个部分，其中记录了不少十分经典的神话传说与民间故事，如《丙志卷一》中记载的阎罗王之事：乾道（南宋孝宗赵昚年号）年间，有个叫林衡的官员，平生仕宦，性格刚猛，嫉恶如仇，到八十岁还在秀州做知府，后因举荐升任敷文阁学士（南宋官名），不久就因言获罪，被革职还乡，不久便病了。有一天睡觉时，林衡梦到一个吏员抱着一叠案牍请他签字，卷尾落款“阎罗王林”。醒来之后，林衡便把这件事告诉了家人，几天之后便去世了。第二天，秀州精严寺有十几个僧人，同时梦到出南门迎阎罗王，轿中所坐，俨然便是林衡。

除志怪以外，《夷坚志》中也有对不少案件的记载，如《夷坚丙志·蓝姐》中写到，绍兴十二年，一群强盗夜里闯入京东人王知军家中，婢女蓝姐秉烛为强盗引路，暗中却将蜡油滴在众匪身上，后官府按迹搜捕，竟无一落网，金银细软尽数追回。

正因《夷坚志》题材广泛，记载详细，后世许多文人创作时都要从中取材，如《水浒传》中，“李逵杀四虎”的原型便是《夷坚甲志》卷十四中的《舒民杀四虎》；其开篇故事“误走妖魔”的原型为《夷坚丁志》卷十的《洞元先生》等，可见其影响之深远，绝非一时一世。

6. 元杂剧中的神话

元代是中国历史上的特殊阶段，也是民族矛盾和阶级矛盾最为突出的时期。一方面，原初统治者在文化上采取高压政策，没有恢复科举制度，导致中下层文人失去入仕之路，一部分文人只能通过依附权贵来获得晋阶，另一部分则下沉到民间，开始通俗艺术的创作，这为元杂剧的兴盛提供了必要基础；另一方面，随着宋元时期经济和城市的发展，市民阶层大量出现，与之对应的讲唱、百戏、话本和词曲等娱乐形式也取得了长足发展。至元代，文人与民间艺术形成有机结合，最终催生了元杂剧这一文艺形式。

由于特殊的时代条件，元杂剧的主题多为揭露社会黑暗、反映阶级对立、歌颂英雄主义和忠良等，其中最为突出的便是通过表现女性悲惨命运表达对社会的不满和反抗。但是，由于时代限制，这些反抗只能借助超自然力量来实现，如《窦娥冤》中，窦娥蒙冤遭难前眼含热泪向天发愿：“第一桩，要丈二白练挂在旗枪上，若系冤枉，刀过头落，一腔热血休滴在地下，都飞在白练上；第二桩，现今三伏天道，下三尺瑞雪，遮掩你孩儿尸首；第三桩，着他楚州大旱三年。”后来果然应验，这段描写带有明显的神话色彩，也从另一个侧面展现了那个时代文人的无奈与绝望。

元代是道教发展的黄金时代，尤其是全真教派的高光时期。元初全真道士李常志的《长春真人西游记》中记载了长春教教主丘处机跋涉万里，见成吉思汗，被拜为“国师”，执掌天下道教，清代康熙皇帝曾赞其“一言止杀，始知济世有奇功”。因此，道教一度成为元代的国教。

道教兴盛之后，道门中的各路神仙也受到了统治阶级和普罗大众的欢迎，于是，这些题材也成为杂剧创作者的最爱。马致远在《岳阳楼》中讲吕洞宾三赴岳阳楼，度化柳树精和白梅花精成仙之事；《西华山陈抟高卧》写宋太祖未发迹时得到神仙陈抟指点，做皇帝后想要以荣华富贵报答，却被陈抟拒绝；《黄粱梦》则写书生吕岩求取功名途中，受仙人钟离权点化做黄粱美梦一事，宣扬浮生若梦，寻仙问道只是虚无主义。

元代统治者高压下的虚无主义，深刻地反映出了文人士子心中的悲怆与凄凉，至顺（元顺帝年号）元年，文学家钟嗣成收录了自金代到元朝期的杂剧、散曲艺人等八十多人，著成《录鬼簿》，在自序中，他这样写道："人之生斯世也，但知以已死者为鬼，而未知未死者亦鬼也，酒罂饭囊，或醉或梦，块然泥土者，则其人与已死之鬼何异？"足见当时的社会风气，已经到了何等惨烈的地步。

元杂剧是矛盾和对立冲突下的产物，亦是民间艺术和神话发展的一次高峰，剧中取材的广度和深度也发生了不小的变化，如《送宋氏序》中所说："上则朝廷君臣政治之得失，下则闾里市井父子兄弟夫妇朋友之厚薄，以至医药卜筮释道商贾之人情物性，殊方异域风俗语言之不同，无一物不得其情，不穷其态。"

七、明清神话

1. 明清小说

明清两代，是小说的大发展和大辉煌时期。从明代开始，小说这种艺术形式逐渐打破传统诗文的垄断，正式成为主流文学，取得了和唐诗、宋词、元曲同样的文学地位。被称为“四大名著”的《西游记》《水浒传》《三国演义》《红楼梦》皆出于这一时期，明清小说不管是从数量、体裁和表现手法，还是从广度和深度上，都在很大程度上超过了前代。据统计，从宋代至清代，仅长篇小说的数量就达三百多部，短篇小说更是数以万计。

明清时代，小说为何能够得到如此繁荣的发展呢？总结起来，大致有四个方面的原因：第一，手工业和商业进一步发展，市民阶层不断壮大，为小说提供了大量读者基础；第二，明清时代的木雕版印刷技术更加成熟，加上调色技术的完善，使得插图本开始在民间广泛流行，另外出现了很多专业的“出版社”，为小说发行提供了技术支持；第三，南北朝至宋代的笔记体志怪小说为明清小说创作提供了大量可供参考的素材；第四，大量落第文人为谋生加入创作队伍。这些因素的合力之下，小说的发展被一步步推向高峰。

明清小说从题材来看，主要可以分为四类。

第一类为历史演义小说，如《三国演义》《唐书志传通俗演义》《新列国志》等，这类小说从历史事件中取材，吸收民间传说和野史内容，加以创造加工，“七分事实，三分虚构”，很受读者的欢迎。

第二类为神魔小说，代表作有《封神演义》《三宝太监西洋记通俗演义》《西游记》等，这类作品取材于神话与历史传说，将细节加以丰富，书中人物多为神魔鬼怪，充满想象和奇幻色彩。

第三类为世情小说，代表作为《金瓶梅》《红楼梦》《醒世姻缘传》等，这类小说取材于现实生活，通过书中的人物来刻画世态人情，是明清小说区别于前代小说的最大特点，亦是文人独立创作小说的开端。

第四类为公案小说，代表作有《海刚峰先生居官公案传》《包孝肃公百家公案演义》等，这类作品以史上的著名清官为原型，通过虚构故事情节，描写

冤狱诉讼来歌颂"青天大老爷"，揭露社会黑暗。

有趣的是，不论何种类型的明清小说，其中都蕴含着浓重的"因果论"和"报应论"，有极为明显的讽寓教化的理学色彩和宗教色彩。为了实现这一目的，即便在现实主义的小说中，作者很多时候不得不借助神魔力量：如《金瓶梅》中西门庆死前遇到的胡僧卖药事，胡僧说"我有一枝药，乃老君炼就，王母传方"，西门庆最后便是服药而死；《红楼梦》中有木石前盟、女娲补天、太虚幻境等神话情节或背景；《水浒传》开篇便写洪太尉打开伏魔殿，放走三十六天罡、七十二地煞之事。这种在小说中夹杂神话的例子，可说是不胜枚举。

《中国小说史略》中说："神话不特为宗教之萌芽，美术所由起，且实为文章之渊源。"中国的古典小说，最初的文学地位并不高，只被列入末流文学。小说一词出自"饰小说以干县令，其于大达亦远矣（《庄子·外物篇》）"，即"琐言碎语"的意思。《汉书·艺文志》中说："小说家者流，盖出于稗官。街谈巷语，道听途说者之所造也。"就算到了志怪小说已经蔚然成风的唐代，段成式也依然在《酉阳杂俎》的自序中自嘲"炙鸮羞鳖，岂容下箸乎"，最终导致"现存之所谓汉人小说，盖无一真出于汉人"，其中的原因，大概是"文人好逞狡狯，或欲夸示异书，方士则意在自神其教，故往往托古籍以衒人"，也正是出于这个原因，中国的古典小说一直到清代末期，依然充满神话的意味。

2.《封神演义》

《封神演义》又称《封神榜》《商周列国全传》《武王伐纣外史》等，是明代小说家许仲琳（有争议）创作的长篇神魔小说，其框架宏大，充满奇幻色彩，是明代神魔小说的集大成者。全书共一百回，前三十回写商纣王之暴虐及周为战争所做的前期准备；后七十回写商周之间的战争，于政治斗争中掺杂阐教与截教之间的宗教斗争。

《封神演义》的整体构思非常巧妙，开篇便非常有趣，写纣王到女娲庙进香，看到女娲娘娘长得十分美艳，便起了淫邪之心，于庙中题诗曰：

凤鸾宝帐景非常，尽是泥金巧样妆。
曲曲远山飞翠色，翩翩舞袖映霞裳。
梨花带雨争娇艳，芍药笼烟骋媚妆。
但得妖娆能举动，取回长乐侍君王。

这样的诗便是泥菩萨也要生出三分火气，更何况是女娲娘娘这样的先灵圣贤？“天子一怒，伏尸百万”，女娲一怒，自然是要“倾人国”的。于是，女娲娘娘一怒之下派九尾妖狐妲己魅惑纣王，商朝也开启了灭亡之路。

除商周之战外，本书中的另一条主线就是阐教与截教之间的争斗，阐教辅佐周王，截教则辅佐商王，两教之间有很明显的区别。

阐教为元始天尊所创教派，其下有副教主燃灯道人，二代弟子广成子、赤精子、黄龙真人、太乙真人、文殊广法天尊、普贤真人、慈航道人等，三代弟子哪吒、杨戬、李靖、雷震子、黄天化、土行孙等。嘉靖年间，明世宗曾赐给龙虎山正一道士邵元节一枚刻有“阐教辅国”铭文的玉印，道教也因此被称为阐教，所以，只从对教派的命名上便能看出作者心中的善恶倾向。

截教为《封神演义》中的虚构教派，由通天教主创建，其下有首席弟子四人——多宝道人、金灵圣母、无当圣母、龟灵圣母，二代弟子乌云定光仙、长耳定光仙等，三代弟子火灵圣母、余元、闻仲等，门外弟子则不计其数。截教之所以有这么多人，全因通天教主遵循“有教无类”的原则，“不分披毛带角之人，湿生卵化之辈，皆可同群共处”，这样的乌合之众，自然无法和正统阐教媲美。

除这两教之外，另有西方教，教主为接引道人、准提道人，超然物外，不参与纷争。严格来讲，在《封神榜》体系中，这些人都不算神，只能算仙，至少在封神以前如此。书中的所有争斗，不论是国家之争，还是教派之争，其实目的都是争夺正统。纣王无道，周取而代之，截教妖魔杂处，最终落败，打得再热闹，斗得再激烈，最终也脱不出“三纲五常”的樊笼。加上充斥于书中的“宿命论”，读来更是乏味，如十二金仙破十绝阵时，一个个上去送死，原因竟是因为命中注定；姜子牙死后，广成子送来仙丹称“子牙该有此厄”；至于哪吒杀龙王三太子、射死石矶娘娘徒弟之后仍然复活封神，更是让人觉得三观尽碎：好人就是好人，不管做了什么都能封神，坏人就是坏人，不管做了什么都要下地狱。

正如《中国小说史略》中说的那样：“封国以报功臣，封神以妥功鬼，而人神之死，则委之于劫数。”“似志在演史，而侈谈神怪，什九虚造，实不过假商周之争，自写幻想，较《水浒》固失之架空，方《西游》又逊其雄肆，故迄今未有鼎足视之者也。”

3.《聊斋志异》

《聊斋志异》又名《聊斋》《鬼狐传》，是清代小说家蒲松龄创作的文言小说集，全书共有短篇小说四百九十一篇，倾注了作者的半生心血。邹弢《三借庐笔谈》中说，蒲松龄在乡下做私塾先生时，家中十分贫穷，依然不求于人。后来，他每天都带一包茶叶、一包烟出门，放在大路旁边，有人经过时，

蒲松龄便强留他们与自己说话，奉上烟茶，每听到一件有趣的事，便回去用笔记下，才有了《聊斋志异》这本书。

蒲松龄一生不第，加上清朝统治者对文人的打压，使他对社会底层生活有很深的感触，所以，书中除志怪之外，还加入了很多揭露社会阴暗的内容，如《席方平》一文中，写东安人席方平的父亲遭奸人陷害，方平之魂离开身体，入地下替父申冤，不料，他到了地下才知，整个地府中人皆被收买，鬼卒鬼兵串通一气，对席方平威逼利诱，想要使他屈服，不过最终也没有得逞。其实，这哪里是写什么地府，分明就是当时的社会现实。

《向杲》一文中，作者写一个叫向杲的人与一青楼女子波斯相爱，私定终身，便倾尽所有将其娶回，恰在这时，一个庄姓公子也看中了波斯，两人便结下仇怨。后来，庄公子在路上偶遇向杲，把他打了个半死，向杲去官府状告，岂料庄公子早已上下打点，无奈之下，向杲只能怀揣利刃，日夜守在路旁等庄公子经过。时日一久，这件事传入了庄公子耳中，便找来高手保护自己，向杲眼见报仇无望，又逢天降冰雹，只能入庙藏身。后来，庙中老道给了他一件包衣，向杲化作猛虎，生啖庄公子才得以报仇。

《向杲》《席方平》这部分内容在书中占据了相当一部分比例，除此之外，《聊斋志异》中最多的就是爱情故事，不过，故事中的主人公大多是妖鬼狐魅，不仅从不害人，还深情无比，远胜世间凡人。如《聂小倩》一文中，作者便创造了一个有情有义的女鬼形象：金华有个叫聂小倩的女鬼，生前只活到十八岁，死后魂魄遭夜叉胁迫，专门害人。后来，宁采臣到寺中投宿，聂小倩前来加害，却被宁采臣打动，便以实情相告，助他转危为安，宁采臣也帮助小倩逃离魔掌，两人携手回到宁家，小倩尽心尽力地服侍宁采臣的母亲和病重的妻子，宁家人深受感动，明知小倩身份也绝不泄露。后来，宁妻病死，娶小倩做了鬼妻，不久后生下一子。这则短篇故事也是本书中流传最广的，后被改编为《倩女幽魂》等影视剧，深受喜爱。

《聊斋志异》中，还有另一重要主题，便是揭露科举考试的种种弊端。蒲松龄本人才华横溢，却屡次乡试未中，最终走上塾师之路，对个中曲直深有体会，将心中的愤懑全都表达到了书中。

在《叶生》一文中，蒲松龄写了一个叫叶生的秀才，诗词文章在当时都是首屈一指，却始终不能中举，后来，丁乘鹤到当地做县令，对叶生的才华大加赞许，便资助他读书，可是，叶生时运不济，再次落榜。后来，丁乘鹤引咎革职，便把自己的儿子送来给叶生当学生，当时丁公子已经十六岁，却不会写文章，叶生只教了他一年，让他将自己考试时所作的范文全部背诵，丁公子便中了乡试第二，后来又中了进士。丁乘鹤不无感慨地说："君出余绪（才华），遂使孺子成名。然黄钟长弃奈何。"最有趣的是，丁公子后来借叶生的文章升任部中主政，叶生也靠着丁公子的权力最终得以中举，更不失为一种辛辣讽刺。更为反转的是，叶生"衣锦还乡"，想要回家光宗耀祖时，却在院中见到了自己的棺材，“扑地而灭”。这种突兀的结尾让整个故事更加惊心动魄，深刻揭示了清代科举制度对文人的迫害。

其实，蒲松龄的经历与叶生几乎完全一致。他出生于书香门第，自幼学文，十九岁初试便以县、府、道三试第一的成绩补博士弟子，受教于山东学政施闰章，潜心治学，然而却在四十年中屡试不中，直到七十一岁才补了个贡生，四年后便驾鹤西去，写人又何尝不是写己呢?

4.《镜花缘》

《镜花缘》是清代小说家李汝珍写的一部长篇小说，全书共一百回，前半部分写百花仙子在王母娘娘寿宴中得罪嫦娥仙子，自愿坠入凡尘，接受磨难，与唐敖、多九公等人一起游历海外之事，下半部分写百花仙子托生为唐小山，在武则天时代与其他一百多位才女参加科举考试，后在朝中任官之事。

李汝珍是一个非常有趣的人，他出生于江苏海州，从小跟随师傅凌廷堪学习礼制、乐法、地理等，学识非常渊博，对八股文却十分不屑，导致终身不达，不过，他终生不阿权贵，性情耿直，屡试不第后，干脆放弃科举，开始潜心研究学问，用二十年时间完成小说《镜花缘》。

《镜花缘》中的很多内容都取材自《山海经》，如第三十八回中，李汝珍写了八个国家的人同来轩辕国祝寿，轩辕国“鸾鸟自歌，凤鸟自舞”，国王“恰值一千岁整”“头戴金冠，身穿黄袍，后面一条蛇尾，高高盘在金冠上”，与《山海经》中记载的“其不寿者八百岁。诸天之野，和鸾鸟舞。民食凤卵，饮甘露”“人面蛇身，尾交首上”几乎完全一致；写君子国王“生得方面大耳，品貌端严，身穿红袍，头戴金冠，腰中佩剑”，也与《山海经》中记载的“衣冠带剑”如出一辙，其他如长股国、驩兜国、交胫国、三首国等也大同小异。

不过，《镜花缘》并非对《山海经》的简单复述和引用，而是在其基础上的发展与扩充，如写女儿国时，李汝珍写到，“伞下罩着一位国王，生得眉清目秀，面白唇红，头戴雉尾冠，身穿五彩袍，骑着一匹犀牛”，《山海经》中则只有“女子国在巫咸北，两女子居，水周之，一日居一门中”；写无肠国时，李汝珍写到，“吃下物去，腹中并不停留，一面吃了，随即一直通过”，这一段与《山海经》记载无异，作者却在后文中用讽刺手法赋予了它现实意义：“到了腹中随即通过，名虽是粪，但入腹内并不停留，尚未腐臭，所以仍将此粪好好收存，以备仆婢下顿之用。”这段虽然看起来“有不适感”，却是作者对剥削者的辛辣讽刺。

此类对现实社会的讽刺在书中随处可见，胡适先生在评价《镜花缘》时曾经这样说：“李汝珍所见的是几千年来忽略了的妇女问题。他是中国最早提出

这个妇女问题的人，他的《镜花缘》是一部讨论妇女问题的小说。他对这个问题的答案是，男女应该受平等的待遇，平等的教育，平等的选举制度。”

李汝珍在书中不止一次地对妇女缠足问题提出批判，如“好好两只大脚，缠得骨断筋折，只剩枯骨包着薄皮，日夜行走，十指连心，疼得要死”“始缠之时，其女百般痛苦，抚足哀号，甚至皮腐肉败，鲜血淋漓。当此之际，夜不能寐，食不下咽；种种疾病，由此而生”，这些描述已经足以证明作者的态度。此外，他还反对“女子无才便是德”的传统，提出女子应该和男子一样，读书识字，参与国家管理。为此，他专门在书中描绘了一个“给世间女子出气伸冤的乌托邦”：“男子反穿衣裙，作为妇人，以治内事；女子反穿靴帽，作为男人，以治外事”。

《镜花缘》是一部极具现实意义的作品，除了男女平权之外，作者还在其中融入了反对“八股”、反对厚葬、反对剥削等思想，具有很大的进步意义，但是，由于时代限制，这些思想没有那么尽善尽美，如书中反对风水迷信，又大讲六壬神课（古代的一种宫廷占卜术），写婚姻时，所有的都是“父母之命”等。即便如此，《镜花缘》中对社会问题的批判已颇为难能可贵。

5.《红楼梦》中的四个神话

《红楼梦》是清代曹雪芹所著章回体长篇小说，全书共一百二十回，是公认的古典小说巅峰之作，曹雪芹通过贾宝玉的视角，以他和林黛玉、薛宝钗的爱情作为主线，贾、史、王、薛四大家族的兴衰为背景，描绘了一幅古代社会的世态百相，堪称史诗级的伟大作品。

曹雪芹通过巧妙的构思，将四个神话故事融入作品，并且贯穿全书始终。

第一个神话是“女娲炼石补天”。却说那女娲氏炼石补天之时，于大荒山无稽崖炼成高十二丈、见方二十四丈大的顽石三万六千五百零一块。那娲皇只用了三万六千五百块，单单剩下一块未用，弃在青埂峰下。谁知此石自经锻炼之后，灵性已通，自去自来。

这里女娲补天剩下的“顽石”，便是贾宝玉。将这段神话作为全书的开篇，蕴含着作者的三层意思：第一，贾宝玉虽然是灵石，却“无材补天”，暗合了他与封建礼教处处不合的性格，下文的诗正好做点题之用：

无才可去补苍天，枉入红尘若许年。
此系身前身后事，倩谁记去作奇传？

贾宝玉性格倔强，如同“顽石”，无法被世俗同化；第三，与第二个神话“木石前盟”相互照应。

一日，灵石来到警幻仙子处，那仙子知他有些来历，因留他在赤霞宫中，命他为赤霞宫神瑛侍者。他却常在西方灵河岸上行走，看见那灵河岸上三生石畔有棵绛珠仙草，十分娇娜可爱，遂日以甘露灌溉，这绛珠草始得久延岁月。只因尚未酬报灌溉之德，故其五内郁结着一段缠绵不尽之意。常说："自己受了他雨露之惠，我并无此水可还。他若下世为人，我也同去走一遭，但把我一生所有的眼泪还他，也还得过了。"

这里的"绛珠仙草"，便是黛玉，宝玉日日用甘露灌溉，两人从此时便结下了情缘，即第二个神话"木石前盟"。

第三个神话为"太虚幻境"。《红楼梦》第五回中，宝玉在太虚幻境中看到了金陵十二钗的命运，曹雪芹将其写入了判词中，如《终身误》中"空对着，山中高士晶莹雪；终不忘，世外仙姝寂寞林"是宝玉和宝钗的判词，两人最后虽然成婚，但宝玉对黛玉念念不忘，遁入空门，宝钗则独守空闺，孤独终老；《恨无常》中"儿命已入黄泉，天伦呵，须要退步抽身早"是对元春的判词，她虽然贵为皇妃，最终却死于政治斗争；《分骨肉》中"从今分两地，各自保平安。奴去也，莫牵连"则是对探春的判词，《红楼梦》第七十一回中，探春被南安太妃看中，远嫁为南安王妃，最后被发配边疆。

第四个神话为金玉良缘。黛玉和宝钗都曾经得过一种怪病，怎么都治不好，后来，癞僧与跛道找到黛玉，让她出家方能化解，并且告诉她："既舍不得他，只怕他的病一生也不能好的了。若要好时，除非从此以后总不许见哭声，除父母之外，凡有外姓亲友之人，一概不见，方可平安了此一世。"到宝钗那里，两人的态度则截然相反，不仅送了仙药"冷香丸"，还给了宝钗八字谶言，让她刻在金锁上。后来，宝钗见到宝玉之后，才知通灵宝玉上刻着"莫失莫忘，仙寿恒昌"，自己的金锁上则刻有"不离不弃，芳龄永继"，两句话正好是对仗工整的一副联语。

除了这四个神话之外，海棠诗社林黛玉的名字也大有玄机：林黛玉自号"潇湘妃子"，实际上暗合舜帝妃子娥皇女英之事，"舜崩，二妃啼，以涕挥竹，竹尽斑"（张华《博物志》），同时也暗示了黛玉的最终结局。

第二部分

中国神话“词典”

1. 神

盘古

身　　份：中国神话最古老的神，天地万物之祖
主要事迹：开天辟地
兵　　器：盘古斧
神　　力：开创天地，顶天立地，死后身体各部分变成世间万物
特　　点：龙首蛇身，身材巨大，能随着天地增长而增高

在中国的神话传说中，盘古是开创天地万物之神。根据《三五历纪》记载，在天地万物开创之前，天和地还没有分开，宇宙一片混沌，好似一个大鸡蛋静静地待在黑暗之中。而在这片混沌中，沉睡着一个巨人，他就是人类的老祖宗盘古。虽然盘古被奉为人类始祖，但另据《五运历年纪》的记载，却将盘古描述为龙首蛇身，这大概与原始崇拜所演化出的部落图腾有关。

不知过了多少年之后，盘古突然醒来，看见四周黑漆漆一片，心里觉得非常烦躁，一气之下，如明代周游《开辟衍绎通俗志传》所描述的那样，用一只大板斧对着眼前的混沌狠狠地劈了下去。随着一声巨响，围困住盘古的“大鸡蛋”就这样破裂开来，轻而清的东西慢慢上升，变成了天；重而浊的东西则渐渐下沉，变成了地。

于是，天地就这样形成了。

根据《三王历纪》的记载，为了不让天地再次重合，盘古站在天地中间，用手托着天，用脚踩着地，让自己的身躯随着天地的变化而变化。每一日，天就会升高一丈，地则加厚一丈，而盘古的身躯也随之增高一丈。就这样一直经过了一万八千年之后，天就变得很高很高，地变得很厚很厚，盘古的身躯也长得非常高大。在确信天和地已经不会再重合之后，辛劳多时的盘古这才轰然倒下，死了。

盘古死后，他的身体各个部分都发生了变化，据《五运历年纪》所载，他口中呼出的气变成了风和云，声音变成了雷声，左眼变成了太阳，右眼变成了月亮，躯干和手脚变成了大地的四极和五方的名山，血液变成了江河湖海，经脉变成了道路，肌肉变成了土壤，头发和胡须变成了花草树木，骨头变成了各种宝石和矿物，泪水和汗水变成了雨露……就这样，盘古用他的力量和身体，开创了一个丰富多彩的世界。

雷神

身　　份：伏羲与女娲之父

主要事迹：华胥误踏雷神脚印而生伏羲

神　　力：打雷闪电

特　　点：龙身人头，鼓其腹则雷，生性暴躁

关于雷神的传说，历史上众说纷纭，其流传下来的形象也因此千差万别，其中最为流行的有伏羲之父说、雷兽说、黄帝之臣说，这里所说的雷神指的是伏羲之父说。

根据《山海经·海内东经》记载，雷神居住在雷泽中，长着龙的身体和人的头，腹部时常鼓起来，发出惊雷般的巨响。雷神生性暴躁，每当他发怒时，天空就会乌云密布、电闪雷鸣。当时，雷泽附近有一个华胥国，据《诗纬含神雾》记载，华胥氏经过雷泽时，误踩了雷神留下的脚印，于是就有了身孕，后来生下三皇五帝之一的伏羲与女娲。无独有偶，在《史记·周本纪》中，周朝先祖后稷的母亲姜嫄也是踩了巨人的脚印而怀孕在身，从而生下了后稷，或许这个脚印也是雷神留下的吧！

华胥

身　　份：亦称华胥氏、风华胥，雷神之妻、伏羲与女娲之母

主要事迹：误踩雷神脚印而生伏羲与女娲

相传华胥是雷神之妻、伏羲与女娲之母，根据《山海经·海内东经》《诗纬含神雾》《竹书纪年》等史书记载，华胥出游在外时，在雷神出没的雷泽误踩了雷神的脚印，从而有了身孕，生下了伏羲和女娲。

此外，还有另一个传说则叙述雷神在雷泽作恶，致使雷泽旁边的雷河河水泛滥，殃及附近的华胥国。于是，华胥国有一女子自告奋勇来到雷神的殿堂找雷神评理，面对生性残暴的雷神，她动之以情、晓之以理，劝说雷神停止作恶。雷神被女子的无畏和真诚所感动，不仅答应不再作恶，还娶女子为妻。此后，这个女子便被称为华胥氏。一年之后，华胥氏就为雷神生下了伏羲。后来，华胥氏思念家乡，就把伏羲放在葫芦上，让其顺着雷河漂回到了华胥国。伏羲长大后，成为华胥国国君，还曾经回到雷泽看望母亲。

相传华胥年老时，华胥国举国迁徙，华胥则选择留下来安度晚年，她逝世后，便葬在了现今陕西省西安市蓝田县的华胥镇。

由于华胥的子女伏羲和女娲均是中华民族的祖先，所以华胥也被称为中华民族的始祖母，司马迁在《史记·五帝本纪》的开卷就评论道，正是由于华胥生育了伏羲、女娲，才繁衍出了中华民族，开辟了中华民族的发展史。

伏羲

身　　份：亦称宓羲、庖牺、包牺、伏戏、牺皇、皇羲、伏牺、太昊、青帝等，太古正神、人文始祖、三皇之天皇，雷神与华胥之子，女娲之兄及丈夫

主要事迹：创造龙图腾、太极八卦；教民渔猎及驯养家畜；改革婚姻习俗；发明多样乐器，创作乐曲；分治天下

特　　点：人头蛇身

伏羲的名字最先见于《世本·帝系篇》，相传他是雷神与华胥之子，《诗纬含神雾》等史料记载他的母亲华胥踩踏了雷神留下的脚印，因而生下了伏羲。《帝王世纪》《独异志》则记载他与女娲同为雷神与华胥的子女，兄妹俩均为人头蛇身，两人原本住在昆仑山，相依为命，后结为夫妻，生下了青干、

朱四单、白大檽、墨干四子，这四子后来成为代表四时的神。

根据唐代司马贞《史记·补三皇本纪》的记载，伏羲自小就有神圣之德，长大后团结统一了华夏各个部落，划分了行政区域，并取蟒蛇的身、鳄鱼的头、雄鹿的角、猛虎的眼、红鲤的鳞、巨蜥的腿、苍鹰的爪、白鲨的尾、长须鲸的须，创立了中华民族的图腾——龙。

伏羲又是太极八卦的创造者，根据《王子年拾遗记》记载，在远古时代，人们对大自然中的四季变化、日月运转、花开花落、生老病死等现象一无所知，伏羲于是就想探索出其中的奥秘。有一天，伏羲在蔡河边发现一只似龙似马的怪兽，其身上的花纹吸引了他，于是他便将花纹在树叶上照着画下来。正当伏羲对着树叶上的花纹冥思苦想的时候，蔡河又出现了一只白龟，龟壳上同样也出现了奇怪的花纹。伏羲将树叶上的花纹与之一对照，发现纹路刚好一正一反，顿时豁然开朗，领悟到天地变化就是阴阳循环。于是，伏羲继续深入研究，从而创造出太极八卦来。

此外，伏羲还教人民渔猎及驯养家畜，改革婚姻习俗，还发明多样乐器及创作乐曲，大大推动了原始社会的文明发展。

由于伏羲为中华文明做出了巨大贡献，所以被世人尊为三皇五帝之首的天皇。

女娲

身　　份：亦作娲皇、女阴、女希氏、有蟜氏，系雷神与华胥之女、伏羲之妹兼妻子，为创世神、大地之母、阴皇

主要事迹：造人、补天

神　　力：一日七十变，用黄泥造人，熔化彩石补天

特　　点：人头蛇身

关于女娲的来历，历来众说纷纭，《说文解字》注解女娲是古之神圣女，化万物者。另《帝王世纪》《独异志》记载女娲和伏羲同为雷神与华胥的子女，两人既是兄妹也是夫妻。此外，东汉的王逸还在为《楚辞·天问》作注时认为女娲是人头蛇身，可一日进行七十种变化。

女娲最大的功绩就是造人和补天，《山海经》《淮南子》记载盘古开创天地后，世界上虽然有了日月星辰、山川

草木、鸟兽虫鱼，但还没有人类。女娲来到这个世界游玩时，在一条小河边看见河水里倒映出她的面容和身影，于是就顺手从河边的泥地里抓起一团泥巴，掺和着水，照着自己的样子捏出了一个小东西。当女娲把小东西放在地面时，小东西立马就活了过来，女娲便称这个小东西作“人”，于是，人类就这样诞生了。

女娲继续捏土造出更多的人，但她觉得还不够快，就用枯藤掺和着泥水朝地面挥洒，泥点溅落的地方，也出现了一个个的人。人越来越多，等女娲觉得人造得差不多后，就教人类分成男女进行婚配生育、男耕女织，让人类世世代代地繁衍下去。

造完人后，女娲就返回天上去了，但多年后的一场大灾难又迫使她回来解救人类。根据《淮南子·天文训》记载，这场大灾难是由水神共工引起的，他在与黄帝后裔颛顼交战时，为了扭转不利局面，就朝着支撑天地的不周山一头撞去，导致天塌地陷——天空露出了好些大窟窿，地也裂开了一道道深坑，随即山林燃起熊熊烈火，洪水淹没了田地，许多猛兽也趁机出来残害人类，使人类处在灭绝的境地。

女娲得知天地塌陷之后，赶紧返回人间，根据《淮南子·览冥训》记载，女娲用烈火炼出五色彩石，把天空的窟窿一个个地填补好，接着又杀了一只巨大的乌龟，砍下乌龟的四只脚支撑天地。然后，女娲又扑灭大火、堙塞洪水、驱除猛兽，终于使人间重新恢复了安宁。

娥陵氏

身　　份：音乐女神，女娲的掌乐之官
主要事迹：制作管乐
特　　点：精通音乐

娥陵氏是古代神话中的音乐女神，相传为女娲掌乐之官。根据《世本·帝系篇》记载，女娲在造人补天之后，命令她的臣子娥陵氏“制都良之管，以一天下之音。”也就是说，娥陵氏奉女娲之命，制作了“管”这种乐器，由此可见，娥陵氏是管乐的创始人。

随

身　　份：女娲之臣，笙、竽的发明者
主要事迹：发明笙、竽
特　　点：精通音乐

相传随是女娲的臣子，而且还是笙、竽的发明者。根据《世本·作篇》记载，随制作了一个叫“笙”的乐器，“长四寸，十二簧，象凤之身，正月之音也。”此外又提及随制作了“竽”。可见，随是一位乐师，发明了笙、竽这两件乐器。

女娲之肠

身　　份：亦作女娲之腹，神名
特　　点：处栗广之野，横道而处

女娲之肠又称“女娲之腹”，是古代传说中的神话人物。根据《山海经·大荒西经》记载，女娲之肠是十个神人，“处栗广之野，横道而处”。而根据晋代郭璞注解说，女娲之肠其实是由女娲的腹部变化出来的神，所以后世猜测女娲之肠也许是女娲所生的十个后代，又由于女娲是造人之神，所以女娲之肠也可能跟古代对生殖的崇拜有关。

有巢氏

身　　份：亦称大巢氏、巢皇，被誉为华夏第一人文始祖
主要事迹：教会人类构木为巢室、衮叶为衣、首尝果实、发明土葬

相传有巢氏是生活在旧石器时代早期的一位圣人，他开创了巢居文明，因此被尊称为“有巢氏”“大巢氏”“巢皇”。根据《鉴略·三皇纪》《庄子·盗跖》《韩非子·五蠹》等史料记载，在远古时代，世间的人类数量还很

少，而禽兽数量却众多，因此人类在跟禽兽争夺生存空间时，经常受到禽兽的侵害，导致人类困苦不堪。

这时候，有巢氏从鸟儿在树上筑巢的事情上得到启发，心想："如果我们人类也能够爬上树去，学着鸟儿在树上构筑巢穴来居住，岂不是可以躲避一部分禽兽的侵害了吗？"于是，有巢氏就选好树干粗壮的大树，尝试着用树枝在上面做了个大巢穴，住进去后，感觉还不错。之后，有巢氏就向族人们推广了这个办法，大伙儿见了，也纷纷在树上筑巢，结果发现不仅能挡风遮雨，又能躲避禽兽。大伙儿在高兴之余，便拥戴有巢氏为部落首领，建立了古巢国。

传说有巢氏还教会大家用树叶缝制衣服，采摘树上的果实补充食物，甚至还发明了土葬。这些举措和发明，大大加强了中华文明的进程，因此有巢氏被誉为华夏"第一人文始祖"。

燧人氏

身　　份： *原名风允婼，也被尊称为燧皇、人皇、火祖，有巢氏之子*

主要事迹： *发明钻木取火、点石击火的方法*

特　　点： *爱动脑筋，敢作敢为*

相传燧（suì）人氏原名叫风允婼，是有巢氏之子，与其族人居住在燧明国。根据《古史考》《王子年拾遗记》等史料记载，风允婼所生活的时代，人们还不会利用火，猎取来的猎物都是通过生吞活剥、茹毛饮血的方法食用，如果遇到鱼蛤等比较腥臊的食物，也只能皱着眉头咽进肚中。正因如此，人们容易受到疾病的侵害，寿命也极为短暂。

另一方面，每逢气候干燥或暴雨来临时，闪电劈到茂密的森林，就会燃起熊熊大火。大火过后，原来的火场就会露出一些来不及逃脱的动物尸体，这些尸体往往被大火烤得焦熟，人们捡起来品尝之后，发现非常味美，于是就非常期待能够多获得这种美食。可是，因为只有等大火过后才能遇到这种机会，而大火是不可控制的，人们躲避大火还来不及，更别说利用火了。

聪明又勇敢的风允婼也发现了这一点，他便思考着如何能够将火保留并控制起来，为人利用。他冒着生命危险，时常是哪里有火就往哪里凑，仔细观察火的形态，寻找利用火的办法。有好几次，大火都差点将风允婼给卷进去，把随行的族人吓出一身冷汗，但他还是坚持自己的探索。经过一番努力，风允婼发现木头互相摩擦、石头互相碰撞都会产生火，于是亲自动手进行尝试，将小木棍在木头上钻，用两块石头互相敲打，几经实验，终于摸索出钻木取火和点石击火两种方法，从而掌握了取火和用火的技术。

风允婼十分高兴，就将取火的方法传授给人们，有了火，人们吃上了煮熟的食物，减少了疾病，而火又能带来温暖，驱赶野兽。欣喜之下，人们就拥戴风允婼为首领，并尊称他为燧人氏。

燧人氏发明人工取火，结束了人类茹毛饮血的历史，是远古时代的一件大事，燧人氏也被尊称为燧皇、人皇、火祖，并位列三皇五帝之一。

廪君

身　　份： 亦称务相，伏羲后裔，巴族始祖
主要事迹： 担任五族首领、率族寻找新的居住地、射杀盐水女神
神　　力： 乘坐土船下河而不沉
特　　点： 剑法超群

相传廪（lǐn）君原名务相，是伏羲的后代，根据《山海经·海内经》的记载，务相的父亲后照举家迁徙到南方的武落钟离山，建立了巴氏氏族。

根据《世本·氏姓篇》记载，当时的武落钟离山除了巴氏，还有樊氏、瞫氏、相氏、郑氏四个氏族。这五个氏族生活在同一座山中，时间一久，便产生一些摩擦，严重时还爆发过武装械斗。于是，五个氏族的长老聚在一起商量后，认为造成这个不安定局面的原因，就在于五族中没有共同的首领。可是，选谁为首领呢？五族长老又经过一番商议，决定让每个氏族派出一名代表比试本领，谁的本领高强，就由谁担任首领。

巴氏族人推举了务相为代表，到了比试这一天，五族的代表齐聚在山顶上，首先比掷剑，看谁能把剑投掷到远处的石头上，谁就获胜，结果只有务相的剑投中了目标。接着，大家来到河边进行第二项比试，规定每个氏族都制作一艘上面雕着花纹的土船，放置在河里，让代表坐着顺流而下，谁的土船能坚持到最后，谁就胜出。结果除了务相的土船，其余四艘船入水不久就分崩离析，而务相驾驶着土船在河边漂了许久，仍旧安然无恙。

比试结束后，大家都心悦诚服地奉务相为首领，称之为廪君。廪君成为首领后，将新的大部族打造出一片繁荣的局面。可是随着部族的壮大，武落钟离山已经显得过于狭小，不利于部族的发展。于是，廪君便决定带领部族到别的地方寻找新的居住地。

根据《后汉书·南蛮西南夷列传》的记载，当廪君带领族人乘着船，顺着盐水经过盐阳时，受到盐水女神的挽留。但廪君觉得盐阳这块地方还不够广阔，

便拒绝了盐水女神的好意，但已经对廪君产生爱慕之情的盐水女神却作法围困住廪君等人。无奈之下，廪君只好设计射杀了盐水女神，才得以率部离开盐阳。

廪君等人继续前行，历经千辛万苦，终于来到了一个理想的新地方，建立了夷城，从而创建了一个新的民族——巴族。

盐水女神

身　　份：亦称德济娘娘，廪君之妻，盐水部落首领
主要事迹：围困廪君于盐阳
神　　力：变成飞虫，布下迷阵
特　　点：美丽痴情、野蛮任性

相传盐水女神是盐水部落的首领，也是巴族始祖廪君的狂热爱恋者。根据《后汉书·南蛮西南夷列传》的记载，廪君为了求得自己部落的生存空间，率领族人沿着盐水北上，在盐阳与盐水女神相遇。盐水女神对廪君产生了深深的爱慕之情，于是温情脉脉地劝廪君留下来做她的丈夫，一起共治这块地方。可是，廪君觉得盐阳的地盘不够广阔，物产也不够丰富，不利于部族繁衍，就婉言谢绝了。盐水女神仍不死心，便每晚来陪伴廪君，而到了白天，则变成飞虫，与盐阳所有的虫鱼鸟兽、山林精怪一起施法，设下迷阵，将廪君及其部族围困起来。

廪君劝说盐水女神不要纠缠下去，但任性的盐水女神不但不听，反而继续劝说廪君留下来。就这样过了七天七夜，无奈之下，廪君只好想到了一条毒计，他拔下自己的一缕头发，派人送给盐水女神，谎称作为定情信物，要她带在身上。盐水女神以为廪君回心转意了，非常高兴，便照着廪君的意思做了。到了早上，当盐水女神又变成飞虫与其他各种小飞虫一起飞舞时，廪君看准了系着发丝的她，张弓搭箭，只见箭光一闪，盐水女神被射中，落到了盐水里，不久就沉没了。

盐水女神一死，迷阵也解除了，廪君带领族人重新上路，最终找到了理想的新地盘，使部族继续繁衍下去。但盐水女神则永远带着她对廪君的一片痴情，长眠在盐水河底。后来人们为了纪念她，称她为“德济娘娘”，在一些地方的少数民族风俗中，还保留着祭祀“德济娘娘”的活动。

炎帝

身　　份：亦称神农氏、魁隗氏、连山氏、列山氏、朱襄氏、赤帝，人文初祖、三皇五帝之一

主要事迹：品尝百草，教人们刀耕火种、开垦荒地、种植各种谷物，在阪泉之战被黄帝击败

特　　点：人身牛首、肚子透明

炎帝又叫神农氏、魁隗氏、连山氏、列山氏、朱襄氏、赤帝，姜姓，是中国远古时期姜姓部落的首领尊称，一说跟黄帝同为少典之子。

根据《帝王世纪》《搜神记》记载，炎帝长得人身牛首，他看到人们在日常劳动生产中，由于环境恶劣再加上劳累过度，以致多有患病，便想寻找医治各种病症的良方。于是炎帝就亲自上山采摘各种植物，并亲自品尝，从而发现了许多能够治病的草药。此外，炎帝还教人们刀耕火种、开垦荒地、种植各种谷物，因此受到人们的拥戴，被尊为天下共主，号神农氏。

另据《开辟演义》记载，炎帝的肚子是透明的，可以见到五脏六腑，所以能清晰地观察到草药下肚后的效果。可惜到了最后，炎帝还是因为误服了断肠草而中毒身亡。

话说，炎帝当上天下共主后，在很长一段时间内民心归顺，天下大治，经济发展，可是到了统治晚期，随着他的衰老，渐渐地有些部落首领不服管了，其中闹得最厉害的是南方九黎族首领蚩尤和西方有熊国首领公孙轩辕。后来，蚩尤首先发难，起兵打败炎帝，炎帝在困窘之时向公孙轩辕求救，于是公孙轩辕联合炎帝在涿鹿之战中打败了蚩尤。战后，公孙轩辕被尊为黄帝，大有取代炎帝的势头，炎帝为了维护自己的地位，又与黄帝爆发了冲突，双方又在阪泉爆发激战，最终炎帝惨败，从此被黄帝取代了天下共主的位置。

而根据《史记·五帝本纪》记载，则是黄帝在强大之后通过阪泉之战打败了炎帝，夺得了天下共主的位置，而炎帝的部下蚩尤不甘心失败，重新集结旧部，在涿鹿与黄帝再一次进行殊死的战斗，但最后还是兵败身死。

不管哪个历史版本，总之通过阪泉之战和涿鹿之战，炎帝被黄帝彻底取代，从此退出了历史舞台。但由于炎帝在位时的卓著贡献，后人将他与黄帝合称“炎黄”，将他们共同尊奉为中华民族的“人文初祖”。

女登

身　　份： 亦称任姒，有熊国国君少典之妃，炎帝之母
主要事迹： 因神龙感应而生炎帝

女登又名任姒，相传是炎帝之母，根据《帝王世纪》记载，有熊国的国君少典娶了有蟜氏的两个女儿做妃子，长妃就是女登。

有一次，女登在华亭游玩时，有一神龙前来做伴，女登因此受到神龙感应而怀孕，从而生下了榆冈。由于榆冈是女登与神龙产下的“结晶”，而且长得“牛首人身”，脾气又非常暴躁，所以少典很讨厌这个“野种”，就把女登和榆冈母子俩赶到姜水河畔生活。但女登的这个儿子却非常争气，长大以后成为天下共主，被尊为炎帝。

听訞

身　　份： 桑水氏之女，炎帝之妻
主要事迹： 辅佐炎帝，发明搓麻织布的技术和尺、秤、斗等丈量工具

相传听訞（yāo）是桑水氏之女，炎帝之妻，根据《山海经·海内经》记载，听訞为炎帝生下了儿子炎居和女儿女尸、女娃。

此外，听訞还辅佐炎帝治理天下，并发明了搓麻织布的技术和尺、秤、斗等丈量工具。

柱

身　　份： 亦名稷，炎帝之子，一说为炎帝后裔烈山氏之子，谷神
主要事迹： 种植百谷

柱是中国神话传说中的谷神，传说他是炎帝之子。根据《左传》记载，柱又名稷，是夏朝之前的谷神。《礼记·祭法》则说柱为炎帝后裔烈山氏之子，

能种植百谷，故被尊为“谷神”。

女尸

身　　份：亦称瑶姬、姚姬、桃姬，炎帝之女
主要事迹：帮助大禹治水，梦中邂逅楚怀王
神　　力：开山治水，魂游四海

根据《襄阳耆旧传》记载，炎帝有四个女儿，其中第三个叫女尸，是炎帝最喜欢的女儿，这是因为女尸不仅活泼可爱、美丽动人，而且她还拥有一副天真无邪的本性，每当她到凡间游玩时，见到人间百姓过着辛劳悲惨的生活，就会伤感落泪。

可是，就在女尸快要长大成人之时，一场大病夺走了她的性命，女尸死后，炎帝万分悲痛，于是将她葬在了巫山上。根据《山海经·中次七经》记载，女尸的魂魄后来飘到了姑瑶山，化作瑶草吸收了日月精华，历经千百年修炼成了神女瑶姬。

获得重生后，瑶姬就化身各种形态，到处为人世间的百姓排忧解难，大禹治水时，瑶姬还曾经出手相助。当时，巫山上有一只修炼多年的蛤蟆精，阻挠大禹凿通巫山排解洪水，无奈之下，大禹只好前往姑瑶山请求瑶姬相助。瑶姬非常敬佩大禹不顾艰难险阻的治水精神，便赠送他一本能防风治水的天书，从而帮助他降服了蛤蟆精。随后，瑶姬又助大禹将巫山炸开了一条峡道，使洪水经过峡道顺利地被排流到了长江。大禹治水成功后，瑶姬化作神女峰，永远屹立在三峡，守护着巴蜀地区。

到了战国时期，瑶姬再次显灵。据楚国诗人宋玉的《高唐赋》描述，楚怀王到三峡狩猎时，夜间在高唐行宫歇息，梦见瑶姬前来与他相会，还对他倾诉了自己幼年时的不幸。楚怀王醒来之后，遍寻瑶姬不得，不禁感慨万千，于是在巫山的江边修筑了一座叫“朝云”的楼阁，作为对瑶姬的怀念。唐代诗人李白在《感兴八首》中也提道：“瑶姬天帝女，精彩化朝云。宛转入宵梦，无心向楚君。”

女娃

身　　份：亦称精卫，炎帝之女

主要事迹：填海

神　　力：化为神鸟，填平大海

特　　点：贪玩而又执着，坚毅果敢

根据《山海经·北次三经》记载，女娃是炎帝最小的女儿，她自幼活泼好动，任性贪玩，时常不顾炎帝的劝告，前往一些危险的地方游玩。

有一天，女娃做梦梦见遥远的东海，醒来后一打听，得知那里是太阳升起的地方，便央求炎帝带她到那儿游玩，但炎帝事务繁忙，而且知道东海风大浪高，非常危险，便没有答应。于是，女娃便私自找了一条小船独自出海，谁知遇到了狂风巨浪，女娃的小船被打翻，女娃也沉入海底，失去了性命。

女娃死后，她的魂魄化作一只小鸟，因为时常发出"精卫"的鸣叫声，遇见的人便称它为精卫。精卫痛恨淹死它的海水，发誓要把大海给填平，据《博物志》记载，精卫每天飞到陆地的西山上，衔起一颗石子或树枝，然后飞回东海，将其扔入大海里。就这样日复一日，年复一年，千百年来，精卫一刻不停地往返于陆地和大海之间，志在填平大海。

根据《述异记》记载，在这漫长的填海岁月中，精卫还邂逅了海燕，并与之结为配偶，繁衍后代。后来，精卫和海燕带着子子孙孙，世世代代地坚持填海大业，发誓不将大海填平不罢休。如今中国的辽东半岛和山东半岛，传说就是精卫伴侣及其后代填海填出来的。

炎帝少女

身　　份：炎帝的女儿
主要事迹：与赤松子一同修炼成仙
特　　点：痴情

炎帝少女指的就是炎帝的女儿，因为没有实际名字，所以在神话历史上获得如此称呼。根据《列仙传》《搜神记》的记载，炎帝在位时，拜赤松子为雨师，这个赤松子神通广大，能跳进火里而安然无恙，能随风雨而上下飘动，此外，他还有让人驱除疾病、延年益寿的本领。

遇到如此高人，炎帝便时常向赤松子请教，而他去赤松子所住的昆仑山石室时，还经常带着自己的女儿一同前往，这个女儿就是炎帝少女。结果经过几次邂逅，炎帝少女竟然喜欢上了赤松子，还主动提出要跟赤松子在一起。赤松子虽然也喜欢这个女孩子，但他更专注于修仙，于是就向炎帝少女坦白。可是没想到痴情的炎帝少女听完后，竟然愿意追随赤松子一块儿修仙，赤松子大喜过望，便带着她到更遥远的地方隐居，相传两人最后都如愿成仙。

赤帝女

身　　份：又名女桑，炎帝之女
主要事迹：在桑树上筑巢，被父亲火烧而升天
神　　力：形体不时在白鹊和女人之间变幻
特　　点：古怪、叛逆

赤帝女就是指炎帝之女，又名女桑，根据《太平御览》卷九二一引《广异记》记载，南方赤帝（即炎帝）的女儿通过修炼，得道成仙后，居住在南阳愕山的桑树上。有一年的正月初一日那天，赤帝女衔了一些小树枝在树上筑巢，到了十五日巢穴做成之后，她便安稳地住在树上的巢穴里，形体还不时在白鹊和女人之间变来变去。

赤帝看见这个女儿这种古怪的行为后，感到非常悲恸，就想把她引诱回家，可是都被这个叛逆的女儿所拒绝。于是赤帝一狠心，就让人在桑树下燃起一把大火，企图逼迫女儿下来，谁知赤帝女一遇到火烧，形体就立马升天而去。

赤帝女升天后，因为住在桑树上，所以又被称为女桑。后世为了纪念女桑，每逢正月十五日这一天就会通过焚烧鹊巢，并将其灰烬浸水成灰汁，然后让蚕虫沐浴其中，以此来让蚕能够尽快吐丝。

宿沙

身　　份：炎帝之臣，煮盐之神，盐宗
主要事迹：煮盐，反叛炎帝而被杀
特　　点：好战、叛逆

宿沙是中国古代神话传说中的煮盐之神，也被称为盐宗，《世本·作篇》记载“宿沙作煮盐”，而明代彭大翼的《山堂肆考》也记载宿沙以海水煎煮成五色盐，分别是青、红、白、黑、紫。

宿沙不仅煮盐本领了得，而且还是一位好战分子，他原本是炎帝的臣子，却犯上作乱。根据《帝王世纪》记载，宿沙原本是炎帝的诸侯，但很不安分，终日幻想夺取炎帝的江山，独霸天下，以至于最终发动叛乱。反叛之前，宿沙的部下箕文苦苦劝谏他不要发动叛乱，但被宿沙杀害。

宿沙起兵叛乱后，凭着强大的兵力，一度把炎帝打得连连败退。炎帝见正面打不过宿沙，就转而在仁德方面下功夫，对宿沙的部下动之以情、晓之以理，劝说他们不要跟随宿沙作乱。结果，原本就不满宿沙杀害箕文的宿沙部下纷纷表示愿意归顺，反而还把自己的主子宿沙给杀了。到头来，宿沙不仅没有实现自己称霸天下的幻梦，还丢了性命。

刑天

身　　份：亦称邢天、形天，炎帝大将
主要事迹：大战黄帝
兵　　器：干（盾牌）、戚（斧头）
特　　点：乳目脐口，刖首舞兵

刑天是炎帝手下的一员干将，虽然长得身材高大、孔武有力，但却十分

喜爱音乐，根据宋代罗泌的《路史·后纪三》记载，刑天曾经奉炎帝之命，创作了不少赞颂农耕和丰收的歌曲，其中代表作有《卜谋》。

照理说，如果刑天身处和平时代，也许会成为一位著名的音乐家，但当时正是黄帝势力崛起，向炎帝天下共主地位发起挑战的动荡时期。最终，炎帝和黄帝在阪泉发生了一场大决战，结果炎帝战败，天下共主之位也被黄帝夺去。此后，炎帝的部下蚩尤继续反抗黄帝，但也在涿鹿之战中被击败，蚩尤本人也惨遭黄帝的杀害。

当蚩尤与黄帝进行涿鹿之战时，刑天原本也想参战，但被炎帝所阻。等到蚩尤战败被杀后，刑天再也按捺不住内心的愤怒，便偷偷背着炎帝来找黄帝复仇。根据《山海经·海内西经》记载，刑天操起一把大斧头和一块盾牌，气势汹汹地朝着黄帝的宫殿杀奔而去，一路上过关斩将，很快就打到了黄帝的宫殿内。黄帝大吃一惊，急忙亲自拿起宝剑迎战，于是双方展开了殊死的搏杀。

当打到常羊山的时候，经验老到的黄帝瞅准刑天一个破绽，挥剑一把就将他的头颅给砍了下来。失去了脑袋后，刑天急忙向山下摸去，黄帝见状，又挥剑将常羊山劈开一道缝儿，刚好让刑天的脑袋滚进了裂缝里。紧接着，黄帝又施法术，让常羊山重新合拢起来，就这样，刑天的脑袋就永远埋葬在了常羊山里。

失去头颅的刑天并没有气馁，也施法让他的双乳变成了眼睛，肚脐变成了嘴巴，然后继续挥舞着斧头和盾牌向黄帝发起进攻。

刑天永不放弃的精神激励着后人，晋朝的大诗人陶渊明在他的《读山海经》中就赞叹道："刑天舞干戚，猛志固常在。"

赤冀

身　　份：亦称赤制，炎帝之臣，臼的发明者

主要事迹：发明杵臼

赤冀亦称赤制，是炎帝的臣子，也是传说中"臼"的发明者，《吕氏春秋》载："赤冀作臼。"宋代罗泌的《路史》也记载着神农命令赤冀"创捄鈇，为杵臼，作粗耨钱镈，梋鬵井灶，以济万民。"

臼用石头制成，样子像盆子一样，是一种用来舂米的器具。臼的发明标

志着远古时代农耕社会进入了一个更为繁荣的阶段，这也是神农时代注重农业生产的结果。

伯陵

身　　份：炎帝之孙
主要事迹：跟吴刚之妻缘妇私通而被吴刚所杀
特　　点：轻薄好色

伯陵相传为炎帝之孙，根据《山海经·海内经》记载，伯陵趁仙人吴刚外出修炼之际，跟吴刚的妻子缘妇私通，结果使缘妇怀孕，三年内生下了三个儿子，分别叫鼓、延、殳。

吴刚学成归来后发现了这件丑事，大怒之下，就把伯陵杀了。伯陵身为炎帝之孙，他的死自然惹恼了炎帝，但因伯陵有错在先，炎帝不好对杀死他的吴刚下重刑，于是就把他罚到月宫砍伐桂树。

而缘妇也心生愧疚，于是就让她跟伯陵所生的三个私生子也到月宫陪伴吴刚，其中鼓变成蟾蜍、延变成玉兔、殳变成叫“不详”的精气。为了安慰吴刚，殳制作箭靶让吴刚在空暇时解闷，鼓、延制造出钟、磬等乐器，平时在吴刚伐树时弹奏，以解吴刚心中的怨气。

共工

身　　份：炎帝后裔，部落首领，水神
主要事迹：怒触不周山
神　　力：掌控洪水
特　　点：人面朱发、蛇身人手足

传说共工是远古时代的一位水神，《左传·昭公十七年》记载他掌管着天下之水，神通广大，而《山海经·海内经》又记载他是炎帝的后裔，火神祝融之子。此外，集高超本领和尊贵血统于一身的共工长得也“不同凡响”，《神异经·西北荒经》形容他人面朱发、蛇身人手足，吃五谷和禽兽。也许是长得过于另类，共工平素生性暴躁，稍不如意就发起大水，淹没田地、残害世人，并以此为乐。

共工所处的时代，正当炎帝势力逐渐消亡、黄帝势力如日中天之时，作为炎帝的后裔，共工不甘心就此没落，于是便向黄帝的后裔颛顼发起了挑战，企图夺回祖先失去的地位。

根据《淮南子·天文》记载，共工与颛顼为争夺天下共主之位而爆发了激战，结果共工失利，还被颛顼追杀到了不周山，羞怒之下，共工便一头撞向了不周山，将山体拦腰折断。不周山原本是盘古开天辟地时支撑天地的一座神山，不周山一倒，顿时天崩地裂、洪水滔天，世间万物陷入了前所未有的死亡威胁中。不周山被撞的事件惊动了造人的女娲娘娘，她急忙赶回人间，采炼出五彩石，才将天重新补上，但从此天地还是变得西北高、东南低，不复原形。

补完天后，生气的女娲娘娘追查下来，就将此次大灾难的罪魁祸首共工驱逐到了北方更为荒凉偏僻的地方。但是，共工的顽劣超出了大家的想象，不仅自身如此，还世世代代延续下去。

到了尧舜时期，共工的后裔重新出来作恶，《淮南子·本经》就记载共工的后裔在大禹治水时破坏治水大业，结果被大禹发兵攻杀。正因为共工及其后裔屡屡作恶，所以《山海经》《史记》《尚书》等古书都把共工与驩兜、三苗、鲧一同列入“四凶”“四罪”，即四大凶残罪恶之人。

脩

身　　份：共工之子，祖神（道路之神）
主要事迹：足迹踏遍大江南北
特　　点：喜欢旅游

相传脩（xiū）是共工之子，是一个道教神仙。根据《风俗通》记载，脩是一个爱好旅游的神仙，尤其喜欢远游，为此不惧舟车劳顿。他的足迹所至的地方，必然要好好饱览一番当地的风景。因此，脩被后人祭祀为“祖神”，即“道路之神”。

术器

身　　份：共工之子、祝融之孙
主要事迹：恢复祖先祝融时的土地
特　　点：长着一颗头顶平平的脑袋

术器相传是共工之子、祝融之孙。根据《山海经·海内经》记载，术器长着一颗头顶平平的脑袋，给人一种非常古怪的感觉，但他的志向和能力却不小，身为炎帝后裔，在炎帝势力已经非常衰微的情况下，恢复了祖父祝融时的土地，并在长江边上扎稳了根。

句龙

身　　份：共工之子，土神，灶神
主要事迹：担任土正时做出巨大贡献
特　　点：具有平治九州之才

句龙相传为共工之子，根据《左传》《国语》的记载，当共工被颛顼打败之后，句龙也被俘虏，但颛顼并没有为难他，反而任命他为土正，主管土地社稷，负责平整土地、疏浚河流等。

句龙没有辜负颛顼的厚望，在工作上做出了巨大的成就，《祭法》记载他有“平治九州”之才，因此受到人民的爱戴，后世便尊他为土神和灶神。

相柳

身　　份：亦称相繇，共工的大臣，远古凶神
主要事迹：阻挠大禹治水
神　　力：吐出的水能导致禽兽不存，流出的血能导致寸草不生
特　　点：蛇身九头

相柳又称相繇，是远古时代的凶神，水神共工的大臣。根据《山海经·海

外北经》记载，相柳长着蛇身九头，食人无数，所到之处，从口中呕吐出来的水都会把这块地方变成一片泽国，而且水味苦涩，一旦饮用就会丧命，所以连禽兽也不能生存。

在尧舜年间，洪水滔天，禹于是率众治水，却受到共工的百般阻挠，相柳也跟着共工一起作恶。共工派相柳去破坏禹建好的拦水土坝，导致土坝三建三毁，禹终于忍无可忍，在应龙和群龙的帮助下，禹打败了共工，又诛杀了帮凶相柳。相传相柳死时，身上流出的血腥臭无比，沾染到哪里，哪里就五谷不生。看来，相柳这个凶神死后还会祸害世间。

浮游

身　　份：共工的大臣
主要事迹：与共工一起反抗颛顼，制作箭矢
神　　力：死后化身赤熊

传说浮游是黄帝时代的人物，《路史》则说其为炎帝后裔共工的手下。根据《古文琐语》记载，黄帝一系取代炎帝一系成为天下共主后，炎帝后裔共工不服，起兵反抗，结果被当时的君主颛顼镇压。共工的臣子浮游兵败后愤而自杀，从此成为怨灵，化身为红色皮毛的熊为害人间。

另据《荀子·解蔽》记载，浮游制造出箭矢，与制造弓的倕同为弓箭的制作者。

灵恝

身　　份：炎帝之孙，互人之父，被尊为互人国始祖
特　　点：人面鱼身

相传灵恝（jiá）是炎帝之孙，根据《山海经·大荒西经》记载，灵恝长得人面鱼身，他生了个儿子叫互人，能够乘着云雨往返于天上和人间。

互人后来建立了一个互人国，国中的老百姓个个也会这种上天入地的本

领。因此，灵恝也被尊为互人国的始祖。

夸父

身　　份：亦称夸娥氏、邓夸父，炎帝后裔

主要事迹：追逐太阳

神　　力：身材高大、奔跑如飞、身怀巨力，能一口气喝光江河湖海

特　　点：耳朵穿着两条黄蛇，手中握着两条黄蛇

根据《山海经·海外北经》记载，夸父来自遥远的北方大山上居住的一群巨人族，他们是炎帝的后裔，个个长得高耸入云，力大无比。在蚩尤和黄帝争夺天下共主之位时，巨人族曾出兵帮助过蚩尤，蚩尤战败后，他们又逃回原来居住的大山内，安安静静地继续过日子。《山海经·大荒北经》形容夸父的耳朵戴着两条黄蛇耳环，手中拿着两条黄蛇，这也许跟夸父及其族人对蛇的崇拜有关。

根据《山海经·海外北经》记载，有一年，天气异常炎热，太阳晒得森林燃起熊熊烈火，河水干涸枯竭，地里的庄稼都化为灰烬。庄稼没了，巨人族失去了食物，一个个饿得倒在地上死了。于是，夸父决定要把太阳给捉住，狠狠地惩罚它一下，他迈开长腿，像疾风一样向着太阳追逐而去，跨过了许多山林河流，瞬息之间就跑了上千里路。

在中途，夸父觉得口干舌燥，便一口气喝光了黄河的水。可是就在这时，黄河的龙王哭哭啼啼地指着在干涸的河床里挣扎的鱼虾，哀求夸父把河水还回来。夸父心软之下，就把刚喝进肚子里的河水又全部吐了出来。夸父又跑了很长一段路，口渴得实在不行，又把渭河水给喝了个一干二净。这时，渭河的河伯也不干了，他劝阻夸父说，如果没有渭河，两岸的老百姓就会被活活渴死。无奈之下，夸父只得把渭河水又还给了河伯。

夸父继续忍着饥渴紧紧追赶太阳，一直追到禺谷，这里是太阳落下的地方，夸父张开双臂，准备抓住太阳。可是就在这时，夸父已经筋疲力尽了，他看着即将落下的太阳，满怀遗憾地倒了下去，而太阳在天上看着夸父的遗体，感到万分的敬佩和惭愧，便加以收敛，不再为害世人了。

《山海经·海外北经》《列子·汤问》记载，夸父死后，他的身躯化为一片桃林，为经过这里的后人提供遮阴纳凉的树荫和充饥解渴的桃子。

蚩尤

身　　份：亦称兵主、战神、九黎之君、蚩尤大帝，九黎族首领，炎帝后裔
主要事迹：在涿鹿大战黄帝
兵　　器：戈、矛、戟、酋矛、夷矛
神　　力：呼风唤雨，制造兵器
特　　点：面如牛首、背生双翅、三头六臂八只脚

根据宋代罗泌的《路史·后纪四·蚩尤传》记载，蚩（chī）尤是炎帝后裔，长得面如牛首、背生双翅、三头六臂八只脚，而且刀枪不入。蚩尤不仅骁勇善战，还善于制造兵器，根据《世本》记载："蚩尤作五兵：戈、矛、戟、酋矛、夷矛。"除此之外，根据《龙鱼河图》记载，蚩尤手下还有八十一个兄弟，个个人面兽身、身高数丈，通兽语，以沙石为食，勇猛无比，所以蚩尤带着这帮兄弟南征北战，往往所向披靡。

蚩尤成长之时，恰逢其所归属的炎帝势力日渐衰微，于是蚩尤便自立门户，还反过来打败了炎帝。炎帝被打败后，承认了蚩尤的地位，蚩尤也越发强大起来，直至成为东方九黎族部落的首领。

蚩尤崛起的同时，黄帝部落也在日渐壮大，并于阪泉之战击败了炎帝，取代了炎帝天下共主的地位。蚩尤不能容忍黄帝的强大，便带着自己的九黎族军队，汇合炎帝的旧部，与黄帝在涿鹿发生了一场空前惨烈的大战。

根据《山海经·大荒北经》《史记·五帝本纪》等传说和史料记载，在涿鹿之战中，蚩尤施法呼风唤雨，将黄帝的军队围困在大雾中，然后带领兄弟们四下冲杀，连战连捷，使黄帝的军队死伤惨重。但黄帝稳住阵脚后，便利用指南车逃出大雾。蚩尤见状，又派出风伯雨师前来助战，结果又被黄帝所派出的应龙和旱魃击败，黄帝乘胜追击，终于在青丘将蚩尤擒获并杀害。传说蚩尤死的时候，他的鲜血所溅之处都化为一片片枫林。

黄帝杀了蚩尤后，敬佩蚩尤的勇猛，虽然砍下了他的首级，但还是封他为战神，并将他的形象画在军旗上，用来鼓励自己的军队勇敢作战。于是，蚩尤便以战神的形象传诸后世。

后土

身　　份：炎帝后裔，黄帝佐神，地祇

主要事迹：辅佐黄帝管理土地

特　　点：治国有方

相传后土是炎帝的后裔，在黄帝时期担任管理土地的官员，所以在神话故事中，后土又是身为中央天帝的黄帝的佐神。根据《淮南子》记载，黄帝在打败炎帝取而代之之后，不仅没有加害炎帝的后裔后土，反而任命他管理中央之地，范围自昆仑山向东，经恒山直至东海之滨的碣石山，方圆一万二千里，其中包括孟津、黄河、济水等河流，以及江水、汉水的发源地，如此版图，已经包含了古代中原的大部分地区，从中也能展现出黄帝对后土的信任。

由于后土辅佐黄帝治国有方，后来就成了总管大地的神仙，被尊称为地祇，受到后世的祭祀，其中《汉书·郊祀志》就记载汉文帝时有“冬至祭祀太一、夏至祭祀后土”的礼法规定，从中可以看出当时已经把后土跟汉代崇拜的最高神灵太一等同对待了。

祝融

身　　份：炎帝后裔，一说黄帝后裔，黄帝的火正，火神

主要事迹：帮助颛顼打败共工、奉命杀死偷窃息壤的鲧、帮助商汤灭夏、帮助周武王伐纣

神　　力：善于用火

特　　点：兽身人面、乘两龙，能征善战

相传祝融是炎帝后裔，根据《山海经·海内经》记载，祝融是炎帝的五世孙，长得兽身人面，时常乘坐两条龙来去自如。可是在同一本《山海经》的《大荒西经》中，祝融又成了黄帝的曾孙，这也许存在着一些史料的误传。

祝融住在南方，善于用火，所以在黄帝时担任火正，并被尊称为火神。后来，祝融的名字也代替了火正，成为新的管理用火的官职的名称。据说后世的火神容光、重黎、吴回等担任的官职都叫祝融，到了后世，祝融还成为掌管兵权的部门的别称。

除了用火，祝融还能征善战，唐代司马贞的《补史记·三皇本纪》就记载祝融曾经帮助黄帝后裔的颛顼打败同为炎帝后裔的共工，迫使共工头撞不周山；而《山海经·海内经》也记载在大禹治水之前，禹的父亲鲧偷窃天帝的息壤下界堵塞洪水，结果触怒天帝，于是派祝融前去捉拿鲧，并把他杀死在羽山；此外，《墨子·非攻下》记载祝融在夏朝末年帮助商汤灭夏，奉天帝之命在夏的城间、西北之隅火烧夏军，使商军获得胜利；到了商朝末年，在《太公金匮》《尚书大传》中，本为火神的祝融又摇身一变成了南海的海神，在武王伐纣时，亲率东海、西海、北海等海神，连同河伯雨师一同冒着大风雪赶到周武王军中效力，帮助周军灭商。

由以上史料可以看出祝融的事迹年代跨越达数千年之久，这在动辄有数千万年寿命乃至于长生不老的神话人物中可以说得通，但也可能像前面所说的，祝融只是一个官职，不同时代的祝融由不同的人物担任，此祝融非彼祝融也。

回禄

身　　份：亦称回陆、吴回，祝融之弟，火神
特　　点：凶恶的火神

回禄亦称回陆，是古代神话中的凶恶火神，根据《国语》《左传》等记载，回禄和吴回原本是同一个人，是另一位火神——祝融的弟弟。

由于回禄凶恶的火神形象，因而时常被代指火灾，有“禳火于回禄”之说，可见民间对其的畏惧。因此，古人就有祭祀回禄的习俗，表现了远古人民对凶猛火灾的惧怕，并祈求避免火灾的愿望。

太子长琴

身　　份：祝融之子

神　　力：弹琴时能使五色鸟随着音律翩翩起舞

特　　点：精于乐道、喜爱弹琴

太子长琴是祝融之子，根据《山海经·大荒西经》记载，太子长琴活动在芒山、桂山、榣山之间，精于乐道，在他弹琴的时候，能使五色鸟随着音律翩翩起舞。

另，根据宋代虞汝明的《古琴疏》记载，在太子长琴出世时，父亲祝融用榣山上的梓木制出一面琴，弹起来有奇妙的声音，招来五色鸟在庭中起舞，于是就为刚出生的儿子取名作“琴”。

黄帝

身　　份：亦称公孙轩辕、轩辕氏、有熊氏、帝鸿氏，华夏始祖、人文初祖、三皇五帝之一

主要事迹：打败炎帝、蚩尤，统一华夏部落；在文字、数学、音乐、医药、器具、服饰、建筑、农业、交通工具、兵器等方面都有造诣

特　　点：才思敏捷、坚毅果敢、能征善战

关于黄帝的身世，《河图稽命征》记载其最初的神职为雷神；《河图帝纪通》则记载黄帝的母亲附宝在雷电之夜生下了黄帝；而根据《史记·五帝本纪》记载，黄帝又叫公孙轩辕、轩辕氏、有熊氏、帝鸿氏，姬姓，是少典之子，年纪轻轻就成为有熊国的国君，即位后就通过整顿吏治、发展农业、扩充军队，使有熊国迅速强大起来。

此时，原来的天下共主炎帝的势力日渐衰落，于是黄帝便兴兵与炎帝一较高低，双方在阪泉发生了激战，黄帝三战三捷，大败炎帝，夺得了天下共主之位。

黄帝成为新的天下共主之后，炎帝的后裔、九黎族的首领蚩尤不服，他收编了炎帝旧部，起兵反抗黄帝，于是黄帝和蚩尤又在涿鹿爆发了大规模的战斗。

涿鹿之战堪称黄帝一生当中经历的最激烈、最艰苦的战斗，先是蚩尤作

法布下大雾迷阵，将黄帝的军队团团困住，然后又派风伯雨师掀起狂风暴雨，将黄帝的军队冲击得七零八落，节节败退。黄帝一直退到泰山，才站稳了脚跟。等稳下军心后，黄帝吸取教训，制定出新的战法，先是利用指南车带领军队走出了蚩尤的迷阵，然后派应龙和旱魃出战，接连打败蚩尤。到了关键时刻，黄帝还敲起一面用一种叫作夔的神牛皮制成的战鼓，惊天动地的鼓声，吓得蚩尤的军队心惊胆裂、魂飞魄散。黄帝乘胜追击，终于彻底打败蚩尤，并将蚩尤擒杀。

打败了蚩尤之后，黄帝坐稳了天下共主的位置，他划分区域，任用贤人到各地治理，教化百姓，同时大力推广农耕技术和纺织技术，使当时人们的生活水平得到了极大的提高。

此外，黄帝凭着自己的聪明才智，在文字、数学、音乐、医药、器具、服饰、建筑、农业、交通工具、兵器等多方面都有较高的建树，从而被人们尊称为“人文初祖”，并被后世列为三皇五帝之一。

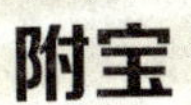

附宝

身　　份：少典之妻，黄帝之母

主要事迹：感应闪电而生黄帝

相传附宝是有蟜氏部族的女子，姒姓，嫁给有熊国国君少典，后来生下了黄帝轩辕氏。根据《河图稽命徵》记载，附宝与少典成婚后，有一天夜里，她在郊外行走时，突然发现天空中北斗星的位置发出一道巨大的闪电，并围绕北斗七星不停地旋转，光芒照耀得整个荒郊一片光明。附宝正看得入神时，这道闪电从天而降，落在她的身上，她只感到腹中隐隐有东西在动，自此就有了身孕。附宝怀孕后，过了整整二十四个月，也就是两年的时间，才在寿丘山生下了后来的黄帝。

附宝的神奇怀孕经历不仅是神话传说大肆渲染的结果，还佐证了当时父系社会初期还留存着母系社会“认母不认父”的特点。

嫘祖

身　　份：亦称累祖、雷祖，黄帝元妃，先蚕娘娘，蚕神
主要事迹：发明养蚕缫丝之法
特　　点：勤劳能干

嫘（léi）祖又名累祖、雷祖，为西陵氏之女，是黄帝的正妻，也就是元妃。根据《史记·五帝本纪》记载，嫘祖为黄帝生下了玄嚣、昌意两个儿子，其中玄嚣的孙子是五帝之一的帝喾，而昌意的儿子是五帝之一的颛顼，这等于是黄帝和嫘祖的两个儿子的后代轮流坐了天下。

嫘祖又被称为蚕神，这是因为她发明了养蚕缫丝的方法。根据《路史·后纪五》记载，嫘祖在黄帝夺得天下之后，积极配合丈夫治理国家，分担事务，于是就经常带领妇女们种植五谷、驯养动物、制造生产工具，此外，还经常上山采集野果树叶，帮男人们把猎获的禽兽的皮剥下来缝制衣服，肉则做成美味佳肴来供大伙儿食用。

有一天，嫘祖在山上发现野蚕的蚕茧，好奇之下掰开来细看，感觉组成蚕茧的白色细丝非常坚韧丝滑，还能交织在一起，于是灵机一动，心想："我何不用它来制作穿着的衣物呢？"于是，嫘祖就带领妇女们采集了许多蚕茧，带回去后经过细细研究和不断试验，最终创造出抽丝编绢之术，制成了人类第一件丝织的衣服。见自己的尝试成功后，嫘祖非常高兴，便在丈夫——黄帝的大力支持之下，发动人们采桑养蚕，并用获取的蚕茧缫成丝，再织成绢丝，制作衣服，使人们不再只是穿树叶或者兽皮缝制的衣服了。

后来，嫘祖在陪伴黄帝南游的途中，病死在衡山，便就葬在衡山的一座山峰上，这就是现在的雷祖峰。由于嫘祖生前在养蚕缫丝上的巨大贡献，后世便亲切地称她为"先蚕娘娘"，并尊称为"蚕神"。

嫫母

身　　份：黄帝之妃，方相氏，中国古代四大丑女之一
主要事迹：在战时帮黄帝做好军需后勤，圆满完成安葬嫘祖的任务，发明镜子
特　　点：品德贤淑、性情温柔，具有非凡的组织能力

嫫（mó）母相传是黄帝的次妃，在历史上是出了名的丑女，还和后世的钟离春、孟光、阮氏一同被列为中国古代四大丑女。关于嫫母究竟有多丑，《琱玉集·丑人篇》中描述如下：前额像秤锤，紧锁双眉，形体平瘪，肤色黝黑。据说，后世的术士、巫医在打鬼驱疫时所戴的面具，就是来自嫫母的尊容。

虽然嫫母的容貌长得奇丑无比，但她品德贤淑、性情温柔，在黄帝跟炎帝、蚩尤争夺天下时，帮助丈夫做好后勤的军需工作，从而保证了黄帝作战的胜利。而在黄帝巡视天下时，嫫母也跟在元妃嫘祖的身后一起陪伴丈夫。唐代王瓘的《轩辕本纪》记载，当嫘祖在随黄帝出游途中病逝于衡山时，黄帝命令嫫母负责指挥对嫘祖的祀事及监护灵柩，并将嫘祖安稳下葬。这时，嫫母表现出了非凡的组织能力，将葬礼布置得井井有条，令黄帝感到非常满意。此后，黄帝就把管理后宫的责任交给了她，还封她为方相氏。

相传嫫母还发明了镜子，她采集了一些外表光亮的石块，再将石块表面磨至光滑平稳，于是就能清晰地照见自己的容貌。据说嫫母拿着镜子对着自己照看时，望着镜子中自己丑陋的样貌，苦笑着叹气道："人丑可不能怪镜子啊！"而每当嫫母为自己的丑样子发愁时，善解人意的黄帝总是安慰她道："重美貌不重德者，非真美也；重德轻色者，才是真贤！"从中也可看出，黄帝跟嫫母的感情是如此的深厚。

女节

身　　份：黄帝次妃，少昊母
主要事迹：感应流星而生少昊

传说女节是黄帝的次妃，出生于方雷氏部落。根据《春秋纬元命苞》记载，黄帝之时，有一颗像虹一样闪亮的大流星划向华渚（今河北省盐山县），女节在梦中与这颗流星相接，因而感应生下了白帝，也就是少昊。

九天玄女

身　　份：亦称玄女、元女、九天娘娘、玄牝氏、九天玄母天尊、九天玄阳元女圣母大帝，黄帝之师，圣母元君的弟子，道教最高女神

主要事迹：帮助黄帝战胜蚩尤

特　　点：人头鸟身，性刚好动，善于排兵布阵

九天玄女又称玄女、元女、九天娘娘、玄牝氏、九天玄母天尊、九天玄阳元女圣母大帝，是中国远古神话中精通兵法的女神，也是道教中的最高女神。

根据《云笈七签·九天玄女传》记载，九天玄女长得人头鸟身，是黄帝的老师，圣母元君的弟子，她性格刚强而好动，善于排兵布阵。当黄帝和蚩尤进行涿鹿之战时，黄帝九战九败，一直退到泰山，于是圣母元君派遣九天玄女下凡，授予黄帝六壬、遁甲、兵符、图策、印信、刀剑等物，还亲自制作出八十面用夔兽①的皮制作的军鼓，并用雷兽②的骨头当鼓槌。

得到了九天玄女的帮助后，黄帝重新振作，率军下山再次出战蚩尤。交战时，黄帝军队敲响了九天玄女制作的皮鼓，果然响声如雷，五百里范围内都能听到。蚩尤军队吓得心惊胆裂、无心恋战，黄帝军队于是乘胜掩杀过来，彻底打败了蚩尤。

此战过后，因九天玄女立下赫赫战功，于是黄帝拜其为师，并尊为女神，受到历代祭祀。

方相氏

身　　份：驱疫避邪之神，或专指嫫母

特　　点：掌蒙熊皮、黄金四目、玄衣朱裳、执戈扬盾，为国家驱疫

方相氏是传说中的驱疫避邪之神，而且还是古代负责驱赶疫疠之鬼的官职名，根据《周礼·夏官·方相氏》记载，方相氏是司马的下属，最高官阶为下大夫，掌蒙熊皮、黄金四目、玄衣朱裳、执戈扬盾，为国家驱疫。在宫廷里，方相氏驱疫的仪式称为“大傩”，到了唐代，又成为军礼之一。

① 神话中一种像牛而只有一条腿的怪物。

② 神话中一种像牛而只有一条腿的怪物，有着雷电之力，有的史书指跟夔兽为同一类怪兽。

在《搜神记》《三教搜神大全》等史料记载中，方相氏为黄帝次妃嫫母，而唐代王瓘的《轩辕本纪》则记载当年黄帝南巡经过衡山时，随行的元妃嫘祖因病去世，黄帝便命次妃嫫母负责料理嫘祖的后事。嫫母把葬礼置办得井井有条，令黄帝非常满意，于是就封她为方相氏。此后在古代很长一段时间内，凡是担任驱鬼安葬等职务的官职，都称为方相氏。

应龙

身　　份：亦称黄龙，黄帝之神龙

主要事迹：帮助黄帝打败蚩尤，帮助禹疏导洪水

神　　力：呼风唤雨

特　　点：传说中一种有翼之龙

应龙又称黄龙，是神话传说中一种有翼之龙，也是一位能呼风唤雨的龙神。根据《山海经·大荒东经》记载，应龙生活在南方，不能上天，只能在人间徘徊。如果某个地方出现旱灾，只要向应龙祈祷，就能求得降雨。

而在《山海经·大荒北经》中，应龙是黄帝的部下，在涿鹿之战中，黄帝命令应龙在冀州进攻蚩尤，但被蚩尤请来的风伯雨师所败。后来幸亏得到九天玄女和魃的助阵，黄帝军队才扭转败局，战胜了蚩尤。战争结束后，应龙就去了南方居住，所以南方多雨。

相传到了大禹治水时，应龙又出来帮助禹，它用尾巴画地，从而引导洪水流入大海里。《楚辞·天问》里就有诗句提到："应龙何画，河海何历？"

仓颉

身　　份：亦称苍颉、侯冈颉、史皇氏、苍王、仓圣，黄帝之臣，文祖

主要事迹：创造文字

特　　点：长着双瞳四只眼睛，天生睿德，能观察星宿的运动趋势、鸟兽的足迹，并依照其形象创造文字

仓颉（jié）又作苍颉，原姓侯冈，名颉，又称史皇氏、苍王、仓圣，是创造文字之神，被后世尊称为“文祖”。在《春秋孔演图》的描述中，仓颉长着双瞳四只眼睛，天生睿德，能观察星宿的运动趋势、鸟兽的足迹，并依照其形象创造文字。

根据《说文解字》《世本》《淮南子》等记载，仓颉是黄帝时期造字的左史官，曾奉黄帝之命创造文字。而在《河图玉版》《禅通记》等记载中，仓颉曾经自立为帝，号为仓帝，是远古时期的一位部落首领。

关于仓颉造字，还有一段传说故事，当年黄帝南征北战时，任命仓颉负责军需后勤。当时还没有文字，人们所有要记住的事情都采用结绳记事的办法，也就是心中一边想着一件事，一边在一根绳子上打一个结，过后见到这个结，就会想起这件事来。可是由于所要记的事太多，任凭仓颉记性怎么好，面对这么多绳结，总会有百密一疏的时候。果然有一次，仓颉忘事了，没有及时给黄帝的军队提供粮草，导致黄帝打了个败仗。黄帝非常生气，就把仓颉狠狠地打了一顿。

当晚，仓颉忍着伤痛回到家中休息，正遇见一位猎人朋友带着刚捕获的猎物来探望他。猎人将猎物放在火上烤时，仓颉突然问道：“你平时是如何找到这些猎物的？”猎人答道：“凭着它们留下的脚印。”说着，猎人就把各种猎物的脚印描述给仓颉听，例如鸟类的脚印就像小草，虎豹狐狼的脚印像梅花，牛马猪羊的脚印像果子等，一看到脚印，就能分辨出是哪一种动物。仓颉听了，豁然开朗，于是就仿造这些动物脚印创造出文字来。

据宋代罗泌的《禅通纪》记载，当仓颉创造出文字的时候，天上降下了粟雨，而鬼怪则号啕大哭起来，因为不能再继续蒙骗人类了，此外，龙也偷偷地躲藏了起来。由于仓颉造字是远古文明的一件大事，所以仓颉被后世尊称为“文祖”。

伶伦

身　　份：亦称泠伦，黄帝之乐官，乐神

主要事迹：制作五音十二律，制造磬、竹笛、乐钟等乐器

特　　点：精通音律

伶伦（líng lún）又名泠伦，是远古时代的乐神，相传为黄帝时代的乐官，是发明律吕据以制乐的始祖。

根据《汉书·律历志》《吕氏春秋·古乐》等记载，黄帝派伶伦负责创制音律，伶伦于是模拟自然界的凤鸟鸣声，在大夏之西、昆仑之阴的嶰谷获取竹节，截取其中两端，然后在上面打孔，并根据吹出声音的不同而找到音律的变化，从而制作了十二律。后来，黄帝又命令伶伦和荣将铸造出十二个乐钟，以合五音。由此可见，伶伦在创造远古音律的同时，还制造出磬、竹笛、乐钟等乐器。

伯余

身　　份：黄帝之臣，制衣之神

主要事迹：最早制造出衣服

伯余是中国古代传说中最早制造出衣服的人，并被神话为“制衣之神”。根据《淮南子·氾论训》记载，伯余当初制作衣服的时候，“緂麻索缕，手经指挂，其成犹网罗”，就像现在编织渔网一样，后来人们发明的织布机，就是仿造伯余的织布手法。

相传伯余还是黄帝的臣子，在黄帝元妃嫘祖发明养蚕缫丝之后，配合嫘祖进行衣物制作，使人们穿上了用蚕丝或麻布制作的衣服，不再只是穿着树叶或者兽皮了。

岐伯

身　　份：黄帝之臣，华夏中医始祖、医圣、医药神
主要事迹：品尝百草而写出《本草》《素问》等药书

岐（qí）伯是中国远古时期著名的医学家，黄帝的臣子，后世尊称为“华夏中医始祖”“医圣”，并被神化为“医药神”。

根据《帝王世纪》记载，黄帝派岐伯研究医药，于是岐伯就像当年的炎帝那样，通过品尝各种草木，找到能治病的草药，并进行归类，从而写出了《本草》《素问》等药书。从这些医学著作可以看出，岐伯精于医术脉理，具有高深的医学造诣。后来，岐伯的著作跟《黄帝内经》时常被后世相提并论，并称为“岐黄”，他们的医术也被称为“岐黄之术”。

沮诵

身　　份：黄帝之臣，创造文字之神
主要事迹：创造文字、创作书契

相传沮（jǔ）诵为远古时期创造文字之神，根据《世本》记载，沮诵跟仓颉同为黄帝的史官，并一同创造文字。《四体书势》更记载，沮诵通过创作书契，取代了以前不方便的结绳记事。

在远古时期，沮诵时常与仓颉相提并论，而创造文字的手法也是根据模仿现实生活中的事物来创造出象形文字。但随着历史的发展，沮诵逐渐被世人所淡忘，以至于明代杨慎的《外集》就提及道：“仓颉、沮诵共造文字，今但知有仓颉，不知有沮诵。”

大桡

身　　份：亦称大挠，黄帝之师，一说黄帝史官
主要事迹：发明干支纪年法

大桡（ráo）又称大挠，传说为黄帝的老师，《吕览·尊师》就提及黄帝曾拜大桡为师。另，根据《世本·作篇》《五行大义》的记载，大桡是黄帝的史官，奉黄帝之命探察天地之气机，探究金、木、水、火、土的五行奥秘，从而发明了干支纪年法，并沿用至今。

荣将

身　　份：黄帝之乐官，乐神
主要事迹：铸造十二乐钟
特　　点：精通音律

荣将是中国远古神话传说中的乐神，相传还是黄帝时主管音乐的大臣。根据《吕氏春秋·古乐》记载，荣将和另一位乐官伶伦奉黄帝之命，铸造十二乐钟，以合五音，以施音韶。

据说荣将还在仲春之月乙卯之日通过演奏乐钟，创作出乐曲《咸池》。

胡曹

身　　份：黄帝之臣
主要事迹：制作衣裳

胡曹是黄帝之臣，因生于远古的胡地（今河南省柘城县胡襄镇），故以胡为姓。根据《世本·作篇》《吕氏春秋·勿躬》《淮南子·修务训》等记载，胡曹为黄帝臣子的时候，制作出衣裳，从而改进了人类的装束。明代杨慎的《凤赋》就歌颂道："史皇作斧扆，绘凤之羽；胡曹粥衣裳，画凤之文。"

俞跗

身　　份：黄帝之臣，医神
主要事迹：医治伤兵
特　　点：擅长外科手术、摸脚治病

俞跗又称俞柎，相传是远古时代的医学家，擅长外科手术，是黄帝的臣子，在黄帝征战的时候医治好许多伤兵，被后世尊称为“医神”。

根据《周礼·天官·疾医》记载，俞跗能“两之以九窍之变，参之以九脏之动”。《韩诗外传》则进一步说明俞跗治病多采用外科手术，除体表切割手术之外，还可以进行腹部手术，其神奇的医术甚至能使死者复生。除此之外，俞跗对经络也颇有研究。

而在《史记·扁鹊仓公列传》中，则记载俞跗通过摸病人的脚就能治病，他不用汤药、药酒、砭石、摇动筋骨按摩、牵动皮肉推拿、热灸敷药，只要找准脚上的相应穴位，点拨之间就治好了病。因此在古代，人们常将俞跗和扁鹊相提并论。

奢龙

身　　份：黄帝六相之一
主要事迹：辅佐黄帝管理东方领土

奢龙是黄帝的一位臣子，相传是黄帝时的六相之一。《管子·五行》记载：“昔者黄帝得蚩尤而明于天道；得大常而察于地利；得奢龙而辩于东方；得祝融而辩于南方；得大封而辩于西方；得后土而辩于北方。黄帝得六相而天地治，神明至。”其中的“得奢龙而辩于东方”说的就是黄帝得到奢龙，拜为土相，让他掌管东方的领土，从而使天下大治。

离朱

身　　份：黄帝之臣，一说为琼枝的守护神
主要事迹：为黄帝寻找丢失的玄珠而不可得，守护琼枝
神　　力：察针末于百步之外
特　　点：视于百步之外，见秋毫之末，一说长有三个脑袋，尽忠职守

离朱又称离娄，是黄帝时期的一位臣子，在《庄子》《孟子》《慎子》《淮南子》等史料中均记载离朱“能视于百步之外，见秋毫之末”。相传黄帝在赤水以北巡游时，登上了昆仑山，在这里不慎丢失了玄珠，也就是一颗珍贵的黑珍珠。于是，黄帝急忙命令离朱、知、喫诟等三位臣子分头去寻找。离朱自以为凭着自己“察针末于百步之外”的好眼光，能顺利找到玄珠，但他找遍了整座山，都没发现玄珠的踪影。除了离朱，另外两人也没有找着玄珠，黄帝只好再派象罔去找。没想到的是，这个被称为“无智无视”的象罔竟然找到了玄珠，就连黄帝也觉得非常奇怪。

此外，根据《山海经·海外南经》《艺文类聚》等记载，离朱为一只名叫凤的神鸟所生。相传凤住在一个千里积石、寸草不生的地方，也许是感觉到这里太荒凉了，担心凤会缺少食物，于是天帝就特意让这里生长出一种树，名叫琼枝。这种树又粗又大，高达七八十丈，树干要三十多个人才能合抱得住。树上结满了许许多多大小不一、色彩缤纷的珠玉，正好成为凤的美食。为了提防有人前来偷窃，天帝还让凤生出一个长有三个脑袋的神人，这就是离珠，平时就让他看守琼枝。而离珠的三个脑袋正好此睡彼醒，轮流值班，成为琼枝可靠的保护神。

喫诟

身　　份：亦称吃诟，黄帝之臣
主要事迹：为黄帝寻找丢失的玄珠而不可得
特　　点：力大无比、能言善辩

喫（chī）诟又称吃诟，相传是黄帝之臣，是远古时代有名的大力士。根据《庄子》记载，黄帝曾经在赤水以北巡游，在登上昆仑山的时候，丢失了珍贵的玄珠。黄帝于是命令喫诟、离朱、知等三位随从臣子分头寻找，但这三位臣子都没能找回玄珠。无奈之下，黄帝只好再派“无智无视”的象罔去找，谁

知象罔很快就找到了玄珠，就连黄帝都觉得惊讶万分。

此外，根据《释文》和唐代贾餗的《百步穿杨叶赋》记载，喫诟力大无比，而且能言善辩，是一位难得的“文武全才”。

雷公

身　　份：黄帝之臣，医药之神

主要事迹：与岐伯奉黄帝之命进行经脉的医学研究，一生致力于中草药的研制

特　　点：医术高明，认真负责，大胆推陈出新

雷公作为人或神的名字，在中国神话故事中有多种歧义，而在这里则专指黄帝的一位臣子，是远古的医药之神，并被后世医学家所推崇。

根据《帝王世纪》记载，黄帝曾派雷公、岐伯进行经脉的医学研究，从而写就了医学著作《难经》。《本草纲目》也记载雷公一生致力于中草药的研制，他根据每种不同草药的特性、药性进行分类，大胆使用新方法，获得了许多新成果，例如系统地提出了炮、炙、炒、煅、浸、曝、露等十七种草药加工方法，并以此编撰出《炮炙论》一书。

容成

身　　份：亦称容成子、容成公，黄帝之臣，黄帝之师

主要事迹：与黄帝一同进行养生修炼

神　　力：活到两百岁

特　　点：精通养生之术

容成又称容成子、容成公，相传是黄帝的臣子兼老师。根据《列子·汤问》记载，黄帝喜好养生之术，而容成正好精通此道，于是黄帝就跟容成在空峒山上同吃同睡修炼了三个月，并互相交流养生经验，从而达到了“心死形废”的境界，意思就是指内心能够摈除一切杂念，身体也感受到一种“无我”的状态。

相传容成活了整整两百岁，他的声名事迹记载在《黄帝内经·素问》《神仙传》《列仙传》《轩辕本纪》等书中。此外，谯秀的《蜀记》还记载容成曾

经在太姥山炼药，后又隐居于崆峒山。

史皇

身　　份：黄帝之臣，画神
主要事迹：创作图画
特　　点：画风抽象

史皇是黄帝之臣，相传还是远古时代的画神，《世本·作篇》《吕氏春秋通诠·审分览·勿躬》都记载有“史皇作图”。

根据《历代名画记》记载，史皇生来就有绘画的天赋，能够根据大自然的形象来感悟出万物的真谛，从而将其在图画中展现出来。在《山水纯全集》中，记载史皇的画作就像鱼、龙、龟、鸟等动物留下的痕迹，这也许是一种抽象艺术的风格。而在《画苑》中，记载史皇这种“抽象派”的画风甚至还给了仓颉灵感，帮助他在创造文字方面取得更大的成就。

天老

身　　份：黄帝之臣
主要事迹：解答黄帝关于凤凰的提问
特　　点：对凤凰的特性深有研究

传说天老是黄帝的臣子，根据《竹书纪年·黄帝轩辕氏》记载，黄帝五十七年秋的七月庚申日，有凤凰出现在人间，于是黄帝率领众臣前往洛河边祭祀天地。可是从这一天开始，天降大雾，连续三天三夜也不消散，就连白天也像夜晚一样黑暗。

于是，黄帝就询问天老、力牧和容成等三位大臣：“这样的天气，对于江山社稷预示着什么？”

天老答道：“臣听说如果国家安定，国君就一定喜好文治，那么凤凰就会出现；如果国家发生动乱，国君就一定喜好武力，那么凤凰就会离去。如今凤凰在东边的郊野出现，它的鸣叫声就像十二音律中的夷则之律，夷则之律与秋

天七月肃杀的气氛相配，象征着阴气开始盛行，所以凤凰的叫声预示着上天给予您一个严厉的警示，希望您不要触犯。”

黄帝听了，又召来史官占卜，结果占卜用的龟甲被烧焦了。史官只好说：“这是上天的旨意，臣没法占卜，请您去询问圣人吧。”黄帝只好答道：“我已经询问过天老、力牧和容成了。”史官于是面向北方朝拜道：“龟甲不敢违背圣人的智慧，所以烧焦了。”黄帝听了，不禁陷入了沉思。

另外，根据《韩诗外传》记载，黄帝从来没见过凤凰，于是就召天老询问：“凤凰究竟是什么模样的？”天老答道：“凤凰长得前身像鸿，后面像麟，拥有蛇的脖子和鱼的尾巴，龙的斑纹和龟的身体。如果天下有道，就会得到凤凰的光临。如果有一只凤凰出现，它就只会在天上飞过；如果出现两只凤凰，它们就会在天上来回飞翔，互相追逐盘旋；如果出现三只凤凰，它们就会聚集在一起；如果出现四只凤凰，它们就会时常下凡；如果出现五只凤凰，那么它们就会永久居住在凡间。”黄帝听了大喜，于是穿着黄色的衣裳，带着黄色的冠冕，在宫中进行斋戒，凤凰果然漫天蔽日地飞来，并终身不再离去。

力牧

身　　份：黄帝之臣

主要事迹：在涿鹿之战辅助黄帝战胜蚩尤，发明车辆

兵　　器：强弓硬弩

特　　点：力大无比、聪明能干

力牧是黄帝的臣子，根据《史记·五帝本纪》记载，黄帝是在一处大泽中发现力牧，并拜他为大将的。另传力牧是远古时代一个畜牧氏族的首领，他不但善于牧羊，还善于射箭，力量大得能够拉开强弓，于是被黄帝请去担任大将，并为他取名为力牧。

黄帝请力牧的传说还有一个神奇的故事，相传黄帝夺得天下后，急需有能干的臣子来辅助他，于是时常去寻找人才。有一天，黄帝梦见一场大风把地上的污垢给吹刮得干干净净，接着又梦见有一个人拿着一把必须具有千钧之力才能拉得动的强弩，驱赶着成千上万头牛羊。黄帝梦醒后，回想起这个怪梦，反复思考了很久，才恍然大悟：“风象征着号令，垢字去掉土就是后，就是如果有个人名叫风后，就能任命他来执掌国政；千钧之弩象征着力量，驱赶牛羊就是牧，就是如果有个人名叫力牧，就能任命他来治理黎民百姓。”于是黄帝立即下令寻访这二人，后来就在一个大泽边找到了力牧，并拜为大将。在涿鹿之

战中，力牧果然不负众望，为黄帝战胜蚩尤立下了赫赫战功。

另外，相传力牧还发明了车，有一次，黄帝带领人民在迁徙的途中，突然遇到一阵大风，一下子就把黄帝头上遮阳的斗笠给吹飞出去。斗笠落地时，宽大的帽檐沿着地面不断向前滚动，许久才平躺下来。这一切都被随行的力牧看在眼里，他突然灵机一动，心想：我何不利用这个原理，制造一种能够省时省力的工具呢？于是，力牧模仿斗笠的形状，用木头制作出最原始的轮子，但轮子也只是滚了一段距离就倒了下来。聪明的力牧想了想，又另外制作出一个一模一样的轮子，并将这两个轮子拴在一根木棍的两头，这下轮子就能一直往前滚而不会倒下了。欣喜之下，力牧又多做了两个轮子，也用木棍链接，然后把两组轮子一前一后并排，上面再设置出可以装载人或物品的东西，于是一辆最原始的车就发明出来了。车的发明具有划时代的意义，从此推动了生产力的发展。

风后

身　　份： 黄帝之臣

主要事迹： 在涿鹿之战中发明指南车，将黄帝军队带出迷雾

特　　点： 善于治国理政

风后是黄帝的臣子。根据《史记·五帝本纪》记载，黄帝受梦境的启示寻找风后治国理政。黄帝是在一处海边发现风后，并拜他为相的。

后来，炎帝的后裔蚩尤不甘心失败，重新起兵跟黄帝争夺天下。在涿鹿之战中，蚩尤作法兴起漫天大雾，把黄帝困在其中，三天三夜而不得脱身。紧急之下，风后发明了指南车，及时辨别出方向，将黄帝军队带出了困境，并最终战胜了蚩尤。

另，据晋代葛洪的《抱朴子·地真篇》记载，黄帝战胜蚩尤后，就在天下到处巡视，风后和另一位臣子常伯就分别替黄帝背着书和宝剑，一路相伴，足迹曾到过青邱、洞庭、峨眉、王屋等地。

左彻

身　　份：黄帝之臣
主要事迹：削木铸造黄帝塑像以待七年，拥立颛顼为新天子
特　　点：位高权重

相传左彻为黄帝的大臣，根据《竹书纪年》《路史》《博物志》等记载，左彻在黄帝驾崩后，认为黄帝只是上天巡游而去，以后还会再回来的，就用木头削成黄帝的塑像，然后率领群臣诸侯像黄帝生前那样朝拜他。过了七年，左彻见黄帝还未回来，这才拥立颛顼为新的天子，而不久之后，左彻也去世了。

从左彻能够率领群臣等候黄帝“回归”，并拥立新天子，可以看出他的地位和权势都是相当高的。

伍胥

身　　份：亦称五胥，黄帝之臣
主要事迹：帮助黄帝进攻蚩尤
特　　点：善于排兵布阵

伍胥又称五胥，是黄帝的臣子，也是传说中的古代术士。

根据《绎史·黄帝纪》注引《玄女兵法》记载，黄帝进攻蚩尤时，整整三年打不下一座城市，于是就谋求能够帮助他攻城之人。这时，术士伍胥前来对黄帝说：“我可以帮你在三天之内拿下这座城。”黄帝惊喜之下问道：“那你打算怎么个打法呢？”于是伍胥说道：“请把您的军队分成五队，分别穿上红、青、黑、白、黄等衣服，然后将穿红衣服的军队摆在南方、穿青衣服的军队摆在东方、穿黑衣服的军队摆在北方、穿白衣服的军队摆在西方，而您则亲自带领穿黄衣服的军队摆在正中间，向蚩尤军挑战。等您将敌军引出城后，其他四队人马立即包围过来，定能战胜敌军。”于是黄帝按照伍胥的办法，果然大获全胜，并顺势攻下了这座城。战后，黄帝论功行赏，封伍胥为世代相传的诸侯。

骆明

身　　份： 黄帝之子，鲧父，禹之祖父

相传骆明是黄帝之子，鲧的父亲，也就是禹的祖父。根据《山海经·海内经》记载：“黄帝生骆明，骆明生白马，白马是为鲧。”而在《世本》中则记载：“黄帝生昌意，昌意生颛顼，颛顼生鲧。”所以，骆明是否是鲧的父亲，则存在着很大的疑问。

戎宣王尸

身　　份： 黄帝后裔，犬戎的神灵

特　　点： 马状无头、全身红色

戎宣王尸相传是古代犬戎国奉祀的神灵，根据《山海经·大荒北经》记载，戎宣王尸居住在融父山，是一只形状长得像马而又无头、身体呈红色的怪兽。

而另传戎宣王尸是黄帝的后裔，为犬戎部落的首领，上述的怪兽形象则是戎宣王尸统治的犬戎部落的图腾。

奇相

身　　份： 黄帝时震蒙氏之女，长江女神，亦作江神、江渎神

主要事迹： 偷窃黄帝的玄珠而自沉于长江之中

奇相是四川一带民间崇奉的长江女神，所以又称为“江神”“江渎神”。根据《江记》记载，奇相为黄帝时震蒙氏之女，因偷窃黄帝的玄珠而自沉于长江之中，死后化为长江之神。

少昊

身　　份：姬姓，名玄嚣，亦称少皞、少皓、少颢、青阳氏、金天氏、凤鸟氏、穷桑、云阳氏、朱宣，黄帝长子，西方天帝，白帝，三皇五帝之一，五方上帝之一

主要事迹：在东方和西方都建立了百鸟国

特　　点：喜爱鸟类、擅长弹琴

少昊姬姓，名玄嚣，又作少皞、少皓、少颢、青阳氏、金天氏、凤鸟氏、穷桑、云阳氏、朱宣，又称白帝，是中国远古时代的三皇五帝之一，也是中国神话中的五方上帝之一，少昊还是黄帝长子。

根据《山海经·大荒东经》《尸子》等记载，少昊出生在穷桑，从小就被黄帝送到东夷部落的凤鸿氏那儿历练。在那里，少昊娶凤鸿氏之女为妻，并因此成为凤鸿氏的首领，后又成为整个东夷部落的首领。据《山海经·西次三经》记载，少昊统一东夷部落后，建立起一个强大的国家，还构建出一整套官僚机构，并以各种鸟类名字命名百官，而且命名的规则还是按照不同鸟类的生活习性或性格特点而定。例如：凤凰总管百鸟、燕子掌管春天事务、伯劳掌管夏天事务、鹦雀掌管秋天事务、锦鸡掌管冬天事务、孝顺的鹁鸪掌管教育、凶猛的鸷鸟掌管军事、公平的布谷鸟掌管建筑、威严的雄鹰掌管法律、善辩的斑鸠掌管言论等。所以，少昊的这个国家又被称为“百鸟国”。

关于少昊钟情于鸟类的原因，根据《帝王世纪》记载，少昊出世时，天空有五只颜色各异的凤凰飞落在院子里，因此他又称为凤鸟氏，所以后来就以凤凰作为图腾。此外，少昊本身爱好音乐，喜欢听鸟的叫声，因为根据史料记载，他就是一位弹琴的高手。

在少昊的励精图治之下，东夷国蒸蒸日上，欣欣向荣。后来，少昊又辗转来到西方建立了另外一个新国家，仍然以百鸟为号，根据《淮南子·时则训》记载，少昊来到“西方之极”的万二千里地建国，因此被尊称为“西方天帝”。在西方，少昊又请来侄子颛顼前来辅政，使颛顼像少昊当年那样得到了历练，后来也成为一代雄主，位居五帝之一。

传说少昊在位七十四年，他去世后，他在东夷部落所建立的国家继续发展，一直传承到周代，跨度达上千年之久。

般

身　　份： 少昊之子
主要事迹： 发明弓箭
兵　　器： 弓箭

般是少昊之子，根据《山海经·海内经》记载，般发明了弓和箭，不但使人类战胜野兽的能力大大提高，还改变了人类战争的兵器格局。后来，般被封在了尹地。

倍伐

身　　份： 少昊之子
主要事迹： 因故被贬

倍伐相传是少昊之子，根据《山海经·大荒南经》记载，倍伐因做错了事，被贬谪到季厘国的缗渊居住。

台骀

身　　份： 玄冥之子，少昊后裔，汾河之神
主要事迹： 治理汾水
特　　点： 坚韧不拔

台骀（dài）为汾河之神，相传是少昊的后裔。根据《左传》《山海经》《史记》《水经注》等记载，台骀为远古一位伟大的治水大师，住在汾河。在那个蛮荒的远古时期，汾河一旦遇到暴雨季节，就会泛滥成灾，而由于当时生产力落后，人们对此往往束手无策。台骀想改变这种状况，便拜善于治水的玄冥为师，学成之后，辗转于甘肃、陕西、山西、青海等广大地区，并降服水魔，成功治理好汾水水患。

另传台骀为玄冥之子，玄冥原本就是负责治水的官员，却在汾河治水时被河里的黑龙所吞食。为了报父仇和平息水患，台骀外出云游学艺，得到瀛洲仙人的帮助，于五年后的五月端阳那天回到汾水，在河中洒入雄黄，迫使黑龙出现，然后台骀带领人们用箭将黑龙射死。报仇之后，台骀继承父亲的职位，继续治水，他沟通河道、兴修水利，最终彻底平息了水患。治水成功后，台骀受到当时的君主颛顼的嘉奖，被封为掌管汾州一带的地方官员，并受到当地沈、黄、蓐、姒等诸侯国的祭祀。台骀死后，还被尊称为“汾河之神”，又称“台神”。

蓐收

身　　份：少昊之子，一说少昊之叔，少昊佐神，秋神、金神、刑神

主要事迹：辅佐少昊

兵　　器：钺

特　　点：左耳有蛇，乘两龙，人面、虎爪、白毛，执钺

蓐（rù）收是少昊之子，一说为少昊之叔，是西方天帝少昊的佐神。根据《山海经·海外西经》记载，蓐收住在泑山，左耳有一条蛇，平时乘坐着两条龙。而晋代的郭璞则根据《国语》补充说蓐收长得人面、虎爪、白毛，执钺，并指蓐收是刑神。

根据《淮南子·天文篇》记载，蓐收辅佐少昊从政，分管的主要是秋收科藏之事，因为时值金秋，所以蓐收又被称为“秋神”“金神”。

昌意

身　　份：黄帝和嫘祖的儿子，颛顼的父亲

主要事迹：葫芦流水比试

昌意是黄帝和嫘祖的儿子，颛顼的父亲。根据《史记》记载，黄帝一共有二十五个儿子，其中和嫘祖的儿子则有玄嚣和昌意两个。

相传黄帝年老时，想在儿子中间挑选一个合格的继承人，因为嫘祖是黄帝的正妻，所以按照自古嫡子优先继承的传统，黄帝首先在嫘祖所生的玄嚣和昌意中挑选。于是黄帝把这同父同母的亲兄弟俩叫来，交给他们每人一个宝葫芦，说："这两个宝葫芦，只要一打开，就能流出一股三丈宽、一丈深的水来，一直流二百里才能流干，从嵩山南坡到东边的颍水是三百里远，你们每人拿一个葫芦，从嵩山脚下放出水来，水量不准减少，看谁能让这二百里的水量流三百里那么远，谁就能接替王位。"

于是，玄嚣和昌意都带着宝葫芦来到嵩山脚下，一个站在山崖南边，一个站在山崖北边，各自把葫芦打开，放出水来，只见葫芦里的水流泻出来，立马变成两条大河，滚滚地向东流去，可是这两股水流刚开始汹涌无比，但都只流了二百里就干涸下来了。急得兄弟俩拼命地摇晃葫芦，也见不到一滴水出来。无奈之下，他们只好重新把水收回葫芦，然后再试，如此反复几次，结果葫芦里流出的水都只能流淌二百里。

就这样过了三天，玄嚣突然对弟弟说："我想出一个好办法了！"昌意连忙问："是什么办法？"玄嚣说："既然每只葫芦的水只能流二百里，要是两个葫芦合到一块儿，就是四百里，如果我们将各自葫芦里的水合在一起，就能流四百里了！"昌意听了，连连称妙。

于是，兄弟二人便在山上同时打开葫芦，两股水流汇合在一起，直入颍河，使颍河水量骤时增大，向东流去，从此永不枯竭。这时候，兄弟俩也领悟到父亲的一片苦心：原来只有同心协力，才能把国家治理好！

黄帝见到儿子俩开窍了，十分高兴，就问两人谁当继承人好，于是玄嚣和昌意互相谦让起来。黄帝看他们都有诚意，最终就让玄嚣成为继承人，昌意负责辅佐玄嚣，共同治理国家。

后来，昌意娶蜀山氏女昌仆为妻，生下了一个儿子叫颛顼。

昌仆

身　　份：昌意之妃，颛顼之母，若水部落女首领

主要事迹：出兵帮助黄帝打败蚩尤，与昌意结婚

相传昌仆是黄帝的儿子昌意之妃，颛顼之母，根据《史记》记载，黄帝将昌意分封在四川若水，于是昌意就娶了当地蜀山氏女昌仆为妻，生下了颛顼。后来昌意带着妻儿回到中原，为颛顼将来成为天下共主奠定了基础。

有关昌意和昌仆的事迹，还有一个传说故事，据说昌仆原本是若水一带的部落女首领，她带领自己的部落在黄帝与蚩尤的战争中给予了黄帝大力的支持，帮助黄帝最终打败了蚩尤，黄帝为了表彰昌仆的功劳，就让自己的儿子昌意前往若水与她结为夫妻。昌意和昌仆回到若水后，靠种植花草树木快快乐乐地生活下来。

颛顼

身　　份：亦称高阳氏、黑帝、玄帝，黄帝之孙，中国远古部落联盟首领，五帝之一

主要事迹：辅佐少昊、打败共工、宗教改革、划分九州

颛顼（zhuān xū）姓姬，又称黑帝、玄帝，是中国远古部落联盟首领，五帝之一。根据《史记》记载，颛顼为黄帝之孙、昌意之子。颛顼长大后，因为辅佐少昊有功，被封于高阳。少昊死后，颛顼即位，号称高阳氏。

根据《淮南子·天文》记载，当初颛顼即位时，还与炎帝的后裔共工为争夺天下而爆发了激战。在颛顼得当的指挥下，颛顼军大破共工军，一直把共工追杀到了不周山下，并迫使其头撞不周山，造成天崩地裂、洪水滔天，以致生灵涂炭。打败了共工后，颛顼这才成为新的天下共主。

《史记·五帝本纪》记载颛顼“静渊以有谋，疏通而知事”，他即位后，发现人们崇尚鬼神而废弃人事，一切事情都要靠占卜来决定，也不安心于农业生产了，于是便决定进行宗教改革。他先亲自敬心诚意地祭祀天地祖先，为万民做出榜样；然后任命南正重负责祭天，以和洽神灵，任命北正黎负责民政，以抚慰万民；同时，颛顼还禁绝民间礼拜鬼神和占卜，劝导百姓遵循自然规律从事农业生产，并鼓励开垦田地，使社会恢复了正常秩序。

靠着宗教改革，颛顼的力量逐渐增强，控制了广大地区。根据《史记》记载，颛顼统领的疆域“北至幽陵（今河北省、辽宁省一带），南至交趾（今广东省、广西壮族自治区、越南一带），西至流沙（今甘肃省一带），东至蟠木（今东海）”。为了更好地治理这么大的地区，颛顼在历史上第一次把天下划分为九州。

相传颛顼在位七十八年，活到九十八岁才逝世。颛顼传世有十个儿子，有意思的是，根据《山海经》《搜神记》的记载，这些儿子大部分都是瘟疫之神和残暴害人的鬼怪，所以颛顼又被一些后人加上了一个“疫鬼之父”的诨称。

伯夷父

身　　份：一说即伯夷，颛顼之师

主要事迹：辅佐颛顼

伯夷父是颛顼的老师，根据《山海经·海内经》《吕氏春秋·尊师》《新序·杂事云》等记载，伯夷父是氐族和羌族的祖先，颛顼曾拜他为师，还曾让他制定并颁布法典，创制五刑，以管理天下臣民。

另有传说伯夷父就是伯夷，但伯夷是商朝末年的人物，年代跨度达上千年之久，所以此说存疑。

祷杌

身　　份：颛顼之子，凶兽

特　　点：顽劣不明、不可教导、不知话言，长得人面虎身、猪口牙、尾长一丈八尺

祷杌（wù）是颛顼的儿子，根据《左传·文公十八年》记载，颛顼有一个不肖儿子叫祷杌，他顽劣不明，不可进行教导，而且不知话言。另据《山海经》记载，祷杌为一种凶狠狂暴的猛兽，长得人面虎身、猪口牙、尾长一丈八尺，时常祸乱天下。

老童

身　　份：亦称卷章、耆童，颛顼之子

特　　点：声音洪亮、擅长歌唱

老童又称卷章、耆童，是颛顼之子，根据《世本·帝系》记载，颛顼娶滕氏的女子女禄，生下了老童。而另据《山海经·大荒西经》所载，颛顼生老童，老童生祝融，祝融生太子长琴。祝融一系是炎帝的后裔，而颛顼一系则是黄帝的后裔，所以此说存疑。但

又另传此祝融实际上只是一个官职名称，也就是掌管用火工作的火正，此时担任祝融的是颛顼的后裔吴回，而吴回就是老童之子。

根据《山海经·大荒西经》记载，老童住在騩山，他的声音就像钟磬那么洪亮，所以又相传老童擅长歌唱。

此外，老童还是蒙、老、童三姓的始祖，据传后世的老子与之也有关系。

鱓

身　　份：颛顼之臣，乐神

主要事迹：制作乐器

特　　点：能用尾巴拍打肚皮

鱓（shàn）是颛顼的臣子，相传为远古乐神，根据《吕氏春秋·仲夏纪·古乐》记载，颛顼任命鱓为乐人，让他表演节目，鱓于是就昂面躺下，用他的尾巴拍打他的肚皮，发出动听的“英英”声。

正因为鱓具有如此古怪的长相，所以相传鱓实际上是一种鱼，抑或是鼍，也就是鳄鱼，其中李斯的《谏逐客令》就有“树灵鼍之鼓”一句，指的就是用鳄鱼皮蒙制的鼓。因先秦时期鼍被视为灵物，所以鼍又称为“灵鼍”。另说鱓实际上还是一位人物，只是利用鱓这种动物的肚皮制成一种击打乐器，所以这个人物也被称为鱓，并被封为乐神。

飞龙

身　　份：颛顼之臣

主要事迹：为颛顼创作乐曲《承云》

特　　点：精通音乐

飞龙是颛顼的臣子，相传他精通音乐，根据《吕氏春秋·古乐》记载，颛顼喜欢音乐，于是就命令飞龙仿效八风之音，创作出乐曲《承云》，并用来祭祀天帝。

吴回

身　　份：颛顼高阳氏的曾孙，老童之子，祝融或重黎的弟弟，火神，祝融神
主要事迹：迁居吴地，担任火官祝融
特　　点：兢兢业业

吴回是远古神话传说中的火神，相传他是颛顼高阳氏的曾孙，老童之子，祝融或重黎的弟弟，是江南吴地一带传说中的半人半神的人物。根据《山海经·大荒西经》记载，吴回没有右臂，应该是一名残疾人，他在帝喾高辛氏时迁居到了吴地，以此称为吴回。

根据《史记》记载，在远古时代，凡是担任掌管火具的官员都称作“祝融”，祝融的职责一是观测天空的火星火宿，二是掌管部落照明、取暖、熟食的用火。在帝喾高辛氏时，吴回的哥哥重黎担任了祝融，但因办事不力而被帝喾所杀。帝喾杀了重黎之后，又让吴回接替哥哥的职位，继任祝融。吴回上位后，办事认真负责，成为受人爱戴的官员，死后被尊称为“祝融神”。

陆终

身　　份：吴回之子
主要事迹：生下影响中华历史的六个儿子

陆终是颛顼的后裔，吴回之子，根据《世本·帝系》记载，陆终娶鬼方氏的妹妹女嬇，但她怀孕三年还不生育，于是就剖开她的左胁，获得三个孩子，然后又剖开她的右胁，又获得三个孩子，总共得到六个孩子。

这六个孩子分别叫樊（即昆吾）、惠连（即参胡）、篯铿（即彭祖）、求言（即郐人）、晏安（即曹姓）、季连（即芈姓），他们都是中华民族演进史上的重要人物，他们的后代繁衍出了许多重要的姓氏，包括黄、苏、韦、顾、温、董、彭、曹、娄等。

昆吾

身　　份：颛顼后裔，陆终之子

主要事迹：陶器的发明者

昆吾本名樊，是颛顼曾孙陆终的长子，相传为陶器制造业的发明者。《吕氏春秋·君守》里就记载昆吾作陶的事件。而根据《山海经》记载，昆吾饮的是龙山的三泽水，又在白水山的白水潭里洗澡，过着神仙般的生活。

另外，根据《世本·帝系篇》记载，昆吾还是己姓的始祖。

彭祖

身　　份：亦称篯铿、彭铿、彭翦、卅铿、笺铿，颛顼的玄孙、祝融之孙、陆终第三子，彭氏始祖，中国第一位养生学家

主要事迹：向尧进献野鸡汤，著《彭祖经》

神　　力：活了八百多岁

特　　点：长寿、善于养生

彭祖又称篯铿、彭铿、彭翦、卅铿、笺铿，是颛顼的玄孙、祝融之孙、陆终第三子。相传在尧之时，彭祖向尧进献野鸡汤，因此被封于彭地，于是以彭为姓氏，成为彭氏的始祖。

根据《史记·楚世家》记载，彭祖自从尧舜直到夏商，历任守藏史、柱下史等掌管朝廷图书档案的官职。而从尧到商，历史跨度达上千年，所以传说彭祖活了八百多岁，更流传他一生曾因老而死去四十九位妻子，五十四个儿子，后来成仙而去。但这种说法广受质疑，其中《列子·力命篇》就指出，彭祖所谓的八百多岁寿命其实是他封地彭国存在的年数，而《竹书纪年》更记载商王武丁四十三年灭彭国，这个年代依照从尧时彭祖获封之时算起，恰好是八百多年。但无论彭祖是否活了八百多岁，历朝历代对于他善于养生的种种传说都没有异议，他著有中国第一部养生学著作《彭祖经》，所以被誉为“中国第一位养生学家”。也许，正因为彭祖善于养生，才逐渐衍生出“彭祖享寿八百”的传说。

帝喾

身　　份：亦称帝俊，号高辛氏，黄帝后裔，三皇五帝之一

主要事迹：以仁爱治国，知人善任

特　　点：子女众多

帝喾（kù）又称帝俊，姬姓，又号高辛氏，相传是黄帝的重孙，他的祖父是少昊，父亲叫蟜极。根据《史记·五帝本纪》记载，帝喾从十多岁开始就辅佐堂叔颛顼处理政事，深得颛顼器重，等到颛顼死后，帝喾就继承了他的位置，成为新的天子，并以亳（今河南省商丘市）为都城。

《史记》记载帝喾以仁爱治国，对于自己，他过着俭朴的生活，平时神色庄重静穆，保持崇高的品德；对于臣下，他广施恩惠、仁爱，讲究信誉；对于人民，他时常亲自体察民间的疾苦，讲究平等；对于神灵，他绝不违背自然规律，但又恭敬地祭祀天地鬼神，祈求神灵降福万民。因此，帝喾深受百姓的爱戴，在他的治理下，社会富足，人民安居乐业。

帝喾还能知人善任，例如：羿的箭术天下无双，帝喾就选拔他担任射官，赐给他彤弓和蒿矢，羿后来果然不负期望，立下了赫赫战功；咸黑、柞卜擅长于音乐和制作乐器，帝喾就命他们为乐官，让他们创作出《九韶》之乐，并发明了鼙鼓、笭、管、埙、帘等新乐器。

帝喾不仅是一代贤君，而且后代众多，历史上著名的挚、尧、弃、契都是他的儿子，除此之外，根据《山海经·大荒南经》记载，帝喾的正妃羲和是日神，为帝喾生了十个太阳；而根据《山海经·大荒西经》记载，帝喾的次妃常羲是月神，又为帝喾生了十二个月亮。这样一来，帝喾可真是名副其实的“日月之父”。

由于帝喾政绩出色，后世就将其列为三皇五帝之一，帝喾前承炎黄，后启尧、舜，奠定了华夏的数千年根基，不仅是华夏民族的共同人文始祖，而且还是商、周两朝的直系先祖。

羲和

身　　份：亦称日月神、日母、日御、时历神，帝喾正妃
主要事迹：生十日，制定时历
神　　力：缔造光明

羲和又称日月神、日母、日御、时历神，是生育太阳的女神，也是中国远古神话中的太阳女神与制定时历的女神，此外，她还是帝喾的正妃。

根据《山海经·大荒南经》记载，羲和原住在东海之外的甘水之间的羲和国，后来羲和嫁给帝喾，为帝喾生了十个太阳，而后又喜欢在甘渊中为自己的太阳孩子洗浴。于是，羲和就以日母的形象出现在神话传说中，使她成为人类光明的缔造者，也是太阳崇拜中至高无上的神。《楚辞·天问》中就提到："羲和之未扬，若华何光？"也就是说，如果没有羲和，光明就不会存在。而在另一篇《楚辞·离骚》中又提到："吾令羲和弭节兮，望崦嵫而勿迫。"表达了对太阳的渴望。

此外，羲和还根据日月运行的规律制定时历，《世本·作篇》中就提及"羲和作占日"，也就是指羲和利用日晷测量日影，以计算时间。

常羲

身　　份：亦称常仪、女和月母，帝喾之妃，月神
主要事迹：生了十二个月亮
特　　点：善于占卜月亮的阴晴圆缺

常羲又称常仪、女和月母，是生育月亮的女神，也是帝喾的妃子。根据《世本》记载，帝喾娶诹訾氏之女常仪为妃，常仪善于占卜月亮的阴晴圆缺，所以被称为月神。

而在《山海经·大荒西经》中，常羲为帝喾生下了十二个月亮，即为一年中的十二个月，所以被称为月母。据说，常羲还常在银河中给月亮洗澡。

此外，还相传常羲跟帝喾的正妃羲和为同一个人，这是因为两人同为帝喾妃子，一个生了十个太阳，一个生了十二个月亮，而且还传说一同制定时历，因此有一些史料和传说

就将这两位女神合称为“日月神”。

另有传说，常羲其实就是月宫中的女神嫦娥。

简狄

身　　份：亦称简易、简逷，帝喾次妃，契母，商族女性的始祖神

主要事迹：吞食鸟蛋而生契

简狄又称简易、简逷，是帝喾次妃，商代君主祖先契的母亲。根据《史记·殷本纪》记载，简狄是有娀氏之女，嫁给帝喾为妃，为帝喾生下了契，后来，契的后代建立了商朝。

关于简狄生契，还有个神奇的传说故事。有一天，简狄跟其他两位要好的女子一起来到野外一个叫玄池的湖中洗澡。正在洗浴的时候，突然有一只玄鸟（即燕子）在三位女子的头顶飞过，并在玄池边上下了一个五色的蛋。简狄见到这个与众不同的鸟蛋，感到非常好奇，就把它吞下肚子里去，结果没过多久，简狄就有了身孕，后来生下了契。这就是“玄鸟生商”的故事，《诗·商颂·玄鸟》就歌颂道：“天命玄鸟，降而生商。”简狄也因此成了商族女性的始祖神。

由于“玄鸟生商”的故事过于离奇，所以就有不少猜测，指这与远古时代“知母而不知父”的母系氏族社会残余有关。

十日

身　　份：帝喾和羲和之子

主要事迹：十日并出祸害天下，结果被羿射下九日

特　　点：真身为玄鸟

十日指的是古代神话中天上的十个太阳，据说为帝喾和羲和所生。根据《山海经·大荒东经》记载，帝喾迎娶羲和国的女子羲和，生下了十个太阳。另《山海经·海外东经》也记载道，这十个太阳其实真身是乌，也就是玄鸟，平常住在扶桑树上，按照天帝的安排，每天由一个太阳从东方升起，再从西方

降落，从而算作人间一日，所以每天就由这十个太阳轮流替换出来值班，而其他九个太阳就老老实实在扶桑树上待着休息。

根据《淮南子·本经训》记载，到了尧在位时，这十个太阳大概厌倦了每天单调的“轮换值班制度”，有一天突然一起跑到天空上玩耍，结果造成大地庄稼枯萎、草木烧焦，人们无以为食，而各种猛兽也趁机出来害人。

人间的天子尧目睹这般惨景，非常心焦，急忙命令神箭手羿前去射日，于是羿张弓搭箭，对准一个太阳射去，只听一声巨响，这个太阳就化为一团火球坠下，当落在地上时，又化为一只巨大的死玄鸟。就这样，羿连续射下了九个太阳，天上也落下了九只死玄鸟。而当他还想射最后一个太阳时，突然想起如果没有太阳，世间万物同样不得生存，于是就把这个太阳保留了下来。从此以后，天上就只剩下一个太阳了。

八神

身　　份：亦称八翌、八英、八力，帝喾的八个儿子

特　　点：皆因母亲梦见吞日而生

八神相传为帝喾所生的八个儿子，分别叫伯奋、仲堪、叔献、季仲、伯虎、仲熊、叔豹、季狸。根据晋代王嘉的《拾遗记·高辛》记载，帝喾娶邹屠氏的女儿为妃，妃子曾经梦见自己吞下了太阳，醒来后就生下了一个儿子，这个梦连续作了八次，她也就生下了八个儿子。于是这八个儿子就被称为八神、八翌、八英、八力，个个都拥有一身神力，而且英明睿智。

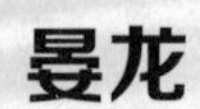

晏龙

身　　份：帝喾之子，乐神

主要事迹：制作琴、瑟

晏龙为帝喾之子，是远古传说中的乐神。根据《山海经·海内经》《山海经·大荒东经》的记载，晏龙曾经制作出琴和瑟这两种乐器。

此外，宋代的虞汝明在《古琴疏》中又补充道，晏龙有六把良琴，分别叫菌首、义辅、蓬明、白民、简开、垂漆。

阏伯、实沈

身　　份：帝喾二子，阏伯为商星、尧时火正、商国始祖，实沈为参星、古唐国始祖

主要事迹：兄弟不和而被帝喾分居两地，阏伯铸造阏伯台及建立商国，实沈建立古唐国

特　　点：兄弟不和

阏伯（yān）和实沈都是帝喾之子，两人为同父异母的兄弟关系。根据《左传·昭公元年》记载，阏伯与实沈原本一起住在深林之中，后来两人渐渐闹起了别扭，以至于大动干戈，手足相残。帝喾得知后，就把这两个闹事的儿子分开，把阏伯迁移到了商丘（今河南省商丘市），把实沈迁移到了大夏（今山西省太原市）。据说，后来阏伯成为天上的商星，实沈则成为参星，这两颗星平时分居东西、互不相见，可见这兄弟俩的冤仇一直都没有化解。

相传阏伯就是商朝的始祖契，根据《史记·殷本纪》记载，到了尧在位时，阏伯被封为火正，并赐封在商地建国。据说阏伯在任时发明了以火纪时的历法，筑造专门观察星辰的“阏伯台”，以此为依据测定一年的自然变化和年成的好坏，为中国古老的天文学做出了重要贡献。阏伯死后，被后世尊为“火神”，而他的商国逐渐壮大，最后演变成商朝。

至于实沈，则在大夏建立起了古唐国，历经夏商两代，在周朝初年被周成王所灭。

后稷

身　　份：姬姓，名弃，黄帝玄孙、帝喾嫡长子、母亲为姜嫄，稷王、稷神、农神、耕神、谷神、司农之神

主要事迹：教民稼穑，种植五谷

特　　点：擅长农务工作

后稷姬姓，名弃，相传是黄帝玄孙、帝喾嫡长子，母亲是帝喾的妃子姜嫄。

关于后稷的出生，还有一段离奇的故事，根据《史记·周本纪》记载，姜嫄原本是有邰氏之女，有一次出游时，因为踩踏了巨人留下的脚印，结果怀孕而生下弃。因为是无父而生，姜嫄就想把这个孩子给丢弃，可姜嫄把孩子丢在道路上，来往的众多牛羊都下意识地小心翼翼避开，以免踩到这个苦命的孩子；把孩子丢在河边，来往的飞鸟竟然拔下自己的羽毛给孩子当被子盖，以免孩子受冻着凉。如此三番，孩子皆安然无恙，姜嫄惊奇之余，觉得这个孩子一定不同凡响，就把他捡回来抚养，因为曾经丢弃过他，于是就取名为“弃”。但书中又同时记载稷是黄帝玄孙、帝喾嫡长子，这其中可能跟远古时代的婚姻配偶关系比较宽松有关。

根据《诗经·大雅·生民》记载，后稷少年时就喜欢学习种植各种树和谷物，长大后更擅长农务工作，他善于选择好的田地，种上合适的谷物，结果往往能获得极好的收成。此外，后稷还将自己的技术传授给其他人，教他们耕种与稼穑之术，受到了人们的尊重和欢迎。

尧舜在位期间，后稷被任命为农师，全面负责农业工作。在任期间，后稷首次建立粮食储备库，把平时多余的粮食储存起来，遇到灾荒年月就放粮救饥，给百姓们派发种子救急；同时，他还实行畎亩法，保证农田的合理耕种，使百姓们过上旱涝保收、安稳祥乐的日子。到了禹在位时，后稷又成为禹最倚重的三公之一。

后稷死后，被尊为稷王、稷神、农神、耕神、谷神，成为中国神话历史上的“司农之神”。他的后代后来迁徙到西部的周原，形成了周族部落，经过上千年的发展后，建立了周王朝。

台玺

身　　份：帝喾之子，后稷的弟弟

主要事迹：壮大周族（前身）

台玺传说是帝喾的第五子、后稷的弟弟，根据《山海经·大荒西经》记载，台玺从小就跟后稷要好，兄弟俩的关系非常融洽。由于非常疼爱这个弟弟，后稷就在他去世前传位给台玺，于是台玺带着族人继续发展，为后来周族部落的形成打下坚实的基础。台玺死后，传位给儿子叔均，叔均后来又把位置重新传回给后稷的儿子不窋。

由于台玺和叔均父子俩为后世周族部落的壮大做出了重大贡献，因此也被周朝尊称为先祖。

浑沌

身　　份：帝喾之孙，帝鸿氏之子，中央之帝

主要事迹：开七窍而死

特　　点：坏事做尽，文过饰非，颠倒是非

相传浑沌是帝喾之孙，帝鸿氏之子，根据《史记》记载，这个浑沌是个不成器的家伙，他平时坏事做尽，但又喜欢掩盖他人的善行而隐瞒自己的罪过，颠倒是非黑白，所以人们称他为浑沌，也就是混乱不堪、不开化的意思。

而另据《庄子》记载，浑沌是中央之帝，此外还有南海之帝儵和北海之帝忽。有一天，儵和忽来到浑沌的地方拜会他，受到了浑沌的盛情款待。儵和忽便想报答浑沌，他们见大家都有眼、耳、口、鼻等七窍，可以用来看、听、吃、闻，而唯独浑沌没有七窍，就想着为他凿出七窍，让他像大家一样拥有这些感官。于是儵和忽拿起工具，每天在混沌的身上凿出一窍，七天过后，七窍凿出来了，而浑沌也因此死了。庄子通过这个故事，用来比喻一些自然淳朴的状态是不需要刻意去改变的，否则就会带来无妄之灾。

奚仲

身　　份：帝喾后裔，车神，薛姓始祖之一

主要事迹：发明马车

奚仲是帝喾的后裔，任姓奚氏，禹时的薛国（今山东省滕州市）人。根据《山海经·海内经》记载，奚仲是以木造车的创始人，后世奉之为“车神”。另根据《滕县志》记载，夏禹之时，奚仲用木头造出了马拉的车，因功而被禹拜为“车服大夫”，也就是“车正”，并封在薛国为薛侯，于是奚仲的后人以国名为姓，奚仲因而成为薛姓始祖之一。

盘瓠

身　　份：亦称槃瓠，帝喾之臣，盘王
主要事迹：得到敌将首级而娶得帝喾女儿
特　　点：为一条五彩斑斓的神犬

盘瓠（hù）又称槃瓠，是帝喾的臣子，相传还是神犬的化身。

根据《后汉书・南蛮传》、晋代干宝的《搜神记》记载，帝喾在位的时候，有一位老奶奶得了耳病，于是用小棍子伸进耳朵里去掏，谁知竟然掏出了一个大如蚕茧的东西。老奶奶将这个东西放在瓠瓜做成的盛器内，再用盘子盖上，没想到这个东西立马就变成一只具有五彩斑纹的狗，于是就将这条狗命名为盘瓠。

也许是觉得盘瓠长得挺不错的，帝喾就向老奶奶要来盘瓠，把它养在身边。有一次，中原一带遭受外敌戎人的入侵，其中敌军首领吴将军骁勇善战，屡屡击败帝喾的军队。帝喾于是公开悬赏，有谁能砍下吴将军的首级，就把女儿许配给他。谁知刚刚公布完赏格，盘瓠就好像听懂了人话似的，“嗖”的一下就窜了出去，直朝敌营奔去，不大一会儿，它竟然衔着吴将军的脑袋回来了。惊讶之余，帝喾也不好食言，只好把女儿许配给了这条神犬，于是盘瓠背着帝喾的女儿跑入南山的石室中结为夫妻，后来生下六男六女，形成了一个新的民族繁衍下去。

盘瓠被瑶、苗、黎等民族尊奉为他们共同的祖先，并被称为“盘王”。

尧

身　　份：姬姓，伊祁氏，名放勋，亦称唐尧、帝尧、大尧，帝喾之子，五帝之一
主要事迹：辅佐哥哥挚，建立古唐朝，颁授农耕时令，开疆拓土，令羿射日，治理水患，让位于舜
特　　点：一表人才，治国有方，为人谦和

尧为姬姓，伊祁氏，名放勋，是帝喾之子，中国神话传说中的远古时代五帝之一。根据《春秋合诚图》记载，尧的母亲庆都是天帝的女儿，嫁给帝喾之后，有一天与赤龙结合而怀有身孕，过了十四个月后生下了尧。

尧从小就出落得一表人才，《汉书人表考》就说尧身高十尺，双眼炯炯有神，但因为时常为政事操劳而显得有些瘦削。根据《帝王世纪》记载，父亲帝喾死后，由于继位的哥哥挚过于平庸，尧便参与辅政，九年后，挚自治能力不如尧，就索性让位给这位弟弟。

尧继位后，建立了古唐朝，定都平阳。尧在位时政绩突出，对内治国有方，能够仁慈爱民，明于察人，并颁授农耕时令，让人民能遵循节令进行劳动生产，此外还设立诽谤木，让人民参与评论朝政，从而使老百姓安居乐业；对外能够团结华夏各个部落，并征讨和抵御外敌，使国土大为增加。

虽然尧是一代明君，但在位期间仍旧发生许多天灾人祸。例如《论衡·感虚篇》《淮南子》等有载，尧在位时，发生了“十日并出”的现象，也就是天空中出现了十个太阳，使万物被烤得焦枯，尧派羿前去射下其中九个太阳，才使天下恢复安定。后来，天下又发生了广泛性的大水灾，汹涌的洪水淹没了大量土地，民不聊生，于是尧派鲧去治水，可是直到尧去世，洪水仍旧没有平息。

相传尧在位达七十年，到了晚年，他见儿子丹朱不成器，就想找贤德能干的人作为自己的接班人。于是，尧遍访天下贤士，后来找到了舜，在经过严格考察，确定舜是个合格的人才之后，才把君位禅让给了他。而在让位二十八年后，尧才去世。可是另外根据《竹书纪年》记载，尧晚年由于年老而变得昏庸无能，结果被舜夺去了天子之位。

尧去世后，葬于成阳（今河南省范县），一说葬于谷林（今山东省鄄城县），被尊称为唐尧、帝尧、大尧。

庆都

身　　份：尧母，帝喾之妃

主要事迹：与赤龙结合而生尧

相传庆都是帝喾之妃，尧的母亲，根据《春秋合诚图》记载，庆都是天帝伊耆侯的女儿，另《史记》又指她是陈锋氏女，嫁给帝喾后，成为帝喾的第三个妃子。

相传庆都成婚后，还时常留在娘家，有一天，她遇见一条赤龙，结果跟它结合后而怀孕，十四个月后在丹陵生下了尧。尧出生时，恰逢父亲帝喾的母亲

去世，再加上尧的来历可疑，所以庆都母子俩一直被帝喾所冷淡，庆都也就一直将尧养在娘家，直到他长大成人，并最终继承天子之位。

根据《汉书》记载，庆都死后，葬在了成阳（今河南省范县）庆都陵，位于她儿子尧的尧陵以北。

中山夫人

身　　份：尧之妃

相传中山夫人是尧的第四个妃子，根据《水经注》记载，中山夫人死后，陵墓在成阳（今河南省范县）尧陵的东面，并建有中山夫人祠，而《太平寰宇记》也记载中山夫人庙在濮州雷泽。

丹朱

身　　份：尧的长子
主要事迹：被尧废黜
特　　点：性情暴戾，棋艺高超

丹朱姓伊祁，名源明，字监明，是尧的长子。根据《世本·帝系篇》记载，尧娶散盘氏之女女皇而生下丹朱。相传丹朱出生时全身红彤彤的，人见人爱，于是取名为“朱”，他后来被封于丹水（今河南省淅川县），所以被称为“丹朱”。

丹朱从小就表现出极高的聪明才智，深受尧的喜爱，可是随着年龄的增长，就逐渐暴露出许多人格上的缺点。根据《尚书·益稷》记载，丹朱为人骄傲暴虐，个性刚烈固执，遇事稍有不顺心就会大发脾气，并虐待自己的下属。此外，他还整天到处游玩，胡作非为。有一次，丹朱坐在船上出游，由于河流的水位很浅，结果船到了某个地方就搁浅了，但任性的丹朱硬是命令下属动手推着船行走，这就是所谓的“陆地行舟”。

见儿子的性情如此乖戾，尧便有意教育好他。根据《世本·作篇》记载，尧用文桑制成棋盘，用犀角和象牙做棋子，从而发明了围棋，并教授给丹朱。围棋讲究的是心平气和，尧希望用下棋的方法来改变丹朱的性情。但丹朱学会下围棋之后，就算成了围棋第一高手，也还是改变不了自己顽劣的本性。至此，尧终于心灰意冷，就把丹朱流放到丹水，并重新选择继承人，就如《史记·五帝本纪》中尧所说的："终不以天下之病而利一人。"最终，尧没有将天子之位传给恶习不改的丹朱，而是传给有贤德的舜。《吕氏春秋·召类》还记载丹朱被废黜后，不甘心失败，竟然勾结南方的三苗部落进行叛乱，尧坚决平叛，在丹水击败了丹朱，顺便收拾了南方不服的部落。

根据《史记·五帝本纪》记载，在尧去世后，舜还是将天子之位让于丹朱，并为尧守孝三年。三年后，见丹朱为政不善，舜这才取而代之。

可是根据《竹书纪年》记载，丹朱其实性情没有那么坏，尧也一直将丹朱视为继承人，但在尧年老时，舜通过发动政变，把尧给赶下台，还不让尧跟丹朱父子相见。同时《山海经》也记载，丹朱其实是个很有德望、声名显赫的人，所以，丹朱在尧舜禅让的历史事件记载中存在极大的分歧。

挚

身　　份：姬姓，名挚，又名鸷，号青阳氏，帝喾长子，尧之异母兄，生母为常仪

主要事迹：让位于尧

特　　点：平庸

挚，姬姓，名挚，又名鸷，号青阳氏（与少昊的青阳氏重名），是帝喾长子，尧同父异母的哥哥，生母是常仪。

根据《史记·五帝本纪》记载，帝喾死后，挚因为是长子而得以继位。可是挚缺乏治国能力，政绩平平，所以只好请能力出众的弟弟尧参与辅政，就这样过了九年，挚自觉不能服众，就干脆将天子之位让给了尧。

根据皇甫谧的《帝王世纪》记载，挚禅位后，被尧封于莘邑（今山东省聊城市莘县）。

尹寿

身　　份：亦称尹寿子，尧、彭祖之师

主要事迹：教育尧和彭祖

特　　点：博学多才

尹寿亦称尹寿子，是中国古代的一个神话人物，相传尧在位时，尹寿降于姑射山，因博学多才而被尧拜为老师。

根据《历世真仙体道通鉴》记载，尹寿担任尧的老师时，要求尧讲求谦虚之道，后来又传道给彭祖，使彭祖于舜在位时，能够施展自己的才能辅佐舜治理天下。

皋陶

身　　份：偃姓，皋氏，名繇，字庭坚，亦称咎陶、皐陶、臯繇、皐繇、咎繇，尧之臣，远古四圣之一，狱神

主要事迹：行五刑五教

特　　点：公正无私

皋陶（gāo yáo），偃姓，皋氏，名繇，字庭坚，又作咎陶、皐陶、臯繇、皐繇、咎繇，为尧的臣子，是远古时代的政治家、思想家、教育家，远古四圣之一，相传还是神话故事中的狱神。

根据《史记》记载，皋陶历经尧、舜、禹三个时代，长期担任掌管刑法的“士师”一职，以公正无私闻名天下。在任上，他“明于五刑，以弼五教”，也就是主张“五刑”处于辅助地位，而以“五教”（父义、母慈、兄友、弟恭、子孝）为主，对于有过激行为或者犯有罪行的人要先晓之以理，只有不听教化的，才将他们绳之以法。由于皋陶政绩斐然，受到人们的爱戴，后世尊他为“中国司法始祖”。

相传皋陶活了一百零六岁，去世后葬于六地（今安徽省六安市），禹还将他的后裔封在这里，建立了六安国（蓼国）和偃国。据说皋陶还是李、徐、赵等二十四个姓氏的祖先，并在唐代天宝年间被追封为“大唐德明皇帝”。

羿

身　　份：亦称后羿、大羿、司羿、夷羿

主要事迹：射九日、诛恶兽、射河伯

兵　　器：彤弓素矰

特　　点：善射

羿又称后羿、大羿、司羿、夷羿，是尧的射师，嫦娥的丈夫，神话中远古时代的神箭手，他最突出的功绩就是射九日、诛杀恶禽猛兽和射河伯。

根据《山海经》记载，尧在位时，天空出现了十个太阳，以致万物枯死，人民无以为食，挣扎在死亡的边缘，于是尧命令羿前去射日。羿拿着天帝赐予的彤弓素矰，一连射下了九个太阳，只留下一个让它继续给大地带来光明。

又根据《淮南子·本训经》记载，尧时，许多恶禽猛兽残害人民，其中包括南方畴华大泽中长着满口钢牙的凿齿、北方凶水之上长着九个能喷水吐火的脑袋的九婴、东方青邱之泽能鼓起狂风的大风、洞庭湖残害渔民的修蛇、中原大地上长着人面蛇身的猰貐、桑林中专吃家畜的封狶。羿为民除害，经过一次又一次激烈的搏斗，将它们一一射杀，使人世间恢复安宁。

另，根据《七十二朝人物四书演义》所述，洛神宓妃曾经在黄河边上弹琴，不巧优美的琴声被河里的河伯听见。河伯垂涎于宓妃的美色，就化为一条白龙将宓妃给绑架而去。羿得知后，潜入河伯的水府，将宓妃解救出来。河伯闻讯化作白龙追赶，结果被羿一箭射瞎了左眼。河伯恼怒万分，但又知道不是羿的对手，就上天向天帝告状，但天帝早已知悉一切，没有理会，河伯只好灰溜溜地潜回水府。

此外，相传羿原本还是天神，而太阳原本是天神的儿子，他射下九日之后，惹怒了天帝，于是就将羿和他的妻子姮娥罚下人间。过惯了神仙生活的姮娥不干了，整日埋怨丈夫，并催促他去向西王母讨要长生不老药，可是等羿拿着长生不老药回来后，姮娥却趁羿洗澡之际独吞了仙药，飘到了月宫成为神仙，而羿在失去姮娥之后，心灰意冷，最后被弟子逢蒙用桃木击杀。

相传羿死后被封为“宗布神”，统领万鬼，还据说因为羿是被桃木打死的，所以鬼都害怕桃木。

姮娥

身　　份：亦称嫦娥、常娥，羿妻，帝喾之女，月宫仙女，月精
主要事迹：吞服仙药而奔月
特　　点：自私

姮（héng）娥就是我们现在所熟悉的嫦娥，为中国远古神话中住在月宫的仙女，又作月精，相传是神箭手羿的妻子，帝喾的女儿。姮娥在汉代之前都用这个名字，后来为了避汉文帝刘恒的名讳才改称嫦娥，又作常娥。根据《山海经》记载，帝喾和妃子常羲生下了十二个月亮，而姮娥就是其中之一，后来《淮南子》又记载姮娥与羿结为夫妻。

姮娥最广为人知的故事就是“嫦娥奔月”的故事，据传姮娥原本就是天上的仙女，因丈夫羿射杀了天帝的九个太阳儿子，触怒了天帝，从而跟随丈夫一起被贬下凡间。过惯了神仙生活的姮娥便天天哭闹着埋怨丈夫，后来又害怕衰老，便催促丈夫去向昆仑山的西王母讨要长生不老药，可是等羿历经千辛万苦讨得仙药回来后，姮娥怕仙药不够，就假意催促丈夫先去洗澡，然后独吞了仙药。谁知刚服完药，姮娥就觉得全身轻飘飘的，直向月亮奔去，最后在月宫上住下来，成为月宫仙子。

而《淮南子》中记载的是羿讨得仙药后，他的弟子逢蒙为了独吞仙药，杀害了羿，之后又逼迫姮娥交出仙药。姮娥被逼无奈之下，就抢先吞服了仙药，结果成仙奔月。

逄蒙

身　　份：亦称蠭门、逄门、逢蒙、逢门，羿之弟子
主要事迹：拜羿为师，用桃木棒杀害羿
兵　　器：弓箭、桃木棒
特　　点：善射，品行不端、忘恩负义、自私自利

逄蒙又称蠭门、逄门、逢蒙、逢门，是神箭手羿的徒弟，相传是尧在位时一个善于射箭但品行不端的小人。

根据《荀子·正论篇》记载，逄蒙拜羿为师后，刻苦学习箭术，很快就成为与羿相提并论的神箭手。而《孟子·离娄下》则说逄蒙把羿的功夫都学到

手之后，觉得天下只有羿一人的箭法比自己高强，为了让自己成为天下第一的神箭手，于是就趁羿喝醉酒的时候，用桃木棒击打羿的脑袋，把这位师傅给杀害了。

另，根据《淮南子》所载，羿从昆仑山的西王母那儿讨到长生不老药之后，正想跟妻子姮娥分享，逢蒙先下手为强，杀害了羿，之后又想逼迫姮娥交出仙药，并趁机霸占她。结果姮娥情急之下抢先吞服了仙药，便成仙奔月而去。

无论是哪个传说，逢蒙都被说成是一个忘恩负义、自私自利的小人。据传逢蒙的后代在商朝时被封在逄地，并建立了逄国。

舜

身　　份：姓妫氏姚，名重华，亦称虞舜、帝舜、舜帝，颛顼六世孙，五帝之一
主要事迹：善待亲人，继承尧位，勤劳治国，禅位于禹
特　　点：聪明勤劳，善于治国，孝顺君父

舜姓妫氏姚，名重华，字都君，因为其国名叫虞，所以又称为虞舜，此外还称为帝舜、舜帝，五帝之一。根据《史记·五帝本纪》记载，舜是颛顼六世孙，但从五世祖穷蝉那儿开始，他这一系都是平民。在舜很小的时候，母亲握登就去世了，他的父亲瞽叟娶了一个后母，生下了弟弟——象。

传说舜不仅聪明、勤劳能干，而且还孝顺父亲和后母，善待同父异母的弟弟，面对父母和弟弟的刁难，舜仍然和善面对，百依百顺，面对实在化解不了的恩怨，他就选择避让。

由于舜屡屡受到亲人迫害，仍旧义无反顾地善待他们，他的贤名在乡亲们之间流传，大伙儿都以他为榜样。当舜在历山耕田时，原本为争夺田界而时常大动干戈的人们就不再争执，变得互相谦让起来；舜住在哪儿，人们就往哪儿靠着他居住，据说舜原本住在一个小荒村里，结果几年之后，这里就变成了一座大城市。

舜的名气越传越大，就连当时的天子尧也听说了。此时尧因为儿子丹朱不成器，想另外选择有才

能和贤德的继承人，在大臣的推荐下，便看中了舜。为了考察舜，尧将两个女儿——娥皇、女英许配给他，还让几个臣子侍奉他，数年后又让舜参与政事，以此观察他的品德和才能。面对尧的各种考察，舜都能办得井井有条，尧觉得很满意，于是就确定他为继承人，到了他在位满七十年后，就禅位于舜。但根据《竹书纪年》所载，舜是发动政变夺取的尧的君位。

舜继位后，建立了有虞国，他虚怀纳谏、任贤使能，任用有才能的“八恺”“八元”等治理民事，同时惩罚奸佞，放逐残害百姓的“四凶”。此外，他还整顿礼制，减轻刑罚，从而使天下大治、百业兴旺、政通人和、四方臣服。到了晚年，舜同样没有将天子之位传给平庸的儿子商均，而是选择了治水有功的禹作为继承人，并在禹治水成功后，禅位给他。

舜禅位后，就四处巡游，后来病逝在南方的苍梧。

瞽叟

身　　份： 舜父

主要事迹： 跟后妻和幼子迫害长子舜

特　　点： 双目失明，年老昏庸

瞽叟是舜与象的父亲，相传为黄帝的七世孙，颛顼的五世孙，但后来家道没落，他这一系就成为平民。根据《史记·五帝本纪》记载，瞽叟双目失明，他跟原配握登生下了舜，而在握登去世后，他又另外娶了一个后妻，生下另一个儿子——象。

相传瞽叟这个后妻出于私心，非常憎恨这个丈夫的前妻留下的孩子，象也时常欺负哥哥，不仅如此，这母子俩还不断在瞽叟面前说舜的坏话，年老昏庸的瞽叟于是时常打骂舜，甚至还想杀掉这个长子，有好几次，瞽叟甚至跟后妻和象串通一气，配合他们实施暗杀舜的计划。可是就算如此，舜还一直孝顺地侍奉瞽叟，并凭着聪明才智一次又一次地化解瞽叟和后妻、弟弟陷害他的阴谋。

后来，舜由于才德兼备，被尧立为继承人，并最终通过尧的禅让而即位。舜当上天子后，仍然孝顺瞽叟，令瞽叟深受感动，从此再也不怀陷害舜之心，并在舜的供养之下安享天年。

握登

身　　份：舜母名

主要事迹：见虹而生舜

特　　点：薄命早亡

相传握登是舜的生母，也是瞽叟的原配，根据《史记·五帝本纪》记载，当初握登见到一道巨大的彩虹，意感之下，竟然因此怀孕在身，后来在姚墟生下了舜，因此，舜就以姚为氏。

但握登非常薄命，在舜很小的时候就去世了，不仅没有看到儿子舜所遭到的丈夫、丈夫后妻、后子对他的迫害，更没有看到舜当上天子。

娥皇、女英

身　　份：娥皇又称娥肓、娥娙，女英又称女莹、女匽，伊祁氏，尧之女，舜之妻，湘水之神

主要事迹：共同嫁给舜，帮助舜化解危难，溺死湘江

特　　点：聪明贤惠

娥皇又称娥肓、娥娙，女英又称女莹、女匽，两人皆姓伊祁氏，是尧的长女和次女，也共同嫁给了舜，其中女英还为舜生下了儿子商均。

根据汉代刘向的《列女传》记载，尧听说舜贤明能干，便有意将他培养为接班人，于是就将娥皇、女英这两个女儿一同嫁给了舜。当时舜时常受到父亲瞽叟以及后母、后母所生的弟弟的迫害，而当舜被尧立为继承人后，得到了尧的两个女儿及许多其他赏赐，这三个家伙立马红了眼，幻想将舜害死后据为己有，而娥皇、女英察觉到他们的阴谋后，处处为舜提防。

相传瞽叟和象命令舜修理房子，娥皇、女英得知后，就让舜穿上鸟服，当舜爬上屋顶时，象果然抽走了楼梯，并放火焚烧房子，幸亏舜穿着

鸟服，于是就可以像鸟儿那样滑翔下来，幸免于难；瞽叟又命令舜去挖井，娥皇、女英让舜穿上龙的衣服，待舜下井后，瞽叟就把井口给掩埋了，舜又借助龙服，像龙一样潜出地面，又躲过一劫；瞽叟及其后妻母子又想把舜灌醉后杀死，娥皇、女英察觉之后，先让舜服用能够醒酒的药，再洗完澡才去喝酒，结果舜喝了一天的酒都没有被灌醉。

就这样，在娥皇、女英的保护下，舜顺利通过了尧的考察期，接受了尧的禅让，登上了天子的宝座，娥皇、女英也升格成为舜的长妃和次妃。

相传娥皇、女英虽然出身天子之家，但她们深受父亲和丈夫的影响和教诲，并不贪图享乐，总是关心着百姓的疾苦，舜即位后，她们就兢兢业业地辅佐共同的丈夫。

根据《博物志》《群芳谱》《述异记》《水经注》等记载，后来舜禅位于禹，在南巡经过苍梧时去世。消息传来，娥皇、女英非常悲痛，在赶往苍梧的途中，于湘江上痛哭流涕，泪水洒在岸边的竹子上，形成了点点斑纹，后来这种长着斑纹的竹子就被称为“湘妃竹”。也许是悲伤过度，娥皇、女英最终溺死在湘江中，化为湘水之神。

象

身　　份：舜同父异母的弟弟，瞽叟幼子
主要事迹：屡次加害哥哥舜
特　　点：生性傲慢、心狠手辣

象是黄帝的八世孙，瞽叟的后妻所生的幼子，舜同父异母的弟弟。根据《史记·五帝本纪》记载，舜的父亲瞽叟在原配握登，也就是舜的母亲去世后，续娶了一个后妻，并生下了象。象跟他的母亲都是生性傲慢、狠毒之辈，母子俩非常忌恨舜，千方百计想置他于死地。母子俩经常在瞽叟面前说舜的坏话，使双目失明而又昏庸糊涂的瞽叟时常打骂舜。

后来，由于舜聪明能干而又贤德孝顺，受到天子尧的青睐，想立他为继承人，于是就把两个女儿娥皇、女英嫁给他，还送了他许多赏物。象垂涎于娥皇、女英的美色和众多赏物，就想加害舜，将尧的二女及财物据为己有。

象先串通父亲瞽叟让舜修理房屋，待舜爬上屋顶后，象就在下面放火烧屋，舜察觉房子着火后，已经下不得地，他灵机一动，双手举着头上戴着的宽边大斗笠，借助风力得以缓缓落在地上。

一计不成又生一计，象又让瞽叟命令舜挖水井，等到舜潜入深深的井下

后，瞽叟和象就将井口用石头填埋起来。这一次，象估计舜在劫难逃了，就高高兴兴地回到家，刚一进门，就大嚷道："这下哥哥肯定死了，我们就把他的东西全分了吧！"说着，象就走进舜的屋子，谁知却看见这位哥哥好端端地坐在床上弹琴呢！原来舜早就提防父亲和弟弟要暗害自己，于是在挖水井的时候，同时还暗暗挖了一条通往地面的地道，等他察觉井口被封死之后，就循着地道顺利回家，从而又躲过一劫。此时舜见到象，就装作没事那样跟象打招呼，使象觉得非常难堪。

凭着舜对父亲和后母的孝顺，以及对弟弟象的友善，对他们加害自己的种种罪行一直既往不咎，终于感动了这三个至亲，于是象改邪归正，不再陷害哥哥，在哥哥当上天子后，还尽心尽力辅佐哥哥。

商均

身　　份：亦称义均、叔均，舜之子，生母为女英
主要事迹：建立古虞国
特　　点：喜欢唱歌跳舞而不会治国

商均原名义均，又称叔均，因出生于商（今河南省商丘市虞城县），后来又被封于商，所以被称为商均。根据《史记·五帝本纪》记载，商均是舜的儿子，母亲为尧的次女——女英。

相传商均整天只知道唱歌跳舞，却不会治理朝政和国家大事，于是舜没有将天子之位传给他，而是学着尧那样，选择了治水有功的禹，另外把商均封在了商。

根据《史记·夏本纪》记载，舜在年老时，禅位于禹，过了十七年，舜逝世后，禹又将商均请回来，让他担任天子，结果诸侯们都去朝见禹而不承认商均，禹这才重新登位。商均再次回到商地后，建立了古虞国。

董父

身　　份：*亦作称豢龙氏，舜之龙师*

主要事迹：*豢养龙*

董父是舜时的一名善于驯养龙的官员，根据《九州要纪》记载，在舜时期，人们有豢养龙的习惯，董父喜欢龙，又是养龙的高手，所以被舜任命为龙师，并称他为豢龙氏。

董父驯养龙的手段可真有一套，根据《左传》记载，为了养出好的龙，董父千辛万苦寻找养龙的湖泊，终于发现陶丘（今山东省菏泽市定陶区）的董泽湖水质甘洌清澈，非常适合龙的成长，于是就将龙养在这里。每天，董父坐在小舟上，用鱼竿来调教水中的龙。鱼竿所到之处，都会引起几十条龙跃出水面在空中翻腾，一时间银光四射，浪花飞溅。就是靠着这样的手段，董父努力培养龙翻腾的本领。等龙长得差不多时，董父就请舜及一帮大臣前来欣赏“巨龙腾飞”的盛况。只见董父将鱼竿往水中轻轻一点，立马有数条几十米长的巨龙披着黄色的鳞甲跃出水面，在空中尽情飞舞、盘旋，吸引其他龙也纷纷从水中跃起，腾空飞舞，如此壮观的景象，把舜及大臣们乐得连连叫好。

虞虎

身　　份：*舜之臣*

主要事迹：*为舜养龙*

虞虎是中国神话传说中的远古人物，相传是舜的臣子。

根据《贾子说林》记载，舜在位时，命令虞虎为他饲养一条紫龙，于是虞虎就拿着烤的燕子肉喂龙，可是在喂的时候，却总是拿着烤肉在龙的眼前挑逗它，而不立即让它吃到，结果惹得龙口水直流，虞虎趁机用器物将龙流下的口水收集起来，等盛满了一盒才给龙吃食。

虞虎靠着这种办法收集了许多龙的唾液，然后采集一种叫“绘实”的仙草，将其磨成粉末，浸入龙的唾液中，从而获得一种红色的颜料。据说用这种颜料来画金石，简直栩栩如生。

禹

身　　份：姒姓，名文命，字高密，亦称大禹、帝禹、神禹，夏朝实际开国君王
主要事迹：平息洪水，涂山之会，铸造九鼎
特　　点：善于治水，勤于治国

禹姒姓，名文命，字高密，史称大禹、帝禹、神禹，为夏后氏首领、夏朝实际上的开国君王，也是中国远古神话传说中的治水英雄。根据《史记·夏本纪》记载，禹是黄帝的玄孙，鲧的儿子。又据《世本·海内经》记载，禹是母亲女嬉吞服神珠后剖开肋部而生的。

而另据《山海经·海内经》记载，相传在尧晚年时，天下发生了特大水灾，禹的父亲鲧为了解救万民，便偷盗了天帝的息壤治水，结果被天帝派火神祝融将他杀死在羽山上。鲧死后，尸体三年不腐，祝融便剖开鲧的腹部，从中飞出一条神龙，化为禹，继续进行治水大业。

禹接替父亲开展治水工作后，为了找到治水的好办法，走遍了整个灾区。相传他“三过家门而不入”，就连儿子启出世时，也没有回家探望。经过深入细微的勘察后，禹采取了以疏导和堵塞双管齐下的治水方法，在经过了十三年的奋战之后，终于平息了水患。

相传禹治水时，请应龙用尾巴画出疏导洪水的路线，并按照路线开凿河道。可是在开凿过程中，又遇到了水神共工及众多妖魔鬼怪的阻拦，他们摧毁建好的堤坝，破坏河道，使洪水重新泛滥。后来，禹在巫山女神、河伯、应龙、夔龙等神灵的帮助下，驱逐了共工，还杀死了无支祁、相柳等凶神水怪，最终完成了治水大业。

禹治水成功后，威望传遍了天下，于是舜就将他立为继承人，不久后禅位给他。禹在统治期间，利用以往治水时积累下的威名，大大加强了集权制度，

根据《左传》《史记》等记载，禹曾经在涂山召开诸侯大会，召集了天下诸侯前来开会，当时有一个防风氏部落的首领误期迟到，就被禹当场处死。涂山之会后，禹将天下划分为九块地方，称之为“九州”，还将各方诸侯献上来的青铜铸成了九个鼎，以象征九州，奠定了未来夏朝的统治基础。

禹晚年时，在指定益为继承人的同时，却又暗中扶植儿子启的势力，后来禹死后，启杀死了益，建立了夏王朝。

鲧

身　　份：姓姒，字熙，有崇氏，亦称崇伯鲧、崇伯、鲧公、夏鲧、白马，颛顼之子，禹之父

主要事迹：偷盗息壤而被杀，孕育禹，造反被杀

神　　力：死后化为黑熊，孕育禹

特　　点：怜悯洪灾受苦人民

鲧（gǔn）姓姒，字熙，有崇氏，又称崇伯鲧、崇伯、鲧公、夏鲧、白马，是颛顼之子，禹的父亲。根据《史记·夏本纪》记载，尧在位时，鲧被封在崇，成为一方诸侯。而到了尧晚年时，天下发生了特大洪灾，尧便派鲧主持治水，可是整整九年过去了，鲧依然没有平息水患。这时候，新即位的舜前来视察灾区，发现鲧工作不力，就把鲧给杀了，另让他的儿子禹继续治水。

另根据《山海经·海内经》记载，鲧本为天神，他看到下界洪水滔天，人民面临灭顶之灾，于是心急如焚，便设计闯入天宫的仓库，偷了天帝的宝贝息壤前去堵塞洪水。当他将息壤洒入洪水中时，立马生出了大块陆地，很快将洪水给压制住。眼看就要彻底平息水患时，天帝发现息壤被盗，震怒之下，查出是鲧偷盗的，于是就命令火神祝融把鲧捉起来，并把他杀死在羽山上。然后，天帝还不忘收回息壤，结果洪水重新泛滥，使鲧的努力化为乌有。

相传鲧死后，魂魄化为一只黑熊，继续遍访治水方法，但神仙们都害怕惹怒天帝，纷纷避开这只黑熊。黑熊万般无奈下，急得大哭起来，它的哭声终于感动了一位神仙，于是这位神仙就劝它孕育一个新的生命来代替自己，黑熊听了就依计行事。

三年之后，天帝出巡时经过羽山，见鲧的尸体仍然没有腐烂，觉得很奇怪，就让祝融用吴刀剖开鲧的肚子。谁知鲧的腹部刚开裂，就从中飞出一条神龙，一直飞上天空。后来神龙化作鲧的儿子禹，继续进行治水大业。

而根据《尚书》记载，鲧为危害江山社稷和百姓的“四凶”之一，舜在位时，他伙同共工、三苗等一齐起兵造反，结果被舜击败，并被押赴羽山处死。

女嬉

身　　份：亦称女喜、女志、女狄、脩己、修己、有辛氏，禹之母

主要事迹：吞服不明物体而生禹

女嬉又称女喜、女志、女狄、脩己、修己，是远古神话中治水英雄禹的母亲。根据《世本·海内经》《史记索隐·五帝本纪第一》《帝王世纪》等记载，鲧娶有辛氏之女女嬉为妻，女嬉在吞下了一颗叫“如意苡”的神珠后，从胸部生下了禹。

此外，根据《吴越春秋》记载，女嬉在砥山得到如意苡，吞服后就怀孕在身，后来剖开肋部才生下了禹。而《循甲开山图荣氏解》又记载女嬉于一天夜晚汲取石纽山的泉水时，在水中得到了“月精”。这个“月精”圆圆润润的，就像鸡蛋一样，女嬉越看越喜欢，情不自禁就把它含在口中，结果一不小心就吞下肚中，然后就怀了身孕，经过了十四个月后才生下了禹。另《章句》也记载禹母女嬉剥裂了背而生禹。

从许多不同神话史料中可以看出，女嬉生禹的故事虽然彼此略有出入，但无一例外都提到是吞服不明物体而怀孕，而后又要裂开胸部、肋部或者背部才生下了禹。这从今人的角度来看，女嬉怀孕的原因可能跟当时母系社会的妇女人身相对自由的社会状况有关，而且女嬉在生禹的过程中，极有可能遭遇到了非常痛苦的难产现象。

另外，根据《山海经·海内经》记载，禹是天神鲧的儿子，没有母亲。尧晚年时，人间爆发了大水灾，鲧为了平息人间的水患，偷盗天帝的息壤而被处死。鲧死后，尸体三年不腐，天帝便命令火神祝融剖开鲧的腹部，只见有一条神龙从其腹部钻出来，最后化为禹。

涂山氏

身　　份：亦称女娇，禹之妻，启之母

主要事迹：辅佐禹治水

特　　点：原为九尾白狐

涂山氏名叫女娇，是禹的妻子，也是后来夏朝的建立者——启的母亲。根据《尚书·皋陶谟》记载，禹在与女娇结婚时，正值治理洪水之时，所以禹在结婚的第四天，就匆匆辞别女娇，赶到治水的前线。

传说女娇娴静文雅，长得清秀美丽，她十分支持禹的治水事业，所以时常去治水工地看望丈夫。女娇怀孕及生下启时，禹因过于忙碌，三过家门而不入，女娇也表现出十分的理解。就这样，女娇对禹不离不弃，直至禹完成了治水大业，因此受到了禹的尊敬和宠爱。

此外，禹跟女娇还有一个传说故事，根据《淮南子》记载，禹在治水时，常常忙得顾不上回家，妻子女娇就时常去治水工地给禹送饭，即使在怀有身孕之后也坚持不懈。而禹在工作时，亲自开挖河道，为了工作更方便，就变成了一头黑熊，凭着锋利有力的熊掌挖掘。为了不让女娇受到惊吓，就跟妻子约定："为了你的安全，只有等我敲响了鼓，你才把饭送过来。"于是女娇按照吩咐去做，而禹也等到恢复原样，才让女娇前来送饭。

有一次，女娇前来送饭，当她等待禹的鼓声时，恰好变成黑熊的禹在工作中，从高处跳下，不小心扬起一些碎石，结果击中了鼓。一听到鼓声，女娇以为禹在传唤她，便挺着大肚子赶到禹的面前，当看见这么一头大黑熊站在眼前时，吓得魂飞魄散，竟然化成了一块大石头。禹见状后悔不已，便对着大石头喊道："你变成石头了，那我们的孩子怎么办？"结果禹刚喊完，只听"轰隆"一声巨响，石头破开一个口子，从中蹦出一个男婴，这就是禹和女娇的孩子启。

而根据东汉赵晔的《吴越春秋·越王无馀外传》记载，涂山氏原本是一只九尾白狐，禹三十岁时还没娶妻，当他走到涂山时，与涂山氏相遇，然后结为夫妇。

益

身　　份：亦称伯益、伯翳、柏益、柏翳、大费，舜、禹之臣，鸟兽之长，百虫将军

主要事迹：教授人们狩猎、驯养和畜牧的方法，帮助禹治水，发明凿井技术，最早编撰《山海经》，与启争位而被杀

神　　力：通晓鸟兽语言

特　　点：在政治、发明创造、创作上颇有建树

益又称伯益、伯翳、柏益、柏翳、大费，是禹的臣子，《史记·秦本纪》中还记载他是皋陶的长子、黄帝的六世孙。

根据《史记》《世本》《吕氏春秋·勿躬篇》等史料记载，益曾经帮助禹治理洪水，还发明了凿井技术，是禹的得力助手，因此深受禹的信任，在禹即位后，让他辅佐自己治理国家，并将他立为继承人。另根据西汉刘歆的《山海经表》、东汉王充的《论衡·别通篇》记载，益还是神话故事小说《山海经》的最早作者。

此外，相传益是天上神鸟燕子的后代，因此通晓许多鸟兽的语言，并凭此教授给人们狩猎、驯养和畜牧的方法，于是在舜在位时就被封为虞官，掌管山泽草木禽兽，因此被后世称为鸟兽之长、百虫将军。此外，舜还赐益嬴姓，所以益又成为嬴姓始祖。

根据《史记》《淮南子》等记载，禹生前虽然立益为继承人，却在晚年时故意架空益的权力，而积极培养启的势力。到了禹去世后，益继位时，遭到了启的反对，于是益把启监禁起来。可是启早已买通了许多官员，在内应的帮助下，他潜出了监禁地，然后发动突然袭击，杀害了益。益死后，启继承了父亲禹的位置，废除了禅让制，建立世袭制的夏朝，从此中国历史进入了“家天下”的君主专制时代。

大章、竖亥

身　　份：大章亦称太章，和竖亥均为禹之臣，善走的天神

主要事迹：在世界的四极之间奔跑，以配合禹治水

神　　力：能从世界的四极纵横行走

特　　点：善于行走

大章亦称太章，和竖亥同是大禹的臣子，相传两人都是善于行走的天神。根据《淮南子·地形训》记载，禹在治理洪水时，为了丈量土地，就让大章从世界的东极跑到西极，让竖亥从北极跑到南极，结果大章跑了二亿三万三千五百里七十五步，竖亥也同样跑了二亿三万三千五百里七十五步，禹于是根据这个数据用息土填埋洪水，还造出了不少名山。

河伯

身　　份：原名冯夷，亦称冰夷，黄河水神

主要事迹：绘制河图助禹治水，霸占宓妃而被羿射瞎左眼

神　　力：控制黄河

特　　点：沉迷修炼，风流好色

据说河伯原名叫冯夷，又称冰夷，是古代中国神话中的黄河水神。

根据《搜神记》记载，冯夷原本是陕西华阴潼乡人，从小就沉迷于修道成仙，有一次他在横渡黄河时，突然遇到河水暴涨，结果被活活淹死。冯夷死后，满腹怨气地向天帝喊冤，这时天帝刚好想整治时常泛滥成灾的黄河，又见冯夷曾经修炼过仙术，于是就封他为河伯。冯夷当上河伯之后，在天帝和其他仙人的指点下，巡视了整条黄河，并绘制了黄河河图。到了大禹治水的时候，河伯就把河图授予禹，使禹能够根据河图进行治水，取得了非常显著的效果。

另根据《七十二朝人物四书演义》记载，河伯还是一个好色之徒。相传洛水住着一位叫宓妃的女神，她喜欢弹琴，每天都在洛水边弹奏出各种动听的乐曲。洛水紧靠着黄河，有一天，河伯听到洛水方向传来优美的琴声，便探出水面查看，这一看不打紧，他立马就被宓妃的美色所吸引，于是想要霸占宓妃。河伯便化作一条白龙潜入洛水，把正在弹琴

的宓妃给掳走了。宓妃被河伯绑架的事被神箭手羿得知后，便潜入黄河，摸寻到河伯居住的水府，偷偷找到关押宓妃的地方，将宓妃解救出来。河伯发现后，就化为一条白龙追赶两人，羿见河伯追来，眼疾手快，回头给了河伯一箭，正中河伯左眼，河伯疼得惨叫一声，仓皇地逃回水府。事后，被射瞎一只眼睛的河伯不想善罢甘休，就到天帝那里告状，可是天帝早已知晓事情的来龙去脉，就没有理会河伯，河伯只好悻悻而归。

此外，在屈原的《楚辞·九歌·河伯》中，河伯被描述成一位风流潇洒的花花公子，诗句中就咏唱道："鱼鳞屋兮龙堂，紫贝阙兮朱宫，灵何为兮水中。"

洛神

身　　份： 即宓妃，洛水女神

主要事迹： 被河伯霸占，后被羿所救

神　　力： 掌管洛河

特　　点： 个性乖戾、骄傲自大、美而无礼、淫乐无度

洛神即宓妃，是中国神话中的洛水女神，也就是掌管洛河的地方水神，根据李善的《文选》记载，宓妃原是伏羲的女儿，因为在渡过洛水的时候，不慎掉入水中溺亡，死后就成了洛水之神。

在早期关于宓妃的神话中，宓妃的形象是一位个性乖戾、骄傲自大、美而无礼、淫乐无度的配偶神，后来三国的曹植在他的《洛神赋》中，将宓妃描写成一位个性色彩十分浓郁的美丽女神，也使宓妃的形象从此在人们的心中彻底改观，变得端庄典雅、美丽多情。

在《七十二朝人物四书演义》中，还叙述了宓妃的一段往事：有一天，宓妃在洛水中弹琴的时候，不巧琴声被不远处黄河里的河伯听见。河伯化作一条白龙潜入洛水一瞧，发现是宓妃，于是垂涎她的美色，就将宓妃绑架而去。神箭手羿得知此事后，就偷偷潜入河伯的水府，将宓妃解救出来。河伯闻讯后，又化作白龙追赶，结果被羿一箭射瞎了左眼。河伯恼怒万分，就上天向天帝告状，但天帝早已知悉一切，没有理会，河伯只好灰溜溜地回去了。

而在屈原的《楚辞·天问》中，宓妃的故事却完全颠倒过来：宓妃原本就是黄河之神河伯的妻子，被羿霸占之后，河伯赶来说理，结果被羿射瞎了一只眼睛，河伯事后向天帝告状，由于羿是天帝宠信的天神，所以天帝没有理会河伯。

由此可见，在宓妃故事的迥异版本中，能够看出宓妃的形象和传说几经后

人随意篡改和添枝加叶，已经逐渐不复真正面目了。

河精

身　　份：黄河里的妖精，一说就是河伯
主要事迹：授予禹治水河图
特　　点：人头鱼身

河精就是河里的妖精，据说生活在黄河里，所以在《尸子》、晋代张华的《博物志·异闻》等典籍记载中，河伯和河精为同一位神灵。其中《尸子》还记载河精授予禹黄河的河图，帮助禹治理洪水。

此外，《尸子》《宋书·符瑞志下》还记载了河精人头鱼身，这与其他典籍记载的河伯形象有重大差别，或许这也是河伯变化出来的一种形象。

神荼、郁垒

身　　份：亦称荼、郁，或者荼、郁垒，门神
主要事迹：监察鬼门进出的鬼怪
神　　力：能够抓鬼喂虎
特　　点：长得凶神恶煞

神荼、郁垒亦作荼、郁，或者荼、郁垒，是民间所信奉的一对门神，据说还是一对兄弟。根据《山海经》《风俗通》等记载，在度朔山中有一片巨大的桃林，桃林的东北方紧靠着一个洞穴，这个洞穴就是鬼门，据说是万鬼出入的地方。鬼门上驻有两个神人，这就是神荼、郁垒，他们长得像凶神恶煞一般，平日里负责监察这些进出的鬼，一旦发现恶毒害人的鬼，立即就用苇草编成的绳索绑去喂老虎。

黄帝得知这种情况后，就仿效鬼门，在自己的庭院立一个巨大的桃木人，门户画上神荼、郁垒以及老虎的形象，并悬挂苇草绳，以抵御鬼怪的侵害。后来，将神荼、郁垒当作门神的习俗也就流传了下来。

贰负

身　　份：天神

主要事迹：受危的挑拨谋杀窫窳（yà yǔ），被黄帝关押在疏属山

特　　点：人面蛇身，性格暴烈，喜好杀戮

贰负是古代神话传说中的一位天神，根据《山海经·海内北经》记载，贰负住在鬼国的东边，长得人面蛇身。贰负的性格暴烈，喜好杀戮，所以《山海经·海内西经》记载贰负曾经受到他的一名叫危的臣属的挑拨，杀了另一位天神窫窳，结果引起当时的君主黄帝大怒，不仅下令处死危，还把贰负关押在疏属山，后来又捆绑着关在石室内。

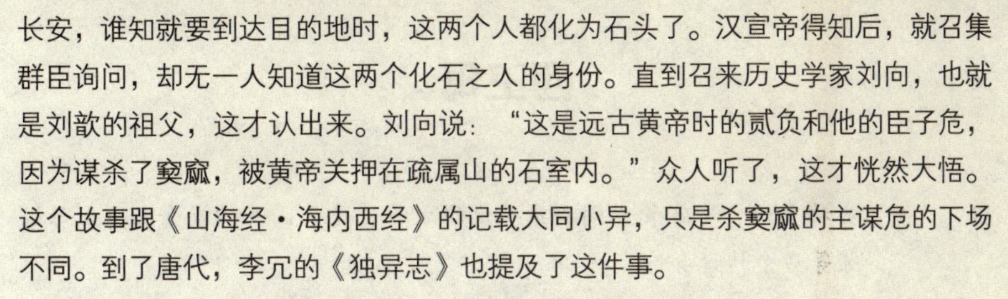

到了汉代，刘歆的《上山海经表》又提及汉宣帝时，有人在疏属山击打石块的时候，意外发现了一间石室，石室内有两个被五花大绑的人。大伙儿觉得很奇怪，就把他们运送到京城长安，谁知就要到达目的地时，这两个人都化为石头了。汉宣帝得知后，就召集群臣询问，却无一人知道这两个化石之人的身份。直到召来历史学家刘向，也就是刘歆的祖父，这才认出来。刘向说：“这是远古黄帝时的贰负和他的臣子危，因为谋杀了窫窳，被黄帝关押在疏属山的石室内。”众人听了，这才恍然大悟。这个故事跟《山海经·海内西经》的记载大同小异，只是杀窫窳的主谋危的下场不同。到了唐代，李冗的《独异志》也提及了这件事。

由于贰负喜好杀戮，后来他的形象就成为武官的象征。

窫窳

身　　份：天神

主要事迹：被贰负和危杀害

特　　点：人首蛇身，死后为龙首猫身

窫窳是中国古代传说中的天神，根据《山海经·海内西经》记载，窫窳长着人的脑袋、蛇的身体，因为与另一位天神贰负的部下危有过节，结果危唆使贰负一起杀害了窫窳。窫窳死后，魂魄化为龙的脑袋、猫的身体，居住在弱水中，以食人度日。

而杀害他的贰负和危也受到了天帝的惩罚，被关押在疏属山的石室里。

危

身　　份：天帝之臣

主要事迹：与贰负合谋杀害窫窳

危是传说中的天帝之臣，根据《山海经·海内西经》记载，危与天神窫窳有仇，于是就蛊惑上司贰负跟他合谋杀害了窫窳。事后天帝把危杀掉，还将贰负囚禁在疏属山中。而另有传说，危没有被杀，而是跟贰负一起被反绑双手双脚，囚禁在疏属山的石室中。

西王母

身　　份：亦称金母，有掌管世间病疫及刑罚之神、昆仑山女神或女王、王母娘娘等多个传说身份

主要事迹：与周穆王瑶池相会，与汉武帝汉宫相会，与东王公相恋，助黄帝战胜蚩尤及送舜白玉琯，设蟠桃盛宴

神　　力：掌管世间的疾病、瘟疫及刑罚

特　　点：豹尾、虎齿、善啸，蓬发戴胜

西王母又称金母，相传是一位至高无上的女神，位列众仙之首。西王母的形象在不同时代的历史古籍记载中多有不同，而最早的记载则出自《山海经》。在《山海经》中，西王母是一位半人半兽的神人，长着豹的尾巴，虎的牙齿，还时常像猛兽般吼叫，而且披头散发，并戴着各种饰物。西王母平时住在昆仑山的岩洞里，每天有三只大鸟为她送来食物，而她的职责就是“司天之厉及五残”，也就是掌管世间的疾病、瘟疫及刑罚的神。据说西王母还曾经送给后羿长生不死之药，但后羿带回家后被妻子嫦娥偷吃，嫦娥也因此化为神仙奔上了月宫。

另据《穆天子传》记载，西王母是一位居住在昆仑山的女王，她能歌善舞，还喜欢吟诗作赋。周穆王曾经乘坐八匹骏马拉的车到达昆仑山，为西王

母献上玉器和绸缎，西王母高兴之下，就在瑶池设宴款待周穆王，席间两人赋诗助兴，还互相表白爱慕之心。

而在《汉武内传》中，西王母摇身一变，成为一位美丽尊贵的女神，因见汉武帝喜好神仙，于是就带着一众仙人降临汉宫，与汉武帝相会，并让自己的仙人随从给汉武帝制作神仙的食物和演奏神仙的乐曲。

此外，在《神异经》中，西王母又被描绘成一位追求爱情的女神，她每年都会登上宽达一万九千里的大鸟翅膀上，与神仙情人东王公秘密相会；在《西王母传》中，西王母命九天玄女帮助黄帝战胜蚩尤，并在舜即位时，送给舜一支能吹奏“南风之歌”的白玉琯以示庆贺；在《西游记》等神话小说中，西王母还跟王母娘娘混为一谈，成为玉皇大帝的母亲，她在瑶池种植蟠桃树，为此还时常大摆蟠桃盛宴款待天界众神。

陆吾

身　　份：亦称肩吾，昆仑山山神
主要事迹：司天之九部及帝之囿时
特　　点：人面虎身、虎爪而九尾

陆吾又称肩吾，是中国古代神话中的昆仑山山神，据说还是西王母和天帝的臣属。根据《山海经·西山经》记载，陆吾长着人的面孔，虎的身体，四肢也是虎的爪子，而身后又长着九条尾巴。

陆吾除了归属西王母之外，还为天帝服务，他的职务是“司天之九部及帝之囿时”，也就是管理天之九部和天帝园圃的时节。所谓的“天之九部”，指的是天界划分的九个区域，而天帝园圃的时节就是指天帝的苑圃、悬圃的时令与节气，陆吾管理着这么多地方，可以看出他的权力之大和地位之高。

开明兽

身　　份：昆仑山守护神

主要事迹：守卫着昆仑山东南的九道门

特　　点：身大类虎而九首，皆人面

开明兽是古代中国神话传说中的神兽，也是昆仑山的守护神，归属西王母。根据《山海经·海内西经》记载，开明兽拥有老虎形状的巨大身体，上面长着九个人类的脑袋，平日里守卫着昆仑山东南的九道门，震慑着附近所有的生灵。

此外，也有传说开明兽其实就是另一位昆仑山的山神陆吾。

东王公

身　　份：亦称木公，东华帝君

主要事迹：与西王母幽会

特　　点：长一丈，头发皓白，人形鸟面虎尾，载一黑熊，左右顾望

东王公又称木公，为东方群仙之首，在《集仙录》中又被称为东华帝君，是一个道教的神话人物。在汉代的《神异经·东荒经》中记载，东王公居住在东荒山中的一间大石室中，身材高达一丈，满头白发，拥有人的身体、鸟的面孔和虎的尾巴，平日里还骑着一头黑熊出来巡视。除了巡视，东王公的另一个娱乐项目就是跟一位玉女进行投壶，也就是古代一种将箭投入壶口的游戏。东王公每次都要玩个一千两百次，如果全部投进壶中，上天就会哭泣，而如果遇到投不中的，上天就会发笑。

东王公还被认为是“阴阳”中的阳神，对应阴神西王母，而且两人还是一对神仙伴侣。根据《神异经·中荒经》和《仙传拾遗》记载，西王母所居住的昆仑山上有一根用铜制作的天柱，高耸入天，周长也达三千里，天柱上栖息着一只叫希有的大鸟，光是翅膀就宽达一万九千里。每一次，东王公与西王母都会在这只大鸟的翅膀上幽会，这个故事也反映了古代神话中的“东西合璧”。

烛阴

身　　份：亦作烛龙，钟山山神
神　　力：视为昼、瞑为夜、吹为冬、呼为夏
特　　点：人面蛇身，赤色，身长千里，不饮、不食、不息

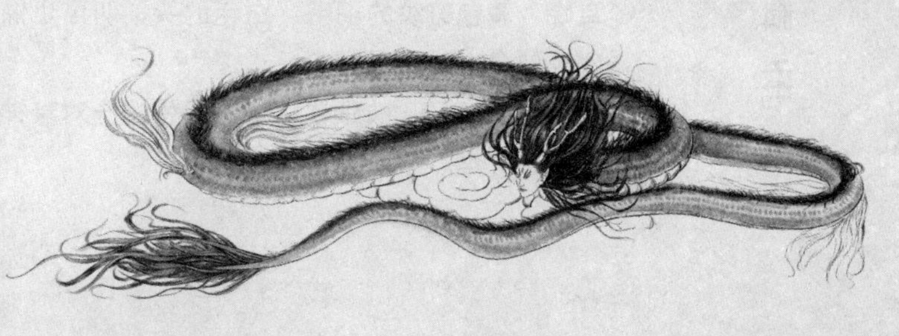

烛阴又叫烛龙，是中国古代神话传说中的神人或神兽，也是钟山山神。根据《山海经·海外北经》记载，烛阴长着人面龙身，口中衔着烛火，赤红色的身体长达千里，一举一动都会影响世间的一切。相传烛阴如果睁开眼睛，世间就是阳光普照的白天；如果闭上眼睛，世间也会跟着陷入漆黑的夜晚；如果他大力吹气，世间就是寒风呼啸的严冬；如果轻轻呼气，世间就是炎热少风的暑夏。

由此可见，像烛阴这样一位稍微动一动身子、睁一下眼、呼一下气都会左右万物的大神，会对世间起到多大的影响，但幸好他平时不吃不喝、半睡半醒地蛰伏在钟山之下，老老实实做他的山神，这也算是他对苍生的贡献吧。

而烛阴所在的钟山，可不是如今南京的紫金山，而是《山海经·大荒北经》中记载的西北海外，赤水之北的神山，一说又作章尾山。所以可以推断钟山应该是远古时代北方极地的一座山，因为处在北方极寒之地，终日难见温暖的阳光，而烛阴口衔烛火，象征着光明和温暖，所以烛阴也许是远古时代当地人们对光明和温暖的向往而衍生的神话人物。

鼓

身　　份：钟山山神烛阴之子
主要事迹：与钦䲹合谋杀害葆江，被天帝处死后化为鵕鸟
神　　力：出现在哪里，哪里就会出现大旱灾
特　　点：生前人首龙身，死后化为鵕鸟，其状如鸱，赤足而直喙，黄文而白首，其音如鹄，见即其邑大旱

鼓是钟山山神烛阴之子，根据《山海经·西次三经》记载，鼓跟父亲烛阴

一样长着人首龙身，居住在钟山上。相传鼓跟另一个天神钦䲹合谋，在昆仑山之南杀害了天神葆江，结果引起天帝震怒，于是下令将这两名凶手押到钟山东面的瑶崖处死。

钦䲹死后化为大鹗，身体像一只雕，长着黑色斑纹的羽毛、白色的头、红色的鸟喙和像老虎一样的爪子，叫声就像早晨的鹄鸟，如果它出现在哪里，哪里就有战乱；而鼓死后则化为鵕鸟，身体像一只鸱，长着红色的鸟足、直直的鸟喙、黄色斑纹的羽毛、白色的头，叫声也像一只鹄鸟，如果它出现在哪里，哪里就会出现大旱灾。

由此可见，鼓跟钦䲹真是天生的一对衰神，生前行凶，死后化鸟还会给世间带来灾难。

英招

身　　份：亦称英抬，槐江山天帝的玄圃的看护神

主要事迹：多次参加征伐邪神的战争

神　　力：腾空飞行，周游四海

特　　点：马身人面、虎纹鸟翼

英招亦称英抬，是神话传说中的神人或者神兽。之所以难以界定英招是人是兽，全因他（它）的形象“错综复杂”，虽然拥有一副人的面孔，却长着马的身子，而且全身遍布虎纹，肩膀上还有一对鸟的翅膀，所以英招平常能够腾空飞行，周游四海。

根据《山海经·西次三经》记载，英招住在槐江山上，而槐江山上又有一座天帝的花园，称为“玄圃”，所以英招也起到为天帝看家护院的职责。此外，英招还多次参加征伐邪恶神灵的战争，可谓身经百战，是和平的保护神，另，相传他还是百花之神的朋友。

骄虫

身　　份：虫神
神　　力：管辖世间虫类
特　　点：长着像人，有两个脑袋

骄虫是神话传说中的虫神，根据《山海经·中次六经》记载，骄虫住在平逢山，长得像人，却有两个脑袋，是世间一切虫类的首领。

相传如果要祭祀骄虫，必须用一只雄鸡作为祭品，但是在祈祷完毕之后，就要将雄鸡放走，千万不能杀掉。

河伯使者

身　　份：河伯的属神
神　　力：所过之处大雨滂沱
特　　点：乘白马，朱鬣，白衣玄冠，从十二童子，驰马西海水上，如飞如风

河伯使者一般指的是河伯的属神，而在《神异经·西荒经》里，河伯使者特指的是住在西海的一位神通广大的神仙。据说这位河伯使者长着一脸红色的长发和刺猬般的胡子，身穿白衣，头戴黑冠，平时出巡时，骑着一匹白色的骏马，后面还跟着十二位童子，威风凛凛地在西海的海面上巡游。有时，河伯使者还会登上海岸，所过之处，都会招来一片哗啦啦的大暴雨，一直等他返回海面后，才会恢复正常。

帝江

身　　份：神明
能　　力：识歌舞
特　　点：六足四翼、无头

帝江是《山海经·西山经》中记载的生活在天山的

神，外形看上去像一个黄色的口袋，浑身赤红，如同烈火，长着六只脚和四只翅膀，身形浑圆，没有面目，却懂歌舞。

延维

身　份：亦称委蛇，神人或神兽

神　力：吃其肉可称王，见其身可称霸

特　点：人兽蛇身，有左右两颗头，穿着紫衣，戴着朱冠

延维又称委蛇，是中国古代的神话人物，而根据《山海经·海内经》记载，延维是远古三苗一带的人民供奉的一种神兽，长着蛇的身体，脖子上却有两颗人的脑袋，穿着紫色的衣服，头戴朱冠，据说吃了他的肉可以称王，即便只是见到他都可以称霸。

关于延维的传说，还有《庄子·达生》中所记载的一个故事。相传春秋时期的齐桓公有一次在沼泽地上打猎，遇到了一个长着两颗脑袋、蛇的身体的怪物，于是便问随行的大臣管仲："你看这是什么？"管仲却回答："我什么也没看见啊！"齐桓公听了非常害怕，回去之后就得病了，而且连续多日都不见好。当时有一位贤者叫皇子告敖的听说了此事，就来见齐桓公，说道："鬼怎么能伤害到您呢，您这是自己想多了吧？"齐桓公答道："然而这世上真的有鬼吗？"皇子告敖答道："有啊，山上有夔，野外有彷徨，沼泽有委蛇。"齐桓公一听，赶紧追问道："那么委蛇是长什么样子的？"皇子告敖于是答道："委蛇大如车毂，长如车辕，穿着紫衣，戴着朱冠，如果谁见到他，谁就可以称霸天下。"齐桓公一听，乐得哈哈大笑道："这就是寡人所见的！"说完，他竟然能坐起来，再一瞧，病竟然全好了。后来，齐桓公果然成为诸侯国的霸主。

二八神

身　　份：亦称夜游神
主要事迹：为天帝司夜
特　　点：共十六人，昼伏夜出，连臂而行

相传二八神就是夜游神，根据《山海经·海外南经》记载，在海外大荒之中，有神人一共二八一十六人，他们脸颊较小，赤裸着臂膀，更奇的是手臂还是互相连在一起的。这十六个神人常常出现在羽民国的东边，昼伏夜出，专门为天帝掌管夜间的一切事务，行走时还放声大叫，所以人们称他们为“夜游神”。

而根据三国时期吴国薛综的《东京赋》记载，二八神是一群恶鬼，常在人间作怪。

不廷胡余

身　　份：南海海神
特　　点：人面，耳朵上缠绕着两条青蛇，脚下踩着两条赤蛇

不廷胡余是南海海神，根据《山海经·大荒南经》记载，不廷胡余居住在南海，长着一副人的面孔，但他的两只耳朵上缠绕着两条青蛇，而且脚下也踩着两条赤蛇。

长乘

身　　份：嬴母山山神
特　　点：人形豹尾

长乘是古代传说中的嬴母山山神，根据《山海经·西山经》记载，长乘的相貌长得像人，但身后又长着一条犳（没有花纹的豹子）的尾巴，他由天的九德之气所生，主

管嬴母山。但又相传长乘原本是当地的部落首领，死后成为这里的山神。

计蒙

身　　份：光山山神，一作雨师

主要事迹：帮助蚩尤对抗黄帝（雨师说）

神　　力：呼风唤雨

特　　点：龙头人身

有关计蒙的记载最早出自《山海经·中山经》，为一名山神，住在光山之上。这座光山很特别，山上盛产碧玉，山下却是一片茂密的树林，而计蒙则喜欢在山中的沼泽地里活动。更神奇的是，计蒙龙头人身，每次出行都会伴随着一阵狂风暴雨。也许正因为如此，计蒙后来成为雨师的化身之一。

关于雨师的身份，除了计蒙，还有萍翳（yì）、玄冥、商羊、赤松子等，甚至还被认为是天上二十八宿的“毕星”。但不管是哪一位雨师，在《山海经·大荒北经》中都记载其曾经帮助蚩尤起兵对抗黄帝，但最终被黄帝打败而臣服。

因因乎

身　　份：四方神之一，风神

神　　力：掌控风起风停、风向和风的大小

特　　点：处在大地的南极

因因乎是神话传说中的四方神之一，也是一位风神，根据《山海经·大荒南经》记载，因因乎作为四方神，处在大地的南极，掌控着风起风停、风向和风的大小。

江疑

身　　份：符惕山山神

江疑是神话传说中的山神，根据《山海经·西次三经》记载，江疑住在符惕山，这座山的山上长有众多的棕树和楠树，山下则生产金玉等矿物，而且山上时常下怪雨，每逢下雨时，整座山风起云涌，一片迷蒙。

奢比尸

身　　份：神灵
特　　点：兽身、人面、犬耳，珥两青蛇

奢比尸指的是中国古代神话中的一位神灵，根据《山海经·海外东经》《山海经·大荒东经》记载，奢比尸长着野兽的身体、人的面孔，而且他的耳朵还像狗耳，上面挂着两条青蛇当作耳环。其中《山海经·海外东经》还指奢比尸又作肝榆之尸。

夔

身　　份：远古乐神
主要事迹：被黄帝宰杀剥皮制鼓，为尧创作乐曲
特　　点：长得像牛，只有一条腿

夔（kuí）是古代中国神话传说中的一条腿的怪物，据说还是远古乐神。根据《山海经·大荒东经》记载，夔长得像牛，但没有角，全身呈青色，而且只有一条腿，每当他出入水中时，必会招来狂风暴雨，他的身上还闪耀着夺目的光芒，就像太阳和月亮那么耀眼，如果他吼叫起来，声音就像雷声那样震耳欲聋。

相传在涿鹿之战中，黄帝为了战胜蚩尤，就将夔捕获并宰杀，

再将他的皮制成一面大鼓，然后用雷兽的腿骨（一说是夔的腿骨）当鼓槌。大鼓敲起来咚咚作响，五百里之内都能听到鼓声，吓得蚩尤军队心惊胆裂，一溃千里，黄帝乘机掩杀，最终打败了蚩尤。

另外在《列子》的记载中，夔成了一位乐师，相传尧让夔创作乐曲，结果演奏起来能让百兽也跟着翩翩起舞。

禺彊

身　　份：北海海神，不周风的风神
主要事迹：用巨鳌支撑渤海神山
神　　力：传播瘟疫
特　　点：人面鸟神、耳穿两青蛇、脚踏两赤蛇

禺彊又称禺京，根据《山海经·大荒东经》记载，禺彊是北海海神，黄帝的后裔，长着人的面孔、鸟的身体，耳朵上还穿着两条青蛇，脚下也踩着两条赤蛇。《列子·汤问》还记载当年渤海东边有五座神山，上面住着很多神仙圣人，但这五座神山没有山根，所以在海中漂浮不定，于是天帝命禺彊用十五只巨大的鳌来支撑山体，使神山保持稳定。

另，根据《淮南子·地形训》记载，禺彊是不周风的风神。不周风指的是西北的厉风，也就是带有瘟疫的风，所以禺彊在这里成了传播瘟疫的瘟神。

帝台

身　　份：休与山山神

帝台是神话传说中的地方神，根据《山海经·西次三经》记载，帝台住在休与山，是休与山的山神。山上有一种奇特的石头，带有五色的纹路，形状就像鹌鹑蛋，被称为“帝台之棋”。如果用这种石头向神灵许愿，往往能够得偿所愿。而在休与山东面三百里，还有一座鼓钟山，传说帝台时常在这里与神仙们饮酒作乐。

另根据《山海经·中次十一经》记载，在高前山有一股泉水，甘洌而又清澈，归帝台所管，据说饮用这种泉水的人，都会得心绞痛。

祖江

身　　份：亦称葆江，天神
主要事迹：被鼓和钦䳲杀害

祖江又称葆江，是神话传说中的天神。根据《山海经·西次三经》记载，祖江被鼓和钦䳲杀害于昆仑山。

据比尸

身　　份：怪神
主要事迹：与天神大战时被断头断手

据比尸是神话传说中的怪神，根据《山海经·海内北经》记载，据比尸曾经跟别的天神大战，结果被折断了脖子，脑袋低垂在胸脯前，使满头乱纷纷的头发倒挂下来，而且两只胳膊也被打断了，只剩下一截光身子。

朴父

身　　份：造物神
主要事迹：开导百川
特　　点：懒惰

朴父是神话传说中的造物神，根据《山海经·东南荒经》记载，朴父和妻子住在东南的大荒之地，身高达千里，在天地初开之时，天帝命朴父夫妻开导

百川，使人世间出现了一条条河流。但相传这夫妻俩比较懒惰，时常怠工或者马虎应付，所以许多河流都存在着水患。

启

身　　份：姒姓，亦称夏启、帝启、夏后启、夏王启，禹之子，夏朝开国之君
主要事迹：杀益建夏，消灭反对势力
神　　力：乘龙上天
特　　点：耳挂青龙，身配美玉，野心勃勃，精通音乐

启，姒姓，又称夏启、帝启、夏后启、夏王启，是禹的儿子，夏朝的开国之君。

根据《史记·夏本纪》《竹书纪年·夏纪》等记载，禹在位时，一边立了益为继承人，而另一边则刻意培养儿子启，扶植他的力量。等到禹去世时，启就公开反对益，并将益杀害，自己取而代之，然后在钧台召集众臣，宣布建立了世袭的夏王朝，史称“钧台之享”。

启即位后，引起拥护禅让制的有扈氏等部落的不满，于是启在甘之战中消灭了有扈氏，后来又发生了武观之乱，启又花了很大力气才将其平定。至此，启建立的夏王朝才算巩固了下来。

另据《山海经》记载，启从小就长有异相，耳朵挂着两条青龙，左手时常拿着翠羽伞，右手拿着白玉环，身上还佩戴着玉玦，平时出行就用两条飞龙驾车。他当上夏朝开国之君后，曾经三次乘龙上天，得到了天上的音乐“九辩”和“九歌”，带回人间后改编成“九韶”。新乐曲编成后，启就在大穆之野举办大型的新乐演奏会，优美的音律使“万舞翼翼，章闻于天”。

相传启到了晚年，沉醉于纸醉金迷的生活，越发腐朽堕落，导致后来发生了“太康失国”等事件，使夏朝一度中断了很长一段时期。

有穷后羿

身　　份：君主
时　　代：夏朝
能　　力：善射

历史上留名的共有两个后羿：一个是尧帝时代的后羿，他是帝尧的射师，传说中射下九个太阳、除掉六害的男人；另一个是有穷后羿，夏朝的六代国君。

夏启死后，太康继位，他是个荒淫无度的君主，不理政事，经常出去打猎，有一次，太康又带着人出去打猎，连续几个月都没有回来。当时的后羿是有穷部落的酋长，他野心勃勃，一心想要夺取帝位，得知太康出猎的消息后，便带着族人和军队守住洛水北岸，等太康带着护卫返回时，被后羿拦下，终生不得回朝。于是，后羿立太康的弟弟仲康为王，自己做了“太上皇”，把持朝政，广罗党羽，仲康死后，他又立仲康之子姒（sì）相为帝，几年后放逐姒相，做了夏朝的第六代君主。

后羿继位以后，犯了太康的老毛病，把所有的政事都交给亲信寒浞（zhuó）打理，只是他没想到，寒浞跟他一样，也是个野心勃勃的人，最后趁后羿出去打猎时杀了他，夺取王位，称为夏朝第七位君主。

很多典籍中都有关于有穷后羿神话的记载，宋代罗泌在《路史·后纪十三·夷羿传》中把他称为“夷羿”，以区分另一个后羿，文中说，夷羿五岁就在山中跟着楚狐父学习法术。《括地象》中则说，后羿五岁时被父母丢弃在山中，“为山间所养”，等到二十岁时，后羿的箭术已经非常高超，他仰天长叹说：“我要射出一箭，箭到了我家门前才会停止。”后来果然跟着箭矢找到了自己的家。

至于嫦娥，很多传说和记载夹杂在一起，混乱不清，有的传说中是后羿的妻子，有的则是有穷后羿的妻子，还有的传说中宓妃才是帝尧时代后羿的妻子。

武罗

身　　份：青要山女神，夏代后羿之臣

主要事迹：协助黄帝战胜蚩尤，请青女为人间消除瘟疫

神　　力：掌管人间婚姻

特　　点：人面豹纹、小腰白齿、穿耳以鐻

武罗是传说中的青要山女山神，相传她还掌管人间婚姻。根据《山海经·中次三经》记载，武罗掌管着青要山，她长着一副女子的面孔，但全身皮肤却是一片豹纹。虽然如此，她又有一条纤纤细腰和一副洁白的牙齿，要不是身上的豹纹，真是活脱脱一个美女的形象。此外，武罗还很爱打扮，可是打扮起来却又显得稀奇古怪，例如她戴的耳环竟然是鐻，这可是一种像钟一样的乐器，所以挂在耳边就时常发出清脆的鸣声。

相传武罗当年协助黄帝战胜蚩尤，因功而被封为青要山女神。据说她刚上任时，发现人间因刚刚经历过兵祸，到处是血污腥风、山瘴毒雾，于是百病滋生、瘟疫流行，世人苦不堪言。为了驱邪除污、净化人间、消灾祛病，武罗便到月亮上的广寒宫请来了降霜仙子青女，向人间洒下霜粉雪花，掩埋掉世间一切不洁之物，从而使人间恢复了生机。

此外，又相传武罗是夏代后羿的大臣，根据《左传》记载，后羿篡夺了夏朝君主的位置后，到了晚年时愈发昏聩，驱逐了武罗、伯因、熊髡、龙圉等四位贤臣，而重用心怀鬼胎的寒浞，后来被寒浞杀害并取而代之。

孔甲

身　　份：夏朝第十四任君主

主要事迹：饲养龙，作《破斧之歌》

特　　点：荒淫无道、迷信鬼神、爱好养龙、深谙音乐

孔甲姓姒，名孔甲，夏朝第十四任后。根据《竹书纪年》记载，孔甲是夏后不降的儿子，又历经了叔叔扃、堂兄弟廑两代夏后之后继位，在位九年，去世后由其子皋继位。

孔甲自幼性格怪癖，即位后喜好信奉鬼神，而且肆意淫乱，沉湎于歌舞美酒之中，是一位胡作非为的残暴昏君。所以孔甲在位时期，夏朝的各方诸侯纷纷叛离，使原本已经衰落的夏朝国势雪上加霜，逐渐走向灭亡。

相传孔甲不仅残暴荒淫，还喜欢饲养龙。根据《史记》记载，孔甲因为祭祀上天极为虔诚，所以天帝赐给他两条龙，分别是一雌一雄。于是孔甲就寻找养龙的师傅，他先是找到曾经向豢龙氏学习过驯龙本领的刘累，还赐他为御龙氏。但这个刘累似乎徒有虚名，没多久就把雌龙给养死了。刘累害怕孔甲追究，就偷偷地把死龙剁成肉酱献给孔甲吃，孔甲吃后觉得很美味，还夸奖了刘累。过了几天，孔甲过来看龙，刘累得知后立马逃之夭夭。

刘累逃走以后，孔甲又听闻一个名叫师门的名士也是养龙高手，于是就请他过来继续饲养剩下的雄龙。根据《列仙传》记载，师门的水平高超，很快就将那条雄龙养得精神抖擞、神采焕发。孔甲虽然十分高兴，但因为刘累的事件，所以一直都不肯放心，总是对师门的工作指手画脚。师门生性耿直，就常常批驳孔甲不懂装懂，结果惹得孔甲恼羞成怒，下令杀了师门，并将尸体埋在城外的远郊旷野。不想刚埋下师门，就天色突变，出现了大风大雨，风雨停止后，城外的山林又燃烧起来。孔甲本来就迷信鬼神，这一下更认定是师门的冤魂在作祟，急忙赶到师门的坟前祷告，但还是在回宫的半路上得急病死去。

孔甲虽然无道，但传说他对音乐的造诣非常高深，曾作《破斧之歌》，这也是现今有记载的最早的东方音乐。

纣王

身　　份：亦称子受、子受德，商朝最后一位皇帝，天喜星君

主要事迹：亵渎女娲娘娘，在牧野之战兵败后自焚而死

特　　点：沉湎酒色、残害忠良、穷兵黩武、重刑厚敛、拒谏饰非

纣王就是商朝最后一位皇帝帝辛（约公元前1105年—公元前1046年），名叫子受，一作子受德，世称“纣”“商纣王”。在许多史籍中，纣王沉湎酒色、残害忠良、穷兵黩武、重刑厚敛、拒谏饰非，是与夏桀并称“桀纣”的典型暴君。

根据《史记·殷本纪》记载，为了享乐，纣王以酒为池，悬肉为林，通夜饮酒作乐，这就是“酒池肉林”的由来。为了镇压反抗者，纣王设置了“炮烙之刑”，即将一根铜柱在火盆上烤至通红，然后逼迫受刑者在铜柱上行走，如果忍受不住就会掉入炉火中烧死。此外，纣王还残害劝谏他的叔叔比干，甚至把他的心挖了出来，理由竟然是：“你自诩圣人，我听说圣人的心有七个孔，

就让我看看是不是真的！”

纣王的种种倒行逆施使百姓与他离心离德，周国国君姬发抓住这个机会，联合天下八百诸侯讨伐商朝，结果在牧野之战打败纣王。纣王战败后，逃到王宫里一个叫“鹿台”的地方自焚而亡，商朝就此灭亡。

另根据神话小说《封神演义》所述，纣王即位之初，因为在女娲庙上香时，用淫诗亵渎了女娲娘娘，从而惹怒了女娲娘娘，于是女娲娘娘派轩辕坟三妖前去迷惑纣王，怂恿纣王滥杀无辜、草菅人命、残害忠良、暴政于民，结果引发武王伐纣。最终拥护纣王的各路神仙被拥护武王的神仙们击败，纣王见大势已去，只好在摘星楼自焚而亡。纣王死后，魂魄入封神榜，成为“天喜星君”，负责掌管人间婚嫁。

妲己

身　　份：亦称苏妲己，商纣王妃，一说为轩辕坟三妖之一的九尾狐狸精
主要事迹：惑乱商纣王，残害忠良
神　　力：由狐狸精化为妲己
特　　点：貌美、心毒

妲己为己姓，苏氏，名妲，为有苏国（在今河南省温县）的贵族女子，在商纣王攻打有苏国时，被国君献给商纣王以求和，因此成为商纣王的妃子。

根据《列女传·卷之七·孽嬖传》记载，妲己因为美貌而又善于奉承，所以深受商纣王的宠爱，时常与他通宵达旦地饮酒作乐。商纣王为了讨好妲己，为她搜集天下奇珍异宝、珍禽奇兽，甚至开辟了“酒池肉林”以供享乐。妲己因此借机干预政事，祸乱朝纲，导致商王朝政治昏暗、国力衰弱。面对忠臣义士的劝谏，妲己发明了“炮烙”酷刑，即将一根铜柱放在火盆上让熊熊大火烤到通红，然后逼迫劝谏者在上面行走，受刑人忍受不住就会掉入炉火中活活烧死。此外，妲己还害死了商纣王的王后和叔叔比干，使商纣王大失人心。这时西部的周国国君姬发看准时机，召集天下诸侯讨伐商朝，在牧野之战彻底打败商朝大军。商纣王战败后，跑到鹿台自焚而死，商朝灭亡。而妲己则被周军俘获，被姜太公亲自操刀斩于朝歌城外的街市。

另据神话小说《封神演义》记载，妲己原为一只修炼千年而得道的九尾狐狸精，为轩辕坟三妖之一。因为商纣王在女娲庙祭祀时亵渎了女娲娘娘，所以恼怒的女娲娘娘命令轩辕坟三妖去祸乱商朝。其中九尾狐狸精化身为有苏国国君苏护的女儿妲己，潜入宫中惑乱商纣王，结果导致商朝灭亡。完成使命后，

九尾狐狸精被封为贪狼星中的桃花星。

崇侯虎

身　　份：北伯侯，大耗星
主要事迹：诬告西伯侯姬昌，讨伐周国
特　　点：爱诬告他人，对商朝忠心耿耿

崇侯虎，姓崇侯，名虎，是商朝末年的大贵族，被商纣王封为北伯侯，与东伯侯姜桓楚、西伯侯姬昌、南伯侯鄂崇禹并称“商朝四大伯侯”。

崇侯虎虽然对商纣王忠心耿耿，但也因此做出一些诬陷他人的事来，根据《史记·殷本纪》记载，商纣王和妲己害死了姜王后，又害怕姜王后的父亲东伯侯姜桓楚因此谋反，便将姜桓楚诱骗到朝歌后剁为肉酱。西伯侯姬昌得知此事后，偷偷叹息，结果被崇侯虎获知，便向商纣王诬告姬昌对其心存不满，致使姬昌被关押在羑里，后经周国多方营救才得以脱身。

在神话小说《封神演义》中，崇侯虎也是周国的死敌，当西伯侯姬昌讨伐商纣王时，崇侯虎助纣为虐，率兵进攻周军，可是弟弟崇黑虎心向开明的周国，不愿跟随哥哥，苦劝无果后就毅然将哥哥擒获，交给姬昌，结果被姜太公下令斩首。崇侯虎死后，魂归封神台，被封为了“大耗星”。

夏耕尸

身　　份：夏桀的部将
主要事迹：被商汤砍下脑袋
神　　力：被砍头而不死

夏耕尸是神话传说中的人物，根据《山海经·大荒西经》记载，夏耕尸曾经是夏朝末代君主桀的部将，夏朝灭亡时，他被商汤擒获并砍下脑袋。但夏耕尸在失去脑袋后，却还能好好地活着，当他站起身时，发现自己的脑袋丢了，觉得难为情，就跑到巫山藏了起来。

四大天王

身　　份：亦称四大金刚、护世四天王、魔家四将，佛教的护法天神

主要事迹：与周军作战而阵亡

兵　　器：琵琶、剑、青风宝剑、蛇或赤龙、宝伞，一说混元珍珠伞、碧玉琵琶、紫金花狐貂

神　　力：守护四大神洲

特　　点：身怀绝技，且拥有法力巨大的神器

四大天王俗称“四大金刚”，又称护世四天王，是佛教的护法天神。根据《长阿含经》记载，四大天王分别是东方持国天王①、南方增长天王②、西方广目天王③、北方多闻天王④。

而在神话小说《封神演义》中，四大天王被称为“魔家四将”，分别是老大南方增长天王魔礼青、老二北方多闻天王魔礼红、老三东方持国天王魔礼海、老四西方广目天王魔礼寿。这四人原是商朝的四名大将，因得异人传授，各自身怀绝技，且拥有青风宝剑、混元珍珠伞、碧玉琵琶、紫金花狐貂等神器。在武王伐纣时，“魔家四将”与周朝大军斗法，结果接连败给周将黄天化，并死在其暗器——攒心钉之下。“魔家四将”死后，被姜太公敕封为天庭正神“四大天王”，命他们负责掌管人间的风调雨顺。

恶来

身　　份：亦称恶来革、方来，商纣王时期的大臣，东周列国中的秦国和秦朝的祖先，冰消瓦解之神

主要事迹：结党营私、祸乱朝政，偷盗传国玉玺献给周朝

特　　点：以勇武闻名于世，奸佞小人

恶来又称恶来革、方来，是商纣王时期的大臣，以勇武闻名于世。根据《逸周书·世俘》记载，恶来在武王伐纣时被姜太公俘虏，后被周武王杀害。

---

① 持琵琶，护持东胜神洲。

② 持剑，护持南赡部洲。

③ 持蛇或赤龙，护持西牛贺洲。

④ 持宝伞，护持北俱芦洲。

另据《史记·秦本纪》记载，恶来还是东周列国中的秦国君主的祖先，即秦始皇的第三十五世祖。

而在神话小说《封神演义》中，恶来则扮演一个奸佞小人，和飞廉一起结党营私、祸乱商朝朝政。后来纣王兵败，此二人又盗得商朝的传国玉玺献给周朝，以此来邀功讨赏，结果被姜太公斩于封神台下。恶来死后，魂魄被姜太公封为“冰消瓦解之神”。

伯夷

身　　份：子姓，墨胎氏，名允，是商末孤竹国国君的长子

主要事迹：夷齐让国、叩马谏伐、耻食周粟、甘饿首阳

特　　点：忠君爱国、崇尚孝道

伯夷，子姓，墨胎氏，名允，是商末孤竹国国君的长子。根据《史记·伯夷列传》记载，当初孤竹国君要将伯夷的三弟叔齐立为继承人，可是按照当时的礼法，应该由长子即位，所以等到国君死后，叔齐不肯继位，要将位置还给大哥伯夷。可是注重孝道而又清廉自守的伯夷却推辞说：“你继位是父亲的意思，我应该尊重父亲生前的遗愿啊！”于是他便放弃了自己的君位继承权，还逃出了孤竹国。伯夷一走，孤竹国人便仍旧推举叔齐作国君，叔齐也推辞说：“如果我继承了国君位置，既破坏了礼制，又于兄弟不恭。”说着他也逃到国外。就这样，两位国君继承人都跑了，国人只得立伯夷的二弟继承君位。

话说伯夷逃出国后，听说当时西歧的周国国君姬昌善待老人，便认为姬昌是个有孝心的人，就决定去投奔他，在半路上又恰好遇到也逃出来的三弟叔齐，兄弟俩于是一起赶赴周国。哪知道两人刚走到孟津，就遇到姬昌的儿子姬发正率领着大军朝商朝国都进发，上前一打听，这才知道姬昌已经去世，接替他继位的姬发此刻正率军讨伐商朝。

听说姬发要征讨宗主国商朝，伯夷就认为这是大逆不道的事情，他不畏强暴，上前拉住姬发的马缰绳质问：“你父亲死了不在家好好守孝，还要大动干戈，这能称得上是孝道吗？你作为商朝的臣民，前去弑杀自己的君父，这能算得上是仁义吗？”姬发身边的随从听了很生气，便要杀掉夷、齐两兄弟，一旁的姜太公急忙制止道：“他们是有节义的人啊。”于是让人搀扶着他们离开。

后来，姬发在牧野之战打败了商纣王，灭了商朝，建立周朝，他想起在行军路上遇到的伯夷、叔齐，觉得他们俩有孝有义，能够利用他们来拉拢人心，便派人请两人出来做官，还要封赏他们。可是伯夷兄弟始终认为姬发灭商是不

孝不义的举动，就谢绝了邀请，逃到首阳山，不吃周朝的一粒粮食，而以采集薇菜充饥，最终饿死。

太岁

身　　份：太岁星君

神　　力：掌管当年人间的吉凶祸福

太岁又称太岁星君，是民间信仰中的凶神。根据《三命通会》记载，太岁以六十甲子的干支纪年法为运转周期，共六十位，例如神话小说《封神演义》中，商纣王的太子殷郊、大臣杨任都是太岁。每年有一位岁神当值，在当年当值的太岁称作值年太岁，是一岁之主宰，掌管当年人间的吉凶祸福。民间相信每年都有冲犯太岁的生肖，如属该生肖的人，需要在这一年恭敬地祭祀值年太岁一年，以求值年太岁保佑自己消灾免祸。

在元朝之前，太岁只作为民间神灵，历朝历代都不被列入官方祭祀的神灵中。到了元朝之后，太岁才被官方所承认，并专门设坛祭祀，届时还会专门邀请阴阳先生挑选良辰吉日对祭坛进行破土奠基。

姬昌

身　　份：西伯侯，周文王，周朝奠基者

主要事迹：演周易，攻灭各国

能　　力：礼贤下士，广罗人才

特　　点：四乳、身长十尺

姬昌是周朝的奠基者，生于公元前1152年，上古周氏族领袖周太王之孙，季历之子，父亲死后继位成为西伯侯。

周文王的出生颇具神话色彩，据《宋书·符瑞志》载：“季历之十年，飞龙盈于殷之牧野，此盖圣人在下位将起之符也。季历之妃曰太任，梦长人感己，溲于豕牢，而生昌，是为周文王。龙颜虎肩，身长十尺（周朝一尺约二十四点六三厘米），胸有四乳。”《淮南子》中也说：“文王四乳，是谓大仁，天下所归，百姓所亲。”

据《古本竹书纪年》载：“商文丁十二年，有凤集于岐山。”文丁十二年正是周文王出生那一年。《竹书纪年》中也有类似记载：“文王梦日月著其身，又鸑鷟鸣于岐山。孟春六旬，五纬（五大行星）聚房（二十八星宿之一）。后有凤凰衔书，游文王之都。书又曰：‘殷帝无道，虐乱天下。星命已移，不得复久。灵祇远离，百神吹去。五星聚房，昭理四海。’”“凤鸣岐山”的典故便是出自这里。

继位西伯侯之后，文王礼贤下士，伯夷、叔齐、太颠、闳夭、散宜生、鬻熊、辛甲等贤士慕名前来投奔，都受到了礼遇。后来，文王又拜吕尚（姜太公）为军师，先后收复虞国、芮国、黎国、邘国等国家，为武王伐纣奠定了基础。

姜太公

身　　份：亦名姜尚、吕尚、姜子牙，尊为姜太公、太公望、师尚父，周朝开国元勋，齐国开国国君，中国古代杰出的政治家、军事家、韬略家

主要事迹：兴周灭商

特　　点：七十多岁开始成就一番伟业

姜太公，姜姓吕氏，名尚，因此原名为姜尚、吕尚，字子牙，号飞熊，是中国古代杰出的政治家、军事家、韬略家。

根据《史记·齐太公世家》记载，姜太公的先祖伯夷帮助大禹治水有功，受封在吕国，因此以吕为氏。传到姜太公这一代时，家道早已没落，所以他年轻的时候做过屠夫，也卖过酒。但姜太公人穷志不短，始终勤奋刻苦地学习天文地理、军事谋略，研究治国安邦之道，期望有一天能创立自己的一番事业。可是直到七十多岁，仍旧没有实现自己的愿望。

这时正值商朝衰落，西部的周国崛起，姜太公看准形势，就来到渭水之滨假做钓鱼的姿态，等待时机。相传姜太公钓鱼时，鱼钩是直的，一边钓鱼还一边旁若无人地高喊：“鱼儿呀鱼儿，如果你们谁不想活了，就上我的钩吧！”这件奇事传到周国君主西伯侯姬昌那里，姬昌觉得这应该是个难得的奇才，于是亲自到渭水与姜太公相见。交谈中，姬昌发现姜太公学识渊博、无所不精，于是就诚恳地请他前往周国辅佐自己，还激动地说：“我的爷爷太公在世时，曾经对我说，我以后会遇到一位圣人帮我兴旺周国，我觉得您就是我爷爷所祈望的圣人，以后我就叫您‘太公望’吧！”

姜太公跟着姬昌回到周国之后，尽心尽力地辅佐姬昌，使周国越来越强

大。姬昌去世后，他又继续辅佐他的儿子姬发，待时机成熟后，号召天下八百诸侯一同出兵，在牧野之战一举灭掉了腐朽的商王朝，建立了新的周王朝。

周朝建立后，姬发又尊称姜太公为“师尚父”，并封为齐侯，定都于营丘，成为姜氏齐国的缔造者。而根据小说《封神演义》记载，姜太公兴周灭商后，于封神台上大封三教三百六十五位成神，而自己也成为万神总领。

句芒

身　　份：亦称勾芒，木神、春神、司命之神、东海海神
主要事迹：奉命延长秦穆公寿命，帮助武王伐纣
神　　力：主管草木的生长，掌控万物寿命的长短
特　　点：鸟面人身，乘两龙

句芒亦称勾芒，是中国古代民间神话中的木神、春神，主管草木的生长。根据《山海经·海外东经》记载，句芒长着鸟的面孔和人的身体，乘坐着两条龙，是东方青帝太皞的佐神。

相传句芒还是司命之神，万物寿命的长短也在他的掌控之下。据说秦穆公因为有明德，天帝便派句芒将他的寿命延长了十九年。而《墨子·明鬼》则描述得更为仔细，说秦穆公白天在神庙中祭神时，看见有一个鸟面人身、穿着素色衣服的神灵走进门来。秦穆公吓得刚想逃跑，这个神灵就制止他说：“你不要害怕，我是天帝派来的，因为天帝查明了你具有高尚的品德，于是派我前来给你延长十九年的寿命，使你的国家繁荣昌盛，子孙茂盛。”秦穆公听了，这才稽首向神灵拜谢，并问道：“请问您是什么神？”神灵回答：“我是句芒。”

此外，根据《太公金匮》记载，句芒是东海海神，曾经帮助武王伐纣。

城隍

身　　份：守护城池之神、冥界的地方神
神　　力：保护一方人民

城隍俗称城隍爷，是中国民间信奉的守护城池之神和冥界的地方神，也是

一种神界的官职名称，职权相当于阳界的一方县令。“城隍”一词可以追溯到《周易·泰封》中所载的“城复于隍”，“城”指的是城郭，“隍”指的是护城河，所以“城隍”就是城池的意思，也是城池神格化的产物。

城隍的信仰源自周代，在民间流行于南北朝时期。传说北齐大将慕容俨镇守长江边的郢城时，南梁的大将侯瑱、任约率军前来攻城，慕容俨率军严防死守，使南梁军队的进攻屡屡受挫。见久攻不下，于是南梁军往长江撒下许多水草，意图堵塞航道，切断郢城与其他地方的联系和运粮通道，以此来困死郢城的守军。面对如此危局，慕容俨亲自到郢城里的城隍庙祭拜，结果当晚就下了一场大暴雨，将堵塞长江的水草冲了个一干二净。见水草被暴雨冲走，南梁军又用铁链封锁长江，但慕容俨祭拜完城隍庙后，咆哮的江水又冲断了铁链。目睹了这两个神奇的经历后，城里的军民认为是城隍显灵了，于是士气大振，终于打败了南梁军。从此以后，这件奇事就传扬开去，城隍也成为百姓心中威力无边的保护神，各地纷纷建起了城隍庙。每逢遇到天灾人祸，上至达官贵人，下至平民百姓，都会祭祀当地城隍，以祈求保护。

城隍作为一个神界官职，不仅仅是一个神灵的化身，而是由许多已经去世的名人充任，传说中历史人物纪信、灌婴、龙且、刘夔、海瑞都充当过城隍，《三国志》的《吴志》就记载杭州的城隍是周新。

哪吒

身　　份：中坛元帅、通天太师、威灵显赫大将军、三坛海会大神、善胜童子（道教），毗沙门天王的第三子（佛教）

主要事迹：闹东海、助武王伐纣

兵　　器：乾坤圈、乾坤弓、混天绫、震天箭、风火轮、火尖枪、九龙神火罩、金砖、阴阳剑、戮魂幡等

神　　力：能化身三头八臂九眼

特　　点：莲花化身

哪吒是中国神话传说人物，于道教和佛教中都为护法神。其中在道教中被称为中坛元帅、通天太师、威灵显赫大将军、三坛海会大神、善胜童子等；而在佛教中，哪吒则传为毗沙门天王的第三子。

在神话小说《封神演义》中，哪吒是商朝陈塘关总兵李靖的第三个儿子，母亲殷夫人怀胎三年零六个月才生下了他。哪吒出世时，仙人太乙真人登门道贺，并收之为徒，所以哪吒小小年纪就拥有一身好本领，时常化身三头八臂九

眼的形象。除此之外，哪吒还是一个拥有众多兵器的神仙，乾坤圈、乾坤弓、混天绫、震天箭、风火轮、火尖枪、九龙神火罩、金砖、阴阳剑、戮魂幡都是他的神器，如此“配置”，可谓令人啧啧称奇。

哪吒七岁时，有一次来到东海洗澡，洗得兴起时，用混天绫翻江倒海，结果惊动了龙宫，巡海夜叉赶来阻止，却被哪吒用乾坤圈砸死。随即又与东海龙王的三龙子敖丙发生冲突，血气方刚而又少不更事的哪吒不但将敖丙打死，还抽了他的龙筋当作腰带送给父亲李靖。东海龙王悲愤不已，便要上天庭向玉帝告状，却在天门遭到埋伏在此的哪吒一顿毒打。此外，哪吒还打死了诸魔领袖石记娘娘的儿子。

这下，哪吒可是彻彻底底闯下大祸了，四海龙王等神仙联名奏准玉帝，到陈塘关拿李靖夫妇问罪，李靖也万分恼怒地怪罪儿子，但哪吒说：“一人行事一人当，我自当偿命，不连累父母！”于是断臂剖腹，剜肠剔骨自尽，将肉身还于父母。

哪吒死后，太乙真人用莲花给哪吒的魂魄做了个新身体使其复活，并拥有百邪不侵、专克摄魂夺魄的莲花化身。此后，哪吒在燃灯道人的点化下，不仅跟父母、龙王冰释前嫌，还参与到周武王讨伐商纣王的神仙队伍里来，为灭商兴周立下了赫赫战功。

杨戬

身　　份：俗称二郎神，清源妙道真君、灌口二郎、二郎真君、显圣真君、昭惠灵显王、广济王子、金花太子、万天川主清源妙道二郎显圣真君崇应惠民大帝、清源妙道护国真君川蜀大帝威灵显化天尊

主要事迹：劈山救母，助周伐纣

兵　　器：三尖两刃刀、金弓银弹、开山斧、赶山鞭、缚妖绳

神　　力：拥有辨别妖魔鬼怪的天眼，九转元功

特　　点：三只眼，哮天犬伴随其身

杨戬在民间传说中俗称二郎神，拥有清源妙道真君、灌口二郎、二郎真君、显圣真君、昭惠灵显王、广济王子、金花太子、万天川主清源妙道二郎显圣真君崇应惠民大帝、清源妙道护国真君川蜀大帝威灵显化天尊等多个称谓，是一个神威显赫、能征善战、正直仁义、护国护民的神仙。在多个神话书籍形象中，杨戬都拥有第三只眼，可辨别妖魔鬼怪，身佩三尖两刃刀，还有一只哮天犬伴随其身。

根据《二郎宝卷》记载，玉帝的妹妹云花女与凡人杨天佑相恋，生下了杨戬。玉帝得知后非常生气，便把妹妹压在了桃山之下。等杨戬长大后，用开山斧劈开桃山，从而救出了母亲。在神话小说《封神演义》中，杨戬是玉泉山金霞洞玉鼎真人的徒弟，修成九转元功之后，奉师傅之名下山辅助武王伐纣，为灭商大业立下赫赫战功，并被姜太公封为“清源妙道护国真君川蜀大帝威灵显化天尊”。

在神话小说《西游记》中，杨戬也是一位神通广大的神仙，在与孙悟空斗法时，时常用第三只眼识破孙悟空的伪装，把孙悟空逼得无路可逃。而在《劈华山》中，杨戬却扮演了不光彩的角色，阻挠妹妹华山圣母与书生刘彦昌相爱，还把妹妹压在华山之下。后来，杨戬被妹妹与刘彦昌所生的外甥沉香打败，沉香也劈开华山救出了母亲。这个故事竟然与杨戬早年的经历出奇地一致，所以极可能是杨戬故事的“复制品”。

风伯

身　　份：亦称飞廉、蜚廉、箕星、箕伯，风神，天上二十八宿的箕星

主要事迹：祁山修炼学艺，助蚩尤对抗黄帝，帮助周武王灭商，为商朝自杀殉国

神　　力：掌管风力

特　　点：鹿身豹纹、孔雀头蛇尾，后变为白须老翁，左手持轮、右手执箑，若扇轮状

风伯，名叫飞廉，一作蜚廉，是中国神话传说中的风神，根据《风俗通义》记载，风伯还是天上二十八宿的“箕星”，所以又称作箕星、箕伯。风伯的主要职能是配合雷神、雨神帮助万物生长，以达到风调雨顺的效果，所以受到历代君主及其臣民的祭祀。但风伯也时常毁坏屋舍庄稼，伤害人命，形成自然灾害，因此也被视为凶神。

相传风伯的相貌非常奇特，《楚辞》《淮南子》中就描述他长着鹿身豹纹，头像孔雀，身后还拖着一条像蛇一样的尾巴。据说风伯还是蚩尤的师弟，《历代神仙通鉴》记载他与蚩尤曾经在祁山修炼，也就在这一时期，他从“风母”那儿学会了致风、收风的奇术。

学成之后，风伯跟随蚩尤下山，并在涿鹿之战中帮助蚩尤对抗黄帝。根据《山海经·大荒北经》记载，在涿鹿之战中，风伯和雨师施展法术，霎时间风雨大作，致使黄帝的军队迷失了方向，被蚩尤军趁机进攻，死伤惨重。黄帝稳住阵脚之后，利用指南车辨别了风向，这才破了风伯和雨师的法术，反败为

胜击溃了蚩尤。蚩尤败亡后，风伯被迫投降，被黄帝重新任命为掌管风力的神灵。

另根据《太公金匮》记载，武王伐纣时，行军途中遇到大雪而暂时驻扎，也就在这时，风伯和祝融等六神冒雪前来投军，为后来灭商立下了汗马功劳，风伯也因功被封为“风神”。而《水经注》却有截然不同的说法，那就是风伯是商纣王的臣子，在周武王灭商时自杀殉国，天帝有感于他对前朝的忠诚，便用石棺掩埋他的遗体，并封他为“风神”。

到了汉代之后，风伯逐渐成为民间心目中的风神，他的形象也渐渐从远古奇怪的模样变成了“白须老翁，左手持轮、右手执箑，若扇轮状”的固定相貌。

周穆王

身　　份：名叫姬满，西周国王

主要事迹：与西王母瑶池相会

特　　点：喜欢远游

周穆王名叫姬满，在历史上是西周第五位国王，根据《列子》记载，周穆王不关心国家大事，也不喜欢女色，而是一味钟情于远游。

根据《穆天子传》记载，周穆王曾经驾车向西横穿大漠，行程上万里，来到昆仑山西王母的宫殿，与西王母相会。在会上，周穆王赠送西王母白圭玄璧，西王母欣然接受，并与他一起在瑶池喝酒唱歌。

但周穆王常年游玩在外，导致国事荒废，造成国内政局不稳，而国外的敌对势力蠢蠢欲动，曾经有好几次，周穆王在外远游时，忽然收到外敌入侵的急报，匆忙赶回国内。

褒姒

身　　份：亦称褒姒、褒姒，周幽王姬宫涅第二任王后

主要事迹：周幽王因她而烽火戏诸侯，导致犬戎入侵、西周灭亡

特　　点：不爱笑

褒姒又称褒姒、褒姒，姒为本姓，是周幽王姬宫涅第二任王后，太子姬伯服的生母。根据《史记》记载，周幽王有一次率兵攻打褒国，褒国兵败后，献出褒姒乞降。因褒姒长得非常漂亮，得到了周幽王的万般宠爱，但褒姒有一个缺陷，那就是不爱笑，就算周幽王想出各种办法逗她，都未能如愿。于是，周幽王听信谗臣虢石父的鬼话，竟然点燃烽火台上专为警报外敌入侵的烽火，诱骗诸侯率兵赶来救援。结果大伙儿没看到敌人的影子，倒是褒姒看到诸侯军队受骗上当而气愤的样子，终于乐得哈哈大笑。周幽王非常高兴，后来还多次点燃烽火取悦褒姒，诸侯们也不再受骗了。

后来，周幽王废黜了王后申后和太子姬宜臼，而立褒姒为王后，立褒姒所生的儿子姬伯服为太子。申后原本是申国国君的女儿，她憋着一肚子委屈回到申国诉苦，引起申国国君大怒，于是联合缯国、犬戎攻打周幽王，周幽王赶紧点燃烽火召集诸侯援救，但诸侯却以为这一次又是周幽王在戏弄大家，所以都没有率军前来援救。犬戎最终打进镐京，杀死周幽王，西周因此灭亡。而褒姒也被犬戎俘虏，从此下落不明。

而根据小说《东周列国志》记载，在夏朝末年，王宫上空出现两条龙，盘旋了一会儿就消失了，只留下一滩唾液，也就是龙漦，于是夏王把龙漦收藏在木匣里保存起来，一直传了夏商周三朝。到了周厉王末年，周厉王禁不住好奇心，便打开木匣观看龙漦，可一不小心，龙漦被洒了出来，化为一只玄鼋，被一个七岁的小宫女碰上。当小宫女长到十五岁时，竟然生下了一个女婴，这个女婴便是后来的褒姒。由于是“不夫而育”，小宫女非常害怕，就把这个女婴丢弃在外。不想这个女婴命不该绝，被一对夫妇收养，后来女婴长大后，阴差阳错地成为周幽王的王后，西周也因她而灭亡。也许，这个故事也是古人讲究因果报应的艺术作品吧。

老子

身　　份：亦名李耳、老聃，中国古代著名的思想家、哲学家、文学家和史学家，也是道家学派的创始人和主要代表人物，被尊为“太上老君”

主要事迹：教授孔子、函谷著书

老子名作李耳，一名重耳，字聃，一字伯阳，春秋末期楚国人，是中国古代著名的思想家、哲学家、文学家和史学家，也是道家学派创始人和主要代表人物，所以在道教被尊为“始祖”，称“太上老君”。此外，老子还被追认为李姓始祖。

根据《老子内传》记载，李耳自幼聪慧，静思好学，喜欢听国家兴衰、战争成败、祭祀占卜、观星测象等事，这对他将来的思想造成了很大的影响。长大后，李耳到周朝首都洛阳求学，并担任史官，得以饱览周朝王室收藏的天下之书，由此学问越来越高深，声名越来越大，因此被人们尊为“老子”。相传儒家创始人孔子曾经两次求教于老子，事后赞叹道：“老子的学问之深，真是像龙一样的人物啊！”

后来由于战乱，老子弃官归隐，途中骑着青牛经过函谷关，受到函谷关守关官员尹喜的热情接待。尹喜早就听闻老子的名气，于是就请求老子将自己一生的思想学问写成一本书，老子欣然应诺，于是写就了传世之作《道德经》。写完著作后，老子就告辞而去，从此消失得无影无踪。

老子思想对中国哲学发展具有深远影响，从《道德经》可以看出，其思想核心是朴素的辩证法。在政治上，老子主张无为而治、不言之教；在权术上，老子讲究物极必反之理；在修身方面，老子是道家性命双修的始祖，讲究虚心实腹、不与人争的修持。

青衣神

身　　份：亦称蚕丛氏，司蚕桑之神

主要事迹：教人民养蚕之法，授人民金蚕繁殖

特　　点：勤政爱民、予民恩惠

青衣神是中国民间信奉的“司蚕桑之神”，根据《三教搜神大全》记载，青衣神又称蚕丛氏，是古代四川的统治者，他最初为蜀侯，后来又称蜀王。

相传蚕丛氏时常穿着青色的衣裳在民间巡视，教给老百姓养蚕的方法，人民得到恩惠后，便尊称他为“青衣神”，后来还立庙祭祀。

另据《仙传拾遗》记载，蚕丛氏在蜀地称王后，教当地人民采桑养蚕。相传他养着数十头能吐出优质蚕丝的金蚕，在每年的年初，都会培育出金头蚕来。蚕丛氏于是把金蚕借给老百姓，让老百姓繁育出新蚕后，再把原来的那头蚕还给他，结果他的金蚕就在蜀地普遍繁衍了下来。

后来，青衣神成为当地人民的蚕神，人们对他按时祭祀，以此来表达对丰收年景的美好祝愿。

天使

身　　份：天神的使者
主要事迹：为赵简子解梦，奉命去烧毁麋竺的家等
神　　力：传达天帝的旨意和实行天神的命令
特　　点：化成凡人的模样执行天神的命令

天使指的就是天神的使者，而“天使”一词最早出自《史记·赵世家》，说的是天帝降梦给时任晋国大夫的赵简子，并派天使前往解梦的故事。

相传赵简子生了病，已经五天不省人事了，就算请来名医扁鹊诊治也无济于事。就在大家着急万分的时候，赵简子突然醒来，对大家说：“我梦见自己到了上帝那儿做客，跟其他神仙一起游览天宫，还欣赏了许多从来没有见识过的宏伟动听的歌舞。可是就在这时候，有一只熊突然扑过来要抓我，上帝让我用弓箭去射它，结果熊被我射死了，紧接着又有一只罴扑过来，我又把它射死了。上帝见了非常高兴，就送给我两个竹箱和一只翟犬，然后对我说：‘等你的儿子长大了，就把这只犬送给他。’接着，上帝还告诉我晋国将要衰亡了。”说完，赵简子就吩咐下属把他这个怪梦记下来。

过了一段时间后，赵简子外出时，遇到一个人拦住他说：“我是上帝的天使，现在就让我给你解梦吧。”于是，这位天使告诉赵简子，他在梦里射死的熊和罴，是天帝要他灭掉将来会给赵家带来灾祸的两个上卿；上帝送给他两个箱子，是指将来赵家子孙会灭掉两个国家；送给他翟犬，并吩咐将来送给他儿子，是告诉他，将来他的儿子会占有代国，而翟犬就是代国的祖先；还有，赵家崛起的同时，晋国也会衰亡下去。

天使说完这些话后，就消失不见了，后来这些历史事件果然一一灵验了。

天使的故事还在另外许多神话和历史书籍中出现，例如《搜神记》中记

载，有个叫麋竺的富人驾着马车从洛阳赶回东海的老家时，途中遇到一个小媳妇请求搭载一段路程，麋竺便答应了。等到了这个小媳妇的目的地时，小媳妇对他说："我是天使，奉天神之命去烧毁你的家，我现在先慢慢走过去，你可以赶在我到之前做好准备。"麋竺听了，急忙赶回家去，把财物都转移出来，到了中午，火果然烧了起来。

河伯女

身　　份：河伯之女，崖山山神之妻，扶余王之妻、高句丽先祖朱蒙之母

主要事迹：石头化人

神　　力：变成五色石

河伯女就是河伯的女儿，根据南朝宋代刘义庆的《幽明录》记载，阳羡有个叫吴龛的小官吏，他的家住在溪水南岸，每天总是要乘坐掘头船回家。这天他坐船时，发现水里有一块五色的石头，就把它打捞上来。吴龛将五色石捧在手上，越看越喜欢，便带回家中，放置在床头。到了夜晚，这块石头竟然变成一个女子，吴龛惊问她是谁，这个女子便回答："我是河伯的女儿。"

另根据唐代段成式的《酉阳杂俎》记载，在太原郡的东面有一座崖山，山上长满了水草。当地老百姓相传：这座崖山的山神娶了河伯女为妻，所以河伯如果见到崖山起火，必定会赶来降雨救火。所以每逢遇到旱灾，当地人就会放火烧崖山，引诱河伯前来降雨。

此外，根据《魏书》记载，河伯女还是扶余王的妻子，生下了高句丽先祖朱蒙，所以朱蒙自称是河伯的外孙。

潮神

身　　份：即伍子胥，钱塘江的潮水之神

主要事迹：为父报仇，被逼自刎

神　　力：引发钱塘江大潮

特　　点：有仇必报

潮神是由历史人物伍子胥经过神化加工衍生而来的一位神仙，是吴越地区

的民间崇信的神灵。

根据《临安志》《吴越春秋》等记载，伍子胥原本是楚国的大夫，当初楚王听信谗言，将伍子胥的父亲和哥哥杀害，又要追杀伍子胥，于是伍子胥逃到吴国，立志报仇。伍子胥先是帮助吴王阖闾登上王位，然后辅助他振兴吴国，扩军备战。等一切准备就绪后，便率领吴军一举攻破楚国，报了杀父之仇。

后来，吴国在阖闾的儿子夫差在位时又打败越国，但越国不甘心服从吴国，国君勾践卧薪尝胆，准备报复吴国。这时，伍子胥察觉到勾践的意图，便劝夫差对越国斩草除根，结果夫差非但不听，还听信奸臣的谗言，赐剑于伍子胥，逼他自杀。

伍子胥自刎前，满怀悲愤地说："我死后，将我的眼珠挖出来，挂在南门之上，让我看看越国是如何灭掉吴国的！"夫差听了大怒，下令将伍子胥的尸体用鱼皮包裹起来，投进了滚滚的钱塘江中，从此以后，钱塘江就有了波涛滚滚的钱塘江大潮。而吴国后来果然如伍子胥所料，被越国灭亡。

在每年的八月十八日，也就是伍子胥身死的这一天，钱塘江大潮就会如期而至，相传人们能够远远见到伍子胥身着素衣素甲，乘着素车素马，立在潮头，带领着手下成千上万的素军素马，随着潮水奔腾而来。为了纪念伍子胥，民间便称伍子胥为"潮神"，并立庙祭祀。

大黑天神

身　　份：白族的本主神

主要事迹：自吞瘟药，舍身救民

兵　　器：三叉戟、剑、弱索、层鼓、血杯、念珠

特　　点：心地善良、舍己为民

大黑天神是云南大理剑川白族信仰的本主神，根据民间供奉的画像可以看到大黑天神全身皮肤黑黝黝的，长着六只手臂和三只眼睛，其中额头上的那只为开天眼，梳着高高的发髻，发角还用两层的骷髅头束发，面容怒目圆瞪，满脸胡须，口中突兀出两颗金刚牙来。此外，大黑天神的脖子上还系着两串骷髅项圈，六只手臂和两条腿各有蛇缠在上面，而每只手臂上都拿着一件法器，分别是三叉戟、剑、弱索、层鼓、血杯、念珠。

别看大黑天神看上去恐怖狰狞，其实他是个善良的天神，而且也是为了天下苍生才落得如此模样的。根据《大黑天神》记载，大黑天神原本是玉帝身边的一位神仙侍从，有一天，玉帝听说有几位大仙私自下凡逃往人间，就觉得很

奇怪，心想天庭这么好，为什么这些仙人还喜欢人间呢？于是，玉帝就到南天门向下查看人间。这时正值阳春三月，玉帝望见剑川一带风光秀丽，人们安居乐业，不禁大为嫉妒，便叫来大黑天神，交给他一瓶瘟药，命令他下凡，用这瓶药去毒害人畜草木，将灾难洒向人间。

大黑天神奉命下凡之后，在感受到人间美好的同时，实在不忍心下此毒手，于是选择了舍身救民，将整瓶毒药倒入自己口中，咕噜咕噜地全部吞下。不多时，他的肚中瘟药的毒性就开始发作了，原本英俊的面容和健壮的身体立即被烧成了黑色，还发肿流脓。最后，大黑天神实在忍受不住痛苦，就跌落到狮河村的后山上，老百姓见了大为诧异，以为这是哪里来的怪物。

后来，太上老君托梦给附近的乡民，告知了大黑天神舍身救民的事情始末，人们这才恍然大悟，非常感激这位英雄神仙，便在他跌落的地方建了庙宇，使他成为一方神灵。

赵公明

身　　份：亦名赵朗，又称赵黑虎、赵玄坛、赵公元帅，道教四大元帅之一、阴间雷部将帅、五方瘟神之一、金龙如意正一龙虎玄坛真君、中国正财神

主要事迹：听闻鸡言而放弃官差修道、降服黑虎、对抗周朝军队

兵　　器：金鞭

神　　力：为民驱除瘟疫、解除魔怔、攘除灾祸

特　　点：手执金鞭、骑着黑虎

赵公明，本名赵朗，字公明，又称赵黑虎、赵玄坛、赵公元帅，是民间崇信的道教神灵，为道教四大元帅之一、阴间雷部将帅和五方瘟神之一，同时也是中国正财神，司掌世间财源。

根据《三教搜神大全》记载，赵公明是终南山人，在秦朝时隐居山中，修炼成一位能驱除瘟疫、解除魔怔、攘除灾祸的神仙。另据传说，赵公明原为一名县衙的衙役，有一次前去百姓家催缴租税，天黑时住在一个穷苦的老人家里。到了半夜，赵公明睡得迷迷糊糊时听见老人家的母鸡在对小鸡们说：“明天主人就要宰杀我给官差吃，我死了以后，就只欠主人一双草鞋的钱了，你们以后就替我还了吧。”赵公明听了，惊怕中又心生万分的愧疚，心想母鸡欠了一双草鞋的钱都守信要还，我可不能再当官差去替官府敲诈百姓了。到了天亮之后，赵公明叫老人家不要杀鸡款待他，他也不催老人家交租了，还索性脱去衙役的服装，跑到峨眉山九老洞修炼去了。后来，赵公明修炼成仙，成了财

神，还降服了峨眉山下为害世人的黑虎。如今，赵公明的塑像就是一位手执金鞭、骑着黑虎的财神形象。

而在《封神演义》中，赵公明是一位居住在峨眉山罗浮洞的神仙，受到商朝太师闻仲的邀请，下山辅佐商纣王。在武王伐纣时，赵公明凭着高强的法力，屡屡击败周朝军队。见正面打不过赵公明，姜子牙只好请陆压道人用法术将他偷偷暗杀。赵公明死后，被姜子牙封为金龙如意正一龙虎玄坛真君，简称“玄坛真君”，又称“玄坛元帅”。

骊山神女

身　　份：秦国的宗主神

主要事迹：教训秦始皇

神　　力：让不法之徒全身长烂疮

据说骊山神女是秦国的宗主神，相传曾经跟秦始皇相遇过。

根据《辛氏三秦记》记载，秦始皇曾经在游览骊山时，与骊山神女不期而遇。秦始皇见神女长得很漂亮，就动手动脚地想轻薄她，神女盛怒之下，朝着秦始皇的脸上唾了一口唾沫，结果秦始皇很快生出了一身的烂疮。秦始皇赶紧向神女谢罪，神女这才引导他去山中的温泉沐浴，洗掉了烂疮。

另外根据《三秦记》所载，如果想在骊山的温泉中沐浴，事先必须向骊山神女祭祀祈祷，然后才能在洗浴时平安无事，否则就会像当年秦始皇那样生出一身的烂疮。

土地神

身　　份：亦称福德正神、后土、土正、土伯，俗称土地公公、土地公、土地

主要事迹：因追贼而死（此指蒋子文）

神　　力：守护社里，造福当地

特　　点：白发长须、一手扶杖、一手握着金银财宝，有的还配有土地婆

土地神又称福德正神、后土、土正、土伯，民间俗称土地公公、土地公、

土地，是社神分化出来的道教神灵，也是民间信仰最为普遍的神灵之一。根据东晋干宝的《搜神记》记载，最早的土地神是汉代秣陵（今江苏省南京市）的蒋子文，其在世时，因追捕贼人而被杀，死后化身当地的土地神，并造福于当地人民。

随着中国数千年社会的发展和文化的传承，除了秣陵的蒋子文，各地都有自己信奉的土地神，一般都选自当地有名望或为当地做过贡献的先贤充当。《左传通俗篇》就说明："凡有社里，必有土地神，土地神为守护社里之主，谓之上公。"而民众则认为，任何德高望重、公平正直的人物，死后都有候补土地神的资格。土地神的庙宇一般称为土地庙、伯公庙、福德正神庙等，而土地神的塑像造型一般是白发长须、一手扶着拐杖、一手握着金银财宝的和蔼老人，甚至有些土地神旁边还配有土地婆。时至今日，许多地方仍旧盛行祭祀土地神的风俗。

广德祠山神

身　　份：原名张渤，又称张大帝，民间神灵

主要事迹：化猪驱使阴兵开河

神　　力：能施法役使阴兵开河

特　　点：法术高强，自尊心强

相传广德祠山神名叫张渤，是西汉吴兴郡乌程人。根据《说郛》《祠山神事要》《能改斋漫录》《留青日札》《清嘉录》等典籍记载，张渤修炼得道后，为了造福当地人民，就施展法术，役使阴兵开挖河道，以贯通各条内河，形成内河水网，以达到抗洪防暑、行船通商的作用。

而张渤在施展法术的时候，就会变成猪的模样，为了不让自己前来送饭的夫人李氏感到惊讶，张渤就跟李氏约定，只有听到他鸣鼓三声，才能到开河的工地上送饭给他。后来有一次，李氏在送饭时，不慎把一些饭粒遗落在鼓面上，谁知下次快到了送饭的时候，一些乌鸦落在鼓面上啄食饭粒，结果把鼓面啄得"咚咚"直响。正等着将饭菜送过去的李氏听了，误以为是丈夫传唤她，就带着饭菜径直走入工地。结果这一下不打紧，李氏看见自己的丈夫变成一头大猪在指挥阴兵干活，生生吓了一大跳。也就在这时，张渤也发现夫人来到眼前，而自己已经来不及变回人形了。

从此以后，张渤羞愧难当，不再跟夫人相见，跑到广德县西五里的横山顶上隐居修炼去了，而他开河的愿望也毁于一旦。

后来张渤去世后，被葬于横山山顶，当地人民为了纪念他，就在此处修建了张公祠，张渤也因此被称为“广德祠山神”“张大帝”。

通过张渤开河时变成猪的故事，可以看出其跟禹当年治水时变成熊的故事高度雷同，所以按照年代编排来看，张渤的故事应该是禹的故事演变而来的。

在《清嘉录》的记载中，传说每年二月初八是张渤的生日，而这天的前后数日，当地都会遭遇风雨，引起气温下降，这被认为是张渤女儿风山女、雪山女回来探望父亲的缘故所致，所以当地又有“张大帝吃冻狗肉”的俗语。

孟婆

身　　份：幽冥之神
主要事迹：制作孟婆汤给死者灵魂喝，使其忘却前世事
神　　力：制作的孟婆汤能让死者忘却前世事
特　　点：崇信佛教

根据《中国神话人物辞典》记载，孟婆是民间崇信的幽冥之神，相传她生于汉代，从小就熟读孔孟经书，长大后却改信佛教。据说她对过去的事从来不回忆，对未来的事也从来不做事先的打算，唯一想做的事就是劝人不要杀生，改吃素菜。此外，她还终身不嫁，一直保持清白之身。这一段传说，和佛教的教义相似，可能是后人刻意加入的佛教元素。

相传孟婆一直活到八十一岁，仍旧鹤发童颜，所以人们称她为“孟婆阿奶”。后来，天帝任命孟婆为“幽冥之神”，筑造孟婆亭，让她守在连接阴阳两界的位置，还命她采用人间的药物制成一种似酒非酒的汤水，品尝起来五味俱全，这就是俗称的“孟婆汤”，或称“孟婆茶”。据说凡是死者的灵魂经过孟婆亭，必须喝一碗孟婆汤，喝完之后，立即就会忘记前世所有的事情，清清白白地准备重新投胎做人。如果遇到有刁蛮狡猾之徒抗拒而不肯饮用的，一旁相助的神兵鬼卒就会把他抓住按好，用铜管刺破他的喉咙，强行将孟婆汤灌下去。

另外相传，为了让死者记住前世事，有的地方会在死者入殓时，将一包掺杂土灰的茶叶放置在死者手里，据说这样，死者的灵魂就不需要喝孟婆汤了。

董永

身　　份：孝子
主要事迹：卖身葬父，得仙女相助还债
特　　点：大孝

董永是神话传说中的孝子，根据晋代干宝的《搜神记》记载，在汉代时，山东渤海有一位叫董永的农夫，他早年丧母，跟父亲以种田相依为命。后来发生战乱，董永父子俩迁徙到河南汝南避难，后来又辗转到了安陆（今湖北省孝感市），也就在这时，父亲因为经不起长年累月的颠沛流离之苦，得病身亡。

父亲死后，董永无力埋葬父亲，便卖身葬父，向财主家借了一笔钱，约定好日后当奴仆还债之后，就扶着父亲的灵柩回乡安葬。事后，董永在返回财主家的途中，遇到一个女子对他说："你是个令人敬佩的孝子，所以我愿意做你的妻子，就让我来帮你还债吧！"

成婚后，两人一起来到财主家，这个奇女子在一个月之内就为财主家织出了三百匹绢，从而偿还了债务。此后，夫妻俩离开财主家，过上了幸福的日子。

另根据元代戏曲《董秀才遇仙记》记载，董永卖身葬父的事感动了天庭，于是玉帝派织女下凡，在一棵大槐树下与董永相识，并结为夫妻。织女以纺织绢布来为董永还债。等到债务还清之后，织女就向董永告知实情，然后重返天庭去了。

此外还有明代心一子的《遇仙记》、顾觉宇的《织锦记》、黄梅戏《天仙配》等，都叙述了董永和织女的爱情故事，而在这些版本中，董永的身份有时变作读书人，织女的身份也变成七仙女，相传是玉帝或西王母的第七个女儿，而且还是私自下凡与董永结为夫妻的。

沉香

身　　份： 刘向和华岳三娘之子

主要事迹： 劈山救母

兵　　器： 宝莲灯、神斧

神　　力： 劈开华山

特　　点： 孝顺、勇敢

沉香是中国神话故事中的一位神仙，根据《沉香太子全传》记载，汉代时，书生刘向赴京赶考，路过华山神庙时，写了一首诗调戏庙中的神灵华岳三娘，三娘非常生气，就想把这个轻薄的书生杀了。这时，太白金星阻止她说："你跟这个书生命中注定有三宿姻缘，所以杀不得。"三娘听了，就决定下嫁给刘向，寻机报复。

谁知三天之后，三娘竟然对刘向产生了感情，下不了手，并且怀上了刘向的孩子。三娘实在不忍隐瞒刘向，就向他道出了实情。刘向听了之后，就拿出一块沉香送给三娘，说："既然你已经有孕在身，我就送给你一块沉香作为纪念吧，这块沉香可是先王赐给我外公的，后来传到了我手上，听说男子佩带能连中三元，女子佩带能生下贵子。"三娘收下沉香后，也以夜明珠相赠。

刘向告辞三娘之后，继续赴京赶考，谁知赶到京城时，发现考期已过，求官心切的刘向于是拿出三娘所赠的夜明珠贿赂考官，但却被当朝宰相发现。奸诈的宰相设计侵吞了夜明珠，还罗织罪名，将刘向打入死牢。在刘向临刑前，三娘得知消息，急忙前来作法扰乱法场，并申诉了事情原委，刘向这才沉冤得雪，还当上了扬州府巡按。

话说三娘怀孕后，她的哥哥二郎神不能接受妹妹与凡人结婚生子的事实，一怒之下，就把三娘压在了华山的山洞中。在洞中，三娘生下了一个孩子，取名叫沉香，不久后，还暗暗托人将孩子送出，到扬州与父亲刘向相认。

沉香长大后，父亲向他道出了身世，于是沉香决定赶往华山救出母亲。到了华山之后，沉香被舅舅二郎神阻拦下来，这个二郎神神通广大、武艺高强，沉香为了战胜他，便拜何仙姑为师，向她学习武艺和法术，还得到了一把神斧。

学成之后，沉香再向二郎神发起挑战，双方各有神仙相助，打得不分上下。后来沉香在太白金星的帮助下得到了宝莲灯，这才打败了二郎神，得以用神斧劈开华山，救出了母亲。事后，皇帝得知此事，还封沉香为"太子"。

夜游神

身　　份：上帝值夜之神，一说名叫乔坤
主要事迹：断砖为金
神　　力：变砖成金
特　　点：身材高大，乐善好施

夜游神是上帝委派的值夜之神，他的传说初见于汉代，到了明代就在民间广泛流传起来，而根据神话小说《封神演义》所述，夜游神的名字叫乔坤。

此外，相传夜游神身材高大，他在巡夜的时候，看见他的人都觉得很惊恐害怕，可是他却是个好心肠的神仙，如果遇到人们有什么困难，总是会出手相助。有一天晚上，有一个人夜出时，偶然遇到夜游神，他知道这位神仙的个性，于是就上前死死抱住夜游神的大腿，恳求夜游神赏赐他金钱。夜游神拗不过他，就跨坐在墙头上，随手从墙头搬起一块砖，大力地往墙上一磕，砖便断裂成两半，他将一半断砖交给这个人，另一半则放回原处。这个人携带着这半块砖赶回家，照着灯下一看，竟然变成了金灿灿的半块金砖！欣喜之下，这个人犯了贪心不足的毛病，天亮后，他回到原地，找到另一半断砖，将它与手中的半块金砖合在一起，幻想能得到整块金砖。谁知两块断砖合在一起后，竟然恢复成一整块普通的砖头。到头来，这个贪心的人还是落得个竹篮打水——一场空。

紫姑

身　　份：本名何媚，一说是汉高祖戚夫人，亦称子姑、厕姑、茅姑、坑姑、坑三姑娘等，厕神
主要事迹：为李景做妾时被李景妻子杀害；与吕后争宠失败后惨死（戚夫人版本）
神　　力：未卜先知，能知祸福
特　　点：勤劳能干

紫姑又称子姑、厕姑、茅姑、坑姑、坑三姑娘等，是中国民间传说中的“司厕之神”。根据《显异录》记载，紫姑本名叫何媚，字丽卿，莱阳人，被寿阳人李景纳为妾。由于紫姑勤劳能干，遭到李景妻子的嫉妒，时常勒令她干一些辛苦而又肮脏的活，例如清理厕所。但是，紫姑的任劳任怨终究换不来残暴善妒的李景妻子的谅解，结果在一年的正月十五那天，被李景妻子杀死在厕

所里。紫姑死后，天帝怜悯她的不幸遭遇，便把她任命为“厕神”。

另据传说，紫姑其实指的是汉高祖刘邦的戚夫人，由于刘邦在世时，戚夫人跟吕后争宠，到了刘邦去世后，吕后就对她进行疯狂的报复，先是砍断她的手脚，弄瞎她的双眼，再将她扔进厕所，使其痛苦地死去。

据说紫姑成仙后，虽为厕神，但更像是人们求神问卦的占卜之神，传说她未卜先知，能知祸福。所以在许多地方，每当正月十五上元节，也就是紫姑被杀害的这一天，妇女们都要进行迎厕神活动，在厕所树立箕帚、草木或筷子，给它们穿上“衣裳”、戴上“饰物”，以此来请紫姑附体在上面，然后通过各种占卜来向紫姑询问吉凶，并倾诉自己的心事。

金马碧鸡

身　份：禺同山山神，一说是一种神鸡
神　力：法术高强
特　点：毛羽青翠，能破石凌空飞翔，光彩夺目，其声悠长

金马碧鸡是神话传说中的山神，北魏郦道元的《水经注》里就提到大姚（在今云南省楚雄市）禺同山有金马碧鸡“光景倏忽，民多见之”，可见，金马碧鸡应是禺同山的山神。

另据《汉书·郊祀志下》记载，汉宣帝时，有一位方士向皇帝进言说，益州（今四川省）有一位名叫“金马碧鸡”的神仙法术非常灵验，建议朝廷派官员前去祭祀。于是，汉宣帝就派了大夫王褒前往祭祀。

而在《金马碧鸡》中，金马碧鸡又成了真正的“鸡”，故事也变成了汉宣帝听方士说云岭之南（今云南省）有一种神鸡，长着一身青翠的羽毛，能够凌空而飞，飞翔时全身的羽毛光彩夺目，而且其鸣叫声洪亮而悠长。汉宣帝派谏议大夫王褒前往云南求取，但王褒因故没有到达，只写了一篇《移金马碧鸡颂》草草应付。直到如今，云南昆明东有金马山，西有碧鸡山，两山遥相面对，两座山上都建有神祠。

所以，究竟金马碧鸡是人还是鸡，各种传说莫衷一是，也许最大的原因就在于“金马碧鸡”这个古怪的名字吧。

梁山伯、祝英台

身　　份：爱情之神
主要事迹：同窗学习，提亲被拒，双双化蝶
特　　点：痴情

梁山伯和祝英台是中国民间传说中的爱情之神。根据明代陈仁锡的《潜确类书》、清代曹秉仁编修的《宁波府志》、清代邵金彪的《祝英台小传》等记载，晋代浙江上虞有一位叫祝英台的富家女子，自幼喜爱博览群书，所以拥有一身才华，但她仍不知足，梦想能跟男子一样上学堂念书，于是请求家人能够遂她所愿。因为祝英台父母自小宠爱女儿，便让她男扮女装前往会稽的学堂念书。在学堂里，祝英台认识了当地书生梁山伯，两人都被对方的才华所吸引，于是时常在一起钻研学问，结下了深厚的同学情谊。

转眼间过了三年，祝英台的家人因有人上门定亲，便催促她回家。临行之时，祝英台这才告知梁山伯，她本为女子，要梁山伯也向她家提亲。于是深爱着祝英台的梁山伯就在祝英台回家后，也跟着上门提亲，可是祝英台的父母却看不起出身寒门的梁山伯，而将女儿嫁给了邑西的马文才。梁山伯提亲失败后，失魂落魄地回到家中，很快就一病不起，吐血身亡。

到了祝英台出嫁那天，迎娶的轿子载着祝英台往马文才家前行，途中经过梁山伯的坟墓时，祝英台执意要去祭奠一下这个心中真正所爱之人。当她面对墓碑，想起两人之前情投意合的往事时，不禁号啕大哭起来。这时，天色突然大变，雷电交加，掀起狂风骤雨，不多时，雷电就将梁山伯的坟墓劈开了一道大口子，祝英台见状，毅然跳了下去，口子也随即合拢起来。到了天色转晴后，祝英台已经不知所踪，而梁山伯的坟头上却有两只蝴蝶在翩翩起舞，人们都说这是梁山伯和祝英台化蝶成仙了。

后来，梁山伯和祝英台的故事跟白蛇传、孟姜女、牛郎织女的故事一起被列为中国四大民间爱情故事，他们俩也被奉为中国古代的爱情之神，许多地方还建了他们的祠庙祭祀。

宫亭神

身　　份：洪州一带的神灵
主要事迹：向小吏借用犀簪
神　　力：分风劈流、住舟遣使
特　　点：喜好珍宝

根据《水经注》《搜神记》《舆地纪胜》等古籍记载，宫亭神是洪州（今江西省南昌市）一带的神灵，在当地还有他的祠庙。传说宫亭神具有分风劈流、住舟遣使的本领，所以过往的商旅和过客，经过此地时都会到宫亭神的庙中祈求旅途平安。

三国时，有一名小吏奉命从南州赶往建邺（今江苏省南京市）给吴国皇帝孙权进献犀簪，路过洪州时，小吏按照惯例也到宫亭神庙中祈祷。就在这时，宫亭神突然显灵，对小吏说道："请留下你的犀簪。"小吏吓得惊恐万状，不敢答应，可是随身携带的犀簪却自动被宫亭神取了下来，摆在供桌上。宫亭神又说道："你放心，等你到达建邺郊外的石头城后，我自然会把犀簪还给你。"

小吏无可奈何，只好空着手继续前行，一路上却不断地嘀咕道："我丢失了犀簪，不是犯下了死罪吗？"可是他又想不出其他的办法。当他坐船顺着长江行驶到石头城时，江中忽然有一条三尺来长的大鲤鱼跃出水面，一下就跳入船板上。小吏剖开鱼肚子，赫然发现犀簪就藏在里面。

由此可见，这位宫亭神喜好珍宝，但又守信用，随借随还。

树神

身　　份：大树所形成的神灵
主要事迹：被曹操砍伐后降病于他、保佑龙舒百姓等
神　　力：恩仇必报，保佑一方平安
特　　点：依附在大树、老树上

树神起源自远古时代的自然信仰，古人们相信万物均有灵性，对于一些生长了千百年的老树，更是认为已经修炼成神，于是奉为"树神"，不仅保护起来，不许砍伐，而且逢年过节还要进行祭树，以祈求树神的保佑。

正因为有敬奉树神的风俗，所以流传下了许多关于树神的传说。根据《后

汉书·五行志》记载，东汉末年，曹操想建造一座宫殿，于是砍伐许多大树作为建筑材料，谁知在砍一棵古树时，树根竟然流出了血，于是大家就传说这棵树的树神显灵了。曹操得知后感到非常恶心，不久就得病而死。

另根据《搜神记》记载，同为东汉末年，庐江郡龙舒县陆亭河边有一棵大树，高几十丈，树上有几千只黄鸟筑巢生活。有一年，当地很长时间没下雨了，老人们就聚在一起商议道："那棵树看上去常有黄气，说不定有神灵附在里面，我们可以向它求雨。"于是，大伙儿就拿着酒肉准备前去祭拜大树。

就在这时，当地有个叫李宪的寡妇，晚上梦见有一位穿着绣花衣裳的妇女对她说："我就是那棵大树的树神，名叫黄祖，能兴起云雨，现在看你本性纯洁，所以就来帮助你。明早你的父老乡亲们会来向我求雨，我已经请示天帝，明日中午就会下一场大雨。"到了第二天早上，李宪对乡亲们说起这个梦，果然到了中午，大雨如期而至。

人们欣喜之余，就为神树建起了祠堂。当祠堂建好之后，乡亲们都前来祭拜，这时树神又通过李宪之口说道："大伙儿都来了，而我所处的地方又靠近河流，那就赠送一些鲤鱼给大家。"话音刚落，就有数十条鲤鱼飞到了祠堂下，使大伙儿都惊奇万分，于是对树神更加崇拜了。

一年之后，树神又显灵告诉大家："这里将爆发战争，我得离开你们了。"说完又留下一个玉环，说道："拿着这个玉环可以避难。"不久之后，军阀刘表和袁术果然在这里爆发了大战，龙舒一带的老百姓纷纷逃难，唯独李宪所在的村子安然无恙。

山都

身　　份：江西南康的神灵

特　　点：人形，黑脸赤目，身长二尺多，黄毛被体，有男女之别，夜间活动，害怕见人，能隐身

山都是古代神话传说中的神灵，根据南朝祖冲之的《述异记》记载，山都住在江西南康，身形长得像人一样，但黑脸赤目，身长二尺多，赤身裸体，全身还有黄毛覆盖着身体。相传这种怪物也有男女之别，能互相叫唤，时常在黑夜里出来活动，但看见人就转身逃走，而且据说还会隐身。

另根据南朝宋代邓德明的《南康记》记载，山都长得好像"昆仑人"，浑身长毛，见到人便闭着眼睛，张大嘴巴，就像在笑一样，它们一般生活在深山中，靠翻开石头找寻小动物为食。

而现代人根据古籍上对山都形象的描述研究，指出山都极有可能是狒狒的一个种类。

张蜇子

身　　份：又称张恶子，文昌星，掌管禄命之神
主要事迹：杀人修道，帮助姚苌建功立业
神　　力：掌管人间禄命

张蜇子又称张恶子，是东晋时期的越巂人，相传还是掌管禄命的神仙。根据《张献忠实录》记载，张蜇子是张献忠的祖先，为了给养母报仇，杀了邛都县令，然后逃到梓潼的七曲山修道。修道成功后，张蜇子出山帮助羌族领袖姚苌建立了后秦。功成之后，张蜇子自行解除兵权，然后升天成仙。为此，姚苌建了张恶子庙，以纪念这位神人。

此后，张蜇子的事迹越传越神，传说他升天之后，成为天上的文昌星，为掌管人间禄命之神。到了唐朝，诗人李商隐经过张恶子庙，作诗道："下马捧椒浆，迎神白玉堂。如何铁如意，独自与姚苌。"后来，明朝末年的农民起义军领袖张献忠认张蜇子为祖先，在建立"大西"政权后，还将他列入所谓的"太庙"里祭祀。

万回哥哥

身　　份：本姓张，团圆之神
主要事迹：一日往返万里带回哥哥的消息
神　　力：一日万里来回
特　　点：神智呆傻、蓬头笑面，身穿绿衣，左手擎鼓、右手执棒

万回哥哥是中国民间的团圆欢喜之神，根据唐代郑棨的《开天传信记》记载，万回原为唐朝僧人，俗姓张氏，虢州阌乡人，传说他是菩萨转世，因犯错被佛祖贬到人间。

相传万回自小神智有缺陷，样子看起来傻乎乎的。他有一个哥哥在遥远

的安西当兵，很久都没有音讯，父母就以为他已经战死了，便整天哭哭啼啼的。有一天，万回见父母又因思念哥哥而哭泣，就突然开口说道："哭有什么用呢？不如我亲自去安西看一看吧！"说罢，万回竟然行走如飞，一天之内就从家乡到安西往返上万里，回来后告诉父母："哥哥身体健康如故，请不用挂念。"说着还拿出哥哥的一封亲笔信。父母惊讶得目瞪口呆，没想到这个平时傻呆的儿子竟然有如此神通，这件事传开之后，人们都称他为万回哥哥，意思就是能够一日万里来回。

后来，万回还受到唐高宗和武则天的召见，并被赏赐锦袍玉带。万回去世后，由于他当年一天之内万里往返带回哥哥平安的喜讯，所以人们便供奉他为"团圆之神"。

另据明代田汝成的《西湖游览志馀》记载，在宋朝时，杭州的百姓每当腊月时就会祭祀万回哥哥，而万回哥哥的神像则是一个蓬头笑面的形象，身穿绿衣，左手擎鼓、右手执棒，人们相信祭祀他就会使万里之外的亲人回家团圆。

钟馗

身　　份：门神，驱邪斩祟将军
主要事迹：为唐玄宗捉鬼
神　　力：打鬼驱邪
特　　点：相貌丑陋，正直善良

钟馗是中国神话中能打鬼驱邪的神。根据《唐逸史》、宋代沈括的《补笔谈》记载，在唐代开元年间，有一次，唐玄宗在骊山检阅军队，忽然感到身体不适，回到宫中后就染上了恶疾，躺在床上整整一个月，任凭御医如何医治都不见好转。

在端午节这天晚上，唐玄宗躺在床上，朦胧之中见到一个小鬼向他跑来，还伸出利爪想加害于他。也就在这时，又出现了一个面目狰狞的大鬼，扑过去一把抓住小鬼，将它吞下肚去。与此同时，唐玄宗突然觉得病情好转了许多，便壮着胆子问那个大鬼："你是什么神灵，为什么要救我？"大鬼向唐玄宗作揖道："臣名叫钟馗，曾经在考武举时，因为相貌丑陋而落榜，万念俱灰之下抱病身亡，后来在阴间被阎罗王封为'驱邪斩祟将军'，专门惩治世间害人的恶鬼。"

话刚说完，钟馗就消失了，唐玄宗也从梦中惊醒，仔细一瞧，发现自己的病已经完全好了。欣喜之下，唐玄宗传旨召来画家吴道子，让他根据自己的描述，把梦中钟馗的形象画了出来，然后贴在宫门上，又召集许多画家临摹，并把临摹出来的画像分发给百姓，诏令贴在各家各户的门口作为门神，让百姓们也受到钟馗的保护。于是每逢端午节，许多地方的人都会在门口贴上钟馗的画像，以保佑全家平安。

骊山老母

身　　份：亦称黎山老母、梨山老母、玉清圣祖紫元君，女仙
主要事迹：为李筌讲解《集仙录》
神　　力：寿命达上千年以上
特　　点：扎着发髻，敝衣扶杖

骊山老母又称黎山老母、梨山老母、玉清圣祖紫元君。关于她的身世，可谓众说纷纭，莫衷一是，也不清楚她是哪个时代的人，只知道她是一位法力高强的女仙。

根据《集仙录》记载，唐代有个叫李筌的人喜好神仙之道，在嵩山得到一本黄帝的《阴符经》。他刻苦钻研，抄读数千遍，但还是不懂书里所述的道理。

有一天，李筌在骊山下遇到一位老婆婆，只见这位老婆婆扎着发髻，但还有许多头发垂在脑后，穿着破旧的衣服，拄着拐杖，看上去有点怪模怪样的。这时，路边有一堆不知谁留下来的篝火正烧着一棵树，老婆婆自言自语地说道："火生于木，祸发必克。"

李筌听了大吃一惊，向老婆婆问道："这可是黄帝的《阴符经》上的话，请问您是怎么知道的？"老婆婆答道："我看过这本书已经一千零八十年了。"李筌知道自己遇到活神仙了，慌忙跪下向老婆婆求教。

于是老婆婆向李筌讲解《阴符经》的玄机和意义，讲了很长时间才说完，这时她看着李筌说："现在日头已经偏西了，看你的模样应该也饿了，我恰好带了一些麦饭，就给你吃吧。"说着从袖子里拿出一个水瓢，让李筌到山谷中取一瓢山泉水回来。李筌到了山谷中，盛出满满一瓢水上来，突然觉得有百余斤重，怎么也提不起来，只好让水瓢沉入泉水中。

李筌空着手回来时，发现老婆婆已经不知去向，只留下几升麦饭。李筌吃完麦饭后，从此不再食人间烟火，他入山访道修炼，一心钻研《阴符经》，并著有《太白阴经》，后来就不知所终了。

而李筌所遇见的这位给他讲解《阴符经》的老婆婆，在《神仙感遇传》中

指出，她就是骊山老母。

另根据《史记·秦本纪》记载，骊山老母是戎人胥轩的妻子，而《汉书·律历志》则说她是商周时期的一位天仙。此外，骊山老母还被道教尊称为“玉清圣祖紫元君”。

白娘子

身　　份：亦称白素贞，蛇仙

主要事迹：水漫金山，被压雷峰塔

神　　力：能动员水族作战

特　　点：心地善良、感情丰富、不畏强暴

白娘子名叫白素贞，是民间传说故事中的蛇仙。根据《西湖三塔记》、唐代郑还古的《白蛇记》、明代冯梦龙的《警世通言》等记载，白娘子原是一条修行千年、嗜血成性的白色蛇妖，经过观音菩萨点化后，逐渐变得心地善良、感情丰富，而且还非常羡慕人间的生活，于是便时常跟青蛇仙青儿一起化作人形，来到人间游玩。

有一次，白娘子和青儿在杭州游玩时，在西湖湖畔的断桥上偶遇一名叫许仙（一说许宣）的青年，通过借伞相识后，两人彼此相爱，后来更结为夫妻。

婚后，白娘子夫妻俩迁居镇江，当地的金山寺僧人法海识破了白娘子的原形，便有意要拆散这对人妖夫妇。有一年的端午节，法海故意让白娘子服下雄黄酒，结果使她现出原形，许仙一看妻子是一条大白蛇，吓得晕死了过去。为了救丈夫，白娘子上天入地，苦苦寻求起死回生的仙药，最后盗得灵芝仙草，并经过南极仙翁相助，成功救活了许仙。

法海见白娘子夫妻依旧恩爱如故，仍旧不肯善罢甘休，就把许仙诱骗到金山寺囚禁起来。白娘子得知后，就动员水族前来救夫，她施展法术，拼尽全力与法海斗法，以至于水漫金山，救出了许仙。不料法海仍旧不死心，对白娘子穷追猛打，直至将她压到了雷峰塔下。

二十多年后，许仙和白娘子所生的儿子许仕林（据说为文曲星下凡）高中状元回来，将母亲解救出塔，使母亲最终位列仙班。

白娘子的故事几经流传，衍生出不少版本，但她的故事一直感动着历代的人，并与梁山伯和祝英台、孟姜女、牛郎织女的故事一起被列为“中国四大民间爱情故事”。

马当神

身　　份：马当山山神

主要事迹：送王勃去滕王阁，追还王昌龄的金错刀

神　　力：推波助澜，追还失物

特　　点：言必有信、有恩必报

马当神是民间传说中的马当山山神，根据五代王定保的《唐摭言》、明代冯梦龙的《醒世恒言》等记载，唐代诗人王勃的父亲在洪都（今江西省南昌市）当官时，有一次，王勃从水路坐船前去省亲，当船只驶到马当山下时，被大风所引发的风浪所阻。王勃见暂时不能前进，便把船靠在岸边，自己则登上了岸。

这时，王勃发现不远处有一座庙宇，庙前坐着一位头发胡须全都发白的老人家，于是就过去跟老人家攀谈起来。谈吐之间，老人家看出王勃拥有深厚的文学底子，于是就告诉他："明天就是重阳节了，在洪都的滕王阁上有重大的盛会，其间将会进行创作诗文的比赛，如果你前去参加，肯定会作出好诗词。"

王勃听了不禁笑了起来，说："这里离洪都还有七百里远，而且现在为风浪所阻，一夜之间怎么可能赶得到呢？"老人家答道："这里是中元水府，归我所管，如果你真有心前去参加盛会，我会助你一臂之力。"

王勃便答应下来，坐回船上后吩咐立马开船，这时江面上突然就变得风平浪静下来，船只不一会儿就到达了洪都。

到了第二天清晨，王勃来到滕王阁，在盛会上写下了流传千古的《滕王阁序》，受到所有参加盛会的人们的交口称赞。而送王勃前往洪都的老人家，据说就是马当神。

另外根据《潜确类书》记载，唐朝开元年间，诗人王昌龄从苏州返回京城长安，途中经过马当山，便买来草鞋、酒肉、纸马等物品，送上马当山的山神庙祭祀。祭祀完毕之后，王昌龄将这些祭品留在庙里，然后就下令开船继续前进。

当船行驶出一段路程后，王昌龄这才发现自己的一把金错刀遗留在草鞋里忘记取出。正在思索之间，突然水中有一条三尺长的红鲤鱼跳到了船上，王昌龄喜出望外，急忙打算将鲤鱼烹煮来吃，可当剖开鱼腹时，却发现自己的金错刀竟然藏在里面。王昌龄大为惊异，于是认为这是受到他祭祀的马当神追还了金错刀。

封十八姨

身　　份：亦称封姨，风神
主要事迹：与花精发生口角
神　　力：掌管风力
特　　点：争强好胜

封十八姨亦称封姨，是神话传说中的风神。根据唐代李还占的《博异志》记载，唐代天宝年间，洛阳的处士崔玄微在一个春季的夜晚，独自在自家开满繁花的庭院里饮酒时，突然遇到绿衣杨氏、白衣李氏、绛衣陶氏、绯衣小女石醋醋和封十八姨等一众美女前来相会。崔玄微非常高兴，就邀请众女共饮。席间，封十八姨因言辞轻佻，跟石醋醋发生了口角。争吵之下，封十八姨翻倒酒杯，使酒水洒到石醋醋的衣服上，石醋醋大怒，争吵得更厉害了，酒席因此不欢而散。

到了第二天晚上，除了封十八姨之外的几位女子又前来央求崔玄微："我们姐妹几个原本都住在这庭院里，时常遭到恶风摧残，所以常求助封十八姨庇护，这才得以安宁。昨晚石醋醋一时冲动，顶撞了封十八姨，现在就怕她不肯再来保护我们，所以求您每年元旦将一面朱幡立于庭院东边，这样就能让我们消除灾难。"

崔玄微答应了，于是在这一年的元旦照着女子们的请求，在庭院东边立起一面朱红色的大幡。不多时，外面果然东风狂啸，飞沙走石，摧折树木，唯独崔玄微的庭院安然无恙。直到这时，崔玄微才醒悟这些相求的女子都是庭院里的花精，而封十八姨则是风神。

陷河神

身　　份：蛇神
主要事迹：偷食家畜，陷城为湖
神　　力：陷城为湖
特　　点：作恶多端、为害百姓

陷河神是古代传说中的蛇神，根据《王氏见闻·陷河神》记载，在巂州巂县（今四川省凉山州德昌县）有一对老年夫妻，他们膝下无子，孤苦伶仃，靠老爷爷上山砍柴卖钱度日。

有一天，老爷爷砍柴时，不小心被锋利的石头划伤了手指，鲜血顺着指头滴落在一个小石坑里，于是老爷爷用树叶把小石坑盖了起来。过了几天后，老爷爷又经过这个地方时，扒开小石坑上的树叶，竟然发现自己的鲜血滴落之处，出现了一条小蛇。老爷爷把小蛇放置在手掌上玩弄一番后，不觉越来越喜欢，于是就砍了一截竹筒，把小蛇装进里面，揣在怀里带回了家。

此后，老爷爷就时常用碎肉喂养这条小蛇，小蛇也渐渐听懂了他的话。可是一年后，小蛇长大了，就常在夜里偷偷去吞食四周邻居的鸡和狗；两年后，蛇长得更大了，就改成偷食羊和猪。乡亲们时常丢失牲畜，觉得很奇怪，而老爷爷和老奶奶护着自己养的蛇，也不吱声。

后来，当地县令丢了一匹蜀地产的马，便带着人循着马匹留下的蹄印找到了老爷爷家，追查之下，这才发现马已经有一半被蛇吞进了肚子里。县令大惊之下，严厉责骂老爷爷怎么养了这么一条恶毒的家伙。见事已至此，老爷爷只好认罚，就应承会杀掉这条已经长得非常巨大的蛇。

事后有一天，忽然雷电大作，整个县城瞬间就沦为一个巨大的湖泊，只有老爷爷和老奶奶活了下来，而后就连他们也不知去向了。

后来，人们认为是这条蛇施的法术，于是称这条蛇为“陷河神”，此外还称它为“张恶子”，以表示它作恶多端、为害百姓。

妈祖神

身　　份：亦称林默、林默娘、天妃、天后、天上圣母、娘妈，中国东南沿海地区的海上保护神

主要事迹：为人治病消灾，抢救海难，后相传因救助海难而去世

神　　力：消灾解难

特　　点：十来岁时才开口说话

妈祖原名林默（960—987年），亦称天妃、天后、天上圣母、娘妈，是中国东南沿海地区人们崇信的海上保护神。因林默是福建人，在福建闽语方言中，对女性最高尊称是“娘妈”，所以林默就被尊称为“妈祖”。

根据《天后志》记载，妈祖生于福建莆田的湄洲岛，因小时候一直没有开口说话，所以被称为“默娘”，这也就是妈祖名字林默的由来。妈祖直到十来岁才开口说话，虽然如此，她自幼聪明好学，能够过目不忘，精通古今经典。到了十三岁时，接受道教的玄微秘法，成为当地著名的女巫，专门为人治病消灾，抢救海难。妈祖一生未嫁，于二十七岁时羽化成仙（一说因救助海难而

去世）。

妈祖仙去后，成为东南沿海地区人民心目中的保护神，在民间，每当渔民要出海捕鱼，出发前必先祭祀妈祖，以祈求保佑顺风和安全，此外还会在船舶上立妈祖神位供奉。随着中国东南沿海地区对外交流的日益频繁，妈祖文化也随着华侨传到了海外多个国家，在当地的华人圈子里形成了妈祖信仰圈。目前，全世界四十多个国家和地区共建有上万座妈祖庙，信仰妈祖的人口达到了三亿多人，妈祖也在信众心中成为一位集无私、善良、亲切、慈爱、英勇等传统美德于一体的精神象征和女性代表。

萧公神

身　　份： 名伯轩，亦称萧公爷爷，水神
主要事迹： 帮助朱元璋战胜陈友谅
神　　力： 生前能梦中救人，分身四出；成神后能平定风浪，保障行船安全
特　　点： 龙眉蛟发、美髭髯、面如童子，刚正不阿、不苟言笑、热心助人

萧公神，名伯轩，又称萧公爷爷，相传是江西的一位水神。

根据《三教搜神大全》《新搜神记·神考》《稗史汇编》等记载，萧公神是宋代时人，长得“龙眉蛟发、美髭髯、面如童子”，为人刚正不阿、不苟言笑，人们平时就称他为萧公。萧公的家住在江边，有一次，他跟乡亲们一起喝酒时，在座间打起了瞌睡，醒来后突然起身对大家说：“刚才我发现江中有一艘船翻了，我要赶去救人。”说着，萧公就跑了出去。大家都感到很诧异，于是有好奇者跟上前去探个究竟，果然就像萧公所说的一样。

萧公不仅能梦中救人，还能分身四出，在同一时间应对数家的邀请，并分身前去。事后，大伙儿交谈起来，都说某日某时，萧公来我家做客了。

后来萧公活到八十二岁，无疾而终。就在家人祭祀他的时候，发现家里的铁锚因为长年被河水侵蚀，已经不知所终。有一天，一个邻居从外地坐船回来，说自己在外遇到了萧公，只见他拿着一个铁锚对这个邻居嘱咐道：“这是我家的东西，麻烦你带回萧滩下的我家。”家人一看邻居带回来的铁锚，立马大惊失色地说：“这正是我们家遗失的铁锚啊！”如此一来，大伙儿都认为萧公已经成仙了，便为他建立了祠堂，时时对他进行祭祀，尊称为“萧公神”。据说萧公神能平定风浪，保障行船安全。

相传到了元朝末年，朱元璋跟陈友谅在鄱阳湖进行水战时，见空中出现数万名红衣甲兵前来相助，而这支军队的旗帜上大书“萧公”二字。战后，得胜

的朱元璋命令各个军队卫所都要建立祠庙祭祀萧公神。到了明朝永乐年间，明成祖朱棣还封萧公神为“水府灵通广济显应英佑侯”。

素女

身　　份：亦称九幽素女、白水素女、弇兹氏、素女娘娘、九幽素女娘娘、九幽素阴女帝、九幽素阴元女圣母大帝弇兹氏，音乐女神，医疗女神

主要事迹：制作琴瑟，编撰医书

素女又称九幽素女、白水素女、弇兹氏、素女娘娘、九幽素女娘娘、九幽素阴女帝、九幽素阴元女圣母大帝弇兹氏，是中国神话传说中擅长鼓瑟的女神，而且还是中国医家供奉的医疗女神。

根据《山海经·海内经》记载，素女跟黄帝为同时代神人，相传她曾以音乐造福生灵万物。而根据《史记·封禅书》记载，庖牺氏曾经命令素女制作一种有五十个音弦的琴瑟，但演奏出来的乐曲听起来过于伤感悲哀，于是就改为二十五个音弦，并流传至今，所以，素女的形象时常被定位为古代第一位鼓瑟的女乐师。

另传素女精通医术，曾经帮助黄帝编撰《黄帝内经》等医书。

蚕女

身　　份：亦称马头娘、马明王、马明菩萨、蚕神

主要事迹：与马皮一同化为蚕

特　　点：马首人身

相传蚕女是一个马首人身的少女，因其形象而得名“马头娘”。此外，她又被称为马明王、马明菩萨，是神话中的“蚕神”。

根据《搜神记》记载，在远古时代，蜀地有一户人家，父女相依为命，此外家里还养着一匹公马。后来，父亲出征入伍，把女儿留在家中。就这样过了很长一段时间，女儿见父亲还没有回来，不禁担忧起来。有一天，女儿闲极无

聊之下，就对着家里的马儿戏言道："马儿啊，如果你能把我父亲接回家来，我就嫁给你。"谁知马儿听了女儿的话，竟然挣脱了缰绳，奔驰而去，很快就跑到父亲那儿，把父亲接了回来。

能够平安回到家中，父亲非常高兴，为了感谢马儿，就喂给马儿上好的草料。谁知马儿怎么也不肯吃，而且每次看到女儿从它眼前进出时，就会兴奋得使劲踏着蹄子，高声嘶鸣起来。父亲感到奇怪，于是追问女儿，女儿这才把先前对马所说的戏言告诉了父亲。父亲听了，一边责怪女儿不该乱说话，一边拿起弓箭把马射杀了，并把马的皮剥了下来，晾晒在院子里。

第二天，女儿和邻居家的女孩在院子里玩的时候，踩在了马皮上做游戏。没想到就在这时，马皮突然腾空而起，一下子就把女儿卷起来带走了。等父亲闻讯赶来时，已经来不及了，只能眼巴巴地看着马皮卷着自己的女儿消失在半空中。

马皮将女儿一直带到了一棵桑树上，一同化为了一条蚕。于是，蚕就世世代代繁衍下去，吐出来的蚕丝也为人们提供了丝绸的原料。

这个故事在《原化传拾遗》中还有一个尾声，就是女儿后来思念父亲，就骑着这匹马回来，对父亲说："天帝因为我有孝心，就封我为女仙，位在九宫仙嫔之列，我现在天界生活得很好，请您不必挂念。"说完，女儿又升天而去。

后来，这个传说流传开来，人们纷纷盖起了蚕神庙，并将蚕神塑造成一个马头人身的少女形象，所以被称之为蚕女、马头娘。

灶神

身　　份：厨房之神，九天东厨司命太乙元皇定福奏善天尊、司命真君、九天东厨司命主、香厨妙供天尊，俗称灶君、灶王、灶王爷、灶君公

主要事迹：死后化神，监察人间罪恶

神　　力：掌握百姓一家寿夭祸福的命运

灶神就是厨房之神，被尊为九天东厨司命太乙元皇定福奏善天尊、司命真君、九天东厨司命主、香厨妙供天尊，民间俗称灶君、灶王、灶王爷、灶君公。根据史书记载，最早的灶神出自火神，而灶神其本人也经过了多次身份变化。根据《事物原会》《淮南子》《古周礼》《吕氏春秋》等史书记载，炎帝、黄帝、祝融都曾经充当过灶神的角色。

到了汉代之后，灶神逐渐人格化，根据《酉阳杂俎》记载，此时的灶神变

成了张单，又名隗，是一个浪荡的负心郎，他娶了一个贤惠的妻子名叫丁香。张单在外经商发财后，就休掉了丁香，但后来家道破落，沦为乞丐。有一次乞讨时，张单恰好遇见改嫁的丁香，不禁羞愧难当，一头钻进灶门里憋死了。张单死后，玉皇大帝就封他为“灶神”。

相传灶神除了掌管人间烟火，还有另外一个重要使命，那就是监察人间罪恶，于每年十二月二十四日向上天汇报，并能掌握百姓一家寿夭祸福的命运。因此，在民间多有祭祀灶神的习俗，以祈望灶神能够上天时多说“好话”。

大司命

身　　份：掌管人之生死的主神
神　　力：掌管人之生死、寿夭

大司命是掌管人之生死的主神，古代的人们认为，天地之间的一切东西都是由神灵所掌控的，战国时期楚国的诗人屈原在《楚辞·九歌·大司命》中就说明大司命是先秦时代流传的掌管人的寿夭之神，并在诗中描绘出了大司命威严、神秘、忠于职守、督察人的善恶、握有生杀大权的形象。

丧门

身　　份：亦称丧门神、地雌、地丧、地猾，四柱神煞之一，主孝丧之事的凶神

丧门就是丧门神，又名地雌、地丧、地猾，是神话中的凶神，根据《纪岁历》记载，丧门为四柱神煞之一，与披麻、吊客同为不吉之神，主孝丧之事。

在民间，丧门又俗称为丧门星、倒霉鬼，如果遇到他，必有不祥的事情发生，所以丧门又比喻那些运气不好或者令人讨厌的人。

东皇太一

身　　份：亦称泰一、大一、上皇，众神之首，紫宫之神

东皇太一又称泰一，是古代传说中的一位尊贵的天神。屈原的《楚辞·九歌·东皇太一》中称东皇太一为“上皇”，列为众神之首，可见东皇太一是战国时期楚国地区尊奉的最为尊贵的天神。到了汉代，因为汉朝皇帝出生于楚地，所以东皇太一进一步成为当时官方祭祀的最高神灵，地位类似于后世的玉皇大帝。

关于东皇太一的意思，《文选》解释为东方乃五方之首，“东皇”就是最尊贵的地方天神，而“太一”则在《礼记》中解释为混沌元气，万物之始，正如《老子》中所说的万物起源于“大一”，这里的“大”也就是“太”的意思。

此外，东皇太一还有多种身份，历来众说纷纭，莫衷一是。《帝王世纪》《史记索隐》都指太一就是人皇，《文选》则进一步说明东皇太一就是太一，《淮南子》《史记·天官书》则把东皇太一对应北极星，尊为天上的紫宫之神。

太一

身　　份：亦称泰氏、太皇、泰一、泰皇、泰壹氏，汉代时皇室尊奉的最高神仙

太一又称泰氏、太皇、泰一、泰皇、泰壹氏，是汉代时朝廷所敬奉的天帝、至高神。根据《史记》记载，太一原为先秦时期代表宇宙元气与星宿的神祇，到了汉代，就成为皇室尊奉的最高神仙。在汉武帝时，还将祭祀太一的活动定在正月十五日。

此外，在战国末年，楚国诗人屈原的《楚辞》作品中，屡屡出现过东皇太一这一神名，据考据应该是古楚神系的主神，或者纯属艺术创作中的虚构神名。

药王

身　　份：医药之神

主要事迹：生前救死扶伤，身后显灵治病

药王指的是历朝历代在生前凭着医术闻名于世的著名医者，或者对医药的发展做出重要贡献的人物，他们去世后就会被民间供奉为“医药之神”，一般称之为“药王”，例如伏羲、神农（炎帝）、黄帝、扁鹊、孙思邈、韦古道等神话人物或历史真实人物都被称为“药王”。

根据《古今图书集成》记载，在天坛之北有一座药王庙，供奉着伏羲、神农、黄帝，以纪念伏羲、神农当年品尝百草而发明中草药，以及黄帝主持编撰医学著作《黄帝内经》的功绩。

而在《新搜神记·神考》中，则记载在先秦名医扁鹊的坟墓旁边，建有纪念他的药王祠，祠堂前还特意留有几亩空地。每当患病的人前往药王祠拜祭扁鹊时，用珓[①]进行占卜。如果扁鹊显灵，就会指示患者到那几亩地的某个位置取药，患者按照提示在地里挖掘，果然能挖到药物，服用后就痊愈了。

此外，还有《山西通志》记载的神医孙思邈治愈庄武王的病，并被尊为“药王”，当地百姓建庙祭祀，以及南唐沈汾的《续仙传》所载的西域僧人韦古道广施药物，治疗患病百姓，从而被唐玄宗赐予“药王”的尊号等故事，这些记载都讲述了历朝历代、各个仁心仁术的名医救死扶伤的故事。

门神

身　　份：守门镇宅之神，包括成庆、荆轲、神荼、郁垒、秦琼、尉迟敬德、钟馗、天官、关羽、张飞、刘海蟾、张仙等

主要事迹：守护唐太宗不受惊扰（《西游记》中秦琼、尉迟敬德一说）

神　　力：消灾驱邪

门神就是民间传说中守门镇宅之神，最早出于《礼记》中，《山海经》《风俗通义》《重修纬书集成》《三教源流搜神大全》等典籍均有记载，而门神的设定人物也有很多，例如成庆、荆轲、神荼、郁垒、秦琼、尉迟敬德、

① 古代一种专门用于占卜的工具，用蚌壳或木片制成。

钟馗、天官、关羽、张飞、刘海蟾、张仙等历史人物或神话人物都被当作过门神。

在如此之多的门神当中，当以秦琼、尉迟敬德的组合最常见，也最为著名。根据神话小说《西游记》所述，唐太宗在位时，泾河龙王为了跟善于占卜吉凶的袁天罡打赌，就违反玉帝的旨意，错误降雨，结果被玉帝查出，按罪当斩，而负责监斩的就是当时的宰相魏征。龙王急忙托梦给唐太宗，哀求唐太宗拖住魏征，不让魏征前去对他行刑。唐太宗满口答应，便在行刑即将到来之时，召魏征入宫陪他下棋。魏征心知肚明，便在下棋的时候打起了瞌睡，然后在梦中赶赴刑场，将龙王斩首。

龙王死后，魂魄来找唐太宗索命，以斥责他没有信守诺言，结果搅得宫中一片混乱，唐太宗夜不能寐，惶惶不可终日。这时，唐太宗的两位爱将秦琼和尉迟敬德见状，便站在宫门守护他，结果一夜过后，安然无恙。唐太宗非常高兴，就让人画下这两位爱将的画像，贴在宫门，从此宫中就恢复了安宁。

这件事后来传到民间，老百姓争相效仿，将秦琼、尉迟敬德的画像也贴在自家大门上作为门神，以祈求消灾驱邪。

织女

身　　份： 女神，天帝孙女

主要事迹： 与牛郎结为夫妻，鹊桥相会

特　　点： 痴情

织女是神话传说中织女星衍化而来的女神，相传是天帝的孙女，故又称为“天孙”。根据明代朱名世的《牛郎织女传》、清代邹山的《双星图》、越剧《天仙配》等记载，从前有一个姓张的商人的弟弟，由于泼辣而又刻薄的嫂嫂吵着要分家，他只好分出去住，还只分得一头老牛，故而被称为牛郎。

有一天，牛郎牵着老牛耕田回来，路过一片树林时，老牛突然开口说话，自称是金牛星下凡，还教牛郎悄悄走近树林中的一个湖边，待牛郎走到湖边时，只见有几位仙女正在湖中洗澡，而织女就在其中。于是，老牛又教牛郎偷走织女脱下的衣裳，待其他仙女洗完澡离开后，只剩下织女，因为找不到衣裳只得孤零零地待在湖里发愁。牛郎趁此机会就将衣服还给织女，并与她结为夫妻。两人成婚后，生下一儿一女，平时牛郎耕地，织女织布，生活过得其乐融融。

可是后来，织女私自下凡的事被王母娘娘得知后，就派出天兵强行将织女押送回天庭。牛郎在老牛的帮助下，急忙带着儿女前去追赶。眼看就要追近

之时，王母娘娘拔下头上的金簪，在天上划出了一道银河，使织女和牛郎相隔两处。

失去了织女，牛郎伤心地大哭起来，他的哭声感天动地，就连天地间飞翔的喜鹊也深受感动，于是它们聚集在银河上，用自己的身体搭成了一座“鹊桥”，让织女和牛郎踩着“鹊桥”相会。王母娘娘看到这一切，心也有点软了，就允许织女夫妻在每年的七月初七这一天相会。

后来，牛郎和织女相会的日子逐渐演变成七夕节，成为中国古代的情人节。

地仙

身　　份：亦称遍知真人，住在人间的仙人

特　　点：住在人间

地仙指的是住在人间的仙人，也称遍知真人。根据葛洪的《抱朴子·论仙》所述：“上士举形昇虚，谓之天仙；中士游于名山，谓之地仙；下士先死后蜕，谓之尸解仙。”也就是说，地仙位列天仙和尸解仙之间，算是仙人中的“中层阶级”。

巨灵

身　　份：黄河水神，托塔天王的先锋

主要事迹：劈开华山，与孙悟空打斗

兵　　器：宣花板斧

神　　力：劈开华山

巨灵是神话传说中的黄河水神，曾经劈开过华山。根据《搜神记》记载，华山原本是一座完整的山体，黄河水流经这里时，被这座大山所阻，不得不变道而行。有一次，因大雨成灾，黄河水量大增，但因为受到华山的阻碍，导致河水四处泛滥，两岸百姓饱受洪灾侵扰，困苦不堪。黄河水神巨灵见此情景，就将华山劈开两半，一半用手拽着，另一半用脚蹬着，手脚并用之下，硬生生将山体从中掰出一道口子，使黄河水得以顺利地从中流淌过去，水患因此得以平息。

另，据神话小说《西游记》所述，巨灵是天宫一员猛将，为托塔天王的先锋，使用一把宣花板斧，曾经与孙悟空打斗过。

太白金星

身　　份：道教神仙，武神

主要事迹：招安孙悟空，帮助沉香打败二郎神

神　　力：召唤神虎

特　　点：明朝之前为穿着黄色裙子、头戴鸡冠、演奏琵琶的女神，明朝以后为白发苍苍、表情慈祥的男性老人。

太白金星原本指的是金星，后来通过拟人化和神格化的手法成为道教神仙，而阴阳家则认为他是武神，掌管战争之事，主杀伐。甚至还有传说太白金星名叫李长庚，唐代大诗人李白就是其转世。

根据《七曜禳灾法》的描述，太白金星最初的形象是穿着黄色裙子、戴着鸡冠、演奏琵琶的女神，但在明朝以后则变成一位白发苍苍、表情慈祥的男性老人，手持一柄光净柔软的拂尘，仙风道骨。

太白金星时常出现在一些有影响的神化小说中，其中在《西游记》中，太白金星扮演天庭的使者，奉玉皇大帝之命，对当时在花果山称王称霸的孙悟空进行招安；在《广异记》中，太白金星又称“太白山神”，是一位能召唤神虎的老人；在《宝莲灯》中，太白金星又在沉香和二郎神的打斗中，派人助沉香一臂之力，使沉香得以打败二郎神。

天聋地哑

身　　份：天聋、地哑，文昌帝君座下的两名侍童神仙

主要事迹：掌管文人录运簿册和文昌大印

特　　点：能知者不能言，能言者不能知

天聋地哑就是天聋、地哑，是文昌帝君座下的两名侍童神仙。根据《坚瓠八集》记载，因为文昌帝君掌管人间的科举仕途，关系到读书人的富贵贫贱，

所以日常保密问题非常重要，必须让可靠的人来协助，以免天机泄漏。天聋和地哑一个掌管文人录运簿册，一个手持文昌大印，意思就是“能知者不能言，能言者不能知”，如此以来，文昌帝君就能放胆让此二人办事了。

东君

身　　份：日神，司春之神

特　　点：雍容尊贵、威严英武、充满生机

东君最早出自战国时代楚国诗人屈原的《楚辞·九歌·东君》，为日神，即太阳神，全诗用“暾将出兮东方，照吾槛兮扶桑。抚余马兮安驱，夜皎皎兮既明。驾龙辀兮乘雷，载云旗兮委蛇”等恢弘的描写场面，烘托出东君雍容尊贵、威严英武的光明之神的艺术形象。

到了后世，东君逐渐变成民间的司春之神，也成为一名充满生机、深受欢迎的神灵，其中唐代诗人王初的《立春后作》就有云：“东君珂佩响珊珊，青驭多时下九关。方信玉霄千万里，春风犹未到人间。”形象地把东君的美好在诗中展现了出来。

玄武

身　　份：亦称执明神君、玄天上帝、北极玄武大帝、真武大帝、荡魔天尊等，北方主神，水神

主要事迹：降服六魔

兵　　器：天神授予的宝剑（道教传说之净乐国太子）

神　　力：降妖伏魔，掌管水火

特　　点：龟蛇合体（最初形象）

玄武是古代神话中的北方主神，但其最初则是龟蛇合体的形象，其中《文选》就称“龟与蛇交为玄武”，而且《淮南子》还将其与青龙、白虎、朱雀、黄龙一起列为“天官五兽”。

到了汉代，由于道教的兴盛，玄武被神格化为道教的护法神，称“执

明神君”“玄天上帝”，后为四圣之一的“北极玄武大帝”，又称“真武大帝”“荡魔天尊”，为水神之首。根据《历代神仙通鉴》记载，商朝末年，商纣王曾经利用水、火、旱、蝗、瘟、妖等六大魔王残害百姓，玄武大帝奉天帝旨意下凡降魔，六大魔王被打败后，其中旱、蝗、瘟、妖等四魔逃走，而水、火二魔则表示臣服。于是玄武大帝就把他俩化为龟、蛇，并上报天帝，天帝便将龟、蛇分别封神，成为玄武大帝的属神。而《酉阳杂俎》则记载，唐朝太和年间，一名姓朱的道士在游览庐山时，看到山涧的石头上有一条色彩斑斓的大蛇盘在上面，于是他也变成一只大乌龟，人们便将其合称为“玄武”。

另据道教传说，玄武是古代净乐国王的太子，长得高大威猛，他曾经游历东海，遇到一位天神，并被授以宝剑一把，于是他便带着宝剑到武当山进行修炼，经过了四十二年修炼成功，成为威镇北方的“玄武君”。

李元帅

身　　份：神人
主要事迹：斩除巨鳄
兵　　器：金刀
特　　点：性格刚直、力大无穷

李元帅是神话传说中的一位神名，根据《三教搜神大全》记载，李元帅在封神之前是一名海盗，他性格刚直而又力大无穷。有一次，李元帅因为替邻居出头而杀了人，于是逃到了海神庙中，见到五个小鬼正在吃东西。当小鬼们见到李元帅时，竟然高呼：“天神到了！”李元帅奇怪地问：“你们为什么这么说？”小鬼们解释道：“我们其实是神仙，奉神龙的命令，在这里寻找能除掉水怪的人，并送给他一把金刀，你就是我们要找的人。”说着，小鬼们从地窖里取出一把金刀，赠与李元帅后就消失了。

李元帅没有忘记小鬼们托付的任务，有一天他正坐船在海中巡游时，有一只海豚跃出海面。李元帅对着海豚问道：“你就是神仙所说的海怪吧？”说着就操着金刀跳进海里去，如履平地般地冲上前去将海豚劈为两半。

也就在这时，李元帅惊动了海怪，于是海怪窜出海面，霎时间惊涛腾空、浪花四溅，形成黑压压的一片。李元帅定睛一看，只见海怪长着牛鼻象嘴，全身还遍布像刺猬一般的鳞片，身后还有一条九丈长的大尾巴——这分明就是一条大鳄鱼！再看时，这条巨鳄身后还傍有十多条小鳄鱼！李元帅嘀咕了一句：“原来你才是真的海怪呀！”说着，他飞快地躲过巨鳄的攻击，三两下就跳到巨鳄的背部，然后照准巨鳄的心窝，将金刀从其背部直刺下去，巨鳄至此一命呜呼！

巨鳄死后，李元帅继续把剩下的小鳄鱼一一消灭，于是海面上又重新恢复了安宁。到了夜晚，之前所见的神仙们前来感谢李元帅："你的功劳真是无边无际，我们这就要禀告玉帝，让玉帝好好封赏你！"果然过了不久，玉帝就封李元帅为"李先锋"，并委派两名将军辅佐他。

青女

身　　份：本名吴洁，吴刚之妹，霜雪女神

主要事迹：帮助武罗消除人间瘟疫

神　　力：弹琴降霜

青女是神话传说中的霜雪女神，《淮南子·天文训》就提到每年至秋三月，青女就出来降下霜雪。此外，相传青女本名叫吴洁，还是月宫中砍伐桂树的神仙吴刚的妹妹。根据《山海经》记载，青要山女神武罗曾因怜悯人世间瘟疫横行而造成的种种惨象，便来到月宫邀请青女前来驱除瘟疫。青女被武罗的真诚和善心打动，于是答应下来。

两位女神来到人间后，青女站在青要山的最高峰上，手抚一把七弦琴，弹出一首首美妙的天籁之音，而随着琴声的颤动，霜粉雪花纷纷飘然而下，洒在大地上，形成霜冻雪封，很快就掩埋掉世间一切不洁之物，霎时间，所有的邪气污秽、山瘴毒雾都消失了，人们的疾病也渐渐痊愈。

从此以后，每逢一年中的三月十三日、九月十四日，青女都会登上青要山的最高峰，向人间降霜，于是这座山峰也被称为"青女峰"。

金刚力士

身　　份：逐疫之神

神　　力：能驱逐灾难、瘟疫

特　　点：身材高大、威风凛凛

金刚力士是神话传说中能够驱逐瘟疫的神，《河图龙文》记载："天之东

南西北极，有金刚敢死力士，长三千丈。”可见，金刚力士在四极都有，身材惊人的高大，还不怕牺牲，真是扮演着擎天柱的角色。而另据《荆楚岁时记》记载，民间传说金刚力士能驱逐灾难、瘟疫，所以在每年的农历十二月初八日那天，人们戴着面具，扮演金刚力士的形象，击打着细腰鼓，做驱逐瘟疫的动作。

关于金刚力士的形象，根据敦煌藏经洞里的壁画、雕像等文物可以看出，金刚力士大多是身材矫健的高大形象，而且姿势也是怒目圆瞪、张口振臂、紧握双拳，显得威风凛凛、暴躁刚烈、疾恶如仇。

魁星

身　　份：亦称奎星、魁星爷

神　　力：主宰读书人仕途和文章兴衰

魁星又称奎星、魁星爷，根据汉代纬书《孝经援神契》记载，魁星是主宰读书人仕途和文章兴衰的天神，所以在儒士学子心目中，魁星具有至高无上的地位，如果参加科举高中状元，就会被称为“夺魁”，正因为如此，古今许多地方都建有祭祀魁星的魁星楼，常年香火鼎盛。

碧霞元君

身　　份：泰山女神

主要事迹：与东岳大帝共同执掌泰山

神　　力：为众生赐福，消灾祛病

碧霞元君是传说中的泰山女神，在宋真宗时被封为“天仙女碧霞元君”，而在民间则被尊为“泰山老奶奶”或“泰山娘娘”，据说是和东岳大帝共同执掌泰山的主神。

关于碧霞元君的来历，在民间有多种传说。根据《玉女卷》记载，碧霞元君原是善士石守道的女儿，名叫石玉叶，在十四岁时，得到曹仙长的指引，入天空山的黄花洞修炼成仙。而在李谔的《瑶池记》中，碧霞元君是黄帝在建岱岳观时，派遣的七位仕女之一，后来修道成仙。此外，还有晋代张华《博物志》中的东海女神说、明代王世贞《游泰山记》的华山玉女说、《续道藏》的东岳大帝之女说等。

相传碧霞元君能为众生赐福，消灾去病，所以每逢正月十一日，传说中她的生日时，必然会有许多信众对她进行祭祀活动。

皋禖

身　　份：神
地　　点：各大神庙
能　　力：送子

皋禖（gāo yáo）是传说中的送子之神，在不同的时代和地区各有不同，祭祀皋禖多是为了婚姻或者求子。据宋代罗泌的《路史》记载，古代以女娲为皋禖之神祭祀，因为女娲是传说中创造人类的神；《风俗通》中则说，女娲还有红娘的身份；而根据闻一多《高唐神女传说之分析》中的说法，夏朝把女娲当作皋禖之神，商朝则是简狄，周朝为姜嫄，从这一点来看，皋禖似乎是各族的先祖。

灵官

身　　份：护法
作　　用：护卫道观
地　　点：道观大殿及门口

灵官是道教的护法真神，数量很多，有“五百灵官”的说法，据《玄天上帝启圣录》中的说法，玄天上帝在武当山修道时，他的父亲派了五百士兵去山里找他，没想到这些人找到太子之后，也愿意跟着他一起修道，最后玄天上帝得道飞升，这些守卫也成了灵官。当然，这只是一种说法，道教的灵官还有很多，一般在道观的大殿和山门处，用来镇守门户，比较有名的有“王灵官”，也被称为灵官之首，在明代享受国家祭祀，全称“先天首将赤心护道三五火车王天君威灵显化天尊”，现在道观中的灵官一般都是他，形象一般是金甲红

脸，怒目圆睁，手持钢鞭作势欲打。

晋祠圣母

身　　份：女仙
主要事迹：得到能抽出水的马鞭，制造难老泉
特　　点：勤劳能干

晋祠圣母是民间神话传说中的一位女仙，根据《古今图书集成·职方典》记载，相传在山西太原晋祠以北金胜村，住着一位姓柳的姑娘，她嫁到了晋祠所在的古唐村的一户人家。她婚后的日子并不好过，时常遭到婆婆的虐待，命令她干各种繁重的活，就连挑水，也要到很远的地方，而且一天只能往返一次，就要把全家人的生活用水给担回来。

有一天，柳姑娘担水回来时，在半道上遇见一位牵着马的白衣老人，老人看见柳姑娘水桶中的水，就请求道："姑娘，我的马口渴了，请问能给它一点水喝吗？"柳姑娘听了，很爽快地答应了。谁知老人的马大概是渴极了，一口气就把柳姑娘的两桶水都喝光了。这下可急坏了柳姑娘，心想：水没了，如果再赶回去挑，时间可来不及了，可是如果空着水桶回去，肯定会遭到婆婆的一顿责骂，这可怎么办呢?

老人看到柳姑娘为难的模样，微微一笑，说："你是个好心肠的姑娘，我送给你一件宝贝吧！"说着，老人交给柳姑娘一根马鞭，吩咐道："你把它带回去放在水瓮底下，需要用水时，只需往水瓮上抽一鞭，瓮里就会生出水来，以后你就不需要这么辛苦地出来挑水了。"说完，老人就告辞而去。

柳姑娘半信半疑地拿着马鞭回家，照着老人的吩咐去做，果然瓮里源源不断地生出水来，从此以后，柳姑娘就不用出去挑水了。

婆婆看到儿媳妇不出门挑水也有足够的水用，觉得十分可疑，暗地里就叫小姑前去查看，终于发现了水瓮的秘密。于是就在这天，婆婆破例准许柳姑娘回娘家探亲，待柳姑娘离开后，小姑趁机拿起马鞭在水瓮上噼里啪啦地胡乱抽了一顿，谁知水就从瓮里汹涌不断地奔腾出来，止也止不住。

小姑吓得惊恐万状，急忙跑到金胜村找柳姑娘。此刻柳姑娘正在梳头，一听就急忙将未梳好的头发咬在嘴里，拔腿跑回婆家，一屁股坐在水瓮上，水这才得以平缓地从她身下流出。

后来，这个水源就成了著名的难老泉，柳姑娘也被人们尊称为"晋祠圣母"。

2. 仙

上元夫人

身　　份：亦称阿玉，仙女、西王母的小女儿

主要事迹：教汉武帝长生成仙之道，与西王母一起传授二茅君成仙秘籍

神　　力：统领天界十万玉女

上元夫人名叫阿玉，是古代神话中的仙女，传说她还是西王母的小女儿，而根据《汉武帝内传》记载，上元夫人是道君弟子、三天真皇之母，任上元之官，统领着天界里的十万玉女，在女仙中的地位仅次于西王母。

相传上元夫人曾经受西王母之命降临汉宫，教汉武帝长生成仙之道，并指出汉武帝胎性存在暴、淫、奢、酷、贼五大碍，必须破除这五性才能成仙，因此还授予汉武帝《六甲灵飞招真十二事》。

到了汉宣帝在位时，上元夫人又与西王母降临勾曲山金坛之陵华阳天宫，将《三元流珠经》等四部仙书传授给定录君茅因、保命君茅衷，使两位茅君得以长生成仙。

许飞琼

身　　份：西王母的侍女，一说江妃

主要事迹：为汉武帝奏乐，赠郑交甫玉佩

特　　点：长得极为美艳

许飞琼是神话传说中西王母的侍女，长得非常美艳。根据东汉班固的《汉武帝内传》记载，西王母曾经与汉武帝相会，命侍女董双成、石公子、许飞琼等人吹弹各种乐器给汉武帝欣赏。

而另一传说则记载许飞琼就是江妃，曾经与女伴偷偷下界，游览人间。根据《列仙传》中记载，许飞琼与女伴偷下界后，在江汉的岸边尽兴地游览，遇上了书生郑交甫。许飞琼的美貌打动了郑交甫，但更吸引他的，则是许飞琼华

丽的衣裳上的玉佩，这块玉佩上有两颗比鸡蛋还大的明珠，闪耀动人。

郑交甫不知道许飞琼二人是神女，于是对自己的仆人说："我想向她们请求赠我玉佩。"仆人答道："这一带的人都善于言辞，恐怕你得不到玉佩，到头来只会落得个空欢喜。"郑交甫没有听从劝告，便壮着胆子与许飞琼等二女搭话："两位姑娘辛苦啦。"二女回答道："客官您才是辛苦了，我们有什么辛苦的？"郑交甫想卖弄自己的才华，于是唱起了歌："橘子啊柚子啊，我用方竹筐盛着，把它们浮在汉水上，它们将漂流而下。我沿着岸边，采食着一路的芝草。我知道我这样做很唐突，但我实在想请求你们赐给我玉佩。"

两位女子听出了这个书呆子的要求后，也笑着将郑交甫的歌重复了一遍，然后，许飞琼就解下玉佩送给了郑交甫。郑交甫高兴地接过来，把它藏在怀中，可是转身刚走了几十步，再看怀中的玉佩，哪里还有踪影？他急忙回头再去寻找那两位女子，发现也不见了踪影，只落得个空叹息。

闪电娘娘

身　　份：亦称电母、金光圣母、朱佩娘，主掌闪电的女神，雷公的助手

神　　力：主掌闪电

闪电娘娘即电母，又称金光圣母或朱佩娘，是主掌闪电的女神，也是雷公的助手，所以人们通常将此二位神仙合称"雷公电母"。

根据《十驾斋养新录》记载，电母是由电父演化而来的，最初只有雷公电父。后来，人们按照阴阳对立的心理特征，认为打雷闪电的神仙也必须是男女配对才能达到所谓的"阴阳调和"，所以到了宋代，闪电之神就从男性电父摇身一变成了女性的电母，北宋诗人苏轼在《次韵章传道喜雨》中就有"麾驾雷公诃电母"的诗句，另《元史》也记载道："电母旗，画神人为女人形。"由此可见，经过了长时间的演变，电母的形象已经深入人心，并被亲切地尊称为"闪电娘娘"，成为中国民间信仰和道教所尊奉的女神。

平日里，"雷公电母"按照天帝的命令给凡间带来打雷闪电，但据说每当雷公跟闪电娘娘吵架的时候，天上也会雷电交加。可见，神仙也是有凡人般的脾气的！

广成子

身　　份：黄帝的老师，道教始祖，太上老君的化身，剑仙（来自《列子》），元始天尊的第一位弟子（来自《封神演义》）
主要事迹：黄帝问道广成子，参与武王灭纣（来自《封神演义》）
兵　　器：番天印、落魂钟、雌雄剑、扫霞衣、诛仙剑（均来自《封神演义》）
神　　力：活了一千二百多岁，在《封神演义》中为法力无边的仙人
特　　点：精通至道的真谛

广成子是远古黄帝时的仙人，修行于崆峒山的石室中，相传活了一千二百多岁。黄帝闻听广成子的大名后，还亲自去拜访他，向他求教治国之术。根据《神仙传》记载，当时黄帝向广成子求教“至道之要”，结果广成子以他治理的天下混乱不堪、不足以问道为由，着着实实地把他奚落了一番。黄帝回去后，经过反复检讨，三个月后再次拜访广成子，这次请教的话题改为修身养性的“治身之道”，广成子这才告诉他至道的真谛在于以治身为本、治国为末，并授予黄帝《阴阳经》。广成子与黄帝的对话，展现了道家对道的认识及道家特殊的认知方式，并将求道方法落实为具体的修炼之术，这些内容对道家向道教演变和道教修炼之术产生深远影响。

广成子还被尊为道教的始祖，而且还是太上老君的化身，根据《太上老君开天经》记载，在黄帝时期，太上老君下凡为黄帝的老师，自号广成子，教黄帝礼法制度，使天下开始有了君臣父子、尊卑贵贱之别的意识。

此外，在先秦百家书籍《列子》、小说《封神演义》中，广成子又分别以“剑仙”、元始天尊的第一位弟子的身份出现，而在这些文学作品中，广成子都扮演着神通广大、法力无边的重要角色。

赤松子

身　　份：亦称赤诵子，左圣南极南岳真人、左仙太虚真人，炎帝的雨师
主要事迹：服用水玉成仙、教炎帝父女驱病延寿之法
神　　力：入火不烧，随风雨而上下

赤松子又名赤诵子，号左圣南极南岳真人、左仙太虚真人，是神话传说中的远古仙人。根据《列仙传》记载，赤松子是炎帝时的雨师，常常去神仙居

住的昆仑山，住在西王母的石头宫殿里。相传赤松子能跳入火中自焚而安然无恙，随风雨而上下飘动，而且还曾经教炎帝驱除疾病、延年益寿的方法，就连炎帝的小女儿也愿意追随他学习道法，最终也成为一名神仙。

另据《搜神记》记载，赤松子是服用了“水玉”而成仙的，“水玉”就是我们常见的石英，说明在远古时期已经有人利用石英等物质炼丹服用，以达到“成仙”的目的。

宁封子

身　　份：原叫封子，黄帝的陶正，又称龙跷真人、五岳真人

主要事迹：发明陶器，烧制出五色的烟雾，自焚化仙，授予黄帝“龙蹻飞行”之道

神　　力：龙跷飞行

宁封子原叫封子，又称“龙跷真人”，为古代神话传说中的仙人。根据《中国神话人物词典》记载，在远古黄帝时期，因为洪水泛滥，人们都居住在山上的洞穴里，如果要用水就必须到山下去取，所以当时盛水的器皿就以山下的潮湿泥土捏制而成。有一次，封子下山取回水后，偶然从烧烤野兽的火中得到了硬泥，从而发明了制造陶器的方法，于是就被黄帝封为“陶正”，主管陶器制造的工作。

根据《列仙传》记载，封子当上陶正后，有一次正在烧制陶器时，一位仙人路过他身边，就替他掌握火候，只见炉子里烧出了五色的烟雾，封子看得目瞪口呆，于是央求仙人传授这种本领给他，过了许久，仙人才答应下来。封子学到这种本领后，烧制陶器时，也能产生五色的烟雾。

后来，封子为了成仙，便点燃大火自焚，他的形体在大火中随着五色烟雾上下飘浮。大火熄灭之后，人们发现他的灰烬中还有残存的骨头未被烧化，于是就把这些骨头葬在宁北山，所以后人便称他为“宁封子”。

宁封子通过自焚成仙后，栖息于蜀地的青城山（今四川省灌县）的北岩洞中，黄帝曾经前往拜会，问以“龙跷飞行”之道。于是，宁封子就授予他《龙跷经》。黄帝得到真传之后，就能乘坐云龙遨游八极。为了感谢宁封子，黄帝便在青城山筑起祭坛，拜宁封子为“五岳真人”。

洪崖先生

身　　份： 又称洪涯先生、洪先生、青城洞真，黄帝的乐官
主要事迹： 奉黄帝命令创作了十二音律，并铸造了十二乐钟
特　　点： 善于炼丹捣药，常身披纤丽羽毛之衣

洪崖先生又称洪涯先生、洪先生，根据《吕氏春秋·古乐》记载，洪崖先生在远古时代曾任黄帝的乐官，奉黄帝命令创作音律，于是便来到昆仑山脚下，根据凤凰的鸣叫声创作了十二律，并铸造了十二乐钟以和五音，以施英韶。《列仙全传》则称其修道成仙，到了尧舜时期已经有三千多岁了，而时至汉朝仍然能见到他的踪影。

洪崖先生是众仙中地位较高的一位，传说他曾经隐居在豫章的西山（今江西省南昌市西郊）炼丹捣药，练成仙丹服用后，就乘坐鸾凤飞升而去。成仙后，洪崖先生时常与仙人卫叔卿在终南山上下棋消遣，还一起在华山之巅戏游，东汉班固的《西京喊》就称其常身披纤丽羽毛之衣，形象极为洒脱。而洪崖先生之前所隐居的豫章西山，因此被称为“洪崖山”。

关于洪崖先生成仙的故事，还有另一个传说，根据梁朝陶弘景的《真诰》记载，洪崖先生曾居住在四川青城山，自称青城洞真，在服食琅玕树花之后登仙而去。

啸父

身　　份： 仙人
主要事迹： 作火升天
神　　力： 长生不老

啸父是古代传说中的一位仙人，根据《高士传》《列仙传》记载，啸父是冀州人，年轻时在古城营的集市上以补鞋为生，几十年来都没有引起人们的注意。随着岁月的流逝，人们渐渐发现啸父总不见老，数十年来依然青春常驻，于是就有好事者向他索求长生之术，但都被他装聋作哑地回绝了，只有一位姓梁的大妈得到了他的作火法。

后来，啸父在三亮山点燃了十几堆大火，当火光闪烁时，他便随着光升到天空，在与梁大妈告别后，便顺着火势升天而去。这时，闻讯赶来的人们目睹

了这一奇景，纷纷把他当作神奉祀。

师门

身　　份：啸父的弟子，孔甲的龙师
主要事迹：被孔甲杀害却死而复生
神　　力：善于用火，死而复生
特　　点：经常以桃李的花朵为食，会饲养龙

师门是古代传说中的神话人物，相传为仙人啸父的弟子，根据晋代左思的《魏都赋》记载，师门经常以桃李的花朵为食，还能像师傅啸父那样使用火，甚至通过自焚来升天。

而在《列仙传》的记载中，则说师门是夏朝国王孔甲的龙师，也就是饲养龙的师傅。有一次，师门和孔甲在养龙的方法上出现了争吵，弄得孔甲很没有面子，一怒之下，就把师门给杀了，并把他埋在荒郊野外。谁知刚刚埋下师门的尸体不久，天就降下了狂风暴雨，把师门给接走了。风雨停后，附近山野上的林木都起火焚烧起来，直烧得个火光冲天，怎么也无法扑灭。种种异象将孔甲吓得不轻，认为这是师门的灵魂在怪罪他，于是就到师门的墓前祭祀祷告，可还是在返回王宫的途中病死了。

昌容

身　　份：商王之女
主要事迹：乐善好施，修炼成仙
神　　力：容颜不老
特　　点：隔肉见骨

昌容是古代神话传说中的道教仙人，根据《太平广记》记载，昌容原为商朝国王的女儿，抛弃荣华富贵后，来到常山修道。在常山，昌容终日以蓬根为食，吃了两百多年，容颜还像二十多岁的大姑娘一样，而且还能隔着她的皮肉瞧得见她的骨头。当昌容在日光下行走的时候，人们却看不见她有影子。昌容种种神奇的迹象，使常山附近的人都尊奉她为仙人。

昌容平日里乐善好施，根据《列仙传》记载，昌容虽然像仙人那样生活，但却非常关心人民的疾苦，她能弄到非常珍贵的紫草，然后到集市卖给染工，得到钱就施舍给穷人和无钱治病的人。如此一来，人们便更加敬奉昌容了，据说常山附近有一千多户人家愿意供养她。

除了食蓬根，昌容平时还注重养气修身，后来修炼有成，忽然冲天而去。昌容成仙升天后，祭祀她的人数以万计，而且代代相传。

董双成

身　　份：西王母的侍女

主要事迹：修炼成仙，设计降雨

特　　点：手脚勤快，善吹笙，通音律

相传董双成是西王母的侍女，根据《浙江通志》记载，她原本是浙江一名普通的农家女孩，虽然相貌平平，但她天资聪慧、手脚勤快。到了十五岁时，父母要将董双成许配给财主家当媳妇，她死活不从，于是就逃到临湖妙庭观修行。在修行中，董双成在观内炼成仙丹，服用后飞升成仙，并被西王母看中，收为侍女。在西王母身边的众多侍女中，数董双成最能干，而且还善吹笙，通音律，所以深得西王母的喜爱，于是赐名为“双成”。后来，西王母驾临汉宫与汉武帝会面时，还让董双成吹奏玉笙给汉武帝欣赏。

此外，另一传说为董双成的先祖是商朝的史官，商朝灭亡后，董双成的家族定居于西湖湖畔，后来，董双成修炼成仙后，成为王母娘娘的侍女，负责掌管蟠桃园。有一年，江浙一带大旱，农家颗粒无收，饿死者不计其数。董双成在天上看见这种惨景，心急如焚。恰在这时，王母娘娘举行了蟠桃宴会，负责人间降雨的雨师也受邀前来参加，董双成便有意套近乎，却在无意之间撞见雨师正把蟠桃偷偷往袖口里藏。雨师见行径败露，便向董双成求饶，董双成便抓住机会，迫使他降下雨水，舒缓了故乡的灾情。事后，董双成虽然受到了王母娘娘的责罚，但很快又重新受宠，还被王母娘娘任命为视察民间疾苦的仙女。

王子乔

身　　份：亦称太子晋、王子晋、王子乔，东周灵王太子，王姓的始祖。
主要事迹：参与辅政，王子登仙
神　　力：吹笙吸引百鸟起舞，乘坐白鹤登仙
特　　点：喜好吹笙

王子乔（约公元前565年—公元前549年），本名姬晋，字子乔，是东周灵王姬泄心的太子，人称太子晋，世称王子晋或王子乔，是王姓的始祖。根据《逸周书·太子晋解》《国语·周语下》记载，王子乔自幼天资聪颖、温良博学，喜好吹笙。每当他吹奏之时，乐声优美得如同凤凰鸣叫，吸引百鸟聚集过来，随着他的乐声翩翩起舞。

王子乔长到十五岁时，被立为太子，参与辅政。当时，晋平公派名士师旷前往朝见，王子乔和他谈起君子之德、治国之道时，旁征博引，侃侃而谈，令师旷大为叹服。不久，因大雨连绵，导致东周首都洛阳一带的河水泛滥，危及京城。情急之际，周灵王决定采取壅堵办法来治水，王子乔便用“川不可壅”的道理劝谏，并提出用疏导的办法来治水，终使洪水得以平息。

虽然王子乔年纪轻轻就拥有高明的治国手段，但他向往自由，崇尚道家之学，时常游历于伊、洛之间，因此还出现了一个“王子登仙”的传说。根据《列仙传》记载，有一天，天台山的仙人浮丘公降临在王子乔的宫中，将他带往嵩山修炼。多年之后，王子乔的一位好友林良重遇王子乔，王子乔对他说：“请转告我的亲朋好友，七月七日我当升天，可与我在缑氏山相会后再走。”到了那一天，林良带领众多王子乔的故人爬上缑氏山，只见王子乔乘坐白鹤出现在山巅，一边挥手与人们作别，一边冉冉升天而去。

浮丘丈人

身　　份：仙人
主要事迹：装扮成残疾人到人间察看善恶，并施舍财物；带太子晋（王子乔）修炼成仙
神　　力：化豆为金、化草为珊瑚

相传浮丘公是广东南海的仙人，根据清代文人屈大均的《广东新语》记

载，浮丘公在罗浮山得道后，经常往来广州城的西门外，后人便指他游历的地方叫“浮丘”，浮丘的山被称为“浮丘山”，浮丘的石被称为“浮丘石”。如今，“浮丘石”已经与海珠、海印合称“广州三石”。

传说浮丘丈人还与另一位神仙浮丘叔到人间察看善恶，他们装扮成瞎眼的残疾人，平日一同艰难地互相搀扶着上山打柴，并以卖柴度日，引起了附近老百姓的同情，大伙儿便经常施舍一些杂粮给他们。浮丘丈人和浮丘叔得到了老百姓善意的帮助后，便以法力回报。他们背上一袋黄豆，挑上一束禾草，来到这些善良人家的门前。如果向屋内撒一把黄豆，黄豆立即变成金子；如果向屋内塞进一把禾草，禾草立即变成珊瑚。如今广州还有一条“撒金巷”，据说就是因此而来。

另外根据《列仙传》记载，浮丘丈人在周灵王时，还曾带太子晋（王子乔）入嵩山修炼，使太子晋成为一位仙人。

鬼谷先生

身　　份：原名王诩，一作王禅，谋略家、纵横家、兵法家，在道教神话中自号玄微子，被尊为洞府真仙、玄微真人

主要事迹：创建鬼谷门派，培养了苏秦、张仪、孙膑、庞涓、商鞅、毛遂、吕不韦、李牧等众多风云人物

神　　力：能撒豆为兵、斩草为马，具有隐形藏体之术、混天移地之法，而且还能脱胎换骨、超脱生死

特　　点：清心寡欲，常入山静修，深谙自然之规律、天道之奥妙

鬼谷先生原名王诩，一作王禅，在历史上是战国时代楚国著名的谋略家、纵横家、兵法家，因隐居云梦山鬼谷，自称鬼谷先生，故又被人称为鬼谷子、王禅老祖。鬼谷先生创建鬼谷门派，相传战国时代后期的苏秦、张仪、孙膑、庞涓、商鞅、毛遂、吕不韦、李牧等众多风云人物都出自鬼谷先生的门下，年代跨越长达一百多年，就连秦始皇也向他讨求长生不老的方法。按此说法，鬼谷先生真是一位神奇的仙人。

鬼谷先生又是道教的神话人物，自号玄微子，被尊为洞府真仙、玄微真人。据《录异记》记载：“鬼谷先生者，古之真仙也。云姓王氏。自轩辕之代，历于商周，随老君两化流沙，洎周末复还中国。居汉斌鬼谷山。”鬼谷先生能撒豆为兵、斩草为马，具有隐形藏体之术、混天移地之法，而且还能脱胎换骨、超脱生死，这就无怪乎他能够在一百多年间培养出如此多的学生了。

虽然传说中的鬼谷先生培养出如此多纵横天下的学生，但他崇尚道教中的清心寡欲，常入山静修，深谙自然之规律和天道之奥妙。据《太平广记》记载，鬼谷先生“凝神守一，朴而不露，在人间数百岁，后不知所亡”。所以，时至今日，鬼谷先生还是一个极为神秘的人物。

祝鸡翁

身　　份：仙人

主要事迹：养鸡、养鱼、与仙鸟做伴

神　　力：养了上百年鸡，能叫出上千只鸡的名字

特　　点：善于饲养禽类，浪漫潇洒

祝鸡翁是古代神话传说中一位擅长饲养鸡禽的仙人，相传他为洛阳人，居住在尸乡北山的山脚下（今河南省偃师市西）。据汉代刘向《列仙传·祝鸡翁》记载，祝鸡翁养了一百多年的鸡，常年都有一千多只鸡同时饲养，这还不算什么，更神奇的是，他还给每只鸡都起了名字，并且牢牢记在心里。

每天，祝鸡翁都将这些鸡散养在山脚下，让它们自由觅食，到了夜晚，这些鸡就栖息在树上。如果要召唤哪一只鸡，祝鸡翁只需叫这只鸡的名字，鸡就会应声而来。

后来，祝鸡翁大概觉得养鸡养得有点腻烦了，就索性卖掉所有的鸡，得到了上千万钱。他把钱留给家人后，独自跑到了吴国，挖起池塘养起了鱼。养鱼的兴趣没了之后，又跑上了吴山与仙鸟做伴去了。

大概是养了一百多年鸡禽的缘故，祝鸡翁已经善于与禽类相处，所以在吴山上每天都有数百只白鹤和孔雀相伴在他左右，于是他就跟这些仙鸟快快乐乐地玩耍，生活过得可真是有滋有味。如此一位仙风道骨的人物，《列仙传》评价他：“人禽虽殊，道固相关。祝翁傍通，牧鸡寄驩。育鳞道洽，栖鸡树端。物之致化，施而不刊。”

河上公

身　　份：亦称河上丈人、河上真人
主要事迹：为老子的《道德经》作注
神　　力：能飞天，活千余岁

河上公原是齐地琅琊一带的方士，因为在黄河岸边建立草庵居住，所以自称为河上公，亦称河上丈人、河上真人，而原名已经无人知晓。河上公是黄老哲学、道家思想的集大成者，他最主要的贡献是为老子的《道德经》作注。他的《道德真经注》又名《河上公章句》《道德经章句》，为最古老的《道德经》注本，也是现今影响最大、流传最广的《道德经》注解读物。

根据晋代葛洪《神仙传》记载，在西汉初年，汉文帝喜好老子之道，听说河上公精通老子的《道德经》，便亲自驾临河上公的草庵访问。河上公闻知天子来临，却待在草庵内不出来迎接，于是汉文帝派人对他说："普天之下，莫非王土，率土之滨，莫非王臣，你虽然得道，但仍然是朕的臣民，何必自装清高呢？况且，朕还掌握着人的富贵贫贱的命运。"河上公听了，便走出草庵，鼓掌向上一跃，竟然升到了离地一百多尺的半空，然后俯视着汉文帝说："我上不至天，中不累人，下不居地，谁能管得着我？还用得着陛下给我富贵贫贱？"汉文帝大吃一惊，这才知道遇到神人，赶紧走下皇帝的车辇，对着河上公稽首礼拜道："朕不才，得罪了您，还望您多加原谅，朕这次来，只因继承了先君的帝业，时常为治理朝政而忧愁，所以想以《道德经》来治天下，但因为朕太过愚昧，对《道德经》里的教义很多都不理解，所以就来求教先生。"河上公听了，这才授予汉文帝《道德经章句》两卷，并嘱咐道："拿去熟读研究，疑问自会解除，我写这本经书已经一千七百多年了，传了三代，加上儿子就是四代了，所以你要慎重对待这本经书，不要所示非人。"汉文帝跪拜接受之后，但见一团云雾升起，在天地间形成迷蒙的一片，河上公也消失在了云雾之间。此后，汉文帝就用河上公的《道德经章句》来释读《道德经》，将道教作为治国方略，缓解当时的社会矛盾，对西汉初年的稳定起到了一定的作用。

丁令威

身　　份：道教仙人
主要事迹：灵墟山学道，化鹤归乡
神　　力：化为仙鹤

丁令威是道教神话中的仙人，根据《逍遥墟经》《搜神后记》记载，丁令威是西汉辽东郡人，曾学道于灵墟山，成仙后化为仙鹤飞回故里。当仙鹤站在一座华表上时，有一个少年拿着弓箭想把它射下来，于是仙鹤又飞上天空，一边徘徊，一边高声唱道："有鸟有鸟丁令威，去家千岁今来归。城郭如故人民非，何不学仙冢累累！"唱完之后，仙鹤一飞冲天，从此杳无音讯。

丁令威的话语，被认为是用来警喻世人的，于是在后世广为流传。

吴刚

身　　份：月亮上的仙人
主要事迹：因犯错被天帝罚在月宫伐桂树

在古代神话中，吴刚是居住在月亮上的仙人。根据唐代段成式《酉阳杂俎·天咫》的记载，汉朝时，有一个叫吴刚的人，一心想修仙，却在修仙中犯下了大过错，因此天帝龙颜大怒，派人把他拘留在月宫，令他在月宫里用斧头砍伐一棵高达五百丈的桂树，并对他说："如果你砍倒桂树，就能获得自由。"但是，吴刚每砍桂树一斧，斧起之后，桂树上的创伤就会立即自动愈合。就这样日复一日，年复一年，无论吴刚怎么砍，始终都砍不倒这棵桂树，吴刚也就永远留在了月宫。

至于吴刚究竟犯下了什么大错，竟然惹得天帝发这么大的火，给他这么严重的惩罚呢？根据《山海经》记载，当时的天帝是炎帝，他的孙子伯陵趁吴刚离家学道之机，和吴刚的妻子私通，还生了三个儿子，吴刚成仙回家发现之后，一怒之下杀了伯陵，因此惹怒了炎帝。而另有传说吴刚原本是天宫南天门的守将，因为与月宫的嫦娥相好，时常与嫦娥相会，结果因疏于职守而被玉皇大帝惩罚。

张道陵

身　　份：原名张陵，字辅汉，正一盟威道创始人，也是道教第一代天师
主要事迹：平定巴蜀巫教，创立正一盟威道（五斗米教）

张道陵（34—156年），原名张陵，字辅汉，东汉时期的沛国丰（今江苏省徐州市丰县）人，正一盟威道创始人，也是道教第一代天师。根据《汉天师世家》记载，张道陵原本是太学书生，自幼聪明好学，博览五经，还深谙黄老之道，可是他并没有满足，曾经叹息道："这些书都无法解决生死的问题啊！"为了实现自己的理想，于是弃儒改学长生之道。

到了二十五岁时，张道陵被朝廷任命为巴郡江州（今属重庆市）县令。不久又辞官隐居于北邙山修道，后得到黄帝的《九鼎丹经》，转而修炼于繁阳山，很快就成为闻名天下的隐士。朝廷听闻张道陵的名气，数次召他出来做官，但都被他婉拒了。

为了避开京都近郊的俗务嘈杂和官员骚扰，张道陵决心云游名山大川、访道求仙。他先是南游淮河，居桐柏太平山，后与弟子们一起渡江南下，在江西贵溪县的龙虎山住了下来。到了六十多岁时，张道陵又听说蜀地人民朴素纯厚，易于教化，且多名山，便带领弟子入蜀，于鹤鸣山隐居修道。

可当张道陵在蜀地扎根之后，却发现巴蜀一带的原住民巴人信奉原始巫教，但大规模的淫祀却时常残害人民，而这些祀奉巫教中的妖魔鬼怪的巫师还聚众敛财、无恶不作。于是，张道陵率领弟子们平定了那些祸害百姓的巫妖之教。也正是在这一时期，张道陵宣传太上老君降临蜀地，传授他的《太平洞极经》《正一盟威二十四品法箓》、三五都功玉印、雌雄斩邪剑等经书、法器。因此，张道陵创立了正一盟威道，简称正一道，因为规定凡是入道者必须交纳五斗米，所以又被称为"五斗米教"。张道陵自称"正一天师""三天法师正一真人"，并将搜集到的秘文巫典编纂成道书二十四篇。

到了汉桓帝时，张道陵在四川苍溪县境的灵台山（又名天柱山）飞升，相传时年一百二十三岁，他所创立的正一道也由其子孙世袭相传下去，成为以老子为教主，以追求长生不死和成仙为最高境界的一种道教组织。

罗公远

身　　份： 又名思远，唐代道士

主要事迹： 陪伴唐玄宗游月宫，劝阻唐玄宗修炼法术，著《真龙虎九仙经注》

神　　力： 通晓通天之法、隐遁之术，并能死而复生

罗公远（618—758年），又名思远，鄂州唐年（今湖北省通城县）人，是唐代的道士，入道之初曾经修炼于唐年九宫山。根据《太平广记》记载，罗公远小时候并不聪明，可自从修炼数年之后，就有了特殊的本领，而且还会施展许多法术。唐玄宗听闻罗公远的奇事后，便把他召到身边服侍。

根据《神仙感遇传》记载，有一年的八月十五夜，唐玄宗正在宫中赏月的时候，罗公远问他："陛下您想不想到月宫中去看一看呢？"唐玄宗一听，求之不得，赶紧催促罗公远作法，于是罗公远拿起一根手杖，向空中抛去，只见手杖立马变成一座通往月宫的彩色大桥。罗公远与唐玄宗一块儿登上大桥，大约走了几十里，感到精光耀眼、寒气侵人，就来到一座大城下。罗公远说："这就是月宫。"唐玄宗放眼望去，只见有几百位身穿白绢宽袖衣服的仙女在广庭中随着悦耳的乐曲翩翩起舞，便问道："这是什么乐曲？"罗公远回答："是《霓裳羽衣曲》。"深谙乐律的唐玄宗于是暗中记下那乐曲的声调，从月宫回来后就召来乐官，按照他记下来的声调谱成了《霓裳羽衣曲》。

过了一段时间，唐玄宗想学隐遁之术，罗公远便劝阻道："陛下您是万乘之尊、富有四海，应该学的是唐尧虞舜的无为而治，继承汉代文帝景帝的俭节作风，以此来保国安民，怎么可以轻率地去学循蹈小术呢？"但唐玄宗执意要学，罗公远劝阻不过，便只好教他。可是唐玄宗怎么学都学不会，便认为是罗公远故意为之，一怒之下，就把罗公远杀了，并把他的尸体埋在宫中。可是，一个多月后，有官员奏报在蜀地见到过罗公远，唐玄宗听了大惊失色，扒开埋葬罗公远的地方一看，哪里还有他的尸身。

罗公远逃到了蜀地后，常往来青城、罗川等道教名山之间，其著有《真龙虎九仙经注》（一名《天真皇人九仙经》）一卷行于世，并被收入《道藏》洞真部方法类。

张天翁

身　　份：原名张坚，为天上最高神天翁
主要事迹：取代刘天翁

张天翁，原名张坚，字刺碣，渔阳人。根据《列仙全传》记载，张坚从小放荡不羁，没有人管得了他，他迷上了修炼之道，渐渐地修炼得道。后来，张坚得到了一只白雀，觉得非常喜爱，便把它加倍爱护地养起来，白雀也因此对张坚产生了感情。

根据《酉阳杂俎》记载，当时天上的最高神姓刘，所以叫作“刘天翁”。一天，刘天翁梦见张坚篡夺了他的位置，于是怀疑张坚会对他不利，便想将张坚杀掉。在白雀的帮助下，张坚严阵以待，不但化解了刘天翁一次又一次的侵害，还趁刘天翁下凡时不备，偷偷骑着刘天翁的龙车直奔天宫，刘天翁发觉后，乘坐另外的龙车追赶，但还是让张坚抢先一步到达天门，并派人把天门给堵住。刘天翁因此失去了天翁的位置，无奈之下，只好“徘徊五岳作灾”。

斗倒了刘天翁后，张坚顶替他成为“张天翁”，为了报答白雀，张天翁封它为上卿侯，而对于失势的刘天翁，张天翁也并没有让他太过难堪，便封他为太山守，主生死之籍。

陈抟

身　　份：字图南，自号扶摇子，被官方赐予白云先生、希夷先生的称号
主要事迹：修炼黄老之学与养生术，著有《指玄篇》等多部相关著作，并受到后周世宗、北宋太宗的召见

陈抟（tuán）（871—989年），字图南，自号扶摇子，亳州真源（今河南省鹿邑县，一说在今安徽省亳州市），是五代宋初的著名道士。根据《宋史·隐逸传》记载，陈抟早年屡试不第，此后便无意功名，转而尊奉黄老之学。陈抟先隐居在武当山九室岩修道，服气辟谷，每日只是饮酒数杯。二十多年后，陈抟移居华山云台观，后又移居少华山石洞中，潜心学习养生之术，在修炼当中，时常是一睡而百日不醒。

后周世宗在位年间，由于周世宗喜好点化金银的法术，于是便召见陈抟进行询问。陈抟直戳了当地劝谏道：“陛下为四海之主，应当以致力治国为念，

怎么能沉溺于黄白方术呢？”周世宗听了并不责怪他，还想授予他谏议大夫的官职，但陈抟坚决不受，于是周世宗便放他回去，并赐号“白云先生”。到了北宋太宗在位期间，陈抟又受到宋太宗的召见，被赐予“希夷先生”的称号。

端拱初年（988年），陈抟忽然对弟子贾德升说：“你可以在张超谷凿石为室，我将要在那里休息。”端拱二年（989年）七月，陈抟仙逝于华山张超谷，享年一百一十八岁。当时据传有五种颜色的彩云掩盖堵塞洞口，经月不散。他一生著有《胎息诀》《指玄篇》《麻衣道者正易心法注》《易龙图序》《太极阴阳说》《太极图》《先天方圆图》等，将黄老之学兼容周易，系统地构筑起人物生成及修炼还元的理论体系，并涉及养生方面，在发展道教学说与养生学上做出了贡献。

刘海蟾

身　　份： 原名刘操，字宗成，又字昭远，号海蟾子，八仙之一、九路财神之一、全真派道教北五祖之一

主要事迹： 弃官修仙

刘海蟾，原名刘操，字宗成，又字昭远，号海蟾子。五代时期的燕山（今北京市）人，是中国民间信奉的准财神，也是九路财神之一、全真派道教北五祖之一。

根据清朝俞樾的《茶香室三钞》记载，刘操早年曾经在燕王刘守光的手下做官，深受刘守光的器重，官至丞相，他崇尚黄老之道，平时特别喜好谈玄论道，所以与道士交往甚密。有一天，一位道士来访，刘操接见后，便问道士的尊姓大名。道士没有回答，只是向他索要十枚鸡蛋和十枚铜钱，然后将每一枚铜钱间隔一枚鸡蛋，层层叠叠地垒起来，成了一个高高的、摇摇欲坠的“钱蛋塔”。刘操惊得大气不敢出，叹道：“真危险啊！”道士听了，瞟了他一眼道：“还有更危险的呢！”刘操忙问：“那是什么？”道士答道：“你的身家性命啊！”说着，道士就把鸡蛋和铜钱扔在地上，哈哈大笑而去。刘操送走道士后，反复思量之下，毅然辞官归隐。不久，燕王刘守光果然起兵造反，很快就被朝廷镇压下去，而刘操则躲过了一劫。

刘操归隐后，与道士重逢，方才知道他是仙人钟离权，钟离权便收他为徒，并授他成仙的口诀。后来，刘操又遇到了仙人吕洞宾，得到了他传授的秘法，最终得道成仙，自号海蟾子，民间因此俗称其为刘海蟾。从此以后，刘海蟾就以钟离权、吕洞宾二位仙人为师，追随他们浪迹天涯海角。

成武丁

身　　份：亦称成仙公，地仙

主要事迹：服药成仙

神　　力：通晓鸟兽的语言，用酒隔空灭火，死而复生

特　　点：天性聪慧、无师自通

成武丁是五代时期的桂阳郡临武县人，根据《三洞群仙录》记载，成武丁自幼天性聪慧，学习起来时常是无师自通，到了十三岁时，就被安排在县衙里当上了一名小吏。

有一次，上级派成武丁到京城出差，当他回来途径长沙郡时，在野外一棵大树下歇息，半夜突然听到树上有人说："到长沙买药去。"到了早晨，成武丁抬头一看，见树上只有两只白鹤，心里越加感到奇怪，在好奇心的驱使下，成武丁就到长沙街上去了。

在街上，成武丁看见两个人打着白伞一起走，突然联想起树上的两只白鹤，于是就请这两个人喝酒，并说道："我觉得你们应该是得道之人，所以想向你们买药。"两人听了，便拿出两枚药丸让成武丁服用，然后说道："你现在已经变成地仙了，能听得懂所有鸟兽的语言。"

成武丁回去后，不久就到州府当文学主簿。有一次，成武丁听见一群麻雀在叫，听着听着就笑了起来，旁人问他笑什么，他说："东街有辆车翻了，车上的米洒了一地，麻雀们互相招呼要到那里去吃米呢！"大伙儿不信，结果到东街一看，还真像成武丁说的那样。

元宵节这天，官员们聚会宴饮，酒宴正进行到一半时，成武丁忽然含着一口酒向东南方向喷去。满座人正要责怪他时，他解释道："临武县城失火了，我喷酒是为了救火。"大家听了都嘲笑他，到了第二天，临武县来报："昨日县府举办宴会时突然起了大火，幸亏西北方向飘来了一场大雨，才将大火熄灭，但雨水中却散发着阵阵酒气。"大家听了，都惊得目瞪口呆，这才知道成武丁不是凡人。

后来成武丁告病回家，几天后就死了。谁知成武丁刚刚下葬，有个朋友刚从外地回来，说在武昌岗上遇见成武丁骑着白骡子往西走，还跟他交谈了一会儿。家人听了，急忙打开棺材，发现里面只有一支七尺多长的青竹，这才知道成武丁脱离肉身升仙了。于是，人们尊成武丁为"成仙公"，并把他骑骡走过的武昌岗改名为骡岗。

李铁拐

身　　份：亦称铁拐李、李玄、李凝阳、李洪水、李孔目，八仙之一，药王
主要事迹：师从老子，肉身被毁
神　　力：精通药理
特　　点：脸色黝黑、头发蓬松、头戴金箍、胡须杂乱、眼睛圆瞪、瘸腿、拄拐

李铁拐又称铁拐李、李玄、李凝阳、李洪水、李孔目，是八仙之一，并位居八仙之首，此外也是道教神话人物。

李铁拐的事迹最早来自元代岳百川的杂剧《吕洞宾度铁拐李岳》，在这部杂剧里，李铁拐是以吕洞宾弟子的身份出现的。但是到了明代，随着李铁拐的传说故事越来越多，他也逐渐成为八仙中年代最久远、资历最深厚的一位。

根据《历代神仙通鉴》记载，李铁拐原本是一位文质彬彬、身材魁梧的英俊青年，名叫李玄，因为官运不济，使他郁郁不得志，于是就看破红尘，离家出走，拜老子为师，专攻修炼之术。后来，李玄学有所成，还收了一名叫杨子的徒弟。

有一次，老子邀请李玄一起出外神游，所谓的神游，就是神魂脱离肉体而去，游玩回来再返回肉体。李玄吩咐杨子看好自己的肉体，如果过了七天还不见他的神魂归来，就证明他已经位列仙班，到时再将肉身焚化。嘱咐完后，李玄这才神魂出窍，前去与老子相会。

李玄神魂离开后，杨子谨遵师命，尽职尽责地看护好师父的肉体。可是到了第六天晚上，杨子的哥哥赶来告知母亲病危，让他赶紧回家。孝顺的杨子不禁犹豫万分，一直熬到了第七天的中午，见李玄还未回来，便认为师父一定是成仙而去，就与哥哥一起将李玄的肉身给火化了，然后赶回家中探望母亲。

谁知杨子兄弟俩前脚刚走，李玄就回来了，他一看自己的肉身已经被火化了，只剩下一堆焦土，不禁叹息不已。失去了肉身，李玄的神魂只能四处游荡，无依无靠，后来他看到路边有一具饿殍的遗体，这才勉强依附进去。从此以后，李玄就变成一副脸色黝黑、头发蓬松、头戴金箍、胡须杂乱、眼睛圆瞪、瘸腿并拄着一根铁制拐杖的形象，并被称为李铁拐。

相传，李铁拐还精于药理，治病救人，恩泽乡里，普度众生，深得百姓拥戴，被封为“药王”。

钟离权

身　　份：姓钟离，名权，字云房，一字寂道，号正阳子，又号和谷子、云房先生，八仙之一

主要事迹：跟东华先生学道，收吕洞宾为徒

特　　点：一脸福相

钟离权，姓钟离，名权，字云房，一字寂道，号正阳子，又号和谷子、云房先生，是八仙之一，也是道教神话人物。根据《列仙全传》《正统道藏·逍遥虚经》等记载，钟离权是东汉、魏晋时期人物，父亲是列侯，在云中当官。

相传钟离权一出生就像三岁小孩那样大，而且长得一脸的福相。长大后，钟离权当上了一名大将军，但在讨伐羌人的时候，中了敌军的埋伏，结果一败涂地，他本人落荒而逃，并在深山密林中迷失了方向。

正当钟离权彷徨无助之际，有一个“蓬头拂额，体挂草结之衣”的胡僧出现在他面前，带领他走了几里路，来到一座庄园前。胡僧对钟离权说：“这是东华先生得道成仙的地方，将军可以在这里歇息。”说完，就告辞而去。

钟离权不敢惊动庄园的人，就这样呆呆地站在门外，过了一会儿，看见一位老人披着白鹿裘、扶着青藜杖走出来，打开庄门对他高声问道：“来者不就是汉大将军钟离权吗？你为何不寄宿在山僧这里呢？”

钟离权一听，知道自己所遇到的就是东华先生，就赶紧跪下请求东华先生指点迷津。东华先生见钟离权态度诚恳，便把长生真诀、金丹火候、青龙剑法等法术传授给他。等到钟离权学成后，告辞出门，回头再看庄园时，却发现什么也见不到了。后来，钟离权云游到山东邹城，在崆峒山得到玉匣秘诀，然后成仙而去。

另相传钟离权曾经遇到了考场失意的吕洞宾，并在他的梦境里让他感受到世间的荣辱沉浮，使他大彻大悟，并在试探他的人品后，收他为徒，使他也成为八仙之一。

张果老

身　　份：原名张果，号通玄先生，八仙之一
主要事迹：著作炼丹书籍，受武则天和唐玄宗召见
特　　点：骑着白色的毛驴

张果老，原名张果，号通玄先生，是八仙之一，也是道教神话人物。根据《三才图会·人物》《独异记》等记载，张果老是唐朝时人，但又自称是远古尧时的人，如果按此说法，到唐朝时已经活了三千多岁了。

相传张果老隐居在恒州中条山，时常往来于晋阳和汾州之间，他骑着一头白色的毛驴，据说能日行数万里。更神奇的是，张果老如果不需要毛驴的时候，还可以把它折叠起来，放置在随身所带的箱子里，到了再需要毛驴时，只需取出折叠的毛驴，用水喂它，毛驴就会恢复原形。

张果老还是一位炼丹高手，他著有《神仙得道灵药经》《丹砂诀》《玉洞大神丹砂真要诀》等与炼丹有关的书籍。因此，他曾经受到武则天和唐玄宗的召见，并当场演出种种法术，使这两位皇帝大开眼界，并被授以“银青光禄大夫”，赐号通玄先生。后来张果老以“年老多病”为由，又回到中条山隐居去了。

相传到了北宋时期，张果老应李铁拐之邀，在石笋山列入八仙。

蓝采和

身　　份：或名许杰，一作许坚，字伯通，八仙之一
主要事迹：被钟离权引渡成仙
神　　力：夏服絮衫，冬卧冰雪
特　　点：放荡不羁，身穿破旧蓝衫

蓝采和的真实姓名不详，或名许杰，一作许坚，字伯通，是八仙之一，也是道教神话人物。根据《续仙传》《南唐书》《确潜类书》等记载，蓝采和是唐代时人，在淮南道濠州钟离得道成仙。又相传蓝采和原来是一名官员，有一次失职后被上司打了四十大板，心灰意冷之下，被钟离权引渡成仙。

相传蓝采和具有“夏服絮衫，冬卧冰雪”的本领，他放荡不羁，时常身穿破旧的蓝衫，在喝得醉醺醺的时候，手持大拍板，在濠州城的街头上放声高歌，后来在酒楼里听见空中传来笙箫之音，就忽然升空而去。

何仙姑

身　　份：原名何琼，八仙之一
主要事迹：采食云母，偷学李铁拐和蓝采和的法术
特　　点：聪明好学

何仙姑是八仙之一，也是八仙中唯一的女性，关于她的来历，众说纷纭。根据《历代神仙通鉴》记载，何仙姑是唐代初期的人物，原名何琼，在她十三岁的时候，曾经进山采茶，不知不觉就迷失了方向。正在着急之间，突然看到一座山峰下坐着一位道士，于是何琼向他请教，道士先拿出一只桃子给她吃下之后，再指明了归路。

何琼回家之后，感觉吃了道士的桃子，一连几天都不觉得饥饿，而且精力还比以前更加旺盛了。好奇之下，何琼在一个月后又去找这位道士，这一次，道士就教她服食云母。何琼按照道士的话，每天都到云母山采食云母，渐渐就感觉到自己身轻如燕，能够行走如飞。此外，她还学会了辨识和采摘山中的各种仙草灵药，为附近的百姓治疗各种疾病，而且能未卜先知、预测人事，因此乡亲们都称她为“何仙姑”。

有一天，何仙姑照常在云母山采药时，远远望见一名穿着破衣烂衫的瘸腿老汉和一名穿着蓝布衣衫的青年在说话，并做出一些奇怪的姿势。何仙姑便偷偷地近前窥探，只见老汉和青年口中念念有词，不一会儿，竟然腾空而去。何仙姑的记忆力很强，刚才她已经偷听到了老汉和青年的口诀，于是模仿着他们的姿势念一遍，没想到居然也能够像他们一样飞升起来。于是何仙姑每天都在深山修炼，渐渐地法术越来越高明。

后来，何仙姑重与老汉和青年相见，这才得知他们就是得道成仙的李铁拐和蓝采和，并应李铁拐之邀在石笋山成为八仙之一。

吕洞宾

身　　份：名嵒（一作岩），字洞宾，号纯阳子，八仙之一
主要事迹：梦中感悟，修炼
神　　力：为百姓治病解难，除害灭妖
特　　点：幽默潇洒、酒色财气俱全

吕洞宾，名嵒（一作岩），字洞宾，号纯阳子，是八仙之一，也是道教

神话人物。根据《列仙传》记载，吕洞宾生于唐朝中后期，还在襁褓的时候，就被仙人马祖称赞骨相不凡，将来必定是个得道高人。长大后，吕洞宾两次考取功名都没有及第，失落之间在京城长安的酒楼里遇到一个自称是云房先生的人，吕洞宾跟他共饮，喝醉后就在酒楼里昏昏睡去。

朦胧之中，吕洞宾见到自己重新上京赴考，一举夺得状元，然后官运亨通，还娶了富家女子为妻，生下了孩子，又看着孩子长大，成家立业。而与此同时，自己在当了四十年大官后，终于升上宰相的位置，一时间位极人臣。可是十年之后，自己触犯了天子，被降以重罪，紧接着被抄家，跟妻子儿女分离，最后自己孤零零一人被流放到了偏远的岭表地区，落了个空叹息。

就在这时，吕洞宾突然惊醒过来，这才知道刚才一直都是在做梦。而云房先生则在一旁笑眯眯地对他说："你刚才的那场梦，历经了世间沉浮荣辱，五十年发生的事就是这么一瞬间，正所谓得到的不足喜，失去的不足悲，大觉大悟之后，才知道人的一生不过是一场梦而已。"

吕洞宾听了，再回想之前那场梦，不禁感触颇深，于是就一心一意跟着云房先生修道。学成之后，出山为百姓治病解难、除害灭妖。他性格幽默，还酒色财气俱全，一直潇潇洒洒地在江湖中闯荡下去。

而云房先生，就是八仙之一的钟离权。

韩湘子

身　　份：字清夫，八仙之一

主要事迹：预言韩愈遭贬

神　　力：未卜先知，能预测未来之事

特　　点：放荡不羁，擅吹洞箫

韩湘子，字清夫，是八仙之一，也是道教神话人物，相传他曾拜吕洞宾为师学道，后来又到了终南山修道，最终得成正果。

根据《神仙列传》记载，韩湘子是唐代大文学家韩愈的侄孙，他放荡不羁，擅吹洞箫，平时不好好读书，只知道饮酒作乐，所以韩愈很讨厌这个亲戚。有一次，韩愈生日时，韩湘子在场写下了"云横秦岭家何在？雪拥蓝关马不前"这句诗，韩愈问："这是什么意思？"韩湘子答道："天机不可泄漏，日后自会应验。"后来，韩愈因为反对唐宪宗迎佛骨，被贬官至潮州，途中他在一个叫蓝关的地方遇上大雪，这才领悟到韩湘子诗句的意思。

另根据《韩湘子全传》记载，韩湘子原本是汉代丞相安抚之女灵灵，当时

的皇帝想将她许配给皇侄，但安抚坚决不同意，于是皇帝大怒，将安抚罢官发配到边远地方充军，而灵灵也因此郁郁而终。灵灵死后，投胎成为一只白鹤，这只白鹤又经过八仙的钟离权、吕洞宾的点化，又投胎成为昌黎县韩老成的儿子，也就是韩愈侄儿之子。韩湘子自幼父母双亡，由叔祖韩愈抚养，谁知等到他长大之后，不追求功名，而是喜欢修行之术，并得到钟离权、吕洞宾传授的法术，韩愈非常失望，就严厉地教训他。于是韩湘子逃到终南山修道，后来得成正果。

曹国舅

身　　份：亦称曹佾、曹景休，八仙之一
主要事迹：弃官修道，受钟离权和吕洞宾指点成仙
特　　点：不恋富贵，喜好修行

曹国舅，名叫曹佾、曹景休，是八仙之一，也是八仙中得道最晚的一位，此外也是道教神话人物。根据《列仙全传》记载，曹国舅是宋代曹皇后的弟弟，而且还是北宋开国功臣曹彬之孙，虽然出生在富贵人家，但他却喜好修行。后来曹国舅看到自己的弟弟作恶多端，甚至杀人犯法，于是深以为耻，便干脆将家财散发给穷苦人家，然后出家隐居修道去了。

相传曹国舅在修炼时，遇到两位仙人来访，问他："听说你正在修养，那么请问你养的是什么？"曹国舅答道："我养的是道。"仙人又问道："道在哪里呢？"曹国舅指着天答道："道在天。"仙人又问："那么天在哪里？"曹国舅这次没有说话，只是用手指了指自己的心。两位仙人这才满意地笑着说："心即天，天即道，看来你已经洞悟道之真义了。"说着，就授予曹国舅《还真秘旨》，令他精心修炼，不多久，曹国舅就成仙了。

后来，曹国舅才知道这两位仙人就是八仙中的钟离权和吕洞宾，靠着他们的指点，曹国舅也成为八仙之一。

1. 异人

龙威丈人

身　　份：神话人物

主要事迹：找到《灵宝玉符》献给吴王阖闾

龙威丈人是传说中一位有法术的神话人物。根据《吴越春秋》记载，大禹治水的时候，在牧德山遇到一位神人，神人对他说：“你为了治水，殚精竭虑，搞不好就要弄垮自己的身子，我这里有一本《灵宝玉符》，可以驱使蛟龙水豹，就借给你，助你一臂之力吧。”大禹接过神书后，神人又嘱咐道：“等你大功告成后，就把书藏在有灵气的山中。”后来大禹治水成功后，就把《灵宝玉符》藏在洞庭湖边苞山的洞穴里。

转眼到了春秋末年，龙威丈人在游历苞山的时候，找到了这本《灵宝玉符》，于是拿去献给吴王阖闾，吴王阖闾和他的臣子们都不认识这本书，便去请教孔子，这才得知是当年大禹治水留下的神书。于是，吴王阖闾就对找到神书的龙威丈人以礼相待。

杜宇

身　　份：亦称望帝，古蜀国开国国王

主要事迹：参与武王伐纣，建立古蜀国，让位化鸟

杜宇是传说中的古蜀国开国国王，也是古蜀人祭祀中的祖先神。根据《蜀王本纪》记载，杜宇曾经参加过武王伐纣的战争，后来在蜀地称王，建立古蜀国，自号“望帝”。

相传杜宇晚年时，古蜀国遭受了特大洪水袭击，人民流离失所，不得安生，杜宇任命丞相鳖灵治水。鳖灵通过察地形、测水势，决定采取疏导的方法治水，于是从玉山上掘开一个口子，把洪水排了出去，以此平息了水患。

鳖灵治水成功后，杜宇就把王位让给了他，自己跑到西山隐居去了。相传杜宇死后化为杜鹃鸟，在每年春天到来的时候，蜀人听到杜鹃鸟的鸣叫声，就感叹道：“这是我们望帝的魂魄在叫啊！”

鲁班

身　　份：姬姓，公输氏，字依智，名班，又称公输盘、公输般、班输、公输子、鲁盘、鲁般，春秋末期鲁国的能工巧匠，木工、瓦工、石工等建筑工匠的祖师和保护神

主要事迹：发明创造出许多工具及器械，显灵指点建筑明代皇宫，写就《鲁班书》

鲁班，姬姓，公输氏，字依智，名班，又称公输盘、公输般、班输、公输子、鲁盘、鲁般，是春秋末期鲁国的一位能工巧匠，而在神话传说中，鲁班又是木工、瓦工、石工等建筑工匠的祖师和保护神。

根据《鲁班经》记载，鲁班对各种建筑及其工具样样精通，并有重大的发明创造，除了发明曲尺、墨斗、刨子、钻子、锯子、石磨等建筑和日用工具之外，还热衷于研究战争器械，先后发明了云梯、战船、钩强等作战工具。

因为鲁班的手艺高超，他的故事也越传越神奇。例如：他刻的石龟能夏天入海，冬天上山；在渭水呼唤出神仙跟他相见，在交谈时，用脚在沙地上画出神仙的画像；制造出木鸢，能够在天空飞上整整三天都不会落下，便时常乘着它往来于各地。到了明朝初年，明成祖朱棣下令在北京修筑宫殿时，传说工匠们还得到了鲁班显灵指示，所以在宫殿落成之后，大伙儿就建起鲁班庙进行拜祭。

相传鲁班还写了一本关于土木建筑类的奇书，名为《鲁班书》，此书分为三部分，据说如果要学习书上的内容，就要在学之前“缺一门”，也就是在鳏、寡、孤、独、残任选一样来注定自己的命运，否则就不能学成，正因如此，《鲁班书》又称为《缺一门》。

任公子

身　　份：庄子著作中的人物
主要事迹：钓出大鱼
神　　力：以五十头牛作鱼饵
特　　点：志气远大

任公子是庄子的著作中、一篇寓言故事里的一位善于捕鱼的人物，根据《庄子·杂篇·外物》中所述，任公子做了一个大鱼钩，系上粗大的黑绳子，并用五十头牛作为鱼饵，然后蹲在会稽山上，把钓竿投向东海，每天就这样钓鱼，可是整整一年都没有一条鱼上钩。

后来，终于有一条大鱼上钩了，它吞下了这个硕大的“牛肉鱼饵”，然后牵着巨大的钓钩，急速沉没海底，又迅急地扬起脊背腾身而起，掀起山那般高的白浪，海水因此而剧烈震荡，大鱼挣扎时发出的吼声犹如鬼神，震惊千里之外。

任公子最后费了很大的劲儿，才把这条大鱼钓上来，并将它的肉分割制成鱼干，从浙江以东一直铺到苍梧以北，所有人都能吃上这条鱼。

庄子通过这篇寓言故事来表达“拥有大志才能取得大成就”的道理，后来人们就常用“任公子”来代指那些具有远大理想、胸怀大志的人物。

海若

身　　份：北海海神
主要事迹：让河伯见识到自己的地盘广阔

海若是古代神话传说中北海的海神。根据《庄子·秋水》记载，当秋水到来的时候，河水得到了许多支流的汇合，导致水位暴涨，于是河伯喜滋滋的，认为天下的一切美好东西都为他所有了。后来河伯顺着河水向东而行，到达了北海，只见茫茫北海无边无际，这才感到自己的渺小，于是对着北海海神海若感叹起来。

另《楚辞·远游》也有“海若舞冯夷”这一诗句，讲的就是海若和河伯冯夷的故事。

愚公

身　　份：神话人物
主要事迹：移山
特　　点：毅力顽强、不怕困难

愚公是中国神话传说中的人物，根据《列子·汤问》记载，愚公是一位年近九十的老人，他见家门前有太行、王屋两座大山挡住去路，平时进出都要绕很大的一段路，觉得很不方便，便想把这两座山移开，于是就动员全家男女老幼齐上阵，拿起开山工具就热火朝天地干了起来。

有一个名叫智叟的人见了，嘲笑愚公道：“你真是自不量力啊，凭着你风烛残年的余力，怎么能够挖平这么大的两座山呢？”

愚公听了，态度坚决地答道：“如果我今生挖不平，还有我的儿子呢，儿子后面还有孙子，子子孙孙一代一代地传下去，一代一代不停地挖山，而山又不能长高，我相信终有一天会把它挖平的！”

智叟听了，只好面带惭愧地离开了。

后来，愚公移山的事让天帝知道了，他非常敬佩愚公顽强的毅力和坚韧不拔的精神，于是就命神仙夸娥氏的两个儿子，一人背起一座山，帮助愚公把山移开了。

愚公移山的故事流传下来后，愚公也常被用来比喻做事有顽强毅力、不怕困难的人。

女丑

位　　置：大荒
身　　份：巫师
特　　点：长有巨大的蟹钳
作　　用：求雨

女丑是《山海经》中记载的异人，总共出场三次：《大荒东经》记载，海内有两人，名叫女丑，长着巨大的蟹钳；《海外西经》记载，女丑的尸体在丈夫国之北，以右手遮面，十个太阳在天空，女丑居住在山上；《大荒西经》则记载，女丑穿着青色的衣服，用衣袂遮住脸，叫作“女丑之尸”。清代学者郝懿行认为，《山海经》中描写的女丑形象，应该是女巫，古代有“暴巫”求雨的传统，比如王充的《论衡·明雩》中就有“寡人欲暴巫”的记载，用手和衣服遮住脸应该是避免被太阳暴晒，不过好像没什么用，“女丑”最后还是被晒死了。中国古代的巫师经历了从天堂到地狱的转变，从远古时代开始，他们掌握着对自然现象的“最终解释权”，到后来，统治者认为巫师们是扰乱阴阳的存在，一有灾害就会把这些人拉出来“暴打”。儒教兴盛以后，孔子说“子不语怪力乱神”，儒家的信徒们更是把巫师当作洪水猛兽。不过，这些人还是活跃于民间和宫廷中，兜售自己的巫术，引无数权贵尽折腰，史书中出现他们的身影时一般都不会有什么好事，比如汉代的“巫蛊之祸”。

烈裔

身　　份：神奇的画工
主要事迹：画虎点睛使其复活
神　　力：能使雕像点睛复活
特　　点：在每尊像的胸前刻下年月

烈裔是传说中一位神奇的画工，根据《拾遗记》记载，烈裔如果口含颜料喷在地上，地上立即就会出现妖魔鬼怪。同时，他所雕刻的玉像栩栩如生，并在每尊像的胸前刻下年月。但奇怪的是，他从来不刻雕像的眼睛，据说如果刻上眼睛，这尊像就会飞走。

当时正值秦始皇在位年间，他听说了烈裔的神奇传说后，表示不相信，便把烈裔召来，让他当面雕刻出两只玉虎，并在每只玉虎上各画了一只眼睛。结果到了第二天，玉虎就不见了。不久之后，就听有人报告称在深山里发现两只独眼白虎，于是秦始皇派人前去捉虎，直到一年后才将老虎捉住。细看之下，果然在两只老虎的胸前发现了烈裔所刻下的年月。

王仲都

身　　份：奇人
主要事迹：为汉元帝治病
神　　力：不畏寒暑

王仲都是汉代的一名奇人，根据汉代桓谭的《新论·辨惑》、晋代张华的《博物志》、晋代葛洪的《神仙传》等记载，有一次汉元帝生病了，御医总也治不好，广求能治好病的能人，于是汉中的官员就推荐了王仲都前去治病。

汉元帝见到王仲都后，问他："你有什么本领呢？"王仲都答道："只是能忍受寒暑而已。"于是，汉元帝就叫他验证一下。

当时正值隆冬严寒季节，王仲都赤膊坐在御车上，由马拉着在皇宫上林苑的昆明池上环冰而驰。驾车的那个人穿着厚厚的狐皮大衣，冷得直打冷战，而王仲都却一直面不改色。

后来到了盛夏大暑之日，王仲都又在太阳底下坐着，身边还环绕着十个火炉，在熊熊炉火的包围中，王仲都依旧不出汗，也不言热。

这下，汉元帝相信了王仲都真有本事，就想把他留下来，但王仲都在治好皇帝的病后，就不辞而别了。

段赤诚

身　　份：云南大理白族民间信仰的本主神
主要事迹：与巨蟒搏斗
兵　　器：钢刀、利剑
特　　点：力大无比

段赤诚是云南大理白族民间信仰的本主神，根据《白族神话传说集成》记载，在唐代的南诏国大理绿桃村住着一位姑娘，因为吃了水里漂来的一只大绿桃，结果怀孕生下了一个孩子，取名为段赤诚。段赤诚从小就跟着母亲靠卖草药为生，同时还学习石工，因此练就了一身好力气。

就在这时，大理附近的洱海出现一条大蟒蛇，时常出来吞食人畜，南诏王劝利晟公开招募能够除掉蟒蛇的勇士，段赤诚决心为民除害，便应招而来。在行动之前，段赤诚先请铁匠为自己打制了许多钢刀，再将这些钢刀捆在身上，然后手持利剑前往洱海寻找蟒蛇。在与蟒蛇的搏斗中，段赤诚被蟒蛇吞下肚去，同时他全身锋利的钢刀也划破了蟒蛇的肚子，最终段赤诚和蟒蛇双双死去。

事后，劝利晟下令剖开蟒蛇的肚子，取出段赤诚的遗骨厚葬，并用蟒蛇的骨灰拌泥烧砖，建起一座蛇骨塔，用来祭祀段赤诚。

殷七七

身　　份：亦名天祥、道筌，曾自称七七，唐代道士
主要事迹：卖药救人，让杜鹃花九月开放
神　　力：药到病除，法术高强
特　　点：放荡不羁，善良仁慈，嗜酒如命

殷七七又叫天祥、道筌，曾自称七七，是唐代的一名道士。根据《幻戏志·殷七七》记载，殷七七不知是哪里人，只知道他游历天下，不知他多少岁，看他脸色白皙有光泽，大概就像四十多岁的样子。

据传，殷七七曾经在泾州卖药，当时那里瘟疫盛行，买到殷七七的药的人，无不药到病除，而殷七七却总是把卖药得来的钱施舍给穷人，于是人们都把殷七七称作神人、圣人。此外，殷七七嗜酒如命，时常喝醉在城市之间，还

放声歌唱。

有一位叫周宝的人，曾经在长安跟殷七七相识，佩服他的本领。不久，周宝当上了泾原节度使，就重金礼聘殷七七前来教他一些养生之术。后来，周宝奉命调往浙西镇守，几年后又与殷七七在那里相遇，周宝可谓又惊又喜，对殷七七更加敬重，时常向他请教法术。相传殷七七曾经给大伙儿做法，让当地鹤林寺的杜鹃花在九月的时候开放，大伙儿见了，都啧啧称奇。

后来，浙西发生了兵变，战乱中周宝逃到了杭州，而殷七七则在乱军之中于甘露寺被人推落下北崖，掉到江中死了。

板桥三娘子

身　　份： 唐代一位异人

主要事迹： 指使木头人耕种出谷物，人们吃了之后变成驴，后被赵季和惩治

神　　力： 指使木头人耕地

特　　点： 心肠歹毒、谋财害命

根据《河东记》记载，板桥三娘子是唐代汴州（今河南省开封市）西边板桥旅店的老板娘，没人知道她从哪里来，只知道她一人寡居，靠卖饭为生。也许是她经营有道，拥有许多房子，还养着许多头驴，往来的旅客如果当天不能赶到目的地，都来她这里投宿，而她总是低价接待。

元和年间，有一位名叫赵季和的旅客途中经过三娘子的旅店，便住了下来。当晚，三娘子跟店里的住客有说有笑地开怀畅饮，但赵季和向来不喝酒，就没有参与进来。

到了二更天的时候，客人们都喝醉睡下了，三娘子也回到了自己的房间，唯独赵季和在床上翻来覆去睡不着。忽然，他听到隔壁三娘子的房间传来噼里啪啦的声音，好奇之下，就透过墙缝偷窥。只见三娘子从一个箱子里拿出一副犁杖、一个木头牛、一个木头人，都只有六七寸大小，然后把它们放在灶坑前，一喷上水，木头人和木头牛便活动起来。见小人牵着牛，拉着犁杖，来回耕着床前的地，地耕好后，娘子又从箱子里拿出一袋荞麦种子，让小人种在地上。不一会儿，荞麦也成熟了，小人就收割去壳，得到七八升荞麦，然后又用小石磨把荞麦磨成了面粉。做完这些事之后，三娘子就把木头人等东西全部收回箱子里，然后亲自动手把面粉做成烧饼。

就在这时，天已经蒙蒙亮了，旅客们要动身赶路了，三娘子就把刚做好的烧饼端来给大伙儿吃。赵季和因为知道内情，不敢吃这些烧饼，于是借口赶

路，急忙走出门外，然后蹲在窗外偷偷观察店里的动静。只见客人们吃了烧饼后，忽然同时变成了驴，于是三娘子把这些驴赶进后院，再把客人们的财物据为己有。

赵季和惊恐之下，便想惩治一下三娘子，后来回去途经三娘子的店时，便设法让三娘子误食了她自己做的烧饼，结果她也变成了一头驴。后来经过一位老人的点化，三娘子恢复了原形，在保证再也不害人后，就不知所踪了。

陈鸾凤

身　　份：雨师
主要事迹：砍伤雷公
兵　　器：砍雷公的刀
神　　力：能避开雷公的攻击
特　　点：一身正气，不怕鬼神，敢作敢为

陈鸾凤是传说中的一名雨师，根据《太平广记》记载，在唐代元和年间，海康（今广东省雷州市）有一位叫陈鸾凤的人，他一身正气，从来不怕鬼神。

有一年，海康一带大旱，当地人屡次到雷公庙求雨，却仍旧未见有一滴雨水落下，于是陈鸾凤生气地说："我们这里就是雷公的故乡，雷公享受着我们的祭祀，却不降福给我们，还要他做什么？"说着就一把火把雷公庙烧了。此外，根据当地风俗，不能将黄鱼和猪肉放在一起吃，否则就会被雷劈，但陈鸾凤正在气头上，索性也违反了风俗，待吃了黄鱼和猪肉后，就拿着一把刀站在田野上，等待雷公前来复仇。

果然没过多久，天上就风云突变，响起阵阵惊雷，紧接着刮起了一阵狂风暴雨。陈鸾凤知道这是雷公来找他算账了，于是瞅准前方一朵奇怪的云朵，一跃而起，挥刀砍去，刚好砍中雷公的左大腿，雷公惨叫一声，立马从天上坠落下来，与此同时，风雨雷电也全部消失了。陈鸾凤正要杀掉雷公时，一旁围观的人们怕惹下大祸，赶忙过来劝阻，雷公趁此机会，拖着伤腿勉强驾上乌云，狼狈而逃。

雷公逃走后，海康就下起了大雨，使灾情得到了缓解。但是，乡亲们认为陈鸾凤得罪了雷公，怕他祸及大家，就把陈鸾凤赶走了。但之后没过多久，海康又出现大旱，这下大伙儿明白了"恶人需要恶人惩"的道理，于是又把陈鸾凤请了回来。说来也怪，陈鸾凤回来之后，海康就再也没有出现旱灾了。

秦洪海

身　　份：神灵
时　　代：远古
能　　力：搬山

秦洪海是唐代僧人释道世《法苑珠林》中记载的神灵：雍州鄠（hù）县（今陕西省西安市鄠邑区）有一座叫作“南系头山”的山峰，是船夫们用来系船的，故而以此得名。当初天地未分时，这座山本来和太行、王屋、白鹿等山连在一起，海水都被拦在这里，所以叫山海。后来巨灵大人秦洪海见海水泛滥、洪水浩荡，于是用手托起太华山，脚踏中条山，硬生生在山间撕开了一条口子，从此之后河道畅通，山也高出不少。

周烂头

身　　份：为人治疾驱祟的益神
主要事迹：背负神仙得到仙草，胡乱使唤辛天君而受罚
神　　力：治疾驱祟
特　　点：率直、善良

周烂头是民间传说中的一位异人，也是一位为人治疾驱祟的益神。根据《无锡县志》记载，周烂头原本是一名普通的挑夫，有一天在路上看见一位老人独自蹒跚而行，显得很疲倦。当老人看到周挑夫时，就请求道：“我病得实在走不动了，你能背着我到惠山去吗？”周挑夫答应了，就把老人背在身上，一路上他感觉老人一会儿重一会儿轻，觉得非常奇怪。

到了目的地后，老人脱下身上的一件衣服送给周挑夫作为酬谢，周挑夫急忙推辞道：“我怎么能够因为这一点点帮助而让你没有衣服穿呢？”老人听了，便笑着说：“孺子可教也！”

于是就地拔下一根草，交到周挑夫手中，嘱咐道：“这根草可以医治瘟疫。”接着，老人又问道：“你可知道道观里辛天君的塑像吗？”见周挑夫点点头，于是老人又取出一粒丸子大的泥巴送给他，说：“如果你有什么需要帮助的，就去找他，届时用火烫一下这粒泥巴，天君就会显灵。”

周挑夫回去之后，凭着老人送给他的那根草给乡亲们治病，大多能够治

愈，但周挑夫从来不接受报酬。他的妻子看在眼里，忍不住就跟丈夫吵了起来，吵着吵着，周挑夫怒道："辛天君尚且听我的指使，你怎么敢这样对待我？"妻子听了，直嘲笑丈夫在胡言乱语。

周挑夫一时来了脾气，便径直跑到道观辛天君的塑像前，按照老人所说的办法点燃泥巴，不一会儿，辛天君就出现了，对着周挑夫作揖问道："你找我有什么事？"周挑夫说道："我老婆不相信我能够使唤你，所以我来试验一下。"辛天君听了，觉得自己受到了侮辱，愤怒之下，就拿手中的戟朝着周挑夫的额头敲打了一下，所敲之处，立马溃烂成一块脓疮，始终不能够痊愈，从此以后，人们就称他为"周烂头"。

后来，周烂头就不知所踪了。

戚无何

身　　份：方士

主要事迹：伸手触坍庙宇，投簪引鱼

神　　力：身怀仙术

特　　点：身怀仙术，饱读诗书

戚无何是明代的一位方士，根据清代王士祯的《皇华纪闻》、清代张楷修的《安庆府志》等记载，戚无何身怀仙术，而且通读百家之书。有一次，他来到太湖游玩，夜里投宿古庙时，庙主看他衣冠不整、肮脏不堪，便拒绝让他投宿。争执之下，戚无何伸出手臂，碰了一下庙宇的一角，那一处立马坍塌。庙主一怒之下，就要来拉扯戚无何，只见戚无何不慌不忙地说："没事，明天自然有人来帮我修理它。"

到了第二天，当地县令果然带着金钱前来修理。于是乎，戚无何出名了，人们个个争着要和他一起巡游，或者邀请他一起喝酒。

还有一次，大伙儿正在一个叫龙潭的潭水旁边喝酒，席间有人想吃鱼片，于是戚无何拔下头上的金簪投入潭中，不一会儿就有一条大鱼跃出水面。当人们拿着鱼准备烹时，发现戚无何的金簪就躺在鱼腹中。

2. 异国

轩辕国

位　　置：穷山之南、女子国之北
特　　点：长寿之国
国　　土：巨大
特　　产：人面蛇身人

轩辕国是《山海经·海外西经》中记载的国家，位置在穷山之南、女子国之北，轩辕国人人首蛇身，尾巴盘在头上。另外《大荒西经》中也有记载：轩辕国人以住在大江或者大山的南边为吉。轩辕国人都很长寿，寿命较短的也能活八百岁。《博物志》中也有相关记载："诸天之野，和鸾鸟舞，民食凤卵，饮甘露"，和鸾鸟跳舞，吃凤凰的蛋，这种奢侈的生活恐怕也只有仙人能够享受。轩辕国人的造型和传说中伏羲、女娲的样子几乎一样，都是人首蛇身，所以应该是这两位天神级人物的直系后裔。

夸父国

位　　置：聂耳国东部
特　　点：巨人之国
国　　土：巨大
特　　产：邓林

夸父国是《山海经·海外北经》中记载的国家，位置在聂耳国东部，那里的人都长得非常高大，右手持青蛇、左手持黄蛇，邓林在夸父国东部，只有两棵树（极言其大）。

邓林是什么呢？根据《山海经·海外北经》的记载：夸父与日比赛奔跑，一直追到太阳落山的地方，非常口渴，就到黄河和渭河喝水，把水都喝干了，又准备去北方的大泽喝水，还没赶到就渴死了，他丢弃的手杖化为邓林。再结

合夸父的着装风格：手上抓两条黄蛇，耳朵上挂两条黄蛇，和夸父国人的“朋克风”几乎一样，而根据《大荒北经》的记载“后土生信，信生夸父”，夸父是后土之神的孙子，由此看来，他很有可能就是夸父国的祖先。

手上持蛇是巫师的标准配置，由此可见，夸父国乃巫师之国。

伯虑国

位　　置：郁水之南
特　　点：未知
国　　土：小
特　　产：无

伯虑国是《山海经·海内南经》中记载的国家，原文中的信息非常少，“伯虑国在郁水南，一曰相虑”，郭璞在注解中说：我也不知道这是什么国家。清代学者毕沅认为：这个记载有误，应该叫“柏虑国”。都没有提出其他建设性的意见。

跂踵国

位　　置：拘缨国东部
特　　点：国人用脚趾走路
国　　土：小
特　　产：无

跂踵（bǒ zhǒng）国是《山海经·海外北经》中记载的国家，位置在拘瘿（yǐng）国东部，跂踵国人两只脚非常大，郭璞在注解中说：他们在走路的时候，脚跟不着地。《淮南子·地形训》中也有“跂踵民”的记载，高诱在注解中说：跂踵民走路的时候脚跟不着地，用脚指走路。清代李汝珍的《镜花缘》中有类似的“跂踵（qǐ zhǒng）国”，那里的人身长八尺，蓬头垢面，两只大脚有一尺厚、两尺长，却只用脚趾走路，走起来一步三摇，斯斯文文，竟然有点

“宁可湿衣，不可乱步”的意思。这里虽然是用来讽刺封建道学先生的，但也能看出一两分跂踵国人的样子，十分有趣，各个都是跳“小天鹅”的好苗子。

不死国

位　　置：大荒之南
特　　点：长生之国
国　　土：小
特　　产：甘木

不死国是《山海经·大荒南经》中记载的国家，位置在大荒之南，这个国家的人姓“阿”，以“甘木”为食，郭璞在注解中说：“甘木”就是不死树，吃了可以长生不老；在《海外南经》还有不死民的记载，不死民在东南海外，其人为黑色，可以长生不死，郭璞在注解中说：“有员丘山，上有不死树，食之乃寿；亦有赤泉，饮之不老”；陶渊明也写了很多关于《山海经》的诗，在《读山海经十三首·其八》中，也有关于这一段的描写：“自古皆有没，何人得灵长？不死复不老，万岁如平常。赤泉给我饮，员丘足我粮。方与三辰游，寿考岂渠央！”

大人国

位　　置：东海之外波谷山
特　　点：大
国　　土：特别大
特　　产：大青蛇

大人国实际上就是巨人国，是记载于《山海经》中的国家，在《海外东经》中，大人国位置在东海之外的波谷山，这个国家的人很大，坐在地上就能砍树造船，有巨人用的街市，名叫“大人之堂”，还有一个巨人张开双臂蹲在上面，模样像是在叫卖。在《大荒北经》中，大人国的人姓釐，吃黍，国内还有一种头部是黄色，吃鹿的大青蛇，《山海经》中记载的与大人国有关的内容就只有这些了。

晋代张华的《博物志》中还记载了另一个大人国，距离会稽山三万六千里，在这个国家中，女人需要怀孕三十六年才能生下孩子，等到大人头发都白了，孩子才能长大，这里的人能够腾云驾雾却不能行走，大概是龙类的一种。

《博物志》中还有一个龙伯国，那里的人更加夸张，高三十丈，能活一万八千岁；大秦国人，高十丈；中秦国人，高一丈；临洮人，高三丈五尺，这些都是大人国。

清代李汝珍的《镜花缘》中也有大人国的描写，那里的人比正常人高出两三尺，会腾云驾雾，更奇妙的是，脚下的云彩会根据人物性格的不同呈现出不同的颜色，“光明正大，足下自现彩云”“奸私暗昧，足下自生黑云”，十分有趣。

大幽国

位　　置：北海之内

特　　点：（国人）穴居无衣

国　　土：小

特　　产：无

大幽国是《山海经·海内经》中记载的国家，原文只有简单的几个字“北海之内，有大幽之国”。郭璞在注解中说：大幽国人穴居无衣，膝盖以下为大红色。清代汪绂在《山海经存》中说：“赤胫民是大幽国之人。”还善意地给他们的下半身裹上了短裤，也不知道是怕着凉还是觉得有伤风化，他认为这些人可能是远古时期还未开化的蛮夷。

氐人国

位　　置：建木之西

特　　点：人鱼之国

国　　土：小

特　　产：人鱼

氐（dī）人国是《山海经·海内南经》中记载的国家，位置在建木的西边，国人长着人的脸和鱼的身体。清代学者郝懿行认为，氐人国和《大荒西

经》中记载的另一个国家是一回事："有互人之国，炎帝之孙，名曰灵恝（jiá），灵恝生互人，是能上下于天。""氐、互二字，盖以形近而讹。""建木"是记载于《海内经》和《海内南经》中的神树，是黄帝亲手栽下的，根据氐人国的信息的确有这个可能。

钉灵国

位　　置：北海之内
特　　点：（国人）马蹄，善走
国　　土：小
特　　产："人马"

钉灵国又称丁国、马胫国，是《山海经·海内经》中记载的国家，这个国家的人上半身长得像人，下半身从膝盖开始却长得像马，长毛，马蹄，善于奔跑，活脱脱就是个人马国。《三国志》中也有相关记载：北丁令（中国古代北方游牧民族，又称丁灵、钉灵，主要在贝加尔湖以南活动，叫作"北丁令"，迁入阿尔泰山一代的叫作"南丁令"）有个马胫国，这个国家的人膝盖以上是人类，膝盖以下是马的样子，声音像大雁的叫声一样，虽然不骑马却能跑得比马还快；《异域志》中甚至说，钉灵国人还会用鞭子打自己的脚，让自己跑得更快一点，一天能走三百里。按照这个说法，在眼睛前面挂个胡萝卜不是更好吗，为何要打自己呢？看这个国家人的样子，应该是中原人对游牧民族的误解。

姑射国

位　　置：海中
特　　点：群山环绕
国　　土：极大
特　　产：神仙

姑射（yè）国是《山海经·海内北经》中记载的国家，位置在大海之

中，周围被群山环绕，郭璞认为，这里是神仙居住的地方，《庄子》中的藐姑射之山就是这里。《庄子·逍遥游》中也有记载：藐姑射山上有神人居住，她的肌肤像冰雪一样洁白，外貌像处子那样柔美，不吃五谷，餐风饮露，乘着云气，驾着飞龙，游于四海之外，她的神力可以使人间不发生疫病，年年五谷丰登。根据清代吴承志在《山海经地理今释》中的考证，《山海经》中的列姑射、藐姑射、姑射山和姑射国是一回事。

贯匈国

位　　置：海外的东部
特　　点：国人胸口有洞
国　　土：小
特　　产：贯胸民

贯胸国是《山海经·海外南经》记载的国家，位置在海外（《山海经》中从西南到东南的部分）东部，这个国家的人胸口都有一个洞，却能够正常生存。郭璞在注解引用《尸子》中的记载：“四夷之民有贯匈者，有深目者，有长肱者，黄帝之德常致之。”

关于该国的来历，晋代张华在《博物志·外国》中有关于贯胸国来历的记载：大禹平天下之后，在会稽山大会诸侯，防风氏（传说中的巨人）最后才到，大禹就杀了他。后来，大禹驾着两条龙巡视天下，经过防风氏的地盘时，防风氏两个人欲袭击他，却被两条龙发现了。二人恐慌，自贯其胸而死。大禹见他们可怜，就用草药把他们救活了，这就是贯胸国的先祖，从此之后，这个国家的人胸口都有两个洞。按照《尸子》中的说法，黄帝时代已经有了贯胸国，防风氏为贯胸国先祖似乎站不住脚。

那么，贯胸国到底是哪里来的呢？春秋时代的《竹书纪年》中有“五十九年，贯匈氏来宾”，从这个记载来看，该国似乎是真实存在的国家，而不是杜撰的；《异域志》中也有类似记载：“穿胸国，在盛海东。胸有窍，尊者去衣，令卑者以竹木实贯匈抬之。”按照这个说法，这个国家的贵人们都是坐竹轿的，一根竹竿从胸口穿过；《异物志》中说：“穿胸人，其衣则缝布二尺，幅合二头，开中央，以头贯穿，胸不突穿。”这种服装在历史上是真实存在的，叫作“贯头衣”，为古代西南夷的特色服装。结合以上信息，贯胸国似乎是中原人对夷人的妖魔化，或者误解，这种误解在古籍中也比较常见。

讙头国

位　　置：毕方东
特　　点：仙人之国
国　　土：小
特　　产：鸟人

讙（huān）头国是《山海经·海外南经》中记载的国家，位置在南海之外，那里的人长有翅膀，长着鸟喙，捕鱼为食，也叫讙朱国，在毕方的东边。郭璞在注解中说：讙兜是尧帝的臣子，因为有罪自投南海而死，尧帝觉得他十分可怜，就让他的后代居住在南海祭祀他，应该也是仙人。《山海经·大荒南经》中有另一段记载：大荒之中，有个叫驩头的人。鲧的妻子叫士敬，士敬生炎融，炎融生驩头。驩头人面鸟喙，长有翅膀，以海中的鱼类为食，靠翅膀飞行，他的后代建立的国家叫驩头之国。所以，讙头国和驩头国应该是同一个国家，都是鲧的后裔。《博物志》中又有驩兜国的记载，和《山海经》中的内容一致，应该也是一个国家。

季釐国

位　　置：重阴之山
特　　点：茹毛饮血
国　　土：小
特　　产：未知

季釐（lí）国是《山海经·大荒南经》中记载的国家，位置在重阴之山，山中有个叫季釐的人，他是帝俊的儿子，喜欢吃野兽，所以这个国家叫作季釐国。这里记载的“食兽”当然不是正常的“蒸煮烹炸”，而是生吃，茹毛饮血。

拘瘿国

位　　置：东北海外
特　　点：脖子上有肉瘤
国　　土：未知
特　　产：肉瘤

拘瘿（yǐng）国也叫拘缨国、句婴国、利缨国、九婴国，是《山海经·海外北经》中记载的国家，位置在东北海外，那里的人“一手把缨”，除此之外没有任何信息，郭璞在注解中说：“言其人常以一手持冠缨[1]也，或曰缨宜作瘿。”“瘿”是颈部的肉瘤。《山海经》中记载的国家，不是特别奇怪就是特别诡异，没有这样正常的，这实在是不符合“山海经宇宙”的风格，所以这里的“瘿”还是做“颈部的肉瘤”解释比较合适。这个国家的人大致应该是这样的：他们的脖子上长着特别大的肉瘤，大到必须用手一直托着，不然就会对身体造成负担，想想也有些瘆人。

君子国

位　　置：东口之山
特　　点：国人衣冠带剑
国　　土：方圆千里
特　　产：君子

君子国是《山海经》中记载的国家，《海内北经》和《大荒东经》中均有记载，位置在东口山附近，这个国家的人都穿着整齐的衣服，头上戴着帽子，腰挂佩剑，以野兽为食，役使两头老虎蹲在自己的身边，喜欢谦让，讨厌争斗，国内还有一种叫作薰华草的植物，早上刚长出来，晚上就死了。《博物志》中的记载则更加详细：“君子国人，衣冠带剑，使两虎。”这里的国人都穿着野生植物做成的衣服，好礼让，不争抢，国土方圆千里，多薰华草。这里的人很多都患有风疾，所以很难繁衍生息。在《淮南子》中的记载则与《博物志》相反，“仁者寿，有君子不死之国”。一个是短命之国，一个成

① 帽子，通常指官帽。

了不死之国。

君子国就是古人眼中君子的标准形象，只一味地谦让就算君子吗？当然不是：衣冠整齐，代表知礼仪；腰中佩剑，身边有虎，代表战斗力极强；以野兽为食，代表勇敢；喜欢谦让，代表雍容大度。“夫唯不争，故天下莫能与之争”，薰华草则是他们“朝闻道，夕死可矣”的精神内核。有勇而不恃强凌弱，有势而不借势压人，为了大义可以随时献出自己的生命，这才是真正的君子。

劳民国

位　　置：东北海外
特　　点：黑人之国
国　　土：小
特　　产：双头鸟

劳民国是《山海经·海外东经》中记载的国家，也叫教民国，位置在东北海外，那里的人的肤色都是黑色的。郭璞在注解中说：劳民国人吃果实和草木的种子，有一种两个头的怪鸟。

林氏国

位　　置：西北方
特　　点：未知
国　　土：小
特　　产：驺吾

林氏国是《山海经·海内北经》中记载的国家，产出一种叫作驺吾的珍贵野兽，其大如虎，身上有五种颜色，尾巴和身体等长，骑上之后可以日行千里。对于该国的信息没有任何其他记载。《周书·史记篇》中记载的“昔有林氏召离戎之君而朝之”（原来林氏国让离开犬戎的君王去朝见他），“林氏与上衡氏争权，俱身死国亡”，这里说的林氏应该就是林氏国。

留利国

位　　置：一目国东、北部海外
特　　点：反足之国
国　　土：小
特　　产：无

留利国又称柔利国，是《山海经·海外北经》中记载的国家，“留利之国，人足反折”，柔利国在一目国东部，这里的人只有一只手和一只足，膝盖是反着长的，足弓长在脚背上（脚部向上卷起）。一种说法认为，牛黎国和柔利国是一个国家，不过牛黎国人没有骨头，两者应该是不同的族群。

流黄酆氏

位　　置：后稷葬所西方
特　　点：国内有山
国　　土：方圆三百里
特　　产：无

流黄酆（fēng）氏是《山海经·海内西经》中记载的国家：流黄酆氏之国，方圆三百里；有道路通往四方，中间有座山，在后稷葬所（“后稷之葬，山水环之，在氏国西”）的西边；另外，据《海内经》记载，有一个叫作流黄辛氏的国家，国土面积也是方圆三百里，有一座巴遂山。郭璞认为，这两个国家应该是同一个国家，流黄酆氏国中间的那座山就是巴遂山。

卵民国

位　　置：大荒之南
特　　点：人为卵生
国　　土：小
特　　产：鸟人

卵民国是《山海经》中记载的一个国家，在《大荒南经》中只有很简短的一句话“有卵民之国，其民皆生卵”；在《海外南经》中，称之为羽民国，这两个国家应该是一个国家。郭璞在注解中说：卵民国人生蛋，所以也是从蛋中生出来的，能飞却不能去远处。

牛黎国

位　　置：大荒之北
特　　点：无骨之国
国　　土：小
特　　产：大耳朵

牛黎国是《山海经·大荒北经》中记载的国家，位置在大荒之北，原文只有简单的信息：“有人无骨，儋耳之子。”这个国家的人没有骨头，是儋（dān）耳的儿子。不过，《大荒北经》中有关于儋耳国的记载，这个国家的人姓任，是禺号（传说中的神人）的后裔，食谷。还有一种说法认为，儋耳国就是聂耳国，《山海经·海外北经》中记载：聂耳之国在无肠国东部，那里的人役使两头斑纹猛虎，由于耳朵太大，需要用两只手抓着耳朵才能行动，居住在海中间的小岛上。

唐代李冗的《独异志》中还有关于“大耳国”的记载，那里的人耳朵奇大，平时行动的时候用手抓着，睡觉的时候就把一只耳朵铺在地上当作席子，另一只耳朵盖在身上当被子。古代海南地区也有叫“儋耳”的地方（后来的“儋州”），《异物志》说：“儋耳之人，镂其皮，上连耳匡，分为数支，状似鸡肠，累耳下垂。”这里的土著居民也许就是儋耳国的原型。

女和月母国

位　　置：大荒最东的地方，天边
特　　点：只有一个人
国　　土：超级巨大
特　　产：神人

女和月母国是《山海经·大荒东经》中记载的国家，位置在大荒之东，那里有个叫作鳧的神人，它住在最东边的地方来管理太阳和月亮的运行，让它们每天都能正常地升起和落下，保证阴阳的正常运转，规划昼夜的长短。清代学者郝懿行在注解中说：这个神人应该就是“羲和（帝俊之妻，生十日）、常羲（生十二月）”一类的神灵，这里也有可能是羲和和常羲的后裔居住的国家。

女子国

位　　置：巫咸国北部、西海之中
特　　点：只有两个人
国　　土：特别小
特　　产：黄水（神井）

女子国是《山海经·海外西经》中记载的国家，位置在巫咸国北部，那里有一个小岛，两个女子住在岛上，有两个房子，一天换一个住。郭璞在注解中进行了补充：这个国家有一座黄池，女子进入之后就能怀孕，如果生下来的是男人，三年后就夭折，所以没有男子。《三国志》中记载，也有一个国家在海中，只有女子没有男人。《后汉书》中说，传说这个国家里有一个神井，只要看一下就能怀孕。这些补充信息大多是为女子国的繁衍问题和没有男人的问题做出合理化的解释，没有什么具体信息。

奇肱国

位　　置：西北海外
特　　点：国人一臂三目
国　　土：小
特　　产：文马、黄鸟

奇肱（jī gōng）国是《山海经·海外西经》记载的国家，位置在西北海之外，这个国家的人都长着一个手臂和三个眼睛，有男有女，还产“文马”和一种两个头颅的黄色怪鸟。郭璞在注解中说：奇肱国的人善于制作精巧的机械，用来猎取百禽，会做飞车，能够顺着风飞行。殷汤时期曾经有人在豫州[1]发现过这种飞车，不过被弄坏了，大概是奇肱国人不想让外面的人看见。另外《淮南子·地形训》中有“奇股国”的记载，“奇”是单数的意思，“股”是腿的意思，按道理，单腿双手的人更加适合制作“机巧”，也更需要飞行器来辅助行路，所以郭璞的注解放在这里似乎更好。

青丘国

位　　置：朝阳谷之北、黑齿国之南
特　　点：妖兽之国
国　　土：小
特　　产：九尾狐

青丘国是《山海经》中记载的国家，在《海外东经》中，它位于朝阳谷之北，黑齿国之南；在《大荒东经》中，位于黑齿国和明星山之间；《南山经》中又有青丘山，应该也在青丘国内。青丘国特产一种九尾妖狐，四足九尾，声音和婴儿很像，喜欢吃人，食之可以不受蛊惑。另外，在其他古籍的记载中，九尾狐也是祥瑞的象征。郭璞在注解中说：这个国家的人吃五谷，穿绫罗绸缎。因为《山海经》中的这段记载，青丘在后来几乎成了狐狸的代名词，很多文学作品

① 古代九州之一，又称中州，现代大部分都在河南地区。

中都有“青丘狐”的相关记载，甚至现代依然如此。

犬封国

位　　置：海内之北

特　　点：男人都是狗

国　　土：小

特　　产：吉量

犬封国又叫大戎国（犬戎）。历史上还有一个叫作犬戎的少数民族政权，是远古时代位于今陕西和甘肃一带的游牧民族，由西戎建立的政权，以白犬为图腾，在炎帝和黄帝时代就是华夏族的劲敌，汉代叫作白狼，唐代叫作西羌；而犬封国是《山海经·海内北经》中记载的虚构国家，这个国家的人和犬长得一样，男人为犬，但执掌国家政权，有一女子跪地献食。犬封国还出产一种有斑纹的马，眼睛像黄金一样，骑乘可以日行千里，名叫吉量，乘之寿千岁。日本鸟山石燕的《百鬼夜行图》中有一个叫作“犬神·白儿”的妖怪，与《山海经》中的犬封国记载几乎一模一样，应该也是以此为原型的。

郭璞认为：犬戎国就是狗封国，是帝喾的神犬盘瓠杀死犬戎族族长后的封地。如果按照“山海经宇宙”的方位，狗封国在会稽山万里之外的海上岛屿中，而《海内北经》中记载的犬封国，位置在海内的大陆上的“西北陬以东者”，明显不是一个地方，郭璞有牵强附会的嫌疑。另外，《大荒北经》中说：“大荒之中，有山，名曰融父山。顺水入焉，有人名曰犬戎。黄帝生苗龙，苗龙生融吾，融吾生弄明，弄明生白犬，白犬有牝牡，是为犬戎，肉食。”这段记载中，关于人名的内容基本上都是一笔带过，只有到了白犬时说它们是一公一母（牝牡），也就是拥有繁衍后代的能力，它们就是犬戎族的祖先。从方位来看，这段记载中的犬戎应该和犬封国是一个国家，而少数民族政权“犬戎”应该在华夏族的正西方向（最早的中原为晋南豫西，陕西和甘肃位于正西），由此可以断定，《山海经》中的犬戎只是虚构，并非史书中的犬戎族。

三面一臂

位　　置：大荒之山
特　　点：（族人）三张脸、一个手臂
国　　土：极小
特　　产：无

三面一臂是《山海经·大荒西经》中记载的国家（部族）名，位置在大荒之山，这里是太阳和月亮下山的地方，这里有一种人，长着三张脸和一条手臂，是颛顼的后裔，三面人是不死之身。郭璞在注解中说，三面人缺的是左边的胳膊，还提出了一个非常有建设性的意见：请注意，这种人是三张脸，不是三个头。这个描述和佛教中阿修罗很像，不过，一般的佛寺中阿修罗是三个头、六个手臂（实际上它的手臂很多，有“千头两千手”的说法，佛像考虑到成本问题，做得比较少），《吕氏春秋》中也有关于“三面一臂”的记载。

三身国

位　　置：不庭之山
特　　点：国人一头三身
国　　土：小
特　　产：“四鸟”

三身国是《山海经》中记载的国家，在《海外西经》中只有简单的记载“一首而三身”，在《大荒南经》中则有详细记载：大荒之中有不庭山，山上有一种长着三个身体的人。帝俊的妻子娥皇，生下这种三个身体的怪胎。这个国家的人姓姚，吃黍，可以役使“四鸟”。《海内经》中也有“帝俊生三身”的记载。《博物志》中则有不同的记载：远古时代，荣成氏[1]有个小儿子，生性好淫，曾经大白天的在街市上做不可描述之事。黄帝大怒，将他放逐到西南地区。他又跑去淫马，最后生下的儿子长着人身马蹄，一头三身三手，此乃三身国是也。这个说法和钉灵国类似，只是三身三手有些区别。

① 中国传说中的人物，相传为黄帝大臣，发明历法。

三首国

位　　置：南部海外、凿齿国东部

特　　点：国人一身三头

国　　土：极小

特　　产：服常树

三首国是《山海经》中记载的一个国家，在《海外南经》和《海外西经》中都有记载，位置在南部海外、凿齿国东部，这里的人有一个身体，却长着三个脑袋；另外在神树“服常”之上，也有这种人存在，目的是看守附近的神树“琅玕（láng gān）”，琅玕是《山海经》中记载的仙树，结出的果实如同珍珠一般。郭璞在《山海经图赞》中说：（呼吸）看似一气，实际上分成了三道，“观则俱见，食则皆饱；物形自周，造化非巧”。另外，《淮南子·地形训》中记载，三头人是黄帝的大臣离朱，他“能视于百步之外，见秋毫之末”，黄帝曾经派他寻找丢失的玄珠。

少昊之国

位　　置：东海之外的大海沟

特　　点：神仙之国

国　　土：巨大

特　　产：神仙

少昊之国是《山海经·大荒东经》中记载的国家，位置在东海之外的大海沟中，是神仙的国度（毕竟凡人是无法在大海沟里生存的）。少昊是中华民族的祖先，远古五帝之一，黄帝之子，又称白帝，姬姓，名玄嚣、己挚，也是神话传说中的五方上帝之一。《山海经》中的少昊有子嗣如下：“少昊生倍伐，倍伐降处缗渊”“少昊生般，般是始为弓矢”“有人一目，当面中生，一曰是威姓，少昊之子，食黍”。其他史书中还有很多关于少昊子嗣的记载，不提。

深目国

位　　置：共工台东
特　　点：国人眼睛长在手上
国　　土：小
特　　产：无

深目国是《山海经》中记载的国家，《海外北经》载："为人举一手一目，在共工台东。"共工台在不周山附近，是"山海经宇宙"中的神域之一，有灵兽守护。《大荒北经》中也有深目国的相关记载：吃鱼，姓"盼"。

深目国的人到底是用一只手举着一只眼睛，还是举着一只手，手上长着一只眼睛，不得而知，只有一点可以肯定，《山海经》惜字如金，不会无缘无故记载"举一手"，这两种可能性都有。清代李汝珍的《镜花缘》中也有对深目国的描写：那里的人脸上没有眼睛，举起一只手，手上长着眼睛。

司幽国

位　　置：大荒东部
特　　点：帝俊后裔
国　　土：小
特　　产：四鸟

司幽国是《山海经・大荒东经》记载的国家，位置在大荒东部，是帝俊的后裔。帝俊生晏龙，晏龙生司幽，司幽的后代就是司幽国人，这个国家的男人不娶妻，女人不嫁人，食黍，也吃动物，可以役使四鸟。不结婚怎么延续后代呢？根据"山海经宇宙法则"，有三种可能：第一是"无性繁殖"，类似于女子国，有某种可以使人怀孕的"神物"，不同的是女子国没有男人；第二种可能就是他们都是长生不老的神仙，不需要后代，类似于不死国；第三种就是男女之间通过"意念"，使"阴阳之气"交合，怀孕生子。后两者的可能性大一点。

肃慎国

位　　置：白民国之北
特　　点：居民穴居
国　　土：小
特　　产：雄常树

肃慎国是《山海经·海外西经》中记载的国家，位置在白民国（虚构国家）之北，国内有一棵叫作雄常的树，是圣人种下的。《大荒北经》中也有相关记载，但是没有提到相关信息。郭璞在注解中说：肃慎国在距离辽东（指辽河以东地区，今辽宁省东部和南部）三千里的地方，那里的人居住在洞穴里，穿猪皮，冬天就用油脂抹在身上御寒，擅长射箭，弓长四尺，箭长五寸，箭头用青石制成，锋利无比。

天民国

位　　置：西北海外、赤水西
特　　点：天帝后裔
国　　土：小
特　　产：四鸟

天民国是《山海经·大荒西经》中记载的国家，位置在西北海之外、赤水之西，吃五谷，可以役使四鸟。《淮南子·地形训》中的海外三十六国中也有"天民"，应该是一个国家。《山海经》中记载的能够役使四鸟的国家一般都是帝俊（《山海经》中的天帝，无上存在）的后裔，比如："有中容之国。帝俊生中容，中容人食兽、木实，使四鸟：豹、虎、熊、罴"；"有白民之国。帝俊生帝鸿，帝鸿生白民，白民销姓，黍食，使四鸟：豹、虎、熊、罴"；"有黑齿之国。帝俊生黑齿，姜姓，口食，使四鸟"。所以，按照"山海经宇宙法则"，天民国应该也是天帝帝俊的后裔，从"天民"这个名字中也能看出。

巫咸国

位　　置：女丑之北
特　　点：巫师之国
国　　土：大
特　　产：仙药

巫咸国是《山海经·海外西经》中记载的国家，位置在女丑之北，这里的人右手持青蛇、左手持红蛇，国内有登葆山，是巫师用来和上天沟通的地方。根据《山海经·大荒西经》的记载“大荒之中，有灵山。巫咸、巫即、巫朌、巫彭、巫姑、巫真、巫礼、巫抵、巫谢、巫罗十巫，从此升降，百药爰（所）在”，“山海经宇宙”中的十大巫师应该就是以上十位，排名第一的叫作巫咸，应该就是巫咸国的首领，国内的登葆山应该就是所谓的“灵山”，也是仙药聚集的地方。由此，巫咸国应该是巫师之国。

无肠国

位　　置：北海之外、深目国之东
特　　点：国人高大、无肠
国　　土：小
特　　产：无

无肠国是《山海经》中虚构的国家，在《大荒北经》《海外北经》中都有记载，位置在深目国的东面，国人都长得比较高大。郭璞在注解中说：这个国家的人肚子里没有肠子，吃的东西都是直上直下。另外，《大荒北经》中说，无肠国人姓“任”，没有后代，以鱼为食，应该住在海边。《神异经》中也有相关记载：“腹无五藏，直而不旋，食物径过。”

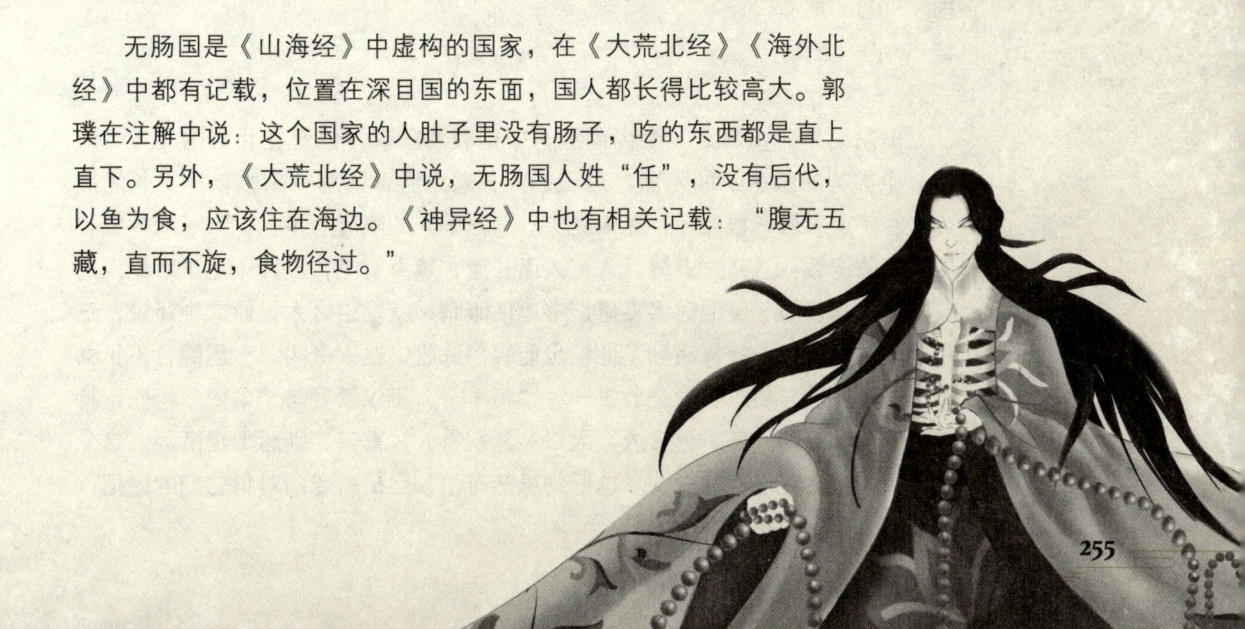

无启国

位　　置：北海之外
特　　点：断子绝孙国
国　　土：小
特　　产：鱼

无启国是《山海经·海外北经》中记载的国家，位置在长股国的东面，“为人无启”，也就是没有后代。郭璞在注解中认为：这里的人都是穴居，吃土，不分男女，死了就直接无视，也不用埋，两百年之后就又是一条好汉。《淮南子·地形训》中也有“无继民”，而《大荒北经》中则有另一个部族“继无民”，继无民姓“任”，也没有后嗣，以气鱼为食，这一点和无肠国很像，同样姓任，同样以鱼为食，同样没有子嗣，同样在大荒之北，原文中却分了两处记载，很有可能是同一族类，生活的地方不同，这种“气鱼”很有可能是一种长生药。《淮南子》中载：“食肉者勇敢而悍，食谷者智慧而巧，食气者神明而寿。”

枭阳国

位　　置：北朐（qú）之西
特　　点：国人人面长唇、黑身有毛
国　　土：小
特　　产：巨人

枭阳国是《山海经·海内南经》中记载的国家，位置在北朐国（《山海经》中虚构的国家）的西面，这里的人长着人脸，嘴唇特别大，身上长满黑毛，左手上拿着一根棒子，见人就笑。枭阳国人的嘴唇有多大呢？《海内经》中有相关记载：“南方有赣巨人，人面长唇，黑身有毛，反踵（足），见人则笑，唇蔽其目。”笑的时候嘴唇能够遮住眼睛，就是这么大，原文中还说，正是因为这个特点，就算碰到了他们也能轻易逃脱，这大概叫“一唇障目不见泰山”。另外《异物志》中记载了一种“枭羊”，不仅读音与“枭阳”相同，特点也非常类似：“枭羊善食人，大口。其初得人，喜笑，则唇上覆额。”这个嘴唇更大，会直接盖住额头。这怪物虽然可怕，但是有专门对付它们的绝招：

在手上再套上一个铁管，等它抓住人的胳膊时，就把手从铁管里抽出，直接用武器把它的嘴唇钉在额头上，这样就能生擒它。看来，体型庞大的生物一般脑子都不怎么好使。

盐长国

位　　置：东海之内
特　　点：鸟头
国　　土：小
特　　产：鸟人

盐长国是《山海经·海内经》记载的国家，这个国家的人都长着鸟的脑袋，自称“鸟氏”。据《史记·秦本纪》记载，“大费生子二人：一曰大廉，实鸟俗氏；二曰若木，实费氏”“大廉玄孙曰孟戏，鸟身人言”，大费就是伯益，黄帝六世孙。盐长国应该是孟戏的后裔。

厌火国

位　　置：南海之外
特　　点：喷火之国
国　　土：小
特　　产：祸斗

厌火国是《山海经·海外南经》中记载的国家，位置在南海之外，那里的人长着野兽的身体，有黑色的毛发覆盖，嘴里可以喷火。郭璞在注解中认为：厌火国人长得和猕猴很像。清代学者吴任臣在《山海经广注》中则认为，这里的人之所以会喷火，是因为吃了火炭。厌火国还有一种火兽叫作“祸斗”。《博物志》中有关于“厌广国”的记载，与《山海经》十分相似，应该是一个国家。《汉书·西域传》中也有关于“喷火”的记载，不过那是杂耍，如果真

的有厌火国，表演杂技应该是一条不错的生财之道，这样一来，厌火国就成了“山海经宇宙”里的“吴桥”了。

盈民国

位　　置：大荒南部
特　　点：仙树之国
国　　土：小
特　　产：赤木与玄木

盈民国是《山海经·大荒南经》中记载的国家，这个国家的人姓“於”，食黍，还有人吃树上的叶子。按理说，有黄米吃为什么还要吃树叶呢？清代学者郝懿行引用高诱在《吕氏春秋·本味篇》中的注解认为：这个国家的人吃的应该是赤木和玄木，这两种树的叶子都可以吃，吃了之后还可以成仙。

羽民国

位　　置：东南海外
特　　点：鸟人之国
国　　土：大
特　　产：鸾鸟

羽民国是《山海经·海外南经》中记载的国家，位置在东南海外，那里的人头和脸颊都很长，身上有羽毛，郭璞在注解中说：能飞不能远，卵生，外貌长得和仙人一样，所以应该是仙人之国。这个国家的人和卵民国的特征很像，有可能是一个国家。《艺文类聚》中有其他细节的描述：“羽民之状，鸟喙赤（红色）目而白首（头）。”另外，《博物志》中也有关于羽民国的记载：羽民国距离九嶷山四万三千里，国人有翅膀，可以飞，但是不能去比较远的地方，那里有很多鸾鸟，羽民国人以鸟蛋为食。

雨师妾

位　　置：东北海外
特　　点：巫师之国
国　　土：小
特　　产：雨师

雨师妾是《山海经·海外东经》中记载的国家，位置在东北海外，这里的人为黑色，两手各持一蛇，左手为青蛇、右手为红蛇；还有一种说法是在十日（扶桑，十个太阳洗澡的地方）之北，皮肤为黑色，两手各持一个乌龟。郭璞在注解中说：雨师妾大概是屏翳（yì）之国。屏翳是古代神话中的神灵，在不同的记载中有不同的身份，有管风的、管雨的、管云的、管雷的等，职责各不相同，但都和气象有关，从名字和手中拿着乌龟的特点来看，雨师妾应该是管理降雨的巫师。另外，《山海经》中的夸父国也有拿蛇的习惯，是管理降雨的，和太阳赛跑的夸父不仅手上拿着两条蛇，耳朵上还戴着黄蛇耳环。

古代的巫师为什么要拿蛇呢？因为古人认为蛇是龙在人间的化身，一来，它们有强大的再生能力；二来，蛇喜欢居住在阴冷潮湿的环境中；三来，可以用蛇来增加仪式的神秘感和威慑力。越大的蛇越好，进而垄断巫术这种唯一可以与上天沟通的法术之“最终解释权”。不仅在中国，在日本神话、印度神话和北欧神话中蛇的形象也非常常见，比如北欧神话中环绕宇宙的世界之蛇尤蒙冈德、日本的八岐大蛇、印度神话中的舍沙，等等。

丈夫国

位　　置：大荒西部
特　　点：国人衣冠佩剑
国　　土：小
特　　产：无性繁殖术

丈夫国是《山海经·大荒西经》中记载的国家，原文只有一句“其为人衣冠带剑”，只从这段记载来看，和君子国十分相似，不过君子国被记载在《海外东经》《大荒东经》中，和丈夫国方向正好相反，显然不是一个地方。根据

高诱对《淮南子·地形训》中丈夫国的注解，这里的人都穿着黄色的衣服，腰中佩剑。关于这个国家的来历，《玄中记》中有详细记载：商朝君主太戊派王英去西王母山采仙药，走到这里时一点吃的也没有了，无法前进，于是就在这里定居、啃木头、穿树皮，终身没有娶妻，却从背部和胸肋处生下两个儿子，生完后王英就死了，这就是丈夫国的先民，丈夫国距离玉门关有两万里。

中荣国

位　　置：东部大荒
特　　点：天帝后裔
国　　土：小
特　　产：四鸟

中荣国是《山海经·大荒东经》中记载的国家，位置在东部大荒之中。中荣是帝俊的儿子，中荣国就是他的后裔，这里的人吃野兽和树木，可以役使四鸟。

周饶国

位　　置：东海外
特　　点：小人国
国　　土：小
特　　产：侏儒

周饶国是《山海经·海外南经》中记载的国家，位置在东海之外极其遥远的地方，这里的人非常矮小，郭璞在注解中说：该国人高三尺，居住在洞穴中，能够制作机关和简单的机械，种植五谷。《山海经·大荒南经》中记载，“有小人名曰焦侥之国，幾姓，嘉谷是食。”这两个应该是同一个国家。

另外，《史记·大宛列传》中也有相关记载：“小人国在大秦南，人才三尺。其耕稼之时，惧鹤所食，大秦卫助之，即焦侥国，其人穴居也。”按汉代《外国图》中的记载：焦侥国人高一尺六寸，迎风则退，背风则伏，眉目俱全，住在野外，这个国家的草木夏天枯萎，冬天复生，照这个说法，僬侥国应该跨过赤道线，归南半球了。

朱卷国

位　置：海内
特　点：未知
国　土：大
特　产：巴蛇

朱卷国是《山海经·海内经》中记载的国家，国内有一种巨大的黑蛇，头是青色的，可以吞食大象。这种黑蛇应该就是巴蛇。

大秦国

位　置：昆仑之东十万里
特　点：（国人）高三十丈
国　土：超级大
特　产：巨人

大秦国是《北堂书钞》中记载的国家，位置在昆仑之东十万里（赤道周长四万公里左右，绕地球一圈多），这个国家的人高三十丈（一百米左右），能活八千岁，不会种地，只吃沙子和石子。《博物志》中也有类似记载。另外，《史记·大宛传》关于小人国的记载中也提到了大秦国：小人国在大秦国之南，那里的人只有三尺高，非常矮小，他们种地时，怕白鹤吃自己的庄稼，就让大秦国人帮他们守护。这样看来，大秦国的人还是非常正直热心的。

狗国

位　置：昆仑山正西
特　点：男人都是狗
国　土：小
特　产：狗男人

狗国是《周书·王会》中记载的国家，原文只有非常简单的记载“正西昆仑，狗国”。不过，《淮南子·地形训》中有极其准确的记载：狗国在建木

（远古先民崇拜的一种神树）之西，女真（东北亚地区）以北，是阴长阳消之地，这里的妇人和人一样，穿衣服，吃熟食，男人则都是狗，吃生肉，不穿衣服，不会说话，只会“汪汪”叫。曾经有个辽国的商人误入此国，被狗男人碰到了，不让他回去。狗男人的妻子给了他十几根肉筋对他说：“你走几里路就在地上放一根，狗看到之后肯定会把肉筋叼回家，你就能脱身了。”商人依言行事，果然走出了狗国，“狗能护爱家物之意故也”。这个国家和“狗民国”（见“狗民国”）很像，不知道“狗男人”的说法是不是从这里来的。

狗民国

位　　置：会稽山东南一万两千里

特　　点：生男为狗，生女为美女

国　　土：方圆三千里

特　　产：狗

狗民国是干宝《搜神记》中记载的一个国家，也叫“狗封国”。远古时代，帝喾有个漂亮的女儿未嫁，当时正值犬戎作乱，于是帝喾下达命令：谁能打败犬戎，就把女儿嫁给他，封三百户。帝喾有一条叫作槃护的狗，用了三个月的时间就杀掉了犬戎族长，带着他的头来见帝喾。帝喾认为它不能教化人民，便把自己的女儿嫁给它，流放到了距离会稽山一万两千里的海岛上，方圆三千里全都封赏给了槃护。从此之后，这个国家生下来的男人全部都是狗，生下来的女人全都是大美女，封为狗民国。

华胥国

位　　置：弇州之西、台州之北

特　　点：神仙之国

国　　土：几千万里

据《列子·黄帝》记载，华胥国是华胥氏之国，“在弇州之西，台州之北，不知斯齐国几千万里”，不是舟车足力可以到达的地方，只有神仙才能去。华胥国没有君王，一切任其自然，那里的人无欲无求，“入水不溺，入火不热，斫挞无伤痛”“寝虚若处床，云雾不硋其视，雷霆不乱其听，美恶不滑其心，山谷不踬其步”。另据《轩辕本纪》载，黄帝曾经去过华胥国，“此国神仙国也”。据《帝王世纪》载，伏羲之母就是华胥氏——“有巨人迹出于雷泽，华胥以足履之，有娠生伏羲于成纪，蛇身人首，有圣德。”

女国

位　　置：方域西北
特　　点：女子统治
国　　土：小
特　　产：蛇

女国是《古今图书集成·边裔典》中记载的国家，位置在中国的西北方向，距离中原万里之遥，那里的女人把蛇当作丈夫，生下的男人就是蛇，女人才是人，蛇居住在洞穴里，不咬人，女人则住在宫殿和房子里。那里的人没有文字和书籍，只相信咒诅（可以杀人的巫术）。中了这种咒术的人，正直的人会平安无事，心中有邪念则会马上暴毙。她们还设立了神坛和道场，没有人敢去侵犯这个国家。

另外，《梁书·东夷传》中也有相关记载：扶桑（虚构的地名）东千余里有个女国，那里的人容貌端庄，皮肤非常白，身上有毛，头发很长，一直拖到地上。到了二三月份，她们会进入水中怀孕，六七月份产子。这里的人没有乳房，脖子后面的毛里却有乳汁，可以用来哺乳小孩，婴儿一百天就会走路，三四年的时间就能长大成人。这段记载和《西游记》里的女儿国很像，这条河也很像女儿国的“子母河”。

女人国

位　　置：东南海上
特　　点：极度凶残
国　　土：极小
特　　产：能让人怀孕的南风

女人国是元代文人周致中在《异域志》中记载的国家，位置在东南海上，

几年涨一次潮，这里的莲花高达一丈多，核桃有两尺那么大，如果有船不小心漂到了那里，群女一拥而上，船员们无一生还。有一个比较聪明的人，晚上偷了一条船从那里逃了出来，才把女人国的情况传播开来。那里的女人只需要在刮南风的时候脱掉衣服就能生下孩子。

三瞳国

位　　置：轩渠国西南千里

特　　点：国人三个眼珠子

国　　土：小

特　　产：无

三瞳国是《述异记》中记载的国家，位置在轩渠国[1]西南千里的地方，这个国家的人都有三个眼珠子，还有的有四根舌头，能一起发出一种声音，还能发出四种不同的声音。清代陆次云的《八纮荒史》中也有类似的记载。

梯仙国

位　　置：地下

特　　点：富丽堂皇

国　　土：极大

特　　产：神仙

梯仙国是唐代郑还古的《博异志》中记载的国家：唐代房州竹山县（今湖北省十堰市竹山县）有个富豪，在庄子外面打井，一直打了两年，挖了一千多尺（三百多米）还是没有见水。有一天，工人正在打井，突然听到有鸡犬鸟雀的声音从地下传来，急凿数尺，发现一个石穴，工人顺着石穴往前走了一会儿，突然眼前一亮，来到一个富丽堂皇的世界，有天地、有日月，到处都是金

① 唐朝《通典》中虚构的国家，其国多九色鸟，青口、绿颈、紫翼、红膺、绀顶、丹足、碧身、缃背、玄尾。

碧辉煌的宫殿，奇花异草遍地都是。片刻之后，有个门人带着他来到一处山前，山脚下有一座城，城里的宫殿都是金银玉石所造，大门上有一块金匾，上面写着三个大字“梯仙国”。

于是工人问道：“这是哪里？”门人回答：“这里是梯仙国，人间有得道成仙的人，都被送到这里了，他们要在这里继续修炼七十万天，才能被送到各处仙境。”工人继续问道：“既然是仙境，为何在我们的下面？”门人回答：“这里是下界的仙国，你们头顶还有仙国，也叫梯仙国，跟这里一模一样。”说完之后，门人告诉他可以回去了。工人被沿着原路送回，刚到洞口，就被一阵风裹着飞了出去，等反应过来时，已经在县城郊外三十里处的孤星山顶洞了。他下山一问，才知道已经过去三四世了，想要找家人也没处可寻，只得作罢。从此之后，这位“仙境一日游”的工人再也不想在人间待着了，强烈要求进步，只想得道成仙，于是去了剑阁鸡冠山（今四川省崇州市西北隅）修道，没了音讯。

陀移国

位　　置：员峤山
特　　点：长寿之国
国　　土：小
特　　产：侏儒

陀移国是《拾遗记》中记载的国家，在员峤山（虚构地名）附近，这里的人只有三尺高，能活一万岁。

无腹国

位　　置：北海之外、深目国之东
特　　点：国人高大，没有肠子
国　　土：小
特　　产：无

无腹国记载于南北朝时期梁元帝萧绎撰写的《金楼子》，只有一句话的记

载："无腹国人长而无腹。"和《山海经》中关于无肠国的记载"其为人长而无肠"几乎一模一样，应该是一回事。《山海经》中有关于"女娲之肠"的记载，郭璞在注解中称为"女娲之腹"，应该是相同的谬传。无肠国人长得比较高大，应该是古人把肠子的高度也加进去了，其实，人体内肠子比古人想象的要长得多，小肠为六到七米，大肠为一米五左右，包括结肠、直肠和阑尾，总长度是人体高度的五倍左右。

脩弥国

位　置：未知
特　点：神马之国
国　土：极大
特　产：骡、驴

脩（xiū）弥国是《洞冥记》中记载的国家，位置不明，这个国家盛产一种神驴，高十丈，颜色明亮洁白，能够在水上行走，还有一对翅膀，能够飞行。这种神驴和马杂交之后，能够生出一种神骡。元丰四年（1081年，宋神宗在位），脩弥国曾经进贡一批神骡，高一丈，身上有红色斑纹，背上的毛旋转成日月之象，宋神宗非常喜欢，用金子和玉做成的器皿来喂它，把它放在皇宫的门廊边上。

鸭人国

位　置：海外
特　点：人形鸭脚之国
国　土：小
特　产："鸭脚伞"

鸭人国是清代陆次云的《八紘荒史》中记载的国家，位置在海外，那里的人长着人的身体，却长着鸭子一样的脚，碰到下雨的时候，他们会用一只脚站立，另一只脚抬起来顶在头上当作雨伞。从这个记载中我们可以确定两件事：第一，鸭人国的人脚很大，不然根本没办法当伞用；第二，他们的身体柔韧性很好，不然脚怎么能遮住头呢？都是练舞蹈的好苗子。

支提国

位　　置：未知
特　　点：巨人之国
国　　土：巨大
特　　产：犀牛和大象

支提国是《洞冥记》中记载的国家，具体位置不明。西汉太初四年（公元前101年，汉武帝时代），东方朔从支提国回来，那里的人高三丈二尺，有三只手，一只手长在胸前，手脚只有三个手指和脚趾，力量很大，善于奔走，国内的小山能够随便搬动，涧泉的水能够轻易喝完，把海苔结在一起当成衣服穿，用犀牛和大象互相投掷取乐。

终北国

位　　置：北海之滨、千万里之外
特　　点：世外桃源
国　　土：极大
特　　产：神瀵

终北国是《列子·汤问》中记载的国家：大禹治水时迷路，误入一国，此国濒临北海，距离中原不知几千万里。名曰“终北国”，这个国家没有风霜雨露，也没有四季变化，不生鸟兽鱼虫草木，所有的地方都是平坦的，外部被群山环绕。国土中间有一座山，名叫壶领，形状和瓦罐很像，山顶有口，状如圆环，名叫“滋穴”，里面有水涌出，叫作神瀵（fèn），比兰草和花椒还要香，比美酒还要甘甜。神瀵分成四股流到山下，流遍全国的每个地方。

终北国地气平和，没有瘟疫，人的性格也都温婉善良，不争不抢，柔心弱骨，不骄不躁；长幼齐居，没有君臣之分；男女杂游，婚嫁时不需要媒人，也不需要聘礼；临水而居，不事耕作；气候适宜，不需要织布，也不需要穿衣；

每个人都能活到一百岁，既不夭折，也不生病；人丁兴旺，人口无数，只有喜悦，没有悲伤和痛苦。国人每日成群结队，一起唱歌，困了累了就喝神瀵，一喝就醉，一醉就睡，一睡就是半个月，醒了之后就在神瀵里洗澡，洗完之后浑身就像白玉一样，洁白光滑，香气能维持十几天。周穆王曾经来到过这里，三年忘归，回到中原之后，仍旧非常思慕那里，整天怅然若失，不吃酒肉，不近女色，几个月才能恢复常态。

3. 异族

白民

位　置：未知
特　点：肤发皆白
特　产：未知

白民是《淮南子・地形训》中记载的国家，原文只是提到名字："凡海外三十六国，自西北至西南方，有白民"，除此之外没有其他信息，高诱在注解中认为：白民就是白身白发，头发很长，不梳理，披在身上。

防风氏

位　　置：吴越地区
特　　点：巨人族
特　　产：无

防风氏是《国语·鲁语下》中记载的氏族，大禹治水之后，天下安定，于是在会稽山上分封诸神，防风氏最后才到，大禹便杀了他。大禹为什么要杀防风氏，书中并没有过多记载，防风氏在治水中立下了汗马功劳，大禹因为迟到杀他实在有些说不过去，不过《史记·夏本纪》中说大禹到会稽山是为了考察各诸侯的功绩，最后死在那里，如果真是这样的话，那防风氏很有可能是做了什么不合礼法的事被大禹发现了。当然，还有一种可能，大禹杀他只是为了杀鸡儆猴，宣布自己九州霸主的地位，毕竟防风氏作为巨人的战斗力在各部族中都是数一数二的，就像《路史·卷二十二》中说的那样："防风氏后至，戮之以徇于诸侯，伐屈骜，攻曹魏，而万国定。"

《述异记》中也有相关记载：吴越之地（江浙地区）有一个防风庙，庙里神像长着龙的头和牛的耳朵，眉毛连在一起，只有一个眼睛，这就是当年大禹诛杀的防风氏，他的后人在江南地区，自称"防风氏"，都长得非常高大，祭祀防风神，演奏防风古乐，把竹子截成三丈长的笛子，三人披发起舞。贺循的《会稽记》中则说，防风氏身高三丈，刑具无法使用，就建造了一座高塘来杀他，叫作"刑塘"，这段记载应该也是关于防风氏后人的。

高车

位　　置：漠北
特　　点：人狼之国
特　　产：狼

高车是《魏书·高车传》中记载的国家，是远古时期赤狄（春秋时期狄人的一支，因为穿红色衣服而得名）的后裔，起初叫作狄历，北方人叫作敕勒，中原地区称之为高车、丁零，他们的语言和匈奴人大同小异，也有人说高车人是匈奴的外甥。高车的种姓有狄氏、袁纥氏、斛律氏、解批氏、护骨氏、异奇斤氏等。民间流传着一种说法：匈奴单于生了两个女儿，容貌甚美，国人都

认为是仙女下凡。单于说："我有这样漂亮的女儿，怎么能够嫁给凡人呢？必须奉献给天神。"于是，他在匈奴国北部的无人之地建了一个高台，把两个女儿放在上面，仰天长叫："请天神自取。"三年之后，单于的妻子想要把女儿接回来，单于却不同意。又过了一年，有一条老狼昼夜守在高台下面呼号，后来干脆在台子下面打了个洞穴，久久不肯离去。单于的小女儿告诉老狼："父亲把我们放在这里，想要献给天神，如今来了一头狼，或许就是上天派来的神物。"说完就准备下去找老狼。姐姐大惊，赶紧拦住她说："这是畜生，不要侮辱父母。"妹妹根本不听，嫁给狼做了妻子，后来繁衍成一个国家，就是高车。所以那里的人喜欢引声长嚎，如同狼叫。

其实，高车是南北朝时期北朝人对漠北一带游牧民族的统一称呼，因为"车轮高大，辐数至多"而得名，迁入内地的则称为丁零，至于人狼的说法，只存在于传说之中。这段记载来源于《魏书》，北魏统治下的丁零人过得极惨，不断发起反抗，史书中有所丑化也是在所难免的。

苗民

位　　置：黑水之北
特　　点：刑罚之族，有翅膀
特　　产：无

苗民又称三苗，是《山海经·大荒北经》中记载的族群，位置在西北海之外、黑水之北，状如人，有翅膀。颛顼生驩头，驩头生苗民，所以苗民是颛顼的后裔。那里的人姓釐（lí），吃肉，族内有座山，叫作章山。《尚书·周书·吕刑》中记载：苗民不相信神灵，使用刑罚治理国家。孔传①对这个族群意见很大：三苗的君王，传习了蚩尤的恶习，不用道德感化民众，只会使用重刑，非常糟糕。苗民是儒家眼中法家的化身，儒家讲以德治国，主张君王用道德和礼教教化民众，管理国家，反对使用严刑峻法，法家则正好相反。不过，从汉代开始历代君王基本都是外儒内法。

① 宋代人，孔子四十六代孙。

戎

位　　置：海内之北
特　　点：国人头上有三个角
特　　产：珍兽

戎是《山海经·海内北经》中记载的部族，那里的人头上有三个角，国内有珍兽产出。《周书》中曾经记载过一件事，林氏曾经召离戎的君主去朝见他，到了之后却不以礼相待，离戎想逃离林氏国，却被林氏君主杀了，天下一起背叛林氏。这里所说的离戎应该就是戎。

三毛国

位　　置：海南
特　　点：海外之国
特　　产：无

三毛国又称三苗国，是《山海经·海外南经》中记载的部族，位置在赤水东部，这里的人行走时彼此跟随。郭璞在注解中说：当年尧帝把帝位让给舜帝，三苗之君有些不服气，尧帝就杀了他，他的族人叛出中原，进入海南[1]，这就是三毛国的来历。

鄋瞒

位　　置：山东
特　　点：巨人国
特　　产：未知

鄋（sōu）瞒是《左传·文公十一年》中记载的国家，春秋时期，鄋瞒国

① 极远的海外，并不是现在的海南。

侵犯齐国，被齐国大败，齐文公派大将叔孙得臣追击，抓获其酋长侨如，处死之后把它的头颅埋在了子驹之门。晋国灭潞（赤狄潞氏）时，又抓获了侨如的弟弟焚如。齐襄公二年，鄋瞒再次讨伐齐国，王成子父又抓住了老三荣如，杀掉之后把头埋在周首北门。后来卫国人又抓住了老四简如，鄋瞒灭亡。杜预在注解中认为：鄋瞒是巨人国，防风氏的后裔，姓漆。据考证，鄋瞒是春秋时代狄人的一支，国都在今天山东省高青县高城镇西北二里左右的狄城遗址。

尾濮

位　　置：永昌郡西南之外
特　　点：龟人国
特　　产：无

尾濮（pú）是《太平御览》中引《永昌郡传》的内容中记载的国家：永昌郡[1]西南边境一千五百里之外，那里的人长着和乌龟一样的尾巴，长三四寸。想要坐下的时候必须先在地上挖个洞放尾巴，如果不小心把尾巴折断了，马上就会死。那里没有婚嫁的风俗，男女都在野外放浪形骸，生下的孩子只知道自己的母亲是谁，不知道父亲在哪。俗话说“贷老相食”，说的就是尾濮。

沃民

位　　置：沃之野
特　　点：神仙之族
特　　产：鸾凤及各种灵兽、灵物

沃民是《山海经·大荒西经》中记载的族群，位置在沃之国，沃之国的郊外有凤凰卵，沃民们食凤卵，饮甘露，过得非常潇洒快乐。那里还有甘华、甘柤、白柳、视肉、三骓、璇瑰、瑶碧、白木、琅玕、白丹、青丹等各种珍禽异兽和奇花异草，盛产白银和铁矿，鸾鸟歌唱，凤鸟起舞，更有百兽夹杂其

① 汉代设立的行政区，相当于今天云南省的西部加上印度和缅甸的一部分。

中，和谐共处，好一处人间仙境。《海外西经》中也有相关记载："其人两手操卵食之，两鸟居前导之。"《淮南子》中也有"沃民"的说法。"沃"在古文中的意思是"衍沃，平美之地"，沃民国算得上"山海经宇宙"中的世外桃源了。

巫载民

位　　置：大荒之南
特　　点：舜帝后裔
特　　产：珍禽异兽

巫载民是《山海经·大荒南经》中记载的部族，舜帝生无淫，无淫被贬到叫"载"的地方，他的后裔就是巫载民，那里的百姓以五谷为食，不用纺织就有衣服穿，不种地就有粮食吃。这里有鸾鸟歌唱，凤鸟起舞，还有百兽夹杂其中，和谐共处，也是百谷聚集的地方。

无首民

位　　置：海外悬岛
特　　点：其人无首
特　　产：无

无首民是《山海经·海外西经》中记载的族群，是刑天的后裔，当年刑天与黄帝争位，被黄帝砍掉头颅，埋葬在常羊之山。于是以乳为目，以肚脐为口，手持盾牌与斧头继续战斗，他的后裔就是无首民。据清代袁枚的《续子不语》记载，刑天国在海外一座小岛上，那里有男女数千人，全都体型肥短，没有头颅，以双乳作眼睛，以肚脐作口，吃饭时，把食物放在嘴边吸入，说话的声音就像"啾啾"一样，没法听清楚。

无咸民

位　　置：玉门关外四万六千里
特　　点：不死之国
特　　产：渐冻人

无咸民是《太平御览》中引用《括地图》中记载的族群，位置在距离玉门关四万六千里的地方，那里的人吃土，死了之后马上埋葬，人死心不死，百年之后还能再次复活，和渐冻人有点像。另外，张华的《博物志》中也有关于“西民”的记载，那里的人死后肝不会死，百年之后还能再次复活；还有肺不死的，叫作鏐（liú）民，都是一类族群。

御龙氏

位　　置：尧山
特　　点：可以驾驭飞龙
特　　产：龙羹

御龙氏是《国语·晋语》中记载的远古氏族。夏代帝王孔甲时期，夏朝衰落，褒之二君[①]变成两条龙，出现在皇宫之中，孔甲命令刘累养龙，后来死了一条，孔甲将它做成肉汤献给孔甲，孔甲吃了之后觉得非常美味，还要吃，刘累怕龙死之事暴露，就跑到了尧山。御龙氏就是孔甲赐给刘累的封号，他的后人也以“御龙氏”自称。

① 大禹后裔，被分封在褒国。

1. 精怪

阿羊

地　　点：未知
能　　力：国家混乱之兆
特　　点：状如羊，九头
危 险 性：极度危险

阿羊是《太平御览》中引《淮南毕万术》中记载的灾异之兽，状如羊，有九个头，只有天下大乱的时候才会出现，也可以理解为刀兵之祸的征兆，类似于西方的战争使者。

阿紫

地　　点：沛国郡
能　　力：魅惑
特　　点：美女
危 险 性：极度危险

东汉建安（汉献帝的第三个年号）年间，沛国郡（汉代设立的行政单位，

管理三十七个县，治所在今安徽省淮北市境内）有个叫陈羡的人时任西海都尉，其部将王灵孝无故逃走，回来之后，陈羡要砍他的头（汉代军制，逃兵必杀），无奈之下，他只能再次逃跑。陈羡等了很久，不见王灵孝回来，就把他的妻子抓了起来，王妻就把实情告诉了陈羡。

陈羡听了，觉得王灵孝是被什么鬼魅带走了，就带着几十个兵卒和猎犬到城外寻找，后来果然在一个空墓穴发现了他。众人将王灵孝扶出墓穴，只见他呆若木鸡，外貌长得和狐狸有八分神似，嘴里只呼“阿紫”两字。十几天后，王灵孝慢慢恢复正常，才把事情的经过告诉了陈羡。原来，王灵孝和一个狐狸精生活在一起。刚开始时，她变成美女的模样，每日在屋外招手，王灵孝并不理会。可是，时间一长，他就着了道，跟着她跑了，把狐狸当作了自己的妻子，天黑后就回狐狸的家，只觉其乐无比，就连路上遇到的狗也没有发现异常。《名山记》中说，狐狸乃先古名叫“阿紫”之淫妇所化，所以后来凡是修炼成精的狐狸，大多自称“阿紫”。

蟾蜍

地　　点：月球
能　　力：仙药
特　　点：金色癞蛤蟆
危 险 性：无

中国古代神话传说中，月球上有四大原住民：一为嫦娥，二为玉兔，三为蟾蜍（chán chú），四为吴刚。蟾蜍这种长相丑陋的生物怎么会成为灵物的呢？这一点要从各种古籍中的记载寻找答案。

古人认为世界由阴阳二气组成，太阳代表阳，月亮代表阴，太阳上有黑斑（太阳黑子），那是“踆乌”，月亮上也有黑斑（环形山），自然也要有神物居住，于是蟾蜍就成了月亮上的第一个原住民（日中有踆乌，月中有蟾蜍）。

那么，它是怎么进入月宫的呢？汉代张衡在《张河间集》中说：后羿从西王母处得了不死药，被妻子嫦娥偷吃，吃完后飞升到月亮上，变成了蟾蜍。唐代徐坚在《初学记》中也有相同记载，可见这种说法从汉代就有了，到唐代已经十分流行。后来，嫦娥才从蟾蜍中慢慢分离出来，再后来，又迎来了吴刚和玉兔。

蟾蜍成了月亮的主人，自然也就成了灵物和神兽，比如唐代科举中第被称为“蟾宫折桂”，进士被称为“蟾宫客”。除此之外，蟾蜍还被认为是仙药，吃了之后可以长生不老，甚至立地飞升。比如《玄中记》中记载：蟾蜍千岁以后头上会长出角，得而食之，可以活上千年。《抱朴子》中说，蟾蜍万岁之后就变成了肉灵芝，“五月五日中时取之，阴干百日，以其足画地，即为流水。带其左手于身，辟五兵，若敌人射己者，弓弩矢皆反还自向也”，这种法宝简直无所不能。总之，在古人的眼里，蟾蜍根本不是什么“癞蛤蟆”，而是不折不扣的仙物，当然，前提是够老。

赤虾子

地　　点：闽粤地区
能　　力：疾行
特　　点：小如婴儿
危 险 性：无

赤虾子是清代学者王士祯在《池北偶谈》中收录《双槐岁钞》时记载的精怪：广东顺德县（今广东省佛山市顺德区）有个叫寿星塘的地方，那里有一种叫作赤虾子的精怪，大小和婴儿差不多，笑声和呼叫声也和婴儿一样，经常两个一起从树上手拉着手慢慢垂下，到地上就消失不见了，人们都说这是蓬莱仙女们留下来的，这场景想想也怪瘆人的。清朝文人李文凤在《月山丛谈》中也有相关记载：广西思恩县（今广西环江毛南族自治县）靠近村庄的树顶上，有两个高约一尺五寸的人，穿着一身武人的装束，健步如飞，应该也是赤虾子一类的精怪，闽粤地区比较常见。

患

地　　点：洵山
能　　力：饿不死
特　　点：状如羊，无口
危 险 性：无

患，又称羊患，是《山海经·南山经》中记载的一种异兽，产地在洵山，山上盛产黄金和玉石。羊患状如羊，无口，不吃不喝还能正常活着，还有一个

重要特点："不可杀也"。这里可以做两种理解：第一是不能杀，或者说杀之不祥；第二是杀不死。从羊患不进食也不会死的特点来看，后者的可能性似乎更大一点，毕竟这种生命力连凤凰都自叹弗如。

另一段记载来自干宝的《搜神记》：（羊患）身长数丈，状如牛，眼睛为青色，光耀明亮，四条腿都埋在土里，走动时腿也不用拿出来，只有用酒灌才能将它消除，因为这种异兽乃忧伤之气所化，唯酒才能解忧。这段记载和"怪哉"很像，"何以解忧，唯有杜康"。

蟜

地　　点：昆仑虚北
能　　力：行动迅捷
特　　点：状如人，虎纹
危 险 性：一般

蟜（jiǎo）是《山海经·海内北经》中记载的一种异兽，产地在昆仑虚北，位于"山海经宇宙"的轴心地区，状如人，身上有老虎的花纹，腿部肌肉发达，这是《山海经》中很少见的对某个部位肌肉状况的描述，作者应该是为了突出这种异兽的跳跃和行动能力。

另外，很多古籍中都有关于炎帝的母亲为"有蟜氏之女"的记载，她是少典（黄帝和炎帝的父亲）的妃子，炎帝的母亲，《帝王世纪》中称"有蟜氏之女，名女登，为少典妃。游于华阳，有神龙首感女登于常羊，生炎帝"，这里的"有蟜氏"和《山海经》中记载的异兽应该存在某种关联。

毛女

地　　点：文昌山
能　　力：抢劫
特　　点：赤身长乳
危 险 性：极度危险

毛女是《琼台志·纪异》中记载的一种怪物，出没于文昌山（今江西省定南县西南老城镇城内）一带，长得和山魈很像，赤身长乳，当地人称之为“长奶鬼”，经常在白天去乡民家里抢劫，明朝初年经常出现，后来就慢慢消失了。当地人经常用“毛女”来吓唬小孩，还有在端午节用柳条抽打“毛女像”的习俗。清代《临高县志》中也有记载，与上文大致相同，不做赘述。

鵸鵌

地　　点：翼望之山
能　　力：食之不做噩梦，避邪
特　　点：状如乌鸦，三首六尾
危 险 性：小

鵸鵌（qí tú）是《山海经·中次三经》中记载的一种异鸟，产地在翼望之山，状如乌鸦，有三个头、六个尾巴，喜欢笑，吃了它的肉可以让人不做噩梦，还可以避开凶邪之气，算得上“山海经宇宙”中的“安定片”了。不过，细想一下还是挺恐怖的，你在山上走得好好的，突然听到一阵笑声，还是此起彼伏如同三重奏的笑声，本以为有人居住，走近一看才发现是三个头的怪物，那种视觉震撼不做噩梦才怪。最妙的是，鵸鵌既是“毒药”也是“解药”，只需要把它抓住吃掉就能避免噩梦，功过相抵。

青牛

地　　点：雍南山
特　　点：状如牛
危 险 性：未知

青牛是《太平御览》中记载的一种精怪，为山中的大松树成长千年之后所化。据《录异记》记载，秦文公（春秋时代秦国君主）时期，雍南山上有一棵大梓树，文公命人把它砍倒，从树里走出一头青牛，一直走到河水中去了。需要注意的是，这里记载的青牛并不是《西游记》中太上老君的坐骑，而是山中

木精，太上老君的坐骑应该是远古瑞兽“兕”。

庆忌

地　　点：干枯的湖泊中
能　　力：千里一日返
特　　点：人形，长四寸
危 险 性：无

庆忌是《管子·水地》中记载的一种精怪（水神），湖泊干涸数百年之后，谷地不空，湖水不绝者，生庆忌。庆忌和人长得很像，高度只有四寸，穿着黄色的衣服，戴着黄色的帽子，骑着黄色的小马，喜欢在路上疾驰。呼叫它的名字，可以让它在千里之外一日返回。另外，据《太平御览》记载，在水边呼叫庆忌的名字，可以让它到水里取鱼，《天地祥瑞志》中也有相关记载，内容大致相同。可以想象一个画面，如果很多人都知道这个秘密，大家一起到湖边大喊庆忌的名字，岸上得有多少条鱼，不知道的人还以为是什么邪教仪式。

山大人

地　　点：剑山
特　　点：状如人，遍体黑毛、嘴大
危 险 性：无

山大人是《太平寰宇记》中记载的一种山精，居住在沙县（今福建省沙县）剑山，外表和人长得很像，遍体被黑色长毛覆盖，身高丈余，见人就笑，笑的时候上嘴唇盖住脸，下嘴唇盖住胸口，人见到后还是会感到怪异。它有时候会遗落下藤草编成的草鞋，有三尺五寸那么大，乡里人都叫它山大人。这种山精和《山海经》中记载的“幽鴳”非常像，都喜欢傻笑。想想也是挺惨的，精怪们对人类释放善意，人类却还是把它们当怪物，甚至还觉得它们傻，这大概就是“非我族类，其心必异”吧。

山鬼

地　　点：安国县，今河北省保定市安国县
能　　力：偷东西
特　　点：状如人，一只脚
危 险 性：一般

山鬼非鬼，而是山中的一种精怪，记载于《太平御览》中引用《永嘉郡记》的部分：安国县有一种山鬼，长得和人很像，但是只有一只脚，看上去有一尺左右。这种山鬼非常喜欢吃盐，山上伐木人带的盐几乎都被他们偷去了。它们不怕人，也不会主动去招惹人，也没人敢招惹它们，各自相安无事。山鬼们喜欢在山涧里摸螃蟹，等到伐木人睡觉的时候，就出来一群，在水边支起石头烤着吃，伐木人经常看到这种景象。有一天，一个伐木人在睡觉之前，用火把河边的石头烤热，假装睡着，躲在树林里偷看，过了一会儿，这些山鬼们果然出现了，拿起石头时被烫得吱哇乱叫，骂骂咧咧地回去了。

南宋·洪迈在《夷坚乙志》中也有相关记载：宜兴民（杜撰的人名）一直以来都以幽默著称，有一天，他在睡觉时，一个山鬼从屋顶上的天窗伸下一只脚，宜兴民见了，知道是山鬼，就开玩笑说："你要是真有神通，就把另一只脚也放下来？"山鬼听了之后收脚而去，再也没去过他家。

从这些记载来看，这种精怪还是蛮讲道理、蛮有趣的，只是喜欢小偷小摸，没有其他精怪那样凶残可怖。

山精

地　　点：山间
能　　力：攻击人类
特　　点：状如人，一足
危 险 性：高

山精是《玄中记》中记载的一种山间精怪，样子和人长得很像，只有一只脚，高三四尺，喜欢吃山里的螃蟹，白天看不见它，晚上却能听到它的声音，后来被千岁蟾蜍吃掉了。这段记载和"山鬼"很像，只是略高一点。晋代葛洪的《抱朴子·登涉》中也有关于它的记载：山精的样子很像小孩子，只有一只

脚，还向后长着，喜欢攻击人。人如果在夜里进入山谷，只能听到它的说话声和笑声却看不到它，这时候只要喊它的名字“蚑”，它就不敢来攻击人类了。日本有一种叫作“幽谷响”的妖怪，和山精很像，是人们对山间回声的妖魔化，山精的来历大概也是如此。

山魈

地　　点：岭南地区、广东的山间
能　　力：隐身，驯兽
特　　点：一手一足，脚反长
危 险 性：因人而异

山魈（xiāo）是《广异记》中记载的一种山间精怪，分布在岭南地区（我国南方五岭以南地区的概称，包括广东、广西、云南和福建的部分地区），和人长得很像，只有一只脚，还是反着长的，长着三个手指和脚趾，雌性还喜欢涂脂抹粉。山魈在中空的大树里做巢，用木屏风作为帐幔，还喜欢囤积食物。岭南地区走山路的人，都要随身携带脂粉和银钱。雄山魈名曰山公，看到人必然索要钱财；雌山魈名曰山姑，见人必然索要脂粉，只要给了它们就能护人周全。唐代天宝年间，有个北方人在山里赶路，晚上怕有老虎，想要在树上睡觉，忽然遇到一只山姑，于是从树上下来，三拜高呼“山姑”，那山姑问他有什么货物，那人从口袋里拿出脂粉，山姑非常高兴，让他放心在树下睡觉。半夜，果然有两只老虎来到树下，想要吃那客人，只见山姑摸着虎头说道：“斑子儿，这是我的客人，你们不要打扰他。”两只老虎居然转身便走了。

清代褚人获在《坚瓠秘集》中也有相关记载：广东山间偏僻处有山魈出没，半人半鬼，会隐形，必须两人结伴才能通过。

袜

地　　点：大荒北部
能　　力：未知
特　　点：人身黑头
危 险 性：未知

袜，即魅，是《山海经·海内北经》中记载的一种精怪："其为物，人身黑首从目。"除此之外没有任何信息。从这段记载看，这种怪物应该是物老成精所化，状如人，头为黑色，眼睛是竖着长的。

罔两

地　　点：藏身于山林之中
能　　力：害人
特　　点：未知
危 险 性：极度危险

罔两是古代传说中害人的精怪，在很多典籍中都有记载。《左传·宣公三年》中有"故民入川泽山林，不逢不若；螭魅罔两，莫能逢之"的记载。西晋学者杜预在注解中认为：罔两是一种水怪。宋代罗泌在《路史·后纪四》中则有"蚩尤乃驱罔两，兴云雾，祈风雨"的记载，可见罔两确实是一种害人的精怪。《说文解字》中，罔两的意思是"山川之精怪"。

这些记载中都没有明确指出它的样貌和特点，我们也许能从《庄子·齐物论》中找出一点蛛丝马迹。罔两问影曰："曩（nǎng）子行，今子止；曩子坐，今子起。何其无特操与？"罔两问影子："刚才你还在走，现在又突然停下了；刚才还在坐着，现在又起来了。你为何这么善变呢？"这段记载中的"罔两"意为"影子之外的微影"，由此来看，罔两很有可能是一种类似于影子的精怪，经常躲在阴影里伺机害人，或者它根本就是影子？

委然

地　　点：未知
能　　力：宝藏“引路使”
特　　点：状如美女
危 险 性：无

委然是《艺文类聚》中引用《白泽图》中记载的内容：状如美女，穿青衣，乃玉石成精所化，如果看见了，只需要叫它的名字，用桃木刺之，就可以得到。《太平御览》中则说：夜间行走，如果看到女子带着蜡烛赶路，只需要跟着她，就能走到一个山洞，山洞中会有很多玉石。从这些记载来看，委然这种精怪实在是没什么杀伤力，碰上了真是天大的喜事，不仅能够通过简单的手法“抱得美人归”，白得一个大美女，还能找到宝藏，真是一举两得。

无不达

地　　点：西南大荒
能　　力：无所不知
特　　点：非常炫酷
危 险 性：无

无不达是《神异经》中记载的超级神人：在西南大荒中，有这样一个人，他高约一丈，腹部围着九条大蛇，脚下踩着神龟，手上戴着朱雀，右手拿着青龙，左手拿着白虎，四象合体，简直无比炫酷。这位神人，知道山上有多少石头，大海里有多少水，能听懂天下所有鸟兽的语言，知道天下所有草木的味道。他有四个名字：一个叫圣，一个叫哲，一个叫贤，一个叫无不达。凡人如果碰到他，只需要拜上一拜，就能显著提高智商，符合“神异经宇宙”的一贯炫酷风格，也符合东方朔的性格，无不达应该是他对圣人的定义，也是他心中对完美的神格化。

无路之人

地　　点：西北海外
能　　力：与天地同生
特　　点：大
危 险 性：无

无路之人是《神异经》中记载的一种天神，秉承了“神异经宇宙”的一贯夸张风格：西北海外，有个高两千里的人（能把头插到平流层这么高），两脚之间相差一千里，腰围一千六百里，每天都要喝五斗（六十斤左右）天酒，这样看来，天酒还挺顶饱，这么大的体型，喝六十斤就够了；不吃五谷杂粮，也不吃水产鱼肉，饥饿的时候就向天饮酒。他喜欢在山海间游玩，丝毫也不侵害百姓，不干预万物，与天地同生，他的名字叫作“无路之人”。不得不说，这个名字起得十分贴切，人间也没有路给他走。这大概是东方朔心里“仁”的化身，勇武而不犯人，是为仁也，仁者无敌，所以无路之人才会充斥天地之间，名为无路，实则天地之大，无不可去之地。

无伤

地　　点：生活在地下
能　　力：灾祸之兆
特　　点：状如犬
危 险 性：极度危险

无伤是《尸子》中记载的一种异兽，“地中有犬，名曰地狼，有人名曰无伤”，无伤是灾祸之兆。根据《晋书·五行志》的记载，富国将军孙无终（东晋将领）家住既阳县（江苏省江阴市东）时，听到地下有狗叫声，挖开之后，发现两只幼犬，都是白色，一只是公的，另一只是母的，于是就把它们养在家中，没过多久就都死了。后来，孙无终被桓玄①所杀。

《宋书·五行志》中也有相关记载：晋惠帝（西晋王朝第二位皇帝）元康年间，吴郡娄县（今江苏省昆山市娄县）有个人听见地下有狗叫声，挖开之后

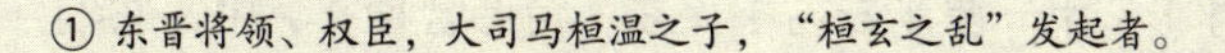

① 东晋将领、权臣，大司马桓温之子，“桓玄之乱”发起者。

得到雌雄各一（犬），又把它们放回洞中，用石磨盖住，没想到，几天之后这两条犬就不见了。没过多久，太守张茂就被沈冲杀了。

由此可见，地狼虽然名叫“无伤”，实际上是走到哪儿伤到哪儿。

傒囊

地　　点：丹阳
能　　力：未知
特　　点：状如婴儿
危 险 性：未知

傒囊（xī náng）是《搜神记》中记载的一种精怪：三国时期，诸葛恪（kè）为丹阳（今江苏省丹阳市）太守，有一次出去狩猎，在两山之间看到一个状如小儿的精怪，伸出手想让人拉，诸葛恪伸手拉住它，将它拉离了原来的地方，那怪物便消失不见了。手下人惊问其故，以为诸葛恪是神明。诸葛恪说：“这东西是《白泽图》中记载的精怪，叫作‘傒囊’，把它拉离原来的地方它就会死，你们不要以为是我神通广大，告诉过你们没事多看点书，就是不听。”至于傒囊为什么要伸手让人去拉，诸葛恪没有说，也没说有什么后果，反正肯定没有什么“好果子”吃就对了。最后感叹一句：有文化，真可怕。

小人

地　　点：各地皆有
能　　力：仙药
特　　点：小
危 险 性：无

小人是神话传说中比较常见的一种精怪，在很多典籍中都有记载。在《山海经·大荒南经》中，它们活跃在盖犹之山：“有小人，名曰菌人。”《大荒东经》中则记载：“有小人国，名靖人。”在《神异经·西荒经》中，它们在鹄国居住，男女皆长七寸（二十一厘米左右）；在《诗纬含神雾》中，它们是“焦侥国民，长尺五寸”；在《洞冥记》中，勒毕国人只有三寸高；《神异经·西北荒经》中的记载就更有趣了：“西北荒中有小人，长一分（三毫米左右）。”小人国的国君穿着红色的长袍，带着黑色的帽子，驾着华丽的马车，非常威武。如果碰到这种马车，可以把它抓起来吃掉，味道有点辣，但是可以接受，吃掉之后，就有了全知的能力，而且它们还会杀死肚子里的三条虫子，之后就可以吃仙药了。晋代葛洪在《抱朴子·仙药》中说：在山间看到小人驾马车，高七八寸（二十多厘米）的，那就是肉灵芝了，只要抓到它吃掉，就可以白日飞升。

藻兼

地　　点： 瓠（hù）子河中
能　　力： 水木之精
特　　点： 状如人，体型很小
危 险 性： 无

藻兼是《述异记》中记载的精怪，出现在汉武帝时期的未央宫中。汉武帝在未央宫设宴，席间突然听到有人说话，却看不到人，找了很久才看到一个老人坐在房梁上，高七八寸（各朝代度量衡不同，汉代一寸约有二点二厘米，魏晋之后各代为三点三厘米），脸上全是皱纹，须发皆白，拄着拐杖慢慢悠悠地走到汉武帝面前。汉武帝问他姓甚名谁，有什么话要说。那老头放下拐杖，只是叩头，却不说话，先仰视屋顶，继而俯视汉武帝脚面，忽然消失不见。

汉武帝大惊，急问东方朔，东方朔答：“此乃藻兼也，水木之精怪。陛下近来大兴土木，毁了它的房子，所以它才来诉苦。它之所以仰头看屋顶，又低头看陛下的脚，是要告诉您，您的宫室已经足够了，不要再建造了。”汉武帝听完，果然停止了宫室的建造。

后来，汉武帝到瓠子河（今山东省菏泽市境内）巡视，突然听到水底传来丝竹之声，原来是在未央宫见过的那个小老头带着几个少年，最高也只有一尺而已。它们穿着华丽的袍服，踏着凌波微步从水面走来，给汉武帝摆了一桌宴席。老翁对汉武帝说：“臣前一段时间冒昧造次，承蒙皇恩浩荡，才得以保全居所，今日是特地来感谢陛下的。”随后命令小人们奏乐，拿出一颗洞穴宝珠献上，遂隐去。汉武帝问东方朔珠子的来历，东方朔答：“河底有一洞穴，穴中有一红色大蚌，这宝珠就是此蚌所生，一寸大的就能光照满室，算稀世珍宝了。”汉武帝听后，更加喜欢这颗宝珠，藏于内库之中。

知女

地　点：路边
能　力：吃人
特　点：状如美女
危险性：极度危险

知女是《白泽图》中记载的一种精怪，是狼修行百年之后所化，状如美女，专门坐在路旁引诱过路男子，自称没有父母兄弟，想要嫁人。男子如果将她娶回家中，三年之后就会被它吃掉；如果知道它的名字，只需要直呼其名就会逃走。《法苑珠林》中也有类似记载，大致相同，不再赘述。

2. 鬼怪

穷鬼

身　份：颛顼之子，又称穷子
能　力：使人贫穷
特　点：着破衣

穷鬼是民间传说中使人贫穷之鬼，唐代李邕在《金谷园记》说：高阳氏子有个儿子，喜欢食糜，穿破衣烂衫，有人做了新衣服给他，他必要用火烧之才肯穿，宫中人给他起了一个“穷子”的绰号，后来“穷子”在正月晦日[1]死于巷中，于是人们便在这一天在巷中“作糜，弃破衣”，名曰“送穷鬼”。

送穷鬼的风俗在唐代已经相当流行，韩愈就曾经作《送穷文》：“三揖穷鬼而告之曰：闻子行有日矣。”送穷鬼的形式也多种多样：“结柳作车，缚革

① 正月的最后一天。

为船”。至宋代，陈元靓在《岁时广记》中写到：太学中有人颇有滑稽之才，每到正月晦日，便以芭蕉为船送穷，还作了一首《临江仙》：

正月月尽夕，芭蕉船一只。
灯盏两只明辉辉，内里更有筵席，
奉劝郎君小娘子，饱吃莫形迹。
每年只有今日日，愿我做来称意。
奉劝郎君小娘子，空去送穷鬼，空去送穷鬼。

鬼母

地　　点：南海小虞山
能　　力：非常能生
特　　点：虎头龙足、蟒目蛟眉
危 险 性：极度危险

鬼母是《述异记》中记载的一种恶鬼，居住在南海小虞山，长着老虎的脑袋、龙的脚、蟒蛇的眼睛和蛟的眉毛，能够产天、地、鬼，一天能生十个鬼，早上生下来，晚上就把它们吃掉。苍梧（今广西壮族自治区梧州市）的鬼姑神就是这种东西。按理说，鬼母能够生天地，能力和女娲娘娘也差不多，可惜是个鬼。

小儿鬼

地　　点：家里
能　　力：吓唬小孩儿
特　　点：未知
危 险 性：一般

晋代干宝《搜神记》记载：远古时代，颛顼氏有三个儿子，死了之后变成了三个鬼，一个叫疫鬼，住在江河湖泊里，专门散播瘟疫；一个叫魍魉鬼，住

在若水（今雅砻（lóng）江，位于四川省西部），专门害人；一个叫小儿鬼，住在别人家里，专门吓唬小孩儿，小儿夜啼就是它干的。

虚耗

地　　点：唐代翠华宫
能　　力：使人损耗精神，身体患病
特　　点：紫衣、牛鼻
危 险 性：极度危险

虚耗是宋代陈元靓的《岁时广记》中记载的一种鬼：开元年间，唐明皇（唐玄宗）从骊山（今陕西省西安市临潼区境界）讲武回到翠华宫，因为疟疾发作，非常不高兴，就早早睡着了。梦中见到一个小鬼，穿着紫色的衣服，长着牛鼻子，一只脚穿鞋子，另一只鞋子挂在腰带上，旁边还别着把扇子，挂着杨贵妃的香囊和玉笛，在大殿里奔跑嬉戏，唐明皇大怒，斥责道："你这样成何体统？"小鬼奏曰："臣乃虚耗也。"唐明皇说："我可没听说朝里有你这么一号。"小鬼对曰："虚就是凭空捏造，耗就是把喜事耗成丧事。"唐明皇大怒，呼叫武士进殿。

片刻之后进来一大鬼，戴着一顶破帽子，穿着一身蓝衣服，腰上缠着角带（用角装饰的腰带），穿着一双朝靴，径直走到小鬼面前将其一刀劈成两半，接着便把小鬼吃了。唐明皇既惊且怒，问道："你是何人？"那大鬼回道："终南山道士钟馗也，因武德年间（唐高祖年号）考举人未中，羞归故乡，触殿前台阶而死，当时高祖赐了我一身绿袍做葬服，深感皇恩浩荡，于是立下誓言，不再转世投胎，愿为陛下除尽天下虚耗妖孽。"

钟馗说完，唐明皇马上就醒了，只感觉神清气爽，疟疾也好了，于是赶忙让人找来画工吴道子，让他画出梦里钟馗的样子。吴道子不待唐明皇说话，提笔便画，画出来的像居然和唐明皇梦中所见分毫不差，原来他也和皇帝做了同样的梦。

清代褚人获在《坚瓠四集》卷三"除夕遗俗"中也有相关记载：除夕夜整夜不睡，是为了守岁，室内灯火通宵不灭，就是为了照"虚耗"。从这个记载可以看出，驱除虚耗已经成了民间的习俗，很多地方现在还有保留。

野仲游光

地　　点：各处均有
能　　力：以恶制恶
特　　点：八兄弟
危 险 性：极度危险

野仲游光出自汉代张衡的《东京赋》“殪（yì，杀死）野仲而歼游光”，三国学者薛综在注解中认为：野仲游光是兄弟八个，经常在人间作恶。至于他是怎么得出这个结论的，不得而知，但根据张衡的原文，这两个肯定不是什么好东西。清代学者卢文弨（chāo）在《群书拾补》引用《风俗通》中的内容说：“夏至着五彩，辟兵，题曰游光。游光，厉鬼也，知其名者无瘟疾。”这是古代夏至祭祀时的风俗，在夏至这一天，要穿上五彩的衣服，装饰上“辟兵”的饰品（古人认为某些东西可以避免国家陷入战乱，比如蟾蜍、戈、刻有特殊花纹的头盔等），题上“游光”两个字，可以避免瘟疫发生。由此可见，野仲游光到后来的作用已经成了可以避免瘟疫和战争的恶鬼（以恶制恶），就像郁垒神荼一样。

夜叉

地　　点：很多地方都有出没
能　　力：飞天遁地，行动迅捷
特　　点：状如蝙蝠、头如驴
危 险 性：极度危险

夜叉是印度梵文“Yakşa”的音译，意思是恶鬼。夜叉在汉代佛教传入时进入中国，早在唐代，文学家李绰就在《尚书故实》中写道：“虽自西来，实已中国化矣。”在各类典籍和民间传说中，夜叉的样子更是千奇百怪。

《博异志》中曾经记载：（夜叉）长丈余（三米多），满头红发，满口金牙如同锯齿，手臂干瘪，手掌如同兽爪，下半身还穿着豹纹裙，拿着短兵器冲进屋子，吐火饮血，跳掷哮吼，铁石消铄，吓得人魂飞魄散。如果说这是夜叉中的陆军，那宋洪迈在《夷坚甲志》中记载的就属于“空军”了：“高丈余，

形如蝙蝠，头如驴，两翅如席，一爪踞地，一爪握瓜食之，目光灿然”，此乃“飞天夜叉”。在《一切经音义》中，夜叉“食人血肉，或飞空，或地行，捷疾可畏”。在《封神演义》中，夜叉更是获得了“分水”的能力，这算得上夜叉军团中的“海军”了。在某些民间传说中，夜叉有时候是蓝色的，有时候是黄色的，有时候是红色的，还有牛头、马头、驴头等各种头颅，武器也是不一而足。总而言之，形象方面，怎么可怖，怎么让人害怕就怎么来；能力方面，更是上天入地无所不能；至于性格，自然是凶残无比，喜欢吃人。夜叉大抵就是人们心中恐怖的代名词，不同的人就有不同的“夜叉”，如果你害怕毛毛虫，那毛毛虫在你心里也是夜叉。

不过，在佛教神话中，夜叉最后被佛祖收复，成了毗沙门天王座下的护法神之一，列入“天龙八部”统一管理。毕竟在佛祖的字典里，万物都是可以通过思想品德教育感化和超度的，不信你看《西游记》里有多少凶神恶煞的怪物，都是佛祖和观音们的坐骑。

一足鬼

地　　点：颍川郡、魏郡

能　　力：恶作剧

特　　点：一足、鸟爪、背有鳞甲

危 险 性：小

一足鬼是南朝刘敬叔在《异苑》中记载的一种鬼：元嘉年间（南朝刘宋皇帝刘义隆的年号），颍川郡（今河南省禹州市）有个叫宋寂的人，在白天忽然碰到一个只有一只脚的鬼，高度约有一米左右，愿意听宋寂差遣。宋寂非常高兴，就把它带回了家。有一天，他想和邻人玩樗蒲[①]，却没有五木（相当于棋子，需要投掷），那鬼便从院子中的杨树上砍下一段，拿到屋里做成了五木。等到要烧灼成型时，虽然也黑白分明，却非常粗糙，根本没法使用。

这本书中还有另一段记载：元嘉年间，魏郡（今河南省安阳市）张承吉有个叫元庆的儿子，十二岁，忽然看到一个鬼，一米多高，一足，鸟爪，背有鳞甲，招手让他过去，元庆迷迷糊糊地就跟上去了，恍惚如狂，走到了不该走的地方，被父母打了一顿，突然听到空中传来一句话：“是我让他去的，不怪他。”张承吉有两卷羊敬元（南朝书法家）写的字，平日里视若珍宝，突然有

① 音 chū pú，一种汉代和魏晋时期流行的棋类游戏。

一天不见了，怎么找都找不到，那鬼在房梁上丢下一卷，稍微有些损坏，又给修好了。张承吉平日里喜欢鼓捣一些小玩意儿，曾经做了一把弹弓，被这鬼借走了，几天之后还回来时，弹弓全都给折断了。

根据记载来看，一足鬼似乎是山中的一种精怪，平日里喜欢用恶作剧来戏弄人，没有多大的危害。

牛头

身　　份：地狱恶鬼，名阿旁、阿傍
职　　责：巡逻、追捕、勾魂
特　　点：牛头人身，手持钢叉

牛头是民间传说中的勾魂使者之一，常和马面同时出现，它的形象源自东晋竺昙无兰创作的宗教书籍《五苦章句经》："狱卒名阿傍，牛头人手，两脚牛蹄，力壮排山，持钢铁钗。"这里说的"狱卒"就是牛头。《铁城泥犁经》中也有记载："如是曹人死即入泥犁，与阎罗王相见，即去善归恶。泥犁卒名曰旁，旁即将人前至阎罗所，泥犁旁言：'此人于世间为人时不孝父母、不事沙门道人、不敬长老、不布施、不畏今世后世、不畏县官。'"此处的"泥犁"便是地狱，"泥犁卒"便是牛头，名曰"旁"。生前有罪孽之人，死后会被牛头带至阎罗王面前，细数罪状，听候发落。原文中的"此人于世间为人时不孝父母"后被误传，故民间传说认为"生前不孝顺父母者死后会变成牛头"，这是一种误解，牛头是地府的"公务员"，并不是人人可当的。另外，作为阎罗王的狱卒，牛头还要负责巡逻和抓捕逃犯的工作，所以被认为是勾魂使者。

马面

身　　份：地狱恶鬼，又称马面罗刹
职　　责：巡逻、追捕、勾魂
特　　点：马头人身，手持长刀

马面是牛头的搭档，又称马面罗刹，也是阎罗王手下的鬼卒，职责与牛

头相同，形象源于佛教经典《楞严经》：“亡者神识，见大铁城，火蛇火狗，虎狼狮子，牛头狱卒，马面罗刹，手持枪矛，驱入城内，向无间狱。”这一段是亡魂在地狱中所见的景象，其中就有马面罗刹的身影，其负责将人押送到城中，打入地狱。佛教自东汉时期传入中国，牛头马面的形象也随之深入人心，历代的文人作品中不乏对它们的描写。明代冯梦龙所著的《喻世明言》中《游酆都胡母迪吟诗》有对阴曹地府的描写：“迪乃随吏入门，行至殿前，榜曰‘森罗殿’……阶下侍立百余人，有牛头马面，长喙朱发，狰狞可畏。”清代小说《玉佛缘》中也有类似的描写：“忽见第五殿阎王那里，一对牛头马面走来，一根铁索拉了他就走。”

密宗中另有“马面明王”，不过其是一尊大神，与马面相去甚远。牛头马面的形象虽然是源于佛教，却很少在佛寺中出现，反而在道教的各类城隍庙中比较常见，掌管阴间事物的阎罗王亦是来源于佛教的“阎摩罗王”，梵语读作Yama-raja，意为“夜摩耶摩”，道教将其收编，改称“十殿阎罗”。

黑无常

身　份：鬼卒

职　责：捆缚亡灵

特　点：身着黑衣，手持绳索或铁链

黑无常是民间传说中的勾魂使者，与白无常一同出没，负责将新丧之人的魂魄押送到地府中。与牛头马面不同，黑无常并非来源于佛经，鲁迅先生在《朝花夕拾·无常》中曾经进行过考证：“在印度的佛经里，焰摩天是有的，牛首阿旁也有的，都在地狱里做主任，至于勾摄生魂的使者的这无常先生，却似乎于古无征。”如果对“无常”一词追根溯源，则在魏晋时期传入中原的《大般涅槃经》中可见：

一切有为法，皆悉归无常。
恩爱和合者，必归于别离。
诸行法如是，不应生忧愦。

黑白无常的形象应该源于“无常”一词，至于勾魂使者的职责，则应源于“人生无常”，这两个鬼差可说是地道的“中国鬼”。

勾魂使者何时成双出现，并无记载。不过，唐代《酉阳杂俎》中记载了一件非常有趣的事：元和初年，上都东市恶少李和子因“常攘狗及猫食之”而被两名身穿紫衣的勾魂使者追捕，贿赂四十万钱后，鬼使许诺延寿三年，谁知三日便死，“鬼言三年，盖人间三日也”。

到明代，小说中常出现黑白无常的名字，如《水浒传》中的“未随五道将军走，定是无常二鬼催”，可知当时两位鬼使在民间已经相当流行。到清代，《玉历宝钞》开始在民间流行，其中出现了黑白无常的绘像，因为相信刊印善书可以增加功德，加上有图可看，这本书在清末至民国相当流行，版本也比较多，两位鬼使的形象差别也比较大。

清光绪二十六年（1900年）姑苏镂云阁木刻本《重刊玉历宝钞》中，两鬼使一曰“活无常”，手持大刀，一曰“死有份”，手持长杆。民国十四年（1925年）宏大善书局石印本《玉历金丹劝世合编》中，黑无常手持绳索，帽上写“天下太平”，白无常一手持蒲扇，另一手持勾魂幡，帽上写“一见生财”，则与现代形象更为接近。

白无常

身　　份：鬼卒

职　　责：勾魂使者

特　　点：着白衣，手持勾魂幡

白无常是黑无常的搭档，阎罗王的鬼卒之一，人死之后，白无常负责将魂魄勾出，由黑无常捆缚之后押送城隍处听审。

一则较为流行的民间传说中，黑白无常生前原为衙门差役，押解囚犯时，犯人中途逃走，两人决定分头寻找，在桥下会合，不想到了约定时间，谢必安因天降大雨误了时辰，谢无咎便在桥下苦等，后河水暴涨，谢无咎不愿失约，溺毙桥下。谢必安赶到之后，见其溺亡，遂上吊自尽。所以，在民间传说中，白无常经常以“吊死鬼”的形象出现。不过，这则传说未见出处。

黎丘鬼

身　　份：鬼怪
能　　力：变身
特　　点：好戏弄他人

黎丘鬼是《吕氏春秋·疑似》中记载的一种生活在梁北黎丘部的一种鬼，喜欢变成人的子侄昆弟等亲属戏弄他人。有一次，一位老翁在街市喝醉了酒，摇摇晃晃地走在回家的路上，黎丘鬼见状，便化为老翁儿子的模样，假意搀扶，在路上用各种方法折磨老翁。

第二日，老翁酒醒之后叫来儿子，怒斥曰："我是你爹，平日里待你不薄，你为何趁我醉酒在路上折磨我？"儿子跪地泣曰："哪里有这等事！我昨日去东邑收债了，您可以去问问他们。"老翁相信了儿子说的话，对他说道："这必定是黎丘鬼所为，我平日里就听过这类事。"

翌日，老翁怀揣利刃，又到街市喝酒，准备刺死戏弄自己的鬼。没想到，老翁的儿子见他迟迟不归，于是赶去接他，老翁在路上碰到儿子，以为是黎丘鬼，拔剑刺之，"丈人智惑于似其子者，而杀其真子"。后世多用黎丘鬼来表示奇诡怪异的事物，如明代许承钦的《泊杨柳青夜立广野中》中的"枯杨暗啸黎丘鬼，短剑谁销濩泽兵"。

三尸神

身　　份：寄生鬼，又称三彭、三虫
职　　责：监视、告密、教唆等

三尸神是道教典籍中记载的寄生鬼，最早出现在汉代纬书《河图纪命符》中："天地有司过之神，随人所犯轻重，以夺其算纪。恶事大者，夺纪，纪一年也；过小者，夺算，算一日也。"这里的"司过之神"指的就是三尸神。他们是寄生在人体内的鬼，监视人的一举一动，"每到六甲穷日，辄上天白司命，道人罪过"，之所以这样做，目的是"欲使人早死，此尸当得作鬼，自放纵游行"。《云笈七签》中称，人死之后，"魂升于天，魄入于地，唯三尸游走，名之曰鬼"。除了告密以外，三尸神还会不断挑唆人犯错，《酉阳杂记》中说：三尸神"一居人头中，令人多思欲，好车马"，"一居人腹，令人好饮食，恚怒”，“一居人足令人好色，喜杀”。

三尸神的名称各代有不同的说法。唐代《太上除三尸九虫保生经》中说：“上尸”名彭踞，在人头中；“中尸”名彭踬，在人腹中；“下尸”名彭蹻，在人足中。明代《三教同原录》中载：“三尸者，一名青姑，伐人眼，令人目暗面皱，口臭齿落；二曰白姑，令人腹轮烦满，骨枯肉焦，意志不升，所思不得。”这些记载中的名称虽然各有不同，但本质大致相同，三尸神是道教贪、嗔、痴三种妄念的具象化。

想要对付体内这三个怂恿者和告密者，得做到清心寡欲、行善积德，让它们无密可告。不过，要做到这一点对于“食色性也”的人类来说实在太难。宋代学者张君房独辟蹊径，找出了另一种方法，经过长期的研究和观察，他发现三尸神会在庚申日这一天，趁人熟睡时告密。于是，张君房利用逆向思维，坚信只要自己在这一天坚持不睡，体内的三尸神就无法离开。为了迷惑三尸神，他还坚持服用鸣条茯苓等药物。就这样，张君房整整坚持了三十年，终于在弟子面前白日飞升，成了神仙。不过，此事后面的发展颇有些黑色幽默的成分，一天夜里，一位弟子在熟睡中突然梦到恩师，张君房告诉他：“为师如今已经得道成仙，被派来做你的三尸神了。”这真是——天道好轮回，苍天饶过谁。

1. 异兽

穷奇

地　　点：邽山
能　　力：飞行、尖牙利爪
特　　点：状如牛，猬毛；状如虎，有翼
危 险 性：极度危险

穷奇是《山海经》中记载的异兽，不过，在《西山经》中，它的外形和牛长得很像，长着刺猬的毛发，喜欢吃人；在《海内北经》中，穷奇却成了“奇状如虎，有翼”，《山海经》由于成书年代较长，作者较多，出现这样的前后矛盾也属正常。《神异经·西北荒经》中也有类似记载，不过更加全面生动：“状似虎，有翼能飞，便剿食人”，能够听懂人言，逢人斗，则吃掉正直者，听到有人忠信，则食其鼻，听到有人恶逆不善，便杀兽馈赠，实实在在是个颠倒黑白、混淆是非的“混世魔王”。穷奇为何如此穷凶极恶？据《左传》记载，穷奇是少昊的不才子，“毁信废忠，崇饰恶言”，天下人畏之如虎，谓之“穷奇”。

如此危害人间，圣人自然不肯放过，据《左传》载，穷奇与饕餮、浑沌、梼杌合称“四凶”，“舜臣尧，宾于四门，流四凶族”，如此，四凶再也无法为祸人间了。

不过，穷奇除了凶性之外，也有神性的一面。在《淮南子》中，穷奇成了风神的儿子，“桀（乘）两龙，其形如虎”，造型十分拉风。另据《后汉书·礼仪志》记载，穷奇是“追恶凶”的十二位神明之一，与“腾根共食蛊”。汉代宫廷每到腊月初八的前一天，都要举行驱逐瘟疫的仪式。（《后汉书·礼仪志中》：“先腊一日，大傩，谓之逐疫。”）由方相氏带领十二异兽游行，吓退瘟神，其中穷奇与腾根便负责吃掉有毒之蛊。

白鹿

地　　点：上申之山，犬戎国
能　　力：仙人坐骑
特　　点：黑齿白身
危 险 性：无

白鹿是神话传说中的一种瑞兽，经常伴随各路神仙出现。《山海经·西次四经》记载上申之山[①]上有很多白鹿，《周书》中记载“白鹿身白而齿黑”，《国语》中有“穆王征犬戎，得白鹿”的记载，可见犬戎国也是白鹿的产地之一。至于来历，《抱朴子·玉策篇》中说：鹿能活千岁，活到五百岁身上的毛就会变白。

这种灵兽的主要作用是作为仙人的坐骑或者拉车。《太平御览》中引《黄帝岐伯经》记载：岐伯乘着云彩做成的车子，用十二头白鹿拉车；《濑乡记》中说老子是骑着白鹿下凡投胎到母亲肚子里的；《神仙引》中记载了一个山东姑娘成仙之后骑着白鹿在九华山游玩的故事，旁边还跟着几十个玉女，都骑着白鹿，非常潇洒。

① 《山海经》虚构的灵山。

白泽

地　　点：桓山
能　　力：知晓一切，辟邪
特　　点：狮身、头有两角、山羊胡
危 险 性：无

白泽是古代神话中的一种瑞兽，可以辟邪，很多典籍中都有记载。宋代张君房编著的《云笈七签·轩辕本纪》中说到：黄帝东巡到海边，登桓山，在山上碰到了神兽白泽，会说话，上知天文地理，下知草木爬虫，连地下的幽冥鬼物都知道，于是黄帝请它做了大臣，让它画了一本《白泽图》（《白泽精怪图》），里面记载了一万一千五百二十种鬼神和精怪，黄帝还给这本书写了祝词。东晋葛洪的《抱朴子》中也有一样的记载。明代王圻、王思义父子编著的《三才图会》中记载了白泽的样子：狮身，头上有两支角，山羊胡子。民间认为，白泽的画像可以辟邪，有"家有白泽图，妖怪自消除"的说法，逢年过节有在家中悬挂白泽图的习惯，官服和旗帜上也多有白泽的画像。

狴犴

地　　点：衙门虎头装饰
能　　力：断狱
特　　点：身形似虎
危 险 性：无

狴犴（bì àn）是中国古代神话传说中的瑞兽，根据明代杨慎明的《升庵外集》中的记载，龙生九子，各有所好，狴犴是龙的第七个儿子（有的版本认为是第四个）。根据明代徐应秋的《玉芝堂谈荟》记载，狴犴的外形类似老虎，能力却远远超出，平生好讼，急公好义，能够明辨是非，古代衙门大门上的虎形装饰就是狴犴，衙牌与"肃静""回避"牌上也用狴犴装饰。

关于狴犴还有另一个民间传说：南宋时期，有个专管牢狱的官员名叫犴裔，不仅为官清廉，不畏权贵，而且对待犯人也如同家人一样温和，从不严刑拷问，老百姓都叫他"犴青天"。犴裔因此得罪了很多官员，这些人都想杀死他。

当时的皇帝赵构非常迷信，喜欢修道炼丹，养了很多道士，天天不务正业，在宫里装神弄鬼。这些官员找到其中一个道士，用重金贿赂，请求他帮忙害死犴裔。一次，该道士在用龟甲占卜时，故意将龟甲摔成两半，急找赵构禀报称大事不妙，赵构见他惊慌失措，急问其故，道士答：“犴裔是天上降下的瘟神，如果不赶紧杀掉，后果不堪设想。”赵构对这些道士言听计从，马上下令让秦桧去做这件事。

秦桧得到命令后欢喜得不得了，毕竟他的主业就是残害忠良，不仅赏了这位道士数百两银子和百匹绸缎，还设宴进行了款待。几天之后，犴裔就被押赴刑场，百姓们全都跑来围观喊冤。砍头时，犴裔对天大呼：“我一生为国为民，不想皇帝听信谗言，要置我于死地。我死之后，当化为走兽取尔等狗贼性命。”说完就被斩首了。

此时，天空突然电闪雷鸣，一头巨兽脚踏祥云而至，平地里升起一阵巨风，将众道士和狗官席卷而起，重重摔在山头，那山立刻裂开一道缝隙，将这些人全都封在里面。于是，民间传说狴犴就是犴裔死后所化。

并封

地　　点：巫咸国东
能　　力：未知
特　　点：前后都有头
危 险 性：未知

并封是《山海经·海外西经》中记载的一种怪兽，在巫咸国的东部，长着猪的身子，黑色，前后都有头。《山海经·大荒西经》中还记载着另外一种怪兽，叫作“屏蓬”，也有两个头，一个在左，一个在右，郭璞在注解中认为并封就是屏蓬。不过，这两种怪兽的区别还是很明显的。闻一多先生在《伏羲考》中认为，“并封”“屏蓬”都是“合”的意思，并封这种怪兽实际上是“牝牡相合”（阴阳交合）的意思。

苍兕

地　　点：产地在湘水南岸
能　　力：可以当坐骑
特　　点：状如犀牛、青色
危 险 性：无

苍兕（sì）又叫兕，是《山海经·海内南经》中记载的一种异兽，产地在湘水的南岸，状如犀牛，仓（青）黑色，长着一只角。《说文解字》中，“兕”的意思是“如野牛而青”，这种异兽应该类似于太上老君的坐骑青牛，古代也用兕来代指犀牛，比如“兕觥”就是用犀牛角做成的酒杯；《红楼梦》中对贾元春的判词“虎兕相逢大梦归”中的“兕”也是指犀牛。

乘黄

地　　点：白民之国
能　　力：骑上它可以长寿
特　　点：状如狐，背上有角
危 险 性：未知

乘黄是《山海经·海外西经》中记载的一种灵兽，产地在白民之国（虚构的国家），状如狐，通体雪白，头发披在身上，背上有角，骑上它可以活到两千岁。

痴龙

地　　点：九馆大夫府，在洛阳城附近
能　　力：产宝珠
作　　用：吃掉宝珠可以长生不老
危 险 性：无

痴龙不是龙，而是羊，记载于《幽明录》里：晋代时，洛阳城有个人不小心掉入一个山洞，山洞里深不可测，这人顺着山洞走了很远的路，饿了就吃土，最后到达了一个富丽堂皇的宫殿，郛郭修整，宫馆壮丽，台榭房宇，房子外面都用金帛装饰，那里的人都有三丈高，穿着锦衣华服，披着羽衣，而且都是音乐爱好者，手上拿着乐器，演奏着动人的乐曲。这个人一共走过九处这样的地方，来到第九处时，实在饥渴难耐，有个当地人指着中庭的一棵大柏树下面的山羊对他说："你去捋一下山羊的胡须。"那人捋了一次，掉下一颗宝珠，再捋一次，又掉下一颗，当地人让他把第二颗珠子吃掉，那人吃了之后就不再觉得饥饿了。他向当地人打听此处的地名，那人告诉他："你回去问张华，他知道这里。"

于是，他顺着洞窟继续往前走，终于走出了洞穴，出来一问，才知道已经过了六七年。他回到洛阳找到张华，问此处地名，张华告诉他："你去的那个地方是九馆大夫的仙府，树底下的羊叫作痴龙，捋第一次须掉下来的珠子，吃了之后可以与天地同寿，第二次掉下来的珠子可以延年益寿，后面的珠子就只能充饥了。"不过，《博物志佚文》中记载了另一个版本："龙抱宝而眠，谓之痴龙。"只不过是抱着宝藏睡觉的龙。

当康

地　　点：产于钦山
能　　力：预示天下丰收
特　　点：状如猪，有牙
危 险 性：无

当康是一种记载于《山海经·东次四经》中的瑞兽，产地在钦山，长得和猪一样，有两颗大牙，类似野猪，如果当康鸣

叫，代表天下将要获得大丰收，明代胡文焕在《山海经图说》中说：当康的叫声就是自己的名字“当康，当康”。另一位明朝学者朱谋㙔（hán）在《骈雅》[①]中说：当康就是牙豚。后世有“当康大穰”的说法，预示着丰收，民间除夕的“肥猪拱门”与此类似。

峨眉山白龙

地　　点：峨眉山白龙池，今四川省西南部
能　　力：变化无穷
特　　点：常见龙形
危 险 性：无

峨眉山白龙记载于明朝作家郑仲夔的笔记小说《玉麈新谭》中：峨眉山白龙池有一种白龙，经常现出龙形，最小的只有六七寸，有一个僧人做饭时，不小心把白龙舀进千人釜[②]中，从早上到晚上，不管怎么烧火，釜里连一点儿热气也没有，于是僧人找到寺内住持忏悔，住持对他说：“这件事是你出于无意，不小心把白龙放到了釜里，不知者无罪。”僧人打开釜盖，里面果然有一条白龙，悠然游于釜中。后来僧人将白龙送回白龙池中，釜里的水立刻沸腾了。

飞遽

地　　点：天上
能　　力：会飞
特　　点：鹿头龙身
危 险 性：未知

飞遽（jù）是司马相如在《上林赋》中写到的一种神兽，“射游枭，栎飞

① 词典，主要解释多音词。
② 做饭的器具，圆底无足，锅的前身。

蘧”。至于飞蘧到底是啥，司马相如没有说。《上林赋》是描写上林苑中各种珍奇异兽和奇花异草的，所以上林苑应该有这种神兽。唐代文学家在注解中说：飞蘧是天上的一种神兽，鹿头龙身，会飞。注解中也没有出处记载，多半是他自己想的。“鹿”同“禄”，代表财富，“龙”是神话中各种灵兽的“大哥”，把这两种动物合体多半也是没有错的。

肥遗

地　　点：太华山，今陕西省渭南市华阴市华山
能　　力：天下大旱
特　　点：六足四翼
危 险 性：危害极大

肥遗是一种记载在《山海经·西山经》里的异兽，生长在太华山上，长着六足四翼，出现则天下大旱；《山海经·北次经》中肥遗却变成了“一首两身”，一旦出现则天下大旱。《山海经》中还有一种鸟也叫作“肥遗”，长在英山上，状如鹌鹑，毛黄，嘴赤，吃了之后可以治病，消灭体内寄生虫。明人朱国祯在《涌幢小品》中记载：建昌县（今江西省永修县）农民曾经在山里碰到一条巨蛇，头上长角，六足，见人不惧，也不攻击，没过多长时间，天下大旱，所以应该是《山海经》里记载的肥遗。

朏朏

地　　点：霍山
能　　力：解忧
特　　点：状如狸猫，白尾
危 险 性：无

朏（fěi）朏是《山海经·中山经》中记载的一种非常可爱的异兽，产地在霍山，山上多穀（gǔ）树。朏朏长得很像狸猫，有一条大大的白色尾巴，脖子上有一圈鬃毛，养它可以解除忧愁。宋代汪若海在《麟书》中说：“安得

朏朏之与游，而释我之忧也哉！”可见人们对这种小动物的渴望，其实这一点并不难理解，虽然时代变了，但是人类在某些方面永远是相同的，古人想要养朏朏跟现代人喜欢“撸猫”是同样的心态。

费费

地　　点：州靡
能　　力：吃人
特　　点：人身，爱笑
危 险 性：极度危险

费费是《周书・王会》中记载的一种怪兽，产地是州靡，长着人的身体，脚掌却是反的，喜欢笑，笑的时候上面的嘴唇会遮住眼睛，喜欢吃人，北方叫作“吐喽”。孔晁在注解中说：州靡是周代时北方的蛮夷政权，费费又叫枭羊，喜欢站立，能像人一样直立行走，前足的脚指头很长。《山海经》中也有一种叫作“幽鴳”（见“幽鴳”）的喜欢笑的怪兽，看到人就睡觉。这位倒好，喜欢吃人。

夫诸

地　　点：敖岸山
能　　力：灾难的象征
特　　点：状如白鹿，四角
危 险 性：危害极大

夫诸是《山海经・中次三经》中记载的一种异兽，状如白鹿，长着四只角，谁看到它就预示着当地要发大水了。夫诸产地在敖岸山，属于萯（bèi）山山系的第一座山，盛产各种仙草、宝玉和黄金，是神仙“熏池”[1]居住的地方。

① 黄帝麾下三大神之一。

猲狚

地　　点：北号之山
能　　力：吃人
特　　点：状如狼
危 险 性：极度危险

猲狚（gé dàn）是《山海经·东次四经》中记载的一种怪兽，生活在北号之山（虚构的山名），状如狼，长着红色的脑袋、老鼠的眼睛，声音如同小猪，喜欢吃人。

归终

地　　点：未知
能　　力：先知
特　　点：未知
危 险 性：未知

归终是《淮南万毕术》中记载的一种怪兽，“归终知来，狌狌知往”，意思是归终知道未来的事，狌狌知道过去的事。东汉学者高诱认为归终是一种神兽，至于长什么样，他们都没有说，其他典籍中也没有记载，《神异经》中有一种叫作“无不达”的妖怪也能知道未来的事。

骇神豕

地　　点：建州浦城县巴兽潭，今福建省建瓯市
能　　力：辟邪
特　　点：猪首人身
危 险 性：无

骇神豕（shǐ）是记载于唐代张彦远的《历代名画记》中的一种妖怪：汉

代有个叫张衡的人，擅长画画，他听说建州浦城县山中有一种怪兽，名叫骇神豕①，长得跟猪八戒一样，猪头人身，奇丑无比，连鬼都怕它。它喜欢坐在水里的石头上休息，于是张衡就想给它画一张像。张衡拿着纸笔来到潭边，那怪兽却“害羞”地躲进水里不肯出来，附近的乡民告诉他，这种怪兽害怕别人画它，所以躲起来了。张衡扔掉纸笔，那怪兽果然重新浮出水面。张衡双手不动，用脚趾在地上帮它画了一幅画像，后来人们就称那个潭为巴兽潭。

旱魃

地　　点：出现在大旱的地方
能　　力：带来旱灾
特　　点：目在顶上，裸身
危 险 性：极度危险

旱魃是古代传说中可以带来旱灾的怪物，共有三个版本的记录。

第一个版本来自《神异经》：“南方有人，长二三尺，袒身，而目在顶上，走行如风。”按这一版本的记录，旱魃是一种人形怪物，身高不到一米，裸体，眼睛长在脑门上，速度奇快，出现的地方会有旱灾，赤地千里，也叫“旱母”，只要抓住它扔进粪池里就能解除旱灾。

第二个版本来自袁枚的《子不语》：形如猿猴，披头散发，用一只脚走路。在《续子不语》中，袁枚又说尸体第一次发生尸变会变成旱魃，第二次会变成犼②。纪晓岚在《阅微草堂笔记》中也支持袁枚这种观点，认为旱魃就是尸变后的僵尸，只需要杀死僵尸就能解除旱灾。在明清时代山东的一些地区，发生旱灾时，人们往往会把坟墓里新埋的尸体挖出来鞭打，叫作“打旱魃”，也有把尸体烧掉的，叫作“焚旱魃”。

第三个版本出自《山海经》：旱魃是一位身穿青衣的女神，跟着黄帝一起讨伐蚩尤，能够停风止雨，居住的地方永远不会下雨。

不管是哪个版本的旱魃，能力都是让天下出现旱灾，为害十分巨大。

---

① 豕泛指猪，豭（jiā）特指公猪，彘（zhì）指母猪，豚指小猪。

② 音 hǒu，一种吃人的凶兽。

合窳

地　　点：剡（shàn）山
能　　力：吃人，预示水灾
特　　点：猪身人脸
危 险 性：极度危险

合窳（yǔ）是《山海经·东山经》中记载的一种怪兽，产地在剡山，山上产黄金和玉石。合窳类似于彘神豕（见“彘神豕”），长着猪身人脸，通体黄色，尾巴是红色的，叫声像婴儿一样，吃人，也吃虫子和蛇，是发大水的征兆。

犼

地　　点：又名望天犼、朝天犼、蹬龙等
能　　力：吃龙
特　　点：状如兔，两耳尖长
危 险 性：极度危险

犼是民间传说的灵物和妖怪中食物链最顶端的存在，民间有“一犼可斗三龙二蛟”的说法，犼打败龙之后，就会吃掉它，极度凶残，天安门城楼的两个华表上站的就是犼，名叫“望君归”，古代天子自称真龙，把犼放在天安门是为了监督天子，让他们内心有所敬畏。

别看犼这么凶残，实际上它的样子很“萌”，明代陈继儒在《偃曝谈馀》中说：犼的样子和兔子很像，耳朵尖尖的竖立起来，白色，长度只有一尺多，虽然它小，但是老虎见了都害怕。

清代东轩主人的《述异记》中记录了一起目击事件：康熙二十五年（1686年）夏天，平阳县（今浙江省温州市平阳县）有人看到一只犼从海中升起，与三条蛟和两条龙在空中大战了三天三夜，犼杀死一条龙和两条蛟后才阵亡，死后这位目击者看到了它的尸体，“长一二丈，形类马，有鳞鬣。死后，鳞鬣中犹焰起火光丈余”，这是犼的另一种形象。

而在清代袁枚的《续子不语》中，犼是僵尸通过两次变异形成的；观世

音菩萨座下也有神兽，名叫“金毛犼”，“四足莲花生焰焰，满身金缕迸森森”，也是犼的一种。

鹄苍

地　　点：古徐国
能　　力：化龙
特　　点：有角，九尾
危 险 性：无

鹄（hú）苍的传说记载于晋代干宝的《搜神记》中：古代徐国（夏朝至西周时期的诸侯国，都城在徐城，今江苏省宿迁市泗洪县）有个宫女，怀孕之后生下一个蛋，她认为这是不祥之兆，就把它扔到了水边。后来，有一只叫作鹄苍的狗叼走了蛋，孵出来一个孩子，后来这个孩子成为徐国的国君。鹄苍临死之前，头上长出一对龙角，身后长出九条尾巴，化为黄龙，现在那里还有他的坟墓。《博物志》中也有类似的记载，不过加入了徐国国君徐偃王，宫女生下的蛋是他命人丢掉的，鹄苍也多了一个主人，是一位孤寡的老妇人，男孩出生之后，取名“徐子诞”。后者的可能性似乎更大一点，毕竟皇宫里所有的女人都是国君的，这个孩子能够当上国君，前提就是他是国君的血脉。

虎色蛇

地　　点：共工之台
能　　力：守护神
特　　点：老虎花纹
危 险 性：极度危险

虎色蛇是《山海经·海外北经》中记载的一种异兽，是共工之台的守护神，身上长着老虎的花纹，头冲南。这种异兽只见于《山海经》中，具体信息没有其他记载。

讙

地　　点：冀望之山
能　　力：辟邪
特　　点：状如狸，一目三尾
危 险 性：一般

讙（huān）是《山海经·西次三经》中记载的一种怪物，产自冀望之山，这座山无草木，多金和玉，讙状如狸猫，一目三尾，叫声非常大，可以盖过上百种动物的叫声（一说可以模仿上百种动物的叫声），可以抵御凶气，达到辟邪的目的，吃了它的肉能治好恶疮，是一种非常有用的怪兽。

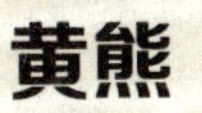

黄熊

地　　点：出现于羽山，今江苏省连云港市东海县境内
能　　力：鲧死后所化
特　　点：足似鹿
危 险 性：无

关于黄熊的说法一共有三个版本。

第一个版本为黄龙，晋代郭璞引用《开筮》中的说法，认为鲧死之后，三年不腐，最后化为黄龙；按《国语·晋语八》中的记载，鲧死后在羽山化为黄能，入于羽水；《山海经》中也有类似的记载；明代李时珍也在《本草纲目》中写道："黄熊，龙类也。"

第二个版本为黄熊，也就是《山海经》中多次出现的罴（棕熊），根据清代学者马国翰所辑的《玉函山房辑佚书》中辑录《六韬》的说法，文王被囚禁在羑里，姜太公命令散宜生寻找奇珍异宝，散宜生找到一头黄熊献上，文王才得以释放。

第三个版本为三足鳖（见"三足鳖"），也是鲧死后所化，《述异记》中则说"陆居曰熊，水居曰能"，两者是一种灵兽；《说文》中有"能，熊属，足似鹿"的说法，可见能是一种熊身鹿足的灵兽。

吉量

地　　点：产自犬戎国、奇肱国等
能　　力：长寿
特　　点：白身红尾，目如黄金，项下有鸡毛
危 险 性：无

吉量是宝马的一种，按照《山海经·海内北经》的记载，吉量是犬戎国（今甘陕一带，都城在现在的甘肃省静宁县威戎镇）的特产，白身红尾，目如黄金，可以活上千年。《海外西经》记载，奇肱（jī gōng）国[①]也有出产。在《六韬》中，吉量被称为“鸡斯之乘”，除了吉量的特点之外，脖子上还多了一圈鸡毛。清代马骕在《绎史》中说：周文王被关在羑里时，姜太公让散宜生去寻找珍宝献给纣王，散宜生花千金买了一匹鸡斯之乘，文王才被释放，其他版本还有“大贝”“黄熊”。《淮南子·道应》《史记·周本纪》中也提到了送纣王“鸡斯之乘”，看来贿赂纣王这件事是真的，至于贿赂的东西到底是哪个就不得而知了。

蛟

地　　点：翼望之山，各处水系
能　　力：会飞，能吞人
特　　点：有鳞，蛇身虎头，四足
危 险 性：极度危险

蛟是中国神话传说中一种常见的怪物，类似于龙，有鳞，很多典籍中都有记载。《山海经·中次十一经》中说，翼望之山（虚构的灵山）下有贶水，水中有很多蛟。晋代郭璞注解说：蛟跟蛇类似，长着四只脚，头小颈细，头上有白色的肉角，大的有数十围，可以轻易地把人吞到肚子里，生下的蛋有两个石瓮那么大。宋代彭乘在《墨客挥犀》中说：蛟的身形类似于蛇，虎头，长的有数丈，居住在溪潭的石穴里面，声如牛鸣，经常袭击岸边的行人。遇到有人经过时，蛟先用舌头缠绕，拖进水中后就咬住受害者的腋下吸血，血干而止。以

① 《山海经》中虚构的国家。

前有个船夫在河面上划船，突然被拉进水中，第二天尸体浮出水面，腋下有两个大洞，这就是蛟干的。

蛟虽然经常被称作“蛟龙”，却绝对不是龙，根据《说文解字》卷十三记载：“蛟，龙属无角曰蛟。”也就是说，蛟除了没有角之外，其他的特点都和龙类似，在民间传说中，蛟是蛇修炼数百年后变成的，居住在小型水系的叫作“潜蛟”，也有传说蛟在修炼一千年之后会进入大江大河化为龙。由于古籍中经常有目击蛟的记载，所以很多地方（贵州和重庆土家族区域）的桥洞下面都会悬挂一把斩龙剑，叫作“悬剑桥”，就是为了防止蛟破坏桥梁。

鲛人

地　点：在南海之外，龙绡宫
作　用：纺纱，眼泪能变成珍珠
特　点：人首鱼身
危险性：无

鲛人类似于西方的美人鱼，在很多典籍中都有记载。在《山海经·海内南经》中，鲛人住在氐人国，人首鱼身，没有脚。《太平广记》中对鲛人的描述更加细致：大者五六尺，状如人，眉目、口鼻、手爪和头都是美丽的女子，无足，皮肉白如玉，无鳞，有细毛，五色轻软，头发长五六尺，喜欢扎马尾辫，作者特别提到“阴形与丈夫女子无异”，临海的光棍们都喜欢豢养，“交合之际，与人无异”，不伤人，这个版本的鲛人实在过于凄惨。

在《异物志》中，鲛人身上的油膏可以作为灯油使用，万古不灭，秦始皇陵墓中的灯油就是用它做成的。在晋代干宝的《搜神记》中，鲛人喜欢纺纱，眼泪能变成珍珠，可以说全身都是宝，《述异记》和《博物志》中也有类似记载：鲛人喜欢纺纱，它们纺出来的纱叫作龙纱，价值百金，南海的龙绡宫就是它们纺纱的地方。《太平御览》中有目击鲛人的事件：鲛人从水里出来，跑到一户人家卖纱，准备走的时候，让这家人拿出一个容器，大哭一场，眼泪都变成了珍珠，这种操作可以算作“鲛人迷惑行为”了。总的来说，鲛人是一种类似于美人鱼的生物，喜欢纺纱，毫不利己，专门利人。

狡

地　　点：玉山
能　　力：瑞兽，象征五谷丰登
特　　点：状如狗，长牛角
危 险 性：无

狡是《山海经·西山经》中记载的一种怪兽，产地在玉山，是西王母居住的地方，山上还有另一种叫作狡的野兽，状如犬，头上长着牛角，身上有豹子的花纹，叫声和狗一样，它出现的地方预示着五谷丰登，是一种象征吉祥的瑞兽。《逸周书·王会》中记载：匈奴有一种狡犬，巨口而黑身，非常凶猛，与《山海经》中的狡十分类似。

九尾龟

地　　点：海宁县，今浙江省海宁县
能　　力：未知
特　　点：九尾
危 险 性：无

九尾龟是神龟的一种，记载于明代陆粲的《庚巳编》：海宁县百姓王屠和儿子一起去山上打猎，在路上碰到有渔夫手持海龟，大约一尺，于是买回家拴在门口的柱子上，准备煲汤喝。邻居有个江右的商人见了，找到王屠的父亲，想要用一千钱买下，老翁感到很奇怪，问他为什么愿意花这么多钱买一只海龟，商人告诉他："这不是一般的海龟，而是神龟。"老翁不信，带着王屠跟着商人一起前去验证，商人站到龟背上，海龟后面又出来八条尾巴，王屠看了还是不肯卖，作为一个资深的吃货，他决定吃掉这只神龟，父子俩一拍即合，把神龟煲成汤喝掉了。当天晚上，大水从海中来，高三尺，房屋尽毁，十余刻（一刻十五分钟左右）后方退。第二天中午，王屠和儿子还是没有起床，父亲打开屋门一看，只看到两人的衣服在床上，人早已经不知去向了。乡里人都说，这俩父子是因为吃了神龟，被拉到水府偿命了。

九尾狐

地　　点：青丘山
能　　力：变身，魅惑
特　　点：声音如婴儿，九条尾巴
危 险 性：极度危险

九尾狐因为《封神榜》等相关影视剧的热播成为流传度最广的妖怪之一，从古至今“狐狸精”“狐媚子”等词语早就深入人心。其实，这种妖怪最早记录于《山海经·南山经》，生活在青丘之山，外貌与狐狸一样，却长着九条尾巴，声音如同婴儿，喜欢吃人，人吃了它的肉能够不受蛊惑。《封神榜》中的妲己也是以《山海经》中的九尾狐作为原型的。

其实，九尾狐的形象一直都比较矛盾，有人认为它十分邪恶，也有人认为它的出现代表祥瑞。晋代郭璞在注解《山海经》时，就有了“（九尾狐）太平则出而为瑞”，是一种祥瑞的象征；《吴越春秋·越王无余外传》中记载，大禹三十未娶，在涂山碰到九尾狐，认为“九”代表至尊，“白色”代表祥瑞，预示着自己马上就要成亲，不久果然娶妻，有诗歌为证“绥绥白狐，九尾庬庬（máng）。我家嘉夷，来宾为王。成家成室，我造彼昌。”汉代出土的很多画像砖上，九尾狐经常和白兔、蟾蜍、三足乌之类的异兽并列在西王母的座旁，东汉班固撰写的《白虎通》中，九尾狐也是子孙繁衍的象征。

狙如

地　　点：倚帝之山
能　　力：引发战争
特　　点：状如猷（fèi）鼠
危 险 性：危害极大

狙（jū）如是《山海经·中次十一经》中记载的怪兽，产地在倚帝之山，

山上盛产玉石和黄金。狙如的样子长得很像鼣鼠[1]，耳朵和嘴巴为白色，出现的地方会发生大型战争，这一点和朱厌类似。

居暨

地　　点：产于梁渠山
能　　力：未知
特　　点：状如刺猬
危 险 性：无

居暨（jì）是《山海经·卷三·北山经》中记载的一种野兽，产地在梁渠之山，山上不生草木，盛产金矿和玉石。居暨是一种状如刺猬、浑身长满红色毛发的野兽，叫声像小猪一样，非常有趣。居暨，又名蝟，《尔雅·释兽》中有“彙，毛刺”的记载。清代学者汪绂在注解中说：蝟这种动物和老鼠很像，短嘴短脚，毛长得跟刺一样，能够把自己的身体像生栗子一样卷起来。居暨的原型应该就是刺猬。

举父

地　　点：崇吾之山
能　　力：善于投掷
特　　点：状如猿猴
危 险 性：大

举父是《山海经·西次三经》中记载的一种野兽，产地在崇吾之山，样子类似于猿猴，手臂上有花纹，尾巴和虎豹相似，善于投掷东西砸人。郭璞认为：举父或为夸父（只是读音问题，与追太阳的神人不是一回事）。

① 传说中叫声像狗的老鼠。

趹蹄

地　　点：天上
能　　力：会说人话
特　　点：未知
危 险 性：无

趹蹄（guì tí）是《宋书·符瑞志下》中记载的一种瑞兽，主人是后土娘娘[①]，能够说人话，传达上天的旨意，君王仁孝时会出现，大禹治水时曾经出现过一次。至于它的外貌特征，作者没有多说，我们只能从字面猜测。“趹”字在《说文解字》中是“马疾行的样子”，“蹄”是“有角质覆盖物保护”的动物脚掌，古代没有安装铁掌的马脚也叫“蹄”。综上，趹蹄似乎是一种跑得很快的神马，至于其他特点，只能靠自己想象了，或许有翅膀，可能还长着角也说不定。

夔牛

地　　点：又名雷兽，生活在珉山，今甘肃省西南部
能　　力：呼风唤雨
特　　点：状如牛，一足
危 险 性：一般

夔（kuí）牛是《山海经·大荒东经》中记载的一种怪兽，生活在珉山附近，状如牛，青色无角，只有一条腿，出入水时会伴有雷雨大风天气，其声如雷。清代马骕编著的《绎史》中记载：黄帝讨伐蚩尤时，玄女用夔牛皮为他做了八十面鼓，“一震五百里，连震三千八百里”，敌人只听鼓声就吓得魂飞魄散，连蚩尤都被震得不会飞行了，夔牛皮鼓的威力十分强悍。晋代郭璞在注解《山海经》时也记载了一个故事：晋太兴元年（318年），有人在上庸郡（今湖北省竹山县）看到过夔牛，用弩箭射杀之后，得到三十八石[②]牛肉，夔牛光是肉的重量就有两吨多（一头成年牛的体重在六百公斤左右）。

① 大地之母，主管万物的生育。
② dàn，晋代一石为六十公斤左右。

昆仑巨蛇

地　　点：昆仑西北之山
能　　力：吞噬沧海
特　　点：巨大
危 险 性：未知

昆仑巨蛇是鲁迅先生在《古小说钩沉》中辑录《玄中记》的部分：昆仑山西北有一座山，方圆三万里，山上有一条巨大的蛇，长九万里，绕山三周，可以吞噬沧海。

浪鸟

地　　点：真腊国的葛浪山，中南半岛古国，今柬埔寨境内
能　　力：会飞，吃人
特　　点：状似老鸱，大如骆驼
危 险 性：极度危险

浪鸟是《太平广记》中记载的一种怪物，真腊国境内有葛浪山，高万丈，山腹有洞，体型巨大，浪鸟就住在里面，也叫“真腊国大鸟”，大小如同骆驼，外貌像老鸱[①]，有人经过时就会从山洞飞出，将人吃掉，百姓深受其苦。真腊国王做了一件特殊兵器：取一块大牛肉，往肉里放入一把剑，两头都是剑刃，让人带着去葛浪山附近。浪鸟果然出来抢走牛肉，吃后便死。

① 《山海经》中虚构的怪鸟，一首三身。

类

地　　点：亶爰（dǎn yuán）之山
能　　力：雌雄同体，自我繁殖
特　　点：状如野猫，长发飘飘
危 险 性：无

类是《山海经・南山经》中记载的一种怪物，产地是亶爰之山，山上多水，无草木，不可攀爬。类是《山海经》中最“变态”的怪物，也是异兽界中的“伪娘”，状如狸猫，脖子上还长着一圈鬃毛，到这里为止都跟萌物“朏朏”极其相似，可是它却长着一头飘逸的人类长发，重点是它的身上还长着雌性和雄性两种生殖器，可以自己和自己交配，自己怀孕，自己生产，实现“产销一体”。《异物志》中也有“自为阴阳”的说法，虽然比较含蓄，但是也足以证明这一点。据说，吃了类的肉可以使人消除嫉妒心理，心中充满爱与和平。

狸力

地　　点：柜山
能　　力：见者多土功
特　　点：猪身鸡爪，叫声如狗
危 险 性：未知

狸力是《山海经・南次二经》中出现的一种异兽，产地在柜山，长着猪的身子，鸡的爪子，叫声如狗，它出现的地方会大兴土木。郭璞在《山海经图赞》中说：秦始皇建造长城的时候，那里就聚集了很多狸力。

蠪蛭

地　　点：凫丽之山，昆吾之山
能　　力：吃人
特　　点：状如狐，九尾九头虎爪
危 险 性：极度危险

蠪蛭（lóng zhì）是《山海经》中记载的怪物，在《山海经·东次二经》中，它生活在凫丽之山（虚构山名），类似于九尾狐，状如狐狸，不过它除了有九条尾巴之外，还长着九颗头，虎爪，声音如同婴儿，喜欢吃人；而在《山海经·中次二经》中，它生活在昆吾山上，状如野猪，头上长角，叫声奇大，也叫作蠪蛭。

甪端

能　　力：精通各门外语
特　　点：似猪，角在鼻上
危 险 性：无

甪（lù）端是神话传说中的一种瑞兽，类似于麒麟。郭璞认为：甪端是一种长着猪身、角在鼻子上的异兽，角可以用来做弓箭，汉代大将李陵的弓就是甪端的角做成的。不过，《宋书·符瑞志下》中的记载认为：甪端是一种瑞兽，有明君在位时就会出现，能够日行一万八千里，精通各国语言，辅佐君主治理国家。

罗罗

地　　点：莱山[1]
能　　力：吃人
特　　点：状如虎，青色
危 险 性：极度危险

罗罗是《山海经·西次二经》中记载的一种怪物，出没于莱山，别看它的名字萌萌的，实际上是一种吃人的怪兽，在《山海经·海外北经》中有关于它的详细描述：青色，样子跟老虎很像，喜欢吃人。明代陈耀文在《天中记》中说：南蛮也称呼老虎为“罗罗”。

马腹

地　　点：蔓渠山
能　　力：吃人
特　　点：人面虎身
危 险 性：极度危险

马腹是记载于《山海经·山经·卷五·蔓渠山》中的一种怪兽，产地在蔓渠山，山上盛产黄金和宝玉，山下产竹子。虽然马腹长着老虎的身子，却长着一张人脸，声音如同婴儿，喜欢吃人，非常凶残。

① 《山海经》中虚构的地名。

马衔

地　　点：海中
能　　力：明辨是非，聪明正直
特　　点：马头龙身，头上有一角
危 险 性：无

马衔是一种记载于《文选·木华〈海赋〉》中的灵兽："海童邀路，马衔当蹊。"唐代学者李善在注解中认为：马衔是一种神兽，马首龙身，头上有一角；清代沉寿民在《江上行》中则认为：马衔是一种明辨是非、聪明正直的神兽，和狴犴有些类似。除此之外，马衔还有另一种意思：马的勒口铁，也就是人们说的马嚼子。

牦牛

地　　点：潘侯山
能　　力：未知
特　　点：状如牛，四蹄生毛
危 险 性：未知

牦牛是《山海经·北山经》中记载的一种异兽，状如牛，四蹄有毛，生活在潘侯山。潘侯山属于《山海经》中的北山山系，在灌题山北二百里，非常遥远的北方。青藏高原在中国的西南方，郭璞在注解中说："今旄牛背膝及胡尾皆有长毛"，所以这里的牦牛应该不是青藏高原产的牦牛，而是虚构的野兽。

旄马

地　　点：巴国，今重庆市江北区附近
能　　力：坐骑
特　　点：状如马，四蹄有毛
危 险 性：无

旄（máo）马是《山海经·海内南经》中记载的一种异兽，状如马，四蹄有毛，具体用途和习性没有过多记载，不过作为马的一种最起码是可以骑的。旄马生活在“巴蛇西北”，巴蛇是《山海经》中的巨蛇，喜欢吃人，能够吞下一头大象，“人心不足蛇吞象”就是源于巴蛇的传说。巴蛇生活在巴国，可以推断旄马的生活区域也在那里。

孟槐

地　　点：谯明之山
能　　力：辟邪御凶
特　　点：状如豪猪
危 险 性：一般

孟槐是记载于《山海经·北山经》中的一种怪兽，和何罗鱼的产地相同，外貌像豪猪一样，身上长着红色的毛，叫声如同“榴榴”，可以抵御凶邪。郭璞在《山海经图赞·孟槐》中说：孟槐长得像豪猪，可以用来辟邪。中国民间可以用来辟邪的一般有三种东西：第一是神灵仙兽，第二是猛兽恶鬼，这些都是用绝对的实力来碾压邪祟，剩下的一种就是红色的东西，比如孟槐，就是全身红毛。古人认为，红色代表阳气，能驱走阴气，这也是本命年要穿红色袜子、系红色腰带的原因。

孟极

地　　点：石者之山
能　　力：善于潜伏
特　　点：状如豹
危 险 性：一般

孟极是《山海经·北山经》中记载的一种怪兽，产地在石者之山，山上无草木，盛产碧玉。孟极状如豹，通身白毛，额头有花纹，善于潜行隐匿，是异兽界的“余则成”，叫声像自己的名字。孟极与《山海经》中的另一种怪兽“狕”相似，都是豹身，头上有花纹。

那父

地　　点：灌题山
能　　力：未知
特　　点：状如牛，白尾
危 险 性：未知

那父是记载于《山海经·北山经》中的一种怪兽，产地在灌题山，状如牛，白尾，叫声像自己的名字——那父。

鸟仙

地　　点：嵩山，今河南省西部
能　　力：会人语，有仙术
特　　点：与白鹤相同
危 险 性：无

鸟仙记载于清代陈梦雷编著的《古今图书集成·禽虫典》中：唐代时，李靖在嵩山游玩，碰到一只白鹤躺在路边呻吟，于是上前询问，白鹤说："我乃山中鸟仙，不小心被樵夫伤到了，需要人血才能治愈。"宅心仁厚的李靖二话不说，扒开胸膛就要放血，白鹤赶紧拦住了他："先别忙着放血，我要的是人血，世间人极少。"李靖："我不算人？！"白鹤说："你拔下我的眼睫毛，拿到山下，碰到人之后就放在眼睛前面照，就能看到谁是人了。"

李靖依言行事，到山下先在水里一照，发现自己长着马头，路上走得果然都是些犬彘驴马，只有一个骑驴的老翁是人。李靖赶紧上前告诉他白鹤的情况，老翁笑着下驴，从手臂上放了一点血交给李靖，李靖拿到山上往白鹤伤口一涂，马上就好了。白鹤表达了自己的谢意之后对他说："你不久之后就要当宰相了，千万不要懈怠。"说完之后一飞冲天，李靖后来果然封了卫国公。

狍鸮

地　　点：钩吾山
能　　力：吃人
特　　点：羊身人面，目在腋下
危 险 性：极度危险

狍鸮（páo xiāo）是《山海经·北山经》中记载的一种怪兽，产地在钩吾山，长着羊的身体、人的脸、老虎的牙齿和人的手，眼睛长在腋下，声音如同婴儿，喜欢吃人。《神异经·西荒经》中也有类似的记载："饕餮，兽名，身如牛，人面，目在腋下，食人。"只是把羊身改成了牛身。郭璞认为：狍鸮就是饕餮。

辟邪

地　　点：产自乌弋山离国等地
能　　力：驱逐邪物
特　　点：狮形有翼
危 险 性：无

辟邪，也叫貔貅，是古代神话传说中的一种瑞兽，唐代之前的辟邪一共有三类：第一类是狮形有翼，有两角，叫作辟邪；第二类有一角，叫作天禄；第三类是由羚羊变成的灵兽，叫作符拔或扶拔。还有一种说法认为饕餮也是辟邪的一种，商周时期多用来装饰青铜器。

关于辟邪的外形特点，不同典籍中的记载也不尽相同，清代文学家徐珂在《清稗类钞·动物·貔貅》中说：貔貅是虎形，毛色灰白，原型是辽东人说的白熊，公的叫“貔”，母的叫“貅”；在《汉书·西域传》中，辟邪的产地在乌弋山离国，叫作“桃拔”，“似鹿尾长，独角者称为天鹿，两角者称为辟邪”；而在民间传说中，辟邪原来是天帝的宠臣，负责巡视工作，阻止妖魔鬼怪，爱吃金银珠宝，浑身珠光宝气，后来因为随地大小便被天帝打了一巴掌，正好打在肛门上，从此就无法排泄了。这也是民间喜欢收藏辟邪（貔貅）的原因，一方面是它可以驱逐邪祟，另一方面是招财进宝。

辟邪的形象经过长期演化，唐代之后渐渐变成了龙头狮身、背生双翼、头上有一对角的形象，现代的大部分辟邪也是这种形象。

前儿

地　　点：秽人之国
能　　力：未知
特　　点：状如猕猴
危 险 性：无

前儿是《周书·王会》中记载的一种野兽，产地在秽人之国，状如猕猴，可以直立行走，声音像小孩。秽人是公元前1000年至公元前300年左右生活在辽东、吉长地区和朝鲜半岛的族群，在周代指东夷建立的国家。

虬龙

地　　点：各大水系
能　　力：祥瑞的征兆
特　　点：无角
危 险 性：无

虬（qiú）龙是传说中龙的一种，关于它的记载五花八门，没有统一的说法。《说文解字》中的定义是：“龙无角者。”另一个版本的《说文解字》中写“龙子有角者”；不过根据屈原的《离骚》《天问》以及《后汉书》《玉篇》《广韵》等古籍的注解，都说有角是龙，没角是虬；还有另一种说法来自《广雅》①：有鳞片的叫作蛟龙，有翅膀的叫作应龙，有角的叫作虬龙，没角的叫作螭龙。不过，也有雄龙有角、雌龙无角的说法；《抱朴子》中又说：母龙叫作蛟，小龙叫作虬。综合来看，“龙无角”这个说法流传比较广泛，认可的人也更多。唐代刘赓在《稽瑞》中认为：虬龙出现是祥瑞的象征。

酋耳

地　　点：央林之国
能　　力：可食虎豹
特　　点：状如虎豹，尾巴长
危 险 性：无

酋耳是《周书·王会》中记载的一种野兽，产地在央林之国，身体如同虎豹，尾巴很长，等于三倍的身体，以虎豹为食，相当凶残。西晋经学家孔晁在注解中说：央林是西南夷国家；《尚书大传》中说与散宜生在于陵氏那里得到的一种叫作“驺虞”的异兽相似；唐代张鷟在《朝野佥载》中记载了一次目击事件：涪州②的山林中有很多猛虎为患，有一天中午，一条长得像老虎但是大出许多的怪兽，追着一只虎来到一处人家，杀死猛虎后，也不吃它的血肉，从此之后这里再也没有老虎出没了。当地有人检索《瑞兽图》之后才发现，这种猛兽就是

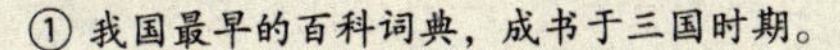

① 我国最早的百科词典，成书于三国时期。
② 古代地名，唐朝设置，今天的重庆市境内。

“酋耳”。从这个记载来看，酋耳虽然长相凶残，战斗力彪悍，但不主动攻击人类，能够记载于《瑞兽图》，可见也是瑞兽的一种，专门对付老虎，消除虎患。

却尘犀

地　　点：岭表
能　　力：角可以避尘
特　　点：同犀牛
危 险 性：一般

却尘犀是《述异记》中记载的一种海兽，状如犀牛，角可以避尘，把牛角放在座椅上，可以纤尘不染。清代陈元龙在《格致镜原》中提到了这件事。唐代刘恂在《岭表录异》中说：当地有骇鸡犀、辟尘犀、辟水犀、光明犀四种神奇的犀牛，只是没有人看见过。辟尘犀的角可以做成妇人的梳子，输完头发之后灰尘就不会再粘上去，这也就意味着，只要拥有这件宝物，洗头的次数会明显降低很多，这对“长发及腰”的古代女性来说绝对是一个天大的福利；除了做梳子之外，唐代苏鹗在《杜阳杂编》中说：却尘犀的角还可以用来雕刻成“龙凤华”，高档感十足；李商隐的《碧城三首》中有一句诗是这样写的：“碧城十二曲阑干，犀辟尘埃玉辟寒。”可见唐代的人虽然没有真的见过这种神物，但在脑海中已经拥有它无数遍了，或者他们说的只是犀牛而已。

三骓

地　　点：盖犹山、南类山、东北海外和沃野等地
能　　力：未知
特　　点：未知
危 险 性：未知

三骓是《山海经》中出现频率很高的神马，在《山海经·大荒南经》《山海经·大荒东经》《山海经·大荒西经》中都有出现，产地也比较多，盖犹山、南类山、东北海外和沃野等地都有出产，具体形态和能力均没有记载，其

他典籍中也没有相关资料，据产地推断可知是一种宝马，郭璞在注解中只说“马苍白杂毛为骓”，可见他也不知道。

三足鳖

地　　点：从山
能　　力：剧毒，百病不侵
特　　点：三足
危 险 性：极度危险

三足鳖是《山海经·中次十一经》中记载的异兽，生活在从山（虚构的山）之中，尾巴分叉，吃了之后可以百病不侵。明代陆粲在《庚巳集》中记录了另一个版本的三足鳖：明朝时，太仓县（今江苏省太仓市）有个农妇抓了一只三条腿的鳖，拿回家熬成汤，丈夫喝了之后就去睡觉了。过了一会儿，农妇到卧室查看，发现丈夫全身已经化为血水，只留下头发。邻居怀疑是这位农妇害了丈夫，于是把她告到了官府，当地的县官从来没有听说过这样的事，于是让农妇取汤用死囚试验，果然化为血水，最后判农妇无罪。

晋代郭璞在注解《山海经》时认为：三足鳖是鲧死后变成的黄熊，《国语》《说文》《史记》等书中也持同样观点，束晳在《发蒙记》中说：“鳖三足曰熊。”

山膏

地　　点：苦山
能　　力：骂人
特　　点：状如猪
危 险 性：一般

山膏是《山海经·山中经》中记载的一种怪物，生活在苦山（虚构山名），样子长得和猪一样，浑身皮毛皆为红色，最大的特长和爱好就是说脏话和骂

人。传说远古帝王帝喾（kù）在山上游玩时曾经看到过一只山膏，那山膏不分青红皂白，对着帝喾破口大骂，最后被盘瓠咬死了。晚清时期文学家章炳麟在《为柳亚子题扇》诗中就有“江湖满地呜呼派，只遂山膏善骂人”的诗句。

神龟

地　　点：各处仙境

能　　力：有翅膀，会说话，变幻莫测

特　　点：长寿，体型大

危 险 性：无

神龟是中国古代神话中一种经常出现的瑞兽，是长寿和吉祥的象征，在很多典籍中都有记载，《易·系辞上》中说：“河出图，洛出书，圣人则之。”伏羲的“洛书”就是从神龟的背上得来的。在晋代王嘉的《拾遗记》中，昆仑仙境也有一种神龟：昆仑仙都一共九层，每一层都相隔万里，第五层有神龟，长一尺九寸，长着两对翅膀，一万岁之后可以飞，会说人话。《拾遗记》中还有另一种神龟，在传说中的仙山员峤山的西面，“八足六眼，背负七星日月八方之图，腹有五岳四渎之象”，经常趴在河边的石头上，远望有星云之象，华丽而又深沉。

南朝梁代沈约在《宋书·符瑞志》中说：神龟三百岁游于荷叶之上，三千岁游于卷耳[①]之上；清代陈元龙则在《格致镜原》中说：龟长到三千岁之后，可以去蓬莱仙境，喝仙人们的刷鼎水，喝了之后可以长出翅膀，变化莫测。像这样的记载古书里还有很多，总的来讲，神龟是一种人畜无害的“吉祥物”。

---

① 一种草本植物，可作中药。

神犬

地　　点：阴山
能　　力：可以御凶
特　　点：状如狸猫，白头，叫声像猫
危 险 性：极度危险

中国古代神话中有很多关于神犬的记载，最早的是《山海经·西山经》中的“天狗”，在阴山出没，状如狸猫，白头，叫声像猫，可以御凶。郭璞在注解中说：“天狗”实际上是“天狗星”，是灾难的象征，清代学者郝懿行在《山海经笺疏》中提出了反对意见，他认为郭璞的说法很不靠谱，“神犬”就是一种野兽名字，而不是什么流星。根据《山海经》原文的描述，后者的可能性更大一点。

民间还有许多关于天狗的传说，最普遍的就是它可以吃月亮，江苏省镇江市丹徒区还流传着天狗破坏庄稼和田地的传说，现在还有“赶狗节”，在另外一些地方，人们认为天狗会导致妇女不孕，还会吃掉小孩。

佛教神话中地藏王菩萨座下的谛听也是神犬的一种，能够分辨是非、善恶，《西游记》中就是靠它来分辨真假美猴王的。另外，据晋代干宝的《搜神记》记载，在远古帝喾时代，有个老妇人得了耳病，在耳朵里取出一个东西，大如茧，老妇把它放在瓠（hù）瓜（类似葫芦）里，再用盘子盖住，不久之后变为无色龙犬，名叫盘瓠。

神鸦

地　　点：巫山神女庙，今重庆市巫山县飞凤峰
能　　力：隔空接食
特　　点：体型小
危 险 性：无

神鸦是巫山峡神女庙附近的一种异兽，在很多典籍中都有记载。宋代范成大的《吴船录》中说：每当有船要经过神女峰时，就会有很多神鸦跟随船只

飞行，直到船离开神女庙后，它们还会跟随数里，所以也叫“迎船鸦”。如果往空中投掷食物，这些神鸦就能够接住，万无一失。这种神鸦与乌鸦类似，比一般乌鸦略小，不会伤害人类，栖息于山崖上的洞窟中，得到食物之后就会返回；据清代王士禛的《池北偶谈》中记载，当年陆游乘船经过神女庙时，想要见识一下这种神鸦的风采，无奈几次都没有看到；根据清代宋荦的《筠廊偶笔》所说，楚江富池镇（今湖北省阳新县）的吴王庙（供奉甘宁）周围也有很多这样的神鸦，洞庭君山也有，传说是柳毅[1]的使者。

狌狌

地　　点：招摇之山
能　　力：知道过去的事
特　　点：白耳猴形
危 险 性：一般

狌（xīng）狌是《山海经》中记载的一种异兽，外表和猴很像，长着一对白色的耳朵，能够在地上爬行，也可以直立行走，吃了它的肉能够健步如飞。在《山海经·海内南经》中，狌狌是一种猪身人脸的怪物。《淮南子·泛论》中说“狌狌知往而不知来”，意思是狌狌只知道过去的事，能够预测未来的是“归终”。

视肉

地　　点：各处灵山均有出现
能　　力：食之不尽
特　　点：形如牛肝，有眼睛
危 险 性：无

视肉是《山海经》中经常出现的一种灵物，在南类山、承筐山、太华山、

① 传说中龙女的丈夫。

涂山、崦嵫山等灵山上都有出现，根据晋代郭璞的注解，视肉是一种形如牛肝、生双目的灵物，割下之后会马上生长出来，与“追复”“无损兽”类似，鲁迅的《古小说钩沈》辑《玄中记》的内容中说到：西域诸国之一大月氏及西域诸国之一西胡有一种叫作“曰反”的牛，前一天割肉三四斤，第二天就会马上痊愈。《凉州异物志》中也有类似记载，不过牛换成了羊，这种羊的尾巴有十斤重，割下之后马上就会长出来，这些都是和视肉类似的异兽，大概是古人们对衣食无忧的向往和寄托。

水虎

地　　点：活跃于沔（miǎn）水，今嘉陵江西源西汉水
能　　力：杀人
特　　点：形如幼童
危 险 性：极度危险

水虎是郦道元在《水经注》中记载的一种水怪，活跃于沔水，外表看起来像三四岁的人类小孩，身上长着鲤鱼一样的鳞片，刀枪不入，十分坚硬，喜欢在七八月爬到石头上晒太阳。通常情况下，它们都躲在水中，只把膝盖露出水面，有河边的小孩不知道，跑去戏弄它们，就会被杀掉。据说，有人曾经抓到过水虎，只需要把水虎阉掉，它就能服从命令。日本流行的妖怪河童据说就是来源于水虎，甚至有说法认为河童就是从中国长途跋涉到达日本的。不过，河童最大的特征就是头上有盘子，背上有龟壳，这些与水虎的特征完全不同。

四鸟

地　　点：各大灵山
能　　力：灵兽
特　　点：主管节气
危 险 性：无

四鸟的神话共有两个版本，第一个版本是少昊时代历正[①]的四个属官，根据《左传·昭公十七年》的记载："玄鸟氏，司分（春分）者也；伯赵氏，司至（夏至）者也；青鸟氏，司启（秋分）者也；丹鸟氏，司闭者（冬至）也。"孔颖达在注解中认为，这就是传说中的"四鸟"。

第二个版本记载于《山海经·大荒东经》："有中容之国。帝俊生中容，中容人食兽、木实，使四鸟：豹、虎、熊、罴。"从这段记载来看，帝俊（天帝）生中容，中容国人吃肉，能够役使四鸟。《尚书·舜典》中说：舜帝问谁能做主管山川河流的官，大家都推荐伯益，伯益让位于"朱、虎、熊、罴"，舜帝就让它们辅佐伯益一起治理。按清代梁玉绳在《汉书人表考》中的考证，江东叫"豹"为"朱"，所以《尚书》里的记载也是"豹、虎、熊、罴"，这四鸟也被称为舜的四位辅臣。伯益驯化鸟兽的能力应该也是得益于"四鸟"的辅佐。

狻猊

地　　点：昆仑之南
能　　力：仙人坐骑
特　　点：狮身，肤青而红鬃
危 险 性：无

狻猊（suān ní）是古代神话中很常见的一种灵兽，是龙的九个儿子之一，排行老五（一说老八），喜欢"抽烟"，所以经常被雕刻在香炉上。根据《南瞻部洲纪》的记载，狻猊生活在昆仑山的南部，是龙的第五个儿子，外貌和狮子很像，通体青色，脖子上有一圈红色的鬃毛，动静皆宜，动的时候如奔

① 管理历法的官员。

雷闪电，日行五百里，静的时候如同处子，喜欢静静地蹲在地上“吸烟”，修身养性。有仙人觉得它非常有耐心，就收它做了自己的坐骑，日夜用香炉和烟火来喂它，最后终于炼化掉了狻猊体内的杀伐之气，成了灵兽。

其实，狻猊的原型就是狮子，主要分布在非洲地区，亚洲则主要见于中亚和印度地区。“狻猊”这个词语最早出现在《穆天子传》中，“名兽使足走千里，狻猊、野马走五百里”，这本书的成书年代一直都有争议，但应该不迟于晋代，因为是晋代出土的，书中并没有说狻猊是一种什么样的动物。到了晋代郭璞才在注解中说：“狻猊就是狮子，出西域”，这是因为一直到东汉中原人才见到狮子，正好就是西域进贡的，当时称为“师子”。

佛教昌盛以后，狻猊成了佛教中文殊菩萨的专属坐骑，常跪伏在他的脚下，也经常用来装饰建筑物的顶部，可以辟邪。

虽马

地　　点：俞人之国
能　　力：未知
特　　点：独角
危 险 性：无

虽马的记载出自《逸周书·王会》中的“俞人虽马”，西晋经学家孔晁在注解中认为：俞人是周朝时对东夷的称呼，虽马属于东夷人的贡品，产地在俞人之国，它是一种体型跟马一样、头上长角的异兽，不长角的叫作“骐”[①]。清代学者王士禛在《池北偶谈》中也有“虽马一角”的说法，有点像西方传说中的独角兽，具体能力未知，应该是一种骏马。

① 青黑色有如棋盘格子纹的马，跟斑马有点像，不过条纹是格子状的。

唐鼠

地　　点：城固县，今陕西省汉中市城固县

能　　力：换肠子

特　　点：形如老鼠，肠子外翻

危 险 性：小

唐鼠，又名易肠鼠，是记载于《水经注·沔水》中的一种异兽：汉代有个姓唐的人，字公房[①]，城固县人。他因为修炼得道，服食仙丹后白日飞升，家里的鸡鸭猫狗都跟着他一起飞升了，只有老鼠剩下了，于是老鼠就变了态，有了一种怪癖，每当月晦日[②]，就把肠子和胃从肚子里吐出来，再重新长出来。南朝宋·刘敬叔在《异苑》中也有相关记载：唐鼠形如老鼠，稍大，青黑色，肚子下面有很多肠子，有时候会掉落，也叫“易肠鼠”。当年唐公房飞升时，家里所有的东西都跟着升天，升到一半，唐公房突然看到云里还有老鼠，就把它扔了下去，老鼠的肠子被摔了出来，却没有死，从此之后就成了变异的新品种——易肠鼠。要说这种老鼠的危害，除了传播细菌和病毒之外，恐怕就是恶心了。

饕餮

地　　点：钩吾之山

能　　力：吃人

特　　点：羊身人面，眼在腋下，虎齿人手

危 险 性：极度危险

饕餮是中国神话传说中最凶残的野兽之一，关于它的来历有三个不同的版本。

第一种说法认为：饕餮是龙的儿子之一，龙生九子，各个不同，关于这九个儿子，自古就有两个版本的说法，第一为囚牛、睚眦、嘲风、蒲牢、狻猊（suān ní）、赑屃（bì xì）、狴犴（bì àn）、负屃（fù xì）、螭吻（chī

① 唐公房在仙班为保命四丞之一，主生死。

② 农历每月三十日。

wěn）；第二为赑屃、螭吻、蒲牢、狴犴、饕餮、蚣蝮、睚眦、狻猊、椒图。饕餮正是其中之一，属于龙的第五个儿子，神话传说中的四凶[1]之一，特点是贪婪、好吃人、喜欢囤积财富。

第二种说法出自《神异经·西南荒经》：钩吾之山有人形怪物，身上长毛，头上戴着猪脸面具，“积财而不用，善夺人谷物”，喜欢欺压善良，夺老弱者，畏强而击单，属于典型的流氓集团。

第三种说法出自《左传·文公十八年》：缙（jìn）云氏[2]有不才之子，喜欢胡吃海塞，囤积居奇，穷奢极欲，根本不管老百姓的死活，于是，百姓们就用饕餮来称呼他。有人认为，饕餮就是《左传》里说的“缙云氏不才子”。宋·罗泌在《路史·蚩尤传》中认为：缙云氏不才子很有可能就是蚩尤，黄帝杀死蚩尤后，斩下他的头颅，蚩尤化身为饕餮。根据《山海经·北山经》的记载，钩吾之山中有一种叫作狍鸮的怪物，羊身人面，目在腋下，虎齿人爪，声如婴儿，喜欢吃人。《神异经·西荒经》中也有类似的记载：“饕餮，兽名。身如羊，人面，目在腋下，食人。”所以，狍鸮、饕餮有可能是一种怪物，都是蚩尤所化。

夏商周三代的铜器上有很多饕餮的铭纹，《吕氏春秋》中认为：饕餮纹“有首无身，食人未咽，害及其身”，是为了警示帝王不要过于贪婪。

腾黄

地　　点：产地未知
能　　力：长寿
特　　点：全身金黄
危 险 性：无

腾黄是张衡的《东京赋》中出现的一种神马：“圉林氏之驺虞，扰泽马与腾黄。”唐朝著名文学家在注解中引用了《瑞应图》中的内容，认为腾黄就是吉光；唐代瞿昙悉达在《开元占经》中说，吉光全身金黄，不是世间的凡物，只有明君在位的时候才会出现，是祥瑞的象征，能活三千多岁。晋代葛洪的《抱朴子·对俗》中也有这样的说法。

① 据《史记·五帝本纪》：帝鸿氏之不才子“浑敦”、少皞氏之不才子“穷奇”、颛顼氏之不才子“梼杌”和饕餮合称四凶。

② 姜姓，炎帝后裔，缙云是黄帝时代的官名。

天鸡

地　　点：桃都山
能　　力：杀鬼，带头大“鸡”
特　　点：金色
危 险 性：无

天鸡记载于《玄中记》中，生活在桃都山的仙树上，全身金黄，树下有神荼、郁垒守护，遇到鬼怪，天鸡就会从树上飞下将鬼怪杀死。除了杀鬼的业务之外，天鸡还是天下所有鸡的老大，堪称带头大“鸡”，太阳光照到桃都山时它就要开始打鸣，这时候天下所有的公鸡都会跟着它一起打鸣。

《神异经》中也有关于天鸡的记载：北海有一种巨大的鸡，“其高千里，左足在海北涯，右足在海南涯”，毛苍，喙赤，脚黑，站在北海中央，头在北海的东部，只吃鲸鱼（其他鱼也吃不饱），震动双翅飞行时电闪雷鸣、风起云涌、惊天动地。

天鹿

地　　点：天上
能　　力：祥瑞，会发光
特　　点：状如鹿
危 险 性：无

天鹿是《宋书・符瑞志》中记载的神兽，《符瑞志》是专门用来记载祥瑞和符命的书，按照“天人感应”的理论，皇帝如果做得好，天上就会降下祥瑞，如果做得不好，就会有灾祸。《五行志》就是用来记载灾祸的，所以寻找祥瑞是官员和皇帝最喜欢的一项活动，很多人都因为献上祥瑞升官发财。天鹿就是祥瑞的一种，纯良之兽，会发光，光芒万丈，有仁君在位时就会出现，《瑞应图》中也有类似的记载。

狪狪

地　　点：泰山，今山东省中部泰山
能　　力：未知
特　　点：状如猪
危 险 性：无

狪（tóng）狪是《山海经·东山经》中记载的一种异兽，产地是泰山，山上盛产玉石和金。狪狪是一种长得像猪的异兽，体内有珠子，叫声和它的名字一样。郭璞在注解中说：自古都是蚌的体内才有珍珠，为什么野兽就不行呢？俗语说“君子无罪，怀璧其罪”，这句话用来形容狪狪再合适不过了。本来是野兽界产珍珠的先行者，最后却落得被人捕杀的命运，着实有点惨。

无损兽

地　　点：南方，具体地点未知
能　　力：食之不尽
特　　点：猪头鹿身
危 险 性：未知

无损兽是《神异经·南荒经》中记载的一种异兽，生长在南方，猪头鹿身，有牙，喜欢向人类求取五谷杂粮，从它身上割下一块肉之后，会立刻重新长出，所以叫“无损兽”，与《山海经》中出现的“追复”类似。

无支祁

地　　点：出现在淮水中
能　　力：力大无穷
特　　点：形若猿猴，金目雪牙
危 险 性：极度危险

无支祁是中国神话中最强大的妖怪之一，活跃于尧舜时期，在淮水中为害，掀起滔天巨浪，沿岸百姓深受其苦。在《山海经》中有关于它的记载：无支祁形若猿猴，金目雪牙，后来被大禹锁在军山下。《太平广记》中又对这个传说的内容进行了润色和扩充：大禹治水时，三次来到梧桐山下，都遇到狂风暴雨，天雷阵阵，山石乱滚，草木惊鸣，土伯壅川，根本无法进行治理，只得无功而返。后来，他才知道是妖物作祟，于是召集附近的部落首领开会，共同商议对付妖怪的办法。

没想到，附近的山君长老们都纷纷为妖怪叩首请命。大禹大怒之下命人调查，才发现这些人之所以畏战不前，是因为这些人在包庇妖怪，于是囚禁了鸿蒙氏、章商氏、兜卢氏、犁娄氏等人，审问之下才知作乱的妖怪名叫无支祁，善于言辞，对淮水各处的深浅了如指掌，形如猿猴，“缩鼻高额，青躯白首，金目雪牙，颈伸百尺”，力气能够拉动九头大象，擅长搏击之道，速度更是快得出奇，眨眼就看不到了，非常难对付。

大禹先是派童律前去降妖，无法制服，又派乌木由前去，还是无法制服，最后派庚辰前去，山中的精怪和水中的水灵全都一拥而起，想要阻止庚辰，庚辰手持大戟，以一人之力击退数千妖怪，最后活捉无支祁，大禹用铁锁锁住它的脖子，又在鼻子上穿上铃铛，镇压在淮阴龟山（今湖北省武汉市汉阳区）之下，水患终于得以治理。

不过，在很多民间传说中，无支祁并不是水怪，而是淮水的水神，很多地方都有供奉它的神庙，也是吴承恩《西游记》中孙悟空的原型。

哮天犬

地　　点：出现地点不定
能　　力：斩妖除魔
特　　点：白毛细腰
危 险 性：一般

哮天犬是中国古代神话中最出名的灵兽之一，它是《封神演义》和《西游记》中二郎神的座下神兽，能够飞天遁地，也是民间传说中吃月亮的“大胃王”，月食的“背锅”者（天狗食月）。在《封神演义》中，哮天犬是“白毛细腰之犬”“形如白象”，平时放在怀里，对战时祭出，多为偷袭之用。在《西游记》中，哮天犬叫作“细犬”，一共出场两次，第一次在孙悟空的腿上咬了一口，第二次咬掉了“九头虫”的一个头颅，战斗力非常彪悍。在明代嘉靖年间的《二郎宝卷》中，哮天犬被称为“白犬神嗷”，辅助二郎神斩妖除魔，而在元代的杂剧中，多以“细犬”称呼他，原型应该是民间的猎犬“细犬”，也叫“山东细狗”，是一种爆发力很强的优秀猎犬。

狕

地　　点：堤山
能　　力：未知
特　　点：状如豹
危 险 性：一般

狕（yǎo）是《山海经·北山经》中记载的一种野兽，产地在堤山，长着豹子的身体，头上有花纹，详细信息没有过多记载。从《山海经》的描述来推断，应该是一种类似于豹子的野兽，有极大可能袭击人类。

药兽

地　　点：白民国
能　　力：识别草药
特　　点：未知
危 险 性：无

药兽的传说记载于明代陶宗仪《说郛》卷三一辑《芸窗私志》：神农时代，白民国（《山海经》中虚构的国家）进贡了一头药兽，碰到有人需要治病时，只需要附在它的耳边，用白民国方言对它说几句话，药兽就会到野外衔回药草，把药草捣烂给病人服下，马上就能药到病除。由于白民国方言晦涩难懂，所以治疗方法一直被其垄断。后来，黄帝想出了一个办法，命令他的宰相风后把病人的症状和药兽衔回的药草特征全部加以记录，久而久之，就有了很多药方。按作者的意思，黄帝的医术应该是从药兽那里得来的，所以虞卿才会说“黄帝师药兽而知医”。

夷羊

地　　点：牧野
能　　力：带来灾难
特　　点：未知
危 险 性：危害极大

夷羊是一种可以带来灾难的异兽，预示国家危亡之际出现。根据《国语·周语上》的记载：商朝将要灭亡时，商朝国都郊外牧野（位于今河南省新乡市北部）出现了夷羊。三国时期史学家韦昭在注解中认为：夷羊是一种神兽。《淮南子·本经训》中记载：夷羊出现时会带来严重旱灾（“江河三川，绝而不流”）和蝗灾（“飞蛩满野”）。高诱在注解中说：夷羊实际上是土地神。至于样貌和外形特征，没有人细说，应该和羊类似。

移即

地　　点：鲜山
能　　力：带来火灾
特　　点：状如膜犬
危 险 性：危害极大

移即是《山海经·中次十一经》中记载的一种异兽，产地在鲜山，外表长得和膜犬[1]很像，红嘴，红眼睛，白尾巴，出现的地方会发生大火，是一种灾祸的象征。

幽鴳

地　　点：边春之山
能　　力：笑
特　　点：状如猿猴，有“纹身”
危 险 性：无

幽鴳（yàn）是《山海经·北山经》中记载的一种非常有趣的怪兽，产地在边春之山，状如猿猴，身上全是花纹，很像现代的“社会大哥”，但是它却没有“社会”气质，反而整天笑嘻嘻的，看到人之后就假装睡觉，叫声像自己的名字。郭璞在《山海经图赞》中还对这位“社会大哥”进行了一番点评：幽鴳长得跟猴一样，非常蠢，但是总装出一副高深莫测的样子，见到什么都笑，看到人就假装睡觉，是个彻头彻尾的蠢货。不过，作为《山海经》中难得的搞笑担当，幽鴳已经做得很不错了。

① 狗名，体型大，毛发浓密，力量强，属于大型犬的一种，非常凶猛。

峳峳

地　　点：䃌（yín）山
能　　力：见者多狡客
特　　点：状如马，羊目牛尾
危 险 性：比较危险

峳（yóu）峳是《山海经·东山经》中记载的一种怪兽，产地在䃌山，长着马的身体、羊的眼睛和马的尾巴，头上还长着四只角，声音像狗叫一样，它出现的国家会产生很多狡猾的人（政客）。

蜮

地　　点：产于蜮民之国
能　　力：含沙射人
特　　点：状如鳖，体型小
危 险 性：极度危险

蜮（yù），又名短狐，是一种流传度比较广的虫子，在很多典籍中都有记载，成语“为鬼为蜮”“鬼蜮伎俩”中的“蜮”说的就是这种虫子。在《山海经·大荒南经》中，有一个叫蜮山的地方，山的附近有蜮民之国，那里的人姓桑，持弓箭射杀蜮当作食物。郭璞在注解中说：这里的蜮是一种短狐，形状似鳖，可以把沙子含进嘴里射人，中者会病死。《说文解字》中认为蜮有三足，用气射人；《五行志》中则说，蜮生活在水旁，平时躲在水里，可以喷水伤人，叫作“水弩”；晋代张华的《博物志·异虫》中有对这种怪物尺寸的描述：“长一二寸，口中有弩形。”《玄中记》中则说“蜮长三四寸”，所以这种怪物应该是一种虫子，长度只有十厘米至十二厘米。

婴胡

地　　点：尸胡之山
能　　力：未知
特　　点：状如麋鹿，鱼眼
危 险 性：未知

婴（wǎn）胡是记载于《山海经·东山经》中的怪兽，产地在尸胡之山（虚构山名），长着麋鹿的身子、鱼的眼睛，叫声和自己的名字相似。按照惯例，长着鹿的身子应该是一种瑞兽。

凿齿

地　　点：大荒
能　　力：杀人
特　　点：人形，牙齿奇大，持盾
危 险 性：极度危险

凿齿是一种人形怪兽，很多典籍中都有记载。《山海经·海外南经》中说：后羿和凿齿在寿华之野（虚构地名）大战，后羿持弓，凿齿持盾，经过一场大战之后，凿齿被后羿射杀。根据郭璞的注解，凿齿是一种人形的怪兽，牙齿像凿子一样向下弯曲，长达五六尺，因为这个牙齿的造型着实过于夸张，所以用“凿齿”来命名这种怪物。在《淮南子·本经》中，凿齿与九婴、大风、封豨、修蛇（巴蛇）等都是为祸人间的怪物，大禹派后羿诛杀了凿齿。在《淮南子·地形训》中，凿齿的牙齿稍微短了一点，但是也长达三尺。凿齿喜欢攻击人类，非常危险。

狰

地　　点：章莪（é）山
能　　力：未知
特　　点：状如豹，五尾一角
危险性：一般

狰是《山海经·西山经》中记载的一种怪兽，产地在章莪山，山上寸草不生，盛产玉石和怪兽，其中一种怪兽就是狰。狰是一种豹身、长着红毛的怪物，有五条尾巴，头上还长着一只角，声音如同击石，铿锵嘹亮。

朱獳

地　　点：耿山
能　　力：天下大乱的征兆
特　　点：状如狐，鱼翼
危险性：极度危险

朱獳（nòu）是《山海经·东山经》中记载的一种怪兽，产地在耿山，山上多草木、碧玉和大蛇，朱獳长着狐狸的身体、鱼的鳍，叫声就是自己的名字，它出现时预示着国家会动乱，危害极大。《山海经·东次二经·耿山》中也有相关记载。

朱厌

地　　点：小次之山
能　　力：战争之兆
特　　点：状如猿，红脚白头
危 险 性：极度危险

朱厌是《山海经·西山经》中记载的一种怪兽，出现在小次之山，山上盛产白玉和赤铜。朱厌长着猿猴的身子，头部的毛发为白色，脚为红色，有点像“无支祁”，它出现时预示着将要发生大规模战争。还有另一种叫作“凫徯（hóu）”的怪兽，状如鸡，人脸，也是战争的征兆。

驺吾

地　　点：产于林氏国
能　　力：日行千里
特　　点：大如虎，五彩斑斓
危 险 性：未知

驺吾，又名驺虞，是《山海经·海内北经》中记载的一种珍贵的灵兽，产地在林氏国（虚构国家），大如虎，五彩斑斓，尾巴比身体还要长，可以日行千里。在《尚书大传》中也有类似记载：散宜生从于陵氏（远古姓氏）那里得到一头怪兽，大小在老虎和狼之间，尾巴比身子还要长，叫作“虞”。汉代经学大师郑康成认为“虞”就是“驺虞”，也就是《山海经》中的驺吾。《康熙字典》中有“吾”通“虞”的释义。《诗经国风·召南·驺虞》中也有关于驺虞的诗句：“彼茁者葭，壹发五豝，于嗟乎驺虞。”关于这里的驺虞有两种观点：一种认为是猎人，天子的猎官；另一种认为是一种神兽，和驺吾一样，可见先秦时代就已经有驺吾的传说了。

獙獙

地　　点：姑逢之山
能　　力：大旱的征兆
特　　点：状如狐，有翅膀
危 险 性：极度危险

獙（bì）獙是《山海经·东山经》中记载的一种异兽，产地是姑逢之山，山上草木不生，盛产黄金和玉石。獙獙长得很像狐狸，有一对翅膀，声音如同鸿雁，出现的地方会导致天下大旱，极度危险，很符合《山海经》“狐系”怪兽的一贯作风。不过它的声音算是“家族”里最好听的了，最起码不是婴儿哭声。

猼訑

地　　点：基山
能　　力：佩戴它的皮毛可以无畏
特　　点：状如羊，九尾四耳，目在背上
危 险 性：一般

猼訑（bó yí）是《山海经·南山经》中记载的一种怪兽，产地在基山，山上南面多玉，北面多怪兽。猼訑的外形长得很像山羊，有九条尾巴，四只耳朵，眼睛长在背上，佩戴它的皮毛可以无畏。俗话说得好：“无知者无畏。”这种动物眼睛长在背上，应该是没法看清前面，看不见自然就不会害怕，古代的将军要是有这样的东西，给士兵分发下去，战斗力绝对能上好几个台阶。郭璞在《山海经图赞》中说：“猼訑似羊，眼反在背。视之则奇，推之无怪。若欲不

恐，厥皮可佩。”眼睛长在背上，看上去奇怪，仔细推敲一下似乎也没有什么奇怪的，毕竟人家是《山海经》里的精怪。

駮

地　　点：中曲之山
能　　力：吃虎豹，抵御兵器
特　　点：状如马，白身黑尾
危 险 性：无

駮（bó，同“驳”）是《山海经·西山经》中记载的一种异兽，产地在中曲之山，外形长得很像普通的马，通体白色，尾巴为黑色，头上长着一只角，虎牙豹爪，叫声如同擂鼓，以虎豹为食，可以抵御兵器，战斗力十分彪悍。《尔雅·释畜》中说：“驳如马，倨牙，食虎豹。”这是《山海经》中出现的又一种独角兽，另一种为“虽马”，根据“马系”异兽的一贯作风，再加上独角的特点，驳应该是一种瑞兽。

驰狼

地　　点：蛇山
能　　力：刀兵之兆
特　　点：状如狐，白尾长耳
危 险 性：极度危险

驰狼是《山海经·中山经》中记载的一种怪兽，外貌和狐狸一样，白尾长耳，出现的地方会引起战争，是十种“战争之兆”之一，不祥之兽。

葱聋

地　　点：符禺山
能　　力：未知
特　　点：状如羊，赤鬣（liè）
危 险 性：无

葱聋是《山海经·西山经》中记载的一种异兽，产地在符禺山，状如羊，长着赤鬣①，普通的羊是没有的。宋代陆佃在《埤雅》中认为，葱聋是山羊的变异品种；《康熙字典》中对葱聋的描述为“黑首赤鬣”；清代学者郝懿行认为这是一种野山羊。

倒寿

地　　点：西荒
能　　力：食之可悍不畏死
特　　点：虎身人面
危 险 性：极度危险

倒寿是记载于《神异经·西荒经》中的一种怪兽，生活在西方荒野，毛长三尺，虎身人面，虎爪，口中的牙齿长达一丈八尺，人如果吃了它的肉，可以悍不畏死，在与野兽搏斗时不死不休。大荒中曾经有人想要用大网捕捉它，被它提前预知躲开了。至于这个人的下场，《神异经》中没有说，多半非死即伤，从它长着人脸可以推测这是一种颇具灵性的野兽。

① 兽类颈上的毛。

敦圄

地　　点：又名陆吾，居住在昆仑之丘
能　　力：神灵
特　　点：人面虎爪
危 险 性：无

敦圄（dūn yǔ）是《淮南子·俶真训》中记载的一种神兽："若夫真人，则动溶于至虚，而游于灭亡之野，骑蜚廉[①]而从敦圄，驰于方外，休乎宇内。"这一段是关于神仙逍遥自在的描写，汉代文学家高诱在注解中说：敦圄是一种神兽，样子跟老虎差不多，略小，"一曰仙人名也"。《汉书·扬雄传》中有"白虎敦圉虖昆仑"的记载，唐代经学大师颜师古认为"敦圉"的意思是盛怒，另一位大师王先谦则认为，颜师古说得不对，高诱大师说的才是对的，"敦圉"应该是白虎的名字，是《山海经》中的"陆吾"："昆仑之丘，是实惟帝之下都，神陆吾司之，其神状虎身而九尾、人面而虎爪。"昆仑之丘是天帝在人间设立的都城，陆吾是那里的管理员，长着虎身、人面和虎爪，有九条尾巴，两者读音相似。再根据《淮南子》中的说法，王先谦的说法似乎更靠谱一点。

蜚

地　　点：太山
能　　力：瘟疫的象征
特　　点：状如牛，白首
危 险 性：极度危险

蜚是《山海经·东山经》中记载的一种异兽，产地在太山，山上盛产金玉。蜚长得很像牛，头是白色的，只有一只眼睛，长着蛇的尾巴，走到哪，哪里就有死亡，钻到水里水就枯竭了，走在草上草就死了，杀伤力巨大，出现的地方会导致天下发生严

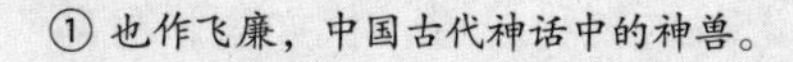

① 也作飞廉，中国古代神话中的神兽。

重的瘟疫。郭璞在《山海经图赞》中说：蜚这种怪兽，看上去老实厚道、人畜无害，其实走到哪，哪里就有死亡，十分阴险，正应了那句“老实人才最可怕”。

西方的《圣经新约·约翰启示录》中有天启四骑士的说法：白马骑士带来瘟疫、红马骑士带来战争、黑马骑士带来饥荒、灰马骑士带来死亡。其实，《山海经》中的灾异之兽们带来的灾难也脱离不了这四种灾祸的范畴，比如：带来战争的“朱厌”、带来瘟疫的“蜚”、带来旱灾的“旱魃”等，不管是东方还是西方，古人们面临的天灾与人祸大体上都是相同的，所以对怪物们能力的想象也相差无几。

蛊雕

地　　点：又名纂雕，产地在鹿吴之山
能　　力：吃人
特　　点：状如雕，有角
危 险 性：极度危险

蛊雕是《山海经·南山经》中记载的一种怪兽，产地在鹿吴之山，山上无草木，盛产金石。蛊雕的外形长得很像雕，头上长着一只角，声音如同婴儿，喜欢吃人。《骈雅》中也有相关记载：“蛊雕如雕而戴角。”《事物绀珠》中的记载却有点不同：“蛊雕如豹，鸟喙一角，音如婴儿。”

蛫

地　　点：即公之山
能　　力：可以御火
特　　点：状如龟，白身赤首
危 险 性：无

蛫（guǐ）是《山海经·中次十二经》中记载的一种异兽，状如龟，身体是白色的，头是红色的，可以用来御火。从特点来看，这是一种红头的乌龟，《说文解字》中的解释为“蟹”，《集韵》中的解释是“蟹六足者”（一只螃蟹八条腿），司马相如的《上林赋》中也有“獑胡豰蛫[1]”的描写。

豪彘

地　　点：竹山
能　　力：毛如利剑
特　　点：状如豚，白毛
危 险 性：极度危险

豪彘（zhì）是《山海经·西山经》中记载的一种怪兽，主要生活在竹山，状如小猪，通体白毛，长如簪子，尖端为黑色。从记载来看，豪彘的原型就是箭猪，除了颜色不同（箭猪为黑色），其他特点全都一样。箭猪从背部到尾部都披着坚硬的箭簇一般的棘刺，尤其是臀部的刺，最粗者如同筷子，长达半米，攻击力极强。在与猛兽搏斗时，这些刺能够直立起来，插入敌人的身体。这些箭猪经常成群结队地出现，破坏庄稼和田地，危害极大，在中国的云贵高原、湖南、广西、福建等地都有分布。

猾褢

地　　点：尧光之山
能　　力：见之有大的徭役
特　　点：状如人，猪毛
危 险 性：极度危险

猾褢（huái）是《山海经·南次二经》中记载的异兽，产地在尧光之山，山南盛产玉石，山北有很多金属矿藏。猾褢外表和人长得很像，却长着猪一样的毛，在山洞里居住，天气冷的时候会进入冬眠状态，声音像砍树一样，出现

① 獑，chán；胡，猿类；豰，hù，虎豹。

的地方会有大的徭役发生。郭璞在注解中认为：除了徭役以外，也有可能出现大的动乱。

祸斗

地　　点：厌火国
能　　力：吃火
特　　点：状如犬
危 险 性：极度危险

祸斗是《山海经·海外南经》中记载的一种怪兽，产地是"厌火国"，状如犬，食物为火，排出的粪便也是火，清代学者吴任臣在考证中指出，厌火国旁边有一个叫"无肠国"的国家，那里的人吃什么就排什么，祸斗排火很可能与该国人的教导有关，有学者认为这是古代中原人对夷人的妖魔化。

明代邝露在《赤雅》中是这样记载的："祸斗，似犬而食犬粪，喷火作殃，不祥甚矣。"正是因为祸斗吃火排火，所到之处常常发生火灾，所以被看作不祥之兆。

明代冯梦龙在《情史》中记载过一起目击事件：唐代常州义兴县（唐代设立的地方行政单位，今江苏省宜兴市）有个叫吴堪的鳏（guān）夫[①]，从小父母双亡，也没有兄弟姐妹，在县里做小吏，为人谦恭温顺，家住在荆溪边上，经常在门口用东西遮挡溪水，让水不受污染，每天下班回家都要在溪边观看，对溪水既敬又爱。

几年之后，吴堪在溪水中偶得一个白螺，捡回去之后放在水里。有一天吴堪从县里回来，看见饭菜已经做好了，连续十几天都是这样，他以为是邻居老妇帮忙做的，便去拜谢，那老婆子说："这是你家娘子做的，谢我做什么？"吴堪大惊，遂问其故，老婆子说："每次你出门后，都有一个十七八岁的妙龄女子来到你家，给你煮饭烧菜，你自己不知道吗？"吴堪茫然，于是和老妇约好，等他出去之后就在门口观望。

吴堪假装出门，那姑娘果然再次出现，吴堪趁机推门拜之，姑娘无法出

① 无妻或者丧偶的男子。

门，只得告诉他实情，原来这姑娘正是吴堪捡到的白螺，天帝念吴堪看护水源有功，便让她来伺候，从此之后，两人生活在一起。

这件事很快就传遍了乡里，县官知道之后，就想要得到这位姑娘，于是故意刁难吴堪，让他找两样东西——蛤蟆的毛和恶鬼的手臂，到晚上不交就要砍他的头，吴堪无奈，只得回去告诉白螺姑娘，姑娘一听，出去了片刻就找来了。县令见没有难倒吴堪，又让他找一只祸斗，吴堪回去告诉妻子，妻子对曰："吾家有之，取之不难。"出门片刻之后，牵着一只狗走了回来。吴堪牵着祸斗来找县令，县令非常生气地说："我要的是祸斗，不是狗。"吴堪问："啥是祸斗？"县令说："祸斗就是那种又吃火又拉火的怪兽，明白了吗？"吴堪说："我娘子说了，这东西就是。"县令还是不信，让人取来烧红的木炭让祸斗吃了，片刻之后，排泄于地，也是火。

县令还是不甘心，大骂道："我要这东西有个屁用。"正准备加害吴堪，地上的火焰突然冲天而起，将县令家里烧了个精光。

精精

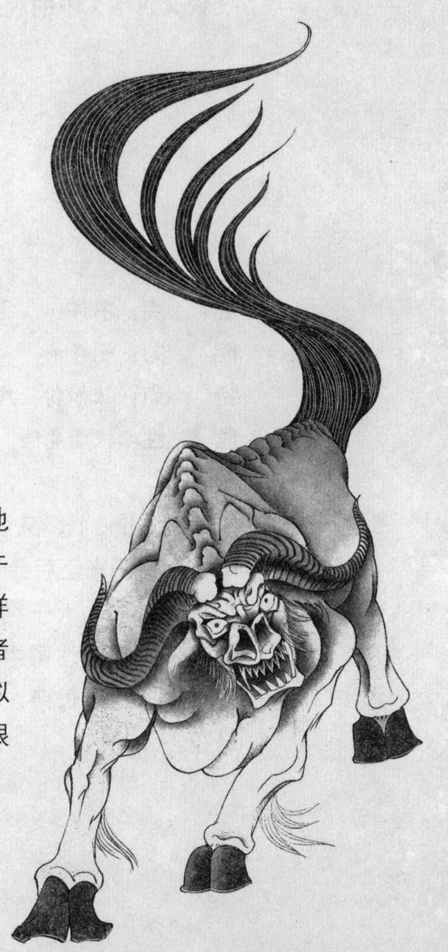

地　　点： 䍡隅（mǔ yú）之山
能　　力： 叫声很萌
特　　点： 状如牛，马尾
危 险 性： 未知

精精是《山海经·东山经》中记载的一种怪兽，产地在䍡隅之山，山上多草木，盛产黄金和玉石。精精长着牛的身体、马的尾巴，叫声就是自己的名字，大概就是这样的"精精，精精"（莫名有些萌），关于其他特点，作者没有说，不过根据"蜚"的前车之鉴，《山海经》中状似憨厚，甚至还有点萌的异兽有时候并不乖巧，还有可能很致命。

麖

地　　点：尸山
能　　力：未知
特　　点：似鹿而小，黑色
危 险 性：未知

麖（jīng）是《山海经·中次五经》中记载的异兽，全部信息只有寥寥几个字："尸山，多苍玉，其兽多麖。"郭璞在注解中认为：麖是一种状如鹿却比鹿小的怪兽，通体黑色。清代学者郝懿行则引用《尔雅·释兽》中的观点，认为麖是一种很大的动物，像房子一样大，还长着牛尾巴，同时他还引用了《说文解字》中的观点，认为郭璞说麖小是完全错误的。

獍

地　　点：不详
能　　力：吃母亲
特　　点：状如豹，虎眼
危 险 性：极度危险

獍（jìng），又名镜、破镜，是《述异记》中记载的一种怪兽，状如豹，略小，生下来之后会马上吃掉自己的母亲，异常凶残。《前汉·郊祀志注》中记载，古代的天子经常在春天祭祀，用"枭"和"镜"作为祭品。三国时期的学者孟康在注解中说：枭是一种鸟，会吃掉自己的父亲，镜是一种怪兽，会吃掉自己的母亲。黄帝为了让这两种动物灭绝，就让官员们用它们来进行祭祀。

豦

地　　点：建平山
能　　力：举石砸人
特　　点：状如猕猴，大如狗
危 险 性：高

豦（jù）是《尔雅·释兽》中记载的一种怪兽，有人在建平山（今辽宁省朝阳市建平县境内）曾经见过，大小和普通的狗差不多，外貌和猕猴长得很像，黄黑色，脖子上有一圈鬃毛，行动迅速，能够用石头砸人，是一种猿类动物。

駃蹄

地　　点：天上
能　　力：祥瑞之兆，会说人话
特　　点：骏马
危 险 性：无

駃（jué）蹄是《开元占经》中记载的一种祥瑞之兽，“后土之兽也。自能言语。王者仁孝于民则出。禹治洪水有功而来”。后土就是后土娘娘，主管土地和万物生长，駃蹄只有在仁德之君在位时才会出现，精通人类语言。駃騠与駃蹄非常类似，《春秋集解》中也有相关记载：“駃騠，骏马也，生七日而超其母。”古文中常用“駃騠”来代表骏马，比如《史记·鲁仲连邹阳列传》中，有人想用谗言加害苏秦，燕王不仅不信，还用“駃騠”来招待他，这里的“駃騠”就是骏马的意思，战国时代的马匹非常珍贵。

梁渠

地　　点：历石之山
能　　力：刀兵之兆
特　　点：状如狸猫，白头虎爪
危 险 性：极度危险

梁渠是《山海经·中山经》中记载的一种怪兽，产地在历石之山，样子和狸猫很像，白头，虎爪，出现的地方会引起战争，乃不祥之兽。明代文学家胡文焕认为磨石山也有这种怪兽。

《山海经》中共有十种可以引发战争的怪兽（地点），其余九个为“朱厌”“凫徯”“钦”[①]“鳋鱼”[②]“天犬”[③]“驰狼”“狙如”，一种“状如牛”的无名天神[④]，还有一处熊山上的洞穴，夏天开启，冬天关闭。冬天时洞打开会有战争[⑤]。

猎猎

地　　点：叔歜（chù）国
能　　力：未知
特　　点：状如熊
危 险 性：一般

猎猎是《山海经·大荒北经》中记载的一种野兽，产地在叔歜国，是颛顼之子建立的国家，食黍（黄米），可以役使“四鸟”（虎、豹、熊、罴）。猎猎的记载非常少，只有“状如熊”三个字，猎猎应该也是熊的一种。古文中常用来形容风声或者风吹旗帜的声音，如“孤舟穿绿荷，猎猎新雨过”等。

---

① 钦化为大鹗，其状如雕而墨文白首，赤喙而虎爪，其音如晨鹄，见则有大兵。
② 产于渭水，状如鳣鱼，动则其邑有大兵。
③ 有赤犬，名曰天犬，其所下者有兵。
④ 有天神焉，其状如牛，而八足二首马尾，其音如勃皇，见则其邑有兵。
⑤ 又东一百五十里曰熊山。有穴焉，熊之穴，恒出神人，夏启而冬闭。是穴也，冬启乃必有兵。

獜

地　　点：依轱之山
能　　力：擅长跳跃腾挪，食之不风
特　　点：状如狗，虎爪
危 险 性：一般

獜（lìn）是《山海经・中次十一经》中记载的一种怪兽，产地在依轱之山，外形和狗很像，长着老虎的爪子，身上覆盖着鳞片，擅长跳跃腾挪，非常敏捷，吃了它的肉可以不得风病[1]。从样貌来看，獜属于《山海经》中的“狗系怪兽”。

軨軨

地　　点：空桑之山
能　　力：水灾之兆
特　　点：状如牛，虎纹
危 险 性：极度危险

軨（líng）軨是《山海经・东山经》中记载的一种异兽，产地在空桑之山，状如牛，身上有老虎一样的花纹，叫声就是自己的名字，如同人类呻吟，出现的地方会引发大洪水，是灾异之兽，极度危险。

① 中医学泛指由外感风邪而引起的各种疾病。

领胡

地　　点：又名曝牛，产地在阳山
能　　力：食之可以治疗癫狂症
特　　点：状如牛，赤尾
危 险 性：一般

领胡是《山海经·北次三经》中记载的一种怪兽，产地在阳山，状如牛，尾巴为红色，脖子长得和肾脏一样，又如“句瞿”，吃了它的肉可以治疗癫狂症。郭璞在注解中说“句瞿”就是“斗”[1]。《元和郡县志》中也有相关记载：海康县（今广东省雷州市）有一种牛，脖子上有一块骨头，其大如斗，可以日行三百里，应该就是领胡，《尔雅》中叫作曝牛。

鹿蜀

地　　点：杻（niǔ）阳山
能　　力：佩其皮毛，子孙如云
特　　点：状如马，白头
危 险 性：无

鹿蜀是《山海经·南山经》中记载的一种瑞兽，产地在杻阳山，状如马，白头红尾，身上有老虎一样的斑纹，叫声像歌谣一样动听，佩戴它的皮毛可以子孙如云。郭璞在《山海经图赞》中是这样写的：“鹿蜀之兽，马质虎文。骧首吟鸣，矫足腾群。佩其皮毛，子孙如云。”从特点来看，鹿蜀有《山海经》中“马身”系灵兽的共同特质，属于瑞兽的范畴。明代崇祯年间闽南地区有目击鹿蜀的记载。

① 古代用来盛放粮食的器具，也是容量单位，一斗约有十二点五斤。

琿

地　点：归山
能　力：翻山越岭
特　点：状如羚羊，马尾
危险性：无

“驒（hún）”是古汉语中的一个字，现代汉语里没有，写作“琿”，是《山海经·北次三经》中记载的一种异兽，产地在归山，盛产金玉和碧玉。“琿”的样子和羚羊很像，头上长着四个角，还有马一样的尾巴和鸡爪子一样的大脚丫，擅长跳舞，还喜欢“爱的魔力转圈圈”（原文中为“还”，按《康熙字典》注解，为“周旋圆转，折旋方转”，引申为“跳舞”），同时伴随着“hún、hún”的叫声，是众异兽中的“文艺工作者”。

蛮蛮

地　点：又名鹣（jiān）鹣鸟、比翼鸟，产地在崇吾之山
能　力：“秀恩爱”，灾异之兆
特　点：一只翅膀，一只眼睛
危险性：无

蛮蛮是《山海经·西山经》中记载的一种异兽，产地在崇吾之山，只有一只翅膀和一只眼睛，飞行的时候必须两只鸟“合体”，见到蛮蛮的地方会发生大水灾。郭璞在注解中说：蛮蛮就是比翼鸟，青红色，“不比不能飞”。另外，《山海经》中还讲到，刚山下的洛水中还有另外一种蛮蛮，“鼠身而鳖首，其音如吠犬”，是一种水兽，跟这里的不是一回事。

蛮蛮在《尔雅》中被叫作鹣鹣，最大的能力就是“秀恩爱”，在古代常被当作爱情的象征，如：唐代张籍《登楼寄胡家兄弟》中的“独上西楼尽日闲，林烟演漾鸟蛮蛮”、韦应物《听莺曲》中的“忽似上林翻下苑，绵绵蛮蛮如有情”。

貌

地　点：吴地
能　力：善藏匿
特　点：未知
危险性：小

貌是清代学者赵吉士在《寄园寄所寄》中记载的一种异兽，是拘缨国（《山海经》中虚构的国家）进贡到中原的，吴大帝（孙权）时还有人看到过。这种野兽善于藏匿，喜欢到人们家里偷吃食物，吃完之后还要大叫一声，等家主出来查看，就会马上消失。一直到现在吴地还会用空拳戏弄小孩，等到打开手掌时还会大喊一声“貌”，意思是什么也没有。从这段记载来看，这种异兽似乎只是喜欢偷食和戏弄人类，并没有什么大的危险。

猛豹

地　点：又名猛氏，产地在南山
能　力：吃铜铁
特　点：状如熊，毛短
危险性：一般

猛豹是《山海经·西山经》中记载的一种怪兽，产地在南山，信息只有寥寥几字：“南山，兽多猛豹。”郭璞在注解中说：猛豹的样子和熊很像，比熊小，毛短，有光泽，喜欢吃蛇，也喜欢吃铜、铁等金属。清代学者郝懿行认为：猛豹就是《尔雅》中记载的“貘（mò）豹”，是一种类似熊，小头小脚，身上有黑白斑的野兽，喜欢吃铜、铁，产地在蜀中。据此推断，猛豹很有可能就是咱们的国宝大熊猫，至少它的原型应该是。

貀

地　　点：产于朝鲜、突厥国、黠戛斯（xiá jiá sī）等地
能　　力：捕鼠
特　　点：状如狸，仓黑色，无前足
危 险 性：一般

貀（nà）在不同的古籍中有不同的描述，在《尔雅・释兽》中，只有“貀，无前足”的记载，注解中有目击事件的描述：晋代太康七年（286年），召陵扶夷县（今湖南省新宁县东二里金城故城）抓住一只野兽，长得和狗很像，有角和两只前足，就是貀的一种。还有一种说法认为貀似虎而黑，没有前足。《说文解字》中说：汉律中有“能捕豺貀，购百钱”的规定。可见在汉朝貀是一种真实存在的动物。《唐书・回鹘传》中有“黠戛斯，古坚昆国，其兽有野马、骨貀”的记载。黠戛斯是唐代的西北民族、现在的叶尼塞河上游吉尔吉斯人的先民。《异物志》中又有貀产于朝鲜，外貌和狸很像，苍黑色，没有前爪，善于捕鼠的记载。唐代陈藏器认为：西方突厥国有一种貀，和狐狸长得很像，稍大，尾巴很长。综合这些记载，貀似乎是一种原产地在北方，只有两只后脚，善于捕鼠的动物。

啮铁

地　　点：南方
能　　力：粪可以当作兵器
特　　点：状如水牛，皮黑如漆
危 险 性：一般

啮（niè）铁是《神异经・中荒经》中记载的一种怪兽，产地是南方大荒，它的角足大小、外貌特征都和水牛非常相似，皮毛乌黑如漆，吃铁喝水，粪便可以当作兵器使用，坚硬如钢。《拾遗记》中也有类似的记载：昆吾山上有一种怪兽，大小和兔子差不多，雄性毛皮为金黄色，雌性为银白色。喜欢吃土下的石头，也喜欢吃铜铁，在地下打洞居住，内脏像铁一样坚硬，当年吴国兵器库里的兵刃被它们吃的精光。吴王令人前去查看，在洞里抓住两只“兔子”，刨开之后得到两块铁胆和肾脏，吴王命工匠铸成“干将”和“莫邪”两

把剑，可以削金断玉。不过，这两种怪兽的区别还是很明显的，唯一的共同点是都喜欢吃金属。

罴九

地　　点：伦山
能　　力：未知
特　　点：状如麋鹿，眼睛在尾巴上
危 险 性：未知

罴（pí）九是《山海经·北次三经》中记载的一种异兽，产地在伦山，样子跟麋鹿很像，眼睛长在尾巴上，跟那位叫“獂訑”的兄弟很像，如果这位是倒着走路，那位就应该是横着走了。仅从有限的资料来看，罴九长着鹿的身子，就算不是一种瑞兽，至少也不能是凶兽。《儒林外史》第三十八回中也有关于罴九的描写：“郭孝子举眼一看，只见前面山上蹲着一个异兽，头上一只角，只有一只眼睛，却生在耳后，那异兽名为‘罴九’。”这个罴九比《山海经》中的那位头上少了一只角，眼睛长在了耳朵后面。“罴”也是《山海经》中出场率很高的野兽。

蒲牢

地　　点：海边
能　　力：声音大
特　　点：状如龙
危 险 性：无

蒲牢是传说中“龙生九子”之一，排行老四（一说老三）。龙真的生了九个儿子吗？其实也不尽然，古人以九为尊，因为九是单数中最大的，龙又是黄帝的代表，所以就给龙“安排”了九个儿子，再给他们起一些霸气的名字，赋予一些强大的“特异功能”，如此而已。

蒲牢最早记载于班固的《东都赋》“于是发鲸鱼，铿华钟”，李善注引三国吴薛综曰：“海中有大鱼曰鲸，海边又有兽名蒲牢。蒲牢素畏鲸，鲸鱼击蒲牢，辄大鸣。凡钟俗令声大者，故作蒲牢于上，所以撞之者为鲸鱼。”明代陈仁锡在《潜确类书》中也说：“龙生九子，不成龙，各有所好。一曰蒲牢，平生好鸣，今钟上兽钮是其遗像。”由此看来，蒲牢就是一种“公放”设备，至于到底有没有用，只有天知道。

麒麟

地　　点：大野，今山东省巨野县、嘉祥县一带
能　　力：有神力，带来祥瑞和好运
特　　点：鹿身独角，马尾
危 险 性：无

麒麟是古代神话和传说中常见的瑞兽，为“四灵”（麒麟、凤凰、龟、龙）之一，出没之处必有祥瑞出现，古籍中有很多关于麒麟的记载。

《说文解字》中认为：麒麟是一种仁兽，状如麋鹿，长着龙角的灵兽，雄的叫麒，雌的叫麟。清代文学家段玉裁在注解中也认为：麒麟天生神力，却不为害众生，是仁义的典型代表。郭璞在注解中认为：雄的有角，雌的没角。

其他记载也大致相同，只有明代文学家谢肇淛（zhè）在《五杂俎》中的描写比较精彩：龙是一种非常淫乱的动物，“与阳牛人交，则生麟；与豕交，则生象；与马交，则生龙马；即妇人遇之，亦有为其所污者”，可见谢肇淛认为：麒麟是龙的后代，属于“混血儿”，也有龙的神力，可以呼风唤雨、腾云驾雾、召唤闪电。

除了这些关于外貌的描写外，古籍中还记载了很多目击事件，最早的记载出现在《春秋》中：鲁哀公十四年（公元前481年），鲁哀公带着随从们出门打猎，一行人来到大野（今山东省巨野县、嘉祥县一带）南部，突然碰到了一只怪兽，鲁哀公从来没见过这种怪兽，就带着手下拼命追赶，有一个胆大的还射了一箭，正中怪兽，最后在卧龙山被这群人围住，大家一看，都不认识，就找懂行的人来看，来者一看，大惊失色，说道：“此乃神兽麒麟，快带回去疗伤吧。”鲁哀公也吓了一跳，赶紧带了回去，最后麒麟还是死了。《公羊传》《谷梁传》《史记》等古籍中都有相关记载，后来演变成了“西狩获麟”的故事，唐代和明代还分别在此地盖了一座“麒麟台”。

经过长期的历史发展，麒麟已经成为贵族和民间流传最广、最受欢迎的神兽，它不仅代表着儒家“仁”的最高宗旨，还可以带来好运，庇护全家，甚至

还能用来求子，人们把麒麟的形象做成各种各样的装饰品佩戴在身上，装饰在建筑物上，当作礼物送给朋友，以求能带来好运。

孰湖

地　　点：崦嵫之山
能　　力：飞行，举人
特　　点：马身鸟翼，人面蛇尾
危 险 性：无

孰湖是《山海经·西次四经》中记载的一种怪兽，马身鸟翼，人面蛇尾，喜欢把人举起来。郭璞在注解中说：孰湖喜欢“抱举”人，但没有对危险性的描述，应该是一种对人比较有善意的怪兽，与《山海经》中另一种怪兽“英招”类似。英招的产地在槐江之山，马身人面，身上有老虎的斑纹，长着鸟的翅膀，喜欢遨游四海，负责管理天帝的花园。除了身上的花纹和尾巴之外，这两种怪兽几乎一模一样，根据《山海经》中“马身人面”的异兽特点可以大体推断，孰湖应该也是一种瑞兽，而不是凶兽。

蜪犬

地　　点：鬼国
能　　力：吃人
特　　点：状如犬
危 险 性：极度危险

蜪（táo）犬是《山海经·海内北经》中记载的一种怪物，产地在鬼国，状如犬，青色，吃人的时候从头部开始吃起，非常凶残恐怖。

橐驼

地　　点：虢（guó）山
能　　力：托重物，找水源
特　　点：有肉鞍
危 险 性：大

橐（tuó）驼是《山海经·北山经》中记载的一种异兽，原文只有几个字："虢山，其兽多橐驼。"郭璞在注解中说："有肉鞍，善行流沙中，日行三百里，其负千斤，知水泉所在也。"背上有"肉鞍"，能负重千斤，善于在流沙中行走，还会找水源，不用多说，这就是骆驼。其实，早在汉代的古籍中就有对骆驼的记载了：东方朔在《七谏》中有"要褭（niǎo，用丝带系马）奔亡兮，腾驾（使之奔跑）橐驼"；《史记·苏秦列传》中有："燕代橐驼良马必实外廏（jiù，同'厩'）"。汉代的人们之所以见过骆驼，全都要归功于张骞出使西域，用一双脚走通"丝绸之路"，唐三彩中也有很多骆驼的造型。

蟃蜒

地　　点：汉代楚国云梦，今江苏省徐州市境内
能　　力：未知
特　　点：状如狸，长百寻
危 险 性：极度危险

蟃（wàn）蜒是出自司马相如《子虚赋》中的一种怪兽，原文只有短短的十几个字："其下则有白虎玄豹，蟃蜒貙犴（chū àn，两者皆为猛兽）"。要搞清楚这种怪物是啥，就要先搞清楚《子虚赋》的创作背景。

《子虚赋》是汉代辞赋家司马相如在梁国当客卿时作的，描写楚国的子虚先生出使齐国，子虚先生负责接待，两个人互相吹牛，表示自己的国家是多么的富饶，物产是多么的丰富，极其夸张，只听名字就知道这两个人纯属"子虚乌有"，所以他们说的怪物连自己都不知道是什么，同理，司马相如也不知道。

蟃蜒是子虚先生说的楚国云梦泽的物产，所以产地在楚国。不过，再虚幻的事情也有人要解释一下，郭璞就是其中的佼佼者，他认为：蟃蜒是一种怪

兽，状如狸猫，长百寻，一寻为八尺（汉代一尺约二十三公分），粗算一下，这种异兽最少得有一百八十四米那么长，相当于二点五架波音747。三国时代的薛综也认为，蝘蜓得有八十丈那么长，和郭璞说的一样，不过，薛综的时代要更早一些。

蜼

地　　点：鬲（gé）山
能　　力：很会“避雨”
特　　点：状如猿，尾巴很长
危 险 性：一般

蜼（wèi）是《山海经·中山经》中记载的一种异兽，信息只有短短的几个字：“鬲山，其兽多犀象熊罴，多猿蜼。”此外，《山海经·海外南经》中的狄山、《山海经·海内西经》中的昆仑山都有它的身影出现。郭璞在注解中说：蜼是一种类似于猿猴的动物，鼻孔上翻，头上有分叉的犄角，通身苍黄色，下雨的时候就自己悬挂在树上，用尾巴塞住鼻子，或者用两根手指塞住，防止雨水进入，这种异兽的唯一特长好像就是“很会避雨”。

唐朝皇帝朝服上有“十二章纹”，其中有一个就是“蜼纹”，是智慧的象征；宋代文学家周去非在《岭外代答》中说：“深广山中有兽似豹，常仰视，天雨则以尾窒鼻，南人呼为倒鼻鳖。捕得则寝处其皮，士夫珍之以藉胡床，今冕服所画蜼是也。夫兽能以尾窒鼻御雨，斯亦智矣，其登于三代之服章，厥有由哉！”这里的“倒鼻鳖”和“蜼”似乎是一种生物，除了喜欢“四十五度角”仰望天空和外貌不同之外，都出现在皇帝的朝服上，不过，从出土的文物来看，蜼纹的形象更接近于《山海经》的描述，属于猿猴的一类。

犀渠

地　　点：鳌山
能　　力：吃人
特　　点：状如牛，苍色皮毛
危 险 性：极度危险

犀渠是《山海经·中山经》中记载的一种异兽，活动于鳌山，状如牛，皮毛都是苍青色，声音如同婴儿，以人为食，极其凶恶。犀渠秉承了《山海经》中“婴儿哭声系”异兽一贯凶恶的传统，样貌凶残，以人为食。郭璞在注解中说：犀渠是犀牛的一种。为什么《山海经》中几乎所有食人的野兽都是“其音如婴儿，以人为食”呢？鲁迅在《中国小说史略》中说：“《山海经》今所传本十八卷，记海内外山川神祇异物及祭祀所宜……盖古之巫书也，然秦汉人亦有增益。”如果从这一点着手去分析，大概就能明白其中的一点奥秘了。《山海经》为古代巫师所作，其中的怪兽很多都是当地的图腾。巫师最重要的活动就是祭祀，而远古时代婴儿常常被当作祭品被活活烧死或者杀死，这类恐怖而又神秘的祭祀活动中常常伴有婴儿的哭啼声，而这些巫师在记录这些怪兽时将它们的吼叫定义为“婴儿啼哭”，比如“九尾狐”“狍鸮”等。

谿边

地　　点：天帝山
能　　力：席其皮不蛊
特　　点：状如狗
危 险 性：一般

谿（xī）边是《山海经·西山经》中记载的一种异兽，产地在天帝山。天帝山是一座神奇的山，出产一种叫作“杜衡”的植物，人吃了可以治疗肿瘤；还有一种名叫“栎（lì）”的鸟，人吃了可以治疗痔疮；当然，还有我们要说的谿边，关于它的信息很少，只有“壮如狗”三个字，但是也可以药用，用它的皮做成席子，人躺上去之后可以“不蛊”，也就是不受邪气侵害。郭璞在注解中没有提出什么建设性的意见，只说“或作‘谷遗’”。清代学者毕沅表示，草木鸟虫很多都有好几个名字，郭璞说得对。

獬豸

地　　点：出没于各衙门
能　　力：擅长审案
特　　点：状如牛，一角
危 险 性：分人

獬豸（xiè zhì）是龙生九子之一，排名老七。《异物志》中是这样记载的：“见人斗，则触不直者；闻人论，则咋不正者。”东汉文学家许慎在《说文解字》中说：（獬豸）状如牛，头上有一角，这种神兽可以判断是非曲直，用角去顶“不直之人”。传说在春秋时期，齐庄公手下的两个大臣打了三年官司，一直处在“剪不断理还乱”的状态，齐庄公就让人找来一只獬豸，把其中一个顶翻了，獬豸的这个特点和“狴犴”有些类似，不过，它不是装在门环和牌子上的，而是做成雕像蹲在衙门口或者公堂上的，风吹不着，雨也淋不着，比那个兄弟待遇要好上不少。

关于獬豸的外貌，除了似牛的描述之外，还有“状如羊”（《后汉书》）、“状如鹿”（《汉书》）、“状如麟”（《隋书》）等不同的说法，但不管是哪一种说法，獬豸的头上都倔强地保留着那根“独角”用来顶人，汉代的法官们就已经用它的形象来作为帽子了，叫作“獬豸冠”，獬豸的形象也称为刚正不阿、明辨是非的代表，比如：关汉卿在《玉镜台》中的“生前不惧獬豸冠，死来图画麒麟像”、杜甫的“墓待龙骧诏，台迎獬豸威”，等等。

猩猩

地　　点：少咸之山
能　　力：说人话
特　　点：青色，人脸
危 险 性：未知

猩猩是《山海经·海内经》中记载的一种怪兽，和“窫窳”产地相同，都在少咸之山，关于它的记载只有短短的几个字：“有青兽，人面，名曰猩猩。”其他的信息一概没有，只能从其他典籍中略窥一二。郭璞在《山海经图赞》中认为：“能言之兽，是谓猩猩”；《尔雅》中的记载则是这样的：

“猩猩，小儿啼。”叫声像小儿啼哭；《春秋说题辞》中有这样的记载：“猩猩者，矜精者也，故能言，可使阳烈之类以检下。”东汉学者宋均在注解中认为：猩猩能够知人善恶，皇帝可以用它来检验手下的官员。从这些记载来看，猩猩似乎是一种可以说话的、类似于人的野兽，跟现代我们所说的猩猩相差仿佛，很有可能是古人对猩猩的一种臆想。中国并非猩猩的原产地，所以远古的人们是不可能见到猩猩的，直到海运开启之后，人们才能一睹“芳容”。然而，早在两千多年前的《礼记》中就有“猩猩能言，不离于兽，鹦鹉能言，不离于禽”的记载，从《礼记》到《山海经》，再到清朝《红楼梦》中的“猩猩惜猩猩”，猩猩的形象越来越接近现实，所以猩猩最早应该是古人用想象创造出来的一种异兽，到真正的“猩猩”通过海运进入中国之后，人们发现两者的共同之处很多，于是就把这个名字“送”给了真正的猩猩，两者也成了同一种生物。

猰貐

地　　点：居住在少咸之山
能　　力：食人
特　　点：状如牛，赤身，人面，马足
危 险 性：极度危险

猰貐（yà yǔ），又名窫窳，在《山海经》中有两个版本的记载，第一个是《山海经·海内南经》中，它住在弱水中，状如龙首，喜欢吃人；另一个版本是《山海经·北山经》中，它居住在少咸之山，状如牛，外形长得和牛十分相似，身体是红色的，人脸，马足，喜欢吃人。《山海经·海内西经》中有“贰负之臣曰危，危[1]与贰负杀窫窳”的记载。贰负是古代神祇，人面蛇身，是人蛇合体图腾的具象化，危是他的手下，两人曾经合力杀死窫窳，可见这种怪兽实力非常强劲。

在民间传说中，窫窳本来是善良的神祇，贰负的儿子，后来被危杀死，天帝见贰负可怜，就复活了他的儿子，谁知复活之后变成了吃人的猛兽“猰貐”，后来被尧帝派后羿杀死。在其他的传说中，也有窫窳“蛇身人脸”的记载，天神贰负受危的挑唆，下界杀死了它。黄帝知道后大怒，杀掉了危，并命昆仑山的巫师救活窫窳，谁知窫窳复活之后竟然掉到了昆仑山下的弱水中，变成了怪物，经常去岸边吃人，后来被后羿射死。

① 二十八星宿之一，鸟头人身。

野婆

地　　点：南丹
能　　力："偷男人"，偷孩子
特　　点：黄发椎髻，状如老妪
危 险 性：极度危险

野婆是清代陈元龙《格致镜原》中记载的一种野兽，活跃于南丹（今广西壮族自治区南丹县）的崇山峻岭之间，黄发椎髻[1]，光脚裸体，外形很像老太婆，只有雌性，全都是"女光棍"，在山谷之间穿梭自如，腰部以下用兽皮遮挡，如同"人猿泰山"，只要碰到男人就抢回去繁衍后代。除了喜欢"偷男人"之外，野婆还喜欢偷别人家的小孩，偷完之后还跑到人家家里偷窥，如果那户人家知道是它偷走了孩子，破口大骂，野婆就会把孩子送回去（还挺讲理？）。曾经有人杀死野婆，它到死都用手护着腰间，用刀皮刨开之后，里面有一个方寸大小的印玺，字体很像是大篆（先秦时代使用的字体），没人认识。宋代周密在《齐东野语·野婆》中也有类似的记载，不过，这个版本中的野婆力气很大，可以对付好几个壮汉。宋代罗愿的《尔雅翼》中表示，野婆的样貌和《山海经》中记载的"狒狒"（见"狒狒"）很像，他认为所谓的"狒狒""野女""野婆"都是一类生物。

雍和

地　　点：丰山
能　　力：见之有大恐
特　　点：状如猿
危 险 性：极度危险

雍和是《山海经·中次十一经》中记载的异兽，居住在丰山，外形长得和猿猴很像，有红色的眼睛和红色的嘴，身体为黄色，出现的地方会有大的恐慌发生，属于灾异之兽，秉承了"类猿

① 又称"椎结"，意为将头发结成椎形的髻。

系”怪兽的“优良传统”。有趣的是，“雍和”在古语中的意思是“融洽、和睦”，比如汉代王充的《论衡·艺增》中就有这样的描述：“欲言尧之德大，所化者众，诸夏夷狄莫不雍和。”《山海经》中的意思却正好相反，成了恐慌和混乱的代名词。

獂

地　　点：乾山
能　　力：未知
特　　点：状如牛，三条腿
危 险 性：未知

獂（yuán）是《山海经·北山经》中记载的一种异兽，产地在乾山，山上草木不生，南面有金玉产出，北面有铁。獂是一种装得很像牛却只有三条腿的异兽，叫声像自己的名字一样。郭璞在注解中认为：这个字应该读“元”，所以这种异兽叫起来应该类似于“园园，园园”。

彘

地　　点：浮玉之山
能　　力：吃人
特　　点：状如虎，牛尾
危 险 性：极度危险

彘是《山海经·西次二经》中记载的一种异兽，产地在浮玉之山，状如虎，却长着牛的尾巴，声音像狗叫一样，喜欢吃人。

在古文中，彘本来的意思是野猪或者大型猪，特指母猪，后来则用来指一般的猪，如《史记》中的“赐之彘肩”，就是项羽给了樊哙一个猪肘子。

诸怀

地　　点：又名云兽，产地在北岳之山
能　　力：食人
特　　点：状如牛，四角
危 险 性：极度危险

诸怀是《山海经·北山经》中记载的一种怪兽，产地在北岳之山，外貌和牛很像，长着四只牛角，眼睛和人一样，耳朵和猪一样，声音如同雁鸣，喜欢吃人，极度危险。清代学者郝懿行在《尔雅》的注解中称，有一种叫作“云兽”的怪兽，“云兽似牛，四角人目”，应该也是诸怀。郭璞在《山海经图赞》中也给出了温馨提示：不要看诸怀长相憨厚就去招惹它，小心被它吃掉。

诸稽

地　　点：古炎帝国
能　　力：直言善谏
特　　点：十二支神
危 险 性：无

诸稽是《淮南子·地形训》中记载的天神：“诸稽、摄提，条风之所生也。”按照东汉学者高诱的注解，以及宋代罗泌的《路史·后纪三》的记载，诸稽、摄提与赤冀一样，都是炎帝的属臣，为十二支神。“条风”在古代指东风，《史记·律书》中记载：“条风居东北，主出万物。”炎帝即为神农氏，姜姓，主要的能力就是使用火来开垦土地，所以称“炎”，如此看来，炎帝手下有一个叫“条风”的属臣也是题中应有之意，诸稽则是条风的儿子。在《说文解字》中，“诸”是“辩”的意思；在《康熙字典》中，“稽”的意思是“考也，计也议也”。古人有按照人物特点取名的习惯，如此看来，诸稽很有可能是一个能言善辩、直言善谏的官员，古人又有神化先贤的习惯，把炎帝的十二个臣属封神也不足为奇，只是他的具体职能未见记载。

诸犍

地　　点：单张山
能　　力：发出巨大的声音
特　　点：人面豹身
危 险 性：大

诸犍（jiān）是一种记载于《山海经·北山经》中的怪兽，产地在单张山，长着豹子的身体、人的脸，却只有一只眼睛，耳朵和牛一样，尾巴超级长，行走的时候要用嘴叼着尾巴，睡觉的时候则把尾巴盘起来，诸犍最擅长的事情就是大声吼叫。郭璞在《山海经图赞》中吐出了它吼叫和衔尾的特点：“诸犍善吒，行则衔尾。”有趣的是，“犍”在古文中是“阉割”的意思，为古代“五不男”（五种生殖疾病）之一，作者用这个词来命名这种怪兽，加上它喜欢“衔尾”和“善咤”的爱好，应该另有深意。

2. 异鸟

毕方

地　　点：章莪山
能　　力：火灾之兆
特　　点：状如鹤，一足
危 险 性：极度危险

毕方是古代神话中一种常见的异鸟，在很多典籍中都有相关记载。《山海经·西山经》中，它的产地在章莪山，状如鹤，羽毛为青色，身上有红色

花纹，嘴为白色，一足，叫声是自己的名字，出现的地方会有严重的火灾。在《山海经·海外南经》中，毕方又是长着人面鸟身的怪兽；张衡在《东京赋》中说，毕方经常衔着火在别人家里作乱；《韩非子》中则说，当初黄帝把鬼神都聚集在西秦山（泰山）上，驾着象车训斥毕方，毕方非常害怕；《骈雅》中也有“毕方，兆火鸟也”的记载。在有些民间传说中，毕方是火神祝融的坐骑（侍宠）。综合以上记载来看，毕方的特征非常明显：一足，状如鹤，火灾的象征。

鸱

地　　点：三危之山
能　　力：未知
特　　点：一首三身
危 险 性：未知

鸱（chī）是《山海经·西山经》中记载的一种怪鸟，产地在三危之山，有一个头，却长着三个身子，样子和猫头鹰很像。三危之山真是一座神奇的山，有三青鸟，有吃人怪兽“獓㹳”（古文字），还有一头三身的鸱。

赤鷩

地　　点：小华之山
能　　力：御火
特　　点：状如山鸡，红色
危 险 性：小

赤鷩（bì）是《山海经·西山经》记载的一种异鸟，产地在小华之山，可以御火。这里需要注意，《山海经》中的“御火”应该是“使用火”的意思，还有另一种表述为“食之可避火”，后者才是避火的意思。郭璞在注解中说：赤鷩是山鸡的一种，胸腹的羽毛为红色，鸡冠为金色，背为黄色，头上的羽毛为绿色，尾巴的羽毛有一部分是红色。照这个描述来看，赤鷩应该是“山海经宇宙”中的“资深杀马特”，大荒世界的“雷鸡嘎嘎”。

踆乌

地　点：又名三足乌，住在太阳上

能　力：太阳黑子

特　点：三足，黑色

危险性：无

踆（cūn）乌是《淮南子·精神训》中记载的一种异鸟，“日中（太阳里）有踆乌”，汉代高诱注解：踆是蹲的意思，这种鸟就像蹲在太阳中一样。其实，这是古人对太阳黑子的想象。早在战国时期，人们就发现“日中有立人之象”，汉元帝年间有“日居黑仄，大如弹丸”的记载，《汉书·五行志》中则说“有黑气，大如钱”“有黑气如飞雀”，等等。后世各代都有对太阳黑子的记载，比欧洲早八百多年。

大风

地　点：活跃于青邱之泽

能　力：掀起大风

特　点：孔雀之形

危险性：极度危险

大风是《淮南子·本经》中记载的一种怪鸟，尧帝时，有大风为祸人间，尧帝派后羿杀大风于青丘之泽。汉代经学家高诱在注解中说：大风就是风伯（风神），能够掀起大风，吹坏百姓的房屋和田地。还有一种说法认为大风就是大凤，样子和孔雀差不多，远古时代的中原地区很常见，这种鸟非常大，每

次起飞时扇动翅膀就能引起一阵怪风，所以人们误以为是风伯，跟《庄子·逍遥游》中说的“鹏之徙于南冥也，水击三千里，抟扶摇而上者九万里”里的大鹏是一种生物。还有一种说法认为：大风是印度神话传说中的迦楼罗，乃天龙八部之一，三大主神之一毗湿奴的坐骑。

当扈

地　　点：上申之山
能　　力：食之不炫目
特　　点：状如野鸡
危 险 性：一般

当扈是《山海经·西山经》中记载的一种异鸟，产地在上申之山，外貌和野鸡长得很像，用自己的胡须进行飞行，吃了它的肉眼睛就不会花。郭璞在《山海经图赞》中说：鸟都是用翅膀飞行的，只有当扈用胡子，废弃多的而使用少的，可见它还有余力。

飞生

地　　点：栖息地在山林之中
能　　力：滑翔
特　　点：状如松鼠，有肉翼
危 险 性：小

飞生是西晋文学家左思在《吴都赋》中记载的一种怪“鸟”（如果算鸟的话）：“蓦六駮（bó），追飞生”。宋代刘逵在注解中认为：飞生就是鼯鼠；郭璞在《尔雅》中的注解是：“状如小狐，似蝙蝠，肉翅”；宋代江休复在《醴泉笔录》中记载过一件趣事：有个姓司马的人在凤翔县当知府时，曾经在竹园里抓到一只类似于蝙蝠，大如雀鹰的异兽，没有人认识，有个从南山来的人说，这东西叫鼯鼠，又叫飞生。鼯鼠又称飞虎，是一种类似于松鼠的动物，栖息在山林中的哺乳动物，行动敏捷，善于攀爬，四腿张开后有肉翼，可以滑翔，习性也和蝙蝠相似，白天躲在窝里睡觉，晚上才出去觅食，所以才会被误认成蝙蝠。

凤凰

地　　点：不详

能　　力：百鸟之王

特　　点：鸡头、燕颔、蛇颈、龟背、鱼尾，五彩斑斓

危 险 性：无

凤凰，又名凤皇，是传说中的“百鸟之王”，是祥瑞的象征，也是中国文化中最为重要的灵兽之一，与龙并驾齐驱。民间经常将“凤凰”连起来用，其实，凤鸟和凰鸟是两种不同的鸟，雄鸟为“凤”，雌鸟为“凰”，古代经常用“凤求凰”来表达男性对女性的爱慕之情，比如：司马相如琴挑卓文君，弹奏的就是古曲《凤求凰》。

凤凰的演化经历了长期的历史过程，在《山海经》中有这样的记载：“鸟焉，其状如鸡，五采而文，名曰凤皇。”《大荒西经》中甚至表示凤凰的蛋还可以用来做菜，“凤鸟之卵是食”。其他典籍中还有“诸天国人”以凤卵为食的说法。到后来，凤凰慢慢演变成一种神灵，到了《尔雅·释鸟》中，除了五彩斑斓、能歌善舞之外，已经成为“鸡头、燕颔、蛇颈、龟背、鱼尾”等众多禽类、鸟类和动物的合体，和龙的组合特征非常相似，还给予了它浴火重生的能力，成为“与天齐寿”的神灵。加上周王朝兴盛时期“凤鸣岐山”的传说，凤凰这种神鸟渐渐成为身份和地位的代名词，后宫的皇后和嫔妃们的衣服上大多有凤凰的纹绣，凤和凰的界限慢慢地也就越来越不明显了。

除了定义身份和地位之外，人们还给凤凰赋予了很多美德，比如：“非梧桐不栖，非甘露不饮”；“首文曰德，翼文曰顺，背文曰义，腹文曰信，膺文曰仁”（《山海经图赞》中凤凰身上的五种字纹）；《拾遗记》中的凤凰还拥有辟邪的能力；四象（四灵）之中也加入了凤凰的身影，称为“陵光神君”，主火。根据考古学发现，早在殷商时期，凤凰就已经成为一种比较流行的文化符号，比如：殷墟中出土的甲骨文中就有关于凤凰的记载，商朝有玉凤，青铜器上也有凤凰的铭纹，等等。言而总之，凤凰和龙一样，已经成为民族图腾的一种。

凫徯

地　　点：鹿台山
能　　力：战争之兆
特　　点：状如雄鸡，人面
危 险 性：极度危险

凫徯（fú xī）是《山海经·西山经》中记载的一种异鸟，产地在鹿台山，状如雄鸡，却长着一张人脸，叫声就是自己的名字。这种鸟和“伏羲”的名字同音，出现的地方会导致战争发生。

灌灌

地　　点：青丘之山
能　　力：佩之可以不惑
特　　点：状如斑鸠
危 险 性：无

灌灌是《山海经·南山经》中记载的一种异鸟，产地在青丘之山，状如斑鸠，叫声像骂人一样，佩戴它的羽毛可以不被迷惑。就冲叫声，这种鸟估计也没什么人喜欢，养在家里更是灾难。

鹖

地　　点：辉诸之山
能　　力：羽毛可作装饰
特　　点：状如野鸡
危 险 性：无

鹖（hé）是《山海经·中山经》中记载的一种异鸟，产地在辉诸之山，相关信息只有简单的几个字“其鸟多鹖”。郭璞在注解中说：鹖是一种像野鸡的鸟，冬天无毛，白天晚上都在叫。其实就是我们今天所说的鹖鸟，黄黑色，善斗，不死不休。战国时代，赵武灵王曾经将鹖鸟尾巴上的羽毛插在帽子的两边做成“鹖冠”，作为武将的帽子以示勇武。秦汉时期鹖冠已经成为制式朝服，《后汉书·舆服志》中就有相关记载：“武冠，俗谓之大冠……加双鹖尾，竖左右，为鹖冠云。五官、左右虎贲、羽林、五中郎将、羽林左右监皆冠鹖冠。”古人经常在诗词中用“鹖冠”来代指将军，如：杜甫的“佳辰强饮食犹寒，隐几萧条戴鹖冠”、钱谦益的“鹖冠将军来打门，尺书远自中都至”。

黄鷔

地　　点：玄丹之山
能　　力：亡国之兆
特　　点：人面有发
危 险 性：极度危险

黄鷔（áo）是《山海经·大荒西经》中记载的一种异鸟，产地在玄丹之山。长着人脸人发，它出现的地方会亡国。

翚

地　　点：伊洛之南
能　　力：可作装饰
特　　点：五彩斑斓的山鸡
危 险 性：无

翚（huī）是《诗经·小雅》中记载的一种异鸟："如鸟斯革，如翚斯飞。"东汉经学家郑玄在注解中说：翚的产地在伊洛[①]之南，山鸡一般都长得比较素，五彩皆备的叫作"翚"，是鸟中之奇异者，非常稀有，羽毛可以用来作为装饰品。

谏珂

地　　点：东方
能　　力：未知
特　　点：文身朱足
危 险 性：无

谏珂是汉代刘向《说苑·辨物篇》中记载的一种异鸟：春秋时期，晋平公连着几天出门，都有一只怪鸟围着他转，当时晋国的乐师师旷是个十分博学的人，于是他就去问师旷："我听说王霸之主出现时，就会有凤凰从天上飞下来，今天上朝的时候，总有一只鸟围着我转，不肯离去，你说那是不是凤凰？"师旷说："东方有一种叫作谏珂的鸟，身上有五彩斑斓的花纹，鸟足是红色的，它虽然是鸟，却不喜欢同类，而喜欢狐狸，大王您今天是不是穿着狐裘来上朝的？"晋平公曰"然"，师旷继续说："那就对了，这是因为你穿着狐裘的原因，不是因为你的德行，您何苦污蔑自己呢？"晋平公的脸色非常难看。宋代《太平御览》中也有相关记载，内容大同小异，就不再赘述了。

① 伊水和洛水，都是黄河的支流，都在河南境内，因为两水交汇，所以经常并称。

焦明

地　　点：不详
能　　力：未知
特　　点：长尾，羽毛舒展
危 险 性：无

焦明是《史记·司马相如列传》中记载的一种鸟类，原作只有三个字“掩焦明”。南北朝时期史学家裴骃在《史记集解》中认为：焦明似乎是一种凤鸟；唐代史学家张守节则认为：焦明是一种“长喙，疏翼，员尾”的异鸟，只在幽闲的地方栖息，只吃珍贵的食物，代表一种清高的精神。《汉书·司马相如列传》中称为“焦朋”。

鶌鶋

地　　点：马成之山
能　　力：食之可以辟谷
特　　点：状如乌鸦
危 险 性：无

鶌鶋（jué jū）是《山海经·北山经》中记载的一种异鸟，产地在马成之山，状如乌鸦，身体为青色，头上的羽毛是白色，足为黄色，叫声和自己的名字一样，吃它的肉可以“不饥”，还可以治疗气血郁结之病。这里的“不饥”不是吃饱肚子的意思，而是一段时间内不会感到饥饿，古人称为“辟谷”，是修道之人的最高追求。

琅鸟

地　　点：附禺之山
能　　力：灵鸟
特　　点：未知
危 险 性：无

琅鸟是《山海经·大荒北经》中记载的一种异鸟，产地在附禺之山，信息只有几个字："有青鸟、琅鸟、玄鸟、黄鸟。"除此之外，关于它的特点和习性没有任何记载，其他典籍中也没有，独见于《山海经》，只能从产地来略加推测。琅鸟的产地附禺之山是五帝之一颛顼和他九个妃子的葬所，按照"山海经宇宙"的定律，圣人埋葬的地方灵气充沛，产出的也都是灵物，再看看它的"兄弟"，也都是祥瑞之鸟，可以大致推断，琅鸟也是瑞鸟。"琅"在古文中为玉石的意思，另一个意思为白色，一方面可以确定琅鸟大概率是祥瑞之鸟，另一方面这种鸟很有可能是白色。

离朱

地　　点：狄山
能　　力：未知
特　　点：黑鸟
危 险 性：未知

离朱是《山海经·海外南经》中记载的一种鸟，产地在狄山，记载只有简单的几个字："有熊、罴、文虎、蜼、豹、离朱、视肉"，除此之外再也没有任何信息，写东西的人省事了，可难倒了经学家们，郭璞苦思冥想之后，在注解中说：离朱应该……是一种树吧。袁珂老先生（当代神话学家）认为，郭璞说得不对，离朱写在动物之间，怎么可能是树呢，应该是一种鸟，他认为这种动物就是太阳上的踆乌。不过，这种鸟显然在太阳上，怎么会跑到狄山呢？所以显然也不是，至于到底是什么，"朱"为红色，"离"在《康熙字典》中有"亦作鸝（鹂）"的解释，也就是黄鹂，那么，这种鸟有没有可能是一种状如黄鹂、羽毛为红色的异鸟呢？

栎

地　　点：天帝之山
能　　力：食之可治痔疮
特　　点：状如鹌鹑，黑羽红纹
危 险 性：无

栎（lì）是《山海经·西山经》中记载的一种异鸟，产地在天帝之山，状如鹌鹑，身上有黑色的花纹，羽毛为黑色，吃了它的肉可以治疗痔疮，相当于“山海经宇宙”中的马应龙。

鸾鸟

地　　点：女床之山
能　　力：天下安定之兆
特　　点：状如翟（dí），五彩斑纹
危 险 性：无

鸾鸟是《山海经·西次二经》中记载的灵鸟，产地在女床之山，状如翟（野鸡），身上有五彩斑纹，出现的地方会天下大安，是一种祥瑞之兽。据《大荒西经》记载，五彩鸟共有三种，一种为“凤鸟”，一种为皇鸟，还有一种就是“鸾鸟”，都是祥瑞之兆；《广雅》中说，鸾鸟也是凤凰的一种；《春秋谶纬》中则引用汉代太史令蔡衡的说法：“凡象凤者有五。多赤色者凤，多青色者鸾，多黄色者古雏，多紫色者狱族，多白色者鹄。”《淮南子》中还对鸾鸟的血统进行了考证，认为“飞龙生凤凰，凤凰生鸾鸟”；《艺文类聚》中也说“象凤者有五，多青色者鸾”。综合以上记载可以得出栾鸟的特点：状如野鸡，身上的羽毛为青黑色，身上有五彩斑纹，尾巴也跟野鸡一样[①]，是祥瑞之鸟。

① 野鸡的尾巴非常漂亮，古人常用来装饰帽子，就连皇后的凤车后面都用野鸡尾巴装饰。

到后来，人们渐渐将鸾鸟和凤凰合称为“鸾凤”，用来形容有美好品德的人，比如：贾谊在《吊屈原赋》中写的：“鸾凤伏窜兮，鸱枭翱翔”；南朝刘敬叔在《异苑》中曾经记载过一件事：“罽宾王养一鸾，三年不鸣。后悬镜照之。鸾睹影悲鸣，一奋而绝。”所以诗人们经常在诗中用“鸾镜”来表达悲伤，如李商隐的《鸾凤》中就有“旧镜鸾何处，衰桐凤不栖”。

鸣鸟

地　　点：弇（yǎn）州之山
能　　力：能歌善舞
特　　点：五彩斑斓
危 险 性：无

鸣鸟是《山海经·大荒西经》中记载的一种灵鸟，栖息于弇州之山（今山东省兖州市境内），颜色五彩斑斓，能歌善舞，是一种代表祥瑞的灵鸟。清代郝懿行在注解中说：鸣鸟就是凤鸟的一种。

婆饼焦

地　　点：江淮地区
能　　力：非常会叫
特　　点：褐色，声音显得很着急
危 险 性：无

婆饼焦是宋代王质在《林泉结契》中记载的一种怪鸟，身上的羽毛为褐色，叫声显得非常焦急，而且很有特色，第一声类似于“婆饼焦”，第二声类似于“不给吃”，第三声类似于“归家无消息”，非常有趣，明代冯梦龙在《情史》中还给这种怪鸟安排了一段剧本，大致情况是这样的：（从前）有个人在边境戍边，妻子每天都在山上观望，盼着丈夫回来。这一天，她又到山上例行公事，突然想起来炉子里还有烙饼，准备送给丈夫作为干粮，她怕饼子烙焦了，就让孩子赶紧回去看。没想到，等孩子再来到山上时，母亲已经变成了鸟，只会说“婆饼焦”三个字。这样看来，按照冯梦龙的意思，“婆饼焦”就是“老婆（怕）饼烙焦了”。

跂踵

地　　点：复州之山
能　　力：瘟疫之兆
特　　点：状如鸮，一足
危 险 性：危害极大

跂踵（qǐ zhǒng）是《山海经·中次十经》中记载的一种异鸟，产地在复州之山，状如鸮（猫头鹰），只有一只脚，尾巴和猪一样，出现的地方其国会有瘟疫。郭璞在《山海经图赞》中说：“跂踵为鸟，一足似夔，不为乐兴，反以来悲。”只有一只脚的特点和夔牛很像，另外，毕方也是一足。

窃脂

地　　点：崌（jū）山
能　　力：可以御火
特　　点：状如猫头鹰，赤身白首
危 险 性：大

窃脂是《山海经·中山经》中记载的一种异鸟，产地在崌山，状如猫头鹰，红身白头，可以御火（防御、抵抗、操控）。郭璞认为：这种鸟非常喜欢吃肉，所以经常到别人家里偷窃脂膏，所以叫“窃脂”。《朱子语类》中说，远古之帝王，必为善，这没有什么道理可言，就像火是热的，水是寒的一样，让他们不为善，就像不让窃脂吃肉一样难。可见，窃脂的形象在古人心中已经根深蒂固了，就像现代人说的“除非母猪会上树”。

钦原

地　　点：昆仑之丘
能　　力：剧毒无比
特　　点：状如蜂，大如鸳鸯
危 险 性：极度危险

钦原是《山海经·西次三经》中记载的异鸟，产地在昆仑之丘，是“山海经宇宙”的轴心地区。钦原的样子和蜜蜂很像，大小如同鸳鸯，剧毒无比，蛰谁谁死，就算是蛰到树上，树木也会瞬间枯死。在昆仑之丘这个住满神仙的地方，钦原应该是充当守卫的角色，但是它的杀伤力远远不及“蜚”，那才是真正的死神。

秦吉了

地　　点：秦中地区
能　　力：模仿人说话
特　　点：灰褐色，状如山雀
危 险 性：无

秦吉了，也称吉了、了哥，是记载于清代长白浩歌子的《萤窗异草》中的一种异鸟，善于学人说话，关于它还有一段非常有趣的故事：

唐代时，剑南地区有个富贵人家养了一个婢女，貌美聪慧，主人很是喜欢，不让她和其他婢女为伍。当时新到任一个太守，送了他一个秦吉了，非常聪慧，能够学人说话，主人就让这位婢女养着。

有一天，这鸟对婢女说：“姐姐你这么精心喂养我，我得给你找个好姐夫。”婢女羞怒，就用扇子扑它；又一日，婢女洗澡，挂在窗户上的秦吉了见了，大声说：“姐姐好身材，我要是个男人，见了真是要销魂欲死。”婢女恼怒，冲上去打它，没想到鸟笼没关紧，秦吉了一飞冲天，没影了。婢女非常害怕，就去找主人请罪，没想到主人根本没有怪罪她的意思。

过了十几天，婢女奉了夫人的命，去看望同县的梁孺人，梁孺人有个儿子叫梁绪，才貌双全，尚未婚娶，这一日正在看书，突然飞来一只秦吉了对他说：“给你找了个漂亮老婆，快出去看看。”说完就飞走了。梁绪到母亲房里一看，果然有一个大美女正在和母亲说话，两人一见钟情，眉来眼去，都十分喜欢。

婢女回家之后，秦吉了就成了传话的“红娘”，每天给这两人传递情书，互诉衷肠，十分称职。没想到，有一次秦吉了在送书时，被一个恶少用弹弓打死了。恰在此时，这位富商想要将婢女纳为小妾，婢女不从，其他仆人出于嫉妒就到富商那里嚼舌根，言婢女与人偷情，富商带人到屋里一搜，发现了梁绪的情书，人赃俱获，便把婢女打了个半死，直接装进棺材活埋了。

梁绪听说之后，悲痛欲绝，在县城外骑马寻找，果然找到一处新坟，带人挖开之后，婢女竟然没死，梁绪背着婢女来到一处庵子，里面的女尼见婢女可怜，就收留她在里面疗伤。过了一个多月，婢女的伤居然全好了，梁绪带着婢女回家去见母亲求成全，梁孺人虽然认出了婢女，但还是让他们成了亲。从此之后，梁家与那巨富之家就断了往来。

几年之后，巨富之家中落，女尼才把这件事说了出去。

青鸐

地　　点：幽州之墟
能　　力：盛世之兆
特　　点：人面鸟嘴
危 险 性：无

青鸐（dí）是晋代王嘉的《拾遗记》中记载的一种异鸟，产地在幽州之墟，长着人面鸟嘴，有八只翅膀和一个鸟足，毛色像野鸡一样，走路的时候不踩地，善于鸣叫，声音像钟磬笙竽一样动听，只有盛世天下太平时才会出现，乃祥瑞之鸟。

青耕

地　　点：堇理山
能　　力：食之可抵御瘟疫
特　　点：状如鹊，青身白嘴
危 险 性：无

青耕是《山海经·中山经》中记载的一种异鸟，产地在堇理山，状如喜鹊，身上的羽毛是青色的，眼睛和尾巴为白色，食之可以抵御瘟疫，相当于古代的疫苗。

青鴍

地　　点：玄丹之山
能　　力：亡国之兆
特　　点：人面有发
危 险 性：极度危险

青鴍（wén）是《山海经·大荒西经》中记载的一种灾异之鸟，产地在玄丹之山，长着人脸人发，它出现的地方会导致亡国，是灾异之兆。

三青鸟

地　　点：三危之山，西王母之山
能　　力：为西王母取食
特　　点：赤首黑目
危 险 性：极度危险

三青鸟不是一只鸟，而是三只鸟，是《山海经》中记载的怪鸟，《山海经·西次三经》中曾经提到，它们居住在三危之山。《山海经·大荒西经》

中则记载，西王母之山也有三青鸟，“有三青鸟，赤首黑目，一名曰大鵹（lí），一名曰少鵹，一名曰青鸟”，郭璞在注解中说，三青鸟是负责为西王母觅食的，《海内北经》中也有“为西王母取食”的说法。从以上记载可以判断，三青鸟是一种体型巨大的猛禽，毕竟“山海经宇宙”中也没有多少好相与的角色，三青鸟想要当猎手，自然要有强大的能力。

不过，到了汉代和魏晋时期，三青鸟就慢慢变成了西王母的使者，比如晋代的《博物志》中就有“王母来见武帝，有三青鸟如乌大”的记载，可见这时三青鸟的体型已经缩小到乌鸦大小了，再到后来，它们变成了王母的侍女，弱小、可怜又娇美，成了娇滴滴的大美人、小仙女，比如唐代李益的“旦随三鸟去，羽节凌霞光”，丝毫感觉不到一点捕猎者的烟火气，倒是多了很多缥缈的仙气，在很多西王母的画像中，旁边站着的三位侍女就是三青鸟。

瞿如

地　　点：祷过之山
能　　力：未知
特　　点：状如䴔，白首
危 险 性：未知

瞿（qú）如是《山海经·南次三经》中记载的一种怪鸟，产地在祷过之山，状如䴔[1]，白首，长着人的脸，三只脚。至于它的能力，作者没有说，郭璞也没说。

① jiāo，赤头鹭，嘴长，脚高，体长约五十厘米。

善芳

地　　点：未知
能　　力：佩之能变聪明
特　　点：鸡头鸟身
危 险 性：无

善芳是《逸周书·王会》中记载的一种异鸟，长着鸡头鸟身，佩戴它能够让人不愚昧，提高智商。这种鸟长着鸡头的特点和凤凰类似，能力也比较突出，类似于现代的保健品。至于佩戴的部分，应该是鸟身上的羽毛，古人有在帽子上插各种羽毛的习惯。

胜遇

地　　点：玉山
能　　力：洪水之兆
特　　点：状如野鸡，红色
危 险 性：危害极大

胜遇是《山海经·西次三经》中记载的一种异鸟，产地在玉山，状如野鸡，身上羽毛为红色，叫声特别大。它出现的国家会有大洪水发生，是一种灾异之鸟。

数斯

地　　点：皋（gāo）涂之山
能　　力：食之可治瘿（yǐng）
特　　点：状如鸱，人足
危 险 性：未知

数斯是《山海经·西山经》中记载的一种怪鸟，样子和猫头鹰一样，却长着人的脚，吃了它的肉可以治疗瘿病[1]，至于其他细节和特点，作者没有说。仅从“状如鸱”这个特点来看，多半不是什么好东西，古人对鸱鸟（猫头鹰）非常厌恶，多用来代指邪恶之人，比如鸱峙（凶恶之人，据地相残）、鸱枭（两恶合体，恶上加恶），鸱张就是鸱鸟张开翅膀的样子，跟现在的“嚣张”是一个意思。

竦斯

地　　点：灌题山
能　　力：见人就跳
特　　点：人面鸟身
危 险 性：大

竦（sǒng）斯是《山海经·北山经》中记载的一种异鸟，产地在灌题山，状如雌性野鸡，长着一张人脸，见人就跳，叫声和自己的名字一样。书中对它的习性没有什么记载。

① 中医中指忧思过度或者缺碘，气血淤积在脖子上形成的结块性病变。

酸与

地　　点：景山
能　　力：恐慌之兆
特　　点：状如蛇，四翼六眼
危 险 性：极度危险

酸与是《山海经·北次三经》中记载的异鸟，产地在景山，状如蛇，长着四个翅膀、六只眼睛、三只脚，鸣叫声和自己的名字一样，它出现的地方会有大恐慌发生。《山海经》中对灾异的描述大致可以分成："其邑"，泛指城市或者一个县的单位；"其地"，当地，范围一般比较小；"其国"或者"天下"，范围扩大到一个国家，比如黄鷔出现的地方就会亡国，再比如"蜚"出现的地方所描述的就是"天下大疫"。每种灾异之兽预示的灾难范围有明显的区别，酸与预示灾难的范围则是"邑"。

天翟

地　　点：未知
能　　力：跳舞
特　　点：状如野鸡
危 险 性：无

天翟（dí）是《吕氏春秋》中记载的一种异鸟，只有短短的几个字："因令凤鸟、天翟舞之。"只能结合文章本身来对这种鸟有一个大概的认识。这句话出自《吕氏春秋》卷五，主要介绍古代的音乐，前文是帝喾命令咸黑（帝喾的臣子）制作乐谱，他创造了"九招""六列""六蔓"，倕又制作了鼙、鼓、钟、磬、吹苓、管等乐器，于是帝喾下令奏乐，让凤鸟和天翟一起跳舞。"翟"是古人对长毛野鸡的称呼，天翟又是和凤鸟一起出现，由此可见，它应该是一种类似于野鸡的异鸟，是一种祥瑞之兆，毕竟是五帝之一帝喾的"歌舞团成员"。

希有

地　　点：昆仑山
能　　力：西王母和东王公联合办公处
特　　点：大
危 险 性：无

希有是《神异经·中荒经》中记载的神鸟，在“神异经宇宙”的轴心地带——昆仑山，特点只有一个——大，奇大无比，有一万九千里那么大，也就差不多从中国到美国那么大。道教中认为，凡是得道成仙之人除了刻苦学习，通过在人间的试炼之外，还要经过东王公和西王母的联合面试才能进入天界，希有就是这两位大仙的联合办公地点，“左翼覆东王公，右翼覆（载）西王母”，常年头朝南，张着翅膀，造型非常飘逸，像一架将要起飞的波音747，当然也很累。

玄鸟

地　　点：幽都之山
能　　力：商朝祖先，祥瑞之兆
特　　点：状如燕子
危 险 性：无

玄鸟是神话传说中常见的一种神鸟，《山海经》中就曾经记载，在幽都之山上有玄鸟活动。而在《史记·殷本纪》中，玄鸟被认为是商朝的祖先，事情的大概经过是这样的：商契的母亲简狄是帝喾（黄帝三代孙，远古五帝之一）的妃子，有娀氏（在今山西省永济市西）之女，在野外吞了一颗玄鸟的蛋，回去之后就生下了契，契长大之后做了尧的司徒，后来因为帮助大禹治水有功被分封到了商地（都城在今河南省商丘市），到商汤时代终于取代夏朝，建立了商朝，所以《诗经》中也有“天命玄鸟，降而生商”的说法。

那么，玄鸟具体长什么样子呢？东汉文学家在《离骚》的注解中认为，玄鸟的样子和燕子很像，颜色为黑，这个说法符合战国时期贵族墓中出土的玉玄鸟的形象；唐朝学者张善在张衡《思玄赋》的注解中认为，玄鸟的样子和白鹤很像，因为白鹤在鸟中是最高的。除了这两种说法，还有雄鸡说、陨石说、流

星说等，不过从出土的文物造型和画像来看，玄鸟的造型更像是几种动物的结合体：脖子颀长，类似白鹤，头部和嘴类似于燕子，尾巴类似于孔雀，爪子类似于鸡，有的头上还插着类似于凤凰的羽毛或类似于雄鸡的鸡冠。

一足鸟

地　　点：又名商羊，出现于齐国国都
能　　力：大雨之兆
特　　点：一只脚
危 险 性：极度危险

一足鸟是汉代文学家刘向在《说苑・辨物》中记载的一种怪鸟：齐国有一种飞鸟，只有一只脚，会突然飞到屋子前，展翅跳舞。有一天，齐侯（齐国国君）的殿前飞来一只一足鸟，他急忙派人去找孔子，孔子告诉他："此鸟名叫商羊，赶紧让百姓们翻修沟渠，马上就要下大雨了。"齐侯赶紧让人传令下去，没过多久，果然下起了大雨。

《孔子家语・辩政》中也有相关记载，前半段和《说苑》中的大致相同，只是孔子的台词多了一些：原来有个小孩单脚在地上跳，一边跳一边唱"天将大雨，商羊鼓舞"。随后果然天降暴雨，各国都受到了严重的损失，只有齐国有备无患，免于一劫。

婴勺

地　　点：支离山
能　　力：未知
特　　点：状如鹊，红眼红嘴
危 险 性：未知

婴勺是《山海经・中山经》中记载的一种鸟，产地在支离山，状如鹊，红嘴红眼，身上的羽毛为白色，尾巴像勺子一样，叫声很像自己的名字。

颙

地　　点：令丘之山
能　　力：天下大旱之兆
特　　点：状如猫头鹰，人面四目
危 险 性：极度危险

颙（yóng）是《山海经·南次三经》中记载的一种异鸟，产地在令丘之山，是一种长得和猫头鹰很像、人面四目、还长着人的耳朵的怪鸟，它的叫声就是自己的名字，出现的地方则天下大旱。

鹓雏

地　　点：南禺之山
能　　力：神鸟，祥瑞之兆
特　　点：状如凤凰，黄色
危 险 性：无

鹓雏（yuān chú）是《山海经·南次三经》中记载的一种异鸟，产地在南禺之山，关于它的记载只有寥寥几字："有凤凰、鹓雏。"鹓雏是五凤之一，状如凤凰，黄色。《庄子·秋水》中也有相关记载："非梧桐不止（栖息），非练实不食，非醴（甘）泉不饮。"鹓雏与凤凰一样，也是祥瑞的象征，古代也用来形容有才能的年轻人。

爰居

地　　点：又名杂县，产地在琅琊
能　　力：祥瑞之鸟
特　　点：大如马驹
危 险 性：未知

爰（yuán）居是《左传·文公二年》中记载的一种鸟，原文中只有“祀爰居”三个字，这里应该当“以爰居为祭品祭祀”讲，晋代学者杜预在注解中认为爰居是一种海鸟；《尔雅·释鸟》中则认为爰居就是杂县；宋代学者邢昺（bǐng）认为，这是一种大如马驹的海鸟，产地在琅琊（今山东省青岛市境内）；宋代叶适在《宝谟阁待制知隆兴府徐公墓志铭》中有“爰居时来，助其永号”的说法，可见这种鸟应该是一种祥瑞之鸟。

鸑鷟

地　　点：岐山，今陕西省岐山县境内
能　　力：神鸟，祥瑞之兆
特　　点：紫色，似枭
危 险 性：无

鸑鷟（yuè zhuó）是《国语·周语上》中记载的一种神鸟：“周之兴也，鸑鷟鸣于岐山。”南宋王应麟在《小学绀珠》中认为，鸑鷟是凤凰的一种，“五色为赤者凤、黄者鹓雏、青者鸾、紫为鸑鷟，白名鸿鹄”。李时珍在《本草纲目》中记载，鸑鷟为水生，状如枭，体型却比枭大，眼睛是红色的。古人认为，鸑鷟是祥瑞的象征，是一种瑞兽。

鸩

地　　点：瑶碧之山
能　　力：剧毒无比
特　　点：状如野鸡
危 险 性：极度危险

鸩（zhèn）是《山海经·西山经》中记载的一种异鸟，产地在瑶碧之山，状如野鸡，以蜚[1]为食，郭璞在注解中认为：鸩大如雕，紫绿色，脖子比较长，嘴是红色的，吃毒蛇的头，所以有剧毒，雄鸟叫作“运日”，雌鸟叫作“阴谐”。

在古代，鸩一直是毒的代名词，使用方法非常简单：“以羽翮（hé）擽（lì）酒水中，饮之则杀人”，只需要把鸩鸟的羽毛在酒里涮一下，那酒就有了剧毒，饮之立死，深受皇家和后宫女士们的喜爱。李时珍在《本草纲目》中也说“入五脏，烂杀人”，毒性十分猛烈。而在清代陈士铎编著的医书《辨证录》中，认为中了鸩毒之后会出现翻白眼、打寒颤、有如醉酒的神经麻痹症状，不会马上就死。

其实，鸩的原型为蛇雕，是一种栖息在深山的密林中的鸟类，以蛇蜥和毒虫为食，所以古人误以为这种鸟身上有毒，经过现代科学研究证实，蛇雕无毒。

鳷鹊

地　　点：条支国
能　　力：祥瑞之兆
特　　点：状如鹊，高七尺
危 险 性：无

鳷鹊（zhī què）是晋代王嘉的《拾遗记》中记载的一种异鸟，汉章帝永

① 这里的蜚应该不是《山海经》中记载的死神“蜚”，而是一种昆虫。

宁年间，条支国[1]上贡一只异鸟，高七尺，能听懂人说话，这种鸟是天下太平的祥瑞之兆。古代的鵁鹊多用来指喜鹊。

治鸟

地　　点：越地
能　　力：化为人形
特　　点：斑鸠大小，青色
危 险 性：不招惹就没有

治鸟是干宝的《搜神记》中记载的一种异鸟，出现在百越之地（指中国古代百越部落所居住的地方，也指古代越国的都城浙江省绍兴市），和斑鸠大小相似，青色，在大树上筑巢，有五六升（汉代一升约200ML，五六升相当于现代的1L左右）的容器那么大，巢口大小只有几寸，周围用白色的土装饰，红白分明，看上去像射箭的靶子一样。砍树的人看到这种巢穴之后，都会避而远之，有老虎整夜在树下守候，人要是不走，就会冲上去伤人。这种鸟，白天看上去就是正常的鸟，到了晚上听到它的叫声，也是正常的鸟叫，有人看到它变成过人的样子，高三尺，在涧中捉了一只螃蟹用火烤着吃，人无法近前，当地的越人说这是越人的祖先。

朱鸟

地　　点：又名朱雀，天上的神灵之一
能　　力：火神，四灵之一
特　　点：赤红色，类似凤凰
危 险 性：无

朱鸟又称朱雀，是传说中比凤凰还要强大的存在，《全虚大道经》中说，凤凰是朱雀的一滴血变成的，其他典籍中也有“朱雀生凤凰”的说法。

---

① 西亚古国，今霍尔木兹海峡处，公元前64年被罗马灭国。

朱雀为什么这么强呢？这要从道家的世界观说起。道家认为，整个世界都是由传说中的四灵守护的，也就是《淮南子》中说的朱雀、白虎、玄武和青龙，一般中间还有个黄龙，代表五行金、木、水、火、土，也代表东、西、南、北、中五个方向，朱雀就是位于南方的神灵，在八卦中代表离卦，主火，在四象中代表老阳（阴、阳、老阴、老阳）。

朱雀掌管天地间所有生物的生杀大权，能指引人白地飞升，如：《楚辞·惜誓》中有“飞朱鸟使先驱兮”，意思就是朱雀神鸟为我引路（得道飞升）；《混元八景真经》中甚至有“（四象）为天地之主”的说法；《古文参同契集解》中认为朱雀的主要工作是“录人长生之籍”，也就是管理“仙界户口本”；道家还对朱雀进行了人格化，封为“陵光神君”，只从这种身份来看，朱雀的存在就比凤凰要炫酷千倍万倍。

朱雀的出处也十分炫酷，是古人从谶纬（chèn wěi）学①中得来的。古人尊崇“天人合一”的说法，认为天象的变化和自然界的灾难都跟人的行为有关（主要是黄帝），所以天象不仅代表着天文，也代表着政治，朱雀就是古代天文学的产物。《史记天官书》云：“南宫朱鸟权衡，东井为水事。”朱雀星君主管二十八星宿中的南方七宿：井宿、鬼宿、柳宿、星宿、张宿、翼宿、轸宿，这些星宿连起来正好是一只鸟的样子（孔颖达：“南方朱鸟七宿者，在天成象，星作鸟形。”）。汉代《论衡》中认为，朱雀是南方火精化成的。

至于它的形象，并没有统一标准，大致是一只全身冒火的红色鸟类，从秦汉时代的“朱雀纹”来看，它的形象和凤凰十分类似：凤头、鹰喙、鸾颈、龙身、鱼尾（未央宫遗址出土）。

① 关于预言的学说，多与天象有关。

3. 异蛇

巴蛇

地　　点：产于朱卷之国、巴国等地
能　　力：巨能吃
特　　点：黑身、青首
危 险 性：极度危险

巴蛇，又名修蛇，是《山海经·海内南经》中记载的一种巨蛇，产于巴国，吃掉大象之后，三年才吐出骨头，吃了它的肉，可以不得心腹之病。另外，《山海经·海内经》也有相关记载：（巴蛇）身体为黑色，头为青色，能够吃掉一头大象，郭璞在注解中说，这东西就是巴蛇。

说起巴蛇可谓大名鼎鼎，那句“人心不足蛇吞象”里的蛇就是它。《王子年拾遗记》中也有关于巴蛇的记载：大禹凿龙门时，来到一处神幽的洞穴，黑暗不可行，有一条黑蛇，长十余丈，头上顶着一颗夜明珠带着他前行。《淮南子·本经训》中记载，帝尧时代，十个太阳一起在天上活动，晒得人间寸草不生，修蛇等怪兽也趁火打劫，一起出来肆虐人间，帝尧派后羿将修蛇射杀，这里的修蛇也是巴蛇。

黑螭

地　　点：潜伏在神渊中
能　　力：兴云作雨
特　　点：黑色
危 险 性：极度危险

黑螭（lì），又名蜦（lún），是记载于《淮南子·齐俗训》中的一种神蛇："牺牛粹毛，宜于庙牲，其于以致雨，不若黑蜧。"这句话的意思是，用牛作为祭品在庙里求雨，不如黑蜧。东汉经学家高诱在注解中说：黑蜧是一种神蛇，潜伏于神渊中，可以兴云作雨。《说文解字》中对它有另一个称呼："蜦，蛇属，黑色，潜于神渊，能兴风雨。"从这段记载"蜦"的特征的文字来看，与黑蜧几乎一样，两者应该是同一种神蛇。古人在文章和诗词中经常引用黑蜧，如：晋代张协的"黑蜧跃重渊，商羊舞野庭"、清代钱谦益的"羲和望舒停辔御，商羊黑蜧肆鳞爪"等，可见这种神蛇的流传度极广。

率然

地　　点：会稽山、常山以及西方大荒
能　　力：速度奇快
特　　点：五彩斑斓
危 险 性：极度危险

率然是《神异经·西荒经》中记载的一种巨蛇，主要在西方大荒的山中，会稽山比较多，身体的颜色五彩斑斓，头和尾巴大小差异很大，"中（攻击）头则尾至，中尾则头至，中腰则头尾并至"，行动非常迅速，让人措手不及。《孙子兵法》（比《神异经》早）中用率然来形容用兵之道："故善用兵者，譬如率然。率然者，常山之蛇也。击其首则尾至，击其尾则首至，击其中则首尾俱至。"晋代张华在《博物志》中则认为，率然有两个头。

鸣蛇

地　　点：鲜山、帝囷（qūn）山
能　　力：大旱之兆
特　　点：状如蛇，有两对翅膀
危 险 性：极度危险

鸣蛇是《山海经·中次二经》中记载的巨蛇，产地在鲜山，山上盛产黄金和玉石，草木

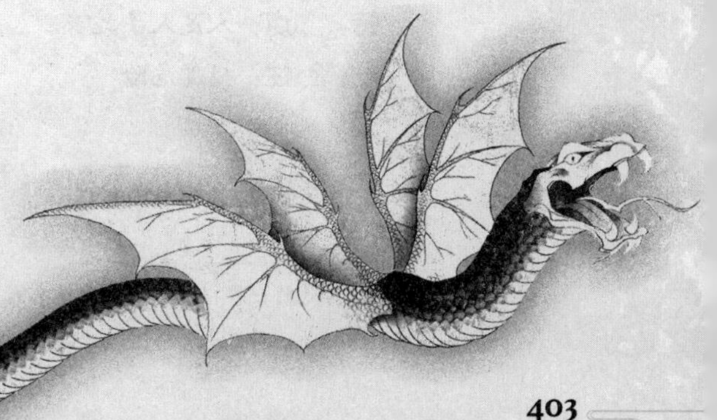

不生。鸣蛇“状如蛇”，有两对翅膀（四只），声音像敲磬[①]，出现的地方会遭受巨大的旱灾。《中次十一经》中记载，帝困山中也有鸣蛇出现。张恒的《南都赋》中有：“其水虫则有蠼[②]龟鸣蛇。”

玄蛇

地　　点：巫山和幽都之山
能　　力：吃鹿
特　　点：黑色，身形巨大
危 险 性：极度危险

玄蛇是《山海经》中记载的一种巨蛇，在《山海经·大荒南经》中，它的产地在巫山，以鹿为食，巫山是天帝的药圃，有八间屋子，山上有一种黄鸟，负责监视玄蛇，防止它偷吃仙药。“玄”在古代指黑色，所以这种蛇应该是黑色的。在《山海经·海内经》中，有一个叫作幽都之山的地方，也有玄蛇。郭璞在注解中说：南山有蚺蛇吞鹿，所以应该和玄蛇是一个品种；清代学者郝懿行认为：郭璞说错了，这里应该是“南方”，而不是“南山”。这里有一个问题，为什么这些人这么喜欢注解呢？其实这在古代是一种正当职业，叫作“经学家”，几乎所有的大儒都要从事这份工作，毕竟几千年的标准教材就那么几本，文人又那么多，只能去考证和注解，这也是柏杨先生所谓的“酱缸文化”。

人蛇

能　　力：食人
特　　点：人足人手蛇身
危 险 性：极度危险

人蛇是清代陈元龙的《格致镜原》中记载的异蛇，长七尺（约二百三十三

① 古代的一种打击乐器，用石头或者玉石制成。
② qú，一种昆虫，体型扁平狭长，黑褐色，尾部像夹子一样。

厘米），漆黑如墨，尾长一尺多，长着人足人手，可以直立行走，喜欢成群结队地出现，碰到人后会露出嬉笑的表情，并发出笑声，笑完之后便会把人吃掉。这种蛇虽然极度危险，却有个缺点——行走极其缓慢，听到它的笑声马上逃走便可逃脱。

九尾蛇

产　地：江西深山
能　力：身披铠甲，射出毒液
特　点：九尾
危险性：极度危险

九尾蛇是清代袁枚《续子不语》中记载的怪物：有一个叫茅八的人，年轻时曾经在江西贩纸。当时的江西深山中有很多纸厂，每到日落之时，众人便关门闭户，告诉他千万不要出去，山中有很多怪物，不止豺狼虎豹。一夜皎月当空，茅八夜不能寐，想要出去游玩，又想起乡人叮嘱，踟蹰再三，最后自恃勇武，乃启门而出。行数十步，忽见数十只猴子成群结队奔泣而来，顷刻间全都爬到了一棵大树上。茅八不敢靠近，便站在远处观望。片刻之后，一条巨大的蟒蛇从林中蹿出，但见它身如拱柱，两眼灼灼，身披鱼鳞硬甲，腰部以下生九尾，摇曳而行，有铁甲之声传出。至树下时，突然九尾倒置，旋转舞动，每个尾端皆有小窍，窍中毒液对着树上激射而出，树中猴有被射中者，皆号叫落地，腹部破裂而死。怪蛇徐徐吃完三只猴，曳尾而去。茅八吓得心胆俱裂，从此日落之后再也不敢出门了。

九头蛇

产　　地：真腊国
能　　力：化作人形，掌管生死
特　　点：九头蛇身
危 险 性：极度危险

九头蛇是元代周达观《真腊风土记》中记载的怪蛇：真腊国[①]王宫之中有金塔，是国王夜里睡觉的地方，当地人传说塔中有九头蛇精，是真腊国的土地神。此蛇平日化作女子，到夜里则与国王交媾，“虽其妻亦不敢入。二鼓乃出，方可与妻妾同睡”。如此蛇一日不出现，则国王危矣；如国王一日不去，则必有灾祸。柬埔寨的九头蛇信仰来源于印度教中居住在水下的九头蛇那迦（Naga），拥有剧毒和再生能力，是掌管生死的神灵。

化蛇

产　　地：阳山
能　　力：带来洪灾
特　　点：豺身鸟翼，行走如蛇
危 险 性：极度危险

化蛇是《山海经·中次二经》中记载的异蛇，长着人面豺身，背生鸟翼，行走如蛇，叫声如同叱骂，出现的地方会导致其邑发生洪水，是一种灾异之蛇。

① 中南半岛古国，其境在今柬埔寨境内。

王蛇

产　　地：滇南缅山
能　　力：隐身
特　　点：长数里，全身金黄
危 险 性：无

王蛇是清代陈元龙《格致镜原》中记载的异蛇，产地在滇南（云南省）缅山，长数里，色如黄金，已经长了几千年，经常隐而不见，不害人，也不伤害动物，以蛇为食。每次出现时，必有数千条小黄蛇跟随，所到之处，众蛇皆来朝拜。有罪者会被王蛇命令群蛇群起而攻之，最后吃掉。当地人认为，凡伤过人的毒蛇尾巴会秃掉，王蛇所杀之蛇皆为秃尾。正因如此，人们便以“王蛇”来称呼它，“盖蛇之仁武者也”。据载，此地三年之内没有毒蛇的踪迹，直到王蛇仙去。

五里蛇

产　　地：滇南
能　　力：隔空吸物
特　　点：长五里，高数丈
危 险 性：极度危险

五里蛇是清代陈尚古《簪云楼杂说》中记载的异蛇：明朝万历年间，一名姓沈的官员巡抚滇南，文武皆来谒见。有一名叫作安的参将，样貌极其丑陋，头上只剩白骨，唯目光炯炯。沈公大感惊奇，只留下参将问其缘故，参将说：“此地有一种叫作蚺蛇的怪物，千岁以上可以长到数丈高，横亘四五里，常在夜间出没，遇到豺狼虎豹则吸而吞之。我有一次夜里回家，突然被怪风所摄，等到站定时才发觉如在丹炉之中，腥臭难闻，便怀疑自己被蚺蛇吞下，情急之下，急忙抽刀挥砍，任凭此蛇推天抢地，奔跃数十里，我只管挥刀，待从蛇身中逃出时，已经在数十里外了。回头看时，才发现此蛇已死。再看自己身上时，但见通身赤红，面上皮肉尽失，半年方才痊愈。此蛇死后，山中之人竞相取之燃灯，如今骨骼尚存，蛇鳞大如斗笠。可惜我身体已残，引为平生之恨。”这里的蚺蛇便是“五里蛇”。《广异记》中亦有记载，大同小异，只不

过主角换成了樵夫。

委蛇

产　　地：鲁地沼泽
能　　力：见之则王
特　　点：穿紫衣、戴朱冠
危 险 性：无

委蛇是《庄子·达生》中记载的异蛇：齐桓公去沼泽打猎，宰相管仲亲自驾车，在路上碰到了鬼，回去之后，齐桓公便一病不起，数日不出。齐国有个叫皇子告敖的读书人前来觐见，对他说："这是您自己伤害自己的身体，恶鬼哪里能够伤得了您？"桓公问他："世界上真的有鬼吗？"皇子告敖说："有，山上有夔，村野之中有彷徨，沼泽之中有委蛇。"桓公急问委蛇之状，皇子告敖对他说："委蛇，大如车毂，长如车辕，穿紫衣，戴朱冠，讨厌听到车轮滚动的声音，一听到便会抱头而立，见到委蛇的人便可以称霸天下。"桓公听后笑逐颜开，说道："这正是我见到的蛇。"于是正衣冠而坐，数日之后病便好了。这也是"齐桓公见鬼"的典故出处，所谓的委蛇不过是庄子的虚构，代指桓公心中所想。

昆仑巨蛇

产　　地：昆仑山西北
能　　力：身躯庞大
特　　点：绕山而居

昆仑巨蛇是《古小说钩沉》收录《玄中记》中记载的异蛇：昆仑西北有一座山，周回三万里，有一条巨大的蛇盘山而绕，足有三周，蛇长九万里，以沧海为饮食。

唤人蛇

产　地：广西山中
能　力：身形巨大，通人言
危险性：极度危险

唤人蛇是清代俞樾《茶香室丛钞》中记载的异蛇，长度在一丈到数仞，产地在广西靠近交趾（古代中国地名，今越南北部地区）的山中，平日里隐藏在草丛中，遇有人经过时便会大声询问："何处来？哪里去？"只此六字，听得十分真切，还带点中州（河南省）口音。有不知道的外地人应答之后，蛇便会一路跟随，数十里后，应声者便会被巨蛇吞入，沦为腹中之物。

量人蛇

产　地：广东琼州府
能　力：量人、吃人
特　点：喜直立
危险性：极度危险

量人蛇是清代梁绍壬《两般秋雨庵随笔》中记载的异蛇，产地在广东琼州府①，长约六七尺，见人则直立而起，量人长短后噬之。这蛇虽然怪异骇人，却极容易对付。据当地人的说法，量人蛇碰到人之后，会发出"我高"的叫声，只需要对它说"我高"，那蛇便会"自坠而死"，不知是出于自卑还是气量狭小，十分有趣。

① 明清地方行政单位，治所在今海南省琼山区府城镇。

啼蛇

产　　地：乌斯藏
能　　力：体型巨大，模仿小儿哭声
特　　点：三足，头生三角

啼蛇是清代陈元龙《格致镜原》收录《蛇谱》中记载的异蛇，产地在乌斯藏[①]的山上，长度有十几丈。长着三只脚，前二后一；头生三角，中间略短，左右较长；有紫、绿、白三种颜色，擅长模仿小儿啼哭，白天没有声响，每到夜晚便开始啼叫，一直持续到第二天早上。

四蛇

产　　地：鲋鱼之山、轩辕之丘
能　　力：神蛇
职　　责：守卫

四蛇是《山海经》中记载的神蛇，据《山海经·海内东经》记载，鲋鱼之山，颛顼帝葬于山南，他的嫔妃葬于山北，有四条蛇负责守卫。另据《山海经·海外北经》记载，轩辕之丘也有四蛇环绕，四蛇应为守卫神蛇。也正是出于这个原因，四蛇形的纹饰在春秋战国时期非常流行，常见于各种器物上。

另外，佛教中也有四蛇的说法，代表地、水、火、风四大元素，《仁王经》中说："识神无形，假乘四蛇。"《大般涅槃经》中说："观身如箧（箱子），地、水、火、风如四毒蛇，见毒、触毒、气毒、啮毒，一切众生遇是四毒，故丧其命。"佛家所言"四大皆空"，即此地、水、火、风皆为虚妄。

① 明代对西藏地区的称呼。

髯蛇

产　　地：交趾地区
能　　力：食鹿
特　　点：奇长无比
危 险 性：极度危险

髯蛇是《水经注》中记载的异蛇，产于交趾（古代中国地名，今越南北部地区）地区的山中，长度可以达到十丈，粗七八尺，以鹿为食，常躲在树上等待猎物。有鹿经过时，髯蛇便低头绕之，顷刻便死。鹿死之后，髯蛇并不着急进食，而是先用唾液将其濡湿，等到食用时，鹿骨、鹿头和鹿角便会和皮一起脱下，只有鹿肉进入髯蛇口中。“螳螂捕蝉，黄雀在后”，每当此时，当地夷人便会趁髯蛇不备，用大竹签贯穿蛇头与蛇尾，当作美味珍馐来食用。汉代《淮南子》中也有相关记载：“越人得髯蛇，以为上肴”，可见此传说古已有之。

两头蛇

能　　力：见之则死
特　　点：两头，腹下有红鳞
危 险 性：巨大

两头蛇是汉代王充《论衡》中记载的异蛇：春秋时期楚国令尹（楚国最高行政长官）孙叔敖年少时，曾经在路上碰到一条两头蛇，杀而埋之。回家之后哭着对母亲说：“我听说看到两头蛇死的人便会死去，今日在路上看到此物，恐离母亲而去。”母亲问他：“这条蛇现在在哪里？”孙叔敖说：“我怕还有人因看到它而死，就把它埋了。”母亲劝慰他说：“积阴德者，天必报之，你肯定不会死。”后来，孙叔敖果然没死，还做了楚国的宰相。

唐代刘洵在《岭表录异》里也提到过两头蛇，文中说，此蛇岭外多见，小者如小指头大小，大者长尺余，腹下长着红色的鳞片，上面有花纹，一颗头上长着口和眼睛，另一颗头上无口无眼。此处说两头蛇较为常见，和王充所指“见之则死”应该不是一类。

4. 异虫

怪哉

地　　点：甘露宫
能　　力：很奇怪
特　　点：红色，头目口鼻牙齿俱全
危 险 性：无

怪哉是一种记录在《古小说钩沉》里的虫子，只有一个特点，就是很奇怪，事情的经过是这样的：汉武帝临幸甘泉宫，在驰道上看见一群人挤在一起围观，于是上前查看，地上有一只红色的虫子，头目口鼻牙齿俱全，长得跟人一样，围观的人都不认识，于是问东方朔。东方朔看了之后告诉武帝，这个东西叫作“怪哉”。当年秦始皇抓了很多人关在监狱里，人们苦不堪言，都仰天长叹“怪哉怪哉”，这些怨气就变成了虫子，这里应该是秦朝以前的监狱。武帝找人拿来地图一看，果然是秦朝监狱。于是问东方朔：“如何消灭这种虫子？”东方朔回答：“喝酒可以消百愁，不妨用酒灌它。”汉武帝命人把虫子扔到酒里，怪哉，果然消失了。

焦冥

地　　点：东海
能　　力：未知
特　　点：极小
危 险 性：无

焦冥是《晏子春秋·外篇·不合经术者》中记载的一种虫子。齐景公问晏子：“天下有极小的东西吗？”晏子说：“我听说东海有一种虫子，非常小，在蚊子的眼睫毛里筑巢，不管怎么折腾蚊子都感觉不到，当地的渔民说这种虫子叫作‘焦冥’。”《列子·汤问》中也有记载：江河之间有一种虫子，喜欢群飞，它们一起住在蚊子的睫毛里飞来飞去，根本碰不到睫毛，这种虫子叫作“焦螟”。在古人的世界中，蚊子就是很小的生物了，蚊子的睫毛就更不用说了，不过蚊子这种节肢动物实际上是没有睫毛的。

脉望

地　点：生于古籍中
能　力：吃后可以飞仙
特　点：圆四寸，环状无头
危险性：无

在唐代段成式《酉阳杂俎·支诺皋中》中记载过一个故事：唐代建中年间，有一个叫何讽的读书人曾经买到过一本发黄的古书，在书中发现一个环状物，直径四寸，像圆形的玉佩却没有头。何讽随意地把它掰断，从断处滴下一升多水，烧之有头发的气味。后来，何讽把这件事告诉了一个修道的朋友，朋友跌足叹息道：“你本是肉身凡胎，遇到这样的神物都不能得道飞升，这就是命啊。”原来，这东西乃《原化记》中记载的一种灵虫“脉望”，是蠹（dù）鱼[①]三次吃掉书中“神仙”二字之后变成的，夜里把它拿到能看到星星的地方举高，星使就会从天上降下，赐一颗仙丹，吃了之后可以原地飞升，非常神奇。何讽听完之后摇头表示“你忽悠不了我”，朋友见他不信，就让他取出那本古籍，翻开一看，书中果然被吃掉了一些字，这些少掉的字都是“神仙”二字，何讽这才信服，可惜脉望已经浪费了。

① 又叫书虫，是一种灵巧怕光的银灰色昆虫，常见于书里，好吃书。

青蚨

地　　点：南方
能　　力："还钱"，能吃
特　　点：似蝉而稍大
危 险 性：无

青蚨（fú）是记载于晋代干宝《搜神记》中的虫子，生长在南方，形似蝉，比蝉稍大，生子时必在草上，只要拿走幼虫母虫就会马上飞回来，不管距离有多远，就算偷偷地拿走幼虫，母虫也能马上感应到幼虫去了哪里。于是，人们想出了一个天才的发明，用母虫的血涂八十一枚铜钱，再用幼虫的血涂八十一文铜钱，买东西的时候，只用母钱或者子钱，钱都会自己飞回口袋，可以做到无限循环，《淮南万毕术》中叫作"还钱术"。这种"还钱术"在《说文解字》《本草纲目》等典籍中都有记载。《异物志》中说，青蚨不仅能拿来"还钱"，还可以煎着吃，味道辛辣爽口，非常美味。

谢豹

地　　点：虢州，今河南省西部
能　　力：挖洞
特　　点：类似于小虾，圆如球
危 险 性：大

谢豹是记载于唐代段成式《酉阳杂俎·虫篇》里的一种虫子，生活在虢州，喜欢在深土中，像小虾一样，圆如球，看到人之后就用两只前脚遮住脸，非常"害羞"。别看它长得"卡哇伊"，挖起洞来丝毫不含糊，速度像田鼠一样奇快无比，顷刻间就能挖出一个深洞，打地洞并不是它唯一的本事，它真正的撒手锏是叫声，据说听到谢豹叫声的人会脑浆迸裂而死，非常恐怖。

消面虫

地　　点：长安城
作　　用：龙宫引路使
特　　点：爱吃面，状如蛙
持 有 者：陆颙（yóng）

消面虫记载于唐代张读的《宣世志》：唐代时，吴郡有个叫陆颙的人，从小就非常喜欢吃面，随着年龄的增长，饭量越来越大，身体却越来越瘦，家人都不知道是怎么回事，十分担心。后来，他成功考入太学，来到长安读书。

到长安没多久，就有一群胡人带着美酒佳肴来拜访，还要送给他金帛当作礼物。陆颙自觉无功，不该平白接受别人的礼物，便拒绝了。胡人走后，同舍生告诉陆颙："无事献殷勤，非奸即盗，这些胡人平时为了一点蝇头小利都要打得头破血流，怎么会平白无故送你黄金呢？你还是搬到其他地方躲避一下这些人吧。"陆颙觉得同学说得很有道理，就把家搬到了渭河上游，闭门不出。

没想到，几个月之后，这群胡人又带着美酒找了过来，陆颙大惊，不明白这些胡人究竟想做什么，三番五次地来找自己。胡人见他惊讶，笑着说："当时你在长安太学，有些话不方便讲，如今你搬到了荒郊野外，我们就直说了。"原来，这些胡人并不是冲着他来的，而是他肚子里的虫子，按照他们的说法，陆颙之所以喜欢吃面，而且越来越瘦，都是这条虫子害的，此虫名叫"消面虫"，唯一的爱好就是吃面（山西虫子？），是难得的宝物，他们是循着宝气找来的。

说完之后，胡人拿出一粒紫色药丸，陆颙服下之后，果然有一只两寸左右、状如青蛙的青色虫子从嘴里吐出，陆颙拿了很多面放在它面前，虫子顷刻间就吃尽了。胡人用筒子将消面虫装入，再用金匣子盛放，让陆颙放在家里。第二天，胡人们带着十辆马车，数万金帛换走了虫子，陆颙一夜暴富，过起了腐败的资产阶级生活。

一年之后，这群胡人再次登门拜访，邀请陆颙跟他们一起去海上寻宝，如今陆颙虽然衣食无忧、腰缠万贯，但生活实在无趣，就随着胡人一起出发了。上船之后，胡人拿出一个银鼎，将消面虫放入，再放入油膏，又在下面点火淬炼，七天七夜之后，海面上突然出现了一个童男，手中捧着一个玉盘，盘中盛放着很多珍珠，想要献给胡人，胡人大怒，斥之，童男脸露惊惧之色，退走；片刻之后，海面上又出现了一个玉女，双手捧紫玉盘，盘中有数十颗巨大的宝珠，胡人还是不满意，大声呵斥，玉女也退走；又过片刻，海中出现一个凤冠霞帔的仙人，手中捧红色玉盘，盘中有一颗直径三寸的巨大宝珠，光照数十步，胡人笑而受之，大喜道："至宝来也。"

宝物到手，胡人将银鼎下的火熄灭，再看那虫子时，熬了七天七夜，依然活蹦乱跳，果然是天地至宝。胡人将虫子重新收入金匣，又把刚得到的宝珠吞入腹中，招呼陆颙跟上，陆颙拉着胡人的佩带一起跳入海中，甫一入海，那海水如同大门洞开，纷纷向两边避开数十步，两人闲庭信步一般，一路走到龙宫，取走无数宝物，胡人对陆颙说："这些宝物足足能卖亿万钱。"

陆颙得了宝贝之后，更是富得流油，其后终身不仕，老死闽越。

琴虫

产　地：不咸山
特　点：兽首蛇身

琴虫是《山海经·大荒北经》中记载的一种怪虫，产地在不咸山，长着兽头蛇身，郭璞认为这种虫子属于蛇类的一种。

云师雨虎

产　地：霍山南岳
能　力：兆雨
特　点：似蚕（蛭）
危险性：无

云师雨虎是《汉唐地理书钞》收录《荣氏遁甲开山图》中记载的两种怪虫，产地在霍山南岳（今安徽省霍山县城南的南岳山）。云师长得和蚕很像，长度在六寸左右，有兔子一样的毛；雨虎长得和水蛭很像，长七八寸。每到天阴下雨时，云师雨虎便会出现在石头上，可以"熟而食"，味道甘美。清代褚人获《坚瓠集》中也有类似记载。据荣氏注，这两种虫子应该是将要下雨的征兆。

蝮虫

产　　地：猨翼之山、羽山和非山

特　　点：鼻上有针

蝮虫是《山海经》中记载的怪虫，在猨翼之山、羽山和非山较为常见，生活在水中。郭璞认为：这种虫身上有绶纹，鼻子上有针，也叫“反鼻虫”。

十二时虫

产　　地：岭南地区

能　　力：变色（外貌），行动迅速

特　　点：状如蜥蜴

危 险 性：无

十二时虫是唐代刘恂《岭表录异》中记载的怪虫，属于蜥蜴一类的动物，平日身体为土色，长一尺多，头和背上有相连的肉鬣，可以在草上迅速爬行，在家中的篱落间也比较常见。传说这种虫子一天会随着时辰改变为十二种颜色，因此得名。《岭南异物志》中记载的则大有不同：十二时虫身体为青色，肉鬣为红色，头部会随时间改变形状，子时会变成老鼠的样子，亥时则会变成猪的样子，到了丑时，就变成牛的样子。虽然看起来奇诡无比，却不伤人，相反，有幸见到十二时虫的人还会有喜庆之事发生。

蝼蛄虫

产　　地：江西庐陵

能　　力：挖墙，快速成长

事　　迹：搭救庞氏先祖

蝼蛄虫来源于晋代干宝《搜神记》中记载的怪谈：庐陵（今江西省吉安

市）太守庞企，字子及，在一次闲谈中，曾经说起自己的先祖曾经遭逢冤狱。在狱中，他的先祖碰到了一只蝼蛄虫，那虫子对先祖说："你虽然被人冤枉，将要丢掉性命，却能够救我一命，这不是一件善事吗？"这位先祖便把自己的食物分出一部分给虫子吃。蝼蛄虫吃完之后便走了，片刻之后折返，体型竟然大了一点。从这天以后，他每天都用食物来喂虫子，如此十余日，虫子居然长到了野猪大小。到了行刑的前一天，蝼蛄虫竟连夜从墙根处挖了一个大洞，这位先祖才得以活命。于是，庞氏家族便将蝼蛄虫的牌位供在祠堂中，以先祖之礼祭祀它。

5. 异鱼

茈鱼

产　地：泚水
用　途：吃了可以不放屁
特　点：一头十足
危险性：无

茈（zǐ）鱼是《山海经·东次四经》中记载的一种怪鱼，产地在泚水。泚水源自东始之山，向北流入大海，水里有很多美丽的贝壳和茈鱼。茈鱼长得和鲋鱼一样，但是和何罗鱼一样有一个头和十只脚，和蘼芜（一种香草）一样散发出阵阵臭（香）味（原作中为"臭味"），吃了它的肉可以不放屁。

何罗鱼

产　　地：谯（qiáo）水
用　　途：食之可治疗痈疮（yōng chuāng）
特　　点：一头十身，声如犬吠
危 险 性：无

何罗鱼是《山海经·北山经》中记载的一种怪鱼，产地在谯水，有一个头，十个身子，声音如同犬吠，吃了之后可以治疗痈疮。清代文学家吴任臣引用《异鱼图赞》称，何罗鱼变身为鸟，叫作休旧，喜欢偷取粮食，听到石臼的声音之后就会吓走；清代王士禛在《香祖笔记》中说，他在莱登（清朝设立的地方行政单位）春三月吃过何罗鱼，非常美味，他认为何罗鱼就是“宁波之鳖”（鱼鲞）。不过，观《山海经》中的描述，怎么看都像是乌贼，乌贼正好有十只脚，一个头。

虎蛟

产　　地：泿（yín）水
用　　途：食之可以治病
特　　点：鱼身蛇尾
危 险 性：大

虎蛟是《山海经·南次三经》中记载的一种异兽，活跃于从祷过之山发源的泿水，鱼身蛇尾，声音如同鸳鸯，吃了虎蛟的肉可以不生肿病，还可以治愈痔疮。郭璞在注解中说：虎蛟似蛇，有四条腿，属于龙的一种，据此推断危险性应该较大。

鲛鱼

产　　地：漳水
用　　途：皮可用
特　　点：长三尺，背上有甲珠文
危 险 性：大

鲛鱼是《山海经·中次八经》中记载的一种怪鱼，产地在源自荆山的漳水，除此之外没有过多记载。清代学者郝懿行认为：鲛鱼就是鲨鱼；唐代徐坚在《初学记》中引用刘欣期《交州记》中的内容说：鲛鱼的产地在合浦（今广西壮族自治区北海市合浦县），长三尺，背上有甲珠[①]文，可以用来装饰刃口，也可以当作磨具使用；东汉学者张揖在注解《子虚赋》时说：鲛鱼是一种"鱼身蛇尾"的鱼类。不过，后来鲛鱼多用来指鲨鱼。

鯥

产　　地：柢（dǐ）山
用　　途：死而复生，食之可治疗痈疮
特　　点：蛇尾有翼
危 险 性：无

鯥（lù）是《山海经·南山经》中记载的一种鱼类，产地在柢山，陵居[②]，外形像牛，蛇尾有翼，翅膀长在肋下，声如牦牛，每年冬天都会死亡，第二年夏天又会复生。郭璞认为：这是一种和蛰虫类似的生物，冬天并不是真的死了，而是在冬眠。

① 中药，用穿山甲的鳞甲制成。
② 住在高地，似乎是一种两栖动物。

鯩鱼

产　　地：来需之水
用　　途：食之不得肿病
特　　点：黑色，状如鲋鱼
危 险 性：无

鯩（lún）鱼是《山海经·中次七经》中记载的一种鱼类，产地在来需之水。来需之水发源于“半石之山”的一条河，向西流入伊水。鯩鱼身上有黑色花纹，样子和鲋鱼很像，吃了它的肉可以不得肿病。

冉遗鱼

产　　地：涴（yuān）水
用　　途：可辟邪
特　　点：蛇首、六足、马眼
危 险 性：无

冉遗鱼是《山海经·西次四经》中记载的怪鱼，产地在涴（yuān）水。涴水源于英鞮之山，向北注入陵羊之泽。冉遗鱼长着蛇的脑袋、马的眼睛、六只脚，吃了它的肉可以不患梦魇症，还能辟邪。

儵鱼

产　　地：彭水
用　　途：食之可解忧
特　　点：状如鸡，三尾六足四首
危 险 性：无

儵（tiáo）鱼是《山海经·北山经》中记载的鱼类，

产地在彭水。彭水源自带山，西流注于芘湖中。儵鱼的外形像鸡，全身赤红，长着三条尾巴、六只脚和四个脑袋，声音和喜鹊一样，吃了它的肉可以解除忧愁，让人快乐起来。

无肠鱼

产　　地：天台山，今浙江省天台县城北
用　　途：没有内脏也能活
特　　点：没有肠子
危 险 性：无

无肠鱼是清代陈元龙《格致镜原》中引用《戒菴漫笔》中的部分：天台山有很多奇迹发生，寺里的池子中有一种叫作“无肠鱼”的鱼类，没有肠子也能活蹦乱跳。原来有一个和尚抓了一条鱼，掏了内脏烹饪完毕，准备端起来吃，有个人讥笑他“和尚也杀生”，于是这位和尚就把那条做好的鱼在寺里的池子里放生了，没想到那鱼马上复活，还生了很多后代，于是就有了“无肠鱼”，这哪里是没有肠子，分明是什么内脏也没有。

鳛鳛鱼

产　　地：嚣水
用　　途：可以御火，食之可以不得痹病
特　　点：状如鹊，五对翅膀
危 险 性：无

鳛（xí）鳛鱼是《山海经·北山经》中记载的一种鱼，产地在嚣水，嚣水发源于涿光之山，向西流注于河。鳛鳛鱼的样子和喜鹊很像，长着五对翅膀，鳞片都长在尾巴上，声音也和喜鹊相同，可以御火，吃了它的肉可以不得痹病。

脩辟鱼

产　　地：橐（tuó）水
用　　途：食之可以治疗白癣病
特　　点：状如青蛙
危 险 性：未知

脩（xiū）辟鱼是一种记载于《山海经·中次六经》中的鱼类，产自橐水，状如青蛙，白嘴，叫声像斑鸠一样，吃了它的肉可以治疗白癣病（白秃疮）。

鳙鳙鱼

产　　地：食水
用　　途：皮可以预测潮水
特　　点：状如牛，声如猪
危 险 性：无

鳙（yōng）鳙鱼是《山海经·东山经》中记载的一种鱼类，产地在食水，形状和牛一样，叫声像猪。《博物志》中说：这种鱼又叫牛鱼，剥下它的皮挂在船上可以预测潮水，潮水快来的时候它的毛会立起，退走时毛会落下。

珠鳖鱼

产　　地：澧（lǐ）水
用　　途：食之可治疗恶疮
特　　点：四目六足
危 险 性：无

珠鳖（biē）鱼是《山海经·东次二经》中记载的鱼类：澧水发源于葛

山，向东流入余泽，河里有很多珠鳖鱼，形状像肺，有四只眼睛、六只脚，每个脚上都有一颗珠子，吃起来味道酸甜，可以治疗恶疮。《吕氏春秋》中也有相关记载，称这种鱼吃起来非常美味。

1. 山名

登葆山

地　　点：巫咸国
作　　用：与天庭沟通
特　　点：巫师居住之所

登葆山，亦名巫咸山，出自《山海经·海外西经》，位于巫咸国之内，该国在“女丑[1]之北”，是一个由巫师组成的国家，由传说中尧帝时代的巫咸创立。根据《归藏》的说法，巫咸因为精通医术，因能预知吉凶祸福而被尧帝尊为“神巫”。东晋郭璞在《巫咸山赋》中也有“巫咸以鸿术为帝尧医”的说法。巫咸死后，他所居住的地方被称为“巫咸国”，这里的人们左手握红蛇，右手握青蛇，通过登葆山与天庭沟通，并在路上采集珍贵的草药救治百姓。

① 《山海经》中记载的神力强大的女巫。

桃都山

地　　点：传说中位于东南的仙山，方位不详
作　　用：镇鬼
特　　点：有棵巨大的桃树

桃都山，又名桃止山。桃都山的传说记载于《玄中记》中，具体位置不详，只知道在“东南之所”，山上长着一颗巨大的桃树，因而得名。具体有多大呢？根据《河图括地图》的记载，这棵桃树足足盘屈了三千里，树上有一只金色的公鸡，太阳快要出来时，这只金鸡就会开始打鸣，天下所有的鸡听到之后也会一起打鸣，所以，这只鸡是“鸡王之王”，这应该是古人对公鸡打鸣自然现象的一种想象。

桃树下有两个神仙，一个叫“荼”，另一个叫“郁垒”，手持芦苇做成的长鞭等待鬼物出现，碰到了就直接消灭，金鸡也会飞下吃掉恶鬼。民间最早的门神神荼（shēn shū）、郁垒（yù lǜ）也是从这里来的。神荼位于左侧，身着斑斓战甲，手持金色战戟；郁垒位于右侧，身穿黑色战袍，神情闲适，无兵器，只探出一掌，轻抚座下白虎。

根据葛洪在《元始上真众仙记》中关于“五方鬼帝”的记载，“东方鬼帝治桃止山”，应该也是桃都山。

炎火山

地　　点：昆仑丘附近
作　　用：能点燃任何东西
特　　点：非常热

炎火山出自《山海经·大荒西经》。根据记载，此山位于“昆仑之丘”附近，山上常年有火燃烧，不管什么东西都能点燃，就像一座常年爆发的活火山PLUS版。而根据南朝梁代任昉《述异记》的记载，炎火山四月生火，十二月火灭，火灭之后，山上的树木全都开始生长，等树木落叶之后，火就重新开始燃烧起来。明代吴承恩的《西游记》中也曾经出现过常年燃烧的火焰山，应该是位于现新疆吐鲁番盆地的另一座山，《山海经》中的“昆仑之丘”并不是现在的昆仑山，而是人皇伏羲的王都，宽八百里，高万丈，连接天地，只存在于传说之中。

盖犹山

地　　点：位于岳山附近，具体位置不详
作　　用：神仙居住之地
特　　点：物产丰饶

盖犹山是《山海经·大荒南经》中记载的一座高山，上面生长着一种叫作“甘柤（zhā）”的仙草，长着红色的枝干，黄色的叶子，花朵为白色，结出的果实为黑色。山的东面长着一种叫作“甘华”的植物，枝干为红色，叶黄，还有青色和红色的骏马，名叫“三骓”。除此之外，盖犹山还盛产灵芝。根据《述异记》的说法，吃了这些珍贵的草药可以马上得道成仙。与《山海经》中记载的平丘、蹉丘、南类山等山一样，盖犹山中应该也有神仙居住。

南类山

地　　点：岳山附近，现湖南省长沙市
作　　用：百谷所在之地
特　　点：盛产奇珍异宝

南类山的名字出自《山海经·大荒南经》，根据记载，这座山应该在帝尧的葬所——岳山附近，盛产遗玉、青马、三骓、视肉、甘华。

遗玉为古代传说中一种非常宝贵的玉石，松枝千年化为茯苓，茯苓千年化为琥珀，琥珀千年化为遗玉；青马和三骓都是一种骏马；视肉就是我们平常所说的灵芝，又叫太岁；甘华为神草的一种，《山海经·海外东经》记载其为“甘果所生，在东海”，作用不明。除了这些奇珍异宝之外，南类山还是百谷所在之地，物产极为丰富。

狄山

地　　点：北狄，今山东省濮县东南
作　　用：帝王葬所
特　　点：盛产野兽与仙草

根据《山海经·海外南经》的记载，狄山位于北狄境内。周代时，中原人自称华夏，认为自己是天下的中心，为了便于区分，将中原四周的人称为东夷、南蛮、西戎、北狄，都属于华夏人口中茹毛饮血的野蛮人。

狄山为古代帝王葬所，帝尧葬在山的南面，帝喾（俊）葬在山的北面，舜帝（一说汤山）和文王都葬在这座山上。狄山盛产野兽，有罴（pí，棕熊）、猛虎、蜥蜴、豹、三足鸟等，还有视肉（灵芝）、离朱（传说中的神鸟）等神物。

崦嵫

地　　点：现甘肃省天水市秦州区
作　　用：日落之地，长江与黄河的分水岭
特　　点：山石白色，可燃

崦嵫（yān zī）山，又名齐寿山、番冢山、兑山、崦嵫山、云台山，出自《山海经·西次四经》，位于"鸟鼠同穴山"西南三百六十里处。根据晋代郭璞的注解，这里是太阳落下的地方，所以也经常用来比喻人之迟暮。崦嵫山上生长着一种丹木，结出来的果实大如瓜，吃了之后可以御火，山的南面多龟（长寿的象征），北面多玉。山中还有一种人面蛇尾、马身鸟翅的怪兽，叫作"孰湖"，喜欢把人"举高高"；还有一种长得像猫头鹰的怪鸟，人脸蜼（wèi，大尾猴）身狗尾，所经之处会出现干旱。

郦道元在《水经注》中曾经记载：崦嵫山中有一种白色的石头，用两块石头在一起相互击打，有水润出，等水流尽之后就会有火冒出，山上的白色石头会全部燃烧起来，"炎起数丈，径日不灭"，要等到山上刮起"大黑风"时才会熄灭。

西王母山

地　　点：西域，壑山、海山附近
作　　用：灵山之一
特　　点：物产丰富

西王母山记载于《山海经·大荒西经》中，只有短短的一句话：“有西王母山、壑山、海山”，特点未知，根据名字判断，应该在西域西王母国境内或者附近。郭璞认为：这座山也是《山海经》中众多灵山之一，多珍奇异宝，物产丰富。

《穆天子传》卷三中记载：“天子遂驱，升于弇（yān）山”，并在山上刻下自己的名字，作者认为这座山应该就是西王母山。实际上，弇山又名崦嵫山，是古代传说中的日落之地，位置应该在今甘肃省天水市秦州区。但根据《西山经》的记载，“三危之山，三青鸟居之”，根据郭璞的注解，三青鸟应该是为西王母取食的猛禽，它所栖息的三危山离西王母山不远，三危山在甘肃省敦煌市，离天水市有一千多公里，所以崦嵫山和西王母山应该不是同一座山。

承筐山

地　　点：任国，现山东省济宁县
作　　用：女娲出生地
特　　点：女娲庙所在之地

根据《太平寰宇记》卷十四的记载，承筐山位于古代任国的任城县，国内多风姓，是伏羲氏的后人。传说这里是女娲出生的地方，承筐山下有女娲庙，女娲陵在县城东南三十九里处。任城县为汉朝设立，作为东平国的都城，后为任城国都。根据宋代朱熹的注解，“承”的意思是“奉”，“筐”的意思是“盛币帛也”，所以承筐的意思应该是欢迎宾客或者馈赠礼品，《诗经》中有“吹笙鼓簧，承筐是将”。

穷山

地　　点：轩辕国之北
作　　用：住人
特　　点：其人不敢西射

穷山出自《山海经·海外西经》，位于轩辕国的北方，那里的人从来不敢向西射箭，因为黄帝居住的轩辕丘在穷山的西边。轩辕国是《山海经》中记载的国家，姬姓，首领为黄帝，那里的人们寿命很长，岁数比较小的也有八百岁，长着人脸蛇身，尾巴盘在头上。根据《博物志》的记载，轩辕国的原住民被称为“轩辕民”，吃凤卵，饮甘露。屈原在《天问》中有“阻穷西征，岩何越焉？化为黄熊，巫何活焉”的说法，这里的穷就是“穷山”，鲧被杀戮后，化为黄熊，曾经翻过穷山，到昆仑求众巫师帮助。

峚山

地　　点：位于不周山西北四百二十里处
作　　用：黄帝飨玉之处
特　　点：多丹木与玉石

峚（mì）山，亦作密山，根据《山海经·西次三经》记载，峚山之上生长着很多丹木，叶圆，红色的茎干上开着黄色的花，结出红色的果，味道甘甜怡美，人吃了之后可以消除饥饿与疲劳。山中有丹水，水中多白色玉石，产出玉膏，玉膏的源头水汽蒸腾，黄帝经常吃这种食物。除白玉之外，峚山还盛产另外一种黑色玉石，黑玉产出的玉膏可以用来浇灌丹木，五年之后便会开出五色花朵，结出五色果实，便是峚山玉石的精华。

黄帝把五色果实投种到钟山之南，便长出瑾和瑜等各种各样的美玉，质地坚硬，发出五色光芒，鬼神都来享用。君子把这种玉佩戴在身上，可以抵御不祥。“峚山”“钟山”“泰器山”共同组成了《山海经》中的西次三山山系，据考证，应该在今河南省新密市。

务隅山

地　　点：东北海之外

作　　用：颛顼（zhuān xū）葬所

特　　点：物产丰富

务隅山，又称附禺山、鲋鱼山，记载于《山海经·大荒北经》，位置在“东北海之外，大荒之中”，矗立在海水中间，五帝之一的颛顼和他的九个妃子都葬在这里，按照惯例，颛顼埋在南面（阳面），妃子埋在北面（阴面）。这座山与《山海经》中的其他仙山一样，物产也极为丰富，不仅有青鸟、琅鸟、玄鸟、黄鸟、虎、豹、熊、罴、黄蛇等各种野兽和鸟类，还有视肉等仙草，璿（美玉）、瑰（奇珍）、碧等宝石，不知道是只有这样的仙山才配得上做远古帝王的葬所，还是因为远古帝王葬在这里，才给这座山带来了灵气。颛顼的葬处自古就有很多说法，今河南省内黄县有颛顼陵，山东省聊城市东昌府区也有颛顼墓，真假难辨。

苍梧

地　　点：今湖南省宁远县境内

作　　用：舜帝葬所

特　　点：物产丰富的灵山

苍梧，又名九嶷山，最早的记载见于《山海经·海内经》，在苍梧之渊旁边，是舜帝的葬所，《史记·五帝本纪》中也有“舜南巡崩于苍梧之野，葬于江南九嶷”的记载。按照惯例，舜帝葬在南面，不过北面葬的却不是他的妃子娥皇和女英，而是尧帝的儿子丹朱，因为丹朱不肖，尧认为“终不以天下之病而利一人”，于是把帝位让给了舜，丹朱死后就被葬在了北坡。苍梧山与其他灵山一样，物产十分丰富，有文贝、离俞、鸮久、鹰贾、委维、熊、罴、象、虎、豹、狼、视肉等野兽和灵物。舜帝的陵寝目前主要有两处，一处在九嶷山，另一处在山西省运城市盐湖区，相传建造于大禹时期，庙则建于唐朝。

涂山

地　　点：位于现安徽省蚌埠市禹会区
作　　用：大禹劈山导淮，会盟诸侯之地
特　　点：如同刀劈

涂山，又名会稽山、当涂山、东山，根据《左传·哀公七年》的记载，大禹曾经在涂山会盟诸侯，手持玉帛向上天祭祀，确立了君主的地位，根据《国语·鲁语下》的记载，大禹曾经“致群神于会稽之山”，所以会稽山和涂山应该是一个地方，而根据唐代苏鹗在《苏氏演义》中的考证，涂山一共有四种说法，“一者会稽，二者渝州，三者濠州，四者宣州当涂县”，现在大部分都按照会稽山讲。

根据《吴越春秋·越王无余外传》的记载，大禹三十岁时仍未娶妻，行到涂山时，突然碰到一只九尾白狐，大禹对它说：“白色是我衣服的颜色，九尾是帝王的象征（古人以九为尊），看来我马上就要娶妻了。”后来，大禹果然在涂山娶妻，名叫女娇。

涂山是大禹“劈山导淮”的地方，根据《怀远县志》的记载，涂山和怀山原本是一体，后来经过水流的冲击和切割形成对峙之势，这应该是劈山传说的来源。

女观山

地　　点：夷道县北，今湖北省宜都市西北
作　　用：思妇化形处
特　　点：有狗型山石

女观山的传说记载于郦道元的《水经注》里，据传说，当时的夷道县有一对夫妻，丈夫去蜀地做官，很多年都没有回来，妻子每天都站在一座山顶远眺，盼望丈夫归来，日日忧愁，蜀地山高路险，不知道丈夫是不是出了意外，又或者在那里再次娶妻生子。久而久之，妻子忧愁而死，连山上的树木花草也一起凋零了，乡里人替她感到哀伤，就把她葬在了山顶，这座山也被人们称为“女观山”。这件事在《荆州图副》里也有记载。另一个版本出自顾野王的《舆地志》，故事的过程大体相同，只有细节方面不同，在这个版本中，这位思妇每天都牵着一条狗去山顶，最后一起变成了石像，书中记载“今狗形独存”。

大翮山

地　点：位于今北京市延庆区西北
作　用：落羽而成
特　点：与小翮山相连

大翮（hé）山，又称落翮山，大翮山的传说记载于郦道元的《水经注》中：战国时有个叫王次仲的人，从小就很有志向，到二十岁时，将仓颉所造旧文改造为隶书。始皇帝登基之后，听说了这件事，想要召见他，连续派了三次使者都被拒绝了，始皇大怒，派人用囚车将他监送都城。行至途中，王次仲突然化身大鸟从囚车中飞出，有两根羽毛落在山间，成了两座山峰，就是大翮山和小翮山。据《仙传拾遗》补充，王次仲变成大鸟之后，押送他的人惊拜于地说道：“神人飞走，我们无法复命，恐怕要被杀掉，恳求仙人怜悯。”于是，王次仲掉落三根羽毛，两根变作大山，还有一根掉在使者手上，让他们好回去复命。大概是这位作者觉得王次仲就这么飞走有点“不负责任”，对这些押送的使者过于残忍而加以美化。

狗仙山

地　点：巴賨（cóng）之地，现四川巴中地区
作　用：猎狗“飞升”
特　点：高悬空中，目不可测

狗仙山的记载出自《太平广记》：四川巴賨地区地势险峻，崖高水深，自古就有很多怪物居住，那里的人居住在山中，常年以游猎为生。

一个崖壁上有个巨大的山洞，经常发出怪声，猎人们从下面根本看不到洞中有什么，每次众犬从这里经过，都会看着洞口摇动尾巴，呼之不回，紧接着，洞内就会有彩云垂下，迎接猎犬“飞升”。这件事传开之后，就有民间的修道爱好者称这里为“狗仙山”，他们认为，这个洞里住着一只狗仙，从此之

后，猎人们都不敢在这里打猎了。

不过，乡里有一位勇士却不相信这套说辞，他认为，洞里一定住着什么怪物，于是，他在自己的猎犬腰部绑上绳子，另一边绑在树上，躲在草丛里观察。没过一会儿，果见洞中有彩云垂下，包裹着猎犬腾空而起，刚到一半，猎犬的腰被绳子绑住，无法继续前进。洞中突然钻出一个巨大的头颅，双目如电，鳞甲光明，冷照溪谷。

勇士定睛一看，哪里有什么狗仙人，原来是一头巨大的蟒蛇在洞里装神弄鬼，旋即拿出淬毒的弓箭，射中蟒蛇。几天之后，山中弥漫着一股恶臭，勇士爬到山顶，用绳子绑住腰间垂到洞里一看，原来那条巨蟒早已经腐烂了。

羊飞山

地　　点：万州西南五十里，今四川省万县市
作　　用：山羊“飞升”
特　　点：未知

羊飞山的记载见于《舆地纪胜》卷一七七：传说万州有一座山，山中有个人修道，养了两只羊。有一天，他突然告诫放羊的童子一定不能放开牵羊的绳子。童子放羊时一不留神放了绳子，一只山羊像灌了氢气一样冲天而起，“白日飞升”，再也没有下来。从此之后，人们就叫这座山为羊飞山。

王屋山

地　　点：位于今河南省济源市郊
作　　用：轩辕黄帝祭天之所
特　　点：十大洞天之首

王屋山，又名天坛山，是道教的圣山，轩辕黄帝曾经在这里建造祭坛，感动九天玄女和西王母，降下《九鼎神丹经》和《阴符策》，遂打败蚩尤，所以又称“天坛山”，至今王屋山的主峰上还保留着这座石坛。

王屋山还是全真教圣地，唐代杜光庭《天坛王屋山圣迹记》中记载，王屋

山是十大洞天之首，三十六小洞天之总首，名曰“小有清虚之天”，山上建有大批的道观和宫院，千年以来都是道教圣地。

另，根据《列子·汤问》中记载的“愚公移山”的故事，王屋山本在冀州之南，河阳之北，天帝被愚公的精神感动之后，命令夸蛾氏二子将山移走，王屋山也因为这个传说举世闻名。

委羽山

地　点：位于今浙江省黄岩区

作　用：有神仙居住

特　点：道教第二洞天

委羽山，又名羽山、俱依山、龟兹山、龟山，委羽山的传说有两个版本，第一个版本是《淮南子·地形训》中的记载：委羽山在雁门（位于山西省）之北，山里有烛龙藏匿，不见天日。这座山也是《山海经》中鲧窃息壤，惨遭刑戮的羽山。

第二个版本是《云笈七签》卷二十七《洞天福地》里记载的道教第二洞天委羽洞，据说这里是“大有真人”刘奉林[①]修炼得道、控鹤飞升的地方，因而得名，委羽山也成为道教圣地。据《委羽山志》记载，曾经有一群赤身之女暴露于委羽洞口嬉戏，只有站在远处能够看到，走近之后就消失不见了。每到傍晚，她们就会到山下敲乡民的门讨饭。有个乡里的勇士觉得很诡异，就用粪水（古人认为粪水可以辟邪）泼入洞中，第二天，这位勇士家里就着了火，烧得精光。

元代陶宗仪在《辍耕录》中也有类似的记载，不过，这个版本中的美女只有一个，也有个勇士用粪水泼进委羽洞，最后全家只有妻子幸免于难，陶宗仪认为这是因为他玷污了仙人洞府而遭受的惩罚。当时委羽洞口还有刘奉林的碑刻像，一个牧童曾经用石块砸石像的右眼，右眼掉落，牧童吓得逃回家中，刚到门口，突然右眼剧痛，没过多久就死了。由此看来，这些神仙果然不是好惹的，人家只是开个小玩笑，神仙们就要了人家的性命。

委羽山从唐代以来就是道家的圣地，宋代达到鼎盛，山间道观藏经千卷，四季都有道士和文人云游不绝，留下了很多诗词，元代更是成为全真教的道场，现有大有宫、大有空明洞等古迹。

---

① 南梁陶弘景《真诰》里记载的神仙。

西城洞府

地　　点：未详
作　　用：道教第三大洞天
特　　点：周回三千里

西城洞府为道教第三大洞天，称为“太元总真之天”，位置不详。据唐代司马承祯《天地宫府图》：“（西城洞府）周回三千里，号曰太玄总真之天，未详所在，《登真隐诀》云，疑终南太一山是，属上宰王君治之。”太一山在今陕西省西安市境内。

太华山

地　　点：又名西岳、华山
作　　用：有仙人、仙女、仙药
特　　点：道教第四洞天

太华山即西岳华山，因其西南有少华山，故名太华。根据《山海经·西山经》的记载，太华山如同刀削一般四四方方，高五千仞[1]，广十里，鸟兽也不能在山上居住。但是，郭璞认为，虽然鸟兽不能居住，不代表仙人不能住，太华山上有“明星玉女”，手上拿着玉液琼浆，只要喝了就能飞升成仙，现在华山就有玉女峰。

华山是五岳名山之一，中华文明的发祥地，中华的花就源于华山，被称为“华夏之根”、道教第四洞天、全真教圣地之一（全真教真的有很多圣地），山上有二十多座道观，有陈抟老祖、郝大通、贺元希等著名“神仙”在此得道。《书经·禹贡篇》中记载，华山还是轩辕黄帝和群仙聚会的地方，舜帝和尧帝也曾经多次巡游，秦始皇祭祀华山之后，后世皇帝群起而效之。

唐代之前，还没有通往峰顶的道路，直到修道之人开始在华山隐居建观，才开辟出一条道路，所以也有“自古华山一条路”的说法。

---

① 八尺为一仞，一尺约三十三点三三厘米。

青城山

地　　点：四川省成都市都江堰市
作　　用：道教第五大洞天
特　　点：群峰环绕、林木葱茏

青城山，亦称“丈人山”“清城山”，在今四川省成都市都江堰市西南，是道教的四大名山、五大仙山之一，在十大洞天中排名第五，称为“宝仙九室之天”。

青城山群峰环绕，林木葱茏，自古以来就是道教圣地。传闻黄帝时期就有上仙宁封子在此处修炼，传授黄帝“龙跻之术”，被黄帝封为“五岳丈人”；西汉时，“蜀中八仙”之一的阴长生入青城修道；东汉时期，张道陵入鹤鸣山修道，创立五斗米教，即天师道，后在青城山结茅传道，羽化登仙；到隋唐时期，由于统治者的重视和扶持，青城山上建起了一批道观，修道之人也蜂拥而至，杜光庭、陈抟老祖、谭峭等著名修士也慕名而来，青城山成为名副其实的道教圣山；至宋明时期，青城山道教改传全真龙门派至今。

赤城山

地　　点：浙江省天台县北
作　　用：道教的第六大洞天
特　　点：赤石屏列如城，望之如霞

赤城山，亦称“烧山”，在今浙江省天台县北，为典型的丹霞地貌，因山上赤石屏列如城，望之如霞而得名，为道教第六大洞天，称为“上清玉平之洞天”。

四川蓬溪县也有一座赤城山，不过，据东晋高僧支遁在《天台山铭序》中的考证，应在天台县：“孔灵符[1]《会稽记》云：‘赤城山，土色皆赤，状似云霞，望之如雉堞’……旧志，一名烧山，西有玉京洞。道书以为第六洞天。”司马承祯《天地宫府图》中也说“在台州唐兴县”。

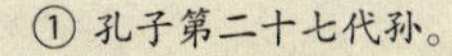

① 孔子第二十七代孙。

罗浮山

地　　点：在层城、博罗二县之境，现广东省博罗县
作　　用：多仙草
特　　点：道教第七洞天

罗浮山，又名蓬莱山、东樵山，有山峰四百三十二座，飞瀑名泉九百八十多处，石室七十二个，被尊为道教第七洞天、第三十四福地、第一禅林，有“百粤群山之祖”“蓬莱仙境”之称，自古以来便吸引了无数寻仙求道者和文人墨客，陆贾、谢灵运、李白、杜甫、李贺等人全都留下了经典的诗词歌赋和文章，是一块“货真价实”的风水宝地。

根据《太平御览》的记载，“罗”“浮”原本是两座不同的山，合体之后才变成现在的“罗浮山”，山上有神湖、神禽、玉树、朱草等奇珍异草。根据《南越志》的记载：“此山本名蓬莱山，一峰在海中，与罗山合，因名焉。”而根据《后汉书・地理志》中的说法，罗山自古就有，浮山是从会稽漂来的，属于“舶来品”，《史记》《山记》中也有类似的记载。

洞天日月

地　　点：句曲山（茅山）之中，位于今江苏省镇江市句容市
作　　用：汇聚天地精华，道家修行之所
特　　点：有“日精之根”和“阴晖夜光”

洞天指道教中有神仙居住的名山和胜地，也称洞天福地。根据《云笈七签》卷廿七记载，道教有大洞天十处，小洞天三十六处。南梁陶弘景在《真诰・稽神枢第一》中则认为，“有地中之洞天二十六所”，排名第八的是位于句曲山（茅山）的洞天，洞内有“日精之根”和“阴晖夜光”的照耀，日精主昼，阴晖主夜，如同日月一样悬在洞中，汇聚天地灵气。句曲山自古便有“秦汉神仙府，梁唐宰相家”的说法，陶弘景在此创立茅山派，所以此处洞天被后世道教列为“第一福地，第八洞天”。按照清代俞樾在《茶香室三钞》中的说法，“仙家自有日月”可知，每个洞天中应该都有“日月”，只是大小不同而已。

括苍山

地　　点：浙江省台州市仙居县与临海市交界
作　　用：道教第十大洞天
特　　点：道教福地

括苍山在今浙江省台州市仙居县与临海市交界，山中括苍洞为道教的第十大洞天，称为“成德隐玄之洞天”。

据《云笈七签》卷三《灵宝略记》载，东汉时期，太上命太极真人徐来勒到括苍洞任职，称为首任洞主，主管方圆三百里的水旱罪福，括苍洞成为道教福地；唐代时，玄宗曾在山中建造洞宫，赐名“成德隐元”；至宋代，共有十二位真人在此地得道成仙。

林屋山洞

地　　点：江西省南昌市西山镇东北
作　　用：道教第九大洞天
特　　点：洞体似龙

林屋山洞位于今江西省南昌市西山镇东北，是道教的第九大洞天，称为“左神幽虚之天”，又称“天后别宫”。相传有龙曾经居住其中，所以洞体与龙十分相似。

太姥山

地　点：位于长溪县，今福建省福鼎市南部
作　用：老母飞升之所
特　点：常有神仙聚会

太姥（mǔ）山，又名太母山，为闽越三大名山[①]之一。根据宋代王象之《舆地纪胜》卷一二八记载，尧帝时代有老母[②]以种蓝草[③]为业，后来遇到一位道士，得了“九转丹砂法”，经过刻苦修炼，最终乘坐九色巨龙飞升，这座山也被命名为“太母山”，到汉代改名“太姥山”。传说东海的诸位仙家经常在这里聚会，所以也被称为“海上仙都”。

崆峒

地　点：今甘肃平凉市崆峒区
作　用：仙人居住
特　点：轩辕黄帝问道之地

崆峒，又名空同、空桐。晋代葛洪《神仙传》中记载：远古时期，有一个叫作广成子的神仙居住在崆峒山里，黄帝听说他的名声之后前去拜访，向他请教治国之道和“与天地同寿”之术，《庄子·在宥》中也有相同的记载。《史记·五帝本纪》中所记“黄帝西至于空桐”也是指崆峒山，后来秦始皇、汉武帝和唐太宗等皇帝都曾经慕名登山。

相传，黄帝问道之时共经历了三次。第一次，他带着文武百官和兵马一同前去，广成子为了考验他的耐心，就把上山的路全部变成了悬崖峭壁，黄帝不得上，在山下等了三个月，粮草断绝，只得回宫。三个月之后，黄帝第二次带着大队人马出发，顺利见到了广成子，向他请教治国之道，被广成子严厉批评了一番。回宫之后，黄帝给自己建了一间陋室，屏退所有随从，苦思冥想了三个月，第三次来见广成子，终于得到了指点。

崆峒山自古就被誉为“中华道教第一山”，又有代表儒释道三教共融的

---

① 另外两座为武夷山与雁荡山。

② 老妇人，旧时对女性神仙也统称老母，如“黎山老母”“观音老母”等。

③ 其汁色蓝，榨之以染布帛。

“三教洞”“三教禅林”等，代表着三种文化在中华大地的融合。

2. 地名

轩辕台

地　　点：河北省涿鹿县
作　　用：黄帝葬所
特　　点：依山而凿

轩辕台是《山海经》中记载的地名：“大荒之中，有灵山……西有王母之山、壑山、海山……有轩辕之台，射者不敢西向射，畏轩辕之台。”《山海经·海外西经》中也有类似记载：“穷山在其北，不敢向西射，畏轩辕之丘。”这里的轩辕之丘和轩辕之台应该为同一地点。

轩辕台遗址在今天的河北省涿鹿县城东南桥山主峰南侧，为古人依山而凿的高台。南朝梁元帝《幽逼》诗中就有“寂寥千载后，谁畏轩辕台”的句子；唐代李白的《北风行》中亦有“燕山雪花大如席，片片吹落轩辕台”；清代《直隶名胜志》中也说“轩辕台在保安州西南界之乔山上”，可以作为佐证。

仙女桥

地　　点：今四川省江油市
作　　用：窦真人“劝返处”
特　　点：就是一座桥

仙女桥的名字见载于《古今图书集成·神异典》中引用《四川总志》的内

容：窦子明原本是彰明镇（今四川省江油市）的主簿[1]，却一心向往修道成仙的生活，于是辞官归隐于窦坪山，没过多长时间，他又去了圌（chuán）山，有些受不了山上清苦的生活，于是下山游玩。有一天，他来到仙女桥上，看到一个女人拿着大铁棒在磨针，于是好奇地问："这么粗的铁棒什么时候才能磨成细针呢？"女人头也不抬地答道："铁杵磨绣针，功久自然成。"窦子明听了这句话之后恍然大悟，于是返回继续修道，三年之后终于得道成仙，白日飞升。这个故事是不是有些眼熟？另一个版本是李白的，出自宋代祝穆的《方舆胜览·眉州·磨针溪》。窦子明成仙之后，被人们称为窦真人，是四川正一教的正仙之一，圌山也被改为窦圌山。

羊龙潭

地　　点：现云南大理州鹤庆县
作　　用：龙女牧羊处
特　　点：未知

羊龙潭的传说见载于《古今图书集成·禽虫典》：从前，有一个善于吹笛子的人，经常在江边牧羊，有一天，他照例在江边牧羊，突然看到龙女从水里出现，迎接一个牧羊人，将羊群全都赶进了水里，那些羊一入水全都变成鱼游走了，从此人们便把这里叫作羊龙潭。

陷湖

地　　点：今四川省西昌市邛都县境内
作　　用：储存淡水
特　　点：断陷湖（地陷而出）

陷湖，又名邛（qióng）海、邛池泽、邛河、邛池。陷湖的传说见于晋代干宝《搜神记》：邛都县有一个独自生活的老妇人，家里很穷，每次吃饭的

① 各级主官属下掌管文书的佐吏。

时候都有一条头上带角的小蛇盘在地上，老妇人见它可怜，就把食物分一些给它。时间一长，这条蛇长到了一丈多长，老妇人再也无法供养，只得出去觅食。当地的县令有一匹骏马，平日里当宝贝一样，被这条蛇咬死了，县令大恨，听闻它是老妇人养的，便到老妇人家讨要。老妇人告诉县令，蛇躲在床下，县令命人掘地三尺依然没有找到，一怒之下杀了老妇。

灵蛇知道这件事之后，竟然口吐人言："何杀我母？当为母报仇！"此后，每天夜里都能够听到风雷大作，一直持续到四十多天后的夜里，以老妇人家为中心，方圆四十里一齐塌陷下去，形成了一座湖，只有老妇人家安然无恙，从此之后，这里成了渔民们歇脚的地方，不管外面如何风浪滔天，老妇人家连一点风声都听不到。

《搜神记》卷二十记载的巢郡、《淮南子·俶真训》"历阳之都，一夕反而为湖"、《刘之遴神录》所记载的由拳县等地方都出现过，是一种独特的地理现象，又叫断陷湖，由断层陷落形成的湖盆积水而成，古人缺乏相关的地理知识，只能把这种现象归为鬼神所致。

酒泉

地　点：位于今甘肃省酒泉市
作　用：喝了酒泉之后可以长生不老
特　点：城下有泉，其水若酒

酒泉，又称金泉，它的来历有两种说法，一种说法为《神异经》中记载：西北荒地中有一眼泉，泉中皆是酒水，"酒美如肉，清如镜"，泉上还放着一个玉樽，喝完一樽之后，另一樽会自动加满，与天地同休，没有干涸的时候，人喝了之后可以长生不老。又因为传说泉水中有金子，所以也叫"金泉"。

另一种说法来自《汉书·武帝本纪》：公元前121年，汉武帝派霍去病攻打河西走廊。霍去病从居延南下，大败匈奴，收复河西地，汉武帝赏赐了他一坛美酒。酒少人多，霍去病就想了一个主意，把这坛酒倒入泉水之中，与将士同饮，于是这个地方就被称为酒泉。后来，汉武帝在这里设立酒泉郡。

咸池

地　　点：东海日出之地

作　　用：仙女和太阳的澡堂子

特　　点：又远又大

关于咸池的记载和传说有很多，一种说法认为，王母娘娘手下有很多仙女，咸池是专供仙女们洗澡的地方。屈原在《九歌·少司命》里也有“与女沐兮咸池，晞女发兮阳之阿”的句子，不要误会，屈原并不是想和仙女一起洗澡，这里的“女”不是仙女，而是“汝”，指女神“少司命”，“沐”是洗头的意思，“浴”才是洗澡。

《淮南子·天文训》中则记载，“日出于旸谷，浴于咸池”，所以，这里应该是太阳洗澡的地方；而《史记·天官书》中则认为，咸池是天帝放马车的地方，相当于车库，天地一共有五辆马车，叫作“五潢”；司马贞索引《元命包》则认为，咸池中的五潢代表五谷，五谷生于水中，车舍则代表粮食要用马车来拉。

扶桑

地　　点：碧海之中

作　　用：太真东王父住所

特　　点：长有仙树

扶桑的记载最早见于《山海经》中，位置在汤谷（太阳洗澡的地方）的上方，是十只太阳鸟栖息的巢穴。

东方朔在《十洲记》中也有记载：扶桑在大海的中央，方圆万里，远离陆地，凡人无法到达。那里有太帝宫，是太真东王父的住所。扶桑的特产是椹（shèn）树，高数千丈，粗两千余围[①]，两棵树同根偶生，互相依偎，所以叫“扶桑”。椹树的叶子为赤红色，树虽然长得大，但果实和叶子跟普通的桑树大小没有什么区别，果实非常稀少，九千年才能结一次果，凡人吃了树上的果子，通体会散发出金光，白日飞升，非常神奇。古人常用扶桑称呼日本。

① 计量单位，双臂合抱为一围。

《博物志》卷三记载：西王母于七月七夜见汉武帝，不仅给了他七粒仙桃，还告诉他天下有“十洲五条”[①]，都是仙境，如果能够找到这些地方，就能白日飞升。汉武帝朝思暮想，就问东方朔这些地方都有什么东西。东方朔哪里见过？于是就写了《十洲记》来“忽悠”汉武帝，书里的这些地方不是距离陆地“亿万里”，就是被“弱水”包围，宗旨只有一点：无法到达，到不了就没办法证伪，就不算欺骗。不过，也有人认为这本书是后人假借东方朔的名义编纂的。

穷桑

地　　点：位于羲和之国，现山东日照地区
作　　用：黄帝、少昊、颛顼三帝登基之地
特　　点：濒临大海，有穷桑巨树

穷桑出自《山海经·大荒东经》：“少昊之国，少昊儒帝颛顼，弃其琴瑟。有甘山者，生穷桑”，“甘水之闲，有羲和[②]之国，有女子名曰羲和，方浴日于甘渊”。神话历史学者袁珂认为，甘渊、汤谷和穷桑是一个地方，所以穷桑最早应该是太阳女神洗澡的地方。

《史记》中有黄帝（黄帝由穷桑登帝位）、少昊（少昊邑于穷桑，以登帝位）和颛顼（颛顼始都穷桑，徙商丘）三位帝王在穷桑登基的记载。根据《尸子》的说法，圣人的身体就像太阳一样，散发着五彩光芒，所以少昊登基的地方应该有“两日同照”，古人将太阳升起的地方定在东海之滨，即现在的山东省日照地区。

根据晋代王嘉《拾遗记》的记载，穷桑生长着一种参天大树，高达千丈，吃了树上的果实之后可以长生不老。

① 十洲为祖洲、瀛洲、玄洲、炎洲、长洲、元洲、流洲、生洲、凤麟洲、聚窟洲，五条为沧海岛、方丈洲、扶桑、蓬丘、昆仑。

② 传说中的太阳女神。

广寒宫

地　　点：位于月亮之上
作　　用：神仙居住之地
特　　点：高、冷

广寒宫，又名蟾宫、月宫，是中国流传最广、妇孺皆知的神话地名之一，位于月球之上，是嫦娥奔月之后的住所。最早见于东方朔的《十洲记》：每年冬至之后，月亮要回到广寒宫里滋养精魄。五代王仁裕《开元天宝遗事》中也有唐明皇夜游广寒宫的记载。根据民间传说，月亮上的居民有太阴星君[①]、月光娘娘、每天都在不断砍树的吴刚、每天都在捣药的玉兔，还有每天都在思念夫君的嫦娥。后来，道教将嫦娥、月光娘娘和太阴星君合而为一，尊称为“太阴元君”或“月宫太阴皇君孝道明王”。

沧海岛

地　　点：北海之中
作　　用：神仙居所
特　　点：有仙草、仙药和仙人

沧海岛是东方朔《十洲记》中记载的西王母对汉武帝所说的五条之一，位于北海之中，是虚构的仙境之一，离岸二十一万里，方圆三千里，四面环绕着小岛，各广五千里。海水为绿色，岛上全是大山，各种奇珍异宝有上百种之多，还长着桂英、流丹等奇花异草，吃了之后可以长生不老。沧海岛上还有紫石宫室，那是九老仙都居住的宫殿，手下还有仙官数万人，汉武帝终其一生都没有找到（能找到才怪）。

① 道教传说中的月亮之神。

海中金台

地　　点：海中，具体位置不详
作　　用：台中有百味佳肴
特　　点：有四神守护

海中金台是南朝宋宗室刘义庆《幽明录》[1]中记载的一个故事：传说在大海中有一个黄金做成的台子，高出海面百丈有余，结构巧妙华丽，鬼斧神工，金台映衬着山崖和海水，散发出星汉之光，富丽堂皇。台子上有一个金色的桌子，桌子上雕刻着复杂的文字，上面摆满了美味佳肴，有四个大力神常年守护，防止人们靠近。有一个叫五通仙人的神仙，想要吃桌子上的美食，被四名大力神击退，这是古代神话中少有的把美食当作宝贝的传说。

弱水

地　　点：环绕于昆仑之丘，神话传说中的一种水
作　　用：类似于护城河
特　　点：没有浮力

弱水出自《山海经·大荒西经》，是环绕在昆仑之丘的一种水，类似于古代城墙下的护城河。根据《玄中记》的记载，这种水的浮力极小，连羽毛都漂不起来，根本无法渡过。《海内十洲记·凤麟洲》中记载，凤麟洲在西海中央，周围被弱水环绕，"鸿毛不浮"；《西游记》中的流沙河也是弱水汇聚而成的。其实，这只是某些地方的古人不习惯造船而不用舟楫，认为水浮力较弱，无法通行的误解，所以古代很多地方都有叫弱水的河流。另外，古人也常用弱水形容爱情，《红楼梦》中有"任凭弱水三千，我只取一瓢饮"的诗句。

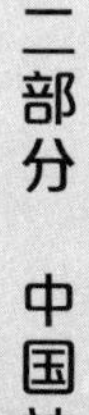

① 已散佚，只有一部分被鲁迅先生收录在《古小说钩沉》里。

北冥

地　　点：具体位置不明

作　　用：道的象征

特　　点：水深而黑

北冥，又名北海、冥海，出自《庄子·逍遥游》："北冥有鱼，其名为鲲。""北冥"的意思就是北方的大海，在神话传说中叫作北海，并不是现在的北海，而是想象中的存在，在世界的最北端，连光都照不到的地方，是古人对遥远未知海域的想象，庄子借此来比喻玄冥大道。东方朔在《十洲记》中也有相关描述："海水正黑""无风而洪波百丈"，无风起浪，可见神话中的事物大部分都是反常识的加工。

无底洞

地　　点：位于渤海之东

作　　用：万水归源

特　　点：非常深

无底洞，又名归墟、归塘、归虚。关于无底洞的记载最早见于《列子·汤问》：在渤海之东，离陆地"几亿万里"的地方，有一个巨大的洞，下面没有底，不知道有多深，名曰"归墟"。根据列子的说法，世界上所有的水最后都要汇聚到这里，但归虚里的水却不见增减，后用来比喻事物的终结。明代李东阳有诗云："归虚下有通灵地，广利中含济物功。"吴承恩在《西游记》中也有对无底洞的描写，第八十二回中的"陷空山无底洞"里就住着黄风怪。

无底洞大概是古人们对世间水流去处的想象。在列子的脑海中，在人们看不到的"几亿万里"之外应该有一个无底洞，所有的水都流进了那里。不过，在四川省兴文县石海洞乡和贵州省遵义市绥阳县都有类似的"深渊"，不管是洪水暴雨还是山水聚集，它们从来没有满过。

阆风

地　　点：位于昆仑之巅
作　　用：神仙居住之地
特　　点：非常高

阆（làng）风，又名阆风巅、阆风岑、阆邱、阆风台、阆山等，是神话传说中的神山，是古人为神仙们安排的住所。根据《海内十洲记·昆仑》的记载，此山位于昆仑山巅，是神仙们居住的地方，凡人是不可能到达的。郦道元在《水经注》中援引《昆仑记》的说法，认为昆仑山一共分为三层，“二曰玄圃（县圃），一名阆风”。《淮南子·地形训》中认为，到达第二层玄圃就可以成仙，拥有呼风唤雨的能力。古人常用阆风来代表仙境，曹雪芹在《红楼梦》中所写的“一个是阆苑仙葩，一个是美玉无瑕”，其中的“阆”就是仙境的意思。

沃焦

地　　点：位于东海南部三万里
作　　用：金乌坠落之地
特　　点：又大又热

沃焦，亦名尾闾、沃燋。沃焦的名字出自唐代道学大师成玄英注解《庄子》时援引的《山海经》中的记载：“羿射九日，落为沃焦”，后羿射下天上的太阳，落地之后变成了沃焦。既然是太阳坠落的地方，自然又大又热。根据《玄中记》记载，沃焦在东海南方三万里。《文选》中则说，这块大石头方圆四万里，厚四万里，海水只要冲到上面就全都被烧尽了，所以也叫“沃燋”。

另一个版本出自佛教的典籍《旧华严经》，沃焦是一种沉在海底的巨大的吸水石，下面是阿鼻地狱中的业火，所以非常热。沃焦所在的地方叫作沃焦海，乃众生受苦之处。佛教典籍中常用沃焦来比喻凡人无穷无尽的欲望之火，像这块石头一样焦热难耐，苦不堪言。

香山湖

地　点：位于石牌山，现江苏省江阴市
作　用：散发香味
特　点：湖水和山散发出阵阵香气

香山湖的传说出自明代陈仁锡《潜确类书》。根据记载，香山湖在石牌山中，曾经有一个道士在湖边修炼，有一天，一头鹿来湖边饮水，产下一名女婴后离开。道士看小姑娘可怜，就把她抚养成人。鹿女长大之后，姿色绝伦，芳名远播，一直传到了黄帝耳朵里，于是黄帝下诏要纳她为妃。鹿女入湖沐浴之后，消失在山林之中，从此之后，湖水和山都散发出阵阵香气，故名“香山湖”。

鬼穴

地　点：苦竹山，现福建省莆田市
作　用：鬼居住在此
特　点：高僧在此与鬼比赛并赢了鬼

鬼穴的传说出自明代陈仁锡的《潜确类书》。根据记载，苦竹山位于九华山之后，有鬼居住，唐代高僧千灵路过这里时，被鬼拦住了去路。千灵拿出一根铁针对鬼说：“咱俩来个小小的比赛，谁敢把这些针吞进肚子里就留下，不敢的就离开这里。”鬼试了一下，没法吞下，千灵却面不改色地将铁针吞入腹中，鬼输了比赛，只能灰溜溜地离开了自己的巢穴。千灵为什么要用吞针和鬼打赌呢？原来早在南北朝时期，著名高僧鸠摩罗什就曾经当众表演吞针的绝活来阻止佛门弟子娶妻，这可能是高僧们的“传统艺能”。

珠丘

地　　点：苍梧山
作　　用：舜帝葬所
人　　物：舜帝

珠丘是晋代王嘉《拾遗记》中记载的舜帝墓葬名。舜帝埋葬在苍梧山，有像麻雀一样的鸟从丹州飞来，吐出五色之气，氤氲如同天上的祥云，名叫凭霄雀。它们成群结队地飞来，嘴里衔着土堆成坟墓，又衔来青砂宝珠放在坟墓的上面，叫作珠丘。

3. 遗迹

西王母石室

地　　点：关角山下，今青海省海西蒙古族藏族自治州天峻县
作　　用：西王母居住地，佛教圣地
特　　点：高二十多米，状似盔甲

西王母石室是传说中西王母居住的地方，在《汉书·地理志》《论衡》《水经注》中均有记载，即现在的青海省天峻县二郎洞，传说是二郎神和孙悟空大战时削成的，高二十米，状似盔甲，山岩色彩斑斓。洞口朝南，高三米，宽两米，全洞长十二米，宽八米，内部有三个偏洞，总面积一百多平方米，石壁上有千姿百态的壁画和僧道们留下的经文、绘画等，是当地居民的佛教圣地之一。

禹穴

地　　点：蜻蜓县、会稽山
作　　用：大禹出生地或大禹下葬的墓穴
特　　点：内有金马碧鸡

关于禹穴的记载一共有两个版本，第一个是大禹出生地，记载于《汉唐地理书钞》中，位置在蜻蜓县，今四川省北川县九龙山下，内有“金马碧鸡（传说中的神物）”，还有忽明忽暗的光芒，“人皆见之”。汉代著名辞赋家王褒曾经到四川进行过祭祀。

另一处是司马迁在《史记·太史公自序》中记载的“二十而南游江淮，上会稽，探禹穴”，在会稽山上，是大禹下葬的墓穴。南朝史学家裴骃（yīn）在记载中也认为，禹穴就是民间传说的大禹墓穴。

禹井

地　　点：会稽山麓，今浙江省绍兴市境内
作　　用：井下有群鸟耕田
特　　点：深不见底

关于禹井的记载最早见于《山海经·南次二经》中的会稽山，郭璞在注解中说大禹墓葬旁边有一口深井，名为禹井。郦道元在《水经注》中也有相关记载：“去（距离）庙七里，深不见底”，很多人都去那里览胜。徐天祐注解《吴越春秋》时曾经引用《地理志》中的内容，传说禹井下面有群鸟耕田。

穷石

地　　点：现山东半岛
作　　用：有穷氏后羿居所
特　　点：未知

穷石是夏朝东夷族首领有穷氏后羿居住的地方，根据《左传·襄公四年》记载，夏朝时有东夷族，善射。当时夏王启的儿子太康沉迷游猎，不理政事，后羿趁他外出时攻占国都斟浔（zhēn xún），驱逐了太康，立仲康为王。之后，后羿也开始到处游猎，不理政事，后来被亲信寒浞（zhuó）所杀。

需要注意的是，这里的后羿与射日的后羿不是同一个人。根据唐代孔颖达的注解，这里的“穷”应该作“穹”讲，意思是穹顶、天空。

羑里

地　　点：位于今河南省安阳市
作　　用：商周时期的监狱
特　　点：文王演周易之所

羑（yǒu）里，亦名牖里、羑里城、羑都，乃古代商周时期古城，出自《史记·殷本纪》。根据闻一多在《周易义证类纂》中的考证，“古狱凿地为窖，故牖（窗户）在室上”，羑里应为商周时期的监狱，周文王姬昌曾被纣王囚禁于此，根据伏羲先天八卦推演出后天八卦与周易六十四卦，所以羑里被认为是《周易》的发祥地，现有文王庙用以纪念。根据唐·封演《封氏闻见记》记载，羑里城“周回可三百余步（一里左右）”，比城外之地高出一丈[1]左右，北开一门。而根据郦道元在《水经注》中的注解，此城应该是因羑水流经而得名。

① 一丈为三点三三米左右。

琅琊台

地　　点：渤海之间，琅琊之东，今山东省青岛市黄岛区琅琊镇琅琊山上
作　　用：越王勾践都城
特　　点：山行如台

琅琊台是《山海经·海内东经》中记载的一处地名，位置在渤海之间，琅琊[1]的东面。根据晋代郭璞的注解，琅琊台位于琅琊山，其山状如高台，因此得名。根据《越绝书·外传地记》的记载，勾践灭吴之后，在琅琊山上建立了一座台观，方圆七里，用来观望东海。秦始皇统一中国后，迁三万民于琅琊山下，重修琅琊台，台下修御道三条，刻碑记功，徐福等方士也是从这里出发到海外寻找仙山的。到现在，琅琊台已经荡然无存，只留下了部分遗迹，可见秦朝瓦当，上面刻着“千秋万岁”。

剑池

地　　点：莫干山，现浙江省湖州市德清县虎丘，现江苏省苏州城西北郊
作　　用：欧冶子铸剑之地
特　　点：清凉世界

剑池，亦名龙泉、龙渊，位于莫干山，气候凉爽，被称为“清凉世界”。春秋战国时期，铸剑大师欧冶子曾经在这里铸成“龙渊”“秦阿”“工布”三剑而名闻天下。剑池的传说一共有以下三个版本。

第一个版本是根据北宋时期乐史的《太平寰宇记》记载：“昔人就水淬之，剑化龙去，故剑名龙渊”，到了唐代，为了避唐高祖李渊的讳而改名“龙泉”。

第二个版本是《汉唐地理书钞》所辑《吴地记》中的记载：秦始皇东巡至虎丘（现江苏省苏州市）时，想要寻找“吴皇宝剑”，看到一只老虎卧在高丘之上，始皇“以剑击之，误中于石”，老虎吓了一跳，一直向西逃到二十五里

① 今山东省临沂市，春秋五霸之一越王勾践的旧都。

之外，始皇追过去一看，老虎不见了，剑也不见了，地上却多了一座池子，这就是后来的“剑池”。

第三个版本是《吴地志·匠门》中的记载：干将和妻子莫邪曾经在此地铸剑，吴王阖闾曾经命令干将为他铸造一把宝剑，限时三月，眼看着时间就到了，宝剑却迟迟无法铸成。干将找莫邪商议计策，经过缜密的思考和推理，两人认为应该是炉神需要一个女人，于是莫邪投身入炉，霎时红芒万丈，待炉火灭时，现出两柄宝剑，便是传说中的“干将”“莫邪”。根据曹丕《列异传》记载，干将拿着用妻子的血肉之身铸成的宝剑献给吴王，却被吴王杀了。

仙迹岩

地　　点：洞霄宫外一里处，今浙江省杭州市余杭区大涤山
作　　用：秦始皇驱鬼处
特　　点：温润光泽，苔藓不生

仙迹岩是宋代邓牧在《洞霄图志》中记载的一个故事：秦朝时，秦始皇想要用山岳塞住东海，于是驱使鬼怪帮他搬山，众鬼一拥而上，山势刚刚开始震动，突然跳出来一个神仙呵斥众鬼，用身体压住山崖，山不能动，秦始皇只得作罢，后来人们就把这里叫作“仙迹岩”。崖上还能看到带着簪冠的神仙形象，至今光滑如镜，苔藓不生。秦始皇在众多的神话传说中一直是大反派的形象，不是抓人就是驱鬼，看来在百姓们心中，他真是坏透了。

掷笔槽

地　　点：青城山
作　　用：与鬼立誓
人　　物：张道陵

掷笔槽的传说记载于《四川总志》，位置在青城山，相传东汉末年，兵荒马乱，连年征战，青城山众鬼横行，为祸人间，张道陵天师亲自到山上擒拿鬼王，掷笔槽就是他和鬼立誓时把笔掷在石头上留下的。明代曹学佺《蜀中名

胜记》中有详细记载："二山相去百余步，峰峦急竦相对，两边悬岩，俯临不测。山旁有誓石，天师张道陵与鬼兵为誓"，喝令百鬼不得为祸人间。现在的青城山上也有掷笔槽，是著名景点。

张果洞

地　　点：平阳府五老峰中，现山西省运城市永济地区
作　　用：张果老居所
特　　点：石上有蹄印

根据《古今图书集成·山川典》卷三七引《平阳府志》记载，八仙之一的张果老隐居在山西的中条山中，寿命长达数百岁，经常骑着一头白色的毛驴往来于晋阳和临汾之间，一天可以走万里路。出发时对着纸毛驴喷一口水，那纸毛驴会变成毛驴的样子；等到要休息的时候，就把毛驴像纸一样折叠起来放在箱子里。现在的五老峰上还有张果洞，石头上还能看到驴蹄子的印记，非常神奇。

4. 植物

采华草

地　　点：太极山，大树山
作　　用：外语无师自通
特　　点：未知

采华草又名采华树，是《汉唐地理书钞》中收录的《括地图》中记载的一

种异草，产地在太极山的西面，吃了之后可以“通万里（国）之语”。另外，《古小说钩沉》中收录的《玄中记》中也有记载，产地在大树山，叫作采华树，作用是一样的，这种树可以叫“翻译官之树”或“外语之树”。

大椿

产　地：未知
作　用：未知
特　点：长得慢

大椿是《庄子・逍遥游》中的一种神树，“上古有大椿者，以八千岁为春，八千岁为秋”，除了名字和数字有些微差别之外，这段记载几乎和“冥灵”一模一样。清代卢文弨注解：这种树的一年是凡人的一万六千年。

帝屋

地　点：讲山
作　用：御凶
特　点：类似花椒树

帝屋是《山海经・中次七经》中记载的神树，生长在讲山之上，山上多玉石、柘（zhè）树和柏树。帝屋的树叶和花椒叶类似，树枝上生有倒钩，果实是红色的，可以抵御凶邪之气，这些特征的描述和花椒树很像，神树为什么会长得像花椒呢？我国在先秦时代就有食用花椒的历史，在《诗经・尔雅》中称为“檓（huǐ）”或“大椒”，是没有辣椒和胡椒之前食用的主要调料，在古人的心中，花椒味道辛辣，又长有倒刺，是一种很有神秘色彩的植物，在西周甚至被当作贡品祭祀。《诗・周颂・载芟》中就有“有椒其馨，胡考之宁”，如此一来，神树和花椒树长得一样就不足为奇了。

洞冥草

地　　点：北极种火之山
作　　用：照妖
特　　点：发出金光

洞冥草也叫明茎草，是后汉文人郭宪《洞冥记》中记载的一种灵草，产地在北极（极北之地，不是现实中的北极圈）的种火之山，太阳和月亮的光都照射不到那里，有一只青龙嘴里衔着烛火照亮山的四面，还有园林池苑，都种着珍贵的奇花异草。洞冥草就长在其中，如同金灯一样发出光芒，折下它的枝条当作火炬，可以看到隐形的妖魔鬼怪。仙人宁封子曾经服下过这种草药，一到夜里就能看到他腹部发出的金光。

返魂树

产　　地：聚窟洲
作　　用：制作复活药的原料
特　　点：有群牛吼声

返魂树是《十洲记》中记载的神树，产地在西海中的聚窟洲，用手抠树时，能够听到如同群牛吼叫的声音，砍下它的根心，在玉釜中煮成汁，再用小火煎成黑色饴糖的样子，做成药丸，名叫“惊精香”，也叫“返生香”，死者只要闻一下香气就能马上复活。

枫木

地　　点：宋山
作　　用：蚩尤枷锁化成
特　　点：未知

枫木是《山海经·大荒南经》中记载的一种树，产地在宋山，是蚩尤身上的枷锁变成的，唐代王瓘在《轩辕本纪》中记载：黄帝在黎山之丘杀蚩尤，把囚禁他的枷锁扔在了宋山上，后来变成了枫木林。

扶桑

产　　地：汤谷之上
作　　用：太阳居住地
特　　点：状如桑树

扶桑是古代神话中太阳居住的地方，在很多典籍中都有记载。在《山海经·海外东经》中，扶桑在汤谷之上，汤谷是十个太阳洗澡的地方，位置在黑齿国北部，九个太阳住在扶桑下面的枝条上，另外一个则在顶端的枝条上。《海内十洲记·扶桑》中记载：扶桑的样子和桑树很像，也会结出桑葚，比较大的树有两千多丈那么高，两千围那么粗，这种树两两同根而生，相互倚靠，所以叫“扶桑”。《玄中记》中记载：扶桑是天下最高的树，没有枝条，直通上天，下面则连接着三泉（地下最深处）。《淮南子》中记载：太阳从旸谷出来，在咸池中洗澡，登上扶桑树之后，天就开始亮了。

总之，不管在哪一种记载中，扶桑都是太阳居住的地方，也称为太阳的代名词，很多诗词中都能看到它的名字：屈原的《九歌·东君》中有“暾将出兮东方，照吾槛兮扶桑”；李白的《短歌行》中有“吾欲揽六龙，回车挂扶桑”；张继先的《度清霄》中也有“扶桑推出红银盘，城门依旧声尘喧”。

甘华

产　地：盖犹山、南类山等

作　用：未明

特　点：红色枝干，黄叶

甘华是《山海经》中出场次数比较多的植物，在盖犹山、南类山、长差丘等地方都有分布。《山海经·大荒南经》中记载了它的样子："（盖犹山）东又有甘华，枝干皆赤，黄叶。"虽然原文中没有记载它的具体作用，但从产地（大部分都有远古先王埋葬）和产地出产的其他东西（遗玉、青马、视肉等灵物）来看，应该也是一种灵草。再从名字来分看，"甘"的意思是甜，"华"是"光彩"或者"花"的意思，大概可以判断这种草应该是一种甘甜的植物。

甘柤

产　地：盖犹山、皮母地丘等

作　用：仙药

特　点：红色枝干，黄叶百花

甘柤（zǔ）是《山海经》中出场次数比较多的一种植物，在盖犹山、皮母地丘、东北海外等很多地方都有分布，《山海经·大荒南经》中有比较详细的记载："有盖犹之山者，其上有甘柤，枝干皆赤，黄叶，白华（花），黑实。"另外，在《山海经·大荒东经》的记载中，甘柤是和凤凰、鸾鸟记载在一起的，证明它是一种仙草；《述异记》中记载，吃了甘柤之后可以成为地仙。

黄中李

产　　地：龙月城
作　　用：仙果
特　　点：果实上有“黄中”二字

黄中李是唐代冯贽《云仙杂记》中记载的一种仙果，产地在西王母居住的龙月城中，三千年一开花，九千年一结果，花朵和果实上都有“黄中”二字，王母对它们比蟠桃还要珍惜，和紫阳真官博戏（打赌、赌博）时，只用一二百枚当作筹码慢慢分出胜负。文中虽然没有说黄中李的功效，但是对比一下蟠桃就能得出大概结论。按照《西游记》中的说法，蟠桃一共分三个档次：第一种三千年一成熟，人吃了可以得道飞升；第二种六千年一成熟，人吃了可以长生不老；第三种九千年一成熟，人吃了可以与天地同寿。黄中李比蟠桃还要珍贵，效果自然也要好上不少。

建木

产　　地：都广之野
作　　用：天梯
特　　点：极高、极大

建木是《山海经・海内南经》中记载的神树，位置在都广之野，其状如牛，树皮一拉就会下来，像帽子上的冠缨和黄蛇一样，它的叶子像绫罗一样，果实和栾树的果实一样，树干和刺槐的树干一样。

在《山海经・海内经》中，建木有青色的叶子、紫色的树根，开紫色的花朵，结黄色的果实，高百仞，没有树枝，树顶上有九根蜿蜒曲折的枝桠，树底下有九条盘旋交错的根节，果实和麻子很像，叶子像针一样，其实如麻，其叶如芒，大皞（hào）通过它上天下界，这棵树是黄帝栽下的。

《淮南子・墬形训》中则说：建木在都广野，那里是天地的中心，远古的帝王们就是通过它来往于天界和人间，中午树下看不到影子，也听不到它的响声。广汉三星堆曾经出土过一棵商代的青铜神树，和建木的造型很像，专家认为青铜神树的原型就是建木，先民们认为建木就是天梯。

琅玕

产　　地：服常树旁边
作　　用：神树
特　　点：有人日夜看守

琅玕（gān）是《山海经·海内西经》中记载的神树，原文只有非常简短的记载："服常树，其上有三头人，伺琅玕树。"郭璞在注解中说：琅玕的种子像珍珠一样。另外，《抱朴子》中也有相关记载，但只提到了树名，没有更加详细的信息。《太平御览》中也有相关记载：琅玕会结出如珍珠一般的美玉，南方有一种凤鸟以此为食，黄帝派离朱日夜看守琅玕，他长着三个脑袋和六只眼睛，日夜轮流守护。不过，如果仅仅是珍贵的美玉，也不必大费周章专门派一个天神日夜看守，多半也是结仙果的神树。

灵寿

产　　地：都广之野
作　　用：未知
特　　点：状如竹子

灵寿是《山海经·海内经》中记载的一种神树，产地在都广之野，那里有鸾鸟歌唱、凤鸟起舞，灵寿就长在它们旁边。郭璞在注解中认为：灵寿是一种类似于竹子的树木，有枝节。《游氏臆见》中说：灵寿木很耐削制，可以当作拐杖使用。宋代周密的《癸辛杂识续集》中则记载，灵寿杖的产地在西域，随着黄河漂流而出，不知道是什么材质的木头，轻入竹，韧性极佳。不过，这些记载和《山海经》的风格似乎都有出入，如果真的是这么普通的东西，那就不符合"山海经宇宙法则"了，从字面上看，这种树的名字中带"寿"字，应该是一种能够增加人寿命的神树，而不是做拐杖那么简单。

迷榖

地　　点：招摇之山
作　　用：导航
特　　点：状如构树，会发光

迷榖（gǔ）是《山海经·南山经》中记载的神树，产地在招摇之山，长得和构树[1]很像，树的表皮有黑色纹理，发出耀眼的光芒，佩戴迷榖的叶子可以防止迷路，堪称“山海经宇宙”中的GPS导航器。

冥灵

产　　地：楚国南部
作　　用：放慢时间
特　　点：长得慢

冥灵是《庄子·逍遥游》中记载的一种神树，产地在楚国的南部，“以五百岁为春，五百岁为秋”，意思就是叶子五百年生一次，五百年落一次。按照唐代经学家陆德明的解释，“以叶生为春，叶落为秋，此木以二千岁为一年”，逻辑鬼才。不过，清代学者卢文弨对此发表了不同的意见，他认为，一年包括春夏秋冬四季，夏季和冬季都在其他两个季节之间，所以冥灵应该是用一千年来当作一年，逻辑满分。

① 即构桃树，有的地方也叫“假杨梅”。

蓂荚

产　　地：贤君的庭院

作　　用：日历

特　　点：有豆荚

蓂荚（míng jiá），又名历荚，是清代马骕《绎史》中记载的一种祥瑞之草，跟萐莆的作用类似，是天下太平、仁德之君在位才会生长的一种草。原文只有一句记载："尧为天子，蓂荚生于庭。"《帝王世纪》中则有关于蓂荚的详细记载：尧帝时代，有一种草在台阶的缝隙中长出，每个月的第一天长出一个豆荚，半个月后一共长出十五个，第十六天开始落一个豆荚，一直到月底就会全部掉落，古代先王用这种草来计算时间、制定历法。

女树

产　　地：海中银山

作　　用：长"人"

特　　点：挂满婴儿

女树是记录在《旧小说·戊集二·笔尘》中的一种神树，产地在大海中的银山上，这种树每天早上都会长出一树的婴儿，太阳出来的时候他们就能学会走路，朝食[1]之时就能长成少年，等到正午时就能长到盛年，到下午就会变成老年人，太阳落山时就会全部死去，第二天又会开始新的轮回。能够"长"人，这大概就是这种树用"女"命名的原因吧。

① 上午七时至上午九时。

琼枝

产　　地：未知
作　　用：长玉
特　　点：贵

琼枝是屈原在《离骚》中提到的一种玉树，“溘吾游此春宫兮，折琼枝以继佩”。宋代经学家洪兴祖在注解中说：南方有一种凤鸟，上天为它生下了一棵神树，名叫琼枝，高一百二十仞，粗三十围，树上能结出精美的玉石。这个说法和琅玕类似。明代杨慎明《艺林伐山·琼枝旃檀》中也有“佛经云：‘琼枝寸寸是玉。’”的说法。

如何

产　　地：南方大荒
作　　用：仙药
特　　点：极高、极大

如何是《神异经·南荒经》中记载的神树，三百年一开花，九百年一结果。开红色的花，结黄色的果，高五十丈，枝叶张开如同伞盖。树叶为青色，长一丈，宽二尺多，厚五分，和菅苎的叶子很像，可以像棉絮一样缠起来，叶子上的纹理和厚朴叶子一样。如何一次只能结出九颗果实，味道甘美，果核跟枣核很像。果实长五尺，周长也是五尺，用金刀去割是酸的，用芦刀去割则是辣的，吃了之后可以成为地仙，不能飞行，不能升天，只是寿命比较长，不怕水火，不怕兵器。

若木

地　　点：灰野之山
作　　用：太阳的家
特　　点：光芒万丈

若木是《山海经·大荒北经》中记载的神树，产地在灰野之山，若木的树干和花都是红色的，树叶为青色。郭璞在注解中说：这种树生在昆仑之西，树上的花能够发出红色的光，照耀大地。另外，《山海经·海内经》中也有相关记载，南海之内，黑水河和青水河之间有一棵树，名叫若木。按照《淮南子·地形训》中的描述，若木的位置在建木之西，树上有十个太阳，光照地下，所以若木应该是十个太阳居住的地方。

三桑

产　　地：欧丝之野东部
作　　用：未知
特　　点：高，没有枝条

三桑是《山海经·海外北经》中记载的一种神树，位置在欧丝之野东部，树高百仞，没有枝条。另外，在《山海经·大荒北经》《山海经·北次二经》中也有关于三桑的记载，一个在丰渊，另一个在洹山，只有“三桑无枝”的记载，没有其他信息。三桑有两种理解，一种为三棵桑树，另一种为一种树的名字，从记载来看，后者的可能性更大。从高度来看，应该是一种神树，至于具体的作用就无法得知了。

三珠树

产　　地：厌火国之北
作　　用：珍珠之树
特　　点：状如柏树

三珠树是《山海经·海外南经》中记载的一种神树，产地在厌火国以北，赤水之上，这种树长得和柏树很像，叶子都是珍珠，也叫“树若慧”。根据位置和特点，三珠树很有可能是黄帝留下的，《庄子·天地》中记载：黄帝曾经在巡游赤水之北时，丢失了他的玄珠。

萐莆

产　　地：德君之国
作　　用：祥瑞之兆
特　　点：状如莲蓬

萐莆（shà pú）也叫萐脯，是古代传说中的一种瑞草，是国泰民安的象征，只有明君在位的时候才会出现，一般长在君王的厨房。这种瑞草在很多典籍中都有记载。《说文解字》中说：“萐莆，瑞草也，尧时生于庖厨。”《春秋潜潭巴》中则记载：“君臣和得……则萐脯生于庖厨。”《三国志》中说：“宫室之制，务从约节……萐莆嘉禾，必生于此。”《宋书·符瑞志》中有关萐莆外形的记载：“萐甫，一名倚扇，状如蓬[1]，大枝叶小，根根如丝，转而成风，杀蝇。尧时生于厨。”从这段记载可以看出，萐莆并不是“绣花枕头”，它还可以捕杀蝇虫，甚至还会自己转动，像电扇一样生出凉风，还不需要插电。《孙氏瑞应图》中也有相关记载，内容也大致相同，不做赘述。

① 莲蓬。

蛇衔

产　　地：未知
作　　用：治疗外伤
特　　点：蛇衔而来

蛇衔是南朝刘敬叔《异苑》中记载的一种灵草，产地未明：曾经有个农民在耕田时看到有一条蛇受重伤断成了两截，另一条蛇衔来一种草放在伤口上，几天后伤蛇就痊愈了。他把地上剩下的叶子拿回家用来治疗伤口，全部都好了。没有人知道这种草的名字，所以叫它“蛇衔”。《抱朴子》中记载：“蛇衔能续已断之指如故。”这大概是古人对蛇超强再生能力的合理化想象。中药中也有一种药材叫蛇衔草，应该不是一回事。

娑罗树

产　　地：巴陵
作　　用：未明
特　　点：即砍即长

娑（suō）罗树是唐代段成式《酉阳杂俎》中记载的一种异树：巴陵（今湖南省巴陵市）有一个寺庙，僧人居住的房间床下突然长出一棵树，砍断之后又再次长出，无休无止，外国僧人见了之后才告诉他们，这是娑罗树。南宋的洪迈在《容斋随笔》中说，吴刚在月亮上砍的树就是娑罗树，即砍即长，砍到天荒地老都砍不完。在民间传说中，吴刚砍的是月桂树，特点和娑罗树相同。

另外，印度及马来半岛等南亚热带雨林中也有娑罗树，是一种高大的乔木，树高可以达到三十多米，也是佛教的圣树之一。娑罗树在中国、尼泊尔、巴基斯坦等国也有分布，西安的大慈恩寺中还有一棵玄奘法师亲手种下的娑罗树。

雄常

产　　地：肃慎之国
作　　用：蛮人的衣柜
特　　点：未知

雄常是《山海经·海外西经》中记载的一种神树，产地在肃慎之国，是圣人亲手栽下的，至于具体的作用和特点，书中没有记载。郭璞在注解中认为：那里的人不喜欢穿衣服，中国的圣人给他们栽下神树，这种树的皮可以直接当衣服穿，是为了教化那里的蛮夷。如果真的是这样，那么雄常堪称“蛮人的衣柜”了。

荀草

地　　点：青要之山
作　　用：美容养颜
特　　点：状如兰草

荀草是《山海经·中次三经》中记载的异草，产地在青要之山，样子长得和兰草很像，草茎为方形，开黄色的花朵，长出的果实为红色，根部和藁[1]草的根很像，服之可以美容养颜。爱美之心人皆有之，看来先秦时代的人就已经开始学着美容了。

翳形草

产　　地：未知
作　　用：隐身
特　　点：未知

翳（yì）形草又叫隐身草，是唐代段成式《酉阳杂俎·诺皋记下》中记载

① gǎo，多年生草本植物，茎直立中空，根可入药。

的一种仙草，“卫士多言风狸杖难得于翳形草”。《古小说钩沉》中收录的《笑林》也有相关记载：楚国有个人家里很穷，有一天，他坐在院子里读《淮南万毕术》，里面有一句话写到“螳螂伺蝉自障叶，可以隐形”，大喜，于是仰头站在树底下，等待着摘取螳螂捕蝉时使用的那片叶子。没想到，这片叶子却从树上掉了下来，这一下可坏了，树下全是落叶，如何是好呢？这可难不倒这位聪明人，他把树下的叶子全部拿到房间，用叶子遮住自己的眼睛问妻子：“你能看见我吗？”一开始，妻子还比较认真，告诉他“当然能看见”，次数一多，妻子便有些不耐烦了，等他再拿起一片叶子问时，妻子就说“看不见了”。

第二天，这位聪明人早早地拿着这片叶子来到集市，用叶子遮住眼睛，当着一位老板的面拿走了他的货物，那老板也不是好相与的主，当场把他拿下送进官府。县老爷一审，差点笑断了气，也没有治他的罪。

豫章

产　地：东荒之外

作　用：占卜九州吉凶

特　点：有九根枝条

豫章是《神异经·东荒经》中记载的神树，位置在东荒之外，豫章掌管着天下九州的生死存亡，高千丈，周围百尺，树干有三百多丈，枝条铺展如同大帐，树上有玄猴和黑猿，每根枝条主掌一州，南北并列，面向西南，有九个力士拿着斧子分别砍一根枝条，来占卜九州的吉凶祸福。如果砍下去的斧痕很快就恢复了，那么这个州就会有好事发生，如果砍下去没有恢复，这个州的州牧就要生病了，如果砍下去几年还是没法恢复，这个州就要灭亡了。

柤稼榐

产　地：南方大荒

作　用：神树

特　点：极高、极大

柤稼榐（ní）是《神异经·南荒经》中记载的一种神树，三千年一开花，九千年一结果，花朵和花蕊为紫色，果实为红色。这棵树高百丈或千丈，因为太高所以看不到树顶，树的枝条伸向东西南北四方，每根枝条都有五十丈那么长，树叶为绿色，长七尺，宽五尺；树皮和梓树的皮很像，树的里面像甘草一样甘甜，非常美味。果实长九尺，宽九尺，里面没有果核，用竹刀剖开之后，里面的汁液就像蜂蜜一样，吃完之后果实就会消失，想要再吃就要等一万两千年之后了。

掌中芥

产　地：末多国

作　用：垂直升空装置

特　点：叶如松子

掌中芥又称蹑空草，是后汉郭宪《洞冥记》中记载的一种仙草，叶子长得和松子一样。拿上一颗种子放在手掌中，只需要轻轻吹一口气，掌中芥就会开始生长，吹一次长一尺，长到三尺就不会再长了，之后就可以把它移栽到地上了。如果只是拿在手中不吹，它是不会生长的。吃了这种草之后，可以在空中悬浮，足不沾地，就像给双脚装上了垂直升降装置，非常炫酷。清代李汝珍的《镜花缘》中也有相关描写，内容大致相同。唐代段成式在《酉阳杂俎·草篇》中说，这种草是末多国出产的，这是《洞冥记》中虚构的国家。

植楮

产　地：脱扈之山

作　用：治疗瘘疮

特　点：状如葵叶

植楮（chǔ）是《山海经·中山经》中记载的一种异草，产地在脱扈之山，这种草的样子和葵叶很像，花朵是红色的，果实长在豆荚中，样子和皂荚的果实很像，可以用来治疗瘘疮，食之还可以不迷眼睛。

1. 宝物

昆仑铜柱

地　　点：昆仑山
作　　用：顶天
特　　点：圆柱形
威　　力：天神级

昆仑铜柱是《神异经·中荒经》中记载的神物，顾名思义，该柱子在昆仑山上，为“神异经宇宙”的核心地区，高度直接上天，周长三千里，规则圆柱形，这就是传说中的天柱。《山海经》中虽然没有说该铜柱的作用，《淮南子·墬（dì，地）形训》中却讲了：远古时代，共工和颛顼争夺帝位，一怒之下用头撞断了天柱，“天柱折，地维绝”；《列子·汤问》中也有相关记载：“天倾西北，故日月星辰移焉；地不满东南，故水潦尘埃归焉。”其实，这样的天柱一共有九根，在古人的世界里，天是圆的，地是方的，地上有九根天柱把天撑起来，天上也有四根绳子把地吊起来，叫作“四维”，可见昆仑铜柱是多么炫酷的存在。

玉横

地　　点：昆仑山
作　　用：连接九井

玉横是《淮南子》中记载的宝物，位置在昆仑虚旁，用来连接九井。《山海经》中说："昆仑之虚，方八百里，高万仞……面有九井，以玉为槛。"此处的玉指的就是玉横。东汉文学家高诱在注解中认为：玉横或作玉彭，乃盛放不死药的器具。

金犀

地　　点：日宫之外
作　　用：未知
特　　点：纯金打造
持 有 者：无

金犀不是犀牛，而是人，记载于东方朔的《神异经·西荒经》中：在遥远的西方日宫外面，有一座大山，高百余丈，长十余里，宽两三里，山上全是黄金，没有岩石，不长杂草，非常漂亮。山上有一种金人，高五丈[①]多，全都由纯金打造，被称为"金犀"。这里需要注意的是，汉朝所说的"金"指的是黄铜，并不是黄金。

① 汉代一丈为二百七十七厘米。

不死药

地　　点：各处仙山仙岛

作　　用：长生不老、起死回生、羽化升仙

持 有 人：西王母及各路神仙

不死药是传说中可以让人长生不老、起死回生或羽化登仙之药，无论帝王将相，抑或寻仙修道者，都对这种药进行过狂热的追求。

《山海经·大荒南经》中说："有巫山者，西有黄鸟。帝药，八斋。黄鸟于巫，司此玄蛇。"郭璞在注解中说：此处的"帝药"便是不死之药。《韩非子》中也曾记载："有献不死之药于荆王者，谒者操以入。"

至秦代，始皇帝曾经"遣徐市发童男女数千人，入海求仙人"。司马迁在《史记·封禅书》中说：蓬莱、方丈和瀛洲三座神山上有不死药，还有人曾经到过这些地方——"盖尝有至者，诸仙人及不死之药皆在焉"。《十洲记》中说："祖洲，近在东海之中，上有不死之草，人已死三日者，以草覆之，皆当时活也。服之令人长生。"

至汉代，武帝也是不死药的狂热追求者，而西王母成了此药的掌管者，后世还杜撰出了很多他和西王母的故事，比如《汉武帝内传》中，汉武帝就和西王母有一面之缘，并且得到了四颗仙桃，从最后的结果看，应该不是所谓的不死药。

到魏晋时期，修道之风盛行，无数求道之人钻山入林，只为能够求得一颗仙药，"羽化而登仙"。

"条条大路通罗马"，除了寻找之外，道士们还开辟了另一条捷径——炼丹。这些人坚信，只要按照一定的比例，将汞、铅、铜、朱砂、硫磺等有毒有害物质结合在一起，搓成丸，坚持服用，一样可以达到不死药的效果。除各山道士以外，东晋皇帝司马丕、唐宪宗李纯、唐穆宗李恒、明世宗朱厚熜、明光宗朱常洛等都是炼丹爱好者，就连以辛勤工作闻名的清世宗雍正皇帝也不能免俗，不过最后的结果往往差强人意。

华盖

作　　用：伞盖
特　　点：华美瑰丽
持 有 人：黄帝

华盖是晋代崔豹的《古今注》中记载的宝物，为黄帝所做。黄帝与蚩尤战于涿鹿之野时，常有五色云气、金枝玉叶出现在黄帝头上，瑰丽华美，这都是华盖的缘故。后世亦用华盖来称呼帝王车架上的伞形顶盖。

宗布

地　　点：天上
作　　用：除害之神
特　　点：后羿的化身
威　　力：天神级

宗布是记载于《淮南子·氾论》中的一种神灵："羿除天下之害，死而为宗布。"章炳麟在《诸布诸严诸逐说》中也有相同记载。这里要注意，历史上共有两个后羿：一个是夏朝诸侯，"后"代表君主尊号，"羿"是他的名字，代表善射；另一个才是射日的后羿，也就是我们平常说的后羿，他是黄帝时代的神话人物，黄帝的大将、帝尧的射师、嫦娥的丈夫、苍生的拯救者、怪兽的毁灭者、"太阳的终结者"、败"河伯"、伤"风伯"、诛"巴蛇"、杀九婴，有功于社稷，死后被天帝封为"宗布神"，古代民间有在家中悬挂宗布像的风俗，认为可以驱除邪祟，很多地方还会举行祭祀活动。

"鬼怕桃木"的传闻也是来源于后羿，《淮南子·诠言训》中记载，后羿是被桃木棒杀死的，他死后化为宗布神，站在一棵桃树底下，还牵着一只白虎，每个鬼在进入地府前都要经过他的"质检"，宗布神一闻就知道这鬼有没有做过恶，坏鬼会被白虎吃掉，好鬼则会打上"检疫合格，允许投胎"的标签。

太乙余粮

地　　点：太山、西山
作　　用：辟谷、治病
特　　点：外形如脑

太乙余粮亦称禹余粮，是《河图括地象》中记载的宝物。禹用八年时间治理水患，又逢天下大旱，百姓均饥肠辘辘，禹十分悲痛，便到山中寻找救民之法，途中碰到一个长得如同野猪的怪兽，那怪兽人立而起对他说："你就是禹吧？如今天下大旱，西山的土中有食物，可以让百姓填饱肚子。"禹回去之后问太乙此物为何，太乙说："此乃腥腥也，人面猪身，知人姓名。"于是，禹带着百姓去西山中寻找，果然找到食物，便是太乙余粮。

另外，《神农本草经》中也有相关记载："久服耐寒暑，不饥，轻身，飞行千里。"三国时期医药家吴普在注解中说："太一禹余粮，一名禹哀，神农岐伯雷公甘平……生太山上，有甲，甲中有白，白中有黄，如鸡子黄色，九月采，或无时。"

相风

地　　点：又名相风乌，装在建筑物的高处
作　　用：观测风向
特　　点：鸟形
持 有 者：白帝子

相风是古代装在建筑物的顶端，用来观测风向的器具，一般是用铜做成的。《三辅黄图·台榭》中有"相风铜乌，遇风乃动"的记载；《格致镜原》中记载，船上还有用木头和羽毛做成的相风。

根据东晋王嘉《拾遗记》的记载，相风是白帝子与皇娥（少昊的母亲）发明的，两人一起泛舟海上，用桂树的枝条做表，用香草做旌，把玉石刻成鸟的形状，做成了第一个相风。《太平御览》中则认为，相风是大禹发明的。

力珠

地　　点：未知
作　　用：吃了之后力大无穷
特　　点：如龙眼大小
持 有 者：宁封子

力珠是元末明初的学者陶宗仪在《说郛》中记录的一种宝物：龙眼（桂圆）大小，含在嘴里之后力大无穷，可以拖着大象的尾巴使之倒行。刘累[①]曾经在宁封子（道教神仙，龙跷真人）那里得到一颗力珠，能够赤手空拳降服虎豹和蛟龙。他曾经提着老虎的尾巴站在城墙上，老虎的怒号传出数里之外。后来，孔甲（夏代国君）听说了这件事，就让他用中指和无名指夹住一条牛皮绳，命令力士前去抢夺，力士的数量从一个人增加到十个人，最后绳子断了，刘累手上的牛皮绳纹丝不动。

大贝

地　　点：九江
作　　用：货币
特　　点：巨大
持 有 者：散宜生

大贝是《太公六韬》中记载的一种宝物：商纣王将文王囚禁在羑里，姜太公派散宜生[②]去寻找珍宝进献给纣王，以便搭救文王，散宜生在九江找到数百个巨大的贝壳。《尚书大传》中也有类似的记载。为什么要找贝壳献给纣王呢？因为在商周时期，由于金属的产量比较少，虽然有部分金属货币流通，但贝壳仍然是主要货币，价值与大小成正比，送纣王贝壳跟后世送黄金差不多。

① 尧帝后裔，刘姓始祖，爱好养龙。
② 西周开国功臣，是“文王四友”之一。

洞光珠

地　　点：战国时燕国境内
作　　用：辟邪
特　　点：漆黑如墨
持 有 者：燕昭王

洞光珠的记载出自《锦绣万花谷后集》中引用《洞冥记》的部分：燕昭王时代（战国时期），有一种黑毛白头的怪鸟，嘴里叼着珠子汇聚在昭王府邸，这种珠子直径有一尺（战国时一尺约二十三厘米）多，通体漆黑如墨，挂在房间里，鬼神都会现行，无法隐藏，可以用来辟邪。

照妖镜

地　　点：望蟾阁
作　　用：可使妖魅现行
特　　点：悬于门顶，如同镜子
持 有 者：汉武帝

照妖镜最早记载于晋代葛洪编著的《抱朴子·登涉篇》：古代的道士入山时，都要在背后悬挂一个九寸左右的镜子，山中的精灵鬼怪到镜子前面都会现出原形，就不敢靠近了。五代时期后汉郭宪在《洞冥记》中也有相关记载：汉武帝元封年间，祇国使者进贡了一面宝镜，能够使魑魅魍魉显形，汉武帝将它挂在望蟾阁上用以辟邪。吴承恩在《西游记》中也有关于照妖镜的描写："见那李天王，高擎照妖镜，与哪吒住立云端。"

古时民间也有在门口悬挂照妖镜的习俗，一般挂在门顶正中的位置，一直到现在，很多农村地区依然保存着这种习俗。

隋侯珠

地　点：齐地
作　用：夜明珠
特　点：璀璨夺目
持 有 者：隋侯

隋侯珠最早记载于《淮南子·览冥训》，按照汉代高诱的注解，隋侯应该是汉朝东部的国家，姬姓诸侯。后来，干宝在《搜神记》中对这个故事进行了补充和润色：隋侯有事要出使齐国，路过一条河，有一条三尺长的小蛇头部受伤，在热沙中翻滚，隋侯用马鞭将它拨入水中，并对它说："你如果是神龙之子，应该也愿意拥护我。"两月之后，隋侯出使完毕，沿原路返回，走到河边时，突然有一个童子手捧宝珠要献给他，隋侯对小童说："我哪里能要小孩子的东西！"不顾而去。到了夜里，隋侯在梦里又见到了河边的小童，那小童对他说："我是你搭救的那条小蛇，为了报恩送你这颗珠子，请不要再顾虑了。"隋侯醒后，果然看到床头挂着一颗硕大的夜明珠，感叹道："伤蛇犹解知恩重报，在人反不知恩乎！"

摇钱树

作　用："生"钱
特　点：挂满铜钱

摇钱树是古代传说中类似于"聚宝盆"的宝物，在不同的古籍中均有记载。最早出现于东汉时代的墓葬中，由上下两部分构成：底座为陶器或石雕；上面雕刻有珍奇异兽和神话人物；树干和树枝则由金属制成，一般为空心，上面挂满铜钱和花纹，十分精美。这种陪葬品在东汉较为常见，至三国时期数量锐减，到西晋时彻底消亡。

裴松之为《三国志》作的注解中有相关记载：以前的人如果在路上捡到钱，都会把钱绑在树上，久而久之，树上的钱不仅没有人取走，反而变得越来越多，当地人认为这是神树。后来，这种做法称为寺庙等地的敛财工具，这种树亦有"摇钱树"的景象。

唐代段安节在《乐府杂录》中写道："阿母，钱树子倒矣。"从这里可以

看出，“钱树”已经成为比较流行的词语。明代冯梦龙在书中写道：“别人家养的女儿便是摇钱树，千生万活。”由此可知，明代已经非常流行“摇钱树”的说法了。

明镜厓（崖）

地　　点：济南郡方山
作　　用：妖鬼显形
特　　点：光滑如镜
威　　力：地仙级

明镜崖是《古今图书集成·职方典》引《济南府摭（zhí）佚志》中记载的内容，地点在济南郡（汉代设置郡名，治所故址在今山东省章丘市）方山，传说有一个叫奂生的人在这里得道成仙，山的南部有一座叫作“明镜崖”的山崖，方圆有三丈大小，光滑如镜，能够照出山中妖鬼精怪的原型。到南燕（南北朝时期慕容氏政权之一）时代，山鬼厌恶这块山崖，就用漆把它遮蔽了起来，从此之后，这些精怪山鬼们在大白天也横行无忌。

定更石

地　　点：贵溪县，今江西省贵溪市
作　　用：报时
特　　点：精巧玲珑
持 有 者：诸葛武侯

定更石记载于明代郑仲夔（kuí）所著的《耳新》中：明代万历年间，贵溪县有一个农民在锄地时，从地下挖出一块石头，带回家中之后，每天中午和子夜都会响起敲击的声音。这位农民有个叫叶新、字文学的朋友对此很好奇，就把石头砸碎了，见里面是精巧的机关，还刻着“碎叶新手”四个字。有认识的人告诉他们：“这是诸葛武侯制作的定更石。”按照记载中的描述，应该是一种计时器，每到中午十二点和子夜零点会各响一次。明人所著《华夷考》中也记载了类似的报时器，叫作“警枕”，又名“武侯鸡鸣枕”，每天晚上一更到五更各响一次，分毫不差，相传是诸葛亮为了统一三军时间发明的。

千日酒

地　　点： 河北省定州市
作　　用： 饮之可醉千日

千日酒源于干宝《搜神记》中记载的奇闻：中山（今河北省定州市）有个叫狄希的人，能酿造一种千日酒，喝完之后能使人醉酒千日。当时有个叫刘玄石的人，非常喜欢喝酒，便到狄希处求取。狄希对他说：“我这酒还没有酿好，不敢给你喝。”刘玄石道：“纵然没有酿好，能不能先给我喝一杯？”狄希听他这样说，知道今天这事是免不了了，便给了他一杯。刘玄石仰头一饮而尽，又来讨要：“美哉！能不能再给我一杯？”狄希没有答应他的请求，只对他说：“你且回去，他日再来，只此一杯，便可醉卧千日矣。”

刘玄石回家之后便醉死过去，怎么都叫不醒，家人以为他已经死去，便哭而葬之。三年之后，狄希想着刘玄石的酒应该醒了，便到他家里探寻，一问之下，才知刘玄石家人已经将其埋葬，惊道：“此乃美酒所致千日之醉，现在到了该醒的时候了。”于是带人破棺看之，见刘玄石悠悠然睁开眼睛，张口道：“快者醉我也。”转头看到狄希，又对他说：“尔作何物也？令我一杯大醉，今日方醒，日高几许？”众人皆笑，又被酒气冲入鼻中，各醉三月方醒。

人参果

地　　点： 大食王国，五庄观
作　　用： 吃了可以长生不老
特　　点： 人形
持 有 者： 西王母，五庄观主

人参果是一种知名度比较高的宝物，得益于《西游记》的广泛传播，在《西游记》中，人参果生长在五庄观里，三千年一开花，三千年一结果，再

三千年才能熟，一万年才能吃一回，一共才结出三十多个，果子的模样如同小孩，四肢俱全，五官皆备，闻一闻，就能活三百六十岁，吃一个，就能活四万七千年，是真正的长生不老药，猪八戒和孙悟空都吃了。

其实，在吴承恩之前，东方朔在《述异记》中就有相关记载：在西海中，有一个叫大食的国家，有一块巨石，上面生长着一种仙树，青色的树叶，枝头上长着一种像小孩一样的果子，见人就笑，果子一摘，便没了反应。

另一本《大唐三藏取经诗话》[①]中也有相关描写，这个版本的人参果是西王母的蟠桃变化而成，后来又变成乳枣，猴行者拿了献给玄奘，玄奘在归途中又吐在了西川，从此西川也有人参果生长。

中药中有一味药材也叫人参果，直径一公分左右，可以治疗神经衰弱、失眠、头昏等症。

履水珠

地　　点：拘弭国
作　　用：带上可以“水上漂”
特　　点：色黑，比鸡蛋稍大，有孔
持 有 者：唐顺宗

履水珠记载于唐代苏鹗的笔记小说《杜阳杂编》中：唐顺宗年间，拘弭国（西域诸国之一）进贡了一个黑色珠子，颜色与黑铁类似，比鸡蛋稍大，表面有像鳞片一样的皱皮和裂痕，上面有孔，使者说只要带上这件宝物，就能在水面上行走自如。唐顺宗找来善水者，在珠子上穿绳挂在他的手臂上，派遣到龙池，其人果然能够在水面行走，如履平地。

① 《西游记》的雏形，作者不详，主角为猴行者和玄奘。

清水珠

地　　点：冯翊郡，今陕西省大荔县境内
作　　用：转化污水
特　　点：色黑而大，有若清水
持 有 人：严生

清水珠记载于唐代张读的《宣室志》中：唐代时，冯翊郡有个叫严生的人，在岘山游玩时曾经捡到一个宝珠，这颗珠子色黑而大，有光，看上去十分清澈，如同水凝结成的冰珠，于是给它取名叫“弹珠”。

后来，严生到长安游玩，在春明门碰到一个胡人，胡人突然拉住马的缰绳对他说：“你囊中有个宝贝，我愿意用高价求购。”严生拿出兜里的弹珠，胡人一见就露出惊喜的神色，愿意用三十万钱来买。

严生感到十分好奇，便问他这珠子的来历。原来，这颗宝珠名叫“清水珠”，是胡人当地的国宝，只需要把这颗珠子放入浊水中，水立马能够变得清澈甘冽，是当地人赖以生存的清水来源。此宝珠已经丢失三年，很多国人都因为喝不到清水而患病，所以派他逾山越海到华夏来找。胡人得了珠子，严生“一夜暴富”，可谓皆大欢喜。

从“清水珠”和“消面虫”的记载来看，这位作者不仅怀有“一夜暴富”的梦想，还把胡人当作“散财童子”。

游仙枕

地　　点：龟兹国
作　　用：梦游仙境
特　　点：色如玛瑙，温润如玉
持 有 者：唐玄宗

游仙枕记载于五代王仁裕的《开元天宝遗事》中：唐玄宗时期，龟兹（qiū cí）国（唐代西域大国之一）使者给皇帝进献了一个枕头，色如玛瑙，温润如玉，制作十分朴素，只要枕上它就能在梦里游览传说中的十洲三岛和五湖四海，非常方便，被唐玄宗命名为“游仙枕”。话本小说《七侠五义》《三侠五义》中的包拯也有类似的宝物，每当碰到难以解开的难题时，他就会去梦

里寻找答案。

秦淮古镜

地　　点：秦淮河中
作　　用：映出五脏六腑
特　　点：长约一尺，造型古朴

秦淮古镜是《太平广记》引《松窗录》中所记载的宝物，相当于古代的“X光机”。唐代名臣李德裕于长庆年间（唐穆宗李恒的年号）在浙江西部巡察。当时有渔人在秦淮河中捕鱼，但见渔网其重无比，异于平常，谁知捞上一看，竟连一条鱼也没有，只得一个古朴的铜镜。此镜长约一尺，光芒浮于水波之上。渔人取而视之，只见自己的五脏六腑、血萦脉动全都看得清清楚楚，渔人吓得魂飞魄散，一失手便把铜镜丢到了水中。这件事传到了李德裕耳中，他知道这是一件难得的宝贝，便命人千方百计地在水底寻找，用了一年时间也没有找到。《鬼吹灯》中“秦王照骨镜”原型即此物。

聚宝竹

地　　点：海中仙岛
作　　用：聚集财宝
特　　点：与普通竹子相同
持 有 者：海中仙翁

聚宝竹记载于南宋洪迈的《夷坚志》中：宋代温州有一个叫作张愿的大商人，家中世代都是海商，非常有钱，往来海中数十年，从来没有出过事。绍兴七年（公元1137年），张愿再次带着商队出海航行，却在海中遭遇了大风暴，风暴过后，不知道被吹到了什么地方。张愿站在船头极目远眺，看到远方有一处海岛，岛上长满了竹子，于是命令商队靠岸，砍了十根竹子准备当作棹子使用。

刚刚砍完，竹林里突然走出一个白衣老人，呵斥道：“这是什么地方，也是你们凡夫俗子能够停留的？赶紧回去吧。”张愿告知了事情的前因后果，并请求老翁指点方向，后来果然按照老翁的指点顺利回家。到达家乡之后，砍下来的十根竹子只剩下了一根，岸边聚集的倭国（日本）商人与昆仑奴（南阳地区的人）看到之后大呼可惜，纷纷出价要买这根竹子。

张愿虽然不知道这根竹子有什么用途，但做了这么多年的商人，一看就知道是宝贝，于是随口开了个两千缗[1]的高价，众人齐声答“好”，马上就要回去取钱；张愿知道自己的价格开低了，改口说道：“我知道这是难得的宝物，刚才是开玩笑的，没有五千缗我可不卖。”昆仑奴还是很高兴，马上和张愿立下约定，愿意如数购买。

交易完成后，张愿好奇地问他：“现在已经完成交易了，我也没有反悔的道理，只是不知道这竹子有什么用，你愿意花这么多钱来买？”昆仑奴笑曰：“这就是传说中的伽山聚宝竹，只要把它立在海上，海里的宝物就会自动聚集过来，就像拿根树枝放在白蚁窝里一样。”张愿听完之后只能叹息。

女娲石

地　　点：峁美山
作　　用：传出丝竹之声
特　　点：赤红，有纹路

女娲石是《太平御览》辑《王歆之南康记》中记载的宝物，产地在峁美山（今江西省赣州市），通体赤红，纹路犹如彩绘，风雨过后，便能听到其中有管弦之声传出。

① mín，一缗为一千文。

蜘蛛珠

地　　点：福建
作　　用：光照一室
特　　点：弹丸大小
持 有 者：一位农妇

蜘蛛珠的故事记载于宋代周密的《癸辛杂识续集》中：蒙古人南下时，福建省有个农妇，以纺织麻布为生，每天晚上都要把麻泡在一个水缸中。一天早上醒来时，她发现缸里的水全部干了，仔细检查了一下，缸没有漏，地上也没有水迹，此后连续数天都是这样。

农妇感到很奇怪，就在夜里偷偷地躲在旁边观察。等到半夜，突然从屋外爬进一只巨大的白色蜘蛛，通体散发出白色光芒，烛照满室，蜘蛛径直爬到水缸旁边喝水。农妇大惊，急用家里的大鸡笼罩住，随后杀死蜘蛛，从腹内取出一颗弹丸大小、散发光芒的宝珠，将整间屋子都照得如同白昼。

这天夜里，当地的军士都看到了这一奇景，以为着火，第二天赶来查看，见农妇家中完好，严刑拷打之下，农妇终于交代了事情的经过，军士遂以十五千钱将其买下，转卖数次，又为此死了好几个人，最后落到了蒙古人手里。

海井

地　　点：华亭县，今甘肃省华亭市
作　　用：海水化甘泉
特　　点：无底小桶
持 有 者：未知

海井记载于宋代周密所著的《癸辛杂识续集》中：华亭县的集市中有一家铺子，里面摆着一件很奇怪的东西，模样像一个没有底的小桶，非竹非木，非金非石，既不知它的名字，也不知它的用途，就连店老板也不知道，只是舍不得扔，就那样放在货架上，很多年过去了，顾客连看一眼的兴趣都没有。

突然有一天，一位航海的老者来到店里，一眼就看中了这个小桶，一脸惊喜之色，拿起小桶百般抚弄，老板看他这表情，知道肯定是有用的东西，就开了五百缗的天价，老者还价到三百缗，当下取钱成交。

老板奇怪地问道："这件东西在我这里很多年了，从来不知道它的用处，如今咱俩已经成交，我也没有反悔的道理，能不能告诉我这东西的用处呢？"老人笑着说道："这就是传说中的海井，我只是听说过，从来没有见过。一般来说，航海的时候必须带足够的淡水，但是有了这东西之后就不用了，没水的时候，只需要往这个小桶里面注入海水，马上就能变成甘泉，今天得到这样的宝贝，吾愿足矣。"

这个记载和定水带非常相似，就连买东西的过程也几乎一模一样。

阴阳石

地　　点：难留城
作　　用：控制天气
特　　点：阴石常湿，阳石常燥

阴阳石是《水经注》中记载的宝物，位置在难留城（今武落钟离山，湖北省巴东县水布垭镇境内），此处三面环水、三面绝壁，城即山、山即城。城西有一石洞，举火走百余步可见两块大石，并立洞中，相距一丈左右，俗名阴阳石。阴石常年四季都是湿的，而阳石却异常干燥，每逢水旱灾害，当地人便进入洞中，旱则鞭打阴石，不久便会下雨，多雨则鞭阳石，不久就会放晴。

龟宝

地　　点：海中
作　　用：价值连城
特　　点：约一寸小龟

龟宝是元代方回《虚谷闲抄》中记载的宝物：唐代时，宰相徐彦若要去广南，将要渡海时，身边的参将在浅滩中发现一个琉璃瓶子，大小如婴儿拳头，瓶内有一幼龟，长约一寸，在瓶内往来旋转，瓶口极小，不知道它是怎么进去的。他见这东西十分稀奇，便取而藏之。到了晚上，参将突然觉得船只一侧下

沉，似被重物所压，便起身查看，发现有很多海龟层层叠叠压在一起，正涌向船上。参将大惊失色，唯恐遭遇不测，便取出瓶子投入海中，众龟顷刻便散。参将把这件事告诉了船人，那人对他说："这就是所谓的龟宝，乃稀世之灵物，可惜你碰到了却不能得到，大概因为你是福薄之人，压不住这宝贝，如果能把它卖给识货之人，到时候恐怕要用大车装金银咯。"参将听后惋叹不已。

辟疟镜

地　　点：吴县
作　　用：治疗疟疾
特　　点：直径八九寸，古镜

辟疟镜是明代陆粲（càn）的《庚巳编》中记载的宝物：吴县（今江苏省苏州市吴中区）陈氏有一枚祖传古镜，直径约八九寸，凡是患疟疾者，执镜自照，便能看到有一怪物覆在背上，此怪物蓬头垢面，无法看清。被镜子照到之后，那怪物如同受惊一般，忽然就失去了踪影，疟疾便痊愈了，大概是疟鬼见自己显形，慌忙逃窜，世人都把这镜子当作宝物。到弘治年间，兄弟分家，将此镜劈作两半，各得其一，再用它去照患疟疾者便没有用了。

聚宝盆

地　　点：池中
作　　用："长"宝藏
特　　点：瓦盆
持 有 者：沈万三

聚宝盆的故事记载于清代褚人获的《坚瓠余集》中：明朝初年，沈万三（明朝首富）还没有发迹，家中十分贫穷。一天晚上睡觉时，他梦到数百个青衣人祈求救命，第二天，沈万三在池边发现一个渔翁手里提着几百只青蛙准备杀掉，心有所感，于是花钱买下，全部放生到池塘。

当天晚上，池塘中数百只青蛙一齐鸣叫，通宵达旦，十分聒噪，沈万三一夜未眠，第二天清晨赶到池塘中查看，只见这些青蛙环聚在一个瓦盆周围，沈万三甚是好奇，便将瓦盆带回家中，当作洗手盆使用。

有一天，沈万三的妻子在洗手时不慎将一个银耳环掉落在盆里，顷刻之后，瓦盆中以肉眼可见的速度“长”出了满满一盆耳环，夫妻两人大喜，又用金银扔进去试验，也“长”出了满满一盆。沈万三得了这样一件宝贝，没过多久就成了明朝的首富。

天有不测风云，人有旦夕祸福，沈万三辅佐朱元璋登基之后，朱元璋却要杀他的头，后来在皇后的极力劝谏下免于一死，被流放到岭南蛮荒之地，家产也全部被抄没，瓦盆落到了朱元璋手上。朱元璋找到识货的人问了之后，才知道此乃世间珍宝——聚宝盆。

清代宋长白在《柳亭诗话》中记载：金陵城西门曾经有猪龙为患，明太祖用沈万三的聚宝盆才得以压制，所以这座城门也叫“聚宝门”（中华门）。

蜈蚣珠

地　　点：武进虞桥
作　　用：未知
特　　点：一足一珠
持 有 者：贾胡（外国商人）

蜈蚣珠记载于清代褚人获所著的《坚瓠秘集》中：明朝万历年间，武进有座虞桥，在桥上休息的人总是无缘无故地惨死，附近的居民既惊且怕，搞不清楚原因，更不知道如何解决。后来，当地来了一群胡人，对当地的百姓说：“有毒物在这里居住，我们可以帮助你们除掉他。”

后来，胡人们拉来了一个巨大的铁制笼子，又在笼子上面密密麻麻地缠满丝绵，最后往笼子里放入熟鸡，傍晚把笼子挪到桥上，让居民们远离此地。是夜，风雷之声大作，一夜未停。天明之后，附近居民跑去观看，只见铁笼中关押着一只几丈长的蜈蚣，所有的腿都被笼子周围的丝绵缠住，已经死透了。

胡人们将它的头部刨开，取出一颗巨大的宝珠，又把它的每条腿锯开，都有一颗较小的宝珠，足足有上百颗。

青泥

地　　点：张公洞
作　　用：龙食
特　　点：青色泥巴
威　　力：无

青泥是清代学者吴曾祺在《旧小说》中收录的一个故事：有个姓姚的年轻后生背着行囊，拿着火瓶到义兴张公洞（位于今江苏省宜兴市孟峰山，传闻张道陵和张果老都曾经在这里修道）学道，见两个老道士坐在洞里下棋，遂向他们求食，道士给了他一团青色泥巴，年轻人吃了之后觉得香甜可口，美味无穷，于是就偷偷地把剩下的全顺走了。出洞之后，他找了一个胡商询问，才知道这是龙食，价值连城。两人赶忙回去，想要再带一点出来，发现洞里啥也没有了，连进洞的路也消失了，那些青泥都变成了黑色，没法食用了。

照海镜

地　　点：宜兴西北乡新芳桥邸，今江苏省宜兴市
作　　用：看到海底
特　　点：状如罗盘
持 有 者：海贾（商人）

照海镜的记载出自清代袁枚的《续子不语》：宜兴西北乡新芳桥邸有个农民，在锄地时挖出一面罗盘一样的东西，周长二尺（六十六厘米）左右，外圈为绀色（带有紫色的深蓝色），似玉非玉，中间镶着一块白色的石头，通透空明，似晶非晶，突立起来如同盖子一样。农民不知用途，于是把它卖给了镇子上的药店，得钱八百文；药店的老板又把它转手卖给了过路的客商，得钱十千；客商到崇明又把它卖给了海商，得银一千七百两（一两等于一千文），海商告诉他，这件宝贝名字叫照海镜，行船时只要拿它对着海底，就能看到怪鱼及一切礁石，提前躲避危险。这个故事告诉我们，信息是多么的重要。

定水带

地　　点：现于北京
作　　用：化海水为甘泉
特　　点：生锈铁条，两侧鼓钉
持 有 者：大禹

定水带的记载出自清代董含的《莼乡赘笔》：有个人拿着一根三尺（清代一尺约三十一点一厘米）多长、两侧鼓钉的生锈铁条在京师（北京）的旧货市场售卖，外观已经看不清楚了，出价数十文钱，无人问津。有一位高丽使者在旁观察良久，上前问价，卖主见他是外国人，想诈他一下，开价五十两黄金，没想到这位使者连眼睛都没眨一下，直接出钱买走，命人拿着疾驰而去。

有好事者上前询问才知道，原来这根不起眼的铁条是传说中的宝物——定水带，是大禹治水的时候用来定水的，一共有九根，这只是其中一根。根据高丽使者的说法，航海时碰到淡水断绝的情况，只需要把这根铁条投入海水中，马上就能变成清冽的甘泉水，喝了这种水之后，百病不侵。好事者表示不信，于是跟着高丽使者来到驿馆，拿来一桶苦水，倒上盐搅拌，再将定水带投入其中，片刻之后再尝，果然甘甜无比，大为惊叹。

2. 异物

息壤

地　　点：荆州古城，今湖北省荆州市荆州城
作　　用：治理洪水
特　　点：无限生长

息壤是一种可以无限生长的土壤，归尧帝所有，《山海经·海内经》中

有：“鲧（gǔn）窃帝之息壤以堙洪水。”鲧是舜帝时期的一个部落首领，大禹的父亲，当时发生了大洪水，鲧的部落受灾最重，舜为了达到削弱鲧部落的目的，坐视不理，鲧无奈之下，只能盗取尧帝的息壤用来治理洪水，保护族人，后来尧大怒，“令祝融杀鲧于羽山”。《淮南子·地形训》中也有“禹乃以息土填洪水，以为名山”的记载，按高诱的注解，息壤不损耗，越挖越多，所以能用来堵住洪水。

赶山鞭

地　　点：今河南省鹿邑县城里边的老君台
作　　用：赶石头
特　　点：闪闪发光的铁鞭

赶山鞭的传说一共有三个版本：第一版来自老子故里河南省鹿邑县，传说在远古时期，老子住的赖乡沟前面有一座大山挡住了太阳，庄稼无法生长，乡民们也无法出行，人称“隐阳山”，百姓深受其苦，老子为了解决这个问题，用铁矿石在炉里烧了七七四十九天，最后炼成了一条金光闪闪的长鞭，对着山连挥三鞭，大山拔地而起，飞到了其他地方。现在，这根铁鞭还立在老君庙前的台子上，人称“赶山鞭”。

第二版出自《三齐要略》：秦始皇想要架桥去东海看日出，在路上碰到一位仙人，手持长鞭驱赶石头下海，石头稍微“走”得慢些，就会被仙人用鞭子驱赶，此鞭名为“赶山鞭”，而在《齐地记》的记载中，这根鞭子的持有者是秦始皇。

第三版出自山海关孟姜女庙附近流传的民间传说：话说当年秦始皇修长城时，那些石块每个都有好几百斤重，人们只能抬起来慢慢往山上搬，不仅费时费力，很多人还被活活累死了。当时山沟里有个老婆婆，能够用丝线制作一种神奇的绳子，只要用绳子拴住石头，那石块就会变得像纸一样轻。秦始皇知道了这件事之后，就把这些丝线收集起来做成了一条鞭子，名叫“赶山鞭”，能够驱赶山石。

追复

地　　点：酒泉，今甘肃省酒泉附近
作　　用：下酒菜
特　　点：吃不完，味道同鹿肉

追复是一种记载于《神异经·西北荒经》中的异物，与酒泉记录在一起，应该在酒泉附近。只有喝不完的酒怎么行呢，下酒菜也是必不可少的，这就是追复了。这是一种像鹿肉一样的肉脯，用刀割下一片又会长出一片，怎么吃也吃不完，也有人认为这是“视肉”，不过“视肉”一般认为是肉灵芝。

逃石

地　　点：位于溱水河边，今河南省新密市境内
作　　用：会“走路”
特　　点：大

逃石，又名灵石，记载于郦道元的《水经注·溱水》中：溱水向南流经一块灵石，这块石头高三十丈，方圆五百丈，根据当地的传说，这块巨石本来在桂林武城县（今广西区桂林市武城县），有一天夜里突然电闪雷鸣，石头就来到了这里，有人看到石头之后发出感叹：“它是逃到这里来的。”所以，当地人都称这块巨石为“逃石”，又因为它有灵性，会自己“走路”，所以也叫灵石。

3. 神剑

轩辕剑

作　　用：黄帝佩剑
特　　点：剑上有天文古字铭纹
持 有 人：黄帝

轩辕剑为黄帝佩剑，据明代李承勋《名剑记》载："《广黄帝东行纪》曰：'轩辕帝采首山之铜铸剑，以天文古字题铭其上。帝崩葬乔山，五百年后，山崩，室空，惟剑在焉。一旦，亦失去。'"因此剑为黄帝所有，故称轩辕剑。

画影剑

作　　用：飞行、克敌
特　　点：有龙吟虎啸之声
持 有 人：颛顼

画影剑为颛顼佩剑之一，据《名剑记》载，颛顼帝有两剑，一名画影，一名腾空。九州之内若有战事发生，此剑便会飞赴该地，克敌制胜。平时不用时，剑在匣中也会发出龙吟虎啸之声。

禹剑

作　　用：记录日月星辰、山川地脉
特　　点：长三尺九寸，刻有繁复纹饰
持 有 人：夏禹（启）

据《名剑录》载，夏禹曾铸造一剑，藏于会稽山中，剑腹刻有二十八星宿，纹有日月星辰，剑背刻有山川，是为“禹剑”。另据南朝陶弘景《古今刀剑录》记载：“夏禹子帝启，在位十年。以庚戌八年，铸一铜剑，长三尺九寸，后藏之秦望山腹。上刻二十八宿，文有背面，面文为星辰，背记山川日月。”这段记载中该剑又为夏启所铸。

夹剑

作　　用：孔甲佩剑
特　　点：铭文“夹”
持 有 者：夏王孔甲

夹剑为夏王孔甲佩剑，中华名剑之一。据陶弘景《古今刀剑录》载，孔甲继位第九年，命工匠采牛首山之铁，铸成宝剑，长四尺一寸，剑神以古篆铭“夹”字，故名。

轻吕剑

作　　用：刺纣王尸
持 有 人：周武王

轻吕剑是《逸周书·克殷解》中记载的名剑：周武王打败纣王后，纣王

自焚，武王又用弓射了纣王三箭，接着“击之以轻吕”，用黄钺[1]砍下他的头颅，纣王的两位妃子虽然已经自杀，也受到了同样的待遇。

昆吾剑

作　　用：切玉如泥
持 有 人：周穆王

昆吾剑是《列子·汤问》中记载的宝剑：周穆王征讨西戎之后，西戎国进献宝剑，用之切玉，如同切泥。《尸子》中亦有“昆吾之剑可切玉”的记载。

莫邪

时　　代：春秋时代
身　　份：干将之妻
地　　点：莫干山

莫邪（yé）是干将的妻子，也是剑名，这段神话记载于唐代陆广微的《吴地记》中：春秋时期，有个叫干将的铸剑大师，住在莫干山（今浙江省湖州市德清县境内）。吴王让干将帮他铸造一把宝剑，要求他“取五山之精，合五精之英”，再用童女三百人祭炉神。到了铸剑时，不管怎么烧，材料就是不能变成铁汁，莫邪问干将：“铁汁久久不下，可有应对之策？”干将说：“先师欧冶子在铸剑时也碰到过这种情况，他说需要女人来祭祀炉神。”莫邪听完后便跳入炉中，铁汁乃出，铸成两柄宝剑，雄剑干将，雌剑莫邪，干将把雄剑送给吴王，自己把雌剑留下，剑身时时悲鸣。

《搜神记》中的版本又不太相同，文中记载，让干将和莫邪铸剑的并非吴王，而是楚王，当时莫邪已经怀孕，剑成之后，干将料定楚王必杀他，于是带着雌剑去献给楚王，果然被楚王杀害。干将的儿子出生后，取名“赤”，用雄剑杀死楚王，替父报仇。《太平御览》中称“赤”为“眉间赤”，因为眉间有

① 黄金装饰的斧子。

红点，民间称“眉间尺”，因为他的眉间有一尺宽。

扁诸剑

作　　用：吴国制式武器
持 有 人：吴王阖闾

扁诸剑是明代冯梦龙《东周列国志》中记载的宝剑：阖闾得到鱼肠剑后，认为此剑不祥，便将其封存不用，又在牛首山（江苏省南京市江宁区）建造冶城，铸成宝剑三千，名曰扁诸。其实，这种说法早在汉代就有了。袁康在《越绝书·外传记吴地传》中载：“阖闾冢……铜椁三重，坟池六尺，玉凫之流，扁诸之剑三千。”东汉史学家赵晔在《吴越春秋·夫差内传》中亦有记载：“吴师皆文犀长盾，扁诸之剑，方阵而行。”

其实，三千扁诸剑的背后是春秋时期武器的更新换代，据《吴越春秋》记载，吴国和越国是最先发明炼钢技术的国家，这也是名剑多出吴越的原因。范文澜先生在《中国通史简编》中说：“铸铁剑成功的人，在越有欧冶子，在吴有干将和干将妻莫邪。”正是铁制武器的使用，才使得吴王和越王赶上了春秋争霸的“末班车”，跻身于“春秋五霸”的行列。

伍子胥剑

作　　用：取之必病
特　　点：长约五尺
持 有 人：伍子胥

伍子胥剑是清代俞越《茶香室三钞》中所记载的宝剑，乃春秋时期吴国大夫伍子胥的佩剑，后来出现在澹台湖（在今江苏省吴中区）水中，长约五尺，人取之必然得病，丢弃之后病马上便好了。

泰阿剑

作　　用：神剑
持 有 人：楚王

泰阿剑，亦名太阿剑，是汉代袁康《越绝书·外传记宝剑》中记载的名剑：楚王派风胡子到吴国找欧冶子和干将，请他们为自己铸造宝剑。欧冶子与干将在茨山中取铁英，铸成三剑：一曰龙渊，二曰泰阿，三曰工布。剑成之后，风胡子回奏楚王，楚王大喜问曰："何为龙渊、泰阿、工布？"风胡子说："龙渊的外形就像登临高山，俯瞰神渊一样；泰阿剑身的纹路如同流水之波；工布的光芒如同珍珠，又像水流不绝。"

晋王和郑王听说楚王得了宝剑，便派使者前来索要，无果，于是兴师围城，进犯楚国，三年不解。城中的百姓无粟可食，士兵无甲可穿，已是山穷水尽之势，楚王大怒，提泰阿剑登城亲自指挥，敌军大败，"士卒迷感，流血千里，猛兽欧瞻，江水折扬"，晋王与郑王更是霎时白头，楚王大悦。据《晋书·张华传》记载，泰阿剑后来被张华所得。

湛卢剑

作　　用：祥瑞之兆
持 有 人：越王、吴王、楚王

湛卢剑为欧冶子所铸名剑之一，据汉代袁康《越绝书》记载："欧冶乃因天之精神，悉其伎巧，造为大刑三、小刑二：一曰湛卢，二曰纯钧，三曰胜邪，四曰鱼肠，五曰巨阙。"湛卢剑在五把名剑中排名第一。据明代冯梦龙《东周列国志》载，湛卢剑铸成之后，被越王视为珍宝。后吴国灭越，又被吴王阖闾所得。后来，湛卢剑突然莫名其妙地出现在楚昭王的枕边，昭王颇感惊奇，于是找到相剑者问其缘由，相剑者说："此乃吴国大师欧冶子所铸，被吴王所得，吴王坑杀万人殉葬，杀王僚自立，乃无道之人，岂能得此剑？相传此剑出现的国家，必然国祚绵延。"楚昭王大喜曰："此乃天降祥瑞也。"

越王八剑

作　　用：各有神妙
持 有 人：越王勾践

越王八剑是晋代王嘉《拾遗记》中记载的八把宝剑，为越王勾践命人以白马白牛祭祀昆吾之神后，采金属铸造：一名揜日，以之指日，则光昼暗；二名断水，以之划水，开即不合；三名转魄，以之指月，蟾兔为之倒转；四名悬翦，飞鸟游过，触其刃，如斩截焉；五名惊鲵，以之泛海，鲸鲵为之深入；六名灭魂，挟之夜行，不逢魑魅；七名却邪，有妖魅者，见之则伏；八名真刚，以切玉断金，如削土木矣。

宵练

地　　点：卫国
作　　用：杀人不见血
特　　点：见影不见光，见光不见影

宵练是《列子·汤问》中记载的一把名剑：魏黑卵（传说中的人物）因为私仇杀害邱炳章，邱炳章的儿子来丹想要替父亲报仇，奈何体弱多病，身体瘦弱，风都能把他吹倒，他发誓一定要亲手杀死魏黑卵，除了满腔怒火之外一无所有。反观魏黑卵，身强体壮，以一敌百，有万夫不当之勇。纵使魏黑卵敞开胸膛让他砍，露出脖子让他剁，恐怕都难伤及分毫，来丹想要杀死他，无异于痴人说梦。

有一天，来丹的朋友申对他说："你如此痛恨魏黑卵，他却把你当成绵羊一样，你要怎么报仇呢？"来丹哭着说："希望你能帮我出出主意。"申对他说："我听说卫国人孔周祖上传下来三把宝剑，就算是小孩佩戴也能吓退三军，你为什么不去借用一下呢？"

来丹赶到卫国用仆役的礼仪跪拜孔周，将自己的妻儿抵押给他，并说出了自己的想法。孔周说："我有三把宝剑，但是都杀不死人，且听我细细道来：第一把叫含光，看不见，摸不着，剑锋过处没有一点伤痕；第二把叫承影，只有在清晨和黄昏面北观看，才能隐隐看到形状，剑锋过处只有轻微的声音，

刺过身体之后感觉不到疼痛；第三把叫宵练，白天见影不见光，夜晚见光不见影，剑锋过处，伤口马上愈合，血水不沾刃口。这三把剑传自商朝，如今已经有十三代，你可以挑一把使用。”来丹思考之后，决定使用第三把。

来丹得了宝剑，马上回去找黑卵复仇，当时黑卵正好喝醉了酒，躺在窗边休息，来丹手起剑落，对着黑卵从颈至腰连斩三下，马上退走。走到门口时，又碰到了黑卵的儿子，来丹二话不说，提起宝剑又来一次三连斩，来丹的儿子像看傻子一样看着他说："你的手在空中比画什么？"来丹见他的反应，知道这剑不能杀人，失望地走了。

黑卵睡醒后，觉得腰部剧痛，训斥妻子说："老子喝醉了躺在窗边休息，也不知道给老子盖上，害我老腰着了凉。"这时正好儿子回来，听老爹这么说，马上说道："刚才我在门口碰到来丹，他用手对着我比画了几下，现在我身上也一阵剧痛，是不是这小子用厌胜术诅咒咱们爷俩？"

含光、承影和宵练合称"商天子三剑"，代表着道家三种不同的境界：上品含光，引道入体，人道合一；中品承影，遇道引信；下品宵练，尊道守习。这是列子对"道"的高度抽象的概括。

流霞

地　　点：天上
作　　用：辟谷
特　　点：酒

流霞是一种酒，神仙喝的，记载于汉代王充《论衡·道虚》中：河东蒲坂（今山西省永济市）有个叫项曼都的人喜欢修道，有一天，他突然消失了，三年之后才回到家中，家人问他去了哪，项曼都说："有几个仙人把我带到了天上，我当时又饿又渴，他们就给了我一杯叫作流霞的酒，我喝了之后几个月都不会感到饥饿。"后来，人们就用流霞来代指美酒，唐代李商隐有"只得流霞酒一杯，空中箫鼓几时回"的诗句；辛弃疾有"谁与流霞千古酝，引得东风相误"的诗句；李白有"携壶酌流霞，搴菊泛寒荣"的诗句。

斩蛇剑

作　　用：斩蛇之剑
持 有 人：汉高祖刘邦

斩蛇剑为汉代刘歆《西京杂记》中记载的宝剑，为汉高祖斩白蛇所用之剑，剑上有七彩宝珠，九华玉作为装饰，十二年一磨，剑上常有流光，犹如霜雪，光彩照人。

孟德剑

作　　用：曹操佩剑
特　　点：上有铭文“孟德”
持 有 人：曹操

孟德剑是陶弘景所著《古今刀剑录》中记载的宝剑：建安二年（197年），魏武帝曹操于幽谷中得一剑，长三尺六寸（约一百二十厘米），上有铭文“孟德”，于是经常把它佩在腰间。

万仞剑

作　　用：斩蛟之剑
持 有 人：许逊

万仞剑是郭于章《剑记》中收录的宝剑，西晋时期，旌阳（今四川省德阳市旌阳区）令许逊在豫章山得道成仙，后来江中有蛟为患，许逊投剑将其斩杀，后来这把剑便不知所踪。多年之后，当地有一位渔人从湖中捞出一石匣，匣中传出巨大的鸣击之声，声震数十里。到唐代时，洪州刺史破匣得剑一双，剑上有铭文，一曰“许旌阳”，一曰“万仞”。

隋刃

作　　用：伤人即死
特　　点：毒剑
持 有 人：唐太宗

隋刃是《新唐书·南诏传》中所记载的宝剑，为隋朝所铸，铸造时便在剑身中加入毒药，十年才可铸成，之后再淬之以马血，以金犀角装饰剑柄顶端，伤人便死。因为是浪人所铸，因此也被称为“浪人剑”。

《唐会要》中记载了隋刃的来历：“贞观（唐太宗元年）元十年九月辛卯，南诏献锋槊、浪人剑。”此处的浪人指的并非日本浪人，而是唐代的少数民族三浪诏：浪穹、邆赕与施浪，据《蛮书·六诏》记载：“贞元七年，南诏击破剑川，俘矣罗君，徙永昌。凡浪穹、邆赕、施浪，总谓之浪人，故云三浪诏。”

裴旻剑

持 有 人：裴旻

裴旻剑是唐代李亢《独异志》中记载的宝剑。裴旻为唐代名将，被人称为“剑圣”。开元年间，裴旻母亲过世，想请吴道子在天宫寺作画超度母亲亡魂，吴道子对他说：“我已经好久没有作画了，只好请将军舞剑来启发思路了。”裴旻听他这样说，便脱去孝服，持剑而舞，“掷剑入云，高数十丈，若电光下射，漫引手执鞘承之，剑透空而入，观者千百人，无不凉惊栗”。裴旻剑舞、张旭草书、李白诗歌并称“盛唐三绝”。

青龙剑

作　　用：神灵附剑

持 有 人：宋青春

青龙剑是唐代段成式《酉阳杂俎》中记载的名剑：唐代开元年间，河西骑将有个叫宋青春的人，作战十分勇敢，性格却有些暴戾，为众人所忌。时西戎犯边，宋青春每次与敌人对阵时，总要运臂大呼，勇猛异常，割取敌人左耳（古代用来记录军功的信物）后凯旋，从未受过伤，敌人畏之如虎。

后吐蕃军队被唐军大败，数千人皆被俘虏，唐军将领问吐蕃人，为何从不伤害宋青春，吐蕃人说："每次宋将军掠阵之时，我们总能看到一条青龙突阵而来，兵刃所及之处，坚硬如铁，我们都认为是有天神在帮助将军。"听了俘虏的话，宋青春才知道手中的剑原来竟有灵性。

宋青春死后，他的佩剑被瓜州刺史李广琛所得，每次风雨过后，这把剑就迸发出强烈的光芒，照得满室生辉。镇西将军哥舒翰知道这件事后，便来请求以其他宝物交换，李广琛拒绝之后作诗相赠："刻舟寻化去，弹铗未酬恩。"

火精剑

作　　用：削铁如泥

持 有 人：唐德宗

火精剑是唐代苏鹗《杜阳杂编》中记载的宝剑：建中二年（781年），大林国使者进献宝剑一把，使者说："大林国内有一座山，山中产神铁，可惜瘴毒，无法采取。如果中原国君有道，神铁便会自流成剑，便是这把火精剑。"此剑之光如同闪电，削铁如泥。以木磨之则生烟火，以金石击之则火光四起。后来，唐德宗要祭祀上天，便将火精剑带出内殿，想试试这把剑的锋利程度。挥剑砍向门槛上的铁狻猊，应手而碎。等乘舆夜归时，身边的侍从全都看到剑上发出数尺剑光，耀眼夺目。

破山剑

作　　用：破山
持 有 人：某农夫

破山剑是北宋张表臣《珊瑚钩诗话》中记载的名剑：有一农夫在耕地时挖出一把剑，洗净磨光之后拿到街市准备卖掉。一位胡商开价十万钱，农夫不肯卖，胡商便开到百万钱，约定次日交易。回到家后，农夫对妻子说："这剑不知道是何宝物，竟能值百万钱。"夫妻俩来到院中，以剑击石，立马便碎了。第二天，胡商载钱至，叹息道："剑光已经耗尽，我不买了。"农夫感到十分错愕，问其缘由，胡商说："此乃破山剑，只能用一次，我原准备拿这把剑破开宝山，不想被你拿来破了一块烂石头。"农夫悔之晚矣。

燕奴剑

作　　用：飞剑
特　　点：一对小剑
持 有 人：某术士

燕奴剑是《名剑记》引《洞微志》中记载的宝剑：一术士于腕间弹出二子，可以变成双燕飞腾，名曰燕奴。燕奴又可以变成两把小剑，在空中辗转腾挪，飞舞交击，十分灵活，须臾便收入腕中。

灵宝剑

作　　用：锋利无比、可弯曲
特　　点：软剑
持 有 人：闻人绍

灵宝剑是宋代沈括《梦溪笔谈》中记载的宝剑：钱塘地区有个叫闻人绍的

人，有一把十分锋利的宝剑，可以一次砍断十根铁钉，剑刃没有丝毫伤损。用力弯曲，剑身可以变得像钩子一样，松手之后便可再次恢复原状，名曰“灵宝剑”。晋代张协在《七命》中说：“若其灵宝，则舒屈无方。”大概从那时起便有这类宝剑了。

绕指柔

地　　点：兴化北平望湖，今江苏省兴化市北平旺湖
作　　用：削铁如泥
特　　点：软剑

绕指柔是记载于明代陈仁锡《潜确类书》中的一把宝剑，首次出现于兴化县北部平望湖中山丘的古墓里，是当地土人发掘的，像武侠片中的软剑一样，这把剑可以轻易用手对折，首尾相连，如果不怕划伤，还可以缠在腰上，别看它软，削起铁来不费吹灰之力。南宋开禧年间，金国将军南下后得之，称这把剑就是古书中记载的宝剑——绕指柔。明代李承勋在《名剑记》中也有相关记载：“扬州兴化平望湖中一剑，屈之首尾相就。”在很多古代文学作品中，“绕指柔”也是戒指的代称，常用来表达爱情，比如：晋代刘琨《重赠卢谌》诗中的“何意百炼刚，化为绕指柔”；南宋词人蒋捷的《江城子》中也有“一句轻许，三生绕指柔”的描写。

《承云》

时　　代：远古
人　　物：黄帝
类　　别：乐曲

承云是记载于《楚辞·远游》中的乐曲名："张《咸池》奏《承云》兮"，王逸认为是黄帝所作；《吕氏春秋》中也有记载："帝颛顼乃令飞龙作乐，效八风之音，命之曰《承云》"，这里又是颛顼所作。

《桐鼓曲》

时　　代：远古
人　　物：黄帝
类　　别：乐曲

《桐鼓曲》是《归藏》中记载的一首古曲：蚩尤出生于羊水这个地方，有八只手臂和八只脚，还有一颗非常大的头颅。他越过九淖去侵略空桑，黄帝在青邱杀了他，并作了《桐鼓之曲》十首：一曰雷震惊，二曰猛虎骇，三曰鸷（zhì，凶猛）鸟击，四曰龙媟蹀（dié，顿足），五曰灵夔（kuí）吼，六曰雕鹗争，七曰壮士奋，八曰熊罴哮，九曰石荡崖，十曰波荡壑。

《驾辩》

时　代：远古
人　物：伏羲
类　别：乐曲

《驾辩》是《楚辞·大招》中记载的乐曲名，原文为“伏戏《驾辩》，楚《劳商》只”，东汉学者王逸认为：这句话的意思是伏羲创造了瑟这种乐器，并且谱了乐曲《驾辩》，楚国人传承了下来，作曲《劳商》。

《南风》

时　代：远古
人　物：大禹
类　别：诗歌

《南风》是《礼记·乐记》中记载的一首古曲：“昔者舜作五弦之琴，以歌《南风》。”按《尸子》中的记载，歌曲的内容应该是：“南风之熏兮，可以解吾民之愠（yùn，怨恨）兮；南风之时兮，可以阜（fù，使增加）吾民之财兮。”

《九代》

时　代：远古
人　物：夏启
类　别：乐舞

《九代》是《山海经·海外西经》中记载的乐舞名：“大乐之野，夏后启于此儛《九代》，乘两龙，云盖三层。左手操翳，右手操环，佩玉璜。”这句话的意思是：大乐野，夏启在这里观看歌舞《九代》，乘坐两条龙，头顶有

三层云组成的伞盖，左手拿着用羽毛做成的华盖，右手拿着玉环，腰间佩戴着玉璜。郭璞认为：九代应该是马的名字，夏启让马给他跳舞；清代学者郝懿行认为他说得不对，远古时期恐怕还没有马舞，九代应该是乐舞的名字，作为歌曲时叫作《九招》（《山海经·大荒西经》中曾经记载），作为舞曲时叫作《九代》。

灵鼓

时　　代：周朝

人　　物：周穆王

类　　别：乐器

灵鼓是记载于《穆天子传》中的乐器：周天子东游，在黎丘读书，黎丘人向天子献酒，他非常高兴，命令乐师奏乐。后来，天子丢失了他的灵鼓，化为黄蛇而去。这一天，人们听到天子的鼓的声音从地下传来，便在那里栽了一棵梧桐树。这棵树如果用来做鼓，可以有利于战事；如果用来做琴，音色就会非常美妙。灵鼓是古代祭祀时用来奏乐的一种六面鼓。

三象

时　　代：商朝

人　　物：周公

类　　别：乐曲

三象是《吕氏春秋·古乐》中记载的乐曲名。商朝人驯服大象，放到东夷为祸，周公派部队把它们赶到了江南，东夷人创作乐曲《三象》来歌颂他的恩德。

超屏

时　　代：秦朝
人　　物：荆轲、秦王
类　　别：古琴

超屏是《古琴录》中记载的一把古琴。荆轲刺秦王时，左手拉着他的袖子，右手拿着匕首对着他的胸口，数落他的罪状："你负燕王日久，贪婪残暴，不知满足，今天我就要代表天下的百姓杀了你。"说完就要杀死他。秦王说："寡人喜欢古琴，想听一曲再去死。"荆轲答应了他的请求。秦王命琴女文馨奏曲，文馨边弹边唱："罗縠单衫，可掣而绝；三尺屏风，可超而越；鹿卢之剑，可负而拔。"意思是：衣服可以从手里轻易抽出，屏风可以用来躲避攻击，鹿卢剑可以拔出来杀死荆轲。

荆轲听不懂歌词的意思，秦王却懂了。他飞快地从荆轲手中抽出袖子，绕着屏风躲避荆轲的攻击，荆轲想用匕首刺死他，却将匕首插入了铜柱，秦王抽出宝剑鹿卢砍断了他的两只手。荆轲靠在柱子上笑着说："我太相信你了，竟然被你骗了，燕国之仇不报，我誓不为人。"后来，秦王就将这把古琴命名为超屏。

《凌波》

时　　代：唐代
人　　物：唐明皇
类　　别：乐曲

《凌波》曲是记载于唐代王仁裕《开元天宝遗事》中的古曲：唐明皇在东都（洛阳）时，曾经梦到一个女子，那女子跪拜之后对他说："妾是凌波池（唐代池沼名）中的龙女，一直都在保护宫苑，陛下懂音律，请求赐我一曲。"于是唐明皇作乐曲《凌波》在凌波池中演奏，看到有神仙从水波中浮出。

《华山畿》

时　　代：南宋
人　　物：某士子
类　　别：乐曲

《华山畿》是南朝陈代沙门智匠《古今乐录》中记载的乐曲名：宋少帝（南宋最后一个皇帝）时，南徐（今江苏省镇江市）有位士子要从华山（江苏境内，非西岳华山）赶往云阳（今江苏省丹阳市），在旅店中碰到一位姑娘，年方十九，一见倾心，于是患了心病。回家之后，母亲问他为什么总是闷闷不乐，他便把这件事告诉了母亲。母亲赶到华山寻访，找到了那位姑娘，并把这件事告诉了她。姑娘听了之后十分感动，就把自己的蔽膝（古代围在衣服前面的大巾，用以蔽护膝盖）脱下来交给她，让她回去之后把蔽膝悄悄放在儿子的席子下面，病自然就好了。

母亲拿着蔽膝回到家里，依言行之，那位士子果然好了很多。过了一段时间，士子突然在席子下面发现了那块蔽膝，于是抱起蔽膝大哭，吞食而死，临死前告诉母亲：“埋葬我时灵车要从华山经过。”母亲听从他的吩咐，等出殡的那一天，灵车经过那位姑娘门前，拉车的牛便不肯往前走了，怎么拍打都没有用，那位姑娘突然从家里出来对士子的母亲说：“且等我片刻。”于是进屋沐浴打扮，唱道：“华山畿！君既为侬（我）死，独活为谁施？欢若见怜时，棺木为侬开！”唱完之后，棺盖应声而开，那女子躺入棺中，家人再怎么拍打都没有用。于是将两人合葬，乡民们都称那座坟为“神女冢”。

黄帝遗玄珠

时　　代：远古
人　　物：黄帝
发 生 地：赤水之北、昆仑之丘

黄帝遗玄珠是《庄子·天地》中记载的异闻：黄帝游赤水（《山海经》中水名）之北，登昆仑之丘，南望而归，遗失玄珠。黄帝派知前去寻找，无果；又派离朱前去寻找，依然没有找到；最后派象罔寻找，象罔得之。在《淮南子》中，黄帝所派之人又有不同："使离朱、捷剟索之，而弗能得之也，于是使忽祝，而后能得之。"而据宋代张唐英的《蜀祷杌》记载，黄帝找到玄珠后，又被蒙氏（远古部落首领）之女奇相盗取，被黄帝发现后，奇相沉江而死，后为水神。

黄帝造车

时　　代：远古
人　　物：黄帝

黄帝造车是晋代崔豹所著《古今注·舆服志》中记载的异闻：远古时期，黄帝与蚩尤战于涿鹿之野，蚩尤作法起雾，军士皆迷路，黄帝便制作了指南车来指明方向，最后大败蚩尤。

绝通天地

时　　代：远古
人　　物：颛顼
发 生 地：大荒

绝通天地是中国历史上的一次重大事件，根据《国语·楚语下》中的记载：少昊晚年，九黎（远古时代的部落政权）作乱，人神杂糅，无法管理，颛顼打败共工继位之后，命令南正重管理天上的秩序，又命令火正黎管理人间的百姓，天地人神互不干扰，这次事件称为“绝地通天”。《尚书·吕刑》中也有记载：颛顼即位之后，九黎信奉神灵，不事生产，一切都靠占卜决定，苗民国施行严刑峻法，百姓怨声载道，于是命令重和黎把天地之间的通道打断了。其他史书中也有类似记载，不再赘述。

神话的本来面目应该是《山海经·大荒西经》中记载的内容：大荒之中，有一座日月山，这里就是天枢（门），那里有神仙守卫，他长着人的面孔，没有手臂，两只脚长在头上，名字叫“嘘”，颛顼生老童，老童生重和黎。颛顼命令重献上天，命令黎邛下地，黎邛生噎，住在西极，管理日月星辰的运行。另外，《山海经》中还记载着两处与上天联系的通道，一处是登葆山，另一处是建木。

黄帝铸大镜

时　　代：远古
人　　物：黄帝
发 生 地：王屋山

黄帝铸大镜是清代陈元龙《格致镜原》中记载的异闻：黄帝与王母相会于王屋山，于是铸了十二面大镜子，一个月用一个。至于这镜子有什么用，唐代王度在《古镜记》中有记载：隋朝时，汾阴县有个叫侯生的人，很有些奇奇怪怪的本事，王度一直把他当成师长一样尊重，侯生临死前送了他一面古镜，并且告诉他：“只要有这面镜子，所有的邪祟都不敢靠近你。”据侯生说，黄帝当年一共铸造了十五面镜子，第一面直径一尺五寸，代表满月，往下各减一寸，王度手上的这面直径八寸，所以应该是第八面。镜柄上刻着一头麒麟，镜身四角有龟龙虎凤四灵，镜背对应的地方刻有八卦，八卦之外有十二生肖，生肖外围有二十四个字，却一个都不认识，应该是二十四节气，把镜子放在太阳底下，背面的图案和文字就会像投影仪一样显现在地上，非常神奇。这样看来，这个镜子似乎是黄帝用来记录和制定历法的。

舜耕历山

时　代：远古
人　物：舜
发生地：历山

舜耕历山是《史记》中记载的内容："舜耕历山，历山之人皆让畔。"还有一个"象耕鸟耘"的故事：舜很小的时候母亲就去世了，他的父亲瞽叟又娶了一个老婆，两人对舜又打又骂，什么脏活累活都让他干，家里所有的地都让他一个人种。有一天，舜一个人在田里耕作，实在累得不行了，就躺在地上休息，突然有一头大象从远处走了过来，到了舜的田地之后，用鼻子卷起一块石头就开始锄地；又有一天，舜在田里锄草，地里杂草丛生，一个人根本忙不过来，正在发愁间，突然来了一群鸟，帮助他一起除田里的杂草和害虫。

海神朝禹

时　代：远古
人　物：大禹
地　点：涂山

海神朝禹是五代后唐马缟在《中华古今注》中记载的异闻：大禹会天下诸侯于涂山，突然刮起了大风，天上雷霆大作，云中出现了一千人，有穿着金甲、骑着甲马的配刀骑士，还有穿着铁甲的，领头的是一个不穿盔甲、额头上裹着红绢的人，大禹问他们的来历，为首一人说："我是武士的头领，佩刀的是护卫，我们是保护海神来朝见您的。"

禹娶涂山

时　　代：远古
人　　物：大禹
发 生 地：涂山

禹娶涂山是《吕氏春秋》中记载的故事，大禹娶涂山氏的女儿后，没有因私害公，结婚四天之后（自辛日至甲日）就出去治理水患了，所以江淮地区有一个风俗，以辛壬癸甲（干支纪年法）作为婚嫁的日子。东汉赵晔《吴越春秋》中记载，大禹三十岁还没有娶妻，在涂山碰到一个九尾白狐，之后娶妻涂山氏之女，名叫女娇。

黄龙负舟

时　　代：远古
人　　物：大禹
发 生 地：长江

黄龙负舟是《吕氏春秋·知分》中记载的故事：大禹要去南方巡视，在渡江时，突然有一条黄龙从水底把船拖了起来，船里的人都吓得六神无主。大禹仰天长叹："我受命于天，竭尽全力造福人间，生死有命，何必害怕巨龙呢？"黄龙听完之后就俯首低尾地游走了。

禹凿龙门

时　　代：远古
人　　物：大禹
发 生 地：龙门

禹凿龙门是晋代王嘉在《拾遗记》中记载的故事：大禹治水凿龙关之门

时，来到一个空旷的岩洞中，岩洞深数十里，昏暗无比，无法继续前行。大禹举着火把继续前进，突然有一只长得和猪很像的动物，衔着夜明珠在前面引路；过了一会儿，又来了一条青色的狗在前面引路。大约走了十里，早就分不清白天黑夜了。走着走着，前面突然有了亮光，那头猪和狗突然变成了人的样子，都穿着紫色的衣服，又出现一个蛇身人面的神人。大禹上前和他搭话，那人拿了一张八卦图，放在一块金板上，马上出现八个神卫站在两边护卫。大禹问他："您是华胥生下的圣子吗？"那仙人说："华胥是九河神女，我确实是她的子嗣。"说完之后，他又拿出一块玉简送给大禹，此简长一尺二寸，正好跟十二时辰相合，让他用来度量天地。大禹拿到玉简后，终于把水患平定了，这个蛇身人面的神仙，原来就是伏羲大帝。

《王子年拾遗记》中也有关于这件事的记载：大禹凿龙门治水时，来到一处空幽的洞穴，起初只能举火前行，走到一半时突然碰到一条大蛇，头上有角，衔着夜明珠在前面带路，走了三十多里路，没有碰上任何邪祟，洞穴也越来越大，最后来到一处石室，里面有个蛇身人面的神仙坐在石头上。这段记载中的蛇身人面的神仙也是伏羲。

二郎担山赶太阳

时　　代：远古
人　　物：二郎
发 生 地：神州

二郎担山赶太阳是民间流传极广的神话故事，在元代杂剧中就已经出现，杨景贤《西游记》杂剧中二郎神出场的唱词里就有："谁数有穷能射日？某高担五岳逐金乌。"吴承恩的《西游记》第六十七回中，孙悟空笑着对二郎神说："我……善会担山赶日头。"这个故事在河南、陕西、江苏等地区都有不同的版本流传，故事的细节虽然有所出入，但大体内容都是相同的。

远古时期，有个叫二郎的小伙子，天生神力，能够随意搬起地上的小山，他还有一双飞虎鞋，能日行万里。有一天，天上突然出现了十个太阳，烤得土地龟裂、庄稼枯死，就连河水都被晒干了，百姓们怨声载道、苦不堪言。二郎非常生气，决定把太阳压在山下。于是，他用扁担担起十座大山，穿上飞虎鞋开始追赶太阳，追上一个就用小山压住一个。一直追了好几年，终于把九个太阳都压住了，等他拿起大山要压住第十个太阳时，天帝出现了，他告诉二郎："如果把最后一个太阳也压住了，那人间就会陷入一片黑暗中，庄稼不能生

长，天气也会变得更加寒冷。”后来，二郎放过了最后一个太阳，玉帝把他封为二郎神，那些山上的温泉就是因为下面压着太阳。

吐子成兔

时　　代：商朝
人　　物：周文王姬昌
发 生 地：羑里

吐子成兔是元朝至治年间《武王伐纣平话》中记载的奇闻：纣王把姬昌囚禁在羑里，又抓了他的儿子伯邑考，命人将伯邑考碾成肉酱，又让费孟做成肉羹给姬昌吃。姬昌拿到肉羹以后，知道那是用儿子的肉做成的，心里暗想道："此肉是我儿肉，可是我如果不食此肉，势必要死在不仁之君手里。"于是欢欢喜喜地吃完了肉羹，还对费孟说："此肉甚好，非常美味。"费孟回去报告纣王："姬昌接到肉之后，笑而食之，可见他不是什么贤人。"纣王大悦，让人放了姬昌。姬昌走到半路上，下马把肉全都吐在地上，那些肉全都变成了兔子，姬昌大哭。后来人们还在那里立了吐子冢，在荡阴城（今河南省安阳市汤阴县）外四里地。

老子一气化三清

时　　代：远古
人　　物：老子
发 生 地：神州

老子一气化三清是道教中流传已久的传说，大致形成于魏晋时期，讲的是道的延续、三清老祖的由来和三才的来历，在很多古籍中都有记载，比如陶弘景的《真灵位业图》中，奉元始天尊、元始天王、太上大道君等神为最高神灵；灵宝派尊元始天尊、太上老君为最高神；天师道则认为老子是最高神。经过不断地演化和融合，最终道教确定了统一的神仙谱系：最上位是道祖太上老君，世号老子；下面是三清道祖：玉清元始天尊、上清灵宝天尊、太清道德天尊，这也是道观中三清殿供奉的三位神仙。

这段故事在《封神演义》中描写得比较生动：通天教主和老子斗法，布下诛仙阵，没想到老子如入无人之境，根本不受影响，不觉满面通红，浑身发热，把手中的火剑刺向老子。老子心中暗想：他只知道使用道术，却不知道修身，我也得让他看看玄都紫府的手段。于是老子把青牛一拎，跳出诛仙阵，将鱼尾冠一推，只见上面冒出三道白气，化为三清，正是上清、玉清、太清，全都作道士打扮，加上老子，一共四位，四人围着通天教主一齐发功，打得他只有招架之功，没有还手之力。

河伯娶妻

时　　代：战国
人　　物：西门豹
发 生 地：漳水

河伯娶妇是《水经注·浊漳水》中记载的一件逸事：战国时代，巫师们经常在漳水祭祀河伯，以河伯娶妇的名义把少女扔进河水中。魏文侯在位时，派西门豹到这里当邺城（今河北省临漳县）县令，他一到任就和当地的三老（古代掌教化的乡官）立下约定：如果河伯再次娶妻，一定要来告诉他，他要亲自把少女送过去。

转眼又到了河伯娶妻的时候，三老聚敛了百姓百万钱。又派巫师到街道巷陌去挑长得漂亮的女子，准备扔进河里给河伯做老婆，被选中的少女家里可以得到三万钱的聘礼，沐浴打扮，如同出嫁一般。

到了祭祀这天，西门豹亲自赶到河边观看。那巫师已经年过七旬，后面还跟着十个女弟子，西门豹叫来那个准备献给河伯的少女看了一下，觉得不是很漂亮，就让士兵把巫师扔进水里通报河伯。过了一会儿，老巫迟迟不见上来，西门豹转头问众人："老巫去了那么久，怎么迟迟不见回来？"于是下令将巫师的弟子丢进河里催促，接连丢了三个，还是不见上来，西门豹又准备让三老去河里催促。三老吓得魂飞魄散，跪在地上连连磕头，额头都磕破了，鲜血横流，表示再也不敢给河伯娶妻了，西门豹才放了他们，从此之后，这种祭祀活动也断绝了。

河伯娶妻是民间流传很广的故事，也是京剧的传统曲目，川剧中也有相似的曲目。

鲁阳挥戈

时　　代：春秋时期
人　　物：鲁阳公

鲁阳挥戈为《淮南子》中记载的异闻：昔日武王伐纣，在孟津渡河，忽然狂风大作，天地间一片晦暗，河中掀起滔天巨浪，迎面扑来，连人马都看不清楚。武王处变不惊，左手持钺，右手执旗，大喝曰："吾乃天命所归之人，谁敢逆我！"刹那间便风平浪静。春秋时期，鲁阳公与韩国交战，激战正酣，却见日已西斜，鲁阳公挥戈指日大喝，太阳居然再次返回。原文中将这两件事放在一起，实为说明得道之人，天必助之。

此事，后世文章、诗词中较为常见，如：白居易《礼部试策第四道》中的"鲁阳挥戈而暮景回"；李白《日出行》中的"鲁阳何德，驻景挥戈"；明代李东阳《登五显庙瑞芝亭》中的"鬼斧凿空通鸟道，鲁戈挥日驻云梯"等。

薛烛论剑

时　　代：春秋时期
人　　物：薛烛、越王允常

薛烛论剑为《太平御览》引《吴越春秋》中记载的异闻：春秋时期，越王允常请欧冶子为他铸造了五把宝剑：一曰纯钧，二曰湛卢，三曰豪曹或曰盘郢，四曰鱼肠，五曰巨阙。他听说秦国来的薛烛善于相剑，便请他来一看。

越王先取出豪曹给他看，薛烛说："这算不上宝剑，所谓的宝剑，必须五色俱全，豪曹剑暗淡无华，既无光，也无神韵。"越王又取出巨阙给他看，薛烛说："这也算不上宝剑。宝剑必须金锡和同，气如烟云，这把剑神光已离开剑神。"接着，越王拿出鱼肠给他看，薛烛说："这把剑不仅不是宝剑，还是一把凶剑，得此剑者，臣弑君，子弑父。"

越王不死心，又拿出纯钧给他看，薛烛目光炯炯地看着剑，说道："剑光如同日光耀眼夺目，又如寒冰将要消融，此剑乃纯钧也。"越王点头说道："这把剑的确是纯钧，有个人想要买这把剑，愿意用三十个乡、千匹骏马和千户百姓作为交换，可否？"薛烛劝道："万万不可，我听说这把剑锻造之初，破赤堇之山而出锡，涸若耶之溪而出铜，雨师洒道，雷公发鼓，蛟龙捧炉，天帝装碳，就连太一都从观中走出。于是欧冶子取天地之精，用尽平生所学铸成五剑。其中吉者于大王有利，凶者可以送人，便是凶者也价值万金，何况是纯钧这等稀世宝剑呢？”

最后，越王拿出湛卢给他看，薛烛说：“此剑乃金铁之英，银锡之精所铸，有神灵附于其中，得此剑者，可百战百胜。不过，人君如果不道，神剑则会自己跑到其他国家。”越王便将湛卢送给了吴王，后吴国公子光杀吴王僚自立，湛卢便去了楚国。

隐身术

时　　代：战国时期
人　　物：钟离春

隐身术是汉代刘向所著《列女传》中记载的异闻。书中记载：战国时期，有个叫钟离春（即钟无艳）的人长得奇丑无比，四十岁尚未出嫁，于是前去拜见齐宣王，对他说：“我时常听人说大王长得非常英俊。”齐宣王很高兴，便问她：“你平日里有什么喜好？”钟无艳答道：“我喜欢隐身。”齐宣王十分好奇地说：“寡人也想学习这门仙术，你且隐身一看。”话还没说完，眼前的钟离春突然消失不见了，齐宣王大惊。后来，钟离春做了齐宣王的妃子。

晋·葛洪《神仙传》中也有类似记载：丰邑（今江苏省徐州市丰县）人李仲甫曾经跟随王君学道，服食丹药有成，可以用步诀隐形，第一次可以隐身百日，一年之后才会失效，后来隐身的时间越来越长，旁人只能听到他的声音，却看不到他的身形，且他的饮食与常人无异。

哀牢国

时　　代：远古
人　　物：沙壶和龙
发 生 地：哀牢国

哀牢国是晋代常璩在《华阳国志》中记载的一件奇闻：从前有一个妇人，

名叫沙壶，她住在哀牢山下，以捕鱼为生。有一天，她忽然在水下碰到一根沉木，回到家就怀孕了。十个月后产下十个男婴。后来那根沉木变成了龙，出来对沙壶说："你为我生的孩子，现在还在吗？"九个儿子都被吓跑了，只有一个儿子因为太小没法跑，只能陪龙坐着。龙就坐下和儿子聊天，沙壶在一旁陪着说话。因为这孩子陪龙一起坐过，所以给他起名元隆。

元隆长大之后，越发一表人才，其他九个兄弟说："元隆敢和龙说话，有勇有谋，实在是天之骄子。"于是共同推举他做了王。当时哀牢山下还有一对夫妇，生了十个女儿，正好全都嫁给了元隆和他的兄弟们，哀牢国就是他们的后裔。

实际上，哀牢国是公元前五世纪澜沧江和怒沧江上游的傣族小部落共同组成的国家，君主被人们称作"诏隆"，《后汉书・西南夷传》中称作"九隆"。公元69年，哀牢王归附汉朝，当时哀牢国已经有人口五十五万，后世的南诏国就是哀牢国的后裔。

泗水取鼎

时　代：秦朝
人　物：秦始皇
发生地：泗水

泗水取鼎记载于《史记・秦始皇本纪》：秦始皇东巡结束后返回都城，路过彭城时，斋戒祭祀，想要从泗水中捞出周朝的九鼎，派了上千人下水都没有找到。另外，《水经注・泗水》中也有相关记载：秦始皇时，有人曾经在泗水见过周鼎，于是上报始皇。始皇大喜，认为自己德合三代，于是派了数千人下水去捞，却什么也没有找到。不过也有人说他找到了九鼎，并且用绳子绑住准备从泗水中拉出来，却被鼎中的龙头咬断了绳子。

据《史记・孝武本纪》的记载，九鼎是大禹收集九州的铜铸成，用来祭祀上帝和鬼神的神器，象征九州，也是帝王合法性的代表。周显王四十二年，九鼎沉没在泗水，后来就再也没有找到过。泗水取鼎也是汉代壁画砖常用题材之一，古泗水在今江苏省徐州市境内。

海神竖柱

时　　代：秦朝
人　　物：秦始皇
发 生 地：海中

海神竖柱是郦道元《水经注》中记载的异闻：秦始皇想要在海里修建石桥，海神为他在海底竖起了很多石柱。秦始皇想要和海神见面，海神说："我长得很丑，你答应不给我画像，我就和你见面。"始皇答应之后，在海中四十里的桥上和海神见面，却带了一个画工偷偷地给海神画像。海神大怒说："皇帝说话不讲诚信，赶紧走吧。"始皇调转马头，一路狂奔，石桥紧跟着马蹄一路倒塌，等他回到岸边再看时，石桥已经没有了，只剩下几根石柱孤零零地立在海中。

黄雀衔环

时　　代：汉朝
人　　物：杨宝
发 生 地：弘农郡

黄雀衔环是南朝梁吴均在《续齐谐记》中记载的异闻：汉代时，弘农郡[①]有个叫杨宝的人，十分善良。九岁时，他到华阴山游玩，路上看到一只黄雀被鸱枭所伤，从树上掉了下来。杨宝赶紧跑到树下查看，看到一群蚂蚁又把黄雀围了起来，杨宝将受伤的黄雀放在自己怀里带回了家，亲自照看，用黄花来喂它。过了十几天，黄雀的伤好后飞走了。有一天晚上，杨宝三更天还在读书，突然不知道从哪里来了个黄衣童子对他说："我乃王母使者，前几天承蒙你相救，现在要回南海接受赏赐了。"说完之后，那童子从怀中掏出四个玉环送给杨宝，并对他说："您家的子孙就像这些玉环一样洁白，以后肯定能够登上三公[②]之位。"童子说完便飞走了。杨宝就是东汉名臣杨震的父亲，杨震最后官至太尉（三公之一）。

① 由汉武帝设立，治所故址在今天河南省灵宝市东北。
② 周朝设立的权力最大的三个官职，各代称呼不同。

鱼跃龙门

时　　代：汉代
人　　物：鲤鱼
发 生 地：河津

鱼跃龙门是汉代《辛氏三秦记》中记载的异闻：河津（今山西省河津市）又名龙门，大禹曾在此地山中开凿一山门，阔一里有余，黄河自门中流下，岸上不通车马。每逢春季，便有黄鲤逆流而上，能从龙门游过者便可化龙。龙门在《吕氏春秋》中亦有记载："禹立，勤劳天下，日夜不懈，通大川，决壅塞，凿龙门。"

采药民

时　　代：未知
人　　物：采药人
发 生 地：蜀郡

采药民是《旧小说》收录《原仙记》中收录的内容：蜀郡（今四川省都江堰市）青城山下，曾经有个采药人在采药时遇到一个大薯药，一直挖了几丈都没有挖出来，这人也相当执着，一直挖到十几丈，突然掉进一个洞窟里，没有能够出去的洞口。他看到旁边有一个洞穴，就走了进去，一直顺着路走了几里，才从一个洞口出来，眼前豁然开朗：洞口边有河水，岸边有人家，有人耕地，有孩童钓鱼。

他找了一个当地人打听，那人告诉他这里是仙境，要带着他去见玉皇大帝。两个人腾云驾雾，片刻之后来到一座宫城，宫门外有一头巨大的牛，全身赤红，模样长得十分古怪，正闭着眼流着口水睡觉呢。

那人让采药人跪拜此牛，那牛便吐出一件宝物，顷刻之后又吞了回去，又过了片刻，牛嘴里吐出赤、橙、黄、绿、青、蓝、紫、黑等颜色的宝珠，又被穿着五颜六色衣服的童子捡了去，采药人最后只得了一颗黑色珠子吃了，黑衣童子来的时候，见地上没有黑珠，转身走了。

当地人带着采药人见了玉皇大帝，玉帝赐了两个仙女服侍他，又好吃好喝地供着，采药人在这里住了几年，想要回人间了，这里的人便一齐捧着他飞到了天上，与群鸟一起飞走了。最后飞到一座城中，一问才知道是临海县（今浙江省临海县），距离蜀地已经很远了。几年之后，采药人终于回到家乡，向人打听自己的家人，竟然没有一个人知道的，最后碰到一个九十多岁的老人，那老人才告诉他，自己的祖父当年出门采药，一直没有回来，如今已经九十年了。

后来他问了修道的人才知道，那牛叫作驮龙，吐出来的珠子是仙药，吃了红色的可以长生不老，寿与天齐，青色的可以活五万岁，黄色的能活三万岁，白色的能活一万岁，黑色的能活五千岁，他虽然不能成仙，但至少寿命能到五千岁。

这段记载里的驮龙和痴龙很像，不过一个是牛，一个是羊。

木牛流马

时　　代：三国时期
人　　物：诸葛亮
发 生 地：祁山

木牛流马是晋代陈寿在《三国志·诸葛亮传》中记载的异闻：建兴九年（223年），诸葛亮率军出祁山，以木牛运粮，粮尽而军退。建兴十二年（226年），诸葛亮再出祁山，以流马运粮，与司马懿对阵于渭南。木牛流马即用木制成的牛马，属机关术。

搬运术

时　　代：三国时期
人　　物：曹操、左慈

搬运术是晋代干宝所著《搜神记》中记载的异闻：三国时期，吴国大将左慈道术十分高明，有一次他和曹操在一起吃饭，曹操笑着对众人说："今天这顿饭，珍馐齐备，只少了一样东西——吴松江鲈鱼。"左慈说："这个好办。"

于是，左慈向人要了一个铜盘，盘中注水，以竹竿垂饵钓之，片刻之后，居然钓上一条鲈鱼。曹操鼓掌大笑，宾客都感到十分惊奇。曹操对左慈说：“只有一条鱼，如何招待这么多客人呢？不如再钓一条。”左慈便重复此举，片刻之后，又钓上一条三尺多长的新鲜鲈鱼。

曹操命人将鲈鱼制成脍（生鱼片）赐给宾客，又对左慈说：“虽然有了鲈鱼，却没有蜀地的生姜，实在可惜。”左慈说：“这也不难。”遂起身离去，片刻返回，手中已经拿了生姜。曹操怀疑他是在附近买的，便对他说：“我前段时间曾经派人去蜀地买锦，如今想要告诉他再多买两段。”一年多后，买锦的人从蜀地回来，果然多买了两段。曹操问他可曾见过左慈，那人说：“左慈于市中告诉我，让我多买两段。”

后来，曹操去近郊出游，有数百官员跟随，曹操赐给每人一壶酒和一块肉，百官却全都醉倒了。曹操感到十分奇怪，便去酒家查看，却见店中酒肉已经全无。曹操大怒，想要杀死店掌柜，那掌柜却忽然钻入墙壁中，没了踪影。这便是左慈使的搬运术。

清代翟颢的《通俗编》中也有对搬运术的相关记载：“唐赛儿得妖书，取以究习，遂得通诸术，以其教施于村里，凡衣食财物，随须以术运至，细民翕然从之。”

周处斩蛟

时　　代：三国时期
人　　物：周处
发 生 地：兴义郡

周处斩蛟是南朝宋代刘义庆在《世说新语·自新》中记载的一件奇闻：周处（东吴大将）年少时为人凶强，乡里人都把他当成祸患。当时兴义郡（今江苏省宜兴县）水里有蛟，山里有老虎，人们把它们和周处合称“三横”，周处在“三兄弟”里排第一。乡里人都鼓动他去杀虎斩蛟，希望“三横”里最好能只剩下一个。周处听了之后就跑到山上杀了老虎，又到河里杀蛟，那蛟和周处缠斗在一起，一会儿浮上来，一会儿又沉下去，足足游了十几里地。这场大战一直持续了三天三夜，乡里人以为周处死了，全都奔走相告，放鞭炮庆祝。没想到，过了几天周处居然又回来了，他看到乡里人都在庆祝，才知道自己是乡里的祸患，遂下定决心改正。

《古小说钩沉》收录《祖台之志怪》中也有记载：义兴郡溪渚长桥下有一

头苍蛟，经常吃人，周处拿着剑在大桥旁边等待，等了很长时间，苍蛟终于从水里露出，周处拿着宝剑从桥上跳下连刺数剑，苍蛟一直游到太湖才死。

潜龙灌田

人　　物：神龙、村民
发 生 地：佷山县

潜龙灌田为郦道元《水经注》中记载的异闻：佷山县（古地名）东十里，有个叫平乐村的地方，那里有一个石穴，石穴中有清泉，传闻里面有龙居住。每次大旱时，当地人便将荤草扔进此穴中，龙便怒而喷水，以便清理穴中杂草，旁边的土地就可以得到灌溉。

唐明皇游月宫

时　　代：唐代
人　　物：唐明皇、罗公远
发 生 地：月亮

唐明皇游月宫是《云笈七籤》中收录《神仙感遇传》中记载的内容：农历八月十五，罗公远侍奉唐明皇一起在宫中赏月，他对皇帝说："陛下想要看看月宫的样子吗？"唐明皇高兴地答应了。罗公远将手中的拐杖抛上天空，化作大桥，如同银河一般。两人一起登桥而上，走了十几里之后，只觉金光夺目，寒气逼人，不久就来到了一座很大的城市。罗公远说："这就是月宫了。"只见仙女数百，都穿着霓裳羽衣，在广场中翩翩起舞。玄宗问曲名，答曰："《霓裳羽衣曲》。"唐明皇默默地记下曲调，没一会儿就被一阵冷气逼回到了银桥之上。唐明皇从桥上下来，马上召集宫里的乐师作《霓裳羽衣曲》。这件事在很多典籍中都有记载，过程大同小异，只是同游的人不一样：《异闻录》里是中天师和洪都客，《集异记》里是叶善法。

大蟹斗山神

时　　代：唐代
人　　物：胡商
发 生 地：大海

大蟹斗山神是《广异记》中记载的异闻：唐代时，有个波斯商人在航海时迷失方向，漂到一个大岛上，得了很多宝贝。当他们准备乘船顺风漂流，离开这座岛屿时，有人看到远处的山峰上有一条红色大蛇冲了下来，向船的方向飞速爬行，越来越快。胡商说："这是山神看咱们拿了它的宝贝，来追咱们了。"船上的人都非常害怕，吓得浑身发抖。没过一会儿，突然从海中出现两座山峰，高约百丈，胡商大喜，说道："这两座山是大蟹螯，这种螃蟹最喜欢和山神斗，山神打不过，非常害怕它，现在巨蟹出来了，我们可以高枕无忧了。"说完之后，就看到大蛇已经来到了海边，与巨蟹缠斗良久，最后被巨螯夹住头，死于海上，尸体如同连绵的小山一样巨大，船上的众人得以安然无恙。

蒋武救象

时　　代：唐代
人　　物：蒋武
发 生 地：河源

蒋武救象为《太平广记》引《传奇》中记载的异闻：宝历年间，浔州河源（今广东省河源市）有个叫蒋武的人，魁梧雄壮，胆气豪勇，独居在山中，只为射猎。蒋武极其擅长射箭，就算是熊、罴、虎、豹这些猛兽，也无法在他的箭下幸免，如果剖开这些动物查看，就会发现蒋武每一箭都正中心脏。

有一天，突然有人敲门，蒋武从门缝中往外一看，见是一猩猩骑着大象，大感好奇，他知道猩猩能说话，便问它："扣门何事？"猩猩说："象有难，知道我能说话，便载着我前来找你，此山往南二百里，有一大岩洞，洞中有巴蛇，长数百尺，象经过时，皆被吞食，如今已有数百头象被吃。它们知道你箭术如神，想求你以毒箭射之，若能除此大患，它们绝对会报答您的恩情。"

猩猩说完之后，大象便跪倒在地，泪如雨下。蒋武被大象感动，便带着毒箭来到猩猩所说的山里。果然在岩洞中看到一双眼睛，光照百步。蒋武弯弓搭箭，怒而射之，一发中其目。大象赶忙托起蒋武，往远处跑去。片刻之后，只听洞中传来一声雷吼，巨蛇蜿蜒而出，数里之内，树木皆焚。这蛇虽然厉害，无奈中了毒箭，不久便毒发身亡。

巨蛇死后，蒋武来到它藏身的洞穴，但见象牙象骨堆积如山，有十象以长鼻各卷红牙一枚，跪献蒋武。蒋武携象牙归，“大有资产”。

黄粱梦

时　　代：唐代

人　　物：卢生

黄粱梦为唐代沈既济在《枕中记》中记载的异闻：唐代开元七年（719年），卢生科场失利，垂头丧气地踏上了归家的旅程。路过邯郸时，他在一家旅店投宿，倒头便睡。睡梦中，卢生梦到自己中了科举，娶了美娇娘，官拜陕州牧，又连续升任京兆尹、户部尚书、中书令，最后荣封燕国公，五个儿子皆高官厚禄，儿孙满堂。醒来之后，卢生才发现原来是做了一场梦。后来，汤显祖以此事为原型创作了《邯郸记》，主人公变成了吕洞宾和吕翁。黄粱梦的故事还见于一些其他作品，如元朝马致远的《邯郸道省悟黄粱梦》和清朝蒲松龄的《续黄粱》等。

帝俊竹林

时　　代：唐代

人　　物：逃犯

发 生 地：罗浮山

帝俊竹林是《山海经·大荒北经》中记载的一片由帝俊种植的竹林，位置在卫丘，方圆三百里全是竹林，这种竹子很大，可以用来做船。唐代刘洵在《岭南录异》中曾经记载过相关逸事：唐德宗贞元年间，有个人犯了法，逃到了罗浮山，深入山中十三岭，碰到一片巨大的竹林，漫山遍野，连绵不绝，竹

子粗两丈多，有三十九节，每节都有两丈长。逃犯便砍断一根，做成竹筏。后来碰到天下大赦，便带着竹筏回家了。这个竹筏被其他人得去，献给太守李复，李复觉得非常奇怪，从没见过这种竹子，便让人把它的样子画下来以做记录。这段记载中的竹林应该就是《山海经》中所说的“帝俊竹林”。

独角变鲤

时　　代：未知
人　　物：独角
发 生 地：巴郡

独角变鲤是《古小说钩沉》收录《述异记》中记载的内容：巴郡[①]有个人，头上长了一只角，已经活了几百岁，没有人知道他叫什么，因为头上长了一只角，所以都叫他独角。他经常突然离家，一去就是几年，或者连着几十天不说一句话，说话时总是说一些高深莫测的话，没有人能够听懂。每次从家里出来时，总要跳到门前的江里变成鲤鱼，角还长在头上。百年之间，他经常回来和子孙们宴饮，几天之后又再次消失。

华岳神女

时　　代：唐代
人　　物：某读书人
发 生 地：关西

华岳神女是《广异记》中记载的异闻：唐代时，有个读书人进京赶考，晚上住在关西[②]的一家旅馆里。有个自称公主的美女，带着几十个奴仆也来投宿。晚上，这位公主居然偷偷跑到读书人的房间，两人发生了不可描述之事。读书人便带着公主一起进了京城，才知道她在长安有广厦大寨，富贵无比。七

① 古代行政单位，战国时代由秦国设立，包括今天重庆和四川的部分区域。
② 函谷关以西，一般指潼关地区。

年之后，两人生了两男一女，有一天，公主突然要为读书人娶妻，并告诉他："我本非人，不适合做你的妻子。"这位读书人竟然答应了。"仗义每多屠狗辈，负心多是读书人"，这句话果然一点也没错。

可是，这位读书人虽然已经另外成家，但仍然对那公主念念不忘，隔三差五地就要去那里偷欢，一去就是好几天。妻子见他行为古怪，就让人悄悄地跟上去看，却见他进了一间荒废的宅院中。妻子怀疑他是被什么邪物勾了魂，就在他的衣服里悄悄放进了符咒。公主见他带着符咒过来，大怒，要和他断绝来往。临走之前，读书人问公主来历，公主说："我乃西岳华山君的三女儿。"

张道陵七试赵升

时　　代：唐代
人　　物：张道陵、赵升
发 生 地：巴蜀地区

张道陵七试赵升是《太平御览》收录《神仙传》中的内容：张道陵，沛县人（一说丰县，今江苏省徐州市），曾经有个天神送了他一颗仙丹，服下之后学会了变化。有个叫赵升的人，跟着张道陵学习道法，张道陵为了试探他的诚意，就用七件事来考验他。

第一件：赵升前来拜师，张道陵闭门不见，还让门人辱骂他，一共四十多天，赵升就住在门外，丝毫没有动摇。

第二件：张道陵让赵升看庄稼，派了个美女去勾引他，赵升依然不为所动。

第三件：赵升走在路上，突然在地上发现三十两黄金，他还是没有动摇。

第四件：让赵升进山砍柴，派三只老虎吓唬他，将他扑倒却不伤及分毫，赵升连一点害怕的意思都没有。

第五件：赵升到街上买丝绸，付完钱后准备走，老板却污蔑他没有付钱，赵升卖掉身上所有的东西付了钱，没有一点怨言。

第六件：让赵升看守粮仓，派了一个衣衫褴褛、皮包骨头的乞丐去讨饭，张升见他可怜，就把自己的饭给他吃。

以上六件事可以证明：第一，赵升有足够的诚意；第二，不受财色诱惑；第三，泰山崩于前而面不改色，有足够的定力；第四，有足够的胸襟；第五，足够善良。

修道毕竟不是请客吃饭，除了要有足够的诚意，还要有足够的天赋，六次

测试之后，赵升距离成仙只差一步之遥：置之死地而后生的决心，这就是第七次测试的内容。

张道陵带着弟子们登到云台山顶（今河南省焦作市修武县境内），看到绝壁上有一棵树，大小和手臂差不多，旁边还有一块石壁，不知道下面有多高，再往上三四丈，上面有一颗巨大的桃树，挂满了桃子。张道陵指着桃树对弟子们说："谁要是能得到这树上的桃子，我就把看家本领传给谁。"

弟子们吓出了一身冷汗，连看都不敢看，只有赵升说："神人护体，有什么危险。"于是从山崖上跳下，正好跳在桃树上，摘了满满一怀桃子，由于石壁过于陡峭，却没法回去了，于是，赵升把桃子一颗颗丢到山崖上，一共扔了二百个。张道陵将桃子分给众位弟子，只留下两个，张道陵吃了一个，给赵升留了一个，接着伸手把赵升从绝壁上拉回，给了他剩下的一个桃子。后来，张道陵传授赵升神丹宝经，最后两人一起功德圆满，白日飞升。

橘中叟

时　　代：隋唐时期
人　　物：仙翁

橘中叟是《太平广记》引《玄怪录》中记载的异闻：巴邛有一个人，不知其姓名，家里有一座橘园，霜后橘子尽收，只留下两个大如斗盎（瓦盆）的挂在树上。园主人觉得这两个橘子非常奇怪，就让人摘了下来，用手一掂，发现轻重和平常的橘子一样，并无异常。可是，打开橘子一看，却见每个橘子中都有两个身高尺余的老叟，鹤发童颜，相对而坐，正在下象棋。橘子被打开之后，老叟也不惊慌，谈笑自若，神态悠闲。

片刻之后，一老叟对另一位说："你输给我海龙神第七女头发十两，智琼额黄十二枚，紫绢帔一副，绛台山霞实散二庾，瀛洲玉尘九斛，阿母疗髓凝酒四钟，阿母女态盈娘子跻虚龙缟袜八两，后天请在王先生青城草堂给我。"另一位说："王先生本答应要来，竟然食言。橘子中的乐趣，并不比商山来得少，只可惜无法长久，终究是被凡夫俗子摘下。"又一老叟说："我有些饿了，想要吃点龙根。"于是从袖中取出一草根，模样竟与飞龙毫厘不差，老叟削而食之，随削随满，竟不见减少。

吃完之后，这老叟对着龙根喷出一口清水，那草根居然化作飞龙，载着四位老叟飞天而去，片刻便不见了踪影。据巴人所传，此事应发生在隋唐时期。

架梯取月

时　　代：唐代
人　　物：周生
发 生 地：周生家里

架梯取月是《宣世志》中记载的一件轶事：唐文宗大和年间，有个姓周的人修习道术，颇有些手段。到了中秋这一天，月色澄亮，有几个客人到他家赏月。周生对客人说："我能把月亮放进自己的袖子里。"众人不信。周生拿出数百条绳子做成绳梯，对众人说："我现在就要踩着这架梯子去摘月亮。"于是关门闭户，客人们在院子中焦急等待。突然之间，天地之间一片黑暗，仰头看不到一丝云彩，片刻之后听到周生大叫："我回来啦。"只见他从绳梯上下来，举起自己的袖子，里面有一颗月亮，仅仅露出寸许，整个房间就被照耀得明亮无比，寒气侵入肌肤和骨头。

替身法

时　　代：唐朝
人　　物：罗公远

替身法是宋代曾慥所著《类说》中记载的异闻。书中记载：唐明皇想要学隐身术，罗公远不愿教他，怕他任意妄为。唐明皇大怒，便挑选了很多善于射箭的士兵藏在墙壁中，等罗公远觐见时，命令士兵众矢齐发，取了他的性命。

一个多月后，一位大臣从四川返回，对唐明皇说："我在洛谷见到了罗公远，他让我在成都等待皇上的车驾。"唐明皇大惊，命人开棺验尸，却见棺材中只有一双草鞋，鞋上有箭孔数十个。后来安史之乱爆发，唐明皇果然逃往四川，召罗公远前来觐见，罗公远避而不见。

刘海戏蟾

时　　代：五代
人　　物：刘海蟾
发 生 地：辽国

刘海戏蟾是清代褚人获在《坚瓠五集》中记载的异闻：刘海蟾，姓刘名嚞（zhé），渤海人，十六岁考中进士，五十岁就高居辽国相位，有一次退朝后，有两个穿着奇怪的人坐在路边，邀请他一起谈论修道之事。只见两人拿出一枚铜钱，又拿出十个鸡蛋，把十个鸡蛋叠放在铜钱上，刘海蟾在旁边看得心惊肉跳，提醒两人“危险”，两人说：“你现在的情况就和这些鸡蛋差不多。”刘海蟾醒悟，遂辞官到终南山学道，终于白日飞升，当了神仙。

刘海蟾是全真派北五祖之一，也是民间信奉的九路财神之一，道号海蟾子，五代时期燕山（今北京西南宛平）人，根本就没有“戏过蟾”。后世很多画像中有一个叫作刘海的神仙，手中拿着一只三足蟾戏弄，属于误传，清代翟灏在《通俗编》中说：“今演剧多演神仙鬼怪，以眩人目。然其名多荒诞，张果曰张果老，及刘海蟾曰刘海戏蟾。”“刘海戏蟾”虽然属于误传，但蟾蜍在古代一直代表着财富，财神手上拿蟾蜍也就不足为奇了。

钱王射潮

时　　代：五代
人　　物：吴越王钱镠
发 生 地：钱塘江

钱王射潮为明代周楫在《西湖二集》中记载的异闻：五代时，钱塘江中常有数十丈高的潮头，如山一般涌来，堤坝还没修好便被冲毁。钱王大怒，召集了三千带甲兵士，待潮头到来时，钱王便命人摇旗擂鼓，万箭齐发，又亲自取箭射之，潮水渐渐退缩，岸边堤坝才得以修成。凡今日杭州所见之平地，皆昔时之江，钱王射潮筑堤，为杭州千古之利。如今的铁箭巷，便是钱王射潮之所，那里仍有大铁箭出于土上，长四五尺，牢不可拔，其大如杵，真乃神物也。此事宋代孙光宪的《北梦琐言》中也有相关记载：“杭州连岁潮头直打罗刹石，吴越钱尚父俾张弓弩，候潮至，逆而射之，由是渐退。”

泥马渡康王

时　　代：宋代
人　　物：康王赵构
发 生 地：崔府君庙

泥马渡康王是《古今图书集成·神异典》中记载的逸事，宋高宗赵构还是康王时，被送到金国当人质，趁守卫不备逃了出来，逃到崔府君[1]庙时，实在困得不行了，就进入庙里休息，不知不觉睡着了。梦中，崔府君告诉赵构："金人已经追来了，门外已经备好马匹，赶紧骑着渡江吧。"赵构从梦中惊醒，跑到门口一看，果然有一匹马，却是泥马。此时马蹄声越来越近，赵构顾不得其他，直接骑到了泥马背上，没想到那泥马突然活了过来，变成了一匹天马，带着赵构从水面上奔走而过。后来，当地人还为泥马建了寺庙，在县城南二十里处。

明代陈仁锡的《潜确类书》中也有相关记载，细节略有不同：康王在金国做人质时，有一天和金太子一起射箭，连着三箭都射中靶心，金太子觉得他是宗室里会武艺的，并不是真的皇子，留着也没什么用，就让宋朝重新换一个人质。康王夜间逃出金国，与泥马渡江这段相差无几，只在最后说这是上天派神人来延长宋朝国祚。

不过，崔府君后来确实被宋高宗加封"护国显灵真君"，大概是想借助神灵来给南宋正名。

雷公磨霹雳

人　　物：雷公
发 生 地：皋亭山

雷公磨霹雳为清代王谟《汉唐地理书钞》引《荆州记》中记载的异闻：皋亭山（今浙江省杭州市北郊）中有一块青石，方三丈左右，石上有磨刀斧的痕迹。每到春夏之时，石上干净明亮，有新的磨痕出现；每到秋冬之时，苔藓渐生，传说为雷公磨霹雳之处。

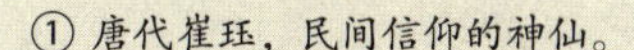

① 唐代崔珏，民间信仰的神仙。

铁树开花

时　　间：明代
人　　物：王济

铁树开花的故事原记于明代王济的《君子堂日询手镜》中："吴浙间尝有俗谚云，见事难成，则云须铁树开花。"作者在文中说，自己在广西驯象卫[①]曾经看到一棵树，高三四尺，树干和树叶都是黑紫色，质地和纹理十分细密，问了一下当地人，才知道这就是铁树，逢丁卯年开花，如此推算，便是六十年才能开花一次，人生难得一见。

① 明代广西都指挥使司所辖十卫之一。

天女之惠

民　　族：蒙古族
人　　物：绰罗斯部先祖

天女之惠是流传于蒙古族的古老神话。传说在远古时代，绰罗斯（蒙古族部落之一）人生活的地方有一座纳德山，山上常年积雪，云雾弥漫，山顶有一座湖，是天神居住的地方。

有一天，一个年轻的猎人在追逐猎物时来到湖边，看到湖中有很多仙女在洗澡，于是拿起套马的绳索朝一位仙女扔去，绳索正中仙女将其套住，其余众仙女惊慌失措，瞬间便隐入云中，消失不见。

猎人见仙女长得十分美丽，便向仙女求爱，仙女见这小伙子英俊非凡，也动了凡心，两人便在此地云雨一番，之后仙女飞身而去。后来，仙女怀孕了，在湖畔产下一个男婴，因为无法在人间久留，就做了一个摇篮放置婴儿，又派黄鸟为他昼夜歌唱。

当时绰罗斯部还没有酋长，绰罗斯人一直在等待一个理想的首领。听说这件事之后，他们就到纳德山的神湖边找到了这个男婴，将他带回部落抚养成人。男婴长大之后，身材魁梧，聪慧过人，成为绰罗斯部的先祖。

从这段记载中可以看出当时蒙古人的萨满信仰，他们认为部落首领是上天恩赐的礼物，必须通过人与神的中介萨满才能实现。

人祖阿丹

民　　族：回族

人　　物：阿丹和好娃

人祖阿丹为回族流传的创世神话。阿丹是真主用泥土创造的第一个人类，因而称为“人祖”，创造阿丹之后，真主又用阿丹左肋的第三根肋骨创造了好娃，后来好娃做了阿丹的妻子。两人结婚之后，共生育了七十二胎，除最后一胎独生一子师司外，其余各胎皆有一男一女。

如此一来，师司便没了伴侣。夫妻俩商议之后，决定派师司去天堂找真主求助，顺便采些仙果回来。师司历尽坎坷，终于到达天堂，却被真主留下，其余子女也被狂风吹落人间，开始繁衍生息，真主又赐予他们五谷和美德，人间慢慢变得繁荣起来。

格萨尔王

民　　族：藏族

人　　物：格萨尔王

格萨尔王是藏族传说中的英雄，其事迹被记载于藏族史诗《格萨尔王传》中，全文约百万余行，八千多万字，是世界上最长的叙事史诗，被称为“东方的荷马史诗”。

相传很久以前，藏地妖魔横行，天灾不断，生灵涂炭。观音菩萨想要派天神下凡降魔，神子推巴噶瓦发自愿接受这个任务，到藏区成为藏人的君王，即格萨尔王。

在史诗中，格萨尔王是神、龙和念（藏族神灵）的结合体，从诞生之日起，便担负起了除魔卫道的重任，不畏艰险，先后降服了北方妖魔，战胜了白帐王、大食诺尔王、卡切松耳石的赤丹王等，又从地狱中救出妻子和母亲。在完成使命后，格萨尔王与母亲郭姆、王妃森姜珠姆一同重返天界，《格萨尔王传》至此完结。

阳雀造日月

民　　族：苗族
人　　物：阳雀

阳雀造日月是苗族流传的神话。传说在远古时代，天上没有太阳和月亮，人们都生活在寒冷和黑暗中。阳雀看到这种情况，便用九个石盘做成太阳，又用八个石盘做成月亮，从此人间才有了光明。

可是，九日和八月轮流运转，烤得大地龟裂、庄稼干枯、河水干涸，人间如同炼狱。阳雀见到这种情况，又砍下麻秧树，用树干做成弓，用树枝做成箭，射下八个太阳和七个月亮。没想到，剩余的一日一月却吓得躲了起来，人间又陷入了一片黑暗。

阳雀让花姑子去请日月出来，日月一看花姑子长得十分凶猛，更加害怕了。阳雀见它们不肯出来，又让天马去请，日月还是不敢出来。最后，阳雀让公鸡去请，公鸡站在云端"喔喔"鸣叫，日月见公鸡叫声优美，终于壮起了胆，商量之后，决定让太阳先出去，如果没事，月亮再出来。

从此，人间便有了日升月落，公鸡打鸣也成为太阳出现的"闹钟"。

三女寻太阳

民　　族：彝族
人　　物：三位姑娘

三女寻太阳为彝族流传的神话。传说在远古时代，天上一共有七个太阳，庄稼每年熟七次，牛羊每年也能产七胎。后来，出现了一个叫作"野猫精"的怪物，它非常讨厌光明，便飞到天上，用羽毛射死了六个太阳，最后一个太阳也吓得躲了起来，人间陷入了一片黑暗，庄稼无法成熟，人们也无法生活。

为了找回太阳，傣族和苗族先后派出勇士，却再也没有回来。汉族也派出了一个青年，这个青年虽然回来了，却落了满身的伤，只说出"野猫精"三个字便死去了。人们这才知道，原来这一切都是野猫精造成的。

这时候，彝族也选出了三位姑娘去寻找太阳，三位姑娘商量之后，认为想要让太阳出现在天上，就必须先杀死野猫精。人们想了各种办法，用箭射、用水淹，全都没有奏效，最后三位姑娘让大家用松树做成火把，全部点燃之后，

野猫精没有地方躲藏，终于被杀死了。

野猫精死后，三位姑娘踏上了寻找太阳的旅程，她们历尽艰辛，翻过九十九座山，渡过九十九条河，不知道走了多少路，寻了多长时间，连头发都白了。她们在路上打败了老虎和巨蟒，终于见到了一位白胡子老人，那老人劝她们不要再找了，三位姑娘的意志非常坚定，表示自己绝不会放弃。

老人被她们的精神感动，告诉她们："你们可以在这里等候，到了立秋那一天，有一位青年骑着骏马从这里经过，他便是太阳。"三个姑娘就站在那里一直等，到立秋那一天，果然有一位红光满面的后生骑着骏马而来。三位姑娘告诉他，野猫精已经被杀死了，让他赶紧升回天空，不然人间便没有希望了。

说完之后，三位姑娘便离开了人世。她们虽然死了，却依然屹立不倒，从她们的脚下升起三座山峰。翌日，太阳从山峰缓缓升起，人间又恢复了光明。后来，人们给这三座山峰取名为"三尖山"，以此来纪念这三位勇敢的姑娘。

月光鞭

民　　族：布依族、苗族
人　　物：阿波和阿月

月光鞭是流传于贵州地区的神话。传说古代时，在花溪（今贵州省贵阳市花溪区）有两个寨子，分别是布依寨和苗寨。两个寨子的人来往密切，亲如一家。当时，有个叫阿波的苗族青年与布依族姑娘阿月相爱了，准备结婚。

可是，布依寨的土司为了霸占苗寨的土地，带领手下将苗民全都赶到了深山老林中，从此阿波与阿月再也无法相见。

这件事被月亮仙子知道了，她同情两个年轻人，便给了阿波一条鞭子，只需要轻轻一挥，山林就可以变成一条大道，直通苗寨。能够与心爱之人再次相见，阿波非常高兴，苗寨和布依寨的人们也能够在这条大路上再次见面。

可惜好景不长，这件事传到了布依寨土司的耳中，他很快带着手下抢走了神鞭。拿到神鞭后，土司非常得意，拿着鞭子随手一挥，眼前便出现了一条大路。土司带着手下踏上大路，月亮中突然传出一声巨响，土司手中的鞭子随即飞向月亮，脚下的路也成了大河，瞬间便淹没了土司和他的爪牙。

土司死后，苗寨的人们又搬回到原来的地方，阿波和阿月有情人终成眷属。

年王射日

民　　族：布依族
人　　物：年王

年王射日是布依族中流传的神话。相传远古时代，天上一共有十二个太阳，晒得岩石开裂、庄稼枯萎。有一个叫作年王的少年，决定为民除害。他带着自己的弓箭，埋伏在山上等待太阳出现。翌日，太阳刚刚露出头，年王便弯弓搭箭，一口气射下十个。这样天上便只剩两个太阳，一个升在空中，一个躲在云中。

此时，年王的肚子也开始抗议起来。于是，他决定回家吃饭，吃完之后再把剩下的两个太阳一齐射下。回到家后，母亲对他说："不能再射了，天上须留下两个太阳，一个晒谷子，一个亮天下。"年王觉得母亲说得有道理，便放过了它们。这剩下的两个，后来分别被叫作"太阳"和"月亮"。

金达莱

民　　族：朝鲜族
人　　物：一对兄妹

金达莱是朝鲜族流传的神话。相传古时有一位暴君，每年都要从国中选出一位少女祭天，无数少女含冤而死。这一年，有一对兄妹的家门上突然出现三支白羽箭，这便是被选中祭天的标志。

妹妹早上打水回来，看到门上的羽箭，便哭着对哥哥说："我宁死也不愿祭天。"两人便携手逃亡。皇帝得知后非常生气，派数千人前去追捕。最后，兄妹两人被追到了悬崖边，上天无路，入地无门，眼看就要惨死。突然山壁大开，从中走出一位白发老者，送给他们一把宝剑和一匹骏马，说道："此马天下何处都可去得，此剑何人都可战而胜之。"

兄妹两人骑上神马，拿上宝剑回到家乡，号召百姓一起反抗暴君，百姓们群起响应，一路攻城拔寨，捣毁暴君祭坛，开仓放粮，尽取所需后各自回家。

哥哥劳累多日，回家倒头便睡，不想此时皇帝暴怒，派去抓他的军队早已经在路上了，等到哥哥睡醒时，早已被士兵擒获。士兵们将哥哥押赴皇帝面前，皇帝见他生得魁梧强壮，便想封他做将军，并许诺把自己的女儿嫁给他，

还要分一半江山给他。面对诱惑，这位青年却义正词严地拒绝了。皇帝恼羞成怒，便让士兵押着青年回到家乡，砍头示众。一路上，士兵们想尽了各种办法来折磨青年，还没回到家里，青年便被折磨致死。他身上的血流到地上，变成了盛开的金达莱花。

因叭造天地

民　　族：傣族
人　　物：因叭

因叭造天地为傣族流传的创世神话。远古时期，天地未分，世间一片混沌，只有水和气。后来水、气上升，不知道过了多久，凝结成大神因叭。因叭先创造了十六层天空，又创造出了大地。后来，他觉得大地不够稳固，就从身上搓下污泥，做成六根柱子，放在大象身上用来支撑天空，又用污泥捏出各种动物和植物，放在世界各地。

创造完世界之后，因叭发现天上居然有七个太阳，于是抖落身上的汗珠熄灭了其中的六个。由于汗水太多，大地被困于肆虐的洪水之中，因叭又吹干大地，从此有了海洋与河流。

豺狗食月

民　　族：佤族
人　　物：艾奈

豺狗食月为佤族流传的神话。相传曾经有个叫艾奈的青年，在路上碰到一条受伤的大蛇，这蛇绕着一株草不断旋转，伤口居然愈合了。大蛇走后，艾奈将草拔起一看，居然是一枚灵芝。于是，艾奈经常用这枚灵芝给族人治病。后来，艾奈救活了一位官家小姐，这位小姐承诺以身相许，后竟失信，远嫁他乡。机缘巧合下，艾奈娶了这位小姐的妹妹。

若干年后，姐姐从远方回来探亲，得知妹妹家里有一件宝贝，便前去观看。谁知妹妹将灵芝取出后，姐姐伸手便要夺走。两人你争我夺，从白天抢到了晚上，一不小心把灵芝掉在了地上。此时月上中天，月亮见宝物落地，便偷偷拿了去。

艾奈回来后，想上天找月亮索要灵芝，妻子不忍心和丈夫分别，便架起天梯，让自己家里的豺狗前去索要。豺狗顺着梯子爬上天，谁知月亮却不承认。一怒之下，豺狗对着月亮张口便咬，顿时咬得月亮鲜血淋漓。月亮在剧痛之下仍不肯交出宝物，反而拿出灵芝疗伤。豺狗拼命咬，月亮拼命治，一时竟谁也奈何不了谁。天长日久，天梯被日晒风吹，竟然从中断开，豺狗从此只能留在天上，跟月亮重复着无休止的战斗。

日月潭

民　族：高山族
人　物：大尖哥和水社姐

日月潭的传说是流传在台湾地区高山族的神话。相传远古时代，日月潭里住着两条恶龙，吞食了太阳和月亮之后沉入潭底，导致人间陷入一片黑暗。有一对叫作大尖哥和水社姐的夫妻，为了拯救百姓，承担起了除掉恶龙的重任。他们费尽千辛万苦，找到了阿里山下藏着的金斧子和金剪刀，与恶龙经过一番激烈搏斗之后，成功将其杀死。可是，恶龙死后，太阳和月亮还是躲在潭底不敢出来。大尖哥和水社姐便吞下恶龙眼珠，化身巨人，大尖哥将太阳用力抛起，水社姐则用棕榈树将太阳托住，终于将它送上了天空。

之后，两人如法炮制，又将月亮送了上去。人间重新恢复了光明，这对夫妻却永远变成了大山，矗立在日月潭边。此后人们便给这两座山取名为“大尖山”和“水社山”，以此纪念他们。

青鸟氏

时　　代：远古

身　　份：历正属官

职　　能：管理立春和立夏

青鸟氏是神话传说中的古代官职，掌管立春和立夏，据《左传·昭公十七年》记载："我高祖少皞挚之立也，凤鸟适至，故纪于鸟，为鸟师而鸟名……青鸟氏，司启者也。"高祖少皞即位时，凤鸟正好飞来，所以用鸟的名字来命名官员，青鸟氏就是管理立春和立夏的。孔颖达注解："立春立夏谓之启。"

鳲鸠氏

时　　代：远古

职　　位：司空

职　　能：水土治理

鳲（shī）鸠氏是少昊时代的官名，五鸠之一，职位是司空，主管水土的治理、防汛工作等，相当于现在的水利部部长。

鹘鸠氏

时　　代：远古
职　　位：司事
职　　能：后勤

鹘（gǔ）鸠氏，五鸠之一，少昊时代的司事，主管后勤，春去而冬来，相当于现在的后勤部长。

祝鸠氏

时　　代：远古
职　　位：司徒
职　　能：教化民众

祝鸠氏是五鸠之一，传说中少昊时代的官名，职位为司徒，主管民众的教化，类似于教育部部长。《左传·昭公十七年》：“祝鸠氏，司徒也。”《尔雅》中记载：祝鸠状如斑鸠，身上没有花纹，头上有角。祝鸠不会筑巢，只能架起几根树枝，经常会破坏鸟卵，下雨的时候就把雌鸟逐出巢穴，等天晴以后再把它叫回来。

禹步

时　　代：远古
人　　物：大禹
作　　用：施展法术

禹步是道士在仪式中常用的一种步法，相传是大禹所创，依照北斗七星的位置行步，所以也叫“步罡踏斗”。据《尸子》记载，当年大禹治水时，十年没有回家，一直在废寝忘食地工作，最后患了“偏枯之疾”（半身不遂），人

们将这种走路的方式叫作禹步，其实就是跛足。汉代杨雄在《法言》中说“巫步多禹”，可见这种步法最早是巫师们使用，用来增加仪式中的神秘感。后来，这种巫师使用的步法被道教吸收利用。据南北朝道经《洞神八帝元变经》记载，禹步乃“召役神灵之行”，当初大禹治水时，在南海之滨看到一种会使用道术的鸟，能够翻动大石，这种鸟作法时要按照固定的步法走路，于是大禹模仿它的步法走路，回去之后便“无术不验”，这是传说的另一个变种了。

九隆

身　份：六诏先祖

时　代：战国时代（据阿育王年代得出）

能　力：龙之子

九隆是《白古通记》中记载的传说：天竺阿育王[①]的三儿子骠苴（chá）低生了个叫低牟苴的儿子，被分封在永昌之墟，他的妻子名叫沙壹，两人居住在哀牟山下。有一天，低牟苴独自出去打渔，死在水里，没有找到尸体，沙壹在河边哭泣，突然漂来一根浮木，沙壹坐在浮木上，倍觉安心，第二天去河边看时，那浮木还在，就经常在这根木头上洗衣服。过了一段时间，沙壹感觉自己怀孕了，后来生了十个男孩。有一天，沙壹照常去河边洗衣服，那木头突然变成龙对她说：“你给我生的十个孩子呢？”众儿子全都逃跑了，只剩下最小的一个和龙坐在一起聊天，龙在他的背上舔了一下就走了。当地方言叫背为“九”，坐为“龙”，沙壹就给这个孩子起名“九隆”，意思是他的背被龙舔过。九隆长大之后，非常聪明，经常有天乐（音乐）跟着他，还有凤凰来仪，五色花开，被众人推选为酋长。当时哀牟山有个叫酋波息的人，家里生了十个女儿，正好嫁给九隆十兄弟，一起繁衍生息，成为六诏人[②]的祖先。这段记载除了名字之外，和哀牢国的记载几乎一模一样，是对民族起源的一种神话。

① 印度孔雀王朝皇帝，印度最伟大的皇帝之一。

② 唐代分布在洱海地区的六个少数民族。

《千金方》

种　　类：书籍
人　　物：孙思邈
作　　用：治病

《千金方》是唐代孙思邈编著的综合性临床医学著作，被称为中国最早的临床百科全书。关于这本书的来历，唐代段成式在《酉阳杂俎·玉格》中记载着一段非常有趣的故事：孙思邈在终南山归隐时，经常和宣律和尚在一起参禅。有一年天下大旱，有一位西域僧人请求在昆仑池（今陕西省西安市内）社坛求雨，七天之后，水面下降了数尺。一天夜里，突然有一个老人找宣律和尚求救，说自己是昆明池的龙王，这么长时间不下雨，不是因为自己的原因，而是胡僧想要用自己的大脑做药，用祈雨来欺骗天子。如今龙王危在旦夕，请求宣律和尚救命。宣律听了之后对他说："我哪里有那么大的本事，你去求孙思邈吧。"

老龙听了之后，马上去找孙思邈，孙思邈对他说："我知道昆明龙宫里有仙方三千，你传给我，我就救你。"老龙无奈，只得告诉他："天帝不让我们将药方外传，如今形势危急，我也顾不了那么多了。"过了一会儿，老龙捧着药方进来，孙思邈对他说："你回去吧，不用再担心胡僧的事了。"几天之后，池水突然暴涨，漫出岸边，胡僧羞愤而死。

河鼓

身　　份：星星
时　　代：远古时代
地　　点：天上

河鼓就是我们平常所说的牵牛星，据《太平御览》记载："牵牛星，荆州呼为河鼓。"书中还说到，牵牛娶织女时，借了天帝两万钱当作彩礼，久久不还，天帝大怒，将它放逐到了"营室"，即"室宿（xiù）"，二十八星宿之一，每年农历夏正十月[1]，这颗星正好在天空的正中，可以建造宫室，因为这

① 正月，夏朝为十二月，周朝为十一月，秦汉为十月，汉武帝改为一月，沿用至今。

里是牛郎被天帝罚做苦力的地方。

现代天文学中，牵牛星被称为“河鼓二”，距离地球十六点七光年，是夏季大三角之一，全天第十二的明亮恒星。

桃符

世　间：年初一
地　点：家门口
作　用：辟邪
人　物：郁垒、神荼等

桃符是一项历史悠久的民俗，早在南北朝时期就有这项传统，南朝梁宗懔在《荆楚岁时记》中说，每逢正月初一，家家户户都要在门上贴鸡的画像，还要在上面悬挂芦苇，插上桃符用来辟邪。宋代陈元靓的《岁时广记》中则记载：桃符两三尺长，四五寸宽，用薄木板制成，上面画着倪俊和白泽等神灵（兽）的画像，下面写着郁垒、神荼，或者新春贺词和祝福之语，每年更换。其实就是现在的门神和春联的组合体，到后来，人们也用桃符代指春联，比如王安石在《元旦》中流传甚广的那句“千门万户曈曈日，总把新桃换旧符”，说的就是桃符。

八极

八极是八方最远的地方，《淮南子·地形训》中说：东方最远的地方是东极之山，叫作开明之门；东南方最远的地方是波母之山，叫作阳门；西方最远的地方是西极之山，叫作阊阖之门；南方最远的地方是南极之山，叫作暑门；北方最远的地方是北极之山，叫作寒门；东北方最远的地方是方土之山，叫作苍门；西南方最远的地方是编驹之山，叫作白门；西北方最远的地方是不周之山，叫作幽都之门。

太极

太极是道教认为的宇宙最开始的状态，也是万物产生的源头，最早见于《庄子》："大道，在太极之上而不为高；在六极之下而不为深；先天地而不为久；长于上古而不为老。"《易传》中则说："易有太极，是生两仪，两仪生四象，四象生八卦。"

八卦

八卦为伏羲所画，以"—"为阳，以"--"为阴，组合排列成八种卦象，分别代表八种不同的事物：乾代表天，符号为（☰）；坎代表水，符号为（☵）；艮代表山，符号为（☶）；震代表雷，符号为（☳）；巽代表风，符号为（☴）；离代表火，符号为（☲）；坤代表地，符号为（☷）；兑代表泽，符号为（☱）。

八柱

八柱为《汉唐地理书钞》辑《河图括地象》中记载的神柱：昆仑山是大地的中央，地下有八根柱子，广十万里，其中有三千六百根轴，互相牵制，名山大川中均有孔穴相连。

地柱

地柱为《淮南子》中记载的神柱："共工怒触不周山，天柱折，地维绝。天倾西北，故日月星辰移焉。"据《列子》记载，天地也是物体，也有不足，所以才会有女娲炼石补天、共工怒触不周山后天倾西北的情况。地柱是古人"盖天说"（天圆如张盖，地方如棋局）的体现。

蚩尤血

蚩尤血是宋代沈括在《梦溪笔谈》中记载的异物：解州（今山西省运城市解州镇）有一处盐池，方圆二十多里。若逢天降暴雨，周围山上的水全都注入其中也不会溢出；若逢天气干旱，池中的水也绝不会干涸。其色殷红如血，因为在阪泉（黄帝与蚩尤大战的地方）之下，当地人称其为蚩尤血。

曹公船

曹公船见载于《太平广记》引《广古今五行记》中。濡须口（今安徽省无为县之东）有一艘大船，沉没于水中，水位低时便会出现。当地的老人说这是曹公船，曾经有一位渔人夜宿其旁，把自己的船绑在这艘大船上，一到晚上，便能够听到大船中传来丝竹之声，还有阵阵香风吹来。渔人刚刚入眠，便梦到有人驱逐，告诉他“勿近官妓”。传说这船便是曹操当年用来载歌姬的。

四象

四象亦称四灵，为古代传说中的四种灵兽，据《礼记·礼运》中记载：“麟、凤、龟、龙，谓之四灵。”《三辅黄图》则说：“苍龙（青龙）、白虎、朱雀、玄武，天之四灵，以正四方。”《淮南子》中则说，黄龙居于中央，是四灵兽之长。四大神兽分别镇守四个方位，可以起到辟诸邪、调阴阳的作用。

中国神话百科全书